香蜜湖漏了

——中骏杯中短篇小说获奖作品集

《小说选刊》杂志社　编

中國華僑出版社
北　京

图书在版编目（CIP）数据

香蜜湖漏了：中骏杯中短篇小说获奖作品集 /《小说选刊》杂志社编 . —北京：中国华侨出版社，2021.1
ISBN 978-7-5113-8353-2

Ⅰ . ①香… Ⅱ . ①小… Ⅲ . ①中篇小说 – 小说集 – 中国 – 当代②短篇小说 – 小说集 – 中国 – 当代 Ⅳ . ① I247.7

中国版本图书馆 CIP 数据核字（2021）第 216463 号

香蜜湖漏了：中骏杯中短篇小说获奖作品集

编　　者/《小说选刊》杂志社
责任编辑/ 高文喆
封面设计/ 苗艺
经　　销/ 各地新华书店
开　　本/ 880mm × 1230mm　1/32　印张/15.5　字数/360千字
印　　刷/ 北京市玖仁伟业印刷有限公司
版　　次/ 2021年1月第1版　2021年1月第1次印刷
书　　号/ ISBN 978-7-5113-8353-2
定　　价/ 88.00元

中国华侨出版社　北京市朝阳区西坝河东里77号楼底商5号　邮　编：100028
法律顾问：陈鹰律师事务所
编辑部：（010）64443056　　传　真：（010）64439708
发行部：（010）88189192
网　址：www.oveaschin.com　　E-mail：oveaschin@sina.com

陈元与小姚来到墓地的时候，那只小狗果然安静地伏在坟头上。直到多年之后，在长寿园里，大家都会看到那只杂交的泰迪，它枯瘦如柴地伏在一块墓碑前。

——陈仓《墓园里的春天》

他最终也没有见到北海道的有珠山。因为那是一座活火山，它好像马上要喷发了。

——周李立《火山》

兄弟姊妹几个里数程信心眼最活泛。有一天，她又像往常一样去帮父亲收拾屋子，趁老人坐下吃饭不留神的工夫，她偷偷地钻进卧室，从柜子里取走了那张房产证，她老担心老爷子哪天又犯糊涂病。

——张学东《父亲的婚事》

轮子从南滚到北，再从北滚到南。月光洒在村巷里，他和轮子投照在地上的黑影，在不住地移动——更像是飘动。

——曹文轩《第五只轮子》

茶馆外面下着雨，下下停停，一会儿大一会儿小，屋檐上滞留着雨滴。陆少林的生父白发苍苍，俯首侧耳倾听，突然老泪纵横，哽咽着，一句话也说不出来。

——叶兆言《滞留于屋檐的雨滴》

我不太确定，我有没有在心里祝福过骨骼完美的秋千儿。但我在水软山温的香蜜湖徜徉过多少个傍晚和黎明啊！

——邓一光《香蜜湖漏了》

小炳说："我来吧。"他走过去，双手端起甲鱼跳到礁石上，站稳了，蹲下来，回头对小亿道："你拍视频啊！"小亿一怔，连忙掏出手机。

——朱辉《放生记》

这是一只已经痴呆的老岩羊，它根本意识不到人的走近，双眼蒙满了刺目糊，牙也掉尽，那一对毡房穹顶般的犄角尖，艺境深深地长进后臀皮肉里了。

——艾克拜尔·米吉提《巡山》

目 录

Contents

中篇小说

墓园里的春天 / 陈　仓　1

火　山 / 周李立　58

双十一 / 林那北　98

父亲的婚事 / 张学东　138

哲学的瞌睡 / 孙　颙　192

奔跑的木头 / 潘　灵　236

短篇小说

金山寺 / 尤凤伟　286

第五只轮子 / 曹文轩　314

云　柜 / 邱华栋　339

滞留于屋檐的雨滴 / 叶兆言　361

朋霍费尔从五楼纵身一跃 / 蔡　东　371

香蜜湖漏了 / 邓一光 392
暖 怀 / 吴克敬 412
放生记 / 朱 辉 431

微小说

舅舅的鼓 / 谢志强 448
你跑什么跑 / 安 谅 452
老 许 / 黄克庭 456

卜 白 / 袁良才 459
看 座 / 相裕亭 464
王保长 / 章月珍 468

巡 山 / 艾克拜尔·米吉提 473
玉须帘 / 聂鑫森 476
谢 谢 / 津子围 480

墓园里的春天

陈　仓

一、人在转圈子时是失控的

陈元像个疯子似的，骑着一辆电动车，绕着他们报社的大楼一圈圈地转着。

陈元把马力拧到最大，把圈子转得飞快，像是一只失控的小蜜蜂。说到小蜜蜂，陈元的胸又郁闷了那么一些，因为来到上海已经十年了，在高楼大厦之中，陈元似乎从未发现过小蜜蜂。也许有小蜜蜂的存在，只不过他平时太忙，根本没有在乎这个小东西。若是陈元还在陕西老家塔尔坪的话，这个时候无论是槐树上还是瓜架里，应该到处都是嗡嗡的小蜜蜂了，陈元会把它们捂在一朵花里，一起采摘下来，关进一只瓶子，让它们昼夜地飞，昼夜地叫，直到把它们活活地累趴下了，或者是等到它们睡着了。有时候也被小蜜蜂给蜇一口，虽然疼痛无比，却能享受到另一种待遇—— 一旦被小蜜蜂蜇了，就会找来奶孩子的女人，挤一点奶水抹在浮肿的脸蛋子上，揉一揉。这是一个不错的偏方。

陈元转圈子的那天，是一个清早，是一个暮春时节的清早。按理说应该是个大晴天，起码天气预报是个大晴天，却遇见了二十年不遇的日全食，天空一下子就全黑掉了。早上天黑与晚上天黑是不一样的，晚上天黑会有路灯，会有霓虹，而早上天黑什么也没有，所以就乌漆墨黑的，什么也看不见了。陈元一边转圈子，一边放声歌唱。陈元唱的到底是什么，自己也不清楚，反正挺乱的，有“东方红，太阳升”，也有“起来，不愿做奴隶的人们”。报社楼下人很多，大家都戴着一副太阳镜，仰头看着天空，欣赏着天文奇观。转到报社楼前的时候，陈元一不小心，一下子撞上了一个人。

这个人不开口的时候，陈元还以为自己闯祸了，所以赶紧跳下车，把他扶了起来，问他伤着哪里了没有。这个人拍了拍衣襟，然后对陈元说，你疯了吗？这是看日全食，又不是追日，用得着这样转来转去的吗？陈元一下子听出来了，他是他们报社新来的胡总编。当陈元听出他是胡总编的时候，一下子就不怕了，甚至更加疯了，觉得自己撞得太轻了，应该一下子把他给撞死才好。陈元说，我好好地工作，你凭什么开除了我？胡总编说，我没有开除你，我只是解聘了你。陈元说，这不是一样吗？不都是丢工作了吗？胡总编说，报社快要倒闭了，经营不下去了。接下来全都一样的，晚走不如早走，我这是关照你呢。

陈元说，你够狠的呀，老子走就走了，竟然大楼都不让上了，这个应该是你交代保安的吧。胡总编说，这个还真不是我干的，我随时欢迎你回来喝茶聊天。反过来说，你已经走了，东西都搬走了，你上去干什么呢？陈元说，上去不干什么，老子就是想站在落地玻璃窗前，最后一次看看窗外。

胡总编挣脱了陈元，一屁股坐在了马路边，然后抽出一支烟，开始猛烈地吸了起来。胡总编说，小陈呀，这次我们对事不对人，凡是合同到期的，一律不再续签，这是上边的意思，我也很无奈的。你是从陕西那边来的，在上海无亲无故的，也没有一个依靠，没有工作吃饭怕也成问题了吧？还有房贷，我晓得你还有房贷，所以我私下里给你联系了几家单位，若是他们需要人的话会优先考虑你的。

陈元有一丝丝感动，就把电动车熄了火，靠着胡总编坐了下来。胡总编说，有人给我汇报，说小陈你在大楼下边要出事了。我以为小陈你要跳楼了，赶到这里一看，你不就像小蜜蜂似的，转了几个圈子吗，这能出什么事呢。陈元说，不瞒胡总编，工作没有了，不像日全食这么简单，像天塌下来了，腰一下子都直不起来了，不仅仅是房贷，我看女朋友怕也是保不住了。

胡总编说，谁让你找了个上海女人呢，你要是找个陕西老乡什么的，还有这个烦恼吗？

陈元说，人家当初同意和我谈恋爱，就因为我是个记者，她家里房子漏水了，空调不制冷了，我帮人家打几个电话，什么问题一下子就解决了。现在记者证都上交了，骨头一下子就软了。

日全食结束了，那个被天狗吃掉的太阳，又慢慢地回到了天上。胡总编爬起身说，你转了多少圈子了？陈元说，哪记得呀，反正转了两个小时，头都转晕了，现在特别想回家睡觉去了。胡总编向报社大楼走去，要进大楼的时候他回头说，那就回家休息休息吧，若是有工作了告诉我一声，我去看看你。

陈元说，对不起胡总编，让你没有看成日全食，二十年不遇呀。没有想到胡总编又转了回来，不晓得他是专门来熄灭烟头的，还是专门来和陈元说话的。他把烟头拧灭，扔进了垃圾桶，然后笑着对陈元说，这日全食有什么好看的？说白了，就是它的光环被别人给挡住了，若是我想看的话，不是很容易的事情吗，一个巴掌，一片树叶子，或者是我一闭眼睛，不就是一次日全食吗？

陈元抬头看了看有些耀眼的太阳，不晓得怎么回答他。当他的背影消失在大楼阴影里的时候，陈元总有一种莫名其妙的预感，随后陈元才发现这种预感是灵验的。

二、死人的生意有奔头

胡总编离开后，陈元又骑着电动车，绕着大楼转了最后一圈，这时候陈元已经不再是一只小蜜蜂了，而像是一只飞不快的有些迷茫的苍蝇。陈元一边回头看着二十一楼的那个淡蓝色的窗户，一边忧伤地离开了这家他工作了近十年的单位。

陈元刚刚走出不到一千米的时候，就收到了胡总编发来的一个短信息，通知陈元第二天早上十点带上自己的简历，去一家杂志社参加面试，而且告诉陈元是他推荐的。面试地点在徐家汇的一座大厦里，这座大厦比起陈元他们报社气派多了，从楼上俯视下边的时候，还能看到一座天主教堂的双子尖顶。

按说陈元早上八点就来到了徐家汇，但是他并没有立即上楼，依然骑着他的那辆电动车，漫无目的地绕着圈子。这里比不得原来的报社，这座大厦四周的街街巷巷，其实是不通的，转来转去刚刚转了一圈他就迷路了，再转回来的时候已经到点了。没有按照陈元掐算好的，不能早到也不能迟到，提前十分钟爬上电梯，提前五分钟来到了面试现场，这是最合适的节奏了。但是陈元最后还是迟到了半个小时。

陈元说，我是胡总编介绍来的。前台的小姐说，你的简历呢？陈元说，什么简历？我从来不需要简历的，名字就是最好的简历。小姐说，那你们总编叫什么名字？你又叫什么名字呢？陈元说，我们胡总编叫胡中华，我的名字叫陈元。小姐说，胡中华没有听说过，陈元倒是晓得的，是哪个学校的校长吧？陈元说，什么校长不校长的，我是校长他爹。小姐很奇怪地看了看陈元，说我去通报一声，你在这里等着吧。

面试是在一间会议室里进行的，会议室外边的走廊里放着一排椅子，椅子上已经坐满了前来应聘的人。他们都是清一色的小青年，因为正是大学毕业季，大家都在忙着找工作。几个小青年显得十分紧张，每次碰到有人出来，就上前问东问西，比如面试些什么内容呀，问了哪些问题呀，有几个面试官呀，帅不帅呀。有一个小男生，在不停地翻着资料，陈元上前瞄了一眼，发现是一本《新闻编辑学》的理论书；还有一个女孩掏出一面小镜子，在偷偷地打粉补妆。

陈元没有坐下来，而是站在走廊里等着，但是左等右等也没有什么消息。中间有个小胖子面试官，也许是出来上厕所，陈元就跑上去说，你们是在招聘编辑吗？我是某某报社的，是胡总编推荐来的。对方看了看陈元说，哪个胡总编？我们不认识什么胡总编，你就在外边排队吧，大家都在外边排队呢。

陈元不坐下来是有原因的。他多大了？已经是奔四的人了；他是什么人？是一个在新闻圈子里摸爬滚打了十年的老记者，若不是受报纸大环境的影响，怎么也不会轮到他下岗的。他曾经去过很多学校，给新闻系的学生们上过课，讲自己的新闻理念和实践经验。在这帮子还未毕业的大学生中间，他隐隐约约记得，有一个漂亮的应聘者，就曾经听过自己的课。如今让自己坐到这帮子小青年中间去，像是把一只大熊猫放在一群兔子里，那是多么格格不入，简直像一个天大的笑话。陈元心想，撇开自己的资历不说，单凭有胡总编推荐这一条，也不应该把他与这些小青年放在一个菜篮子里，任人挑三拣四的，这不等于羞辱了自己吗？

想到这里，陈元有一些恼火。他一边下楼一边给胡总编打了一个电话。胡总编说，你面试得怎么样了？陈元说，太气人了。胡总编说，他们把你给咔嚓掉了？陈元说，你推荐的时候是怎么跟人家说的？他们竟然把我跟一帮子乳臭未干的学生放在一起，在排队呢，这不是羞辱我嘛。胡总编说，小陈啊，应聘嘛，这不是很正常吗？你想人家怎么办呢？想让人家照顾你一下？是不是像对待那些病危的人一样，要人家直接给你开个特殊通道？表面上看，好像是很伤自尊的事情，但是从深层次看，你这是不自信。你现在几岁了？快四十了吧？就你这股子牛脾气，你若是个老板的话，你喜欢用刚毕业的大学生，还是喜欢用一个自以为是的老男人？我建议你，就忍忍吧，别把自己太当回事了。老实告诉你吧，我只是觉得你们都不容易，就让人事部门以报社的名义，帮你们这些被解聘的人分别投递了一份简历而已。

胡总编说得太对了，自己凭什么这么牛呢？陈元下了电梯，一抬头就是那个有些历史的天主教堂，他在心中默默地念了一句“阿门”，尽力平静了一下自己的心态，然后又折了回去。等待了一个小时左右，终于轮到了陈元。当他坐在会议室里的时候，透过那个玻璃窗户，更能清晰地看到天主教堂的那个双子尖顶，有成群的鸽子在上边飞舞着。但是陈元还是无法心平气和地回答面试官们提出的任何问题。一个面试官说，你怎么看待新媒体？你认为纸媒会“死”吗？陈元没好气地说，这个还用问吗？！活字印刷术被发明出来后，那些竹简不就被淘汰了？！当另一个面试官问，若是你来了，你对办刊有什么新想法吗？陈元还是没好气地说，还能有什么新想法？你办杂志必须懂得读者最关心什么，现在人们最关心什么？最关心吃喝玩乐，多刊登点大酒店、夜总会、娱乐城的内容不就行了。要告诉人家什么地方有特色小吃，什么地方可以喝酒泡吧，什么地方可以旅游交友，甚至什么地方有歌舞厅和桑拿房。

这个面试官很吃惊地说，你晓得我们杂志的名字叫什么吗？我们是《殡葬》杂志，殡葬是干什么的，你明白吧？

陈元来应聘之前，还真没有想过这是一份什么样的杂志。他晓得有时装杂志，有健康杂志，有美食杂志，有新闻类杂志，还有文学类杂志，但是他怎么也不会想到会有一份专门为死人服务的杂志。他一下子傻眼了，当他还没有缓过神来的时候，对方已经对着门外喊着“下一个”了。

陈元出门的时候，才发现这家公司的名字叫长寿园，在上海你可以不晓得高档楼盘汤臣一品，但是绝对不能不晓得长寿园，因为大部分人去世后，都希望自己能够埋在那里。陈元骑着他的电动车，顺着这座威武而繁华的大厦又开始绕着圈子。这一次他没有再唱歌了，不像一个疯子，而像一个傻子，不可思议地嘿嘿地笑着。徐家汇是什么地方？是上海四个城市副中心之一，是上海最繁华的商圈之一，在这里你不仅可以得到你想要的任何东西，而且还可以去赏花，看黑天鹅，看电影，看话剧，吃饭，泡妞，还可以到天主教堂里去做弥撒。反正人生中的任何欲望在徐家汇这个地方，都是可以得到满足的。但是万万出乎陈元意料的，这里竟然还有一个殡葬公司，而且还办了一份正式的杂志叫《殡葬》。

陈元是两天后接到这家公司的电话的。公司人事打电话通知陈元说，你被录取了。

陈元意外地说，我被录取了？人事说，是呀，你被录取了。陈元说，不太可能吧？我顶撞了你们呀，怎么还录取我了呢？我到什么地方报到呢？人事说，你去青浦，具体地点我们会短消息发给你的。虽然是一家不太吉利的公司，但是陈元还是十分开心的，不管怎么说，自己还是在媒体工作，还是一名编辑记者，说不定还可以申请到曾经拥有的记者证。

陈元给胡总编打了一个电话，但是电话一直没有接通。陈元只好给他发了一条短消息，报告自己被录取了，对此表示十分感谢。对于丢掉工作的事情，陈元最不敢面对的，还是自己的女朋友。一旦她家人发现他丢了工作，也许就是他与她分手的时候，所以被报社解聘的这些日子，他照样早晨八点起床，风风火火地在外边乱转着，装出一副在四处采访的样子。到周末的时候，当女朋友让他去家里的时候，他一会儿说，开“两会”了，自己忙着跑“两会”呀；一会儿说，外滩踩踏的事还没了呢，自己要跑现场呀。全给他以各种各样的借口躲掉了。

陈元给女朋友打了一个电话，表示今天晚上要去她家混饭。女朋友则说，光是混饭吗？没有别的了？陈元说，当然还有想你了呀，另外要告诉你一个好消息呢。陈元所说的好消息，不是别的，就是自己换工作了，从一家报社换到一家杂志，照样是当编辑记者，可是每月的工资涨了几千块。

陈元虽然还不晓得这家杂志的工资到底是多少，但是他早有耳闻了，这个行业的工资肯定少不了，比外边会翻上一番的。死人的生意永远都比活人的生意有奔头。

三、埋人的地方犹如高尔夫球场

那是一个下着小雨的早晨，陈元换了一身西装，打了领带，背着他那个专门为当记者而配的黑色皮包，就出门报到去了。

陈元要报到的地点，不在徐家汇的那个大厦里，而是在青浦区外青松公路上，确切地说是在长寿园的墓地里。在不在徐家汇办公陈元是不在乎的，反而陈元觉得不在徐家汇更好，那里繁华倒是繁华一些，就是太吵闹了，而且停个车呀，吃个饭呀，逛个街呀，与郊区比起来生活成本肯定会高很多。而且公司有班车，会准时接送大家上下班，远一点就更加无所谓的了。

当陈元按照短消息上的地址，终于找到外青松公路的时候，这个地方果然没有让他失望，一点也看不出是个埋死人的地方，或者说死人根本就没有埋在这里，人们埋下去的仅仅是一把灰尘而已。一条宽阔的大马路边，种植着的行道树不是梧桐，也不是银杏，而是一棵棵樱花。正是暮春时节，虽然第一波樱花已经落了，但是第二波还在开放，落在地上的花瓣如霜如雪，开在空中的花朵如云如霞；顺着马路两旁，还立着各种各样的雕塑，有大象，有狮子，有各种生肖神兽，栩栩如生。等入了院子，更是绿树成荫，大片大片的草坪绿油油的，像是一个巨大的高尔夫球场。

陈元很喜欢这个地方，他是吹着口哨走进院子的，他感觉自己不是来上班的，而是来打高尔夫球的。所以他有点后悔穿着西装打着领带了，而应该穿着一身运动装才好。这里的保安也很有型，个个长得很帅，当陈元从身边经过的时候，他们会啪的一声给陈元敬一个礼。陈元也啪的一声站定，滑稽地给人家回了一个礼。

陈元被保安带到了办公楼，办公楼下边的大厅里，更是美如仙境一般，一个大大的池塘里，成群的红鲤鱼自由自在地游着。大厅的上空是透明玻璃的，还有一棵大树穿过房顶，茂盛地生长着。陈元随手拍了几张照片，用微信的方式发给了女朋友。女朋友果然问，你在打高尔夫球吗？陈元说，这是我的新单位呀，办公环境不错吧？女朋友又回复说，好漂亮呀，有空了你带我去玩吧。

但是终究还是让陈元失望了，当他来到办公室三楼的时候，公司人事告诉他的准确消息是，他确实是被录取了，不过工作部门不在杂志社。陈元说，我应聘的是编辑记者，为什么不在杂志社呢？公司人事说，你投递的简历都在这里呀，难道你面试的时候他们没有告诉你，若是编辑记者没有被录取的话，我们是可以进行调剂的。陈元说，你们把我调剂到什么地方了？公司人事说，调剂到销售部门了呀。

陈元说，销售部门是干什么的？是卖骨灰盒呢？还是卖棺材板？

公司人事说，我们是墓园，又不是火葬场。我们销售的是墓地，同时也销售墓碑。陈元说，那怎么个销售法？公司人事说，你有没有买卖过房子？和买卖房子是一样的。不过房子是给活人住的，墓是给死人住的。陈元说，你家买过房子吗？你家买房子会与买墓地一样吗？

公司人事并不生气，而是笑着说，你这是不了解我们这一行，说实话我们这个行业比房地产行业干净多了，也简单多了，卖房子还可以骗，还可以蒙，但是卖墓地都是一口价，没有人会讨价还价的。

在墓园里办一份杂志，当一名编辑记者，恐怖是恐怖了些，但是在如今就业形势如此不景气的时候，陈元还是勉强可以接受的。但是让自己去卖墓地，那是万万不可能的，自己这一关无所谓，女朋友这一关也好糊弄，几句花言巧语就蒙混过去了。但是女朋友的家人呢？

哄个一天两天可以，哄个一年两年能行吗？而且一旦进入这个行业，你只能干到退休了，你想辞职另谋高就，一旦人家发现你曾经在墓园工作，而且是个卖墓的，那还有人敢要你吗？

陈元不想再啰唆了，于是扭头就走。这个墓园真的好大，大得让他一出门就迷路了，他像是一丝游魂一样，在小雨之中到处乱窜。这时他才发现大片大片的草坪，并不是真正的草坪，而是一块块墓地，上边安放着一块块石碑，像一本本摊开的书似的，仅仅只有半平方米的样子，石碑上边雕刻着逝者的姓名及生卒年月，下边埋着的就是逝者的骨灰。

陈元想问个路，但是四处一片空旷，放眼望去连个人影也没有，好不容易碰到了另外一个，她同样是在墓园里迷路的人。陈元想问她出口在什么地方，她则问陈元办公楼在什么地方。陈元说，你也是来上班的？她眼含着泪痕，告诉陈元说，自己是来买墓的，他父亲前不久去世了，马上就要清明了，她想把父亲安葬于此。

这是一个年轻的女孩，恐怕是刚刚失去父亲的原因，显得有些伤感和无助。陈元本来永远都不想再回到那个仙境一般的地方，但是他还是走在前边，给她带了路。她告诉陈元，自己姓姚。陈元则告诉她，自己叫陈元。女孩年纪不大，二十六七岁的样子，人长得很漂亮，皮肤白净，一头长发。一路上，小姚告诉陈元，父亲不到六十岁就去世了，他生前十分怕冷，最喜欢的就是晒太阳。小姚问陈元，你晓得我为什么选择你们墓园了吧？陈元说，为什么呀？小姚说，我几乎看了所有的墓园，只有这个地方不像墓园，倒像是一个美丽的公园，是可以晒到阳光的，父亲虽然死了，我依然要让他晒到人间的阳光。

小姚说话的时候，一颗颗眼泪又滚了出来。陈元发现小雨早就停了，太阳从云层里冒了出来，果然把整个墓园照耀得温暖了起来。

公司人事看到陈元又回来了，而且身后带了一个女孩，于是笑着说，以为你走了呢，这么快就有客户了？陈元真想告诉她，他只是带个路而已，但是看到这个女孩，如此依赖于自己，他就没有吱声了。他帮她填表，帮她付款，帮她书写墓碑上需要雕刻的文字。

小姚问，你是新来的吧？陈元说，是啊，第一天。小姚说，我是你接待的第一个客户？陈元说，对呀，你是不是已经看出我的业务并不熟练？小姚说，没有啊，就觉得你很认真，工作时间长的人慢慢会厌烦的吧？不管怎么样，我要谢谢你，我代替我爸爸谢谢你。她说着说着，大颗大颗的泪水又滚了下来。

陈元说，你也别太伤心，其实这和以前并没有什么不同，就跟有时候打电话出现故障一样，你父亲能听到你的声音，而你听不到他那边的声音。小姚点了点头说，是的，我总觉得他在喊我，我听不见而已。小姚站在透明的玻璃窗前，看着窗外绿茵茵的草坪，轻轻地说，爸爸啊，我昨天晚上还梦见你了呢，你就坐在我的床边，还问我要不要喝水。

公司人事递来一张《入职登记表》，对陈元说，我看你很适合这份工作。陈元说，我哪里适合了？公司人事说，你没有发现她来的时候是哭着的，而离开的时候已经是笑着的吗？

目送着这个女孩离开之后，陈元本来打算也要离开的，但是当他站在透明的玻璃窗前，看到小姚不停地回过头，面带微笑地看着他的时候，陈元叹了口气，还是决定留了下来。他又有了一个预感，预感到自己若是待在这里，或许与她之间将会发生一点什么。陈元明白，在春天的墓园里，除了那些死了的东西，应该还有一些活着的东西。

四、大家都为生总得有人为了死

陈元就这样稀里糊涂地做了一个墓地的销售员，开始几天心里还是阴森森的，有着许多不甘心，心想自己一个大学生，一个老牌记者，一个奔四的大男人，怎么可以整天在死人堆里打滚呢。但是几天过去，正如公司人事所说的那样，这份工作是很干净的，而且是十分单纯的，天天接触的都是丧事，所以对人生也就看开了，什么记者证呀，什么风光呀，最后全得化成一把灰，全都显得无足轻重了。若是没有世俗的偏见，陈元甚至觉得这份工作相当不错，工资比外边要高很多，不用四处去拉业务，也不用与人斗心眼。人家既然来了，肯定家里死人了，而且无论是壁葬，是草坪葬，还是墓葬，都是明码标价的，讨价还价是对逝者的不尊重，各人的财力怎么样都是心中有数的，用不着你连哄带骗地给人推销，只需要带着人家去看看现场，一切都可以定下来了。

陈元每天坐着公司班车，往返于青浦与市区之间，确切地说是往返于家与墓地之间，这样的日子过得安然自在。开始女朋友问他工作怎么样，他还撒谎说，杂志社工作挺好的，比起报社清闲多了，不用风里来雨里去，每天喝喝茶看看书，很容易就混过去了。有一天，女朋友再缠着他，要去他的“高尔夫球场”的时候，陈元基本就说了真话，告诉女朋友单位不在市区，而是在青浦郊区的一片葡萄园，工作还是那家公司，但是已经换了部门，不在杂志社了，而是在销售部门了。

女朋友就问，那就是说你现在不是记者了？陈元说，不是记者了。女朋友说，那你为什么要换部门？不是记者以后还怎么替我爸妈办事？陈元说，销售部门工资高，有钱了还怕办不成事情？女朋友就如实告诉了她的父母，她的父母就问，如今每月拿多少呢？陈元说，一个月拿到手一万多块吧。她父母连他销售什么也没有问一声，看在钱的分上也就不再追究了。只要权与钱占上一样，就没有什么后顾之忧了。与朋友们聚会的时候，大家问他如今在什么地方发财，他就说是房地产公司。

春天很快就要过去了，上海迎来了春夏之交时的酷热。某一天中午，陈元独自一个人无所事事，就跑到墓园里随便转转。墓园很大，到底哪儿才是边沿，自己根本是不清楚的，而且到底埋了多少人，自己更是不清楚的。有塔葬，亭葬，树葬，壁葬，草坪葬，所以这里的墓是根本无法数的。有时候你看上去是一棵树，但它同时又是一个墓，有时候看上去是一座楼，但它同时又是好多人一起的墓。墓园埋了无数名人，当然大多数是无名之辈。

陈元像是逛公园一般，逛着逛着就逛出无限的趣味来了。不说别的，单说说那些草坪上的石碑，样子像一本本书似的摊着，再看看内容也是让人回味无穷的。有单人墓碑，有三人墓碑，多数是双人墓碑；有孩子墓碑，有百岁老人墓碑，多数是殁于花甲之年的墓碑。陈元一个个地琢磨过去，就琢磨出无数的小故事来。比如每个墓碑上都有一个大头照，基本可以看出逝者的音容笑貌。这些照片肯定是此人一生中最漂亮的一张，或者是生前津津乐道的一张，所以照片也是五花八门，有的活到六七十岁了，却用了一张少女时代的照片。比如有一个单人墓碑，享年四十九岁，立碑之人是“妻”和“儿”，说明什么呢？说明妻子有再嫁的打算；再比如有个三人墓碑，中间是一个留山羊胡子的男人，两边各有一个女人，这又说明什么呢？说明这个男人先后娶过两个女人。

陈元看着看着，就发现一个十分可怕的规律，大部分男人都是活不过女人的。这又说明什么呢？恐怕说明男人比女人遭受的磨难多，像自己这么卖命图什么呢？归根结底不就为了讨自己女朋友欢心吗？

正当陈元黯然神伤的时候，突然接到了一个电话，是原来报社的工会主席老高打来的。

陈元说，老高啊，有什么事情吗？老高说，你新工作怎么样了？陈元说，挺清静的呀。老高说，听胡总编说了，在那种地方真是委屈你了，我们也是没有办法的事情，你们这批骨干记者一走啊，整个报社就基本熄火了，已经几个月没有发工资了。

陈元说，代我谢谢胡总编吧，我心里很生气，但是我不怪他。

老高说，告诉你一个消息吧，胡总编去世了。

陈元一时有些吃惊，急得在墓园里转起了圈子。陈元一急一恼一烦，都会不由自主地转圈子，只不过有时候圈子转得大一点，有时候圈子转得小一点。陈元连忙问，得什么急病了吗？老高说，本来是有抑郁症的，前段时间上边来人，要求报社立即清算关门，胡总编死活不愿意，说是近百号人，要吃饭，要养家，还有怀抱的新闻理想，报社这门一关，让他们怎么办？上边说，不关门可以，每天的亏损谁来负责？胡总编说，国家不能只考虑经济效益，还得考虑群众的死活。最后闹得不可开交，胡总编就一句话，关门可以，关门之前先为他收尸。

陈元说，最后呢？最后他怎么死的？

老高说，跳楼死的，他办公室在二十三楼，硬生生从窗户跳下去了，上边非得说他抑郁症犯了，其实我们大家都明白，为了报社他是很忧郁，但根本到不了抑郁症的程度，他这是为了救大家才死的。

陈元说，报社现在还关吗？

老高说，不关了，暂时不关了，毕竟胡总编跳楼了，上边一下子怕了，怕再死几个人，就不得了了。胡总编跳楼的前一天晚上，他死活不让我下班，说是要开个会。等大家都走了，只剩我们两个人的时候，我就问他，两个人开什么会呢？胡总编笑着说，不开会，你是工会主席，你要听我这个群众和你谈谈心。于是他搬出一箱子啤酒，两个人开始喝酒聊天，最后提到你的时候，他就哭了。他说对不起你，他说小陈你不容易，从陕西农村一步步走到现在不容易，混个记者当当更不容易。他说小陈你看重的，其实不是记者证这些东西，看重的还是自己的理想，还是自己的事业，他说小陈你一辈子的理想与事业就是当一名好记者，但是人到中年了，在他的手中让你的理想和事业都破灭了。他说你好像有一份工作，有一份收入不错的工作，但是小陈你那是干什么的，是混在死人堆里、人不人鬼不鬼的工作。老高哽咽着说，胡总编他喝醉了，喝醉的时候他说，若是有可能的话，他还想把你弄回来继续当记者。小陈你说说，你还想回来当记者吗？

陈元也哭了，说如今他人呢？人在哪里？老高说，人在医院的太平间里，在世时溜须拍马的人一长串，人死了身边就只有苍蝇了。你还记得那个姓贾的主任吧？胡总编上个厕所吧，他也要冲上去开门，开门还不算数，还哈着腰候在边上，等胡总编上完了，再跑过去帮忙冲水；他自己就是放个屁，也去给胡总编汇报一下，若是胡总编说你别放，他会把个臭屁硬生生地给憋回去，换成饱嗝给打出来的。就这么个人，胡总编跳楼的那天，大家喊人去收拾现场，他一下子就变脸了，指着楼下说，我才懒得去呢，干什么事情不好，为什么要自杀呀。

陈元说，我早就提醒过，这个人就是一只不折不扣的白眼狼。老高说，胡总编还是心软，死之前还提拔他做了个主任。胡总编的情况你可能还不清楚吧？他一心扑在事业上，这么大年纪了，其实还没有成家，父母又死得早，就是一个孤儿，别说给他操办后事了，现在在停尸间里放着，都放了一个星期了，连个去看望他的人都没有。

陈元说，我得去看看胡总编。问一下，什么时候开追悼会？老高说，开追悼会？！谁给他开追悼会？！上边认定他这是自杀，患抑郁症自杀的。而社会上疯传的，是报社经营不善，欠了一屁股外债不说，还欠员工几个月的工资，把胡总编给活活地逼死了。所以上边能躲的都躲了。到目前为止，到底应该怎么办，什么时候埋，埋在哪里，谁出钱来埋，都还没有一个明确的说法。

陈元说，那就不要说法了，你是单位的工会主席，我正好在墓园上班，大家一起想想办法，把胡总编给安葬了吧。

陈元放下电话，立即赶往医院。当他赶到医院的时候，工会主席老高已经带着相关的证明文件，守候在医院的大门外了。陈元给胡总编办理完了手续，然后随着运尸车一起，赶到了火葬场。一切办得相当顺利，在太阳偏西的时候，一个堂堂的报社总编，一个四十多岁的大活人，一个为救下一家报社选择纵身一跳的大男人，就这样变成了一把骨灰。

陈元手捧着胡总编的骨灰盒，从火葬场走出来的时候，老高有些迷茫地问，下一步怎么办呢？陈元说，他真一个亲人都没有了？老高说，我是工会的干部，就目前的档案看，肯定一个亲戚都没有。陈元说，也就是说没有人跟我们抢骨灰了？老高笑了笑说，如今人什么都抢，抢房子抢车子，唯独这骨灰是个一毛钱用处都没有的东西，恨不得撒到大海里去。

陈元说，这就好办了，我们现在就去长寿园吧。

老高抬头看了看天空，太阳开始下沉了，已经接近黄昏时分。老高为难地说，能放在明天吗？陈元说，那今天晚上它怎么办？连个寄存的地方都没有啊，就老实告诉你吧，我是怕鬼的人，虽然与胡总编共事了三个月，但是对他一点不熟悉，现在捧着它已经瘆得慌了，若是再把这个骨灰抱回家过夜的话，恐怕我的小命都不保了。陈元说着，似乎一下明白过来，自己捧着的不是一个珠宝盒子，而是一个骨灰盒子，一个有些陌生的骨灰盒子。

陈元说，你有什么事情吗？老高说，我家有个情况，你可能也不清楚，我老婆瘫痪在床，还等我回家给她烧饭呢，我不回家她恐怕就饿死了。正说着，老高家里打来了电话，催他赶紧回家一趟，说是老婆大小便失禁了。老高无奈地说，你看这样行不？你找个地方把它寄存一夜，反正也没有人在乎它，我现在先回家照顾老婆，而且我们现在去长寿园，天已经黑了，人家已经下班了，恐怕已经无法落葬了。

陈元觉得老高说得有些道理，于是说，就这么定了，明天早上我们在长寿园碰面吧。老高匆匆忙忙地走了，陈元看着他有些佝偻的背影，在昏黄的夕阳下有些艰难地移动着。陈元十分感慨，老高在报社里，那是多光鲜、多儒雅的一个人，谁会想到他从报社回到家，还得给老婆端屎倒尿，这比起自己来说，恐怕要艰难得多了。自己除了在墓园工作，除了觉得无法面对女朋友一家之外，还有什么可烦恼的呢？

开始到墓园的时候内心是有些委屈，但是现在慢慢地已经想开了，人生中有生就有死，大家都为了生，总得有人为了死，谁会不死呢？只要会死，就有用得着他陈元的地方。

五、好看的盒子里原来不是宝贝

陈元抱着一个骨灰盒，坐在火葬场大门外的公交车站里。

天已经慢慢黑了，四处升起了迷离的灯火，公交车来来往往，人流上上下下，没有人注意陈元到底是个干什么的，更不晓得他手中抱着的是一个什么东西。有一个乘客不小心，把陈元手中的骨灰盒给撞翻了，哐当一声落在地上，这个乘客连忙拾起来，又塞回给陈元。他与陈元并肩坐着等车，他看了看陈元，然后奇怪地问，你抱着的是什么东西？陈元说，是月饼。他说，是月饼吗？又不是中秋，还会有月饼吗？陈元说，不是马上清明了吗，清明也可以吃月饼。他说，呵，那是青团吧？现在的包装越来越讲究了，一个青团也弄得这么豪华，我还以为是骨灰盒呢。

陈元笑了笑，然后半开玩笑地说，再豪华都是装东西的，也没有太大差别吧？

陈元无聊而又心慌地坐着，他不晓得应该怎么办。抱着骨灰盒回自己家吗？若是回自己家的话，那肯定会被活活吓死的，稍微有个风吹草动的时候，他都睁着一双眼睛不敢入眠，何况如今抱着一个人的骨灰盒。一个人的骨灰盒是什么？就是一个人的尸体。白天还有老高陪着，如今他回家给老婆服务去了，把陈元连同无边的夜色一起扔在了这里。

那怎么办呢？真把这个骨灰盒扔在荒郊野外吗？虽然骨灰确实不值钱，比一把泥巴都不值钱，泥巴可以填到花盆里，骨灰能干什么呢？但是人家怎么晓得这是骨灰呢，就像刚才那个乘客一样，说不定人家会以为是什么宝贝的。退一万步，确实被人家认出来是一盒骨灰，骨灰不值钱，但是这么好看的一个盒子还是值钱的。这个盒子就是自己花三百块买来的。一般人怕它，那些拾荒者可不怕，只要能卖钱，他们什么不敢捡？

若是自己把胡总编的骨灰给弄丢了，恐怕也没有什么人追究自己，但是自己的良心呢？自己的义气呢？他急着来处理胡总编的后事，图的是什么？自己与他无亲无故，更谈不上有天大的恩情，仅凭着胡总编为了报社不关门，为一帮新闻人还能吃上这碗饭，他才这么拼命的。所以，他无论如何也得让胡总编入土为安才行，这是他陈元做人的基本原则，别看他平时像个疯子，又像个傻子，更像个愣头青，但是他做人的原则从来都没有放弃过。

关键的时候，陈元还是想起了女朋友，于是他给女朋友打了一个电话。女朋友说，你在哪里呢？陈元说，在公交车站呀。女朋友说，准备回家还是准备出去约会？陈元说，我想你了，你今天晚上加班吗？不加班就陪陪我行不？女朋友说，你今天怎么了？一下子有点抒情了，是不是做什么亏心事了？陈元说，没有啊，工作一天太累了，就是想见见你。女朋友说，我看你不是想我了，是想我妈的红烧肉了，你赶紧过来吧，正好赶上开饭呢。

陈元打完电话，发现公交车站离女朋友家并不远，仅仅隔着四站路的距离。陈元脱下一件外套，把手中的骨灰盒包了起来，然后上了一辆公交车。

在女朋友家楼下的时候，陈元准备买几斤苹果。每次到女朋友家混饭，他都不会空手的。但是小区里的水果店关门了，他只能空着手上楼了。

当他来到女朋友家门口，感觉带着一个骨灰盒是不妥的，别说晦气不晦气，若是被女朋友当成礼物，那可怎么办呢？于是他又下楼，顺着大楼转了几圈。开始想把骨灰盒藏在花丛中，但是花丛并不深，是藏不住的；后来想把骨灰盒藏在楼道的纸箱子里，但是纸箱子很容易被人给收走了。最后，陈元发现楼道电表房的门开着，于是他留下外套自己披上，把骨灰盒藏在了电表房里了。平时大家不在家的时候，会把快递放在这里，所以是非常保险的。

等陈元来到女朋友家，女朋友家已经开饭了，果然有陈元最爱吃的红烧肉。陈元也不客气，自己加了一双筷子，狼吞虎咽地吃了起来。他一天都在忙着胡总编的事情，连口水都没顾上喝呢。

准岳母说，吃饭不洗手吗？女朋友说，快去洗手吧。陈元就跑到厕所去洗了洗手。准岳父说，吃饭不喝汤吗？女朋友就说，快去给自己舀碗汤吧。陈元便又起身舀了一碗汤。在这个家里，女朋友全是听父母的，陈元又全是听女朋友的。吃完饭，陈元张罗着收拾碗筷，只要陈元在，女朋友家的碗筷就是陈元包了的。这并不能说明陈元的地位低，而是在上海，所有的女婿地位都是不高的。

陈元刚刚收拾完碗筷，准岳母一边看电视，一边自言自语地说，好像西瓜上市了吧？也不晓得好吃不。女朋友就说，我们得买一个回来尝尝了。女朋友走到陈元身边，小声嘀咕，今天你怎么空着手来了？陈元说，我想买点水果的，但是小区的水果店关门了。女朋友说，你不能跑远一点，这世上仅这一家吗？陈元说，我现在再下去看看吧。

陈元趁机出门了，他一方面真想买个西瓜回来，讨一下准岳母的欢心，另一方面他是想出门看看，那个骨灰盒还在不在。自从带着个骨灰盒上路，他的心就一直是悬着的，感觉总有一个人跟在后边似的。

陈元跑到楼道，发现电表房的门刚刚还是开着的，现在却突然给谁锁上了。锁上也就锁上了，这样更加安全了。陈元安心地出了小区，找了一家水果超市，买了一个刚上市的大西瓜，另外还买了几斤苹果，回到女朋友家把西瓜给切了。虽然是早熟的西瓜，还是相当不错的，准岳母吃得一时开心，便主动开口说，天已经晚了，小陈你就别回去了。女朋友说，那你就住我家吧。陈元就留宿在了女朋友家。虽然没有与女朋友同居一室，而且做了一夜的噩梦，前半夜梦见自己从原报社的楼顶掉下去了，后半夜梦见自己陷进了一个大坑之中，但是因为女朋友家里人多，这一夜还是相安无事的。

天亮后，陈元匆匆地起了床，向着小区物业冲去。那个电表房应该是小区电工给锁上的，他必须到物业找到电工，才能把胡总编的骨灰盒给拿出来。

物业说，我不认识你，为什么给你开门？陈元说，我开门就拿件快递，又不干别的。物业说，那不行，万一你偷电怎么办？陈元说，我偷电干什么？怎么个偷法？电表房天天都开着的，要偷电我早偷一百遍了。物业就喊回了电工。电工说，你是这个小区的吗？我怎么没有见过你，那里边的快递可不是随便能拿的。陈元说，我是你们小区的女婿，还没有过门呢。电工说，哪家的女婿？我得求证一下。

陈元说，某某楼某某室的。电工说，这户人家啊，我是认识的，大年三十还给他家修过吊灯的。电工说着，就把电话打给了陈元的准岳父。电工说，这里有个光头，说是你家女婿，我打电话核实一下。准岳父说，呵呵，两个人正谈着呢，还没有结婚的，他是一家报社的记者，大清早的他找你们干什么呢？电工说，让我给开三楼电表房的门，说是拿个东西。

准岳父一家觉得好奇，他们确实让陈元帮忙偷过电，但是被陈元一口回绝了，说是被抓住了会坐牢的，如今哪根筋出毛病了，一清早的，竟然明目张胆地找电工干什么？于是一家人顾不得梳洗，都涌到了三楼楼道里了。

电工随着陈元，把电表房的门给打开了。准岳母说，这个黑色盒子是什么东西，蛮好看的嘛。女朋友就笑着问陈元，是不是你的快递，你是不是买什么礼物给我妈了？准岳父说，我以为你要干傻事呢，原来是个礼物呀。陈元不晓得如何回答，正在僵持不下的时候，女朋友挤到身边说，这么神秘干吗呀？于是一把接过那个骨灰盒，一下子掀开了。

陈元挡也没有挡住。几个人挤在一起，朝着盒子里一看，除了铺着一片黄色的锦缎之外，什么也没有。确切地说，里边只有一把水泥，没有搅拌的水泥。准岳母问，这是啥货子啊？女朋友接口说，怎么就一把灰呀？准岳父说，是不是珍珠粉呀。陈元就支支吾吾，不晓得如何回答了。

女朋友说，珍珠粉是白色的，而这是灰色的，倒是像一把虫草，你们见过虫草吧？虫草放得时间长了，就全部化成灰了。准岳母说，小陈啊，你是不是被哪个小瘪三给骗了？女朋友接口说，你是在淘宝上买的吗？可以七天无理由退货的。

电工还没有走开，他也挤了进来，顺着这个盒子转了一圈，左看看右看看，然后疑惑地对大家说，我看不对头吧？这恐怕是个晦气的东西。准岳父说，看你这话说得，阿拉囡女男朋友送来的礼物，晦气在哪里了？电工说，你再看看吧，它像个什么？准岳父说，这么好看，不就是个珠宝盒子吗？电工挠了挠头，嘿嘿一笑说，你们家没有死过人吧？我现在终于看明白了，这其实就是一个骨灰盒。

准岳父一听，气不打一处来，冲上去一把抓住了电工的衣领子，然后扭过头问陈元，小陈你说说，这到底是什么东西，让这个乡下人长长见识。女朋友接口问，你说说吧，你到底网购了什么礼物？是不是被人给骗了？

陈元急得脸红脖子粗，他一急照样是要转圈子的，于是围着其他几个人转了几圈，然后像一只泄气的轮胎说，它就是骨灰盒，还能是什么呢？！

准岳父以为自己听错了，放开了电工，对着骨灰盒轻轻踢了一脚问，这是什么？你再说一遍到底是什么？陈元又回答，是骨灰盒呀。

准岳父又踢了一脚问，盒子里边呢？陈元说，是骨灰呀。准岳母本来站在旁边，一边看热闹似的，一边抱着一个玻璃瓶子在喝牛奶，听到“骨灰”两个字，喝下去的牛奶一下子就喷出来了。

准岳父说，你在上海没有一个亲人，你要这个东西干什么？是不是你当记者得罪什么人了，有人寄这个东西和你恶作剧？

陈元说，没有啊，是我从火葬场买的，我们的胡总编死了，我得把他给埋了。

准岳父说，你是胡总编的儿子还是孙子？用得着你来埋他吗？

陈元说，我不是他儿子孙子，现在也不是他的下属了，我早就被他给炒鱿鱼了。

女朋友说，你不还是记者吗？陈元说，我就实话实说吧，我现在不在报社，也不在杂志社，我目前的工作在长寿园，我的身份是一个销售员。电工听了，一边走一边嘿嘿地笑说，什么销售员不销售员的，就是一个卖墓地的，明白点说就是埋死人的。

准岳母已经回了房间，“嘣”地把门给关上了。女朋友也不敢久留，紧随着她妈回家了。准岳父没有走，但是开始蹲在地上，哇哇地呕吐了起来。陈元上前扶了一把，问叔叔你怎么了？准岳父朝着地上吐了一口，说谁是你叔叔了？你叔叔在那个盒子里呢！你还不赶快给我滚！

陈元不紧不慢，脱了自己的外衣，把那个骨灰盒给包了，然后像一个包袱一样，斜挎在肩膀上，顺着台阶下楼而去。陈元下楼后，没有急着离开，而是围着女朋友家的这座楼，整整绕了十三圈，他一边绕一边朝楼上看，他看见有人在阳台上浇花，但是浇花的人似乎并没有看见他在转圈子。

陈元离开的时候，眼泪唰唰地流下来了，他明白从这一天起，他又要失恋了。

六、不能把人与宠物埋在一起

陈元斜挎着一个包袱，先是搭乘了一辆公交车，又转乘了地铁一号线。本想着赶单位的通勤班车，但是一时找不到班车的停靠点，于是陈元干脆回了家，骑上了自己的电动车，然后呼呼噜噜地向青浦赶去。

春末夏初，老天爷像坐过山车一般，玩得十分过瘾，前几天都冲到三十摄氏度高温了，这时一下子又降到了十多摄氏度，野外虽然已是花开花落，但是风一下子寒冷了起来。陈元骑着电动车，顺着沪青平公路，风尘仆仆地朝着长寿园跑去。陈元开始也没有觉得有什么异样，不就背着一个人的骨灰吗？比起背着一个死人轻松多了。走着走着，随着离喧闹的城市越来越远，加上耳边刮着呼呼的晨风，陈元就有些悲摧了。

他首先想到了还在陕西塔尔坪的老父亲，他已经年近八十岁了，但是依然孤独地一个人住在那个小山村里。上次回家的时候，父亲把陈元拉到了阁楼上，说我给你看样东西吧。陈元在阁楼上，看到一副漆得油光发亮的棺材，一套黑色的寿衣，一些麻纸和香烛，还有一缸刚酿的柿子酒。陈元明白，这全是给死人的时候用的，给一个人下葬的东西一应齐全了。陈元问，预备这些给哪个呀。父亲说，还能给哪个呢，给我自己预备的，哪天一口气上不来的时候，你们儿女离得远，哪有工夫预备这些呀，我活着的时候就全弄停当了，只等你们回来把我埋掉就行了。就是那次，陈元有了深深的自责，大伯死了他没有回家奔丧，叔叔死了他也没有回家奔丧，基本都是忙着工作和糊口。有一次回家，时间稍微空闲了点，想去看看一直很疼自己的舅舅。父亲才告诉陈元，舅舅已经死了好多年了，临死的时候还问到过陈元的情况，问陈元现在在哪里，在外边混得怎么样了，这孩子从小死了娘，你们多关心一下吧。当然舅舅还问到了一杆枪，是陈元考上学的时候，舅舅送陈元的一件礼物。这么多年，在亲人一个个离开的时候，别说守在床前聆听几句嘱托，连给他们送葬的机会也没有啊。陈元当时就想，亲人们几乎死得差不多了，仅剩下一个姨娘，一个姑姑，她们去世的时候，肯定不会通知陈元的，所以这辈子恐怕只会为父亲一个人送葬了。

但是谁会想到，自己却为一个几乎无关的人送葬，而且成了唯一一个送葬的人，他不明白这是自己讲义气呢，还是这个社会变得更加冷漠了。陈元想着想着，就特别想唱歌，想唱孝歌。在陕西老家送葬的时候都会唱孝歌的，陈元从儿时不但会唱孝歌，还会编孝歌的词儿。陈元于是放开嗓子唱了起来：

管我是亲还是疏
人死还要人来埋
人死灯灭还有魂
哪家门上挂无牌
人在世上千般好
不如路边一棵草
草死叶落根还在
但愿人去得转来

陈元声音沙哑，几乎是歇斯底里的，好在当时风大，又在郊外的大马路上，所以声音被风吹散了，没有惊吓到什么人。骑到一处十字路口时，电动车颤抖了一阵子，就熄火了。陈元明白，恐怕电耗光了。自己过去从来没有骑过这么远的路程，所以也就把这档子事给忽视了。正处于荒无人烟的地方，陈元下了车，推行了一阵子，实在是太吃力了，于是拐入了另一条小路。走了不远，就遇到了一个小镇，小镇背后有一座小山，山上绿意盎然，有一群白鹭在山腰上盘旋，山顶有一座红房子耸立着。上海是没有山的，所以这个小土包应该就是佘山了，山顶上那个红房子就是圣母大教堂。

在山脚下的小巷子里，陈元找到了一个修理铺，花了五块钱给电动车充电。正好有一段空闲时间，于是陈元很想去佘山溜达一下。在上海这么多年了，还从没有来这里逛过。一是自己在山里长大的，对这座小山是不屑一顾的；二是在报社的时候，真是太忙了太累了，根本没有时间与兴致来游玩。陈元觉得人生很有趣，他恐怕有一百个一千个来这里的理由，但是却没有想到其中的一个原因，竟然是为了送葬。

这样一想，陈元稍微开心了一点，也算是有得有失吧。

陈元背着包袱似的骨灰盒，顺着一条林荫小路上了山。上到半山腰的时候，发现这里是一片片密密麻麻的竹林，竹笋早就钻出了地面，长到一人多高了，竹林中间夹杂着几棵绿树，各色无名的野花开满了山坡，景色确实美妙极了，而且安静极了。陈元偏离了正道，走入旁边一条小道，更是觉得清幽无比。麻雀叽叽喳喳地叫着，偶尔还有一群白鹭在竹林上边跳跃，丝毫也感觉不到人的存在。

陈元找到一块石头坐了下来，这时一低头，突然发现屁股下边是一块墓碑，准确地说其实只是一块石板，上边用油漆写着几行小字。字迹已经模糊不清了，只能看到“谁谁谁之墓”和“谁谁谁敬立”的字样。坐在墓上，等于坐在死人的头上，这是对逝者天大的不敬。什么地方都可以坐，怎么可以坐在人家的墓上呢？

陈元一下子感慨起来，这真是埋人的好地方，不但有一方好风水，而且又不要钱。上海的墓地是很贵的，陈元当记者的时候，采访过一个新闻，有个人买不起墓地，就把自己母亲的骨灰盒埋在了小区的绿化带里。若是他把母亲的骨灰撒在绿化带里，也许就没有人晓得了。因为骨灰对于泥巴而言，真是太渺小了，仅仅算是一小把肥料而已。但是他在绿化带的香樟树下挖了一个大坑，把母亲的骨灰盒全部埋了进去，还在香樟树上刻了一行“母亲大人之墓”的小字，这下就暴露了，引起了居民们的强烈反对，只能把坟给迁走了。

陈元突然之间，想起自己只顾着出门，竟然忘记带钱了。没有钱，拿什么给胡总编买墓呢？

陈元取下包袱，把外衣打开，把骨灰盒放在一棵大树下，然后绕着大树转起了圈子。陈元一边转一边说，胡总编啊，我不是你儿子，也不是你兄弟，甚至你还炒了我的鱿鱼，为什么最后是我来埋你呢？陈元说，胡总编啊，你生前有没有想过，自己会埋在什么地方？肯定没有想过吧，那我替你想一想吧。陈元说，胡总编啊，你睁开眼睛看看，这是上海之根，是上海唯一的一座山，风水肯定差不了，而且这里不要钱啊，老实说吧，我把自己的存款全部取出来，不见得能在长寿园里安葬得了你。

陈元说，我把你埋在这里吧，反正你也无后了，埋在哪里都是一样的，埋在这里还有一个好处，有麻雀与白鹭天天给你上坟唱歌呢。

一只小麻雀从枝头跳了下来，落在了骨灰盒上边，轻轻地啄着斑驳的一层阳光。

陈元说，这是不是算你答应了？那好吧，我就把你埋在这里吧。

陈元折了一根树枝，开始在一棵大树下挖坑。大树下边盘根错节，根本不是那么容易挖下去的，陈元于是另想了一个办法，那就是建墓。陈元的老家当年是挖坟的，现在已经改成建墓了。坟与墓的差别，一个在地下，一个在地上；坟需要向地下挖，而墓呢，只需要用青砖石头向上边堆，显得更加气派一些。陈元从四周开始找石头，这山上花花草草的十分茂盛，唯一缺少的就是石头，找了半天也没有找到一块像样的石头。陈元有些好奇，人家那块墓碑又从何而来呢？难不成从山下运来的吗？陈元再凑过去仔细一看，发现那块墓碑上除了有两行小字之外，还画了一个图案，应该是逝者的肖像。这一次，陈元总算看清了，那个肖像不是半身的，也不是一个大头的，而是一个全身的。这个逝者，原来不但有鼻子，有眼睛，竟然有四条腿和一条尾巴。所以这里埋着的，不是仙逝的人，而是一只宠物狗。

陈元早就听说了，上海人爱养宠物，宠物活着时，起着人的名字，比如钱多多呀，比如富满门呀，与主人一起入餐厅，住酒店，吃山珍海味，死了后同样享受着人能享受的一切，最突出的就是立碑了。当陈元发现这是一个宠物狗的墓地时，就十分气愤，上前踢了一脚。心想，胡总编再怎么与自己毫不相干，我也不能把他埋在这里，与一只畜生为伍啊，这不是对胡总编亡灵的羞辱吗？

半个小时过去了，太阳已经升到天空了，自己的电动车应该充好电了，陈元再用衣服把骨灰盒包了起来，挎上这个包袱就下山了。下山之前，陈元还爬上了山顶。山顶上圣母大教堂的祷告已经结束了，大门也关闭了。陈元取下包袱，捧在手中，顺着大教堂四周，一边念叨着胡总编胡中华的名字，一边绕着教堂绕了二九一十八圈。就算是对亡灵的超度吧。

陈元来到维修店，电动车果然充足了电。他上路之前，感觉有些口渴，于是钻进维修店里，向老板讨一口水喝。老板说，我这儿有饮料呀，你买瓶饮料吧。陈元说，饮料有啥喝头，都是色素，而且饮料假冒的太多了。老板一听，有些不高兴了，说你怀疑我这里卖假货对吧？

陈元一看话不投机，水也不敢讨了，就掏出五块钱递给了老板。

老板说，你这不够呀。陈元说，不是讲好的吗？充一次电五块吗？老板说，是啊，但人家一次多长时间，你这一次多长时间？所以我就收你两次的，十块。见老板有点凶狠，提着一只修车的大扳手，在大门口拦住了去路，陈元又添了五块钱，一边递给老板一边说，你也不看我这是干什么去，这钱你也敢收！

老板说，你这是干什么去？陈元已经走出了修理铺，还是嘟哝了一句，我这是埋死人去呀，你不怕死人回来把你多收的钱要回来？老板似乎看出了异样，走到陈元跟前说，你背上挎着的是什么东西？陈元说，还能有什么东西，不是说了吗，是死人的骨灰。

陈元已经骑上了电动车。老板冲过来，一把拔下了钥匙，然后盯着陈元问，你这包袱里是什么，你再说一遍。陈元说，骨灰呀。老板说，难怪从你来这里充电起，才一个小时不到，我就接连地出事情，先是一榔头下去，砸在自己的大腿上，眼睛都冒金星了；好不容易接到一单生意，能赚个十块八块吧，偏偏收了一百块钱的假钞。原来晦气在你这里呀。你这是干吗，你带着这死人的骨灰，哪里不可以去，随随便便地钻到我店里来干什么呢？陈元说，没有电了，我充电呀。老板说，人家送葬，不说开个汽车吧，起码也是坐公交车的，哪有你这样骑着辆电动车的？

老板说着，带着钥匙气呼呼地走了，一瘸一瘸地继续修车去了。陈元一时意识到，自己这事办得确有不妥当的地方。在陕西塔尔坪那边也有这样的风俗，别说把骨灰带到别人家里，就是披麻戴孝之人，没有过七七四十九天，去别人家里串门子也是犯忌讳的。陈元买了一包烟，笑着递给了老板说，对不住了，我不是故意的，一会儿我埋好他的时候，我让他保佑保佑你吧。

老板低着头修车，对陈元置之不理。陈元说，这样吧，要不那一百块损失，我补给你怎么样？老板说，你补给我？不瞒你说，刚才还有一件事情呢，我老婆在外边逛街，走得好好的，竟然一下子撞在一棵梧桐树上，把个门牙给撞掉了，这不是见鬼了是什么，今天真是倒霉透顶了。

陈元说，你晓得我要埋的是什么人吗？老板说，还能有什么人？！不是你爹妈还能有什么人？！陈元说，你猜错了，我要埋的这个人，也是一个可怜人，他只是我的老领导，还把我给开除了，但是他为了下边一帮兄弟们的利益，竟然以死相逼跳楼自杀了。

老板放下手中的大扳手，伸出手接过了陈元的烟，抽出一根，一边吸着，一边盯着陈元问，你这是想博我同情吧？他没有后人吗？还有，单位不管吗？陈元说，据说是个老孤儿，连个沾亲带故的也没有留下，至于单位嘛，因为是跳楼自杀的，而且人一走茶就凉，所以迟迟没有人张罗，我就想早点把他给埋了。

老板猛吸了一口烟，对陈元说，入土为安嘛，看你是个讲义气的人，你要埋的这个人做了鬼，也不会是个狼心狗肺的，今天的事情就过去了。老板说着，就把钥匙还给了陈元。

陈元临走时，老板还说，你返回的时候，若是没有电了，再来我这里充电吧，保证不收你一分钱。

七、一块墓碑是个伟大的发明

陈元来到长寿园的时候，已经是上午十一点了，还不见工会主席老高的踪影。陈元便打电话给老高，问你在哪里呢？不会和别人一样逃掉了吧？你若是还没有动身的话，那就干脆再去报社一趟，带点钱来吧。老高说，我到大门口了，见面了再说吧。放下电话，老高果然出现了。

老高说，让你久等了，你不晓得瘫痪的人有多麻烦，不仅生活不能自理，人心也变了。我本想早点出门的，老婆硬是哭哭啼啼地问，为什么比平时要早一小时？我说，有要紧的事情，与人约好了，要在青浦会面的。她问，和谁会面呢？而且在青浦？青浦有个淀山湖，可漂亮了，不会是与哪个女人约会吧？我说，约什么会呀，是要参加一个人的葬礼。她说，哪个亲戚去世了，我怎么不晓得呀。我说，是一个同事去世了。她说，同事去世了，追悼会应该在殡仪馆，跑到青浦干什么？她更加不相信了，硬是拉着我不放手，一定让我解释清楚。我怎么解释清楚呢？所以就迟到了。

陈元说，我也刚到呀。老高说，你是骑电动车来的？也够折腾的了。陈元说，你带钱了吗？人虽然是自杀的，安葬费应该有人出吧。老高说，别提了，我给报社的财务打过电话了，我的意思是先从报社借点钱，等丧葬费领出来了，再还回去。以前只晓得报社穷，没有想到穷到这种程度，连埋个死人的钱也拿不出来。陈元说，会不会人家根本不想借？老高说，这个不会的，是真的没有钱了，所以才闹着关门嘛。

陈元说，我们两个都没有钱，那怎么办呢？老高说，大概多少钱？陈元说，具体也不是很清楚，壁葬的话要一万五千块，树葬的话两万多块，草坪葬的话五万多块，这还不算其他的，比如买个碑，雕个字，还有管理费，等等，都是要收钱的。老高说，原以为房地产开发商暴利，没有想到你们这里更加黑心了。陈元说，这和我有什么关系？我只是一个卖墓地的，说明白点，也是积德行善呢。

陈元推着电动车与老高一起，已经步入了墓园深处，这时看到一条清澈的小河，河中鱼儿游来游去，河边一排柳树青青。老高说，你看这样行不，周总理的骨灰都撒到大海里去了，我们把胡总编的骨灰就撒在长寿园的这条河里，应该也不错吧？

陈元想起自己在佘山上经历的一幕，不由得摸了摸自己的光头，笑了笑说，你不怕胡总编找你报仇？这条河虽然不错，但是水是流动的，毕竟没着没落的，不踏实啊。老高说，壁葬是什么情况？那就弄个壁葬吧。陈元指了指不远处的一座塔楼，对老高说，我也没有去过，我们去看看再说吧。

两个人上了楼，发现所谓的壁葬，就是在墙壁上，隔出一个个小小的橱窗，橱窗里放着骨灰盒，上边写着逝者的名字，下边则摆些祭品。橱窗虽然有些狭小，而且有些阴森恐怖，但还是有名有姓的。等再仔细看过去，才突然发现，葬在这里的，基本都是夭折的婴幼儿。老高说，你看怎么样？陈元说，这不就是另一个幼儿园吗？你把胡总编放在一群孩子中间，这也太幼稚了吧。

陈元带着老高，去办公室找到了墓园的销售经理，说是自己有个朋友来落葬，忘记带钱了，能不能先欠着。经理说，欠着？这在墓园可是头一回啊，到底是你什么人呀？陈元说，是我一个重要的亲戚，你就从我的工资里扣吧。经理说，是亲戚那就好办，还可以给你个内部价，而且正好要发工资了，你们订的是哪块墓地？陈元说，他走得比较突然，所以墓地呀墓碑呀，什么都没有预订呀。

经理说，墓地好办，你看上哪一块，立即就可以拿走，但是墓碑是要提前好多天预订的。陈元说，请领导给批个条子，给我们加个急吧。经理说，我看过你的档案，你在上海没有亲戚，也没有结婚，这真是你的亲戚吗？老高在旁边帮腔说，就实话实说吧，这个人不是他亲戚，也不是他朋友，只是我的同事，他的老领导而已，你就帮个忙吧。

经理有些吃惊地看着陈元说，你来这里前不是报社的吗？陈元说，是呀，我衣服里包着的，就是报社领导的骨灰啊。经理这时才发现陈元的肩膀上挎着一个包袱，于是问，为什么只有你一个人呢？陈元说，不是我一个人呀，还有这位老高，他是报社的工会主席，是代表报社的，只是我在这里工作，顺便给咱们墓园拉个生意。

经理说，那为什么要你自己出钱？陈元说，不为什么，谁让他是我的老领导呢，若是有一天你去世了，我也会这么做的。经理大声说，我活得好好的。老高说，话不好听，但是陈元是个讲义气的人。经理有一点点小小的感动，他没有批条子，而是直接打了几个电话，然后对陈元说，我已经替你安排妥当了，你们现在去办一个手续，选一块墓地，带着工人去挖坑，三个小时后墓碑就好了，应该就可以正式落葬了。

陈元与老高就照着交代去了，临出门时，经理又补充了一句，要先把碑文写下来啊。于是陈元与老高办完了所有的手续，先去了“墓碑预订处”，开始起草碑文。逝者的名字与生卒年月是清楚的，只是落款处写谁的名字，让陈元与老高颇为犯难。

按理是要雕刻上立碑之人的名字的，但是立碑之人是陈元与老高，确切地说钱是陈元出的，应该雕刻上陈元的名字，但是陈元与他非亲非故，无端地被雕刻上了一个人的墓碑，那是不是显得有些滑稽呢？老高提议，就雕刻你陈元的名字。陈元却说，若是雕刻我的名字，称呼是什么呢？难道要写上“同事　陈元敬立”？老高说，称呼就免了，可以让人想象去，这样还更有吸引力。

陈元说，你以为是做新闻，要惹人眼球啊，我看就雕刻上报社的名字，胡总编是为报社员工而死的，报社给他立个碑，也是合情合理的。老高反对说，这个碑，又不是烈士纪念碑，哪能写单位的名字呢，算了，还是空着吧，刻字是按字数收费的，空着还可以省几百块钱呢。陈元思考了半天，最后拍板说，空着也不好，让人一看就是无后之人，我看报纸上发文章的时候，不晓得作者的统统署名为“轶名”，那我们就写上“轶名 敬立”吧。

老高说，这和空白还不是一样的？前边再加两个字的称呼吧。陈元说，加什么？老高说，加“儿子”两个字怎么样？陈元说，加“儿子”好像有点讽刺人家胡总编，我看加“妻子”两个字比较有意思。

最后敲定下来的落款就成了“妻子 轶名 敬立”。两个人看着这个碑文，越想越有味道，“轶名”既像是一个女人的名字，又有点“遗落人间的妻子”的意思。胡总编生前最羞于启齿的，不就是一直没有娶个老婆吗？这也算是替他把丑给遮了。

下午五时，太阳已经西斜了，气温又无端地升上来了，再次显得有些闷热而毒辣。碑已经雕刻好了，坑已经挖好了，万事俱备了，只等着工人来帮忙落葬了。这时，老高接了一个电话，说是老婆打来的，又大便失禁了，等着他回去给擦洗呢。老高挂了电话，一脸忧愁地说，别管她，先埋人吧。但是电话一个接着一个，老高再次接了，竟然是邻居家的大妈打来的。大妈说，你怎么还在外边吗？老高说，是啊，在青浦呢。

大妈说，你果真在青浦和女人约会？我还以为你老婆瞎猜忌的呢。老高说，我是在约会，不过不是女人，而是与一个死人，马上就落葬了。大妈呀，你先帮个忙照顾一下，我马上就回来。大妈在另一边大呼小叫起来说，哎呀，不得了了，你老婆恐怕把舌头咬断了，满嘴流血啊。

老高一下子脸色铁青，挂掉电话后对陈元说，本想与你一起把胡总编好好送走的，我再不回去的话，老婆恐怕就没命了。老高从身上掏出一张纸条，递给陈元说，这是我准备的，是《圣经》里的话，本来准备念一念的，现在就交给你吧。

夕阳开始西下，几名工人带着铁锨，来到这片空旷的草坪。工人问，你没有带锡纸什么的吗？陈元说，我不懂啊，还需要什么，我现在去买吧。工人说，死者生前爱抽烟的话，是要放个烟斗什么的；若是爱喝酒，就放几个酒盅子。没有金银细软的话，有些家属就放一个玉手镯或者是玉耳环。陈元说，这个人，不烟不酒，不穿金戴银，我看还是算了吧。工人说，没有什么陪葬也行，你起码得弄点锡纸，把墓穴给烘一烘吧？不然里边阴气太重，会生关节炎的。陈元说，谁会生关节炎？人都死了，哪还有关节？

工人说，人死了还有魂呢，魂也是五官齐全的，你以为一把火就把什么都烧掉了？况且死人的坟，就是生者的福，他这里太潮湿了，会影响后人的。陈元一方面觉得有些道理，一方面也懒得啰唆了，于是赶紧去了一趟小卖铺。但是小卖铺已经关门下班了。陈元无奈，只好从路边捡了一把枯枝败叶，放在墓穴里烧了烧，工人们从衣服里取出陈元背了一天的骨灰盒，放入墓穴之中，开始向里边填土。

陈元站立于如血的余晖中，展开那张老高留下的纸条，开始一边绕着墓穴转圈子，一边高声地念了起来：

静静流逝的所有一切，这个世界没有终结。安息吧，我的同事，你的灵魂将会延续。你的诞生与你的生存，只是为了传递那希望的诗篇，直至永远。将此泪水献给你，这是崭新的爱语，我们将感谢你给予我们的梦想与幸福的日子。我走过那片阴暗的草坪，我不会感到恐惧，因为你的灵魂与我同在。来自尘土的要归为尘土，求主怜悯你，从今往后，愿主带你到永恒福乐的天国，主啊，求你俯听我们的祈祷，奉主耶稣基督之名，阿门。

工人说，这不是《圣经》里的话吗？原来你信天主教啊？陈元没有回答他，照样绕着自己的圈子，从头又念了一遍。念着念着，太阳就落下去了，留着一丝丝刺眼的光芒在天边；念着念着，陈元的眼泪竟然流了下来，他不明白这泪水到底是为胡总编呢，还是为了自己。

墓穴已被泥巴填平，四周重新铺了一层草皮，若不是上边盖着一个黑色的石碑，谁也看不出它与平常的草坪有什么异样。工人收工了，天已经彻底黑了，没有阳光与太阳的时候，这里才显出与人间的不同。直到最后，陈元也没有给胡总编下跪，而是不停地绕着圈子。对于陈元来说，绕圈子才是最高规格的仪式，因为无论生与死，无论阴与阳，哪怕一片小小的叶子，一束小小的光，一朵小小的云，有的匆忙，有的缓慢，有的绵长，有的短暂，大家都是一样的，从起点到终点，从终点到起点，起点就是终点，都是在绕着大大的圈子。

陈元忽然发现了一张报纸，这张报纸正好又是胡总编生前所编，于是他把它给点燃了。

陈元对胡总编说，就因为你，这张报纸还在办着呢。

陈元说，我们同事一场，生前你不能保住我的饭碗，现在你走了，我已经尽力了，为你我女朋友都丢掉了。

陈元说，不是我吹牛，这世上像我这样的人少啊，可以说是百年不遇啊，不信你看看吧，这里有多少墓啊，有多少石碑啊，但是有哪一个是同事给他立的？

陈元说，你问“轶名”是谁？这还用问吗？我这是给你遮丑啊，别人以为是你的妻子，其实我们心里明白，这就是老高和我啊。

陈元停下脚步，摸了摸墓碑上的“轶名”两个字，然后又摸了摸自己的光头，仰头大笑了起来。他感觉这真是一个伟大的发明。

陈元说，你若是在地下有灵，就保佑我陈元尽快找到一个女朋友吧，我已经奔四了，再不找个女朋友，怕都生不出孩子了，就会和你一样无后了，死了连个送葬的人都没有了。一阵风吹过，吹得旁边的树叶哗哗地响，像是一声声回应着陈元。

八、一个人到底应该埋在哪里

从埋完胡总编的那天起，上海那一年的春天就再也没有回来过，真正地进入了炎热的酷暑，然后再一枝一叶地向秋天冲去。陈元的心，和那个季节一样，经过了一个萌发期，倒显得格外安静了。

他照旧每天早晨七点起床，八点坐上单位的通勤班车，九点来到青浦的长寿园上班。卖墓不像卖房子那样，楼市不景气的时候，要出门搞促销，到大马路上发放小卡片。没有人死了不需要墓地的，永远都是刚需客户，一直处于卖方市场。所以陈元还是老样子，到单位之后，基本不待在办公室里，也不刻意走出大门，而是一股脑地泡在墓园里。碰到有送上门的客户的时候，他就带着人选选墓地，介绍一下各种葬法的好处。然后办办手续，起草一下碑文，签订一下销售合同。没有客户的时候，就看看哪里又添了新坟，墓碑上写着什么文字，帮人扶扶墓前的烛台，擦一擦沾染的灰尘，再对墓主人做一通自己的猜想。若是遇到有人落葬，他还帮人填几铲子泥巴，人家缺个什么，就替人跑个腿，到小卖铺买点香烛之类的祭祀用品。中午天热的时候，有点慵懒了，就靠在某一棵大树上，一边乘凉一边给外边的朋友打打电话。

陈元给好多朋友都打过电话。给朋友打电话的时候，他不再瞒着大家，说自己在房地产公司工作，干脆明白地告诉人家，自己是在长寿园。人家就问，长寿园不就是墓园吗？陈元便说，是的呀，我现在就躺在坟头上呢。人家说，你不害怕吗？陈元说，有什么好害怕的？刚来时有点点害怕，但是见得多了，看到活人与看到骨灰就一个样了。有时候看到活人的时候，直接看到的就是骨灰。人家说，太消极了吧？陈元说，每个人都会死的，只是迟早的问题，反正你们有什么事情，别忘记我这个朋友啊。人家就不高兴地挂掉了电话。这种不高兴基本是暂时的，随后就有朋友主动打电话来了。开始当然是找陈元帮忙的，比如选个好地方呀，拿个内部价呀，安排个落葬日期呀。陈元都不计前嫌，帮朋友办得妥妥帖帖的。后来一段时间，朋友们聚会也会想到陈元的，不过陈元基本都推辞掉了。

陈元也给女朋友打过电话。陈元给她打电话，不是想挽回这段感情，而是他终于想通了。他自从到墓园工作后，他的心态变了，性格似乎也变了，与女朋友天真烂漫的性格不太合适了。开始打电话的时候，女朋友并不挂断。陈元就问，你还好吧？女朋友在家的时候，就把电话递给了她妈，说让我妈跟你说吧。她妈接过电话当然一句话没有，就把电话给咔嚓了。最后，陈元再打电话问好的时候，她就说，我交男朋友了，正和他在外边吃饭呢，你有什么事情就跟他说吧。陈元从此就不再打电话了，他明白连朋友都做不成了。

陈元还给老高打过电话。他问老高，你老婆怎么样了？老高说，还能怎么样，那天她把舌头给咬断了，现在瘫痪了不说，还变成哑巴了。陈元无语，他没有想到会是这个结果。反而是老高有点不好意思地说，陈元啊，我觉得对不起你，埋胡总编的时候，你垫付的那几万块钱，我一直想让报社还给你，但是报社保住了，却比以前更穷了，员工的午餐补贴都发不下去了，上边正在想办法拨款呢，你再等等吧。陈元说，没有关系的，万一没有，我就不要了。

总之，陈元在墓园的工作不是太忙，也从来没有闲着。他总有干不完的事情，这些看似与本职销售无关，却都是墓园里必需的。

有一天早晨，下着迷蒙的小雨，雾也特别大。陈元入了墓园，一时不想去办公室，就想在大雾中转圈子。陈元没有变过的就是转圈子，不过圈子有时候会大一点，有时候会小一点。在拥挤的市区里，圈子大小是由别人决定的，到了墓园后圈子大小就由自己做主了。雾中的墓园，无论是墓还是树，都是若隐若现的，感觉大雾是从墓中冒出来的，灵魂是融入了大雾之中的，所以让人分不清，哪些是雾，哪些是魂，到底是先有了雾，还是先有了魂。陈元撑着一把伞，开始贴着整个墓园转圈子。

当他走到一个僻静处的时候，发现一块草坪上有个女人，着一身白色的连衣裙，没有撑伞，而是静静地跪着，似乎在祷告着什么。陈元走过去，把伞撑在了她的头顶，再向墓碑看过去的时候，发现上边的那张照片有一些眼熟。陈元说，还以为遇到仙女了，原来是你呀。

她站了起来，回过头对陈元说，你还认识我吗？陈元说，怎么会不认识呢，你不是小姚吗，是我的第一个客户呀。小姚抹去了脸上的雨水，或者说是脸上的泪水，对陈元笑了笑说，在这里出没的，应该没有仙女，而是女鬼吧。

陈元说，这么早，就来上坟了？小姚说，是啊，上坟就得尽早，爸爸被我埋在这里后，我还是第一次来看他，几乎都找不到位置了。陈元说，那你为什么不打电话？小姚说，你的电话忘记了，以为这辈子一时半会儿用不着了。陈元说，呵，把我删掉了？小姚说，也不算吧，手机坏过一次，我其实是顺便找你来的。

陈元说，找我的人一般都没有什么好事情，你这段时间还好吧？

小姚说，不好，一点都不好。小姚说着，就又开始流眼泪了。陈元与小姚离开了她父亲的墓地，两个人撑着一把小伞，在淅淅沥沥的小雨中，依然按照陈元预定的圈子，散步一样地转了起来。

小姚说，他死了。陈元说，我明白呀，你爸爸走那么久了，你应该想开点儿。小姚说，不是我爸爸，是我男朋友，准确地说是我老公，我们已经领证结婚了。陈元见过许多稀奇的死法，有吃鸡蛋噎死的，有被不明物体从天而降砸死的，有夫妻吵架被活活气死的。陈元听到小姚老公的死，还是有些吃惊地说，是意外事故吗？应该还很年轻吧。小姚说，比我大一岁，是生病去世的。陈元不晓得如何安慰她，于是说，你是来选墓地的吗？你爸爸旁边的那块草坪已经卖空了，他们不能做邻居了，只能选择别处了。小姚说，仅仅是选墓地就简单多了，关键还有更烦的事情，你能替我想个办法吗？陈元说，我就是个卖墓的，不晓得能不能帮你，你说说看吧。

小姚说，他老家是陕西的。陈元说，呵，与我同乡呀，我也是陕西的，我们村子叫塔尔坪。小姚说，你老家还有亲人吗？陈元说，还有个老父亲，想接到上海来的，他死活不愿意，一个人还在老家呢。小姚说，你在上海成家了吗？陈元说，原来有个女朋友，有一次，我把一个朋友的骨灰带到她家去了，所以就闹翻了，现在成单身了。小姚说，想必这个朋友很重要吧？陈元说，谈不上，原单位的一个同事而已。小姚有些感动地说，你是个讲义气的人，她为什么就不理解呢？陈元说，这不能怪她，是她家人嫌弃我这份工作。

小姚说，你有什么打算吗？还会回陕西吗？陈元说，在这里有房子，有活着的朋友，也有死了的朋友，还有这份工作，哪走得开呀。小姚说，就是说，你以后会在上海扎根？陈元说，当然了，若是不打光棍的话。小姚说，你人这么好，你那个女朋友恐怕太虚荣了，其实在墓园工作的人，生生死死的看得多了，应该更加懂得生活，更加重视家庭，找个这样的人也是不错的。陈元说，这要看缘分的。

雨下得有些大，陈元担心淋湿了小姚，干脆把伞全部倾斜给了小姚，而小姚则怕淋湿了陈元，就轻轻地揽住了陈元的胳膊。小姚笑了笑说，有机会我给你介绍一个吧，有什么条件吗？陈元说，长相嘛，像你这么漂亮那最好了，关键是人家不嫌弃我是乡下人，不嫌弃我这份职业就行了。小姚停下脚步，回头看了看陈元说，你若是觉得我这样的还行的话，那就给你……

小姚停下脚步，指了指不远处的草坪。草坪上落下了两只麻雀，在一前一后地追逐着，在亦步亦趋地跳动着，偶尔还停下来，啄着彼此的羽毛，啄着身上的水珠，或者是正在亲嘴呢。陈元说，它们在干什么？小姚脸一红，抛开了陈元的胳膊，从雨伞下走了出去。小姚说，我只是觉得它们好可爱，就指给你看看，你可别误会呀。你要求不高的话，那就给你介绍一个吧。

陈元说，你很爱他吧？小姚说，其实谈不上爱不爱，这门婚姻是我妈点头的，我妈喜欢他，因为他长得帅，还有那份银行的工作，工资很高，又很安稳。开始我死活不同意，不同意又能怎么样呢，他天天来家里混吃混喝，后来干脆搬到我家里不走了。陈元说，后来你就同意了？女人都是被感动的，这样很正常吧。小姚说，有什么正常的，是我妈把我们锁在房间里。小姚又停住脚步，回过头盯了一眼陈元说，你还有什么就问吧。陈元笑了笑说，你们在一起也是你妈逼的吗？小姚说，这个倒是没有人逼，开始几个晚上，我一直不敢入睡，第三个晚上实在招架不住了，把心一横就睡着了。

小姚说，那天之后，我就怀孕了；我怀孕之后，就领了结婚证，但是与他领完结婚证，酒席都还没有办呢，他就死掉了，你说说这个节奏，不是把我往绝路上逼吗？小姚又回到了现实之中，一下子变得凄切起来。陈元安慰她说，我觉得一定要生下来，不管谁以后娶了你，应该都很乐意接受的，娶个老婆还能送个孩子，这占了多大的便宜啊。小姚说，都像你这么想就好了，其实我也是这么打算的，孩子又不是他一个人的，所以我一定得生下来。以后改嫁的时候，人家要娶就连孩子一起娶，不然就拉倒。

陈元再次把小姚拉到了伞下。陈元说，你现在是有孕之人，怎么敢淋雨呢？小姚回到伞下，又轻轻地揽住了陈元的胳膊。小姚说，我找你，其实不为孩子，还是为怎么安葬他。陈元说，是为墓碑落款吗？正好走过胡总编的墓旁，陈元指了指说，你看看这块墓碑，有什么想法吗？小姚说，单单一个“妻子 轶名敬立”，一是说明还没有子女，二是妻子要改嫁了。不过觉得好奇怪呀，这世上有姓“铁”的，怎么会有姓“轶”的呢？会不会是写错了？陈元说，改嫁那是一定的，姓名怎么会错呢。小姚说，你认识这个人吗？

陈元想说，这个人就是自己的老同事，就是自己亲手埋下去的，“妻子轶名”其实是虚拟的。陈元还是改口了说，只是我拉来的一个客户。仅仅为墓碑落款纠结的话，这也没有什么为难的，该怎么写就怎么写。孩子还没有出生，还不晓得是儿是女，而且还没有来到人世呢，就刻上了墓碑，有一些不吉利。还是写你一个人比较好，“妻子小姚敬立”。反正你和他是合法夫妻了，最后一次尽点妻子的义务，署个名也没有什么大不了的。

小姚说，只是现在的问题，不是怎么埋他，而是把他埋在哪里。陈元有些不明白了，说当然是埋在上海呀，你是上海本地人，马上就有他的孩子了，他的根也在上海了，不埋在上海还想埋在什么地方？小姚说，每个人总有一天会死的，你若是在上海结婚了，你有没有想到一个问题，你在上海有个家，在陕西也有个家，你死之后准备埋在哪里呢？

陈元一愣，他只想过自己怎么活着，却从来没有想过自己死后。自己有两个家，他在上海的时候，就特别想陕西的塔尔坪，想自己的老父亲，想村子前的那棵大树，想树上那群叽叽喳喳叫个不停的喜鹊；回到陕西塔尔坪的时候，他又放不下上海，放不下上海光怪陆离的生活，放不下那几个朋友。还有一点点放不下的，是自己亲手埋下去的那个胡总编。过年过节时，顺便还得给他擦擦墓碑。

小姚说，我是无所谓的，我还这么年轻，肯定会再嫁人的，不会替他守寡的，也不会与他埋在一起。但是他有两个家，我妈坚持要把他埋在上海，说是孩子马上就出生了，总得让孩子明白父亲在哪里吧，清明冬至的时候，还有人给他扫个墓吧。我怀孕的事情一直还瞒着他爸妈，所以他爸妈死活不同意埋在上海，说是除非我一辈子不改嫁，把他埋在上海一个亲人都没有，多孤单啊。两家人在他尸首面前，吵得不可开交。我实在没有办法，就想到你了，我想你在这里工作，应该见多识广，总归有办法的。

陈元确实见过不少，但是大部分争吵的，基本是财产分割，壁葬还是草坪葬，往墓里埋金项链呢，还是埋玉手镯，也有为照片和署名的事情争来争去，但是小姚家的这种情况，还是第一次听说。其实两家人说得都有道理，陈元一时有些犯难了。

九、一个分裂的人需要两个碑

在十点多钟的时候，雨说停就停了，雾也全部散掉了，太阳一下子就露出个红脸蛋，又是一个好天气。

小姚离开墓园的时候，陈元跟单位请了个假，说是去外边接一单生意，于是背着个包就随小姚出门了。两个人坐在公交车上，小姚说，你有办法了吗？陈元说，还没有呀。小姚说，那你跟着我，是想送送我呢？还是想去我家看看？陈元说，这不是一举两得吗？我想见见你妈和他爸妈，也许会说服他们的。小姚感激地笑了笑说，先谢谢你了。他爸妈是乡下人，还好对付点，我妈却凶得出奇，说不好还要打你耳光的，你可得有思想准备呵。陈元也开玩笑说，上海丈母娘难缠是出了名的，我一个大男人让她打去好了，怕什么。小姚说，谁是你的丈母娘啊，这便宜你可不能乱占啊，我听了无所谓的，若是让她听到了，恐怕不打耳光了，要朝你动刀子了。陈元朝着小姚靠了靠，然后夸张地说，这么严重呀！

小姚家住杨浦区，与同济大学仅隔着一条老式里弄。陈元跟着小姚穿过巷子的时候，透过一扇玻璃窗子，看到黑压压一群学生正在上课。陈元有点好奇，就立在窗子外边向里看。只见一位白发苍苍的老师，正在黑板上刷刷地写字。他在黑板上抄写的，不是数字公式，也不是英文单词，却是一首诗歌，看来这是一节文学课。诗歌的题目也很有趣，叫《双碑记》。有部小说叫《双城记》陈元是读过的，但是《双碑记》陈元听也没有听过，不晓得是哪朝哪代出自何人之手，究竟又是什么意思呢？

五分钟过后，老师把一首诗抄写完毕，就背着双手朗读了起来，陈元与小姚没有听得太明白，只隐隐记得几句：

我漂泊的一生

可能需要两个坟墓

一个要用故乡的黄土掩埋我的影子

一个要用他乡的火焰焚化我的肉体
我在此立下一份遗嘱——在我死后
仅剩下一把骨头与几朵白云的时候
请不要让我自己和自己分开，分开
在那块金色的麦地里无名的小河边
为我的肉体与灵魂再安排一次重逢
让它们相互拥抱一下相互渗透一下
我这世上最弱小最动荡的一根杂草
怎么经得起凌厉的风
撑得起两个碑

陈元十分激动，扭过头问小姚，你听懂了吗？小姚摇了摇头说，不懂，一点都不懂。陈元说，一个游子离开了家乡，比如像我吧，在死的时候要求建两个坟墓，一个用来埋我的影子，一个用来埋我的肉体。简直写得太妙了！小姚说，不明白妙在什么地方。陈元说，你老公他在哪里？小姚说，他这人不坏，这会儿应该在天堂吧。陈元说，我说的是他的骨灰，骨灰是不是存在殡仪馆里？我们去殡仪馆吧，一会儿你就明白，那首诗妙在什么地方了。小姚说，你还有心思谈什么诗吗？陈元说，我们去殡仪馆不是谈诗，而是解决你的烦心事，我保证我们到了那里，问题都不是问题了。

小姚说，你想到办法了？陈元说，那当然了，不过你得答应我一件事情。小姚说，什么事情你说吧。陈元说，若我把这件事漂漂亮亮地化解了，而且不伤两家人的和气，你怎么谢我呢？小姚指了指自己的腹部，笑着说，我让肚子里的孩子认你做干爹吧。陈元说，谁稀罕呀，亲爹还差不多。小姚说，那你想怎么样？陈元说，不想怎么样，就想亲他一下。

小姚说，这个呀，现在就满足你吧。小姚说着，就双手叉腰地横在陈元的面前。陈元蹲下去，把耳朵贴着小姚的白裙子上听了听，然后说，他害羞了，躲着我呢，而且隔着两个世界，我亲不到他呀。小姚说，起来吧，男人那点小九九，以为我不晓得。陈元站起身，摸了摸自己的光头，从树上摘下一片梧桐叶子，对着梧桐叶子啧啧地亲了几下，然后独自朝前走了。

陈元与小姚来到殡仪馆的时候，已经是下午两点钟左右。殡仪馆里排满了各式各样的告别仪式，人们清一色地穿着黑色服装，胸前别着白色小花，眼里噙着泪水。四处传来凄惨的哀乐，和撕心裂肺的哭号声。有个白发苍苍的老太太，也许是失去了什么至亲之人，由于过度悲伤就晕过去了，被急急地抬上了救护车。

小姚脸色一阵苍白，一下子蹲在地上。陈元十分担心地说，我们走吧，你这身怀六甲之人，哪能受得了这个刺激。小姚说，正事还没有办呢。陈元说，你到对面喝口东西，稍微等我一会儿。于是扶着小姚进了一家咖啡店，帮她点了一杯鲜榨橙汁，然后要了寄存骨灰的单据，独自一个人再次拐进了殡仪馆。

二十分钟后，陈元从殡仪馆里出来，左右两只手中各提了两个东西，均是用红布包着的。小姚便问，你提的是什么？陈元说，你老公的骨灰呀。小姚说，我只有一个老公，为什么是两个呢？陈元说，你有一个老公不假，但是你的老公是分裂的。小姚说，这怎么讲呢？你这是在骂他吗？陈元说，逝者为大，我哪敢骂他呀。其实我也是分裂的，我们有一半血脉在陕西，有一半血脉在上海，那位老师刚念的那首诗，不是说得很清楚了吗，我们这种人是需要两个坟墓的。

小姚说，也就是说，你把他给一分两半了？陈元说，是呀，这不就解决问题了吗。一份给你留在上海，一份让他爸妈带回陕西，不就两全其美了吗。小姚有些不高兴了，说这不等于把一个人砍成两半了吗？太残忍了吧。陈元说，人是人，骨灰是骨灰，那是不一样的。小姚说，你只听懂了那首诗的前半段，后半段你是没有听清楚呢，还是不懂装懂？诗人说得很清楚了，是千万别把他分开，他生前已经很可怜了，不想在死后还要两地分离，还要两地奔波。

陈元一愣，对黑板上的那首诗，他一半听得含糊，一半理解得还不透彻。陈元说，小姚啊，你学什么专业的？小姚说，中文啊。陈元说，是本科吗？哪个学校毕业的？小姚说，混了个小小的研究生呀，就刚才那个教室。陈元摸了摸自己的光头，呵呵地笑了说，原来如此！你这么厉害，竟然故意糊弄我，说你不懂什么诗歌，这才是装的呢。不过我要打击你一下，那首诗你是理解得比我深刻，但是有些事情你未必比我想得清楚，我问你，天下有几个孔子？

小姚说，就一个啊。陈元说，孙中山有几个？小姚说，也一个啊。陈元说，那天下有几个孔子墓？又有几个孙中山墓？据我所知，肯定不止一个，有些墓里埋着什么你晓得不？小姚嘟哝着说，墓里还能有什么，肯定是尸首了。陈元说，你错了，有的墓里埋着尸首，有的墓里埋着的仅是几件衣衫和帽子，所以才叫衣冠冢。

小姚说，这又说明什么呢？陈元说，起码能说明几个方面，一是有点本事的人，他的墓或许就不止一个；二是这骨灰，你就保证百分之百是你老公的？我刚才一个人去殡仪馆干什么了？我新买了一个骨灰盒，取出了你老公的骨灰，平均分成了两份，分装在了两个骨灰盒里。不瞒你，我不小心把一把骨灰撒在地上了，我很内疚地把它们一点点扫起来，自然扫了一些灰尘进去了，你明白工作人员说什么了吗？他们说，有这个必要吗？在火葬场的时候，大家的骨灰早就混在一起，不单纯是一个人的了。最后，这死人的墓是什么？一个象征而已，其实里边埋着什么很重要吗？一点都不重要，安慰活着的人而已，让活着的人有个寄托，感觉他们还在那里。

小姚似乎坦然了起来。她笑了笑说，你挺会开导人的，是不是在这里练出来的？陈元说，当十几年的记者，张狂得不得了，那其实是虚度光阴，倒是这段时间进了墓园，有事没事就去墓地转圈子，和地下的人聊聊天，想得也就多了。所以，你万事都要想开一点，人生在世就这么回事，自己顺心就好。小姚说，你原来是做记者的？怎么不告诉我呢？陈元说，我们认识才多久，怎么告诉你呢？小姚说，为什么跑到墓园了？反差太大了吧。陈元说，被人炒鱿鱼了。小姚说，肯定是为了女人，看你这样子应该挺讨女人欢心的。陈元说，你真是冤枉我了。小姚说，你也不像是没有能力的人，谁这么没有眼光敢开除你？陈元说，说来话长啊，这个人如今已经躺在长寿园了。

陈元干脆把胡总编如何跳楼，如何人走茶凉，他如何与老高把胡总编给埋了，如何在墓碑上写了“妻子　佚名敬立”，前前后后就说了一遍，听得小姚一阵感慨，又是眼泪汪汪的了。

小姚说，接下来我们怎么办呢？陈元说，还能怎么办？我刚才已经说了呀，把两个骨灰盒，一个埋在上海，一个埋在陕西，然后分别再立一个碑，不仅对两边都有个安慰，对你老公来说也应该是好事吧？他死了死了，也不用两地跑来跑去了。小姚说，听你这么一讲，还真是一个很妙的办法，但是把一个人分成两个人，埋在两个地方，老人们会同意吗？陈元说，你傻呀，我们不告诉他们，怕是一辈子也不会穿帮吧？

小姚瘪了瘪嘴，要请陈元喝杯咖啡。陈元提了提手中的两个骨灰盒说，我手中提着的，像不像他的两只眼睛？等把这个冤家安排妥了，你再请我喝酒吧。

陈元与小姚从咖啡店出来，已经是下午三点钟，太阳已经有些倾斜了。陈元把两个骨灰盒中的一个，又重新寄存到了殡仪馆。提着另一个就回家了。回家之前，先去了一趟火车站，购买了两张前往陕西的火车票，然后去了一家小旅馆。小姚的公公婆婆每次来上海，她妈总是横挑鼻子竖挑眼，说人家傻了吧唧的也就罢了，还说人家身上有洗不掉的味道，所以公公婆婆从不愿意住在小姚家，而是住在了附近的小旅馆。

到了小旅馆，小姚对公公婆婆说，我已经想通了，他去世之前就特别想家，几年时间头发都想白了，不能让他死了还要想家呀，其实他一点都不喜欢上海，整天说上海风尘大，又潮湿，吃不惯这里的东西。你们就把他带回陕西吧。两位老人听了，一下子哭了说，这是真的吗？你这孩子太贤惠了，亲家母那边会同意吗？小姚说，这个工作我来做，你们就放心吧，只是我现在走不开，不能随着你们回陕西安葬他，等过些日子我就回去给他上坟。两位老人说，那孩子的骨灰呢？骨灰在什么地方？小姚说，我让人给你们带过来了，火车票也已经买好了，今天晚上就可以动身了。

小姚说着，又掏出五千块钱，递给两位老人说，你们回去，给他选个向阳的地方，他在世的时候喜欢晒太阳；若是方便的时候，坟头上给他栽一棵银杏树，他特别喜欢银杏树金黄的叶子；好好地给他立一块碑，别忘记把我的名字也刻上去。

三个人说着说着，又抱在一起一场痛哭。哭完了，两位老人收拾了东西说，时间也不早了，我们还是直接去火车站吧。陈元拦了一辆出租车，四个人直奔火车站而去。进站的时候，骨灰盒交到了两个老人手中。看着两个老人提着一个红色的布包，留下苍白而蹒跚的背影，陈元也禁不住落泪了。

他不明白自己死后的那一天，是否也会出现此时的一幕。

十、人被刻上墓碑宛如长了根

小姚把安葬另一半老公的日期，定在了某一天的上午。陈元本打算放在周末的，周末大家都不上班，比较清闲，但是小姚她妈说，落葬哪能随随便便的。于是请人正正经经地查了个日子，这个日子不是周末，所以陈元与小姚各自请了一天假期。落葬的那天，陈元预订了一辆出租车，在太阳刚露出个小脑袋的时候，就守候在了小姚家的楼下，接了小姚母女，去殡仪馆取了骨灰，就径直向长寿园赶去。

小姚她妈见了陈元就问，你是谁呀？陈元说，一个朋友，阿姨你以后就叫我小陈吧。小姚她妈转身问小姚，什么样的朋友？你说说是什么样的朋友？你可是披麻戴孝之人，可不许有什么花头。小姚说，还能是什么样的朋友，人家小陈是长寿园工作人员，当时安葬我爸的时候，就是他帮忙选的墓地，我公公婆婆之所以同意把儿子安葬在上海，也是小陈苦口婆心说服的。小姚她妈说，那今天要他这个外人来干什么？小姚说，你这么大一把年纪，我又是个孕妇，小陈不上门服务，谁帮忙捧这个骨灰盒？再说了，这是葬礼，又不是什么稀罕的宴会，不是人家仗义，才懒得参加呢。陈元笑了笑说，万一有个什么事情，我就是个帮手，你放心吧，阿姨。

出租车走的是沪青平高速，开上高速十多公里的时候，小姚说，司机，能停车吗？司机说，高速啊，你要干什么呢？小姚说，肚子痛，怕是要上厕所了。司机说，你得忍着点，就是我能停下来，这无遮无掩的，你也不方便吧？看小姚脸色苍白，陈元说，师傅，你就靠一下边吧。陈元早上订车的时候，司机还以为捞了个大鱼，后来发现这单生意是送葬的，觉得十分晦气，就反悔了。陈元说，你拉了我们，肯定会发财的，逝者会保佑你的。司机说，你帮帮忙吧，他又不是我什么亲人。司机正要调头离开，陈元递了支烟过去说，这世上除了亲人，还有其他关系，不瞒你，他也不是我亲人，上次我埋过一个人，他不但不是亲人，还有仇呢，他不照样保佑我了。司机说，这年头，你蒙谁呀。陈元说，你是出租司机，有个记者陈元你晓得吧？司机说，他为替我们维权，当卧底调查黑车，险些把命都搭上了。陈元说，如果我是陈元呢？司机说，如果你是陈元，那就是我们的恩人，这趟我就免费拉你。陈元明白，只要他掏出身份证，证明自己就是原来那个记者，司机肯定就会免费的。陈元觉得司机也不容易，于是说，我不是陈元，不过是陈元一个同事，我现在在长寿园工作，你就看在这个分上，跑一趟吧。司机是个善良的人，便答应了。

如今又生事端，司机靠了边说，这小囡怀孕了吧？小姚她妈说，你怎么看出来的？司机说，你别管我怎么看出来的，我一个出租司机，为人送送葬，也许是积德的事情，但是这肚子里的孩子，哪受得了这个阴气？我看她不是要上厕所，弄不好会动了胎气的。

小姚母女急急下了车，只听到车后的小姚哭了起来。陈元问，出什么事情了吗？小姚她妈惊慌地说，师傅，果真被你猜对了，我家小囡见红了，得赶紧送医院啊。小姚她妈也哭了，埋怨小姚说，劝你几天了，你哪能随便掺和的。小姚说，他好坏是我老公，怀着的好坏也是他的孩子，我们不送他一程能忍心吗。

陈元把小姚扶上出租车，对司机说，你能不能调头？司机说，调头？高速路怎么调头？陈元说，你就调头吧，有事情我担着吧。司机说，逆向行驶怕更误事的，这样吧，前边就是赵巷出口，我们先下高速再调头吧。当出租车下了高速，小姚她妈拦住陈元说，你抱着骨灰盒，去医院也不方便，你就等在这里吧。陈元对小姚说，你看呢？小姚说，你放心，我不会有事的。陈元说，我等在这里也不是个事情，你们同意的话，我一个人把他给埋了吧。小姚她妈说，小陈啊，那就拜托你了。

陈元于是叮嘱了几句，独自一个人下了出租车。陈元想拦辆车，没有直达墓园的公交，这么偏远的地方也没有出租车。中途倒是有几辆黑车开了过来，人家问，你去哪里？陈元说，我去长寿园。人家就惊觉地问，你提着什么东西？陈元说，骨灰盒呀，你不认识吗？人家一下子明白，这是要去长寿园落葬，于是破口大骂着说，你见鬼去吧。纷纷开着车一溜烟地跑掉了。

陈元是步行回到长寿园的，到长寿园已经是下午一点钟了。墓地早就预订好了，选在了胡总编的隔壁的隔壁。几个工人早就挖好了墓穴，运来了墓碑，见骨灰迟迟不来，于是躲在旁边的树林子中乘凉。看见陈元提着个骨灰盒，满头大汗地走了过来，一个工人抱怨说，你看看什么时候了？陈元说，午饭时间呀，忙完了我请你们吃饭。工人说，午饭就免了，你请我们喝酒吧。

在路上，陈元已经备好了两瓶五粮液。大家一边喝着酒，一边就把人给埋掉了。有个工人在离开的时候，对陈元说，你的事情，我们都听说了。陈元说，你们听说什么了？工人说，还能有什么呢，义葬老领导啊。陈元说，若是摊在你们身上，你们也会这么干的。工人说，今天埋的这个人，又是你什么人？陈元说，兄弟呀，墓碑上不是写着的吗？工人说，你哄我们呀，人家姓吴，你姓什么，你姓陈，怎么可能是兄弟呢。

几天前为小姚老公预定墓碑的时候，小姚听从了陈元的建议，同意在落款处只写“妻子 小姚”，并没有写孩子的名字。孩子还分不出男女，谁也不清楚将来会是个什么样子，说个不吉利的话，万一这孩子夭折了呢。陈元打电话对小姚说，不如算我一个吧？小姚说，你跟他有什么关系？陈元说，我跟他没有一毛钱关系，但你是我的朋友，有了你，我们就有千丝万缕的关系了呀。小姚以为陈元是开玩笑的，在电话中对陈元说，行啊，随便你吧。在如何界定他们之间关系的时候，陈元是犯过难的，又打了一个电话给小姚，小姚想了半天说，你有没有觊觎人家妻儿呢？所以叫“敌人”如何？陈元说，你真是冤枉我了，我这是做善事，想替他照顾你们呀。陈元放下电话，决定把自己放在小姚后边，在自己名字前边加一个“兄弟”。雕刻墓碑的人说，你是不是搞错了？哪怕双胞胎，要么“兄”，要么“弟”，怎么可能是“兄弟”呢？陈元笑着说，人与人之间一定得分出大小来吗？那些分不出大小的呢？！陈元心里明白，他这个“兄弟”其实就是“哥们儿”的意思，难道有谁规定就不能给哥们儿立块碑？最后出来的墓碑上，立碑之人就变成了两个，一个是“妻子小姚”，一个是“兄弟陈元”。

有个工人似乎喝多了，卧在新起的坟头上，说，陈元啊，你是外乡人，我也是外乡人，你在长寿园工作，我也在长寿园工作，我们是不是有缘？陈元说，当然了，这是上辈子修得的缘分，至少要修两百年吧。这个工人年龄不大，不到三十岁的样子，却顶着一头白发。少年白说，你这么讲义气，我托付你个事情吧。陈元说，你尽管吩咐。少年白说，我哪天不小心死掉了，比如给人抬墓碑的时候被砸死了，或者是给车撞死了，你得把我埋掉，一定要埋在长寿园啊。陈元说，你这么年轻，哪有这么容易死的。

少年白提着个瓶子，朝着陈元碰了碰，仰着脖子又喝了两口，然后醉醺醺地说，你是好人，哥们儿，我敬你一杯。说完，就不省人事了。

陈元懒得管他，想醉就随他去吧。陈元看了看雕刻着自己名字的墓碑，一半被埋入泥土之中，一半隐现在青青的草丛之间，他想起了《百年孤独》里的话——有一个亲人埋在这里，这里才是你的故乡。他感觉这块墓碑和胡总编的墓碑，不是别的，仿佛是自己一下子长出来的根须。

小姚被送到医院之后，医生说是过度疲劳，开了几针黄体酮，要求好好静养一阵子，便会安然无恙的。半个月后，小姚就基本无事了，那天中午，她赶到了长寿园。陈元说，你来干什么？小姚说，我不放心，就来看看。陈元说，看谁呢？看地下的，还是地上的？怕我会抛尸荒野吗？小姚说，当然一起看了，其实最想来的不是我，是它你晓得不？跟在小姚后边的是一只泰迪，明显是土洋杂交过的品种。

正是午饭过后，夏天的长寿园显得格外清静，树丛之中传出一阵阵知了声，像是从地下发出的呢喃。有几名工人，坐在树丛中闲聊着。那天喝醉酒的少年白，从刚刚收拢来的垃圾堆里，拾起一束康乃馨。墓园里的垃圾与外边的垃圾是不同的。外边的垃圾大多数是臭气熏天的废物，而墓园里的垃圾大多数都是鲜花。少年白捧着那束鲜花，在鼻子前闻了闻，递给了另一个女工，两个人依偎在一棵树下。他们并不在乎康乃馨的意义，也不在乎它从哪里来，他们只明白它很美，它很香。他们静静地欣赏着它，不时地嗅着它，偶尔还掐下一朵，喂给不远处的麻雀。

陈元顺手拾起了另一束玫瑰递给了小姚。小姚说，人家祭祀用的，你怎么送给我呢？似乎是在咒我。陈元说，有什么关系呢，不都是玫瑰吗。小姚说，我老公就在眼前，你就不害怕他吗？陈元说，我和他是兄弟，相互总得干点什么，不然要兄弟干吗呢。

泰迪狗走进长寿园，像是回家了一般，开始兴奋起来，一边叫着一边嗅着，径直向一块墓地冲去，一会儿就不见了踪影。陈元说，不会跑丢了吧？小姚说，不会的，它这是找主人去了，自从我老公去世后，它整天乱吼乱叫，烦躁不安的样子。陈元说，是他养的吗？小姚说，是他收留的一只流浪狗，他说自己也是一只流浪狗，所以就在一个大雨天收留了它。

陈元与小姚来到墓地的时候，那只小狗果然安静地伏在坟头上。直到多年之后，在长寿园里，大家都会看到那只杂交的泰迪，它枯瘦如柴地伏在一块墓碑前，饿了的时候就会站在路边，表演一个直立或者转圈子的动作，向行人讨点吃的。有人试图用几块骨头，想把它带走，当它吃完了东西，便会淡淡地调头而去，重新回到主人的身边匍匐着。

它不是希望主人能够起死回生，而是陪着自己的主人让他不再孤单。

【作者简介】陈仓，陕西省丹凤县人，中国作家协会会员，就职于上海《青年报》。著有《流浪无罪》《诗上海》《艾的门》及长诗《净身》等，作品多次入选年度选本。小说《女儿进城》被改编成电影。

火 山

周李立

1

早上，在河口湖边，父亲指着对岸被大块冰激凌状的云团笼罩的富士山顶，告诉文亮，那是他们今天要去的地方。

湖边有几家不大的温泉旅馆。昨晚，在其中一家的顶层泡温泉，文亮透过落地的玻璃窗，也看见了左前方这座山。他想那只是他们的山，他们的神山。文亮从没去过，但父亲说他自己每年都会来富士山一次。

夜色清淡，玻璃窗因水汽而朦胧。窗外，夜晚的天空与湖面，呈现一致的灰白，像哈尔滨街头出售的那种大烧饼，从中间剖开，豁口如一张饥饿的嘴，在等待甘美的酱肉。这样的想法，让文亮意识到，他如何背弃并伤害了自己的胃。在日本，所有东西仿佛顷刻便会消散，然后，你就再也看不见它们了。那些未加芥末的寿司若有似无的甜味、味噌汤在嘴里长久品咂后出现的一丝海腥味，还有加了冰块的清酒寡淡得如同隔夜的凉水……在日本的这些天，文亮一直试图记住的那些东西，其实也都像它们的味道一样稀薄。

文亮记得昨晚没有被云团遮挡的富士山顶，清晰袒露出它那标志性的白色花边。到早上太阳出来，镶嵌着白色花边的峰顶再也没有从云团中现身。隔着河口湖平静的水面，富士山消失了。它一度出现过，但是它消失了。

是不是这个国家的人都很擅长消失？就像20年前，文亮的父母来到这里，然后他们也消失了一样。20年的时间里，文亮只见过父母一次，那是2000年他12岁的时候——一次失败的见面。

然后是三天前，文亮第二次见到父亲。现在，他已经22岁了。长久的疏远后，他对“父母”两个字的真实含义，不免产生种种怀疑。他知道，其实就连父母他们自己，也跟他有着同样的疑惑，毕竟这么多年，他们再也没有回过县城。

“这是一个火山湖。”父亲说，但他的眼睛并没有看向文亮，像是在躲避着什么。

父亲沿着湖岸向远离文亮的方向慢慢走远。文亮一开始以为父亲只是茫无目的地在漫步，后来他发现，父亲其实是要去乘坐那艘客轮。

文亮赶紧快走几步，跟上父亲。

这是一个陌生的国度，文亮不熟悉这里的一切，从语言、食物到逢人便鞠躬的男人女人们，可能还有一些他并未发现的东西，将在日后的岁月里渐次呈现，对他施以各种意外的折磨。所以，无论他如何不情愿，现在，他也只能这样，紧紧跟着父亲。这个男人比10年前矮了些，也许只是因为文亮比10年前高了些，现在他至少比父亲高一个头。他一直小心翼翼地注视着父亲的一举一动，尽力不让自己再被他抛弃一次。

可是，父亲为什么连去湖边坐小客轮的时候，都没有顺便招呼一下他呢？

父亲站在那艘小客轮旁边，停下来，回头看文亮，像是在等他。这时文亮想起，自己22岁了，而其中20年，他都在独自生活，跟父母身处两个不同的国度，中间隔着一片无望的海洋。但现在，他竟害怕跟父亲走散——这明明是3岁的孩子才会产生的担心，这不是一个身高一米九的成年人应该有的想法。

他放慢脚步，希望父亲现在能跟他说点什么，随便什么。

但父亲什么都没说，就像几天来的情形一样。

这是一次沉默的出游。

2

文亮三天前抵达东京成田机场。飞机上一共有四名空姐，两位是中国国籍。其中一名空姐先是用日语对文亮说话，接着又换成中文。

文亮很想问她，你觉得我是中国人还是日本人？但他最终也只是微笑、点头，用手快速指了指餐车上那一排装着苹果汁的纸盒。他不能用自己也不确定答案的问题，去为难一个陌生女人。他不想用中文回答她，也不想用日文——虽然他并不知道在日语里"苹果汁"应该怎么说。

文亮早就被希望学习日语，但他这几年把本该用来学日语的学费，都花在了别的地方。那些从日本寄来的钱，足够他去做很多事情。而那些事情，可都比学日语有趣多了。

飞机从哈尔滨机场起飞，四个小时后到达东京。

他在哈尔滨生活了三年。临走的时候，他不知道自己还能不能再回来。他很希望回来。这几乎是黄金般的三年，从大一到大三。在一所普通大学读书，最大的好处就是你很容易成为佼佼者——比如文亮就选择让自己成为一个姑娘们喜欢的男孩。这也很容易，因为他有钱。父母在日本多年，除了源源不断地给他寄钱以及各种甜腻的日本点心之外，好像也不知道还能为文亮做些什么了。而姑娘们，其实都很喜欢那些甜腻的东西。

文亮长得好看。他从网络上学会了日本少年的各种潮流装扮，懂得让头发错落着，在脸颊边散开，至少要挡住耳朵。他一度在左耳戴一只元宝形状的耳钉，后来担心被误认为同性恋，便不再戴了。他染过至少五种颜色的头发。在他后背左边肩胛骨的地方，有一处小小的文身——那图案其实并不小，但他长得太高，图案看上去便小了很多。如果有人看见他赤裸的后背，甚至都不会注意到他左肩胛骨处那只海豚。昨晚，文亮和父亲在湖边旅馆的顶层泡温泉，迷蒙的水雾里，父亲也没发现这只海豚。

"没有人文身文海豚的。"萧霄，他那时的女朋友，为此这样嗤笑他。他没理她，认为她并不懂得他的人生。

萧霄给自己文了一只蝴蝶，在右脚踝的外侧。在他们一起文身的过程中，她又后悔起来，因为脚踝的神经太敏感，她不想文了。

"你打算留着一个半片翅膀的蝴蝶吗？"于是轮到文亮嗤笑她了。

他们那天分别趴在文身店里两张并排放置的小床上，侧着脑袋，四目相对，像是同床共枕的男女，如果两张狭窄的文身床中间不存在那道不宽的缝隙的话。天气已经热起来，铺着墨绿色天鹅绒床单的文身床上，留下他们的汗渍，像他们转瞬即逝的爱情。

萧霄流着眼泪，没有哭出声。她说："就算翅膀长全乎儿了又能咋样？蝴蝶又飞不过大海。”

她平时不这么说话。东北姑娘说话普遍毒辣，像是要与你永世为敌，但那天她的东北腔调却是那么温柔。她选了蝴蝶的图案，这是常见的图案，但她选择它，不是因为它常见，而是因为“蝴蝶飞不过大海”。文亮那时才明白这一切，他将永远失去眼前这个与自己同床不共枕的姑娘。两张小床之间那道缝隙，就像是地图上那道窄得还不及一个巴掌宽的日本海。

他伸出手去，希望拉住她的手。她继续被文身师的工作伤害，开始龇牙咧嘴地咒骂，显出她身为哈尔滨姑娘的本色。她狠狠地在他右手拇指和食指中间的虎口处掐出三道粉红色的指甲印，好像他手上渗出了三点血迹。

文亮的海豚图案比她更早完成。他觉得自己大概是最失败的文身者，因为她一开始喊疼，他就后悔了——他不想要这只海豚了。他不想游过这片深海，从今天的此处，抵达明天的对岸。他也想要一只蝴蝶。他知道，萧霄的蝴蝶，将永远停留在她右脚脚踝那个瘦瘦的地方。它不会消失，不会像墨绿色床单上深黑的汗水印迹那样消失。所以，他希望自己还能见到那只蝴蝶。

3

文亮记忆中最美的味道，是小时候在奶奶家吃的西红柿。西红柿是乡下的奶奶自己种的。只有他的小拳头大小的红果子，从铁丝架上垂下来。底层的总是率先变红，在顶层的果实还是青绿色的时候。夏天，文亮正好可以摘到那些早熟的西红柿。奶奶会用存放在大缸里的井水冲洗它们，直到西红柿也变得如井水一样冰凉。后来，他再也没有吃过那种冰凉的西红柿，因为他和奶奶搬到了县城。

在县城的第一个夜晚，是夏季。文亮没有听见熟悉的蝉鸣，天空始终也没有真正暗沉下来。那些不知何处闪动着的灯光，像乡间坟地里的萤火，在文亮紧闭的眼皮上不安地跳跃。没有苍蝇、蚊子安详飞过，而是晚归人的自行车铃声不时从远到近地传来，每当此时，他便突然睁开一直紧闭以强制自己入睡的眼睛。

奶奶发现文亮还醒着，会替他扇扇子。从乡下带来的扇子，有熟悉的稻草香味。奶奶问文亮，高兴不？

半梦半醒之间，他记得自己先点了头，然后又摇头。点头是因为他觉得应该点头，摇头才是他真正的意思。县城于文亮和奶奶，那时是一个陌生的大世界，而他还没有学会在这个世界的夜晚安稳入睡。

他们的房子，在县城东边，是城里最早修建的商品房，六层楼的第三层。奶奶说住三楼的人家，都是国宝。可是，国宝是熊猫。文亮想。

房边有河，但河里没有水。后来文亮知道，他以为的“河”不过只是一条城市排水渠。排水渠里，经常出现各种意想不到的垃圾。更怪异的是，垃圾里总会有一只只看不出颜色和质地的旧鞋。那些混迹在污泥脏水中的鞋，是文亮对恐惧的最早认识。那时他夜晚的很多噩梦，似乎都跟那些鞋有关，然后才是腐烂的尸体、残肢断腿或者带血的兵器。

奶奶说，房子其实是文亮的父母买的。他们从日本寄回外汇，奶奶在县城邮局通过复杂的程序，终于让汇款单上的数字变成装在奶奶衣服内兜里的一大摞人民币。奶奶独自完成买房这件事，没有让姑姑帮忙，所以文亮也不知道那到底是多少钱。足够买一套房子了，应该有很多钱。于是，他可以确定，他们很有钱。

不过，既然他们有钱了，又为什么不回来？他想问奶奶。

只是没多久，他就知道了答案。搬入县城的这个秋天，他开始在县城上中学。中学叫河岸中学，就在排水渠的旁边。文亮知道，这是他们从乡下到县城来住的唯一原因——因为他得在县城上中学。他很快发现，中学里有不少同学跟自己一样，父母也在日本。他们被奇怪地统称为“侨胞”。可是，他知道自己出生在乡下，他的父母也出生在同一个乡，也许连奶奶都是。他从来没有去过外国，自然不能被称为“侨胞”。

“你爸妈是日本人了，不能回来了。”这是“侨胞”之间流传的官方答案。

“你爸妈才是日本人！”文亮把这种官方说辞看成是县城少年对乡下少年的侮辱。在东北，在黑龙江，在离哈尔滨几十公里的这座县城，几十年前的那场侵略究竟还没被忘记。但他们并不生气，反而很得意。他们的反应都差不多，一律认真地点头说：“是的，我爸妈也是日本人了。”有时，他们中一些人还说：“我将来也会去日本的。”言下之意，他们最终都会成为“侨胞”的。

文亮大概从那时起，开始意识到一种他无法确定的东西，他不知道将来某一天，自己是否也会离开奶奶，到日本去。他曾经以为这是不可能的事，就像他也曾以为搬出奶奶在乡下的房子是不可能的一样。但现在他一点都不确定了。

他在初一地理课本那张世界地图上，在黑龙江与日本之间，用蓝色圆珠笔画出一道道的线。每一条线都用足了力气，笔迹穿透纸页，日本海因此成为一道道幽深的沟壑。他仔细测量过，在地图上，那是8厘米左右的距离。他不知道在现实中，这段距离有多遥远。他的地理成绩并不好，其实他的所有成绩都不好。但他不在乎，因为奶奶也不在乎。他唯一知道的一件事是，那里太远了——所以，他根本没法为那里的事操心。

但在开学三个月后，文亮就飞跃了这段遥远的距离，第一次去了日本。

先是一张机票从日本漂洋过海地来到县城，文亮依靠几名“侨胞”同学的帮助，才弄明白从县城去哈尔滨坐飞机的全部流程。事实上，他是跟另外两名同学一起登上飞往日本的飞机的。他们的目的地，都是东京—哈尔滨飞往日本的飞机的唯一目的地。

在东京机场，文亮见到了他们。文亮认为，那是自己第一次见到父母。可不是吗？他们离开的时候，他刚刚两岁，可是他们——这对陌生的中年夫妻，有着与自己十分相似的眉目，穿着举止却与自己如此不同。

父亲激动地抱住他，从父亲用力的方向来看，文亮怀疑他其实是想把自己高高举起来，仿佛文亮仍然只有两岁。但文亮已经12岁，并不比父亲矮多少，所以，最终他只是默默承受着父亲黝黑的胳臂施予自己的那股与地心引力相反的力量。

文亮听见父亲说，我们一家人终于“重聚”了。

文亮有种很奇怪的感觉，像是有些委屈，但又不完全是，或者，那只是一种单纯的不认同而已，倒不是因为他们多年来都未曾出现过的残忍事实，而是因为，在他看来的“初”遇，却是他们眼中的“重”聚。他认定，这实在是有些不公平。

4

在河口湖的小客轮上，父亲点了一支烟，也递给文亮一支，仍没说话。文亮犹豫了一下，还是接了过来，然后决定原谅父亲刚刚的行为——他明明去坐船，却没有叫上自己。文亮不希望自己这么敏感，易受伤害，就像个姑娘。

“山上会很冷的。”父亲说，声音不大。在日本，人们说话的声音都很小。不知道他们怎么吵架，文亮想。

文亮支吾着，随即被自己刚要出口的音量吓了一跳，又调整一下，让声音变得小一些。这天他穿着一件米色细条纹的短袖衬衣，是昨天在东京的原宿新买的，印着“日本制”的标签现在正让他的后脖颈发痒。

“最大号的衬衣”，当时他这样告诉父亲，父亲又用日语跟店员说了些什么。年轻的女店员留着齐耳短发，笑眯眯的，然后小跑着去拿衣服。文亮很想知道，父亲有没有告诉她，他是带着自己的儿子来买衣服的，只是他的儿子不会讲日语。她肯定不能理解这样的事情。

文亮说不冷。他想告诉父亲黑龙江才是真的冷。最冷的，就是刚刚过去的那个冬天，奶奶无疾而终，县城医院给出的解释竟然是“太冷”。这世界上会有老人因为“太冷”死掉！你信吗？他不知道这样的话说出来，父亲会不会生气。奶奶去世，父亲也没有回来。文亮一开始觉得这没什么。毕竟20年来，他就没想过他们有一天会回来这件事。可是后来，文亮觉得这很有些什么。奶奶毕竟是父亲的妈妈，“妈妈”尽管这个词对文亮来说也很陌生。

“他们不敢回来。”姑姑一直这样告诉文亮，那是一个心怀怨恨的高个子女人，两道浓眉时常拧在一起，只有人民币可以让它们暂时分开。

文亮记得很多次，在他们县城的房子里，晚上躺在床上，姑姑会走进他的卧室，跟他躺在一起，有时她会把一只胳臂搭在他的肚子上，沉甸甸的，像一条巨大的蛇。如果这时文亮醒来，姑姑会小声地跟他说话，她总说：“这是最好的时候，我们是一家人，跟你爹妈没关系，他们胆子小，不敢回来，但是亮子，你一直是我们家人，你看你的眉毛，还有你的个子，真像你爷爷……”

“为什么他们不敢回来？”文亮问姑姑。

“因为他们造了假，他根本就不是那个日本老太太的孩子，如果他们回来，会被揭穿的。”姑姑说。

在文家的户口上，奶奶没有父亲这个儿子，只有一个女儿，文亮的姑姑。文亮在户口上，是姑姑的孩子。因为姑姑一直没结婚，所以在户口上，文亮也是一个没有父亲的私生子。户口这东西，看来完全不值得相信。

去哈尔滨上大学之前，因为报到需要，文亮才第一次见到了奶奶藏起来的户口本，奶奶把户口本藏在米缸里，拿出来的时候上面爬了几只米虫。墨绿色封皮的小本子，上面写着是1990年新办的。1990年是神奇的一年，文亮两岁，父母去了日本。而中国政府在这一年，向日本人民赠送了两只熊猫——文亮很多年后在大学门口旧书摊上的一本过期杂志上，知道了这件事。

奶奶说过：“日本没有户口这事儿。”

文亮觉得这很奇怪，1990年，父母的名字从文家的户口上消失了，但日本没有户口这回事儿，那他们又去了哪里呢？

现在，父亲跟文亮在一起。父亲使劲儿地抽烟，文亮也使劲儿地抽烟，他们把烟灰都弹进父亲随身携带的一个小铁盒里。父亲看上去的确有些冷。而文亮本来觉得，父亲在黑龙江生活了20多年，应该是不怕冷的。但父亲说过，“大阪倒是从来不冷”。他离开黑龙江太久，在温暖的大阪住了太久，当然不再习惯严寒中的世界。

文亮的父亲和母亲本来一直住在大阪。他们起初一起经营一家中国料理店，奶奶说，他们卖的仍然是炖粉条、拍黄瓜以及糖拌西红柿这种东北菜，一小份一小份地装在日本料理的盘子里——不知道那些西红柿，是否跟奶奶在乡下种出来的味道一样。

后来，中国游客越来越多，他们也挣到更多的钱，尽管那其实也都是中国人的钱。但他们又离婚了，一家中国料理店分成在大阪的两家分店，两人各自经营。“不存在竞争”，父亲这样解释过。

他们离婚的时候，文亮上高一。这件事带给他极大的现实利益：从前是父母一起给他寄钱，打那之后，他一直收到父母各自寄来的两份生活费。

“那一年，带你去北海道，还是冬天，我记得把你冻坏了。”父亲说。文亮不希望他说到那一年的事儿，但父亲对他的记忆不多，仅有的便是那次，把文亮冻坏了的那次。

2000年，是新千年，文亮记得很清楚。北海道的冬天，像黑龙江一样，一切都被大雪覆盖，可是又有些不一样。北海道的树木纤小、稀薄，在满世界的大雪里，所有东西看上去都奄奄一息。棕黑色的火山石，在公路两边随处可见，像是燃烧过的木炭。路越走越窄，像是永远没有尽头。如果在黑龙江，在这样的大雪中，人们是不应该在山区行车的，除非是当年的游击队，或者赫哲族的猎人。但父亲说，在北海道，一定要在冬天泡温泉。文亮没有泡过温泉，不理解大家一起洗澡这件事有什么神奇之处？但他们坚持，要让他先到北海道泡过温泉之后，再随他们一起回南部的大阪。大阪是他们在日本的家，就像文亮和奶奶在县城排水渠旁边的家一样。

他记得父母带着他，从东京又上了飞机，目的地是北海道。在北海道札幌机场，他们坐上大巴车。山路曲折。戴皮帽的日本司机吞吞吐吐地开车，车走了很久，遇到警戒，他们被告知，道路封住了。为节省汽油，以便支持不知道还将持续多久的路程，司机关了车上的空调，不知道是雾气还是霜雪，让车窗玻璃变得朦胧，像纸窗户一样，文亮把额头靠近玻璃，被玻璃的冰冷惊得叫出声来。他有些胆怯，为自己突然的尖叫感到不好意思。

妈妈坐在文亮旁边，她两手搓着他的脸，朝他脸上哈热气，希望可以让他暖和一些。他感到她的手上硬硬的皮，还有一些开裂后形成的刺——虽然她看上去仍然是一个年轻的女人。于是文亮躲开了她的手。妈妈眼里很快闪过一丝失望。她穿一件浅黄色的羽绒服，让她的脸颊也更加泛黄。“新千年”的几个日文字，用白线绣在右手内侧的袖口处，大概是商标——妈妈对文亮解释过，这几个字是日文里“新千年”的意思。新千年了，他终于见到自己的父母，他想。

“新千年”，文亮用中文、日文分别重复这几个字。妈妈被他的东北乡下口音逗笑了，尽管来日本以前的20多年里，她也用同样的口音说话。

文亮觉得受到了伤害，不明白他们为什么会在这样的一个地方。满目都看不见人烟，除了黝黑的石头、干枯的树枝，间或出现的冒热气的温泉泉眼，童话中那种孤单的小木屋在很远的地方一闪而过，不知道里面会不会有狼外婆和有毒的浓汤?

这辆大巴车上还有另外十几名乘客，都说着文亮听不懂的日本话。瘦小的日本司机在停车后，开始一口一口喝着保温杯里的水。从文亮的角度，还能看见司机在驾驶座上轮流抖动着的双腿，像是拼命要甩掉鞋子上的什么东西。在大巴车前方和后方还有一些车，都是轿车，但没有人下车，实在太冷。文亮觉得自己是这里唯一不安的一个人——那些日本话里，一定有什么东西，是他们故意不让他知道的。他们肯定共同制造了一个巨大的谎言，而世界上，被这个谎言欺骗的，只有自己一个人。

文亮后来在车上睡着了。他这一天经历了长久的飞行，从哈尔滨到东京，又从东京到北海道的札幌，在地图上看，他的轨迹刚好是一个巨大的表示正确的勾，可是他觉得，这一切明明都是错的。

几天之后，他就回到了哈尔滨，又独自从哈尔滨坐公共汽车回县城。他最终也没有见到北海道的有珠山。因为那是一座活火山，它好像马上要喷发了。他也没有在北海道泡温泉，尽管一路上，被认为是文亮父母的那对夫妻，都以无限神往的神情给他描述着“温泉”这个奇妙的东西。

他们把文亮送上飞往哈尔滨的飞机。文亮很高兴自己终于可以回去了。但在飞机上他想起来，还没见过他们在大阪的家，而奶奶好像很希望知道，他们在大阪住的地方是什么样子的？是不是进门需要脱鞋子，没有椅子凳子所以只能跪坐在地上？临行前奶奶的确如此认真地问过他。

在吃过飞机上分发的日本乌冬面之后，更多的沮丧也随之而来。比如，他还没有给那些同为“侨胞”的同学们带礼物，北海道没有商店，在机场又要赶时间，一切都顾不上。他想大不了以后也不要他们的礼物了，事实上这一点后来他没有做到。他又想起，还没有去东京银座看看。那时他最喜欢的一部日本漫画场景就取自东京银座。

他的书包夹层里，还装着奶奶和姑姑的照片，没来得及交给父母，虽然他觉得可以发邮件，但他又忘记了找他们要一个邮箱地址。

他后来在哈尔滨转车的时候，决定把照片寄到日本。他知道他们在大阪的地址，一个叫“岸上路56号”的地址。他觉得这个地名很奇怪，邮局的工作人员要求他用拼音把“岸上路56号”几个字全部拼写出来，他担心日本的邮局会看不懂拼音，但又不知道这几个字的日文写法。他觉得自己不应该遭遇这些事儿。他一直不知道他们到底有没有收到过那些照片。日本的一切东西，在文亮看来，都很容易消失。

在哈尔滨等公共汽车回县城的这段时间，他在汽车站的卫生间被一个高大的男人从后面推了一把。那时他的身高已经长到一米六七，但很瘦，在学校他有个外号，叫“易推倒”。头撞在卫生间镜子上的瞬间，他看见镜子很可疑地模糊成一片，不知道是陈年的灰尘还是水渍。他本能地把书包往胸前放，心想幸好没有带更多的行李——因为奶奶说：“你父母都会给你买的，什么也不用带。”

但事实上，什么都没买，买什么都来不及。他们一直在坐车，整个过程想来，不过是从机场坐上车，遇上警戒，在临时的抗震棚里冻了一晚，然后又坐车回到机场，就这样。

他想着这些时，那个推了他一把的男人的同伙，顺利地抢走了他的书包。他没有反抗。因为他想，反正里面什么也没有，他父母什么也没给他买。

他把书包被抢的事情告诉了奶奶，但没有告诉父母。他觉得他们反正也不会为他在意的，不是吗，在东京机场，他们让他一个人灰溜溜地回了哈尔滨，而他们的飞机，却是飞往大阪的。

“真的抱歉，太不是时候了。”妈妈在机场送他的时候，这样说。他发现自己几乎跟她一样高。

“火山爆发，谁想得到呢？”她又说，很怨恨的样子。

是的，因为有珠山，一座活火山，可能马上就爆发了，所有人必须离开北海道，至少远离北海道最大的城市札幌。可是文亮的探亲签证时间不够长，他来不及跟父母去大阪。他们权衡再三后，决定他们飞回东京去，然后在东京分开，这都是“为安全考虑”。

“只有东京，才有飞哈尔滨的飞机。”父亲强调着这件事。“下次你再过来。”父亲又说。

文亮觉得自己几乎快被妈妈的话感动了。他想，也许她还是舍不得自己的。他到底是眼前这个女人的儿子。但她现在成了日本人，他自己却是中国人，他会一直是中国人。这个问题，总是在他刚刚要喜欢上这对夫妻的时候出现，让他不得不再次对他们保持距离。

“它什么时候会爆发？”他问他们。他没有好好学过地理课，从来没有听说过那座让他们不得不分开的有珠山。

“谁也说不好，最近一次是30年前，它总是30年左右就爆发一次，现在已经有了警报，它每次爆发前，都会有警报。”父亲一口气说完这些，像是在为火山爆发这事儿道歉。

他觉得父亲不需要道歉，火山爆发这样的事儿，又不是他们能决定的。但他不能跟他们一起回大阪去，因为签证的问题。这也是父亲对他解释的。而那些无用的话，比如“真的抱歉”“怎么会这样”“早知道怎么”……都是他妈妈讲的。

“女人总是比较脆弱”，在抗震棚里的夜晚，父亲悄悄对他讲。他后来觉得，这是父亲最像父亲的时候。他们一家三口，在同一个深蓝色的抗震棚里，四周静得像世界末日，所有人都不知道有珠山——一座活火山，离他们不到四十千米——会不会在今夜爆发。

他的睡袋在父母中间。没有灯，因为通电已经断掉了。抗震棚里有两盏应急灯，光线一开始很强，后来电力用尽，终于熄灭。他们不能住旅馆，因为有珠山每次爆发之前，都会有前兆性的地震。何况经营旅馆的人也被疏散到更远的地方去了。

他们每人都分到几个可以自行发热的小袋子，是红色的，像满满一袋凝固的血液。拿到手时，袋子很硬，但揉一揉，小袋子发出一些细碎的像泡沫擦过玻璃的声音，里面那些凝固的果冻一样的东西变软了，像真正的血液。小袋子开始发热，然后越来越烫。这个国家的人很擅长发明这种小东西。

他想把这些小袋子带回去，给奶奶用。奶奶怕冷，总是在半夜起床把滚烫的开水倒进热水袋。但后来，这些小袋子在机场安检的地方被没收了——也许不一定非要没收的，只是文亮不知道怎么用日语跟人家解释。

在冬夜的户外抗震棚，小袋子的微弱暖意其实根本不起作用。这样的温度里，如果在黑龙江，没有人会在户外待上超过半个小时，但他们却得度过一整个夜晚，和几十个陌生人在一起。文亮后来想到这些，觉得其实那个夜晚也没那么冷。

那时父亲说，希望他像个真正的男子汉，因为女人总是比较脆弱的。他说，我会的。他听见父亲的呼吸声，像是低声的抽泣，但他看不见父亲的脸，这里太黑了。他告诉自己不是的，父亲没有哭。

黑暗中，他相信自己这样的话，会让父亲感到放心。那几乎是他能作出的最郑重的表达了——他会的，这是一个承诺。尽管那一年他只有12岁，在县城河谷中学上初一，地理课还没有讲过日本那一个章节。但他觉得自己可以作出这样的承诺。

在哈尔滨汽车站，文亮的书包被抢走，他想起那个黑暗中的夜晚，自己对父亲的承诺，心里有种轻微的挫败。他的牛仔裤兜里，还有一些人民币、一些日元、几枚日本硬币。有的硬币中间有方形的孔，像中国古代的钱币。但是，他再也没有机会把那些日元和硬币用掉了。

他买了一张回县城的汽车票。在公共汽车的窗玻璃上，他恍惚看见自己的脸上有种酷似父亲的神情，紧张的、受挫的，因长期漂泊而始终惴惴不安的神情。他听见了自己的呼吸声，也像是在抽泣。他不喜欢这样的自己，于是对着黑暗中的车窗玻璃做出了一个凶恶的表情。他的少年时代，大概是从那时开始的。

父亲认为，女人都是脆弱而不可信任的。果然，他们后来离婚了。父亲搬到东京，和一个比妈妈更老的日本女人住在一起。父亲仍然在照顾那个日本女人，就像他曾经照顾妈妈一样。文亮那时在电话中问他，为什么会离婚？父亲沉默了一会儿，说，因为你，你在中国，我们觉得再也见不到你了。

5

现在，文亮当然知道，富士山也是一座火山，这意味着它也会爆发。只是它的爆发周期比有珠山的30年更长，大约是400年。而且，它被认为从几百年以前就开始休眠了—— 一座不会爆发的火山。

2000年，从日本回来后，文亮开始琢磨火山的事儿，通过县城刚刚开业的网吧里那几台586计算机。但他没有看到更多有关有珠山的事情，毕竟富士山才是日本最著名的火山，是日本的标志。他始终不明白，父母为什么没有首先带他去富士山——至少富士山不会那么容易爆发。就算富士山不休眠，他们也不会那么凑巧，刚好赶上400年一次的爆发。而有珠山，每30年就爆发一次。在他的有生之年，如果运气好活得足够长，有珠山还会爆发两次。

回县城后，他买了很多无用的东西，当成是父母在日本什么都没给他买的一种补偿。木质的飞机模型、昂贵的耐克球鞋、成套日本漫画——外包装的玻璃纸到现在都没有拆……他得花光他们从日本寄回来的钱。他觉得，这才是最好的方式，对他、对他们来说，都是。

也是2000年，他申请了QQ号，加了200个陌生的网友，他告诉他们自己是孤儿，父母在日本。竟有网友说，自己的父母还在美国呢。他感到快乐，在网吧浑浊的空气里打发掉整晚的光阴，吃最贵的泡面。

这年期末考试的时候，他去了趟沈阳。临行前，在邮局，他给妈妈小心翼翼地打国际电话，开口只说，妈，我没钱了。他的账户——他从这一年开始有自己的账户了——从此一直收到海外汇款。

在沈阳，他见到了那位号称父母在美国的网友。他们在钢铁厂空荡荡的大门口见面。然后他听她说，其实她的父母就住在这间钢铁厂内建于30年前的一幢职工楼里。

那是个壮硕的东北姑娘，涂着乌黑的唇彩。她用肥美的手指戳乱他的飞机头。他后来改变了飞机头的发型。他的发质细软，头顶蓬起的那部分头发难以长久固定，除非借助大量喷雾发胶，而那些发胶，来自县城洗头房，充满暧昧、黏稠的女性气息。他不是太喜欢。

沈阳姑娘显然比当时的文亮还要高大一些。她带他去了一间废弃的拆迁房。他们在里面分享了一盒香烟。文亮想起在日本时，见过父亲抽的那种日本烟，烟盒上有七颗小星星的图案。她的唇彩在烟嘴儿上留下一圈乌黑的印迹。他觉得那很是好看。

后来他吻了她，她用胖胳臂费力搂抱他的动作，显得笨拙不堪。他问她，多大年龄了？她一开始说18岁，后来又改口说16岁。于是他说自己也是16岁，比实际年龄多说了3岁。

文亮连夜赶回黑龙江，还来得及参加最后两门课的考试。

临行前，他给沈阳的胖姑娘买了一套真维斯的最大号衣服，又请她吃了冰激凌。在看着她伸出舌头把麦当劳圆筒冰激凌舔成一座小火山的模样后，他意识到，自己愿意为她花光身上所有的钱。

但是后来他们再也没有见过面，连在QQ上都再没讲过一句话。

只是他依然挥霍，给不同的网友买不同品牌的衣服，请她们——清一色都是比他成熟一些的东北女孩——吃冰激凌，要求她们慢慢地把冰激凌舔成一个火山的形状，并在随即而来的夜晚想念着她们不同颜色和形状的舌头。

他不想跟她们发生实际的关系，因为他感到，自己不属于眼前的一切，所以他才能够放心挥霍它们——钱财、大把的时间，还有少年的身体。

有珠山在2000年的时候，到底还是爆发了。《新闻联播》在国际简讯里简短地报道了这件事。没有人员伤亡，因为提前三个月便已将方圆100千米的所有无关人员疏散，包括文亮和他的父母。它的爆发警报距离真正爆发的日期，竟然有三个月。而三个月，足够他们一家做很多的事情了。

火山爆发的实况，被近距离观测的科学家记录下来。文亮在县城家中的电视上，看见了那短暂的壮观一幕，像是有人在挤压一颗饱满的西红柿，黑红色的汁液喷涌，混合着黑色石块，汩汩冒着热烟。

那些镜头，始终在摇晃。人们的呼喊和惊叫声，也都是日语。几秒钟的实况录像，其实已经够了——文亮知道自己体验过这次真正的火山爆发。

他开始对地理课产生兴趣，甚至知道了日本曾经也是中国大陆的一部分。后来日本四岛渐行渐远，一路往太平洋深处漂去，就像他的父母一样，因为1990年的下岗和天灾，他们再也无法应付母亲和儿子的生活。于是他们一路往远离儿子的方向漂走了。

姑姑说，这都是奶奶的主意。虽然县城早有去日本的传统，但那都是很多年以前的传统了——1990年的时候，该去日本的人都已经去了，而改户口这种事儿，早就没有10年前、20年前那么容易了。

他们是怎么做到的？文亮问。他知道姑姑会告诉他一切的，只要他问。姑姑跟奶奶有仇，因为奶奶把自己的儿子儿媳都送到了日本，而把她留在身边。姑姑独身一人，是个皮肤黝黑的老姑娘。她认为这一切都是奶奶造成的。“该去日本的人，是我。”她总是这么说。奶奶会说，“他们要男的。”文亮听她们对话，想起自己也是男的，他会去日本吗？

“你奶奶，她竟然还留着那个日本女人的照片。她坚持说你爸爸是那个日本老太婆的儿子，那个老太婆也认了，她不认女儿，只认儿子。”

事情就这么成了。

日本有火山，多危险——他这样劝慰姑姑，一边试图躲开她压在自己肚子上的手臂。

姑姑说你别动。过了一会儿，她又对他呢喃耳语：“你才是火山，还有你奶奶，我被你们俩给毁了。”

他问，为什么？他总是问她为什么，并对她给出的答案时常表现出不解。他知道那时在姑姑心中，他仍然是一个懵懂无知的少年，身体里还没有住进一只贪心的怪兽。

他从未在夜晚在姑姑的拥抱中勃起，也许她由此认定，他仍未长大成人，所以她需要不时地从独居的房子里过来，照顾他，还有奶奶。姑姑的生活被他和奶奶给毁了。而她的哥哥、文亮的父亲、奶奶的儿子，此时正在大洋对岸，另一座温暖的滨海城市里，日式公寓的榻榻米上，七星烟燃烧出的蓝色烟雾里，夜夜安抚另一个脆弱的女人，日本女人。

但姑姑没有再回答。文亮发现她已经睡着了。薄棉的蓝色睡衣有烧烫的熨斗落在湿衣服上发出的那种味道，这种味道在奶奶身上是没有的。文亮猜想，也许这就是女人的味道，也许也是妈妈的味道，如果他对妈妈还有记忆的话。

奶奶认为，姑姑不应该和文亮睡在一起，毕竟文亮已经长大了。但姑姑更不愿意和奶奶睡。她们从1990年开始，就没在一张床上睡过觉了。

文亮认为，这是自己的成人时刻。他想从现在起，该是自己来照顾她们的时候了——这两个深怀怨恨，但又都爱他的女人。他在心中暗自对父亲再一次这样承诺。他知道，无论那次有珠山爆发的警报是否打乱了他们的计划，无论父亲的户口是否从奶奶的户口本上迁出，无论那个日本老太太是否接受了父亲作为她在中国东北生下的儿子，无论这两个国家是否在1990年共同作出决定中断了这种持续多年的移民行为，无论这个决定是否意味着自己从两岁开始便一直被拒绝给予赴日本的签证……这些复杂的一切，其实都不重要，他们不过都是在为着家人的生活而日复一日地这样活着。

6

小客轮抵达河口湖的对岸。文亮和父亲步行去200米远的大巴停车场。父亲去买票，文亮一步不离紧跟其后。他们站在售票窗口前的队伍中，父亲开了一句不合时宜的玩笑，“放心，富士山这次不会爆发。”

文亮笑着，他说是啊，怎么我一来就得火山爆发呢？

父亲从手提包里掏出钱夹。日本男人都会带一个手提包，这让他们随时保持两手下垂、手臂紧贴裤线的谨慎姿态，再慌乱的场合也不会让他们改变这种姿势。父亲在日本生活了20年，他的黑色手提包已经陈旧，跟他身上的衣服、脚上的登山鞋一样，像是穿越了20年风尘的东西。但父亲却穿了一双白得耀眼的袜子，在裤腿和鞋子间，袜子露出一圈雪白的边，像是戴了一双雪白的脚镣，如果不注意的话，也不会发现。父亲身上还有很多东西，是文亮没能发现的。

在小客轮上，父亲问文亮平时都喜欢做什么？

文亮觉得这个问题很难回答。22岁的年轻人，平时喜欢做什么？答案是可以想见的。但提问的人是父亲——尽管他们只见过两次面，这些年连电话都不是太多。那些电话永远只有一个主题——钱。

于是文亮告诉父亲，他没有上完四年大学，因为他本来就不够上大学的资格，“侨胞”的身份倒是帮助他进入了那所不入流的大学。他觉得自己的话里，含着一种不明确的恶意，或者讽刺，他不知道自己是否有意这样说的。他又补充说，其实在大学的时候，他倒也做了些事情，比如看书——他的确看了不少关于地理和历史的书，都在学校门口那个瘸腿老头经营的旧书摊上。除了漫画书，他还从来没买过一本书。

父亲看上去高兴起来，然后说真没想到。他说文家从来没有过喜欢看书的人。而文亮想起那些四处游荡、乘火车漫无目的地逛完整个东北三省的日子，那些被刻意忘记的考试、几乎空白一片的成绩单和两封劝退学籍的信件，还有租来的破汽车里燃烧的手卷烟叶、宿舍里散落一地的啤酒瓶，也许还有卧室墙上层层叠叠、不同版本的世界地图，床底下从未开封的成箱日本漫画……他真正的成长经历，他是永远也不会告诉父亲的。

父亲说到了文亮的爷爷，那是一个老实得过分的农民。那年日本投降了，所有在东北的日本人都在陆续撤回日本。文亮的爷爷，那年13岁，有一天领回一个日本女娃——她知道自己的名字，也知道自己父母的名字，但不知道自己的年龄，6岁，也许8岁。她说自己生在日本，但长在中国东北。那一年她的家人带着她慌张撤离。她记得几天前，自己还跟父母在一起，但这天早上，她在高粱地里醒来，发现父母和其他人都消失了。她压倒了一些高粱，地上出现一块小小的平地，跟她的身体形状刚好吻合，是一小块边缘不规则的破损。

“日本人把老人和小孩留下来了，带不走。如果再不走，他们可能就走不了了。”父亲说，“她一直住在你爷爷家，直到70年代，才回日本。”

文亮知道这段往事。这是所有事情的起因——姑姑在说这件事的时候这样认定。但他不知道那个日本女人现在怎么样了？她回到日本，是否找到了父母，是否原谅了他们当初把她扔在中国的事儿。他突然觉得，这跟自己现在的问题多像啊。他现在应该原谅他们吗？他们把两岁的他留给奶奶和姑姑，到日本来了。

文亮打断父亲说：“我知道这事儿。姑姑说过的。”他又说，自己还见过那张照片，是复制品——奶奶正是用那张复制的照片，把文亮的父母都送到了日本。奶奶也是帮凶。而奶奶为什么要这样做？文亮不理解。姑姑说是因为生活，他们在国内已经过不下去了，去日本，至少是个出路。县城，很多人都这样干过，不是吗？他们通过简单的程序就改了户口，让每个当初滞留在东北的日本女人，都凭空多出七八个子女。何况，文家还真的收养过日本女人，为什么不这样干呢？只是，他们运气不好，刚去日本，日本移民局就发现了其他人造假的事儿，所以，他们回不来了。

文亮并不相信姑姑的话。他一直想问奶奶，但不忍心，无论如何，奶奶是他唯一的亲人，而现在，他再没机会问奶奶了。也许可以问问父亲。但他不会问的，那会显得他很可怜。尤其在奶奶已经去世、他再次来到日本的时候，像是一个孤儿来投奔一个还没有决定是否要领养自己的人家。这种感觉不太好，他不想让父亲同情自己。

“你爷爷，你还有印象吗？”文亮摇头，他出生那年，爷爷刚好去世。“我想也是，不过你长得跟他很像，我反而不像。”

“你像奶奶。”文亮说，这是显而易见的。

“是的，我像你奶奶，尤其是眉毛，你看，我们是不是都是这样的，三角形的眉毛。”父亲突然不说话了。大概因为他想起没有见上奶奶最后一面，文亮觉得。

“她怎么会冷死呢？”父亲问，同时看着湖水中的一个什么地方，碧蓝色的水面上，有白云投下的黑色影子，被客轮划开，变成一道道黑线，像有无数小鱼在水下游动。

但这里是不会有鱼的，河口湖的水温太高，会把鱼煮熟——文亮想着自己从哪本地理书上看过这样的说法。

“不是冷死，我怎么会让奶奶冷死呢？我们有暖气，有空调，我给奶奶装了空调。”文亮说。

“我知道，你奶奶不是一直身体不错嘛，怎么就一个冬天的事情？”父亲的语气，过于柔弱，大概他已经明白，眼下说这些已经没什么用了。

父亲真的已经尽力了，文亮想，他一直给他和奶奶寄钱，虽然他自己一直不能回中国——在县城，伪造户口、假冒成日本后裔的人太多，中国政府从1990年开始拒绝给这批伪日本后裔发签证。他们回不来了。

“其实，奶奶走得挺平静的。”文亮说。他想起奶奶去世前，没有等来父亲，但她说，文亮，你去日本，一定要去日本。

文亮可以拿到日本签证，“这都得感谢政府开恩，”奶奶去世前这样说，她念着上帝啊，念完又念阿弥陀佛。奶奶信上帝，也信佛。她有一个中国女儿、一个日本儿子。她一直是个平静而开明的老人，可以理解很多事情。

“78岁了。”父亲说，他竟然准确说出了奶奶的年龄。

“是的，78岁。”文亮说，“丧事很顺利，她跟爷爷葬在一起的。姑姑说她自己将来也会葬在那里。”

父亲轻轻叹气，又指向那团冰激凌一样的白色云团，说：“看，我们离它越来越近了。”

7

这次来看富士山，是文亮要求的。“就跟去中国要爬长城一样。”他去过长城，高中时候一个人去的。不知道父亲有没有去过长城。但他只是不想去北海道而已，他觉得10年前的那次，他们就该去富士山的。

父亲答应了，“我每年都会去一次富士山”。他现在住在东京，离富士山并不远。“虽然今年刚刚去过，但还可以再去一次的，是吧？”他很少拒绝文亮的请求，倒是文亮一直在拒绝他。两年前，文亮已经可以拿到日本签证了，签证政策放宽了许多，只要愿意，他还可以申请长期在日本居住的签证。但他没答应父亲，也没答应母亲，他不想跟他们中的任何一个人一起生活。

他怎么会离开呢？他觉得自己很喜欢哈尔滨。哈尔滨有100个县城那么大。哈尔滨让他开始思考自己的未来。在大学校园，夏季里总有一种面包发酵的气息。他的身高已经一米九。他交了不少朋友，为他们买各种东西。只有银行账户没钱的时候，他才会想起自己是“侨胞”。他想一直待在哈尔滨，但他没能顺利读完大学。他觉得读大学拿学位这种事儿，对自己来说太困难了些。

他曾经想开一家网吧，为此真的存过一些钱，但后来网络普及，家家户户都装了计算机和网线，网吧成为不合时宜的场所。他的存款，也远不足以让他完成网吧这种需要先期投入的生意。

他倒是认真地跟妈妈说过这件事，希望得到她的支持，在要钱这件事上，妈妈总是比爸爸好说话。何况她一直经营着大阪的饭馆，她比父亲做得更为出色，文亮觉得妈妈能理解在生意中投入与回报间的关系。

但妈妈不认为这是文亮应该考虑的事情，她忧心忡忡地告诉文亮：“儿子，你好好玩儿吧，到长大了，该结婚了，妈妈再给你10万块钱，是人民币，不是日元。”他想起妈妈手上的倒刺。

她又说：“真的，我现在就在为你准备。”那时父母已经离婚，父亲已经搬到东京。妈妈独自经营一家中餐馆。她让他结婚后马上到日本来。“我们总是要团聚的，不过结婚后再来吧，因为你得找个中国姑娘，我不想你娶一个日本女人。”

文亮说，“我不会娶日本女人的”。他那时20岁，默默盘算着最快还有几年他就可以结婚了，只是他还没有一个可以结婚的女朋友，不过这不是问题的关键。

“你爸爸找了个日本女人，他找了个日本女人。”她重复道。

文亮拿着电话，不知道该说什么，他对父亲、母亲都缺少了解，他们很少说起日本的生活。于是他只是看着自己吹出的几个完美的烟圈。

“倒也不奇怪，他本来就是日本女人的儿子。”妈妈说。

文亮那时并未听出妈妈语气中的情绪。但他想到，妈妈也是日本国籍，所以自己也是日本女人的儿子。他为此沮丧，他不喜欢妈妈提出的“去日本接手中餐馆”的未来。他不想跟他们一样。

他被学校劝退后，想在哈尔滨找一份工作。他辗转换了很多工作，认为最适合自己的，或许是服务员、宾馆门童、服装店导购，因为这些工作让他备受女人们关注。但这些工作都有一个不好的地方，工资太少，他想起妈妈的10万元钱的许诺，决定找个可以结婚的女朋友。

他有了女朋友萧霄，他们在一起一个月的时候，他向她求婚，在哈尔滨市中心五星级酒店的套房里。但她吓坏了。为了安抚她，他说出了10万元的事情，然后又为了解释10万元的事讲了很多自己的身世。“我不会去日本的，就算有了10万。”他信誓旦旦。

但萧霄不这么看，“你爸你妈不会放过你的。”她在哈尔滨长大，是大城市的姑娘，懂得在酒店如何调试出温度合适的洗澡水，用玫瑰花瓣泡澡，“不过，北海道的温泉应该比浴缸舒服。”她沉浸在一层玫瑰花瓣下的身体，正让不大的浴缸兴起层层涟漪。“你会带我去北海道吗？”她问他，一块折成小方块的白毛巾，正被她顶在头顶处，像头上的一只小鸽子。她说完便咕咕笑起来，笑声也像鸽子。

他看着酒店浴室镜子中的那个自己，坚定地说，“我不会去日本的。”他问她，有没有听过九一八那天的警报？他是听过的，在沈阳。“那是什么意思？那是说，我怎么能去日本呢？”他不知道自己为什么要说起九一八，但说完之后他觉得，这真是不错的理由。

“你真是可爱。”萧霄说着，像是长辈看穿了晚辈的谎言。“我们可以打赌。”

“赌什么？”他也认真起来。

“赌——10万块——”她往他身上泼水，他后退着躲开。“天啊，你在干什么？”他冲她喊起来。他知道，她根本就没想跟他打赌。

“胆小鬼。”萧霄接着泼水。

“疯女人。”文亮差点在浴室的地板上滑倒。

“你爸你妈不给你寄钱的时候，就是你去日本的时候。”萧霄平静下来。

文亮退出浴室，觉得萧霄说的没错。如果没有那些汇款的话，他还能做些什么呢？他什么也做不了——萧霄知道，姑姑也知道。因为姑姑也这么说过，“别要他们的钱，我给你钱。”

文亮并不拿姑姑的话当真，他只是笑着，“我不能要你的钱。”姑姑抽烟，也喝酒，她自己还有一些乱七八糟的男朋友，这都增加了她的开销。而她的收入不高，她在一家杂志社当校对，每张钞票都是她用铅笔或钢笔改标点符号、改错别字改出来的。她能攒下多少钱呢？她连奶奶都养不活。

“都给你，不多，但都是你的，文家只有你了，你不能走。”姑姑那时有些昏昏欲睡的样子，不知道她的头脑是否足够清醒。文亮闻到她身上浓烈的烟酒气息。白天的姑姑，是戴深度近视眼镜、一本正经的校对员，而夜晚，校对员取下眼镜，世界朦胧成一片。她可能更喜欢这朦胧中所见的生活，因为这比清晰的白天美好。于是她总是让自己喝醉。文亮抽烟也是姑姑教的。她似乎很享受小时候的文亮缠着她向她讨烟抽的样子。

8

现在，文亮来了日本。他认为，来看一下也没什么大不了，就当完成奶奶的遗愿。“我是替奶奶去看他们。”他这样告诉姑姑。姑姑也和萧霄一样，认为他走了便不会回来。女人们总是缺少安全感，姑姑甚至已经打算回他们乡下的房子去住——她一个人过，或许也不是，因为她说要“守着你爷爷奶奶，你们这些没良心的东西”。姑姑骂道，眉毛拧在一起。

“我真的会回来的。”他说，像在说一个谎言。他不明白自己到底是怎么回事，好像无论怎么说，都像在说一个谎言。文家人这20年的生活，建立在一个谎言之上。谎言改变了他们的国籍，改变了他们的生活，让他从乡下到县城，再到哈尔滨，让他从吃不上饭的婴儿成为学校里的有钱人——谎言也许是一个好东西。

“够了，我不需要你说这些。”姑姑看上去很焦虑。她半年前安葬了奶奶，那时她也没有这样焦虑。中国女人看上去总是更焦虑一些，因为她们失去了太多的东西，这是文亮来日本之后才明白的事情。姑姑已经很长时间没跟文亮睡在一张床上了，她把文亮也划入文家“没良心”的那一阵营里去了。

在停车场，他们已经买好车票。父亲和文亮又抽了一支烟。文亮在自动售货机上买了两瓶日本茶饮料。

“为什么每年都要来一次富士山？”文亮问父亲。

“我也不知道，富士山好看？”父亲说。

文亮并不理解，他认为这座山从他们现在所在的停车场的位置看过去，只是一座近在眼前的普通的山，但他很快就意识到上山的路是多么曲折漫长。大巴车仍然吞吞吐吐地在盘山路上缓行，与10年前在北海道的感觉很像。只是没有北海道的大雪了，也没有火山爆发的威胁，眼前的一切，逐渐被一点点浓重起来的雾气淹没，富士山显得软弱、暧昧。

父亲说从前富士山不是这样的，垃圾很多，后来日本人自发来山上捡垃圾，现在，这里很干净。

他们爱干净——文亮知道，但他不认为这跟自己有什么关系。他还没有习惯这里的一切，他觉得没必要习惯，他反正是会回去的。可是父亲不这么想，父亲说希望文亮留在这里，“跟我们在一起。”

“我们？和那个日本女人一起？”文亮毫不掩饰对跟父亲一起生活的那个日本女人的敌意。父亲没生气，他说她是一个好人，不过也是受苦人。然后他没再说关于那个女人的更多的事了，父亲说：“何况你不是和她在一起，你是和我在一起。”

“我不会讲日语，我怎么过啊？”他笑起来，觉得自己有些厚颜无耻。他希望父亲能继续给自己的账户汇钱，这是他现在唯一的愿望。但他不能这样告诉父亲。

“你可以先上半年语言学校，然后就可以找工作了。”父亲说，他什么都盘算好了。

“我能做什么工作呢？”

“做什么都行，我和你妈妈，我们那时都是这么过来的。”父亲说。文亮觉得父亲已经看穿了自己。于是没说好，也没说不好。他的确想过留在日本这件事，也想过回哈尔滨这件事，但他无法决定，他觉得任何一种选择都不会容易。他想要第三种选择，更容易一些的，但是父亲没有答应他的另一种选择。

“你奶奶已经去世了，你也22岁了。”父亲说着，把拧开了瓶盖的饮料递给文亮。文亮说他得再想想这件事。他喝了一口饮料，是很苦的茶，和中国的康师傅冰红茶完全不一样。他想也许以后都得喝这种很苦的茶了，也许他会习惯的。他已经下意识地系上了安全带，这是日本的规定，必须系上安全带。他觉得安全带这种东西，让自己孤零零的，因为那让他和父亲分开了。他们的距离，本来很远，这些天来，一度近了一些，但现在又远了。

9

富士山只有每年八九月的时候可以登顶，其余时间封山。在文亮和父亲去富士山的六月，樱花已经开过，山路还未完全开放，他们乘坐的大巴车的终点，是半山腰一处叫“五合目”的停车场。

“他们把上富士山的路分成十合目，我们到五合目，已经足够了。”父亲对文亮解释。在这辆上山的大巴车里，文亮很难判断其余的乘客是否都是日本人。他不希望父亲用中文跟自己说话，那让他感到难堪，像是没心没肺的游客，兴致勃勃地到此一游而已，处处被人轻视。他想自己跟那些游客还是不一样的。不是吗，他的父亲是日本人。

于是文亮小声地说话，他说他知道，很多年前就知道，一合目、二合目、三合目……他们用一炷香的行路时间来划分这条山路。他觉得自己似乎在讨好父亲。

父亲果然显出惊喜的样子。文亮没有告诉他，其实他还知道日本的很多事情——一种奇怪的自尊心，让他对此绝口不提。他也听说，很多中国人，有的是留学生，初到日本会去做背尸体的工作，因为背尸体挣钱多。他相信父亲没有背过尸体，因为他觉得父亲没这胆量，他自己也没这胆量。他怀疑自己和父亲其实很多地方都很像，比如懦弱、被动，却又自尊心极强。父亲笑起来的样子，比不笑更丑，似乎脸上的大部分皮肤，都在颧骨处层层叠叠堆起来看上去很假。文亮突然有些憎恨父亲这样笑起来的样子，于是他下意识转头去看车窗玻璃，想知道自己笑起来的样子是不是也这样令人厌恶。但他只看见窗外那些高大的阔叶林，平缓的山坡，路边不时出现一根不明作用的水泥柱子，仍然看不见富士山顶。那个休眠的火山口，始终躲在巨大的云团里。过了一会儿，大巴车也驶入云团中，连这条盘山路也隐没在了雾气里。外面下起小雨。窗玻璃上凝结出水珠，一颗一颗，很快串成无数条细线，像玻璃上无数道倾斜的裂纹。

一个小时后，他们到达五合目，旅程的终点。

10

富士山上的天气很特别，经常跟山下不同。即使那些晴朗的天气里，富士山上五合目的地方也会下雨。这天，文亮和父亲都没有带伞。他们顶着小雨，快步跑出停车场。

文亮感到失望，在五合目的观景平台上，水雾缭绕升腾，就像开锅的蒸笼。10米之外，什么也看不见。平台不大，边缘有警戒线，防止游客们跌落山下。文亮仰头，原地转了一圈，但看不见富士山那道终年积雪的白色花边。

“富士山就这样，每次来，天气都不一样。我来了这么多次，每次都不一样。”父亲看上去很兴奋。他轻飘飘的黑色防水风衣被风吹得鼓起来，像马上会飞起来。

一阵风猛地刮过，平台上的人们喊起来。从那些惊呼的语气里，文亮判断不出他们到底是为这阵狂风激动还是感到恐惧。他跟着父亲往平台边缘跑去。鞋子轮流踏进积水里，水溅起来。文亮看见父亲雪白的袜边，在灰蒙蒙的世界里，就像两只引路的鸽子，带领他们去往一个可以避风避雨的地方。平台靠近山的一侧，依稀可以看见有一座不高的小楼。

风停了又起，夹着雨丝，落在脸上，文亮下意识地闭上眼睛。但他仍能听见身边纷沓的脚步声，很多人都在往那座小楼跑去。人们彼此呼唤着，为在恶劣的环境中不至于彼此失散。他们刚刚在观景平台上看过一眼朦胧的风景——其实什么都看不见，远处的县城、湖泊、树……黏滞在雾气里，像很快会烟消云散的那些虚幻的东西。

风很快就过去了，雨丝忽大忽小，嘈杂的脚步声、人声似乎也随风而逝，世界重归平静。

文亮睁开眼睛，看见天色转暗，可现在是中午。这古怪的天气。

他没有看见父亲，只有三三两两的游客，莫名激动着，为这意料之外的遭遇。可是，没有他的父亲。他不确定自己是否跟父亲失散了。他回想刚刚大风突起之前，父亲在他前面几步远的地方，然后自己被风刮得睁不开眼睛，又停住了脚步——这一切发生得太快，五秒？或者十秒？十秒钟的时间里，父亲可以走多远呢？但无论父亲去了哪里，为什么又没有叫上他？就像刚刚在湖边乘小客轮的时候一样，父亲自顾自地行动，仿佛文亮根本没有和他一起旅行。

文亮慌乱地走着，他也不知道自己在往哪个方向走。他把能看见的平台上的人影都仔细确认了一遍——很遗憾，都不是他的父亲。他意识到，这样的情况下，他也许不应该这样漫无目的地走，也许最好是待在原地不动。他希望父亲会回来找他。

又一阵风过来，似乎比刚才更猛烈。只有不多的三五个游客还恋恋不舍地留在这儿。他们努力在风中站直，为拍出一张脸孔被风吹得变形的合影。文亮看着他们，觉得自己实在不适合再待在这里了——一个人，顶风冒雨，为什么？

风过去后，地上的积水闪闪发亮，其余的一切都黯沉下来。乌云很厚，像乡下的夜空，湿润又安宁。雾气又浓了些，现在，文亮已经很难看清两米之外的东西了。但他还能听见一些断续的说话声，不过都是日语，他听不懂。他感到很冷，才发现头发和衣服已经湿透。他还是得去那座小楼，趁他还能在浓雾中辨识方向。

于是他又朝那座楼跑去。他知道那儿不远，只是他现在看不见它。也许父亲就在离他不远的一个地方，只是他也看不见他。也许父亲正在四处找他，可是，他并没有听见父亲喊他的名字。也许他可以喊一声的，然后父亲就会找到他了，可是他张开嘴，却什么也喊不出来，只吞下一些雨水。他从来没有大声喊过“爸爸”两个字。

小楼终于从浓雾中现身。文亮看见，这座楼的一层有三家店面。中间是一家卖旅游纪念品的。左边似乎是邮局，因为橱窗里放着明信片和邮票。右边的商店卖食品饮料。他已经闻到了煮玉米的香味。

他决定一家一家找过去。但进到室内前，他又回头看了看平台，希望能发现父亲穿黑色风衣的身影，但只看见一些色调明亮的冲锋衣，在雾气中若隐若现。为什么父亲偏偏穿了一件黑色风衣呢？

纪念品商店里，已经密密麻麻挤满了人。身高一米九的文亮很容易就发现父亲不在这里。他又去了邮局、食品店，一无所获。他回到纪念品商店，因为他不知道自己还能去什么地方。外面的天色似乎渐渐明亮起来，但雨却下得更大，能听见雨滴打在屋檐的声音。

纪念品商店最里面有卫生间。父亲可能在卫生间里。但文亮进不去，卫生间收费。他在裤兜里摸索了很久，也没能摸出一枚50块日元的硬币——打开卫生间的自动门，须要一枚硬币。他无端觉得，父亲一定在卫生间里，只是自己现在进不去。50块钱，日元，换成人民币，只有3元钱。3元钱，足够让文亮束手无策。一分钱难倒英雄汉。文亮想起在中国的日子，那些毫不在意花掉的钱，其实也没能让他真的快乐，但在日本，他身上没有一枚硬币的时候，他确实很不快乐。

也许他一开始就错了。为什么要向他们要钱呢？他其实不需要那些钱。但他回不去了，谁也不能让时间倒回去。现在，他不知道如果没有父亲或母亲给自己寄钱的话，他到底该如何继续生活。可是他已经22岁了，如果他没有被学校劝退的话，今年，他应该大学毕业，然后，按照他们多年的计划，他会和一个中国姑娘结婚，婚后到日本来，先学一段时间日语，再在餐馆、加油站、商场、酒店这种地方找一份自食其力的工作，并一辈子干下去。这是他们为他安排的人生，就像奶奶为他们安排的人生一样——冷酷的，没有希望的人生。他们为什么这么冷酷，像这个国家的一切，都那样冷酷。你看，在他们的神山上，如果你没有一枚硬币的话，连卫生间的门都不会向你敞开的。这风风雨雨的时候，没有免费的事情，没有什么事情是不需要付出代价的。可是，他明明已经付出代价了，从两岁的时候开始。那时，他们不能带着他一起来日本，都是因为移民政策。他们在日本和他之间，选择了日本，因为莫名其妙的移民政策。而他，却一直在为父母当初的选择付出代价。

他看着从卫生间走出来的人，心里很希望下一个出来的人会是父亲。也许他应该再回观景平台去，父亲也许会去那里找他。可是，他又意识到，还有更糟糕的事情——他现在需要小便，需要打开这扇收费的卫生间的门。他觉得自己还能忍一会儿，但他不确定这“一会儿”是多久。如果终究不能和父亲会合的话，他应该怎么办？怎么打开卫生间的自动门，怎么下山，怎么买车票，肚子饿了用什么买吃的？他不敢再想。也许他可以趁着有人从卫生间出来的时候溜进去？看上去那不是太难，但他从来没有做过这样的事儿——因为他一直也不缺钱，他从来都是学校最体面的那一个——他不知道自己能不能迅速挤进开门时那个狭小的缝隙。他还担心那会被摄像头录下来，或者触发某个警报器，然后在这里的所有人都会发现他，他们会失望地发现一个中国年轻人竟为了50块钱做出这样丢脸的事儿来。但他们不会知道——这个中国年轻人其实有一个日本国籍的父亲，而现在，他和父亲失散了，他不会讲一句日语，身上没有一枚硬币，也许二十分钟后下山的大巴车就该发车了——人们只会看到，这个年轻人全身湿漉漉地守在卫生间门口，并试图闯进去。

他看见那扇门的上方，镶有一块手机大小的黑色玻璃，透过玻璃，他还是看不见卫生间里的情形。但他觉得那玻璃后面，似乎有一双眼睛也正在看着自己——也许那就是父亲的眼睛，父亲是否一直躲在门后，眼睁睁看着他的一举一动。这样的猜测让文亮感到恐惧。他知道，那其实意味着自己又被他抛弃了一次。而他每一次见父亲，都会被抛弃一次。他从来也不是一个合格的父亲。2000年的有珠山，2010年的富士山，也许还有1990年的中国——他再也不会原谅他们了。他也不应该来日本找父亲。他根本作了一个错误的决定。本来他是想找母亲的，他觉得母亲会更好说话。可是母亲的“好说话”是有条件的——他得先读完大学、再结婚。多遗憾，这两件事，他都没做到。也许他还是可以结婚的，找个姑娘并不难。但他不愿意走到那一步，他觉得事情还可以不一样的，他的生活也可以不一样，尽管他从来也没想过自己想要什么样的生活，但他知道自己不想要什么，这可能就足够了。萧霄终究拒绝了他的求婚，她的理由很正确，因为她还年轻，不想结婚。可是他知道她在想什么，她毕竟还是太了解他了，所以她不能把自己交给一个靠父母生活的男人，而且这个男人还极有可能成为一个日本人。他已经习惯了账户里永远有汇款，他不能没有那些钱。他现在明白，这是比他们当初把自己扔在中国更可怕的事儿——他们明明抛弃了他，但他再不能离开他们。

20年来，文亮都没有像现在这样强烈地想念他们。他甚至想，如果现在父亲能马上出现，他可以不要父亲的钱了，他真正需要的其实并不多，在眼下这样的时候，不过50块钱就够了，日元，不是吗？只是不要让他这样，一个人在这里，对下一刻将要发生的一切、对自己将要面对的事情，全然无措、一无所知。

一个日本老太太问了他一些什么，但文亮没听懂。他用中文告诉她，他的爸爸也许在里面。但他知道，这没用，她也没听懂。文亮又比画了几个动作，她似乎懂了，但她什么也没说，只是埋头，把小小的身子全躲在浅灰色的风帽帽檐下。她在手中精致的拎包里摸了很久，最后，她递给文亮一枚50元硬币，笑得眼睛眯了起来。

这是意外的惊喜，文亮喜出望外，他用英文、中文说着感谢，然后抢在日本老太太之前，塞进了硬币，冲进了卫生间。

只是，父亲并不在卫生间里。

11

文亮走出纪念品商店的时候，雨已经停了，一大团乌云正在快速移动，也许太阳很快就会出现了。人们陆陆续续地从商店里走出来。

有人已经回到了观景平台上，试图弥补刚才的遗憾。远处，白色的雾气还未完全散去，像稀薄的奶油。但一切似乎都在好起来。

文亮看了看手机，距离下山的大巴车的发车时间还有五分钟。他的手机没什么用，里面还装着中国的SIM卡，没有国际漫游——他的账户已经不够开通昂贵的国际漫游了。何况他觉得，在日本，他没什么需要联系的人，也没什么人会联系他。现在，他有点希望手机上会有父亲的未接来电，他只是这么想。那不可能。手机显示，没有信号。几个大大的数字，显示的是时间。他有些恍惚，看那些数字，就像是看着几个不认识的日文。

他下意识地往停车场的方向走。路上，他想起这失败的一天，就像新千年那次失败的北海道之行一样——在他人生最重要的时候，总有意想之外的事情出现。

他走得很慢，因为他再也不需要追赶父亲的步子了。现在，怎么走，往哪个方向走，只是他自己的事儿。不时有人急匆匆地从他身边经过，他在心里嘲笑他们的背影：这些匆忙的背影啊，难道不知道走得再快也没用吗？他们都不会回头看看，看看身后的人有没有跟上。他们都忘掉了背后的东西。

他已经不在人群中寻找父亲的黑色风衣了，他好像已经认定了和父亲失散的事实。他觉得应该坐上大巴车，下山。当时父亲买的是往返车票，这真是有远见的决定。但在山下停车场，他该怎么办？他想不出来——毕竟他很长时间都只会用钱解决问题了。但现在，在日本，他没有钱——他想起自己的书包，还在大巴车上，里面也许还有两张1000日元的纸币，差不多100元人民币了。在中国，这够他在酒吧喝两杯酒，但现在，他觉得那是很多的钱。他得用这2000日元做很多事情。

他坐上大巴车。车上的乘客不多。还有很多人都没回到车上来，也许有人会坐一个小时后的那班车。但文亮和父亲是计划坐这趟车下山的。父亲没有出现——这也许都不能算是意外了。

文亮把头靠在大巴车的玻璃上。他看见窗外，停车场上，有几只乌鸦。他知道，乌鸦是日本的神鸟。它们永远飞得很低，从不怕人，所以，它们永远飞不过大海，到对岸的大陆去，就像萧霄的蝴蝶文身一样，飞不过大海。那只蝴蝶，是属于他的，会永远留在那里，不会消失。

大巴车快发车前，文亮看见停车场，那些乌鸦飞过的黑色轨迹里，出现了两团白色的阴影，好像有两只白色的乌鸦，在雾气里忽隐忽现，并向大巴车靠近过来。

很快，他辨认出来，那是一个人脚上的白色袜子。他不确定那是不是父亲，在那个孤独的人影终于从雾气中现身以前。毕竟，很多日本人都习惯穿雪白的袜子，但有很大的可能，那就是他的父亲。

文亮没有觉得意外，也不觉得激动，更不想去分辨那人是否穿一件轻飘飘的黑色风衣。文亮不知道父亲刚刚去了哪里，经历了什么，不知道他有没有找过自己，不知道父亲是有意失踪还是无意失散，而文亮现在一点儿也不想知道这些他从来就不曾明白过的事儿。他唯一能确定的一件事，是有珠山爆发后，自己又经历了一次真正的火山爆发。

【作者简介】 周李立，女，1984年生于四川，现居北京。中国作协会员。2008年开始发表小说。中短篇小说集《欢喜腾》入选2013年度“21世纪文学之星”丛书。获第四届汉语文学女评委奖、第六届“茅台杯”《小说选刊》奖新人奖。

双十一

林那北

1

亚静往镜子前凑了凑。眉画了，腮抹了，唇涂了，她非常喜欢化过妆的自己。

青兵在她背上推了推说，快点!

亚静说好，转身就出了家门。她现在要去见一个叫陈建民的人。之前已加了微信，彼此发了照片，也大致说了各自情况。陈建民生于1983年，郊县人，在出版社当司机，已在城里买了一套六十多平方米的房子，首付是家里出的，他自己每个月还按揭，还行，快熬到头了。青兵觉得六十多平方米的房子虽然小了点，但这年头有房比从前财主有地活得还踏实，算不错了，去见见吧。亚静点点头，就去了。

十一月中旬，按说天应该凉了，却一直凉不下来，太阳还是燥燥的，晃得睁不开眼。亚静套了一件黑色高领打底衫，外披粉色格子薄衬衫，扎着马尾辫，脚上是双白运动鞋。其实她本来平时也这么穿，清清爽爽的。

陈建民不是亚静这几天见的第一个人，前天上午、下午、晚上，还有昨天上午、下午、晚上，亚静做的都是同一件事，就是在离家一百多米外的玫瑰咖啡馆见人，往俗里说，就是相亲。算起来，陈建民是她这几天见的第七个人。日子一下子变得很不一样了，亚静想，那些当红的明星说不定还不如自己，他们只在屏幕上按剧本规规矩矩地演戏，而她则不一样，虽然青兵教她要这样那样，但临场全得靠她，她发现自己天赋挺好。

走进咖啡馆时，陈建民已经在里头了。个子不高，一米七出头，挺瘦的，但瘦得结实，脸红扑扑地泛着油光。亚静向之前约好的七号桌走去，还隔着五六米远，坐在那里的陈建民就站起来笑眯眯地看着她。有些男人坐着看上去很高大，站起来却马上显矮了，青兵其实就是这样的。刚开始亚静弄不清什么原因，细看了几次才发现原来是腿短。也就是说，长着长着，上身发育正常，腿却磨洋工不长了。亚静已经不奇怪陈建民跟青兵身材相似了，随便打量周围，没几个男人腿是长的，大概人种就是这样吧。

亚静走到桌旁后先把手里的包往旁边椅子上放好，再拖开椅子坐下，动作略有夸张，但毕竟成功掩饰了尴尬。陈建民说："你比照片好看。"亚静笑笑，这也是青兵教的，青兵说对方夸奖时或者遇到所有不好回答的问题，都笑而不答。在一些微妙的场合，女人的笑而不答是最有杀伤力的武器。亚静转转头，眼角很快就搜到青兵的身影。他紧随她走出家门，急步快走，抢在她之前走进咖啡馆，已经坐到离他们七八张桌外，独自捧着一杯柠檬水或者可乐之类的饮料。亚静知道他不喝咖啡，说那味道像尿，也知道他脸虽然埋在吸管上，其实眼睛在打量这边。

陈建民重复了一句："你比照片上还漂亮。"

亚静想，没话找话真是折磨人。是青兵用手机反复拍她，然后选中一张，用手机软件P过，腰修小了，脸修圆润了，腿修长了，肩修窄了，皮肤修滋润了，就那么一眨眼的工夫，她就活脱脱像去韩国整过容。青兵把这样一个亚静自己都快认不得的美女放上网，陈建民见了面一对比，居然还不敢说真话，这就应了青兵之前的分析。青兵说，这个人可能挺厚道的。青兵一直最看重的就是厚道，他觉得现在的人都太奸了，那些一肚子都是鸡贼的家伙必须远远绕开，咱们玩不转他们哩。当然他主要是指亚静玩不转，这是实情。

服务生过来，问需要点什么。陈建民看着亚静，问："你要什么？"

亚静走神了一瞬，她觉得陈建民长得有点像一个人，像谁呢？一时没想起来。她笑起来，说："柠檬水就好。"在饮食上，她跟青兵的口味非常接近，选咖啡馆这里，不是为了喝咖啡。这一带饭馆不少，但都是巴掌大的小吃店，沙县小吃、尚干拌面之类的，又小又挤，地面上还东一块西一块扔着纸团。最像样的，只有这家咖啡馆了，虽然也不大，装修并没比外面的小吃店好多少，但挂上"咖啡馆"三个字，立即就洋派了。店外有三四十平方米的空地，空地边就是一排橡胶厂歪斜的工棚，厂倒闭了，工棚也早就废弃了，还没拆，砖瓦都破破烂烂萎在那里。再往旁走，就是十几排单层红砖房，以前应该是工人的宿舍楼吧，搭建得很随意，砖缝都没抹上，裸露着粗粝的砂石。工人们大都搬走了，空出来的房间都出租给从乡下来打工的人。幸亏有他们，这一带才热闹着。

柠檬水很快送上来，陈建民让她再点些主食，亚静说不必了。青兵提醒过她，一开始要克制，女人贪婪最讨人嫌。但陈建民还是帮她点了意面和几样小糕点，东西陆续端上来后，还把刀和叉子递到亚静手上，催她快吃，声音挺顺畅的，不像刚见面，倒像已经认识几十年了。

亚静当然就吃了，很好吃嘛，她不能再客气下去。期间她瞥了青兵几眼，青兵还在装模作样低着头，咬着吸管，吸那杯似乎永远吸不完的饮料。咖啡馆里只有他们三个人，有点怪怪的，但陈建民居然一次都没有往青兵那边看。亚静想起青兵曾教她如何识别男人是否对她感兴趣：话多不多和眼看不看。第一条陈建民表现不明显，甚至相反，几乎没说多少话，但一直做出想说的样子。第二条，哎呀第二条太泛滥了，她抬头低头总是撞到陈建民的眼睛，一直盯着她看，然后一碰上她的眼神，又一下闪开了，脸居然微微有点红。

他说："你真的比照片上还好看哩。"

他又说："你嘴唇最好看。"

让亚静公开征婚的主意是青兵出的，整了她资料、照片上传到征婚网的也是青兵——只能是青兵，亚静哪会想到这个？还挺神的，第一天就有五个人发站内邮件让她加微信，第二天又有两个人，第三天一个，第四天三个。亚静嘻嘻笑着，没想到，太意外了，挺刺激。青兵对这事比亚静起劲多了，他把自己的手机丢一边，整天抱着亚静的手机东拉西扯，搜索各种话题跟人家聊天。屋里灌满了叮咚叮咚的微信提醒音，一下子觉得家变大了，人来人往似的。不过有时在叮咚响过之后，他也会故意把手机往旁一扔，好半晌才再拿起，缓缓回复过去。亚静觉得奇怪，问为什么。青兵说："分寸，分寸知道吗？"亚静撇撇嘴，她当然不知道。

在见到陈建民之前，亚静已经见过六个人了。套路都一样，聊微信、发照片，然后约在咖啡馆见面。每次去青兵也都跟着，坐在不远处，慢悠悠喝着饮料。青兵混成现在这样真是委屈了，他怎么看都像是能成大事的人，一直也不偷懒，不断生着法子去挣钱，但钱却一直躲着他。青兵总结过，说自己命不好。亚静想了想，重重地点点头。人真的有命啊，这没有办法，老天爷脾气古怪，他什么时候把福气降给谁从来是没准的事，福气没到，就发不了财。

对青兵跟去见面，亚静其实稍稍顾虑过。她说："要是人家看到你怎么办呢？"

青兵把两手一摊说："看到也没关系呀，告诉他我是你哥哥呗，会怎么样？你们是相亲嘛，又不是偷情。"

亚静咂了咂嘴，她说不过青兵，另外她也没弄清是不是真有必要把它说清。她这样一脑糨糊的人，操心这个似乎本来就不对头，青兵怎么说就怎么做吧，听青兵的反正不会错。这辈子居然还会在咖啡馆里，以相亲的名义见男人，亚静打死都没想到。按上传到网上的资料，她生于1992年，身高一米六三，技校毕业，特长跳舞。有没虚假？除了技校并没毕业外，其他一样一样全部真实。照片虽然P过，毕竟是在她本人照片基础上，又没拿范冰冰的照片冒充。见第一个人时亚静还是慌得够呛，指尖一直抖，舌头都是麻的。到见第三个人时，她慢慢开始习惯，该笑该说都不那么慌乱。现在是第七个，她已经快接近老练了。

"我叫亚静。"没有说谎，她真的叫亚静，一出生就叫这个名字。

陈建民是不是所见的七个人中最帅的？不是。最有钱的？也不是。只是这一场见面时间最长，面食和糕点还没吃完，亚静的手机就响了两次，她接起，嗯嗯应着，然后看看陈建民，陈建民仍然没有站起来走的意思，她也就不走了。

电话是青兵打来的，青兵说："行了，差不多了！"

2

加微信聊的人并不是都愿意见面，顾虑重重或者居高临下的，问了几句也就消失了。青兵刚开始没反应过来，连发几个微信，问："人呢？"对话框就跳出一个加感叹号的小红圈，原来已被删除，人家溜了。聊到可以坐进咖啡馆里见面了，见过后立马又有四个删除了微信。从前的女人，甚至仅仅几年前，都活在照片没有P的日子里，现在不一样了，手机那么普及，手机P图软件那么好操作，谁肯让自己白白吃亏？所以见了面，惊讶亚静本人比照片差太远的，亚静也不意外。她问青兵："那些明星照片肯定都是P过的，他们本人到底比照片丑多少？"青兵对这个不感兴趣，他皱着眉头琢磨的是另一件事。

那四个男的见面后为什么立即删除微信走人？

愿意见面，说明对亚静的其他条件还算认可，见了面就没有下文，说明对亚静长相无法接受。亚静眼睛不大但很细长，有点古代仕女那种感觉，谈不上好看，却有特色，笑起来眼睛一眯，萌萌的，很乖巧的样子。问题也在这里，亚静已经二十四岁了，乖巧有什么可夸的？城里这一茬儿男孩差不多全是在计划生育政策刚开始强力推行时生下的，几千年来女人的肚子原本都可以随便大起来随便生下来，猛然间只能生一个了，很多城里人肯定吓得不轻，心理立即适应过来还是有难度的。一根独苗，几个大人心肝宝贝地围着打转，冷了不行，饿了也不行，结果长到二三十岁，一个个都成细皮嫩肉小鲜肉，即使面相体格粗得像头猪，心里头也跟豆腐似的，一碰就化成一摊滴滴答答的水。他们找老婆是找另一个妈，乖一点是可以，但不能乖成傻子，也不能真像妈一样气场强大，总之心智太成熟或者才智太出色的都吃不消。

青兵把这些想法分析给亚静听时，亚静已经睡着了。

女人都爱吃爱逛街，亚静却不太一样。她不贪吃，也没太大兴趣买东西，她只是爱睡，别人八小时就够，她十二小时都嫌少。从电视养生节目里她知道太贪睡是一种病，具体什么病亚静没记住，大约跟脑部缺氧有关系。亚静没有紧张，因为电视里说这病不会致命。不致命瞎叨叨什么呀，明明摊在床上烂睡是天底下最舒服的事，管它哩，睡！

青兵跟她正相反，不眠不休完全无所谓，万一困了，蜷在那里打个盹马上又像条活蹦乱跳的泥鳅，这就是人与人之间的差距。按青兵的说法，一天睡八九小时，一辈子就得睡掉三四十年。闭着眼躺在床上什么都做不了，连知觉都没有，亏不亏？死了以后，反正有的是时间睡，那为什么要把活着的有限时间白白浪费掉？三四十年啊，做什么不好？听起来好像也不是一点道理都没有，但亚静就是做不到，不让她躺到床上，她站着眼皮也往下耷拉。不可能天底下每个人都像青兵，青兵一天到晚想的事太多。脑子歇不下来的人，就跟插了制氧机的鱼似的，氧气那么足，哪需要睡哩。

亚静睡觉时谁跟她说事她都不听，反正听不进去，说也白搭，耳朵的开关全关闭掉了。等到她舒舒服服醒来，伸几个懒腰，这时候就成为一个谦虚温顺的人，尤其是青兵的话，她一五一十全当成圣旨听进去。青兵跟她说的还是当下男人的择偶倾向，亚静揉揉眼睛，不知道青兵说这些跟她什么关系。她问："你要干吗？"青兵说："你该好好化化妆。"亚静噢了一声，就起来，跟着青兵出去买了几样化妆品。每掏一次钱，青兵嘴里都嗞嗞嗞地连声吸着冷气，亚静也没想到大商场里的东西这么贵。那买不买呢？青兵手一挥："买！"于是就买下了。把新买的化妆品抹上后，亚静才发现被大多数人流着口水喜欢的好东西确实是非常好的，自己以前不逛街原来并不是真的不爱，而是和睡觉相比，逛街要花钱，她只好选择不用花钱的。

青兵抓住机会强调一句："这年头，没钱怎么能行！"

亚静点点头，没钱当然不行。

青兵用手机搜出一个传授如何化妆的节目让亚静看。这手艺其实也不太难，怎么才能让自己好看起来，差不多就是女人的本能，何况亚静以前真的在技校跳过舞，虽然她总共只上了一年就辍学了，毕竟还是参加过两次演出，而演出总要化妆。那时年纪小，都是老师帮忙描眉、上粉、涂抹胭脂，乱哄哄的没留什么印象，不过好歹是有过历史的。

现在不过是重新来过。

亚静在镜子前侍弄一番，细长的眼变大变长，塌下去的鼻梁抹点亮粉一下提高了不少，再有就是嘴唇，她的嘴上唇比下唇厚，看上去像被蜜蜂蜇过肿起似的，但一抹上口红，很奇怪马上就不肿了，变得又饱满又丰润，一下子接近某个做口红广告的好莱坞明星了。哎呀，以前真是白白被自己糟蹋掉了！而且不是一年两年，是整整二十四年。同一个时代，却不是同等竞争，一旦明白这一点，任谁也不会轻易咽下这口气。

连青兵都吓了一跳。青兵说："哎哟，还真是，女人确实靠打扮啊。"

青兵又说："我就不信这样子还弄不成！"

后来的事实证明青兵说中了，亚静化了妆后见的第一个人就是陈建民，陈建民说亚静比照片好看，尤其是嘴唇最好看。陈建民还说："有没有人说过你嘴唇很性感？"亚静摇头，确实没有人说过。

回家后她又站到镜子前，吃过一顿饭后，口红已经没了，又变回原先那种又大又宽又没血色，反正挺难看的。亚静忍了忍，最终还是掏出口红重新抹上。青兵走过来，一把将口红夺去。青兵说：“神经病啊，在家里抹个鬼！你以为口红不要钱买啊？”

亚静撇撇嘴，双手用力抓住青兵的手，掰开他的手指头，把他攥在手心的口红抢回来，扭身又走到镜子前，重重抹到嘴唇上，尤其上嘴唇，面积太大，必须来回多抹几下。她看到镜子中的自己像一朵花慢慢开放了，忍不住笑了起来。凡事都是这样，一直是苦的倒也就无所谓了，但一旦尝到甜头，再要无所谓就没门了。

从咖啡馆出来时陈建民要送她回家，亚静想起青兵的吩咐，就拒绝了。本来亚静只要向左转，走几十米，再拐进一条黑乎乎的小巷就到家了，但她却向右走，走到红绿灯路口，上了天桥，站在天桥上笑眯眯地向还愣愣地站在下面的陈建民摆摆手。

这也是青兵事先教她的。

青兵读中学时写过诗，是语文科代表，还是校小记者团成员，曾立志当作家，可惜最终大学没考上，作家没当成，诗也不写了，但脑子终归比别人好使。从把亚静资料放到网上的第一天起，青兵就一招一式设计好亚静相亲的全过程。青兵问：“是不是有点像作家写小说？”

亚静点点头。关于这件事，她现在也觉得挺有意思的。

3

在陈建民之前见过的六个人中，仅剩下两个还有联系，一个叫王新，一个叫徐必广，前者在王子酒楼当服务生，后者是送快递的，都是到南方打工的北方人。打工能有多少钱？亚静说算了吧，别跟他们费时间了。青兵不搭理她，捧着手机给王新发了个表情，又给徐必广发了表情，然后再问："大哥下班了吗？"

亚静瞥过一眼，心里骂道："啥大哥！"

她伸过手想拿回手机，青兵却闪开了。青兵说："别吵，忙着哩！"

亚静说："这是我的手机。"

青兵扬扬手让她走开。亚静黑下脸，走开的人应该是青兵而不是她。她说："把手机还给我！"青兵侧过脸瞪了她一眼："你干吗？"亚静说："我要看微信。"青兵说："看我的去。"亚静说："你的有什么好看？我要看自己的。"话音未落，亚静已经一把将手机夺回来。

青兵盯着她的脸几秒，然后猛地吼起来："给我！"

又吼道："给我！"

亚静后退几步，虽然仍把手机别在后背，气毕竟没刚才壮了。她紧张地看青兵的脸，又看青兵的手，青兵的手果然动了——青兵正站在桌旁，桌上有只不锈钢杯，杯子很快到了青兵手里，又被举到半空，然后"咚"一声响。亚静虽然脑袋猛地往旁歪去，肩膀还是被砸中。

青兵一直爱动粗，这毛病他根本就改不了。

亚静把手机递过去时，眼泪就跟下来了。青兵讨厌眼泪，看都不看一眼，他急着看的是手机。亚静想出门去，又不敢，只好在屋角坐下，背对着青兵。微信"吱吱吱"的声音不停地从后脑勺传来，亚静双手抱住膝盖，看着墙，墙是多年前用陈旧的红砖潦草砌出来的，连勾缝都没有上，而屋顶覆着的乌黑瓦片已经结了不少蜘蛛网。对，他们住的就是橡胶厂废弃的工人宿舍。三年前刚来城里打工时，市区这种房子还不少，夹在高楼间，像没开化的小野人，周围扔满垃圾，污水东一块西一块。没有厨房，买罐煤气架在门口对付着煮饭；没有卫生间，用痰盂接着，端到附近的公厕倒。总之还对付得下来，而且左邻右舍有不少是老乡，闲时聊聊天打打牌也很方便，没觉得有什么不好。但这两年不行了，房地产商老是看上这样的破房子，拆了，建起高楼，眨眼间就成了高尚社区。只好搬，越搬越郊外，就到了橡胶厂这里。其实也保不准还能住多久，但房东黑得很，租金还是每个月都在涨。

亚静突然想起一件很重要的事，她脚尖一蹬，猛地转过身来。她说："你还是去上班吧。"

青兵仍然盯住手机屏幕，张着嘴，眉眼泛着光。

从老家出来后，青兵先是在家具店当搬运工，嫌挣得少；又去跟人学当油漆工，这挺没谱的，工程结束才能有工钱，往往还没完没了地拖欠；再去保安公司，钱倒是每月固定时间拿到，就是挣得更少了，而且上班不能玩手机，这就要了青兵的命。青兵没手机已经活不下去了，包月的流量不够，他走到哪儿都急吼吼蹭人家的免费Wi-Fi。咖啡馆靠在窗外也可以蹭到信号，青兵对此就差喊万岁了。把亚静资料弄到网上后，他更需要看手机，就把保安工作给辞了。他让亚静也辞，进城后亚静给人做保洁员，说白了就是上门做卫生，每小时三十元，要是工做得勤比青兵挣得还多，但这几天青兵也不让她出去干活，就在家里候着，随时去咖啡馆相亲。总不能坐吃山空啊，亚静说："你把手机还我，要是有人喊我做卫生，我得去哩。"

青兵眼仍盯着手机，身子这时忽地往上一挺，嘴大张，笑出声来。

他说："红包！"

他把手指头往屏幕上重重一戳，怔了下，眉头又皱起来了，嘀咕道：“真抠，才十元！”

半个小时后，亚静和送快递的徐必广在咖啡馆见了第二面，十元红包就是他送的。亚静脸沉着，她真不想来，但青兵在她屁股上蹬了一脚。青兵说：“十元不是钱吗？”他的意思是十元虽少，但跟其他人比，比如在王子酒楼当服务生的那个王新，说了半天话却一分钱都舍不得给，既然徐必广给了，好歹算是慷慨的人。在钱这个问题上，最能看出男人的心性品德，那种一分钱都要铜墙铁壁死死守住的，即使不是精于算计的渣男，至少心胸狭窄得跟老鼠洞似的。

但十元就不是老鼠洞了？

亚静就从这件事下手，她垂下眼睑盯着徐必广给她点的柠檬水，嘴噘起。刚才出来时，她没重新抹口红，上面只残留一点隐约的色泽。够了，她反正也没想花心思对付这个人。她说：“你给红包什么意思？”顿一下她又说：“既然给了，你给十元，打发叫花子啊。”

徐必广眼睛很大，鼻梁挺挺的，要说长得还算不错，个子也有一米七五左右。虽然之前已见过一面，但几个人连着见，亚静很快也就把他们混到一起，她早就想不起徐必广的具体情况。在微信上聊来聊去的反正都是青兵，她哪记得住谁是谁？不过每次出门见面时，青兵都会把对方情况概括说一下，比如这个徐必广，已经三十五岁，离过婚，有个六岁的儿子。亚静最生气的就在这里，这么大年纪了，不过一送快递的，还离过婚有个儿子了，却只肯花十块钱跟她约会。她可没那么贱。

手机叮咚响了一声。亚静往旁瞥了瞥，以为是青兵发的微信，拿起来看，竟是徐必广。她抬头看看徐必广，徐必广也正低头捧着手机，应该是故意不看她。“大吉大利……”一看就是红包。徐必广面对面给她发红包？她正犹豫着该不该点开，手机又响了，这次不是短促的提醒音，是持续地响。亚静整个人都缩紧了，谁会想到陈建民恰恰在这时候给她打微信语音电话。之前没有过，总之是第一次。亚静无措地转动几下脑袋，她在看青兵。但她其实并没看清青兵的表情，心跳很快，没想到自己这么紧张。她把手机竖到脸前，免得坐在对面的徐必广看到，然后关掉了语音。反正这时候不能跟陈建民对话，换了青兵也许仍然可以很从容，亚静却做不到。

放下手机时，她对徐必广笑了笑，这是她今天坐下后第一次笑。

徐必广也笑起来，问："红包点开了？"

亚静才想起红包的事，连忙重新拿起手机，点下那个橘黄色的方块图标，吓一跳，居然是大包。

手机这时又叮咚了一声，陈建民发来微信，亚静不敢看，把手机放入裤袋里。

徐必广说："收到了？"

亚静点点头。

徐必广说："收到多少钱？"

亚静眨几下眼，看着徐必广。

徐必广说："你说吧，你收到多少钱的红包？"

亚静白了他一眼："你发的你自己不知道多少？"

徐必广说："我想知道是不是你收到的。"

亚静更不解了，她说："不就一百元吗，你就这么嘚瑟？"

徐必广笑起来，有种如释重负的感觉。他说："看来误解你了，手机确实是你的。"

亚静说："什么意思？"

徐必广又笑笑，看上去他似乎不打算回答，不过最后还是说了："你叫亚静？对，你叫亚静。呵呵，对不起啊，我刚才一直觉得之前微信聊天和面对面见到的不像同一个人……"

亚静吸吸鼻子，抿紧嘴盯着他。

徐必广说："微信聊时你挺热情的，见了却……好像很不高兴哩……可能是紧张吧？"

亚静支吾着，咳了一声，还是有点后怕。这些天青兵掌管了她手机，出门跟人见面才把手机还给她，这就是青兵的聪明之处，要不这会儿就穿帮了。徐必广问："'双十一'你买什么了吗？"亚静摇头。其实她下单买了衣服和裤子，但她并不想说。徐必广很高兴的样子，指节在桌上连叩几下，说："居然还真有'双十一'不'败'东西的女人啊，难得难得。天下傻子真太多了，疯了似的，以为真占了便宜，其实……唉，反正谢谢你啊，你这种人多一点，我们就少累一些。"亚静瞥了他一眼，她有点弄不清徐必广是不是在讽刺。不过讽刺也无所谓啊，她已经不想再坐下去了，徐必广反正也没点其他吃的。她欠欠屁股，扭了扭身子。她说："我还有点事……"

徐必广看看手机上的时间，说："我也就中午这一阵有闲。这一阵货都快送死了，从早到晚没完没了地跑。知道我送一件货多少钱吗？一块钱！就是说今天我给你打了一百一十块钱，我得送一百多件货……你要不要跟我去哪里坐一会儿？"

亚静说："这不就是坐吗？已经坐了这么久。"

徐必广抓抓头皮，还是笑："不是……这样坐。呃，公园里或者哪里，没有人的地方……"

亚静脑子嗡嗡嗡响着。这时徐必广把手伸过来，握住亚静搁在桌上的手。亚静像被烫了，猛地把他手抛掉。徐必广脸一下子黑了，眼瞪得更大了，还要再去抓亚静的手时，亚静已经站起来，左手举起，在耳朵上揉了几下——这是之前青兵跟她约好的，紧张情况下她就发出这个信号。果然手机很快就响了，亚静接起："喂，噢，好。"

然后亚静说："我真的还有事哩，我得走了。"

徐必广却不站起，他嘴抿得紧紧的，眼里瞪出凶光。亚静不想理他，提起包就往外走。她看到青兵也站起了，就跟在身后，心里顿时踏实了下来。青兵跟来当电灯泡看来是必要的。

出门后还是右拐，到红绿灯路口还是拐上天桥。站在天桥上她掏出手机，点开刚才陈建民发来的微信。"公园里菊花展快结束了，下午我开车带你去看看吧。"亚静不知怎么办好，见青兵从后面走近来，她把手机递了过去。

4

下午四点陈建民的车停在咖啡馆外面，是一部桑塔纳。当然不是他自己的车，是出版社的。陈建民已经站在车旁等着了。亚静和青兵一起向他走去，远远看到陈建民有些怔怔的，盯着青兵直看。走到跟前，亚静把青兵介绍给陈建民："我哥，青兵。他也想看菊花展。"青兵伸出手，问："一起去可以吗？"陈建民好像还没回过神来，伸手慌忙和青兵握了握，说："可以可以。"其实亚静听出来，陈建民明明不愿意。

亚静坐到后座，青兵坐在副驾驶座上。车子看来已经有些年头了，一路嘎嘎响，屁股都颠疼了。

青兵不时打量着陈建民，兴致很高，说个不停。进城几年了？开车几年了？工资多少？有没有外快？家里兄弟姐妹几个？父母做什么？多大年纪……

陈建民答倒是都答了，但声音短促拘谨，脸几乎不转过来看青兵。

下车后，趁着青兵上厕所的间隙，亚静连忙说："对不起，我哥太八卦了。"

陈建民笑笑："没关系，他是为你好。"

亚静看了陈建民一眼，还是觉得很抱歉。她哪里想让青兵跟来？但青兵不依不饶。青兵说："怎么能单独坐他车去？赔了夫人又折兵的买卖连周瑜那么聪明的人都干过哩。不行，我一定要去。"亚静想说你去我就不去了，但她确实还是很愿意去。菊花老家就有，多了去了，野的更多，只是像城里人这样集中在公园里，搞得热热闹闹的，她还从没看过。她拗不过青兵，走出家门时，心里堵着几块石头。青兵有时真的挺过分的。

好在陈建民不计较，居然认为青兵是为她好。

公园里人很多，看上去都很爱花的样子，其实不过忙着用手机拍来拍去，自拍或者拍花，然后低着头在手机屏幕上划来划去，估计马上发朋友圈了。亚静也有朋友圈，都是一起做保洁的那些人。她举起手机远远拍了几张照片，好歹也逛次公园了嘛，这是进城后的第一次，回头她也要晒一晒。花确实很美，色彩多，花朵肥大，跟亚静以前在老家屋角田间见到的完全不一样。毕竟是城市，连花命都比乡下好。

亚静站在陈建民的侧面一起看向不远处的公共厕所，那里排着长长的队，看不清青兵到底在门内还是门外。陈建民转过头问："你不去去厕所？"亚静摇头。亚静说："对不起，他一定要跟来，我没办法。"

陈建民还是笑笑："来就来呗，迟早要见大舅子的。"

亚静不敢接话了，她用眼角横向看过去，看到陈建民向外凸起的喉结，居然这么大啊！一时间她想不起青兵的喉结有多大，再看看周围走动的男人，好像都没陈建民的大。她很想问问这有什么道理，但舔了舔嘴唇，终究没敢问出来。大概跟女人乳房一样吧，有的人大有的人小。都说大乳房性感，那大喉结呢？

这时终于看到青兵了，他边拉着裤门，边从厕所内小跑出来。跑几步又折回来，在水龙头前洗了洗手。陈建民说：“你哥有点怪怪的。”他脸没有转过来，声音也不大，亚静还是听清了，她正想着该怎么回答，青兵已经甩着双手到跟前。青兵说：“男蹲坑太少了，偏偏我肚子痛，拉稀了。这中午也就吃了一碗面，居然就吃坏肚子，哗哗哗的直喷水哩，还好里头有卫生纸……亚静你肚子呢？你怎么好好的？”

亚静瞪了他一眼。

陈建民提议绕着湖边走，菊花观景台就是沿湖搭建起来的，走一圈，大致都看遍了。三个人正要走，青兵的肚子又痛了。他再冲去厕所时，陈建民拉了拉亚静，意思是让亚静在旁边的木椅子上坐下。亚静后来眼睛动不动就落到自己左边袖子上，陈建民并没有碰到她肉，拇指和食指只是捏住她袖子。她穿一件红色的薄毛衣，半腈纶半膨体纱的那种，没什么弹性，被拉过之后，那里现出一块锥状，很久都消不下去。

亚静坐下后，陈建民也坐下，没有贴过来，离她有半米远，坐得也很周正，双手压在双膝上，上身挺得很直。亚静把手机攥紧，这时候那几个网上相亲的男人其实都不可能来微信，吸取了中午跟徐必广见面时的教训，出门前青兵已经把他们微信都设置成消息免打扰了。不过亚静还是担心，怕手机突然响起来。

陈建民说："你肚子真的没事吧？"亚静悄悄吁一口气，她突然觉得胸口有点紧，以前都没这样过。她说："下午你不上班没事吧？"陈建民说："没事，下午替单位送了份文件，趁机溜了。本来……"亚静一边琢磨着他"本来"的内容，一边等着他往下说。但他没再说，默默坐着，望着厕所。亚静悄然叹口气，一下子觉得花没意思了，不想看下去，一点都不想看。青兵出来时，她站起来说："算了，回家吧。"

青兵和陈建民对看一眼，都说那好吧。

亚静想，原来他们也早就打算回家了。

走几步青兵忽然又改变主意，他拍拍陈建民的肩膀说："要不去你家坐坐吧。"

亚静怔住了，她看到陈建民的脸也僵着。陈建民支吾了半天，还是摇头，又连连摆手，他说："不好意思，这个……没有准备，我家里太乱了。"

"乱有什么关系？我们又不是精神文明检查团。"说着青兵就开始拉住陈建民的胳膊往外拖了。

陈建民扭头看着亚静，眼神无助而无奈。亚静就走上前，一把推开青兵。她说："快回去吧，一会儿你肚子又痛了。"不待青兵再开口，亚静又说："走吧走吧，你快开车送我们回去吧。"

陈建民把车开到咖啡馆门口，然后就一溜烟不见了。青兵手压在肚子上盯着车子远去，嘟囔道："这种破车！"又瞪了亚静一眼："就应该去他家看看啊，你这个笨猪！"亚静不理他，径自快步走去。

刚回到家，微信就响了，是陈建民发来的。亚静正要点开，手机就被青兵一把夺过去。青兵看一眼骂开了，他说："花花肠子都来了啊！"亚静问："怎么啦？"青兵说："他说下次带你去爬山，让你一个人去，不要我去。爬山，他到底打算爬什么山啊？”说到这里，青兵往亚静胸前瞥了一眼。

亚静一侧身，走开了。

青兵把消息免打扰设置解开后，亚静的手机一下子进了七条微信。青兵看了看，说都是徐必广的。

没想到，居然把徐必广得罪了。不让他摸手，不跟他去没人的地方而已。徐必广让亚静把一百一十元红包还给他。徐必广说：“街边的野娼搞一次只要三十元哩。你他妈的一百多元了还不知足！”

亚静气得脸通红，她说：“还他，马上还他！”

青兵白了她一眼，青兵说：“弄了半天，总共才挣一百多元钱哩，干吗要还？还个屁，是他自己愿意发红包来，发了还想退？做梦！”

亚静问：“要是不还他，他会不会找上门来啊？”

青兵手一扬，说：“他敢？——咦，你告诉他我们住哪里了？”

亚静摇头，她谁都没告诉，包括陈建民在内。青兵再三交代这个不可泄露，她当然记得。青兵手又扬了扬：“那怕什么？管他呢！”

看青兵那么淡定，亚静长吁一口气，似乎也镇定了下来，但心里还是七上八下的。不过一百多元钱，徐必广却跟被剥了一层皮似的，渣男。

这一夜亚静没睡好，一会儿醒一下，甚至到底是否睡了都不太清楚，整个人有点恍恍惚惚。她最擅长的睡功，居然说破也就破了。

暗暗地她不免怪起青兵。真是神经病啊，干吗要出这个馊主意啊？网上是个什么地方？根本就乌七八糟的嘛。

5

当时其实是这样的，“双十一”前大家不都在“剁手”买买买吗？亚静也把看上的两件毛衣一条裤子放进了购物车。结果还没买成，青兵就发现了。青兵觉得亚静不过一做卫生的，穿那么好干吗？亚静说这哪里好哪里好了？大都几十块钱，最贵的一件都没超过一百五十元哩。青兵说一百五十元不是钱？一件一百五十元，四件就要六百元。六百元如果加到一起买手机，说不定机身内存就可以从32G直接升到64G。弄了半天原来青兵想给自己买新手机了。青兵不仅喜欢手机，他还喜欢汽车，更喜欢房子。他当搬运工一趟趟搬家具时，对人家新装修好的房子口水流了一地，做油漆工时又对别人正装修中的大房子啧啧啧地反复说道，当保安则是在一高档小区，每天眼皮底下小车进出、业主来去，这些都是刺激啊。

青兵说：“没钱在这世上活着真是太没意思了！”

大概就是在说过这句话之后，青兵决定把亚静弄到网上。那个征婚网站动不动就往手机上推送广告，仿佛全国人民都急着找对象似的。还是有效果的，青兵就点击注册了，居然不需要验证什么，一注册就成功。“双十一”会员价打八折，交两百七十八元就成水晶会员，可以查看站内信件，也可以查看谁正在看你的资料等等，很顺利。如果亚静动手，肯定弄不成，青兵就一点问题都没有。青兵摸摸亚静的头说：“乖啦，你只要配合就行。”亚静说：“那衣服裤子让不让我买？”青兵连声说可以可以。亚静本来还很犹豫，青兵一说可以买，她心一松，就不管其他了，先买再说。

但是，一切并没有预想的顺利，实在差太远了。徐必广给的一百一十元红包是仅有的现金，其余的把吃过的饭、喝过的饮料以及坐过陈建民的车都折成钱，合起来也凑不够两百七十八元吧？连本都赔进去了，青兵恼火也不是一点道理都没有。

“你还是上班去吧。”亚静又开始劝，她自己也要出去挣钱啊。保安一个月挣两千三，保洁员多挣点，满勤的话能挣五六千，合起来就有七八千。两人花两三千，给父母寄一两千剩下三四千一年攒下来，也有几万了。要是攒十年二十年，就有几十上百万摆在那里了。

但几十上百万放在老家还可以，放在城里根本不够买一套像样的房子。二十年以后，一辈子都过去大半了，仍然买不起一套房，没有房就在城里扎不下根，最终也还是得滚回去……哎呀想着确实没意思。

青兵又低着头在手机上划拉，然后他说：“王新明天中午要请你在咖啡馆吃饭。”

亚静问：“哪个王新？”

青兵说：“王子酒楼的那个啊，三十二岁，脸颊这里有颗痣。”

有痣？亚静想了半天，没想起来，她叹了口气说：“算啦，不去了。”她确实不想去，王新，还王旧哩，比徐必广还不如吧？徐必广毕竟还发过红包，他却一毛不拔。青兵马上说：“不行，说好了，必须去！”接下去青兵就开始接连不断说为什么必须去的道理。他真是怀才不遇，这种口才，这种说话的逻辑，唉，真是太浪费了。

亚静知道，她只有答应一条路。她说：“行啦行啦，去去去。”

第二天中午十一点半她果然就去了，但等到下午两点，王新都没有出现。青兵坐在不远处的桌子前不停给亚静发微信，让她催一催王新。亚静懒得催，不来才好哩。她慢慢想起来了，脸颊上那颗像停着一只苍蝇的黑痣，眼睛不大，脑袋两侧的头发剃得短短，露出青皮，头顶却留着蓬松的一大坨，正是时下最时髦的韩式发型，只是剪得不到位，哪里不到位说不上，看着就是怪。第一天见面时说了什么？这个亚静也忘了，东一句西一句没个准吧。这种人，精得跟猴似的，哪挤得出半滴油水？

手机又响了，青兵发来的，青兵说亚静再不催王新的话，他就要把她微信号切换到自己手机里了。这可不行。刚才亚静其实也一直在跟人聊微信，那人是陈建民，她跟陈建民说可以跟他一起去爬山，青兵不会跟去。陈建民很高兴的样子，说那就这两天吧，周末之前肯定安排。这些对话亚静打算在手机重新被青兵拿去前都删掉，没必要让青兵看到嘛。

既然青兵急了，亚静就给王新发微信。马上咚了一声，她看着，回过神来，站起，举着手机走到青兵桌子旁。

王新已经把她微信删掉了。

她笑起："走吧，回家吧。"一下子轻松了，还不等青兵站起来，她就转身先出了门。到家好一阵了，却不见青兵回来。她拨个电话去，青兵也没接。两三个小时后屋外有停放电动车的声音，然后青兵进来，脸青青的。他究竟什么时候取了电动车出去的？亚静竟然不知道。

青兵好久不吭声，过一阵才说自己去了王子酒店。亚静脑中嗡了一声，她甚至看到了打架的场面，一地都是血。"你……你把他怎么了？"她的声音都有点打战。

青兵重重吐了一口痰说："王子酒楼根本就没有叫王新的人。妈的，骗子！"

亚静怔了片刻，扑哧一声笑起来，她觉得很好玩。"还说别人哩，我们都是骗子。哈哈哈，这年头谁不是骗子啊？"

有人敲门，亚静止住笑走过去开门。是邻居老王，手里捧着一个包裹。“你的快递，中午到的。你家没人，我帮忙签收了。”亚静一边道着谢一边接过，马上撕开看，是“双十一”“败”的一红一绿两件毛衣。裤子是另一家网店买的，还没到货。

亚静忙着试毛衣时，青兵又捧起手机。亚静从镜子里看着他，不免狐疑起来。王新已经删了微信，徐必广正讨钱，青兵不可能跟他们两个聊天，只剩下陈建民，青兵跟他聊？亚静收起毛衣挨着青兵坐下，斜着眼看手机。明明是她的手机，她却失去了掌控的自由，这要是在外国，不知可不可以起诉。

其实青兵并不是跟谁聊天，而是登录征婚网，把化过妆的亚静正面、全身、半身照片逐一上传。亚静捋捋头发，大声说：“你还不死心啊！”

青兵说：“人没死，心怎么能死啊？就当生意来做啦，激动什么！”

亚静说：“要做生意你自己做去，拿我照片干吗！”

青兵白了她一眼说：“你长得漂亮嘛。现在生意多难做啊，我们又没钱，只剩你这一张脸了，不做怎么办？”

亚静不耐烦地要去抢手机，青兵身子侧开，说：“别吵别吵！不能被动等着他们发邮件来，必须主动出击，撒大网！”说着他用指尖重重点了一下屏幕，虽是一闪而过，亚静还是看到了，是“统一打招呼”，也就是说青兵连问都不问一下亚静，就把亚静拿出来撩一大群男人了。在“择偶告白”一栏中，他也直接把亚静的微信号公开了。

“有意者请加微信。”青兵指着这行字得意地扬扬下巴，说，“之前没经验，早这么弄就好了。”

第二天亚静的手机果然有十几个陌生人要求加微信，青兵忙不迭一个个通过验证，嘴咧得大大的，点一下都像捡一块金元宝。“怎么样？”青兵转过头，一脸都是得意。

亚静站起，走开，走几步又停下。她打算跟青兵谈个条件，青兵如果不同意，她就坚决不同意再与那些陌生人见面。以前没去过咖啡馆，她多少还存有好奇心，如今已经去了这么多次，她其实早腻了。

6

亚静跟青兵说的是陈建民，她甚至把数学老师以前动不动就在课堂说的那句名言也搬出来：“集中火力，各个击破。”意思是她老是认不清人，这一点青兵很清楚，刚开始她也总把青兵与他哥哥青工弄混了，而且她脑子也不够用，如果一下子见太多人，她肯定搞不定，两手空空，那不是白费力气了？对了，老家不是有一句谚语：双手抓不了两条鳗鱼？

“你是说先对付陈建民？”青兵皱着眉头问。

亚静点点头，看上去又老练又乖巧，这两样当然都不是亚静一贯拥有的。“如果这个陈建民确实不行了，我再见其他人也不迟嘛。”

青兵说：“人家微信已经加进来了。这些人不会只加你一个，都是双手抓好几条鳗鱼哩。你又不是天仙，人家会非你不可，怎么等都可以？”

外面“哗”地一阵喊叫，是隔壁老王几个人在打牌。如果没有工做，就只剩下打牌可做了，赌个小钱，把日子打发掉。

亚静走过去把门掩上，又回过头说：“加了微信也没关系啊，你不是照样可以跟他们聊？聊呗，但不要急着见面。陈建民这边也不用太长时间，一两天、两三天的，进一步接触下，看有没有戏，总得有点收成了再下一个嘛。各个击破应该就是这样子的吧？”

青兵眉毛往上一挑，笑起：“可以啊，亚静你现在都头头是道了啊。”

亚静嘴噘了噘，她最常做的就是这个动作，那么厚的上唇不知是不是这么噘出来的。其实暗暗地她不免也有一点惊讶，一夜之间，没想到自己无缘无故竟然变聪明了。她把手机从青兵手里拿回来，给陈建民发了一条微信：现在有空爬山吗？

青兵问：“现在？”

亚静说：“不是不能拖太久吗？那就越快越好。今天是周六嘛。”

恰在这时陈建民微信回进来了：“可以，我马上过去，半小时后我咖啡馆门口接你。一会儿见噢！”还跟着几个笑嘻嘻的表情。

青兵说：“也好，那一会儿我们就……”

亚静打断他：“我自己去，你不要去。”

青兵眼球鼓起来：“你什么意思？”

亚静说：“我能有什么意思？人家不愿意你去就别去呗，去了只会添乱。”

青兵：“可是你们一对狗男狗女的……”

亚静不爱听了，扭身往外走：“那就不去了呗，我也打牌了。”

“等等！”青兵吼起来，他是真生气了，嘴抿着，鼻孔张得很大。亚静停下来，扭头看着他。青兵手举起，舞了一下说：“算了，还是我去打牌，你自己去吧……不过，你得保证没事啊。”

亚静笑起：“能有什么事？真是的。”

半小时后亚静穿着新到货的红毛衣，站在咖啡馆门外了。出门前青兵说：“别忘了，手机也能转账啊。”青兵的意思是，红包有上限，两百元毕竟太少了，转账钱数大。亚静点点头，这个她当然知道。

陈建民很快也来了，还是开着出版社的那辆旧车。网上一直说今年会是冷冬，但到现在天都没冷下来。陈建民只穿一件衬衫，脸上还冒着汗，见只有她一个人，很高兴，咧大嘴笑起来，一股口香糖的味道马上扑过来。

这次亚静坐到副驾驶座上，她以前还从来没坐过小车的副驾驶座，其实连小车也没坐过。小车与大客车的区别在于座位一个高一个低……当然不仅这个，亚静不想比了，实在没法比。青兵以前老说想买车，他瞥一眼从旁边经过的车子，就能报出车的牌子和价格。亚静以前觉得好笑，现在看来其实是她可笑。车确实是好东西，真有钱了，一定得买。

陈建民侧脸看了她一眼，问："晕车吗？"

亚静一笑，摇头。她才不会晕。

陈建民就伸手往前一按，音乐响起来，是哪个男歌手在唱，过一会儿又换成女歌手，再换成男歌手。陈建民摇晃着脑袋跟着哼起来，虽不大，但就在耳边，听着很清晰。他声音居然这么好。亚静瞥过去一眼，又看到那个大喉结了，上上下下滚动。喉结大声音就好？她不清楚。

她说："你像一个人。"

陈建民侧过头问："谁？"

亚静歪着头想了想，还是没想起来，只好笑了。

陈建民也笑，身子向这边侧过来，问："你歌唱得怎样？"

亚静摇头，她以前跳过舞，但歌确实唱得一般，也不爱唱……她向外看看，觉得有异样。不是去爬山吗？山明明在西面，可是这车却是往东面走的，而且越走越远，已经出了城了。她犹豫一下，还是问了：“这是去哪里啊？”

陈建民笑笑，不答。

亚静又问：“去哪里啊？你不说我就不去了。”

陈建民看着前方说：“去我老家，不远，再有三四千米就到了。”

亚静紧张起来：“你要干吗？”

陈建民说：“放心，只是去转一下，吃顿午饭马上回城。”

亚静喊起：“不行，我不去！停车，我要下车！”

车子却反而加快了速度，颠得厉害，车上不知哪个部件“哔哔哔”地响。陈建民扭头笑着看过来，轻声说：“你看你，吓成这样。我真的像个坏人吗？太冤枉了！我保证，绝对没事！你可以把手机拿出来，压好110键，有事马上拨打。行了吗？这是法治社会，别怕，乖！”

太阳很大，路上车往来密集。虽是已到郊区，但两旁都是灰蒙蒙的楼房，商店一家挨着一家，看样子被并入市区只是迟早的事。亚静慢慢有点松弛下来，应该也不至于有什么事，不过陈建民事先没说清楚，临时来这一手，她还是生气的。她沉着脸盯着前方，她得做好准备，万一车子开到荒凉无人的地方，她就真的要打110。

车子拐下大路时，亚静看到有一个蓝底白字的大路牌立在那里，上面写着“陈厝”二字。陈建民说：“我老家到了。”亚静松了一口气。村子很热闹，到处是新房子，但因为盖得横七竖八，看起来村子却显不出新的样子。车停下，是一幢青砖三层楼的房子，只建个毛坯，楼层处的钢筋还有几根露在半空中。陈建民下了车，绕到副驾驶座这边，拉开门，让亚静下来。

事已至此，亚静也只能下车，跟着陈建民走进屋子。

两个六十多岁的老人正坐在厅堂里编竹器，陈建民喊道：“爸，妈。”

老人高兴地站起，手在身上拍几下，一下子像冒气一样冒出一层尘土，四下散开。他们都看到亚静了，一直看着她。陈建民说：“认不出来了？翠玲啊。你们不是看过我和她的合影吗？”

老人立即搬来椅子说：“哎呀翠玲，快坐下快坐下。”

亚静看着陈建民。她怎么改名了？她还跟陈建民合过影？陈建民却不看她。这时手机响了几声，是青兵发来微信。青兵问：“开始爬山了吗？”亚静回复道：“嗯。”青兵又问：“还有其他人吗？”亚静回复：“很多。”

至少第二条不算假话吧？

门外已经来了几个邻居，喊着建民建民。陈建民就出去，跟他们打着哈哈，又扭头招呼亚静：“翠玲，来，出来见见我叔我婶！”

亚静一边往门外走去，一边想青兵上传资料，是不是把她名字写成翠玲了？再一想，没有呀，征婚网她也上去看过，写的就是亚静，没有错。这件事她没时间琢磨，那几个邻居已经笑眯眯地喊着她翠玲，她只好先礼貌地点头应付。陈建民揽过她肩膀问：“怎么样，我媳妇漂亮吧？”回答很一致，都说当然漂亮。陈建民就大声笑起来，高兴极了。

媳妇？亚静心里颤了几下。

午饭是长寿线面，两个蛋，一堆土鸡肉。放下碗筷，陈建民马上说：“爸妈，我们得走了，下午还有急事哩。”老人很惋惜的样子，但还是点头说好：“以后多带翠玲回来，这么近，你有车，踏几脚油门就到了。”

陈建民说好好好，就爬上了车。

路上他一直不说话，亚静也不说，她不知说什么好。土鸡肉的味道好，以前在家吃过，到城里这么久，就再没碰过。手机微信提示音又响了，还是青兵，青兵问："在哪儿？"亚静想都没想就回道："山上。"点发送后她吸了吸鼻子，她也不知道自己为什么顺手就瞎编。

陈建民转过头看她，问："去我家怎样？"

亚静一怔，不过她很快回过神来，刚才去的是他老家，他在城里不是已经买了自己的房吗？说的是这个家。她说："不去！"

陈建民按了下喇叭："上次要去我家看看的也是你们。去吧，这次我提前做了卫生，都整理好了，请你去视察嘛。"

亚静说："不去！"

陈建民又按了几下喇叭，顿了下，又说："去了我跟你讲翠玲的故事。"

亚静没有再应他，但她还是去了。上次确实是青兵提出要去他家看看的，被拒绝，现在既然机会来了，代青兵去看一眼应该也算不得什么。

7

陈建民家在凤凰小区，一看名字就知道是上世纪的老房子。七八幢稀疏地排列着，都只有五层高，没有电梯，外墙的淡灰色涂料已经褪色，斑斑驳驳的水渍东一块西一块。爬楼梯时，陈建民在前，亚静跟在后面，跟得很紧，一抬眼就是陈建民一撅一撅扭动的屁股，不大，但看着很结实，肉硬硬地隆着。司机嘛，虽老坐着，毕竟踩油门和刹车腿得不断使劲。

突然陈建民站住了，亚静一趔趄，脸差点就撞到人家屁股上。

“对了，我买的只是二手房。”原来陈建民要解释的是这件事。

亚静想，按青兵的说法，就是类似这样不显眼的二手房，离他们也还有十万八千里远。

屋子确实很整洁，客厅的沙发布面皱巴巴的，却很干净，一看就是自己在家随便洗，没有在洗衣店高温熨过的。有两间房，一间摆着床，一间堆着杂物：跑步机、铝合金衣架，甚至还有一张塑胶瑜伽垫。亚静跟在陈建民背后转一圈后回到客厅，陈建民让她坐。她看看沙发，俯身用两个巴掌在上面用力抚了几下，皱褶似乎真的一下子少了。然后她又扫了一眼客厅角落的柜子和电视，再重重拉了拉沙发的四角，重新放好靠垫。这是她进城后已经做了三年的活，熟门熟道。如果这屋子让她来做卫生，电视和柜子都得再擦一遍，门旁的鞋架也得重新整理，夏天的凉鞋该收起来了，运动鞋不能那样底朝天胡乱塞进去。还有门后，雨伞和卫衣不能那样混挂，应该分开，雨伞可以插到鞋柜后，卫衣领口后那个商标可以挂到弯钩上。

青兵曾赶时髦帮她查过星座，处女座，她喜欢到处有序干干净净，一乱就扎眼，所以很多东家都喜欢她上门，钱给多给少她都一样干活。

做保洁员其实挺好的，要是以后陈建民需要，她愿意来做。

但她还是很快回过神来，陈建民是她相亲对象嘛。

她坐下，手交叉着放在两腿间，眼珠子转来转去的却不知搁哪儿好。陈建民烧水泡茶，然后在她旁边坐下。沙发大的一张、小的两张，她就坐在大的上，她觉得陈建民应该坐旁边那张小的，但她是客人，不好指挥主人坐哪里。

结果陈建民的一条胳膊就搭到她肩膀上了。中午在他老家时也搭过，那是演给邻居看的，这会儿再搭，亚静就不乐意了。她往旁挪了挪，胳膊还在。她又挪了挪，胳膊仍然在。她就想站起来，可是脚却没有力气，也可能胳膊太重了。这时候胳膊往后一拉，她就跟着向后仰去。她“啊”了一声，声音细细的，还要再喊，陈建民湿润润的嘴已经凑上来。

……

陈建民倒了两杯茶，一杯递过来，一杯自己倒进嘴里。然后他点了烟，抽到一半时终于开口，他说：“我答应你要说一说翠玲的故事。”

翠玲是他前女友，美容师，谈了快一年。这房子其实就是为了娶翠玲才买的，翠玲也住进来了，跑步机、衣架、瑜伽垫都是她的。两个月前翠玲却跟店里的美发师好上，死活从这里搬走。高速路将从村里穿过，房子要拆迁，按家中人口赔偿，全村人都忙着结婚生孩子这件事，总之想尽办法添上人口多捞些钱。父母也催他结婚，但翠玲却已经走了。父母说翠玲不结婚就拉倒，赶紧找别的女孩。怎么能随便找个呢？要结婚他只能跟翠玲。

陈建民说这些时，亚静仍然靠在沙发上闭着眼听着。她突然想到一个问题，便问：“我长得像翠玲？”

陈建民侧过头看她一眼，站起，走到柜子前，把扣在上面的一个相框拿起，举在胸前看了一阵，手掌抚几下，重新走回沙发。站到亚静面前，相框又藏到身子后面了。

“想看？”

亚静没有动。

陈建民又把相框举到眼前看一眼，转身走开，又把相框扣到柜子上了。再坐到沙发上时，他先长长叹了一气。“我上征婚网前其实心挺灰的，父母催得急，索性就在上面找个呗。但是看到你的照片，一下子就……你别生气，其实翠玲比你漂亮，主要是气质好，美容师嘛。但脸形，尤其是厚厚噘起的上嘴唇，都很像，越看越像……”

陈建民叹了口气，俯下身子，双手抱住头。“我完全没有想到自己会这么爱她，其实一开始就知道她不是真心，老家这么近，她一次都不肯跟我回去让父母看看，真心的哪会这样？但无论她怎样，我这心里都只放得下她！可能我上辈子欠了她。”

眼角有点痒，亚静用手抹一下，是眼泪。她站起，揪住衣角整了整。陈建民也跟着站起，靠近来，低头看着她，又用胳膊环住她，把她揽进怀里，手还在她屁股上摸了摸，拍几下。

亚静“哇”地哭了，终于哭出声来，浑身抽搐。

陈建民下巴抵在她头顶。“你哭的声音也像翠玲，抱着的感觉更像，刚才一恍惚都觉得是翠玲回来了。可是你不是翠玲。她走了，可是只要她一天没结婚，我就等她一天。即使结了，也还可能离，我还是得等她。很抱歉，我利用了你。之前父母看过翠玲的照片，我要是不带个人回去让他们看看，他们会自作主张替我定亲、送彩礼、办婚礼……我真的只想跟翠玲结婚。”

亚静双手用上劲，把陈建民推开，然后不看他，套上鞋，自己开了门往外走。

陈建民追出来，说：“我送你回去。”

亚静头也不回，双脚急速地踩住台阶下楼。

但陈建民还是跟来了。车就停在楼下空地上，陈建民拉她上车，硬按在副驾驶座上，然后发动了车。亚静很奇怪自己的眼泪一下子就没了，她掏出手机，看上面有十几条微信，还有六个未接电话，都是青兵。

她回拨过去，嗲声说："老公，是我啊，我是亚静。"

又说："老公放心，我马上就到家了。"

车猛地停下，陈建民踩了刹车，转过脸看了她一会儿，什么也没说。过一会儿车子重新发动，开得很快。

已经临近傍晚，太阳柔软了下来，光清淡得似有似无。虽是周末，街上人却一点没少，每一条路都是堵的。远远看到咖啡馆时，也看到青兵了。他站在大门外，脸色铁青。

8

亚静跟青兵定亲时只有二十岁，半年后就办了酒席算嫁给他了。农村女孩出嫁早，这不算什么，然后两人就一起到这座城市了。其实青兵高中一毕业就离家打工，先去的是深圳，后来又去东莞，赚了点钱好歹够结个婚。但接下去要面临的就不单单结婚这么简单了，孩子要生、要上学，父母越来越老得赡养。婚后第一次离家时，青兵就跟父母说了大话，就是以后要在城里买房，把他们接去住。父母摆着手说："你们自己混好了就行，多挣点钱，尽快把孩子生了。"

但是三年过去，钱既没挣多少，孩子也一直没生下来。

很奇怪，没有采取任何措施，亚静却从来没怀过孕。有一两次例假推迟了好几天，以为有了，刚准备高兴，裤底又忽地见红。要不要去查一下？亚静倒是想去，却被青兵阻止了。二十四岁在村里可能显大，在城里根本还是小屁孩，当保安时每天都听得到很多八卦，七幢那个开宝马的女人三十六岁了还是单身，五幢那个整天化着浓妆的女人三十二岁了刚和第三个男朋友分手，诸如此类，都不算什么。另外，检查不是需要钱吗？谁不知道现在医院乱收费？过几年再说吧。

一直没怀孕的亚静，身材就还停留在少女阶段，瘦瘦的，薄薄的。

亚静后来一直猜翠玲的样子，有时盯着镜子看，有时盯着投到地面的影子看。

那天陈建民的车没有开到咖啡馆面前，见青兵站在那里，离着还有近百米吧，陈建民就提前踩下刹车。亚静什么话也没说，开了车门就下去了，走几步手机响了，是陈建民发来的，只有一个短句：裤子后袋有五百元。

她顺手就把这条微信删了。

回到家青兵问都做了什么。她就说到了山上，山上人之多，路之挤，风之大，景色之好。又说山脚下那几家酒楼菜真贵，真难吃。这些都不难，她去人家家里做卫生时，早就听业主叨叨过。不知青兵信了没有，应该没信。青兵问："为什么车停那么远？他心里有鬼吗？"

亚静笑起，"鬼个啥！"她还在青兵身上娇嗔地打了一下，"人家接到领导的电话，突然有应酬，让他赶快去接。"

青兵还是很狐疑："那也不差这几步路啊。"

亚静说："几步也是步嘛。是我说可以了，让他停下来，别耽误事了，车子本来就是偷开出来的嘛。"其实当时陈建民比亚静更早看到青兵站在那里，他踩下刹车后亚静才知道怎么回事。

青兵侧过头酸酸地看着她："咦，挺贴心的啊。"

"去你的！喂，晚上还是吃稀饭吧？"这个话题亚静觉得应该打岔掉了，说着她走到米桶前准备淘米。

但青兵仍然不放过，他跟过来，鼻子凑近来上上下下地嗅着。亚静笑着推开他："真是的，你以为自己是狗啊！"青兵手抓住她肩头，重重晃了晃，说："他真没把你怎么了吧？"亚静眼一翻，故作生气地说："你自己检查看我身上哪块肉少了，如果真少了，就肯定有。"青兵说："给你钱了吗？"亚静摇头说："哪能一下子就给？"青兵还是不甘心："那礼物有吗？至少得送你点什么吧？"亚静还是摇头，说："没有。"

青兵松了手，眉头还是皱的。"你手机呢？"他把巴掌伸到亚静面前。亚静从裤袋里掏出手机递过去，青兵坐下划拉着。他问："怎么大半天这个陈建民就没有再给你微信了？"亚静说："不都在一起爬山吗，有什么可微？"青兵说："他也不发几个红包给你，好歹陪了他这么久嘛。"亚静装作没听到。他们只租一间屋子，一张床就占去大半，和其他人一样，灶放到门外。烧的是小煤气罐，睡觉时隔在墙外面会安全些。

亚静把洗好的米放进锅，端出去，低着头站在灶前，长长吁出两口气，胸口还是发闷。

中午出去前，微信刚加进来的那些人也都被设置了免打扰，这会儿解开，肯定有一堆信息涌进，够青兵忙乎一阵子的。让他去忙吧。

"亚静，亚静进来！"

亚静只好进去。

青兵说："这个陈建民怎么把你删了？"

"呃？"亚静也很意外。

青兵很生气："妈的他一分钱还没出哩，竟删了……咦，这条短信你有没看到？"

亚静凑过去。她不发短信，短信要花钱，一般也没有熟人给她发，发到手机的都是各路广告，所以她通常懒得看。但这条短信显然不是广告，写得很长，只显示号码而没有显示名字，所以肯定不是通讯录里的谁。一直拨拉到最后，都没有落款，但短信中提到了一百一十元红包。

徐必广？就是送快递的那个。亚静问：“他说什么？”

青兵没有马上答，他侧着头盯着亚静，半晌才问：“你告诉他手机号了？”

亚静摇头。

青兵说：“我只在网上公开你微信号，并没有提手机号啊，他怎么知道？”

亚静这才回过神来。短信是发手机上，确实，他怎么知道号码？她去抓青兵握在手中的手机，想看看都写了什么。青兵身子一扭侧开了。亚静急起来：“到底说什么了？”青兵不理她，掏出自己的手机，嘴里一边念着发短信的手机号，一边在自己手机上按下号码，然后拨打出去。

铃声居然在门外响起来。和手机铃声一起响的还有敲门声。

亚静和青兵对看了一眼，都怔住了。

最后是青兵过去开的门，果然是徐必广站在门外，也不待请，就跨进来了。

“把一百一十元还给我！”他一只手抱着一个包裹，另一只手伸出来，看看亚静又看看青兵，脸色非常难看。

青兵说：“别跟我玩这一套，老子不怕！”

徐必广说：“那老子就怕了？老子反正婚结过，儿子也有了——一百多元可以给我儿子买一堆好吃的，我干吗要给你们？”

青兵说：“去问问全天下的人，发红包有退的吗，呃？走，快出去！”

徐必广把手上的包裹往地上一摔，吼起来：“不把钱还我，老子今天就不走了！”

包裹并不是一下子就跌到地面，而是先撞到桌上的两只碗，碗噼噼啪啪摔落，碎了，声音脆响。隔壁老王听到了，跑过来连声问：“怎么啦怎么啦？”

徐必广指着青兵，又指着亚静，大声说：“这两个是骗子，他们……”话还没说完，青兵已经抓起旁边的锅盖照着他头砸过去了，徐必广跳起，扑过去。椅子倒了，桌子翻了，床也歪了。房间实在太小了，两人扭打到一起根本施展不开。

老王脸色都变了，指着亚静说：“快，快打110！”

见亚静只顾着往屋角躲，老王自己取出了手机。亚静连忙冲出去，返身把门带上。她把老王已经举到耳边的手机拉下，点了关闭键。老王说：“怎么回事啊你？”亚静笑了笑，她回头看着不时晃动的门。门里响成一团，不过传出来的声音闷闷的，听得不太清楚。

她说：“老王，能先借我十块钱吗？”

老王愣愣地掏出钱递过去。亚静推开门，她看到青兵已经躺在地上，不过没死，身子蜷着，手捂住脸长一声短一声哼着。徐必广张大腿站着，手里还握着锅铲，大口喘着气。亚静手伸进牛仔裤后袋，掏出一叠钱，共五张。她取出一张，加上老王借的十元钱一起递过去。徐必广显然有点意外，但也没客气。他就是来讨钱了，讨到了，把铲子往地上一扔。“哼，”他说，“以为老子钱都跟你们一样是骗来的？老子挣的都是血汗钱！脚跑没皮了才能挣到一百多块！”说着他看了地上的青兵一眼，好像有点怯了，“我跟你说，是你们自己惹的啊。揭穿骗子，我算得上为民除害。有什么后果，你们自己负责！”边说他边快步往外走。

他电动车就停在门外，上面还堆着很多包裹。见他走了，老王也要进屋，被亚静拦住了。老王指着青兵说："他怎么样了？要不要送医院？"亚静笑笑说："不用。"就关上门。

老王在门外喊："需要送医院喊一声啊。"

亚静说："谢谢。"她声音很小，不知老王有没听到。不过无所谓，没听到就没听到吧。她蹲下，摇了摇青兵的胳膊，她说："你没事吧？"青兵把手拿开，额头破了，还在流血。亚静就去推出电动车，把青兵扶上后座，她载着，去了医院。伤口清洗一下，包扎好，没大事，又回来了。加上挂号，这一趟花了五十四元钱。

青兵看来真是打累了，回到家，倒头就睡过去了。亚静搬张椅子坐到门口，手机又回到她手里。她翻到那条短信，徐必广说自己原先不是送这一片的快递，特地调了片区。他已经弄清，他们是夫妻，不是兄妹，如果不把一百一十元钱还了，他就绝不客气，要在网上揭发他们，把他们搞臭。

亚静在心里骂了一句。

回过头，她看到屋里扔在地上的那个包裹，就站起，俯身捡了，撕开。原来是"双十一"买的裤子。翻过来看上面的快递单，户名是她，留的手机号也是她的。噢，她明白了，徐必广不是神，快递员嘛，只要盯上了，弄到她手机号码不难。

手机叮咚叮咚地响，她懒懒的，还是点开了。不过没看，只是打开通讯录，把这些天加进微信的一个个都删了。删到陈建民她手在半空停了两秒，然后她写了一行字发出：

"翠玲不会回来了。"

很快发送不成功的提示音就响了。真的删了，居然真的删了。

她把裤袋里的钱都掏出来，抽出一张十元放一边，准备回头还给老王，又点出两百七十八元放到床边，青兵醒过来就会看到它们的。不是在医院又花了五十四元吗？再一减去，手里就只剩下五十八元。她闭上眼靠到墙上，想起在陈建民家沙发上也差不多这么靠着。陈建民长得真的很像一个人，到底是谁？她歪着头想了想，还是想不起来。

那就不想了吧。她手指开始在手机屏幕上拨拉，“双十二”反正眨眼就来了，她要看一看，剩下的这五十八块钱还能在网上买件什么衣服。

【作者简介】林那北，女，福建省作家协会副主席。已出版长篇小说《剑问》《我的唐山》，长篇散文《宣传队运动队》等二十三部著作。供职于某杂志，现居福州。

父亲的婚事

张学东

1

若不是让小妹半夜三更打电话吵醒，父亲的那档子事他还一直蒙在鼓里。寡廉鲜耻！程仁脑子里闪电般蹦出四个字来。想到当事者毕竟是自己的老父亲，马上又觉得，这种思想苗头来得太过尖刻，甚至不无恶毒。但是，他又分明听出小妹的倾诉声里，还带着那种蒙羞后的难堪、震怒后的余火，以至于跟他这个长兄讲电话时，还有些怒不可遏的火药味道。

大哥，你说说看，老爷子他咋变成这鬼样子了，亏他做出这号丢人现眼的事……我都替他害臊！

萦绕在程仁眼皮周围的蒙胧睡意，顿时让电话声震得无影无踪，他不无颓废地斜靠着床头，下意识地从床头柜上摸出一根香烟，又尽量侧过脑袋，手机夹在耳朵和肩膀头之间，火头一亮，第一缕烟气就从两只鼻孔喷了出去。迷幻的烟雾在黑色的空气中有些黏稠滞涩，跟现实纠缠不清的样子，半天也不愿意轻易散开似的，笼罩在宽大的红木床头上方。唯见天花板的吸顶灯上的那几串水晶玻璃珠子，在烟头明灭间，闪射出一丝诡谲的亮光，隐约可见一个小小的人影，像个幽灵，不露一点儿声色。

这是他的老习惯，不管何时，只要从床上爬起来，头等大事就是先点一根烟熏上再说，离开了这个兴奋剂，他的大脑就会一片空白，无法运转，更不能集中精力去思考那些棘手的问题。习惯成自然，这世上几乎每个人都是依赖性动物。老婆被烟呛得咳嗽两声，猛地翻身坐起，头发披散着，活脱脱电影里诈尸女鬼的模样。让不让人睡觉？三更半夜接电话，还抽烟？你可真够烦人的！老婆满嘴嘟哝着，忽又怒气冲冲地下地奔向卫生间去了。他们住的主卧有个单独的卫生间，马桶喷水的轰鸣声，带着一股女人的怨气，彻底打破了这午夜中的沉寂。电话那头，小妹程信还在不停唠叨，简直跟那个著名的祥林嫂一模一样，程仁却始终不置一词。大哥，你倒说话呀，咱们得连夜想出个法子，不能由着老爹这样瞎胡闹！好了好了好了，我知道了，你先睡吧，有啥话咱天亮再说，行不？天塌不下来！他可不想惹得老婆半夜里跟自己置气，就急匆匆挂了小妹的电话，想了想干脆连手机也关掉为妙。

可事情并不能都像手机那样随时挂断或关闭，相反，它就悬在半空，不明不暗，不阴不阳，不上不下，或者就像一把利刃，闪着银光，随时会掉下来，在自己的脸上或身上，砍出一道深深的血口，留下永久的疤和刻骨铭心的痛。很快，老婆就从卫生间踢踢踏踏回来了，程仁赶忙在烟缸里掐灭了烟头。烦死了，刚才谁的电话？老婆的身体气哼哼地埋进被子里。他轻描淡写地回了句，还能是谁，程信的呗。

小妹的话几乎密不透风，灌满了他的脑壳和每一根神经。根据程信那通颇为露骨的描述，他能想象老爹在家都干了些什么。一个六十五六岁的老头子了，那方面还蛮有需求的，在外面找了女人不说，还明目张胆地往家里带，压根不把自己的儿女们放在眼里。看来，这回是要动真格的了，听程信说那女人还拖着个小油瓶子，这叫什么事啊？小妹今年也是奔四的年纪了，因为她家住的离老爹最近，又是小女儿，自从母亲病逝后，照料老人的任务就自然而然落在程信肩上。其实，老爹的身骨腿脚都还硬朗，平时小妹也就是隔三岔五过去看上一眼，顺带买点生活用品，再帮着拾掇一下屋子。等到节假日，大伙才会一起过去，给老人做顿好吃的，陪他说说话聊聊天。几个人事先讲好的，程信主要负责出力，他和程礼兄弟俩则每年都拿出点儿钱来交给小妹，权作是大伙一起孝敬老人的。今天已是腊月二十三，小年了，再没几天就是除夕，小妹当然得惦记着过年的事，想去问问老爹需要置办点儿什么年货，过两天她好一并去采买。没想到那个小寡妇和小油瓶子都在，瞧那意思，他们仨已经其乐融融地过上小日子了。房间好像收拾得一尘不染，最可气的是，阳台上居然晾晒着一套艳粉色的胸罩和内裤，一看就知道是新买回来的，刚过了一水，这八成是老爹给那个小狐狸精买的呗。还有让人感到气愤的，本来程信是想等那女人走后要跟老爹好好谈谈，可老人竟然当着外人的面说，没啥事了，早点儿回去吧，这里用不着她操心。这无异于下了逐客令。小妹回到家后觉得实在窝火，躺在床上翻来覆去睡不着，越琢磨越觉得事态非常严重，后来终于忍不住爬起来给大哥打了电话。

像是要逃避老婆突如其来的温存，程仁也装模作样地上了一趟卫生间，顺手带了烟躲在里面一个人抽起来。尼古丁的气味迅速聚集在有限的空间里，他仿佛置身于不久前去北京出差所遭遇的那种无所不在的雾霾当中，整个人忽然失去了方向感和平衡度，思绪都变得漫漶而又滞涩了。母亲离开他们时的样子又艰难地浮现在眼前，那实在是不堪回首的，若不是今晚情况特殊，若不是事情赶着，程仁是不愿意再去想这些的。病入膏肓的母亲，早被大夫判了死刑，一次次可怕的放疗化疗，几乎把一女人彻底摧毁了，没有头发，没有眉毛，没有女人最起码的样子，皮肤苍白得像一层薄薄的窗户纸，浑身上下尽是干柴样骨头，剧烈的疼痛如影随形，每日就靠注射盐酸吗啡或杜冷丁来缓解。有那么半年光景，兄弟姊妹都不停奔走在医院和各自的家庭之间，忧愁、叹息、无奈和眼泪一刻不曾停止过，后来还是父亲做了个断然的决定，说别让你妈再受这号罪了，让她痛痛快快走吧。至今想起，那最后一幕还有些惊心动魄的罪恶感。大妹程智大学毕业后，一直留在外省工作，成家以后每年春节举家回来一趟，那次应该是程智在这个家里度过的最长的一段日子。程智一直都不想放弃，她甚至为这事跟父亲拌过几次嘴，照程智的意见，应该立即带着母亲去外地寻求更好的医院和治疗，但父亲死活不依，说既然是绝症，何必让你妈那么遭罪，甚至还说，将来要是他也有那么一天，你们几个赶紧让我走，千万别花那冤枉钱。后来还是开了个临时家庭会议，就在住院部楼下，那个简陋的小凉亭里，还能怎样，他和弟弟程礼后来也都点了头，男人总是更理智一些。小妹其实也不忍心，只是一个劲儿哭，不表态。父亲就说，那就算三比二，少数服从多数吧。大妹恨得咬牙切齿，不等父亲把话说完，就扭头跑回母亲的病房了。母亲走后连着几个春节，程智都不肯回家过年，只是在三十那晚，给程仁他们发发短信，或打个电话拜年……

第二天上班的路上，刚一开机便弹出一串未接来电，全都是小妹打的。程仁一边开车，一边皱着眉头回了电话。小妹的口气依旧火急火燎，怎么办，大哥你到底想出好点子没有？真是急死人了！又说，我刚给二哥去电话了，你猜这家伙咋说的，他说天要下雨娘要嫁人，还是顺其自然吧，这个没良心的，怕是早就忘了咱妈在世时多疼他了。这倒是事实，做母亲的总是疼爱自己的小儿子，加上程礼自幼就很乖巧，很讨母亲欢心，功课成绩也不大用人操心，母亲就紧着把家里的好吃的留给他。后来有了两个妹妹，母亲偏心依旧，常常惹得程智和程信都很有意见，总戏谑说，母亲重男轻女思想严重，她俩就像是路边捡来的。

小妹最后不无狡黠地嘱咐他，反正眼看就过年了，要不这样，大哥你抽空也去老爹那边打上一头，假装关心一下嘛，顺便也好摸摸底啊。程仁觉得言之有理，不能单单凭着一套内衣，就给这件事情盖棺定论，那未免太草率了，万一情况不像小妹描述的那样，只是一场误会呢？到头来再惹得老头子动了怒伤了身，大伙谁也别想消消停停过这个年。小妹的性格他还是了解的，平时眼里揉不得一粒沙子，遇到一点鸡毛蒜皮的事，就爱瞎吵吵，嗓门比谁都大，啥事一到她嘴里，不免有些夸张的味道。至于程礼，在姊妹们心目中的地位本来就不太高，一方面过去母亲在的时候事事都偏向他，时间长了两个妹妹多少有点妒忌他；另一方面，程礼这个人严重惧内，媳妇的话就是圣旨，逢年过节大伙聚在一起，但凡有事，他都要早请示晚汇报的，简直离开媳妇就没了主张。

在程仁看来，弟弟这种做派还不都是母亲当年惯出来的，从小衣来伸手饭来张口的，长大了对家庭其他成员漠不关心，有时甚至表现得相当自私。时隔多年，程仁依然记得，当初在医院讨论母亲病况的情景，父亲让程礼发表意见，他说什么还是听大伙的，大妹就不客气地问他，难道你不是家里的成员，难道你没有自己的思想？小妹也说，你是儿子当然得拿个主意。他半天支支吾吾才冒出一句，我媳妇的意思是，别让妈太煎熬了。这话一出口，大妹首先就气愤难平地说，笑话，妈是你自己的妈，跟你媳妇有啥关系？她说这话是怕到时候让你们掏腰包吧？兄妹俩为此大吵了一架，一个脸红，一个脖子粗的，那天若不是在医院里，说不准真就动了手。

2

年味渐近渐浓。街道和生活区里时不时传来噼噼啪啪的一串爆竹声，间或，还有那种暴跳如雷的二踢脚，呼啸着直蹿到半空中，骤然炸裂，空气里的火药味裹挟着一股兵荒马乱的气息，非要打破现有的那些稳定秩序不可。发明爆竹的家伙八成有点儿心理阴暗，很擅长恶作剧，或者纯粹是吃饱了撑的，偏搞出这么个鬼名堂来吓唬人。从昨晚到现在，心里一直装着事，程仁下班后就没有回家，而是直接开车奔父亲这边来了。正好，单位工会发了一盒带鱼、一桶色拉油，外加一塑料罐正林瓜子，他都让门卫师傅帮忙扔进车后备厢里。想着瓜子留给老婆享用，女人总是喜欢坐在沙发上，用它们噼里啪啦打发时间，这样也省去了她没事找事地跟他瞎叨叨；至于带鱼和色拉油，干脆都提溜到父亲家里，正好算是个由头。每年年三十傍晚，大家都要聚在父亲家里吃团圆饭的，这样也省得小妹再去采购这些了。

父亲住的这个地方年头不短了，那还是二十多年前单位分配的，六十来平方米的老式福利房，如今小区四周早被拔地而起的酒店和写字楼团团包围了，巨大的楼影如乌云一般很险恶地投射下来，走进这里路人不由得心里直发寒气。家属楼的外墙皮脱落得不成体统，远远看去，竟活像一条奄奄一息的老癞皮狗；仅有的一小片空地上，几乎见不到一丝阳光，腊月里飘过的两场大雪堆积如故，一条被人见天踩踏过的甬道，显得脏兮兮的；背阴处被谁随便泼了脏水，冻成很厚很硬的冰盖子，几摊狗屎或小孩粪便很扎眼地冻结在上面，真是叫人难受。

程仁始终眉头紧蹙，两只手里拎着年货，像杂技演员那样，踮着脚尖，左拧右闪，半天总算是屏住气息突出了重围，然后一头冲进眼前的楼门洞里。当初母亲就是从这里，被儿女们七手八脚抬出去的，直到她生命的最后一刻，再也没能回来。一晃几年过去了，作为长子，他除了每年清明节开车载着弟妹们，去山边的公墓给母亲上上坟烧烧纸钱，似乎再也没有为母亲做过什么。至于那个被母亲撇在世上的孤零零的老头子，有时几乎快被做儿子的给淡忘了，一如眼前这栋破败不堪的老楼，被有关方面遗弃了一样，如果今天不来，他简直快记不起它丑陋的样子了。究其原因，不外乎是忙孩子忙工作忙家庭忙事业，可忙来忙去又能怎样呢，自己不过是个庸庸碌碌的常人，既没生出三头六臂，更不可能叱咤风云，不过饱食终日，得过且过，无所用心，说来真是惭愧啊，到头来竟连老父亲什么时候有了新欢也全不知晓。

给程仁开门的不是老人，而是一个四五岁光景的陌生男孩，小脸蛋肉嘟嘟的，耳朵稍有点儿招风，但眉眼鼻子还算周正，清澈懵懂的眼神里，透着一股小孩子特有的好奇和稚气。门刚拉开一道窄缝，这张小脸蛋就鲜活地探伸出来。嫩生生地问了句，叔叔，你找谁呀？因为小妹已经提前给他打过预防针了，所以程仁倒也不觉得特别惊讶，他的目光只跟孩子稍一碰触，便径直越过小家伙头顶，朝屋内探寻而去，从他这个方向可以看见，厨房里有人影在袅袅的热气中晃动。他随手将两件年货放在紧靠鞋柜前的地板上。

小男孩的兴趣立刻被地上的东西所吸引。他先拿小手提了提色拉油的红色手环，油桶纹丝不动；孩子有些失望地嘟囔了一句什么，又撒尿似的蹲下身子，抻长脖子，去仔细研究那只扁而长的纸盒了，盒面上印着银灰色的带鱼模样，鱼的眼睛又黑又亮，孩子似乎看懂了，突然激动地叫了起来，哦，鱼鱼，鱼鱼！随即，小家伙便一溜烟跑进北面正在轰轰作响的厨房里去了，同时小嘴不停嚷叫着，妈妈，妈妈，是鱼鱼，你快来看鱼鱼呀。

直到此时，一个腰间扎着花布围裙、头上套着一只普通的蓝色塑料袋的女人才从厨房走出来，她手里掂着个油乎乎的锅铲，显然是在里面做饭。她倒是生得眉清目秀，嘴唇涂过粉红色的唇膏，两弯眉毛也是精心地画过的，身材不胖不瘦，仅从面相看，也就三十五六岁的样子。女人也盯着程仁上下打量着，但很快她的脸上就浮出一层自来熟的笑意，显然没有把他当陌生人看待，而是对他不无熟悉的样子，她嘴里一连声说，你是程家的老大吧，跟照片上的人一模一样，刚刚不好意思，油烟机太吵了，我没听到敲门声。然后，她又很客气地让他，你快坐吧快坐吧，我锅里还炒着菜呢。说罢，就急忙转身回厨房忙去了。

程仁愣了一愣，心想，看来小妹所言说还真是一点不假，这女人俨然一副女主人的姿态嘛，这让他心里很有些不自在起来。他没有立刻在沙发上坐下来，而是倒背着双手，心情复杂地从客厅走到南面的卧室，又从这里走进北面的次卧，然后像是被什么东西牵引着径直去了阳台。这时，他才留意到，家里包括阳台在内的窗户，都被擦得透亮透亮的，所有的家具床铺也都收拾得整整齐齐。阳台的衣架上倒是晾着几件外衣，能看出来，多数是父亲的，也有一两件女人的，当然还有那个孩子的小衣裤。不过，小妹电话里所说的崭新的女人内衣，他始终没有看见。八成是小妹敏感的目光引起了女人的警惕吧，或者，人家早已经穿在身上了也说不定。这样想时，他眼前兀自闪现出那个女人只穿着艳粉色贴身内衣的婀娜模样，心里竟有股不可抑制的纯属于男人的幽暗漾动，他忙掩饰什么似的干咳了两声。

男孩像只乖戾的小哈巴狗，猛不丁就蹿到他脚边来了。此刻正抬起毛茸茸的小脑壳，很吃力地盯着他望。很久没有被这么点儿小孩盯视了，自从儿子读了大学以后，程仁觉得身边一下子清静了，孩子的成长过程太快了，几乎一眨眼那只小鸟就羽翼丰满了，学会单飞了，再不需要两只老鸟的庇护了。眼下，这个小孩子让他多少有些想多看几眼的冲动，甚至想跟他说说话。于是，他就地蹲下身子，这样一来，孩子就不用总抬着眼皮费劲地瞧着他了。

喂，几岁啦？程仁拿那只被烟熏得焦黄的手指刮了刮对方的小鼻子。

我，我，我妈妈说，我过了年就，就五岁了。孩子鼓着小红嘴，一本正经地回答。

他嘿嘿地笑了，觉得真逗，小孩子说起话来总让人忍俊不禁。

叔叔怎么只看见你妈妈，那你爸爸呢？

这个问题看似漫不经心，实际上是他此刻最关心的。孩子却有些犹豫起来，像是识破了对方的奸计，一只小手慢慢地爬上脑壳，轻轻挠个不停，同时，斜着身子转动小眼珠，好像这个问题太大又太难，又或者是要等大人授命才能回答。

怎么？你连爸爸在哪儿都不知道？

他死死盯着孩子的眼睛，好清澈透明的眼珠，简直像水晶制成的，黑白分明，干干净净，一尘不染。

妈妈说，妈妈说……孩子有些胆怯地连连往后缩退着小身子，活像只小鸡遇见了居心叵测的老鹰，但似乎又无法避开对方追询的目光。妈妈说，要是有人问起爸爸，我就说爸爸他……

亮亮！

没等孩子把话说完，那个女人猛不丁冲过来，一把抓起孩子的小手，嘴里说，亮亮就知道缠人，快去卫生间洗洗手，准备吃饭了。

说这话的工夫，女人像是很不经意地瞥了他一眼，眼神多少有些愠怒。他还注意到，对方头上的蓝塑料袋没了，头发是悉心挽了髻的，用一只漂亮的琥珀色的发簪束着，看着不失雅致。很快，女人又微笑着说，这孩子有点儿人来疯。对了，你怕是也没吃呢，待会儿老程回来，你们爷俩干脆一起吃吧。

老程？程仁心里顿时泛起一股被人冒犯的不悦滋味。这个不足四十岁的女人，居然管自己年迈的父亲直呼老程，也太没大没小了，真是岂有此理。妈的，她到底凭什么？又一想，幸亏自己按照小妹的意思过来了，否则的话，接下来的这个年，真不知该怎么过呢，到时候年夜饭上，猛不丁冒出这么一个奇奇怪怪的女人，大伙该叫她什么，阿姨，还是小妈？这实在太荒谬了！

女人倒是压根没有注意到他此刻的情绪波动，接着说，老程他呀，每天雷打不动，不到钟点是不会下班的！程仁完全听蒙了，下班？什么意思？他可从没听小妹说起过，父亲在哪里兼职上班。女人这次倒是猜出了他的疑惑，忙堆起笑脸，用几根雪白的手指做了一个搓摸的动作，嘴里说，你爸每天上午，都在街边的老年人棋牌室搓麻将，跟上下班一样准时，不到饭口不回家。他迟疑地哦了一声，眼睛却盯着女人涂了红色指甲油的手指，那手很白，也很细腻，不像是长期操持家务的样子，右手的中指和无名指上，都戴着黄灿灿的戒指，看那成色应该是24K金的；随即，他又注意到耳坠同样也是，灿然鲜亮，勾勒出成熟女人特有的风韵。她整个人简直被这些行头装饰得比新娘子也不差。哼，兴许这些玩意儿都是父亲拿退休金买给她的吧？他又禁不住胡思乱想了，父亲每月的退休金少说也有两三千元，给女人买买衣服化妆品和首饰，还是绰绰有余的。一想到父亲的退休金，竟都花在这个女人身上，他简直嫉妒得够呛，虽说他并不指望花父亲的钱，可也不忍心这些钱都打了水漂。

卫生间的水流声哗哗响着，女人诧异着想起什么似的，突然丢下他，快步循着水声跑去了。很快，程仁就听见女人提高了八度的尖嗓门，亮亮，你又玩水，怎么那么不听话，弄得满地是水，都能养鱼了，看妈妈不揍你！随即，就听到啪啪两声，一准是巴掌打在屁股蛋上了，孩子呜哇一声号啕起来，这声音来得异常刺耳。程仁很久没有领教过小孩子那种歇斯底里的哭闹声了。他忽然觉得，这个女人也许并不像表面看上去那般和颜悦色，相反，某些时候她会很凶的。

果不其然，墙上的石英钟指向十二点的时候，父亲准时准点用钥匙打开房门进来了。这时程仁正跷着二郎腿，心事重重地坐在沙发上，若有所思地吸着烟，女人刚才给他倒了热茶，不过他连碰都没碰茶几上的杯子。父亲似乎一点儿也不感到吃惊，只是淡淡地瞅了他一眼，就径自低下头去鞋柜里找拖鞋，色拉油正好挡住了半拉柜门，父亲动手往外移油桶时才问了句，是从班上直接过来的？又说，我不爱吃这种油，寡得很，没啥味道，待会儿还是拎回去，你们留着自个吃吧。

程仁没接父亲的话茬儿，而是把最后一口烟一丝不落全部吸完，才用力在烟缸里捻了捻烟头。他又听见父亲咕哝道，你呀，就不能把那个烟少抽上点儿，对自己身体没啥好处！他这才掩饰似的开口说话，再有几天就过年了，我顺路来看看，你这里还需要啥，到时候也好去买。话一出口，连自己都觉得虚伪古怪，似乎是，完全按照小妹给他事先设定好的路数在笨拙地出牌。也没啥需要的，今年三十，你们几个过来吃现成的，我们能对付得了。往年，父亲可从没说过这样的话，今年似乎底气十足，而且，父亲还用了“我们”，显然是指他跟那个女人吧。程仁一下子竟没了措辞，父亲太过直言不讳了，看来小妹说得一点不错，他们在这里正儿八经过上幸福的小日子了，已无须儿女插手。

父亲刚换好拖鞋，先前哭过鼻子的小家伙，便虎虎式式地蹦到他跟前，跳着脚问，给我买好吃的了没有？父亲闻声立刻跟换了个人似的，精气神都大不一样了，仿佛年轻了二十岁，他笑逐颜开地弯下腰去，一把将孩子抱在自己怀里了，同时腾出一只手，从裤兜里摸索出一只包装花哨的棒棒糖，举在孩子眼前轻轻晃动着。亮亮，喜不喜欢这个？快拿小嘴嘴亲亲我这里，不然就给妈妈吃了。孩子几乎毫无保留地，把那小红嘴以及肉脸蛋都贴在父亲脸上了，那个亲昵劲让人牙根都要冒酸水了。老人哟哟地叫唤着，很受用地一个劲拿下巴颏上的灰白色的胡碴儿，蹭那张肉嘟嘟的小脸，边蹭边亲，笑声哈哈不断，完全沉醉于天伦之乐中了。孩子趁机拿到了自己喜欢的糖果，迫不及待地用小手撕扯上面的塑料包装纸。父亲旁若无人地抱着孩子，向卧室走去。

整个过程程仁都看在眼里，父亲对待小家伙的架势，如同自己亲生的，他脑子里不由得又瞎琢磨开了：父亲到底在给这孩子扮演一个什么样的角色，爷爷、伯伯抑或是爸爸？这样一想，越发让他感到浑身都不自在，一个儿子的尊严前所未有地受到了亵渎和侵犯，假如真是那样，那未免太荒唐了，他们兄妹四个又算什么呢，难道让这小不点儿管他们叫哥哥姐姐不成？真他娘乱了套了！想到这里，他简直气不打一处来，便愤愤地起身大步走进父亲的卧室。

爸，这个孩子到底是……问这话时程仁又多少有些犹豫了。照他的脾气应该直截了当，比如父亲跟这娘俩到底是什么关系，可一时又不想问得那么露骨了，毕竟面对的是上了年纪的老父亲，万一哪句话戗着终归不妥，可不问问清楚，又实在是憋得人难受。小家伙旁若无人地坐在床沿边，两只小脚不无得意地晃动着，小嘴有滋有味地吮吸糖果，腮帮子一鼓一鼓的，甜蜜的滋味让人羡慕，他可完全不在乎大人们说些什么。父亲窸窸窣窣脱掉了外套，里面是一件手工编织的烟灰色毛衣，针脚很细密，图样也很新潮，使整个人看上去精神焕发。

你是问亮亮吧，他是那个小苏的儿子。对了，我还没来得及跟你细说，小苏男人出车祸没了，孤儿寡母过日子不容易，她一直在咱们这里做着钟点工，就是上门做饭洗衣服那种。说起来，小苏还是居委会介绍给我的，说她人可好了。你看，每天三顿三晌给我做饭吃不说，屋子也是她拾掇的，这女人手脚勤快得很，闲不住，待会儿你正好留下来，尝尝她的手艺，保准你也爱吃。父亲一股脑地说着，几乎没有半点卡壳，像是练过好多遍的台词，一切似乎都合情合理，程仁实在寻不出什么破绽。

程仁始终在悄悄地察言观色。这中间，他又一次看了看眼前那几扇明亮的玻璃窗，不用问一定是那个叫小苏的女人的功劳。也许，小妹真的有些敏感过头了，不就是父亲从外面请来的钟点工或月嫂之类吗，作为儿子，他倒是举双手赞成的，老人家确实应该雇个人，照顾一下自己的生活和起居。心里这样想着，脑子里那根神经已不再如先前那样紧绷着了，继而，换了另外一种和缓的口气，甚至笑着对父亲说，爸，这事你做得对，我们几个都不常在身边，小妹家里还有个婆婆要照顾的，你这边是得有个像样的人给操持操持。

父亲听到程仁这么说，也就会意地点了点头。爷俩拉话的工夫，客厅那边传来女人热情洋溢的招呼声，老程，你们快过来吃吧，我都弄好了。

这次，程仁倒是没有再去挑那女人的理。

3

一接到大妹的电话，程仁便开车往机场赶，航班延误得一塌糊涂，他在候机厅几乎迷糊了一觉，那娘俩才拖着箱子拎着包，从国内到达口昏昏沉沉挤出来，这年头回家过年还真是有种逃荒的味道。大妹依旧留着的短发，永远都是一副假小子样，不过看上去还是挺干练的；女儿娇娇的个头蹿得快撵上她妈妈了，面颊和眉眼多少透着一股程智少女时代的味道。但娇娇的性格一点儿也不像她妈妈，有点儿害羞、含蓄，嗓门小得跟病猫似的，她大概招手问了声大舅好，程仁压根什么也没听到。

程智倒是直言不讳，说大哥你看到了，娇娇这孩子一点儿也不随我，说起话像蚊子嗡嗡。程仁说，女孩子家嘛，总是温柔点儿好。程智马上敏感地反问道，那大哥的意思是嫌我不够温柔？这种时候，当大哥的只能打哈哈了，难得大妹心情不错，能主动带着孩子，不远千里地飞回来，跟大伙一起过年，仅凭这一点，他就得高挑大拇指了。于是，他忙转移话题，说她事先也不通报一下，怎么搞突然袭击。这时，娇娇总算伸过脑袋再次出声了：我妈她就是想给你们一个惊喜呀！程仁就轻摸了一下娇娇的额头说，呵呵，这个惊喜好啊，姥爷要是知道咱们娇娇也回来了，不定多高兴呢……

他的话刚出口，程智就把话插了进来，口气却是淡淡的。对了，她姥爷人还好吧？程仁依稀觉得大妹似乎话中有话，便想到几天前的事，说不定小妹嘴快，早已跟她通过电话了，不然依照程智的性子，怎么可能突然跑回来，要知此前的几个春节，她可都是缺席的，理由不外乎是，娇娇假期要参加课外补习班，或者，孩子感冒很严重还在打吊瓶，再不就是，她和丈夫节日需要值班，诸如此类。可转念又想，做女儿的回家探望老人，还需要什么理由吗？她不回来情有可原，她能回来也是本分，自己可别再节外生枝。他思忖着嘴里说，老爹他呀，能吃能睡也能玩，放心吧。程智坐在副驾驶位上，她把目光瞥向他，有种不无质疑的味道，好像在问，真像你说的那样，还是另有隐情？好在，她还没来得及再询问什么，娇娇又好奇地从后排探过头说，姥爷真的也爱玩？那他都玩些什么呀？程仁回头看了娇娇一眼，笑道，还能玩什么，当然是搓麻喽。娇娇听后嘟了嘟嘴，连着打了两个哈欠，半天不说话了。大妹显然有些亢奋，回来的路上嘴巴几乎没停过，不是问这就是问那，程仁觉得自己活像个新闻发言人。

安顿这母女俩睡下，早已过了子夜一点，人还有点儿兴奋，一时半会儿睡不着。这时老婆忽然提起儿子的事，说晚上儿子来过电话了，下学期就要参加毕业实习，所以，这个寒假他想在外地跟同学一起过。程仁听了就有些不高兴，这小子，不是说好了晚几天回来吗，怎么突然又变卦了？难得娇娇跟她妈回来一趟，可真不懂事。老婆却不以为然地说，这事怨不得儿子，她们不也是突然决定来的，再说不就是过个年吗，没几天的事，少咱儿子一个，也没什么大不了的。程仁觉得老婆就是太纵容儿子了，早知道这样，元月份一放假，就该让儿子赶紧买票回来。现在木已成舟，说什么也晚了。两口子难免又为此事口角了几句，搞得彼此心情很不爽，后来谁也不想搭理谁，就背靠背赌气睡了。

早晨大妹一起床，便不顾旅途劳顿，提出要带娇娇去看姥爷。程仁听了，心中的一块石头总算落了地，他生怕大妹还记恨当年的事，不肯好好去见老爷子呢。可他因为单位例会脱不开身，说只能把她俩送过去，到时候他就不进去了。其实，他也是有意要避开这场时隔多年的父女会面，好给他们点儿单独的时间，彼此好说说话。程智笑着说，你可别把我当外人了，其实用不着你送的，我闭上眼睛也找得到老爹家的门。但程仁还是坚持把这娘俩拉上了车，路上，他觉得很有必要再啰唆两句。大妹，老爷子的性格你是知道的，这几年你都没回来过，说不准他心里还堵着什么疙瘩呢，到时候要是嘟囔你两句什么，只当左耳朵进右耳朵出，千万别跟他拗着劲，毕竟大过年的嘛。程智听他这么说，只好吐了吐舌头，放心吧，大哥，我也不是三岁小孩。娇娇听大舅这么一说，还真有点儿紧张，问万一姥爷挑了理，该怎么办。程仁忙安慰道，放心，不会的，姥爷只要见了咱娇娇，高兴还来不及呢，还生哪门子气。等她俩下车的时候，程仁又忽然想起两天前在父亲那里见过的女人，又简单地跟程智交了个底。大妹听后，半开玩笑似地跟他说，除了女钟点工，还有别的猫腻吗？他嘿嘿一笑说，你这张嘴啊，还是这么不饶人！程智便撇着嘴道，这就叫江山易改，本性难移嘛。

这天后来发生的一幕，程仁压根没有料到，还是娇娇在电话里原原本本向他学说的。原来，大妹刚一下车，就给小妹拨通了电话，两个人约好去老爹家见面。事实上，从程信家到父亲那边步行也就二三十分钟，知道姐姐突然回来了，小妹激动得什么似的，急忙打的赶了过来。姐妹俩好久没见面了，当街抱在一处，又是笑又是哭的，惹得娇娇都差点儿流泪了。小妹一个劲儿拿手掌拍打着程智说，姐你真没良心，待在大城市里，把我们都忘光了吧。大妹则红着眼圈说，忘了谁，也忘不了你这个死丫头。娇娇打圆场说，我妈平时最惦记的就是小姨。小妹这才把娇娇搂在怀里，说好孩子都长这么高了，快让小姨稀罕稀罕。随后，她们娘仨才兴高采烈地往老爹家走去。

小妹身上常年都揣着这边的家门钥匙，进屋自然是不用再敲门的，再说这天早晨她们去得确实很早，又想着要给老人一个天大的惊喜。所以，就用那把钥匙轻轻打开了房门，三个人提溜着大妹从外地带回来的礼物，径直走进屋去。小妹大嗓门惯了的，进门就嚷嚷起来，爸，爸，你快出来瞧瞧，看谁回来了！可是，她连着叫了几嗓子，始终没见老爹的人影，却忽然听见卧室里传来一个女人含混的声音，你爸他下楼买早点去了。大妹简直吃了一惊，当即愣在客厅里，像是大白天撞到了女鬼。小妹二话不说，上前一脚，便踹开了卧室门，气冲冲地闯了进去。

那个叫小苏的女人，显然刚被她们吵醒，正迷迷糊糊从床上爬起来，手忙脚乱地往身上套羊毛衫呢。那个小不点儿，就躺在妈妈身旁，还在睡梦中呢。小妹见状，早已火冒三丈高了，如果说上一次仅仅是在阳台发现了女人内衣什么的，这回她可算是真正抓到了现行，证据确凿。

喂，谁让你睡在这里？起来，快给我起来！小妹气急败坏地冲上去，一把就扯开了女人身上的被子，一双白皙的大腿就毫无遮掩地裸露出来，在晨曦中闪着刺眼的白光。我就知道你不是个好东西，没想到你脸皮这么厚，赖在这里了！

起初，那个叫小苏的女人确实有些战战兢兢，可事情发展到这一步，尤其是小妹完全撕破了脸，不管不顾地跟她叫嚷起来，她反倒让自己镇定下来，甚至不再慌乱什么了，而是慢条斯理地往腿上套着裤子，嘴里不紧不慢地解释着。事到如今，我也不想隐瞒啥了，你也都看到了，我和老程确实好了一阵子了……这话一出口，小妹的肺管都要气炸了，她忽然失去理智像犯了歇斯底里症。狐狸精，不要脸，真不要脸……她一面恶狠狠地谩骂着，一面顺手抄起床头柜上的一只搪瓷茶杯，用力砸在地板上，水花溅起老高，墙壁都湿了一大片。熟睡中的小男孩终于被惊醒了，一头钻进妈妈怀里，呜里哇啦哭个不休，身体哆嗦得像只受了惊的小兔子。小苏赶紧抱过自己的孩子，一边宝贝宝贝地哄着，一边愤愤地说，有啥话最好找你爸说去，犯不着冲我们孤儿寡母使性子发火的，但凡老程发句话，我们立马卷铺盖走人，一刻也不多留……说着，她竟也失声号啕起来，仿佛受了天大的委屈。

这种时候，大妹当然什么都看明白了，不过，她始终没有像小妹那样闯进去大吵大闹；娇娇长了这么大，还是头一次经历这种糗事，而且，是在多年没有回来过的姥爷家里，本来满心期待亲人重逢的美好一刻，现在心情简直郁闷到极点。换句话说，眼前这戏剧性的一幕，完全让这对归乡省亲的母女感到震惊了。大妹在公司做白领多年，头脑当然比小妹清醒得多，她知道这样无休止的吵闹，根本无济于事，也许还会适得其反，毕竟父亲不在现场，而且男女问题向来又是一个巴掌拍不响的。所以，关键时刻，她还是把小妹从卧室里生拉硬拽了出来，妹妹你冷静点儿好不好，有啥话咱等老爷子回来再说也不迟。小妹后来离开时，恨恨地撂下一句，我真想不通，老爹他咋就能堕落成这样子，把我们兄弟姊妹都当成傻子了！接下来，姐俩几乎怒气冲冲地跑下楼去，那阵子也就八点半光景，外面冷飕飕的，西北风卷起空地上的纸屑和雪沫子胡乱飞舞，她们宁愿在外面受冻，也不想再踏进那个房间半步。

娇娇在外面冻得鼻青脸肿，两只脚不停地在原地跺来跺去，妈妈和小姨都在一旁呼呼地生闷气，谁也不肯理睬她。好在没站多久，娇娇就看见了姥爷摇摇晃晃朝楼门洞方向走来，他两只手里都拎着食品袋，里面装着两盒豆浆，还有油条和鸡蛋摊饼。姥爷走过来的时候，也明显愣了一下，以为自己眼花了，先抬起手背揉揉眼睛，见真是自己的女儿和外孙女，一时喜出望外，脸上跟开了花似的，笑眯眯地朝她们快步迎上来。可是，没等老人开口说话，小女儿早就劈头盖脸冲他嚷闹起来，好啊，你现在扯起谎来，眼皮都不眨一下，那天你跟我咋说的，后来你跟我大哥又是咋说的？！还说什么一个钟点工做饭的，我看你倒是成了人家娘俩的保姆了！啧啧，你也几十岁的人了，让儿孙们说你点儿啥好呢……

娇娇事后在电话里对程仁说，大舅，你是不知道，那一刻真是要多尴尬有多尴尬啊，小姨几乎指着我姥爷的鼻子，就跟我们学校教导主任，修理最淘气的差生一样不留情面，而妈妈呢，尽量把脸撇向一边，一副事不关己高高挂起的样子，或者，她压根就不打算过去认姥爷似的。娇娇很有些愤愤不平，她说姥爷当时的模样真的挺悲催的，愣在那里像只木偶。透过娇娇的电话讲述，程仁完全能够想象当时的情形，小妹倒是先放在其次，大妹毕竟远道归来，偏偏遇上这种糟心事，她的心情可想而知。至于老爹，也真是自作自受，就算有了这种事，也不该掖着藏着吧，纸里能包住火吗？早早跟儿女们沟通一下，也不至于搞得如此被动。他倒好，跟儿女们玩起了明修栈道暗度陈仓，还想搞什么金屋藏娇，连他这个长子也都被蒙骗了。这下有戏看了，大过年的捅出这么大个娄子，看他到时怎么收场。

这次，小妹的革命立场异常坚定，她当着老爹的面急赤白脸又振振有词，要是你不把那个狐狸精撵走，从今往后你就当没有我这个女儿。大妹倒是什么话也没有说，这多少有些奇怪，放在以前，她的嘴可是最不饶人的，这次她却自始至终没有发言。

程仁暗想，也许这些年来，大妹内心深处承受了众叛亲离带来的苦果，表面上看，是她不愿意回来跟大家团聚，可实际上呢，她恰恰在为自己当年的决绝离去，忍受了太多的寂寞和别愁。时过境迁，她应该更成熟些了，毕竟连女儿都跟她个头一般高了。

4

下班回来，程仁便觉得家里的气氛有些不妙。大妹和小妹正在客厅里不咸不淡地嗑着瓜子，表情似乎都有些凝重。后来快吃饭的时候，程礼也急匆匆被她俩召唤来了。说心里话，别看兄弟俩同居一城，可程仁至少有大半年没跟程礼照过面了，所谓兄弟情义，不过是每年过节才互相走动那么一下，平时都在忙各自的生活，谁也见不到谁的面。

时光仿佛倒转了，姊妹们又急吼吼聚在一起，开这种临时性家庭会议。跟几年前有所不同的是，上次的气氛特别沉痛和悲哀，可以说每个人心里都湿漉漉的，甚至是在滴血；这回气氛虽说也有那么点儿沉重，但更多的还是作为子女心理上所承受的那种蒙羞后的尴尬。对于要讨论的这件大事，或者干脆叫作丑闻吧，除了程礼一人之外，其他三人可以说都已是眼见为实了，证据确凿，铁板钉钉。小妹之前也在电话里把情况跟程礼简单交代了，所以，大伙坐下来稍微寒暄了一会儿，主要是因为程智昨晚刚回来的缘故，总得象征性地拉拉家常吧，之后便直奔主题。

这种情景还是会让人下意识地要去回想伤心的过往。母亲去世后，这一大家子人，在很多时候像是失去了主心骨，丧失了家庭凝聚力，尽管他们的关系没有发生任何变化，哥哥还是哥哥，妹妹还是妹妹，但曾经那种完整无缺的家庭氛围，遭到了某种不可逆转的重创，说分崩离析似乎过了，可多年来就那么一蹶不振的，像一艘旧船摇摇晃晃搁浅在时光的河湾里。况且，几年前的那个历史节点，对于每一个人来说，又都是不堪回首的。当年主持家庭会议的父亲，如今变成了这次会议的重要议题或声讨对象：老爹的事咱们得好好合计合计。作为长兄的程仁，只能将这个问题摆在桌面上，好让大伙一起讨论。大伙你看看我，我看看你，彼此都有心事，又都忍无可忍。

程信说：依我看这事没商量，明天咱们就让那女人滚蛋！

程礼说：就是，小妹说得在理，她算老几呀，敢大言不惭地赖在老爹家里。

程信说：二哥，你可别小看那个狐狸精，你们没见她说话时的样子，好像我们老爹离不开她似的！

程礼说：问题就在这里，老爹要是铁了心跟人家好，咱们几个就算说破了天也白搭。

程仁说：我真是搞不懂，老爹咋会喜欢这种女人，就算他想找个老伴过日子，也得岁数大小各方面都相当吧。

程信说：谁说不是，老牛啃嫩草，老不正经，让人不知该说他什么好呢。

程仁说：这女人确实还不到四十岁，长相也过得去，你们说她跟老爹在一起到底图啥呢？

程信说：明摆着的，还用问吗？老爹有退休金，还有那套房子，再不值钱也得三十来万，万一将来人家老城区统一改造的话，怕还远远不止这个数呢！现在的女人，一个比一个现实，老爹要是个穷光蛋、捡破烂的，傻子才会死乞白赖地跟他好！

程仁说：那天我还真是亲眼所见，那女人手上戴着两只黄灿灿的

24K金戒指，还有耳坠和项链，都是一色金子的，说不定都是咱家老爷子花的钱。

程礼说：小妹和大哥说得一点儿没错，那女的说跟老爹好了一阵子了，老爷子能不在她身上花钱吗？俗话说，手里没把小米，恐怕连鸡也哄不住，我担心到时候，她会不会乘机再讹咱爹一笔损失费？

程信说：做她的大头梦去吧，白吃白喝白住老爹的，还想要钱，门儿也没有！

程仁说：你们可千万别小觑了那女的，我觉得她可不是什么省油的灯。

程信说：这么说我们还怕她不成，大不了上法院告她！

程礼说：干脆明天一早，就去跟她摊牌。

程信说：对对对，事不宜迟！

……

七嘴八舌头吵到最后，大伙甚至开始摩拳擦掌了，恨不得马上就冲进父亲家里，把那个小寡妇轰跑为快。

直到这时，一直坐在那里沉默不语的程智终于开口说话了。

程智说：还有一个最重要情况，不知你们都考虑过没有——万一，我只是说万一啊，他俩偷偷办了手续，就是领了结婚证，咱们现在跑去跟人家摊牌，是不是很可笑？这种情况电视里早就播过，往往都是做儿女的极力反对，到头来人家照样走到一起了。

程信说：姐，那照你的意思是，就任其发展下去，我们全都装聋作哑？

程智说：其实，有些话我真的不想说，说了我知道会惹你们不高兴，会伤姊妹间的和气。可这件事情我实在是感到很奇怪，也很痛心。奇怪的是，老爷子跟一个女人好了这么久，甚至已经到了同居的地步，大家居然才刚知道；痛心的是，老人眼里完全没有儿女，没有这个家，这么大的事，他居然也不跟任何一个子女说起。老话说父慈子孝，看看我们这个家现在都成什么样子了！当然我说这话也没有逃避责任的意思，我也是这个家里的一分子，这几年我反思了很多，我觉得自己有时确实非常自私，总考虑自己的那点儿感受，经常忽略了其他人……我觉得做女儿自己非常失败，做姐姐也很不合格。

这番话一出口，所有人都缄默不语了。

5

说好第二天，四个人要在老爹那边碰头的，可是程仁和程智都到了半天，坐在车里左等右等，就是不见那兄妹二人露面。只好再打电话去催，程信不无抱歉地解释，说她婆婆昨晚不小心把脚脖子崴了，非得有人在身边伺候，让他们先谈着，自己一忙完马上赶过来；程礼的手机打过去，总是那句该死的语音提示，对不起您拨打的电话暂时无法接通。程智无奈地摇了摇头，说早就猜到是这种局面，二哥鞋底子抹油——开溜了，小妹事出有因一时半会儿又脱不开身，只好让咱俩当出头鸟了。

程仁气不打一处来，用拳头砸了一下方向盘，搞什么名堂？关键时刻一个个都掉链子，我看咱们这个家算是彻底完蛋了，一点凝聚力都没有。程智倒是在一旁劝大哥别生气，说生气有什么用，再说人多嘴杂，他俩不来也成。程仁苦笑一下说，患难见真情，看来这事得靠你了。程智又拿话试探，大哥，你是不是觉得特难为情？程仁不好意思地点点头，啧着嘴说，嗨，谁说不是？这事还真不怎么好开口，毕竟是老人嘛，轻不得，也重不得，你说老爷子这不是给人出难题吗?

程智想了想说，你猜，昨晚睡觉的时候，娇娇跟我怎么说的？她说，你们全都神经过敏，不就是姥爷跟人家谈恋爱了吗，让他顺其自然就好了。程仁怪笑着说，看不出来，这孩子想得还挺开。程智接着说，娇娇还说，人老了就跟孩子一样，既然是孩子，就要按孩子的天性来对待，他有好奇心，也有冲动，你们想扼杀姥爷的好奇心，根本不可能，索性就让他随性去吧，一味地横加干预和阻挠，最终只能适得其反。这就像她班上的那些早恋男生一样，老师和家长越是强烈阻止，人家私下里越是谈得风生水起。程仁完全被娇娇的这通奇谈怪论给说蒙了，但仔细咂摸咂摸，又似乎不无道理。思谋了一会儿，程仁说，问题是，咱老爹毕竟不是孩子，这么一大家子人都看着呢，他也不能太为所欲为了吧，长辈总得有个长辈的样儿。

后来的主意还是程智给拿的，她说这阵子去家里反倒无益，那个女的在场总是不大方便，好多话都说不开，干脆把老爷子约出来，找个地方坐下来慢慢聊。程仁也觉得有道理，就忙把手机拨过去，老人在电话里明显迟疑了一下，口气多少有点生硬。程仁只好开门见山地说，爸，你要是没啥事的话，我和大妹想请你喝个茶。老爹沉默了片刻，才犹犹豫豫地说，也好，我正好也有话说。挂了电话，程仁不无紧张地说，看来这回老爷子十有八九是要跟咱们摊牌了，我怎么突然有种兵临城下的感觉。程智却抿嘴一笑，谁说不是，我们不是眼看都有点逼宫的味道吗？于是，两个人相视苦笑一下，又静静地坐在车里等待。

程智盯着车窗外面望了一会儿，嘴里淡淡地说，其实，那天在楼下见到老爹，我连一句话也没有跟他说，小妹一直不停嘴地数落他，我当时就是觉得心里特别堵，特别痛，就像是被针扎了一下，这些年我好不容易快把过去的事忘得差不多了，可老爷子偏偏又闹出这么一出，一下子就把我那种归心似箭的好心情全部破坏掉了，我甚至开始后悔，这次真不该冒冒失失带着娇娇跑回家来。可有时，我又觉得，老天像是要有意惩罚我，惩罚一个女儿的种种不孝，说心里话，这几年我对老爷子确实够冷漠了，不管怎么说，父亲终归是父亲，女儿毕竟还是女儿。昨晚躺在你家的床上，翻来覆去怎么也睡不着，后来就胡乱回想当初老妈临走前的情景，她那皮包骨的可怜样子，忽然变得那么清晰，一切都好像是头天刚发生的事。后来不知不觉又迷糊着了，还破天荒地做了一个梦。梦中老妈拉着我的手，泪水涟涟的，看着叫人好心酸啊，要知道这些年我是极少能梦见她老人家的。这次真是奇了怪了，你猜老妈在梦里跟我说什么，她说我的好闺女，你可算回家来了，有件事妈要安顿你，你们千万不要怨恨你爸，他身边的那个女人是我让他去找的，我把他一个人丢在那个空荡荡的家里，不放心啊，要是能有个人给他做做伴，妈在那边也就安心了……

程仁看见大妹眼里倏忽闪起了点点泪光。

父亲大人终于出现了。他的脚步看上去多少有些蹒跚，不再像几年前那样风风火火，兄妹俩的目光就不约而同地从车内转向街对过。这阵子，街上车水马龙的，想横穿过马路并不太容易，那些汽车一个赛一个开得凶险跋扈，呼啸着在街道上横行，极少数骑自行车的本来就冻得瑟瑟发抖，又被这些车辆挤在中间，不得不使出浑身解数，左拧右拐，摇摇晃晃，个个都是一副亡命天涯的窘相。父亲夹杂其间，跟迷失了方向的老头那样走走停停，间或，惶惶地抬起头来，朝四下里瞅瞅望望，一时拿不准主意是该前进还是后退。他那半灰半白的头发在人流中晃动得格外刺眼，曾引以为荣的工人阶级最有力的双臂，也已无奈地耷拉下来，变得松垮垮的，那发了福的腰身也不再挺拔，相反每往前迈出一步，他都会下意识地用一只手在腰眼处撑那么一撑，像是要给自己注射一剂强力针，才能勉强走下去……

程仁远远看着，心里多少有些不舒服，就顺口说要不要去接他一下。程智马上反应过来，你开着车呢，还是我下去吧。于是，大妹迅速跳下车，朝父亲那边一路小跑过去。多年未回家的闺女，脚步飞快地奔向自己的老父亲，这一幕的确来之不易，程仁始终待在车里吸着烟，透过朦胧的烟雾，他倒是也注意到，父女俩见面时的某种不自然或不协调，就像是两个彼此很陌生的人初识，尤其是，当大妹伸出手去，想要善意地搀扶对方一把的时候，老人明显地往旁边闪躲了一下，不无某种抵触和矫情，一点儿也没有配合对方的意思，客气得实在不像是一家人了。程仁暗想，也许老爹嘴里还在小声嘀咕呢，用不着你，我自己能行。对，这是父亲的口头禅，记得上次他去父亲家里的时候，就听他说过类似的话，但有时他也想父亲之所这样说，不外乎是不想表露出自己已经老迈不堪，凡事已经离不开儿女搀扶和照顾了，这一点他多少还能理解。

不过，此刻大妹只是稍作迟疑，并未跟他计较什么，她的动作不无女儿家特有的亲昵和执拗，竟毅然将父亲牢牢地搀扶住了，那感觉多少有点儿要绑架对方的意思。父亲显然也拗不过女儿，只好由着她去了。两个人并肩躲闪着过往的车辆，像是在虚拟的游戏世界里联手闯关，他们总算是双双走过了熙熙攘攘的马路。这种场面对程仁来说久违了，他的心头不由得泛起一股暖意，抑或仅是酸楚，他仿佛要刻意掩饰什么，忙把自己的脸撇向马路的另一边。

好说歹劝，兄妹俩总算是把父亲硬拉进街边的一家茶楼里。若依照父亲的意思，坐在车里谈就可以了，何必再多花茶水钱呢。事实上，这个点喝茶的人寥寥无几，茶楼显得空荡荡的，昨夜腐朽的烟气和茶锈味始终在空气中缭绕着，给人一种邋遢和慵懒的印象。因为没有旁的人，他们随便找了个靠窗的位置坐下来，父亲始终盯着兄妹俩一言不发，又似在察言观色静待其行，那表情说不上是烦恼，还是忧虑。老板打着哈欠，服务员尚未到岗，他只能亲自端上来一壶铁观音和两三盘瓜子杏仁之类。程智先忙着给父亲和大哥各斟了一杯茶，然后才给自己倒了，将茶杯紧紧握在两只手里取暖，袅袅的热气弥漫着三个人，缥缈的茶香中透着些许苦涩，一如生活的原味，而每个人的脸上，都笼罩着一层淡淡的气雾，显得阴郁而迷茫，神情都有些捉摸不定。这中间，程仁和程智互相悄悄对视了一下，像是都在催促对方先开口似的，可最终却是父亲先说话的，老人肯定也是有备而来的。

我的事，你们几个，恐怕是，都知道了吧。父亲半是嗫嚅，半是自语着，说出的话倒是言简意赅直冲要害。等他终于抛出这句也许是早就准备好的开场白后，整个场面就变得更加的不尴不尬。老人似乎并不在意这些，他稍稍停顿了一会儿，像是故意要弄出点儿动静，打破眼下快要腐朽的沉闷，呲呲啦啦地吹着杯面儿，又热热地抿了几口茶，再将茶叶梗咂出嘴皮，突然扭头，呸一声啐在旁边的地上，才继续说话。本来，我是想缓缓的，过了年再跟你们讲，可这两天都到家里撞上了，俗话说选日不如撞日，我们也不想再瞒着谁了。我跟这个小苏，交往了有一年多，觉得她人不错，心眼好，能持家，照顾人没得说，到了我这把年纪，也不图啥，只要能在家里给做个伴，就成了。父亲说到这里忽然刹住口，不无狡黠地望向他们兄妹二人，脸上有种叫人难以琢磨的味道，是豁出去，是木已成舟，或二者兼而有之，甚至于还有点儿可怜巴巴的劲儿，好像一切都是受人指使的，非得逼着他走这步棋不可。程仁偷偷瞥了一眼大妹，对方却始终低着头，在沉思什么，模样凝重。

爸的意思是……你俩非在一起不可了？果然，程智的话一出口，程仁就感到某种直面矛盾理直气壮的讨伐意味了。他生怕大妹再往下说过激的话，忙接过话头说，之前，咋一直也没听爸说起这事，怎么一下子就冒出这么个小苏来？关键是，我们还一点儿都不了解她，她到底是个什么来头，跟你好是真心，还是假意？现在社会太复杂了，尤其她一个寡妇女人，还带着个小孩子，万一是人家精心编好的圈套呢，到时候出了事，可怎么得了，这些情况总得容我们考察考察，再定吧……

哪知，父亲不等他把话说完，腾地从椅子上立起来，眼前的茶杯差点掀翻了。老人颌下的那撮短须颤抖着，真是天大的笑话！你们都把我当成三岁娃娃了，好赖人也分不出来？我这辈子过的桥，比你们走的路还多！老大，你给我说说，爸以前上过谁的当，受过哪个的骗？哼，我算看出来了，说一千道一万，你们是诚心不想让我找老伴儿啊，今天老子把话搁在这，你们高兴五八，不高兴四十，反正，我跟小苏已经在一起过日子了，你们几个看着办吧！

程仁见父亲真的急眼了，忙起身拽住老人的胳膊，想让他重新坐回到椅子上，嘴里不无央求道，爸，你这又何苦呢？谁敢说你的不是，咱们这也就是随便闲聊嘛，又不是在开批判大会，您犯不着又急眼又较真的。再说，这大过年的，万一生气窝火，伤了身子咋办？父亲听他这么说，才又呼呼喘着粗气，勉勉强强坐下来，脸色比先前阴沉得更甚。

程智一直都显得比较冷静，父亲冲大哥发火的时候，她始终不卑不亢的，这时她再次说话了，显然这番话是经过深思熟虑的。我觉得，爸说的话一点儿不错，婚丧嫁娶本来就是人之常情，即便是做子女的，也不能随便干涉父母，就拿那天小妹的做法来说，我个人也不太赞成，犯不着跟人家一个女的口角争执。话说回来，这件事打一开头，爸您确实没太顾及儿女们的心情，这个也是事实。您毕竟是上年岁的老人了，膝下又有一堆儿孙，小辈们也都有自己的思想了，别的不说，就拿您外孙女娇娇来说，这两天小家伙的心情就非常郁闷，她说自己都快没有勇气过年了，她甚至还批评了我这个当妈妈的，说我们都太敏感太狭隘了。我承认，我们确实存在类似的心态。可现在的问题是，爸突然决定要跟那个女人在一起生活了，这不能不引起大家伙的猜想和担心吧，所以，我们才变得有些焦虑，有些抓狂，甚至还有些不知所措！爸，我真心希望，您老人家也能设身处地替孩子们想想，替这一大家子人想想，好不好，千万别太感情用事。

程仁觉得大妹到底是姊妹中学历最高的，又常年在大城市里生活打拼，说话就是有分量，至少有礼有节，不温不火，让人不由得要暗竖大拇指，想必这下父亲应该挑不出什么理来了。他心里想着，还是偷偷扫了一眼坐在对面的老人，那张绛紫色的老脸，正由盛怒转向羞赧和茫然，不再一味地吹胡子瞪眼，也不再高高在上，而是片刻地沉默下来，说明这些话他还是能听得进去的。这时，程仁又听见大妹语气不无沉重地叫了声爸，然后照直说下去了。

本来，昨晚我们几个都碰过头了，约好今早都来家看您的，可现在的情况您也看到了，别人好像都有不来的理由，可我和大哥必须得来，而且，弄不好可能还得惹您老人家动怒发火，过不好这个年。但是，我们完全是为您和这个家着想的，毕竟妈她老人家现在不在了，她走得太早，把好多事情都留给了您和我们，您想追求晚年的幸福生活，这无可厚非，只要合情合理，我相信大家都能理解和接受的。不过，您是不是也要稍微考虑一下孩子们的感受？单这一点，我觉得小妹那天虽说做得有些过分，可那也合乎情理，在没有取得孩子们的赞成以前，那个小苏就贸然留宿在家，这多少是有些不太妥吧，毕竟那个家是我妈曾经住过的地方，那里有儿女们太多太多的记忆，谁也不想亲眼看到，自己最美好的回忆，随便被外人践踏吧，小妹那天之所以出言不敬，我想跟这个不无关系。那个女人不明不白住在咱家里，确实让谁都觉得不太舒服。所以，我觉得当务之急是，能不能让她先从家里搬出去，至少，等我们一家子人团团圆圆地把这个年过完再说吧……

父亲活像一头老牛哞地抬起头，脸色青铁铁的，身上仿佛挨了谁重重一鞭子，他双手一撑劲，忽地从椅子上立起身，颌下的灰白胡须根根都在扑颤着，脸色真的已经相当难看了，几欲发作的程度。可大妹说话的方式和声调语气，无论如何都不足以促使他当场爆发一场牛脾气，他才又愤愤然地，无可奈何垂下头思谋着什么了，最后低调而恼羞地咕哝了一句，啥破茶嘛，喝得人直想上厕所……就闷声闷气地转过身，呼哧呼哧走开了。

临街有无聊的家伙往空中扔双响炮，大清早的那种突兀的叮咚声，听着着实有点儿惊心动魄。两个人这才意识到，明天可不就是大年三十了。

6

跟往年除夕相比，今年家里人头最是齐全。程仁之前少不了又挨个给弟弟妹妹安顿了一番，说凡事都要以大局为重，眼下先把这个年对付完再说，所以，去老爷子那边吃年夜饭，谁都不准再提那件事。大伙虽然表了态，可都觉得，大哥分明有些前怕狼后怕虎的，依照小妹的说法，就算这个年不过了，也绝不能跟老爷子妥协，否则，家里就得多出一个小妈了。程仁皱着眉头道，这不是妥不妥协的问题，关键时刻你们一个个鞋底子抹油，溜得比兔子还快，到时候还不是把我跟程智晾在那里，当你们的替罪羊了，还好意思说这说那。小妹那张嘴巴这才堵瓷实了。

当大伙浩浩荡荡涌进父亲家里的时候，所有人都怔住了，客厅里已经满满当当摆好了两桌子酒菜，冷热荤素大鱼大肉海鲜蔬菜搭配得十分齐全，孩子们喜欢的饮料，男人们要喝的白酒，女人们钟情的红酒，一切都应有尽有。往年这些事情，都要等儿女们到全了，大伙齐动手去张罗的，今年父亲却来了个大刀阔斧的改革，甚至就连饺子也是现成的，就等一会儿下锅了。程仁那颗始终悬着的心，才算咽进肚子里，他真怕昨天茶楼里的谈话惹怒了老爷子，搞得这个除夕夜冷锅冷灶没法过去，现在看来，父亲终究还是识大体的，到底也是个老革命，这点觉悟人家还是有的。

小妹进屋先神神秘秘满屋子转了一大圈，感觉像个十足的暗探，后来她还把程智单独拉进卫生间，反手锁了门嘀咕，咦，太阳从西面出来了，老爷子今儿是怎么了，我咋觉得像是要给咱们摆鸿门宴呢？程智倒是看得开，说即便是鸿门宴，那也是老爹亲自摆下的，咱们呀，只能照单全收。小妹又狐疑道，这些菜八成是那个女人准备的吧，她知道咱们这个点要来吃晚饭，所以趁大伙来之前开溜了。程智说，眼不见心不烦，只要今天她不露面就行。小妹还是疑神疑鬼地，说她总觉得今天情况不太妙。

两人扯悄悄话的工夫，父亲已经开始招呼大伙上桌了。一时间，板凳桌椅的腿儿吱吱乱响，儿子儿媳女儿女婿坐了一桌，另外一桌由娇娇跟几个小兄妹坐了，明显的，这代人要比程仁他们更活跃也更欢乐，气氛一下子就被搞热乎了。父亲很可能是被这群叽叽喳喳的小家伙感染了，他说难得娇娇能回来过年，非要凑过去跟孩子们挤在一起热闹热闹，他还给每个孩子挨个发了压岁钱。这种时候，大家倒觉得老人还是挺可爱的，多少还有点儿老小孩的样儿。接下来，父亲提议儿女们共同举杯，跟往年一样，他大概又要发表热情洋溢的春节祝词了。每年，父亲的祝酒词都是洋洋洒洒长篇大论，从国际局势到国内形势，再到一家老小吃喝拉撒睡，可以说是高瞻远瞩面面俱到，逗得大伙捧腹发笑，而每次几乎都是在小妹的强烈抗议下，父亲才不得不草草收兵偃旗息鼓的。哪知，今天大伙刚刚站起来，正准备洗耳恭听的时候，外面却有人敲门了，大伙就有些纳闷，娇娇刚去把门打开，一个满头银丝弯腰驼背的老太太颤巍巍走进来了，竟是程仁他们的老姑母——父亲这辈人总共姊妹五个，另外三位已相继谢世了，如今父亲在这世上只剩下这个唯一的老妹妹了。

老姑母来了，大伙自然少不了寒暄一番，小辈们又挨个过来给老人鞠躬拜年，之后老姑母才被程仁他们让过去坐了那桌的上席。小妹冲坐在身旁的程智挤了挤眼，压低嗓门说，看吧，我就说没那么简单，这回人家怕是救兵来了。话音虽小，还是让程仁听到了，他赶紧冲她俩摇头挤眼，意思是千万别造次。

酒喝到第三圈时，桌上的菜也动得差不多了，父亲那桌的孩子们早让糖果啦鸡腿啦鱼虾啦饮料啦撑得肚皮溜圆，一个个就不愿意再乖乖地坐着了。很快，娇娇就让几个表兄妹拉扯着呼噜呼噜下去玩了，楼下顿时传来一阵鞭炮和蹿天猴的吱吱响声，孩子们在外面大呼小叫，年味一下子被他们喊得浓酽了。屋里的大人似乎也受了孩子们的传染，也都喝得更欢畅起来，猜拳行令，频频举杯，面红耳赤。这中间，程仁带着姊妹几个，依次给老姑母和父亲敬了酒，父亲今天海量，跟每个儿子儿媳女儿女婿都干了满杯，尽管大伙一个劲劝他少喝点，意思意思就行了，可他打着酒嗝坚持道，没事，今儿爸高兴，咱这一大家子难得这样团聚。

后来父亲就栽晃着身子走到程智跟前，他嫌美中不足的是，大妹的女婿没能一起回来过年。程智忙解释事出有因，又保证来年春节一定让娇娇爸爸也回来，陪老爷子好好喝一场。父亲笑笑说，回不回来其实也不重要，只要你们有那个心就好。显然，父亲话里是有话的，程智知道老人还是在挑她的理，就忙举起酒杯说，爸，都是我们不好，现在我替娇娇爸爸再给您敬个酒，以前做的有啥不周的地方，您千万别往心里去啊。说着，跟父亲手里的杯子挨了一下，一饮而尽了。父亲大概还想说点什么，程仁忙过来打圆场，说大妹其实早想回来了，今年清明节就跟他提过这事，他说统共放两天假，来来回回尽坐飞机玩了，就没同意，上坟的时候他还在老妈跟前叨叨过这事呢。父亲听了这话，也就不好再怨什么了，便喝了大妹敬他的那杯酒。或许是母亲的话题太过沉重，尤其这种时候被抛出来，欢乐的气氛中凭空注入了一股悲情的味道，虽说是有点不合时宜，但又能恰到好处地遏制某种不良情绪的滋生。

父亲后来又连着喝下了五六杯，终于晃着身子趴在桌上，脑袋不受控制地左右乱歪歪。老姑母这时就怪怨起来，你们几个也真是，咋让你爸喝那么多，一点儿不知心疼他。回过头就指使程仁程礼，赶紧把他架到床上去歇着，又让两个儿媳妇沏了浓茶，端过去好给醒醒酒。在这个家里除过父亲，就数老姑母德高望重了。父亲老早以前常跟孩子们念叨，说他小的时候，姑母跟他最亲最近，家里有好吃的，都互相惦记着对方，妹妹犯了错，哥哥总是替她扛着；妹妹在外面受了坏孩子欺负，哥哥总是不顾一切跑出去给妹妹出气，经常被打得鼻青脸肿；哥哥大了要结婚了，是妹妹连天连夜一针一线给他赶制的新婚喜被；等妹妹出嫁的日子，哥哥一直把妹妹送到婆家去，临走不忘瞪着眼睛给妹夫交代，这辈子要好好待她，不然准没他好果子吃，吓得新妹夫半天不敢吭声。后来，哥哥有了孩子，工作忙分不开身，半个月才能回一趟家，又是妹妹大老远跑来帮着伺候嫂子和带孩子，程仁姊妹小时候真没少给姑母添乱。可惜的是，姑母一生也没生下一男半女，姑父年轻时常常为这事跟她吵吵闹闹，有时姑母实在气不过，就赌气跑回哥哥家里住上一阵子散散心，母亲在世时嘴里总记挂着姑母的种种好处，说当年要是没有她帮衬，真不知该怎么办呢，所以，母亲在去世前也没忘叮嘱儿女们，将来一定好好孝敬老姑母。

等把父亲伺候着在床上躺安生了，老姑母才又提议，说让你爸睡他的觉去，可也别浪费了这一桌子好酒好菜，咱们娘儿几个好好乐呵乐呵。难得姑母今天兴致这么高，大伙当然得众星捧月般围着她，又重新坐了。桌上的菜都凉了，程信自告奋勇，端进厨房里挨个热了一遍，程智帮忙打下手，新的一瓶酒又打开了，兄弟姊妹又说要好好敬敬老人。这时，老姑母却摆摆手说，咱也改改规程吧，以往都是男人当酒令官，今儿这个酒令官，就让我老婆子也过过瘾。大伙没有不同意的，都说人老了像孩子，看来老姑母也不例外。于是，程仁就把刚起开的那瓶白酒款款放在老姑母面前。老姑母很郑重地把椅子往桌前拉了拉，又把身子坐端正了，才冲大伙说，酒桌上谁官最大？然后她拿手指着自己说，当然是我老婆子，所以你们今儿都得听老姑母的，谁要是不听话，就乖乖罚上一杯。说着，她已颤巍巍地拿起酒瓶，往自己眼前的三个杯里倒酒，老人手抖得厉害，酒水都洒到外面去了，程仁本想伸过手去代劳，可老人摇着头拒绝了，你是这家里的老大不假，可我这酒令官挂了帅，凡事都得按我的心思办，你就算是天王老子也没用。老姑母的认真劲，还真把大伙逗乐了。老人自己先端起杯子喝了一满杯，才吱吱咂着嘴皮说，咱也别高声大嗓地划拳了，吵得四邻不安，也没啥意思，干脆这样办吧，你们每个人都给老姑母讲一段自己小时候的事，不过可有一条，不管谁讲啥事，都得是跟爹妈有关的，谁若是跑了我这个题，就得老老实实把这三杯酒都喝光。别说，老人的这个建议还真有点儿新意，于是，大家或低下头或闭上眼开始静静寻思。

程信脑子转得最快，头一个举手要发言，老姑母目光慈爱地盯着最小的侄女说，哼，还别说，你们几个里面，就数老四的故事最多。程信说姑母的意思是嫌我小时候太皮了呗，这话惹得大家都哈哈笑了。程信就大大咧咧讲开自己的故事了。她说上小学那阵子，有一年春节，爸妈在伙房里忙着做红烧肉，大锅里煮了满满一锅肉块，肉都是老爸一刀一刀切出来的，四四方方的，看着好喜庆，老妈负责煮肉，撇锅里的肉沫子，让她往灶里添柴火，火苗子呼呼叫着，伙房里的肉桂香气越来越浓了。她实在是禁不住诱惑，就老抬头往锅里瞅，汤花正在翻滚呢，发白的肉块一起一伏，快馋死人了。这时，她发现伙房里只剩下她一个人，爸妈都不知上哪里去了，大人不在正好，她就用大漏勺捞起一块，拿嘴就去啃，差点把她烫了个半死，肉却还硬邦邦的，根本啃不动。她气得又把肉扔进锅里，嘴皮子火辣辣疼，越想越来气，就想再能搜腾点什么解解馋呢，翻腾来翻腾去，就在碗橱的最里面找到了一小罐蜂蜜，那是老爸专门买回来做红烧肉上色用的，她早就垂涎欲滴了，可一直被老妈像宝贝似的锁在斗橱里，没想到这阵子它却鬼使神差地现身在厨房里，想来是老天爷特意犒赏她的。她猴急忙慌拿小勺子扻了往嘴里送，甜死了，美死了，那滋味真叫一个幸福，要说蜂蜜真是世上最好吃的东西，这样左一勺右一勺，一小罐蜂蜜转眼扻下去了一大半，眼看要见底了，这时她听见外面有脚步声，忙撂下罐子，躲在灶坑前，假装埋头干活……

讲到这里，程智他们都快笑破肚皮了，都说怪不得你是家里最胖的，原来小时候偷吃了太多的好东西，那年你害得咱仨都受了株连，爸妈鼻子不是鼻子脸不是脸的，把我们挨个审贼一样审了一遍，没想到都是你这个小偷干的好事。老姑母也笑得流了眼泪，她揉着浑浊的老眼说，老四那时候没一点儿姑娘样，整天猴高爬低的，难怪你们爸妈总跟我叨叨，说这丫头将来可嫁给谁呀。程信就绯红着脸说，姑母他们都讨厌，人家故事还没讲完呢，就一个个跑来乱打岔，全都该罚酒了，每个人必须喝一满杯才成！老姑母止住笑声说，别看我上岁数了，可这眼不花来耳不聋，你刚讲的那些个都跑了题了，赶紧自个喝一杯吧。程智附和说，就是就是，小妹尽讲她自己了，压根没有爸妈什么事，理该受罚的。程信还想抵赖什么，早被她身旁的两个嫂子端了酒围住硬灌了一气。气氛一下子就活络起来，大伙都在绞尽脑汁琢磨该讲点什么好，程礼平时不吭不哈，今天喝了酒也变得活跃起来，争着说该他讲一讲了。

程礼说在他念初中那会儿，不知怎地就迷上了跳迪斯科，那时上课下课老想着去跳舞的事，礼拜六和礼拜天总往街上跑，去赶工人文化宫的群众舞会，学习成绩眼看就掉下来了，老师非让他请家长不可，他当然不敢让老爸去，就扭屁虫似的给老妈做工作，让她去学校随便应付一下老师，还央求她千万别跟老爸说起这件事。可老爸后来不知怎的，还是知道了他赶舞会的事，有一晚他跳舞跳得太尽兴了，竟忘了时间，结果等人家舞会散了，他到外面一看，晚上偷偷骑出来的老爸的自行车没了，满场子找了老半天，连个车影子也没有，后来只好灰溜溜回家来。那时一家还住在平房里，院门已经上锁了，他怕惊动家人，就蹑手蹑脚翻墙爬进来，可做梦也没想到，老爸一个人坐在院里葡萄架下的小马扎上，正气呼呼地抽着烟等他呢，看来东窗事发了，他吓得打了两个激灵。老爸声色俱厉地问他，这么晚到底干啥去了，他撒谎说去同学家补习功课了，老爸又问是哪个同学，他随便胡诌了一个名字。老爸又问那自行车呢，他说落在同学家了。老爸听完二话不说，转身去煤房把那辆自行车推了出来，他这才傻眼了，知道老爸整个晚上都在盯他的梢。扯谎的代价当然是巨大的，老爸后来进屋把书包拎出来，挂在他脖子上，然后默默地打开了院门，一本正经地对他说，你这个扯谎溜屁的小混蛋，老子再也不想管你了，你爱去哪个同学家，就去哪个同学家，从今往后，这个家你休想再踏进一步。那晚不管老妈后来出面怎么苦苦求情，哭鼻子抹泪，老爸自始至终都没有松口……那以后他才痛改前非开始好好学习了。

程礼一口气讲完，他似乎忘了老姑母先前的规定，竟自己主动端起一杯酒爽快地喝了下去，像是在惩罚当初自己的少不更事，大伙也没在意，只顾低着头想心事。唯独程智注意到了这个细节，就说，我们仨光记着二哥一直被妈娇生惯养着，真没想到他也有过败走麦城的一段呢。程礼讪讪一笑道，现在你们知道了，其实老爷子当年对我够狠的，大半夜的硬是把我撵到大街上去流浪，这辈子我都忘不了那种滋味啊。老姑母接过话头说，你爸那叫恨铁不成钢，要是都像你妈那样只顾护犊子，你后来不知怎么样呢。说着，老姑母就把目光移到程智脸上了，咱们的三尖尖打小性子就倔，也没少惹爹妈生气，我说的没错吧。于是，程智就接着姑母的话题说，老姑母记性可真好，我这个人用身边好朋友的话说，就是太以自我为中心了，还有那么点儿自以为是，所以总是忘了考虑别人的感受，到头来惹得姥姥不疼舅舅不爱的。程仁听了就说，大妹这话算是说到点子上了。程信马上道，大哥故意打岔，姑母该罚他一杯！老姑母点点头，说老大多嘴该喝。程仁只好抿了一口。

于是程智言归正传。说起来，咱们每个人跟爸妈都有太多太多的过往，他俩辛辛苦苦把咱们拉扯大不易，一转眼老妈走了也好几年，老爸也到了该颐养天年的时候了，今天我突然就想起来，那年我要去外地上大学了，老爸那阵子整天喜笑颜开的，说心里话，他这个人一直不苟言笑的，我一直觉得他不够亲切，可那年他一下子变得有些奇怪，跟换了个人似的。记得我出发前，爸非要在家里张罗着摆两桌酒席，用现在的时髦话叫谢师宴，那时好像还不兴上街吃，当然街上也没那么多馆子。家里那次真叫一个忙乱和热闹，老爸几乎把我从小学到初中再到高中的所有班主任和主要代课老师都请来了，我记得那天就是咱妈和姑母在厨房忙乎吧？老姑母听到这里，一个劲点头称是。程智接着道，就在那天，咱爸喝高了，后来醉得一塌糊涂，我们老师跟他说了好几声再见要走了，他死活从后面拽着人家的自行车座架不撒手，嘴里一个劲说，没把老师陪好抱歉得很，老师客气地说喝好了喝好了，老爸又说你们把我闺女培养成大学生，这个恩情喝多少酒也报答不了。就那样，他一直缠着老师不让出门，后来老师对我说，这辈子他教过那么多学生，还就数咱爸是最重情义的一个人……可不知为什么，就在老妈走的那年，我又觉得咱爸是这世上最残酷最薄情寡义的人，我确实打心里恨过他，因为我总在想，当初要是他不执意做那个决定，也许咱妈还能多活几年，我知道自己这种想法其实很偏执，那种病根本不以谁的意志为转移，不是想治好就能治好的，可我的心里就是结了个死疙瘩，好多年总也解不开，我不是不想回家，而是不敢回来，怕一到家往事都涌上心头……程智说到这，眼泪早已经止不住淌下来了。老姑母也跟着动了感情，一个劲地揩抹着皱巴巴的眼圈，干瘪的嘴唇嗫嚅，好闺女，这大过节的，咱不提那些陈芝麻烂谷子了……

终于，就轮到程仁开讲了。他想了想说，我干脆给大家讲个小故事助兴吧。说从前，有户人家，家里生了兄弟四个，老大盲，老二哑，老三残疾，老四呢，偏又盲。未等程仁再往下讲，程信早笑得前仰后合，说大哥真有你的，你不是拿他们比咱们四个吧。一时逗得大伙都乐了。程仁倒是不动声色，继续讲他的故事。说有那么一天啊，爹又在外面喝得酩酊大醉，他脾气本来就坏，回到家指桑骂槐地，又跟老婆掐了起来，他嫌弃老婆这辈子太窝囊，尽给他生了一堆废物，将来连个养老送终的人都没有。两个人是越吵越凶，后来还真动起手来，妈无端地挨了爹的辱骂和耳光，实在是气不过，就哭着鼻子一口气跑回娘家去了；爹呢，醉醺醺地倒在堂屋的炕上，只顾呼呼大睡，两口子都忘了灶里有火，锅里煮着饭。结果，这柴火就引着了灶房，火越烧越旺，转眼间就把整个家院烧成了火焰山样。好在那天，老大老二都在外面玩耍，别看老二说不出话，数他耳朵最尖，老远就听到了家里的动静，忙给老大用手使劲比画。老大看明白了，拉起哑巴弟弟的手拼命往家跑。老三老四平时基本都待在家里，不怎么出门去，爹妈大吵大闹他俩当然都听到了，后来大火烧起来的时候，多亏了老三，用双手一点一点爬进堂屋，先把老四从里面拖出来，自己又不顾危险爬进堂屋去救人，爹身子太沉了，又醉成一团烂泥，即便用上吃奶的力气也搬不动，就在这个节骨眼上，老大老二也双双赶回来了，兄弟俩赶紧冲进火海，总算是把爹拖了出来。

姑母最后听罢才说，你们个个都讲得好，老二和老四呢，讲自个小时候怎么调皮捣蛋，怎么惹爸妈生气了，听着让人又想笑啊，又想抹眼泪；老三讲爹妈对自己的养育恩，和自己对爹妈的情义，我觉得做闺女的应该像老三这样，得时时刻刻记着爹妈的好处；老大听着是在讲古，可这里头有咱们做儿女的大道理在呢，子不嫌母丑，狗不嫌家贫嘛。姑母今儿也想就着你们几个的话，多唠叨两句。我知道你们这些天气都不顺，老人的事让你们烦心了，其实想开了，这又有啥呢？你爸这辈子说起来也够难肠的，打小小的时候，就没了爹妈，全凭兄弟姐妹互相帮衬着带大，不大点儿就跟着老钳工师傅做学徒，半夜里还要给人家端尿盆子，啥样的苦没吃过，啥样的罪没受过？后来好不容易在工厂站稳脚跟，从学徒工转成正式工，自个后来也当上了师傅，一个月能挣几十块钱养家了。说起来，你妈当年就是他一手带出来的女徒弟，一来二去两个人有了感情，再后来就有了你们这个家，有了你们兄弟姊妹四个。虽说这工人家庭的日子过得紧紧巴巴，也总算是把你们都养大成人了，可谁能想到你妈福分浅，偏又半道得了那么个症，撒开手撇下你爸走了。俗话说，亡人先升天界，这活人还得好好活着啊，你们都有各自的小家小业，兄弟妹子，各锁柜子，可你爸还得守着这个空房子，一个人吃，一个人睡，一个人活，身边连个说话的人都没有，想想他一个人能不孤清得慌吗？依我看啊，孝就是顺，顺就是孝，他眼看奔七十的人了，人活七十自古稀少，他还能活多长呢？你们的心思我老婆子最清楚，嫌他不吭不哈就找了个伴，嫌他老老几十岁，还挑那么年轻的，其实这有啥呢，这世上男人哪个不喜欢年轻貌美的？真要找个七老八十的丑八怪，恐怕你们还不答应呢，就算放开了让他可劲地找，顶多也就剩下几年光景吧。我们都老了，说得再难听点儿，黄土末子眼望就盖到脖颈上了，都是有今没明儿的人，你们做儿女的，但凡能顺着老人的心思，就都顺着点呗……

7

大年初一上午。儿女们自然还要上门来的，得好好给老人拜个年，可去那里才知扑空了，狠敲了半晌门，也没一丝一毫回音。大伙忽然有种不好的预感，以为老人的身体出了什么状况，毕竟昨天酒喝得高了些，好在程信身上有现成的钥匙，急忙动手拧开了房门，这才知晓家里已然人去楼空了。

一伙儿女如无头苍蝇满屋子乱撞，南屋、北屋、厨房、阳台，就连小小的卫生间也没逃过，搜寻的结果是，老爷子居然结结实实给大伙唱了出空城计。真是叫人匪夷所思！这大年初一的，他人能上哪去呢？按理说吗，每年初一这天，父亲总是一清早就穿戴齐整，一个人坐在屋里静候儿女们的到来。这是一年当中最当紧的日子，儿孙团聚，其乐融融，这一天父亲会给几个小孙子小孙女压岁钱，儿女们也都各自给老人备了年礼，什么营养滋补品、服装鞋帽、便携式老年人健身器，等等，都是孝敬老爷子的好东西。众人寒暄一会儿，父亲便会招呼大伙赶紧上桌子开始激战——打麻将。这种时候，老爷子很有些老将出马的架势，他常年都在小区外面的棋牌乐里摸牌打发时间，可谓寒暑不断，比他过去上班时还要准点，牌技自然不赖，什么清一色、一条龙、对对碰，时不时还下一两道鱼子，玩得那叫一个顺风顺水，又兼老谋深算，几乎总是他在和牌赢钱，惹得孩子们个个龇牙咧嘴不停抱怨，说这哪里是在玩牌，纯粹是给老头子送银子来了。老爷子始终在那里嘿嘿乐着，一副多多益善的老财迷相，嘴里还不住地叨叨，准备银子喽准备银子喽，这把非自抠不可。

还是娇娇眼睛最尖，她无意中一抬头，就发现客厅冰箱门上贴着一张字条，急忙撕下来递给妈妈。程智拿在眼前扫了一眼，上面写着：这两天我答应陪小苏出去转转，你们就好好过年吧，千万别惦记我们。这张字条真不啻为一枚重磅炸弹，轰隆一声巨响，把所有的儿女都惊呆了：老爷子准是疯了，大过年的竟撇下一大堆儿孙，带着那个小寡妇出门逍遥快活去了，这算怎么一回事！直到这一时，程仁他们也才如梦方醒，原来昨天的和谐欢宴确是早有预谋的，一切都是为了今天打铺垫的，包括老姑母那番语重心长的话，甚至还有父亲的酩酊大醉，大伙全都不明就里地钻进了该死的圈套中。

几乎是，每个儿女都被这张该死的字条给激怒了。程信简直气不打一处来，嘴里直嚷嚷，看吧，看吧，我昨天就说，老姑母准是咱爸搬来的救兵，专门来和稀泥的，这回你们都信了吧，人家这叫缓兵之计，我们就像大哥故事里讲的聋子瞎子，都傻乎乎的受骗了！更好笑的是，等现在什么都明白了，可咱们只能待在这里，一个个像个瘸子似的，追不能追，撵不能撵。

一时之间，大伙的心情都变得莫名而复杂，那个女人到底有什么好的，老爷子非要铁了心跟她好去，难道儿孙们都不重要，难道大伙还比不上一个寡妇和月嫂？这个问题再度困扰着每个人，如果说此前不过是怀疑和揣测，现在事情完全坐实了，父亲就是这么孤注一掷，一意孤行，甚至不再需要隐瞒什么，白纸黑字，写的再清楚明白不过：他就是要选择这种好日子，光明正大地，带上小女人出门逛去。自然，又少不了一番七嘴八舌的热议，就像联合国临时召开安理会，绝大多数常任理事国都认为非得予以严厉制裁，否则不足以平民愤，而那个手持木槌准备一锤定音的重量级人物，已经被吵得头晕眼花了，完全失去了自己的主张。这种时刻，程仁忽然觉得，做大哥真是一件吃力不讨好的事，弟妹们的矛头基本都指向了他。

程信忍不住先发飙了，这事明明都怪大哥，昨天偏不让我们提，现在人家远走高飞了，看你怎么收场！

一向对家事有些漠不关心的程礼，这阵子也不无狐疑地质问起了程仁，大哥，我老觉得你是不是有啥事瞒着我们？

老二，别扯淡了，我能有什么好隐瞒的？程仁脑门的青筋都蹦起多高，他觉得自己真是有口难辩了。平心而论，这次父亲的事他确实知之甚少，他已经记不得有多久，没有好好跟父亲坐在一起聊一聊家常了，更不要说是这种本来就难以启齿的个人感情问题，因此，对于父亲最新的思想动态，他完全忽略掉了。或者说，父亲在他心目中，早已经垂垂老矣，老胳膊老腿，定了型的，不会再发生任何改变，就如一株大半截都枯朽了的老树，根本不可能再起死回春，不过是一天天挨光阴，混吃等死罢了，他又何曾想到过，老人会有这方面的需求，而且，会如此的强烈，不择手段。

这一伙人里，唯独大妹还算比较理智，她见大哥脸色已十分难看，就过来打圆场说，事到如今了，咱们就别怪天怪地的，要怪就怪咱们自己，都太麻木了。可小妹还是不依不饶，她乜斜着白眼球说，大哥就是把她的话当耳旁风了，她明明打过几个电话提醒过他的，要是大哥能及时跟老爷子谈谈，做做工作，事情也不至于发展到今天这么荒唐的地步。程仁简直快被妹妹给气晕了，他竟像个大男孩似的蹲在地上，双手胡乱搓揉着头发，俨然一副失败者的沮丧嘴脸，他不满地咕哝着，谁说没谈，前天到底是谁约好去见老爹，临时又不露面的？程智见大哥真的急眼了，又忙补充说，我和大哥确实跟老爷子摊过牌，结果怎么样，你们也知道，老爷子在茶馆里说是要去上卫生间，可他自个一道金光溜了，把我跟大哥傻傻地晾在那里。

大伙吵吵得正不可开交的工夫，程仁的手机忽然叫了起来，掏出来一看却是儿子打来的。他正憋着满腔的火气没处发泄，便抓起手机，大声吼嚷起来，你个臭小子，还记得你老爸死活啊，大过年的不老老实实回家，就知道一个人在外面躲清静，你还是不是咱程家的长孙了！

儿子在电话那边一个劲给程仁赔礼道歉，最后才言归正传说，爸，你听我解释好不好，不是我不想回家过年，主要是因为，爷爷说他好多年没出过远门了，在家待着闷得慌，他想趁着过年这几天来南方转转，我正好又放寒假没事，就帮忙订了机票和旅馆，爷爷还要让我一定替他保密，现在我已经在机场等着接爷爷呢，所以，才斗胆给你们打这个电话，我这也算是替爸妈尽了孝心，没有功劳总还有苦劳吧。

儿子说得轻轻松松，程仁却觉得自己仿佛石化了，老半天呆住没了言语。现在的情况是，就在他们兄妹几个对父亲的行为指指点点不恭不敬的时候，儿子却在遥远的南方全心全意地恭候着爷爷的到来。且不论事情的对与错，单就儿子的懂事程度和一番孝心，这屋子里似乎谁也比不了的。程仁只是茫然地冲手机哦哦了几声，最后才尽量平缓语气说，那你小子可要多费点儿心，爷爷我就交给你了。儿子马上给他打了保票，让他放一百二十个心，说已经把接下来几天的行程都替爷爷安排好了，一定会照顾好老人家，让他开开心心的。

当程仁一字不落地将这个突来的消息通报给大家的时候，房间里至少安静了一刻钟，每个人都变得有些心事重重的。

又是程信率先打破了沉默，她气冲冲地说，这到底算什么？老爸这分明就是成心的，表面看他是想出去转一转，可实际上呢，还不是想通过这事逼咱们就范，这叫和平演变，到时候生米煮成熟饭，我们几个还能怎么样？

这次程仁当机立断打断程信的话道，小妹，你也别太胡咧咧，咱爸还不至于那样阴险吧，再说退休这些年，他确实哪里也没去过，这回能出去散散心，又有大孙子陪着，我看也不是啥坏事情嘛。

程信听了，很不服气地梗着脖子道，那他干吗神神秘秘的，还非要带上那个狐狸精？搞得跟要去私奔似的，成啥体统嘛！

没等程仁再开口说什么，程礼也在一旁添油加醋，就是嘛，大过年的，亏他怎么想出来的？八成都是那个坏女人挑唆的！

这下，程信总算是找到了帮手，忙附和道，二哥这话在理，反正都是咱爸花银子，人家落得个潇洒开心，免费旅游，谁不喜欢。

程仁实在不想再听他们这样东拉西扯，就说事情已经这样了，总不能把他们追回来吧。

哼，追是追不回来了，可大哥你得好好给你儿子叮嘱叮嘱，让他千万把爷爷给盯紧了，别让那个狐狸精钻了空子！

程信回头说这番话的时候，眼神中忽然有种很狡黠的东西在闪烁。

够啦！够——啦！！

一直站在旁边安安静静的娇娇，突然失声尖叫起来。少女激愤的声音里几乎带着歇斯底里的味道，一下子就把在场的所有长辈全都镇住了，霎时，房子里变得鸦雀无声。程智稍一愣神，简直有点儿不敢相信自己的耳朵，当她意识到，那种可怕的尖叫声，是从自己女儿那副柔弱的身体里迸发出来时，才红着脸不无尴尬地快步走过去，狠狠瞪了娇娇两眼。

你疯了，乱嚷什么？这里哪有你小孩子家说话的份！

这种时候，娇娇的脸色的确非常难看，眼神中迸射出豁出去的味道，胸口正往外一鼓一鼓的，做母亲的还从未见自己的孩子这样激动过呢。

不等程智再次开口说话，娇娇就像打开了的话匣子，一股脑地冲大伙道：

你们口口声声都在数落姥爷的不是，好像姥爷真的让每个人都蒙羞了似的，可我觉得你们更有问题，姥爷不辞而别，他偌大年纪，出一次远门多不容易，可你们有谁真正关心过他的健康和平安，你们在乎的只有自己的面子，你们太自私了、太冷漠了！

程智压根没料到，一向文文弱弱的乖乖女，讲起话来竟跟大人似的，一套一套的，又那么不知轻重，她的脸上再也挂不住了，忙低着头用力推搡着娇娇的肩膀，想要把她弄到别的屋子去，绝不能再由着孩子信口雌黄了，但娇娇此刻就跟犯犟的牛犊相似，任凭谁也休想搬得动她。

娇娇变成一只好斗的小母鸡，一边用力反抗母亲的推搡与拉扯，一边继续向所有人嚷道：

妈，你别管我好不好，你就让我把话说完，这几天人家都快郁闷死了，要是不说出来，我会活活憋死的！本来好好的一个年，这下都让你们给搅黄了，就算姥爷真想跟那个女人结婚，那又能怎么样，地球又不会毁灭，世界末日也不会到来！再说，姥姥都走了那么久，姥爷又没犯哪门子法，难道他再婚了，从此就不再是姥爷了？还有，你们是否想过，也许将来有那么一天——对不起，我只是假设——假如你们自己也遇到跟现在姥爷一样的状况，你们希望自己的孩子——也就是在座的我们——怎么来对待你们呢，是置之不理，还是冷嘲热讽，横加干涉……

程智万万不能再允许女儿这样唐突下去了，她实在是忍无可忍，猛地挥起手来，给了娇娇一记耳光。

放肆！你这孩子，也太没大没小了！！

耳光声太响亮了，啪的一声，像炸开的炮仗，一时间屋子里的人又全都愣住了。

那一刻，娇娇惊愕地拿手捂着涨红的脸蛋，滚滚的泪珠儿就在眼眶里直打转，她狠狠地咬了咬嘴唇，鲜红樱桃般的下唇便留下一排清晰的牙印。最后，她愤愤地撂下一句，你们太让人失望了！就头也不回地冲进卫生间去，并随手锁闭了房门，只闻得水龙头哗哗啦啦在响。

8

父亲回来的那天已是正月初八。

程智娘俩是搭乘头天傍晚的航班飞走的，程仁依然开车去机场送行。一路上，娇娇始终泪眼迷蒙地望着车窗外，一语不发。那天之后，娇娇跟母亲的关系一直很僵，以至于吃饭两个人都不愿在同一张桌上坐着，谁也不想跟谁说一句话，或许，孩子正处在青春期的缘故吧，有些叛逆情绪也在所难免的。程仁尽量在她们娘俩中间周旋和调停，可这小姑娘身上确实有股子罕见的倔劲，可以毫不夸张地说，跟少女时代的程智几乎一模一样。所以，他才半开玩笑地劝程智说，有其母必有其女，你就原谅孩子吧。

分别的一刻，程智用力跟大哥拥抱了一下，同时，若有所思地说，这些天她反反复复想过了，老爷子的事还是顺其自然吧，老姑母说得在理，就算放开了让他找，还能找几个呢，只要他自己觉得晚年幸福就好。她还提及当年母亲那桩事，说她其实早就原谅了父亲，她相信父亲是疼爱母亲的，所以才能断然做出那个不得已的决定，这些年她只是一直不能说服她自己。现在，一切都过去了，明年这时候，她保证一家三口会一起回来过年的。

大人说话的工夫，娇娇就静静地站在旁边，兴许她也听到了母亲的谈话，在跟大舅作别的时候，终于忍不住呜咽起来，晶莹的泪珠儿扑簌簌地像断了线的珍珠，一颗一颗无声砸落。程仁赶紧拍抚着娇娇的后背说，好孩子，不哭，不哭……你在舅舅眼中是最懂事的！记住，千万不要记恨你妈妈，她那也是为你好。娇娇的额头终于轻轻地碰了碰他的胸口。

初八这天，因为单位头天上班要查岗脱不开身，程仁只好让程信去机场接人。程信在电话里一百二十个不乐意，说美得那个狐狸精，难不成还要拿八抬大轿抬她进门？程仁道，让你去你就去，难道连老爷子你也不管了！程信这才嘟嘟哝哝闭了嘴，又说，那你可得给我报销来回的路费啊。快到中午饭口时，程信突然兴兴头头打来电话，听那口气像中了刮刮奖头彩一样乐不可支。哥，我告诉你个好消息吧，这下他俩肯定臭了！程仁丈二和尚，摸不着半点儿头脑，什么香了臭了的，让你接的人呢？程信回答说，当然接到家了，老爷子见了我，还有点儿不好意思呢，我就拿话揶揄他，这回你老游山玩水逛美了吧，你猜他咋说的，他红着脸皮，半天挤出仨字，美个鬼。这时，那个狐狸精拉着小崽子背着行李随后跟了出来，我压根没拿正眼瞧她，故意搀起老爷子的胳膊大步往外走。等一出大厅，我正拿眼睛踅摸民航大巴在哪儿停呢，你猜怎么着，那个狐狸精径自招手拦住一辆出租车，拉起孩子钻进车里就颠了，连头也没回一下。我就纳闷了，忙问老爷子，喂，人家怎么撇下你自己先溜了，是不是不要你了？你猜老爹当时是啥表情，那张脸啊，就跟吃了半斤黄连似的，半天只用鼻子苦哼了哼，才气呼呼地说，走就走呗，好像谁离开谁活不成。后来坐大巴回家的路上，我才又拿话套他，可老爷子气得鼓鼓的，多一个字也不想跟我谈。我说，你那是活该的，谁让你放着好好的年不过，偏偏别出心裁出去旅游，还带上那么个狐狸精，不受气才怪呢。没想到老爷子这时真的火急了，差点没从椅子上蹦起来，他气冲冲地瞪着我说，往后不准再提那个姓苏的。

过去一周的时间里，父亲和那个小苏究竟在外面发生些什么，程仁也是后来从儿子嘴里零星探知的。儿子大概碍于爷孙间的情面，起初也是三缄其口，难露其详，只说也没啥大不了的，都是些鸡毛蒜皮的小事，让程仁还是亲自问爷爷去。后来经不住程仁再而三地追问，才透了其中的一两个小细节。

据儿子讲，刚去南方的头三天，倒也风平浪静，主要就是带着他们逛了附近的一些名胜古迹，和市内的公园广场什么的，爷爷跟那个女的每天都有说有笑的，两个人还一左一右牵着那个小家伙，儿子还乘机给照了好多相片。后来到了第四天头上，那个女的就提出来，不想再去看什么风景了，她说要上街好好逛逛大商场去。儿子欣然点头了，便带着他们去了当地最著名的步行街，那是这个南方城市最重要的一条十里洋场，中国每年的进出口交易会都是在这里举行的，国内外的各种商品货物琳琅满目应有尽有，女人们一到这种地方，就像到了天堂，眼睛通常都不够使了，脚底下根本迈不开步。

那女的尤其喜欢试衣服，天性使然，什么T恤、裙子、长裤、风衣、外套，甚至真丝睡衣，穿了一件又一件，惹得人家服务员都一个劲抛白眼。爷爷就像忠实的老仆人，抱着那个小孩子，傻呆呆地戳在旁边干等着。这样大半天逛下来，那女的总算是挑上一件自己满意的水红色长裙，一问价钱要好几千块呢，说是什么世界名牌，爷爷皱着眉头说，又不是金丝银丝做的，咋那么老贵老贵的。那女的不以为然地说，你老土了吧，这叫纯天然真丝的，穿在身上对我们女人的皮肤最有好处，我早就想买一件了，只是一直碰不上称心如意的。爷爷摇着头坚持说，要不咱们再往前面转转，兴许还有更好的呢。

其实，儿子知道爷爷嫌贵，就说他知道一个更好的地方，那里的东西绝对物美价廉。后来，儿子就辗转地把他们领到火车站附近，一个专门搞服装批发和集散的大市场里，果然儿子很快就找到了类似的女装铺位，一问，同样的裙子还真比商场便宜十几倍，爷爷当即就大方地要掏出钱给买了。哪知，那女的却没了好心情，眼睛不是眼睛，鼻子不是鼻子的，甚至连那衣服都懒得再试一下，嘴里唧唧咕咕，说这种破地方能有啥好货，还说爷爷是诚心拿这种地摊货打发叫花子呢。爷爷说不就是件衣裳么，穿在身上还不都一个样，咱干吗花几千块冤枉钱呢。那女的急赤白脸，乜斜着眼睛说，这根本不是钱不钱的问题，这说明你老程心里压根就没我这个人，你把钱看得比命还当紧。爷爷听了这话，也多少动了气，忙争辩说，我大过年的带你们娘俩出门逛，把一家儿女都撇在家里，你还说这种没良心的话。那女的一听更来了劲，一手卡腰，一手指着爷爷嚷，不提这个还好，你一提他们，我浑身上下都想冒火，你那些儿女，哪个能像我那样尽心尽力伺候你？我让你花千把块钱买件衣裳，你就心疼得不行了，你留着那些退休金，将来是买棺材板用，还是等百年之后，让你那帮孝子贤孙们挥霍去！这话实在太过分了，连儿子也听不下去，老人当时简直快被气晕了，他一定没想到那女的会说出如此不堪的话，他浑身上下都筛糠样抖颤起来，好在儿子在身旁及时扶住，老人才不至于瘫在地上。

接下来两天，老人哪儿都没去，成天就闷在儿子学校附近的小旅馆里。南方的那种小旅馆非常简陋，主要是为了方便每年新生报到时，那些陪送学生的家长临时住宿用的。人家小苏每天洗漱完毕，照样描眉画眼拉着孩子上街去闲逛，顶多出门的时候不咸不淡撂一句，走了，饭自己解决吧。儿子说，那两天爷爷的心情糟透了，一整天也不说一句话，总是一个人呆呆地趴在窗前，盯着外面那片绿油油的芭蕉叶出神。南方的雨水说来就来了，漫漫漶漶下个没完，雨点噼噼啪啪敲打着外面的芭蕉叶，也敲打着模糊的窗玻璃，房间的光线渐渐暗淡下来，爷爷的身影变得瘦小而又孤单，偶尔发出的叹息声，让房间显得更加阴郁。

儿子说，他实在是无法理解爷爷当时的心情，只是从爷爷跟那女人的言谈举止间获悉，他俩的关系出现了不可弥合的裂痕。对此，儿子没有向程仁表达任何个人看法，也许只是出于对年迈的爷爷最起码的尊重。他倒是反问过家里人都是什么态度。

程仁只得在电话里敷衍一番儿子，说大家意见不太统一，关键要看爷爷自己的想法。儿子沉默了一会儿才说，早知道这样，他真不该帮爷爷这个忙的，爷爷当初并没有跟他说实话，只说是想带一个亲戚和小孩来南边散散心的。程仁想了想说，儿子你做得没错，不然爷爷会更伤心的。

9

春天真是短暂，刮几场恼人的沙尘暴，就到一年一度的清明节了。

父亲提前给程仁通了电话，说今年也想去坟上看看。往年，都是程仁带着兄妹们去扫墓的，父亲只在家中母亲遗像前上炷香，默默祷告一番。程仁就说，山上一开春风大齁冷的，你老腿脚又不方便，能不去就不去了吧，当心再受凉感冒。哪知老人的牛脾气又来了，冲着电话嚷叫，我就是想去看看你妈，这个你也管啊？吓得程仁再不敢吱声了。这中间，程智也主动来电话，一是打问父亲近来的状况，二是也有回家上坟的打算。程仁就说，老爷子最近安生得很，能吃能睡的，就是麻将打得太凶，小妹说他整天泡在麻将馆里不动窝，颈椎病都快打出来了，劝他也没用，不过忙一点儿也好，省得他一个人又胡思乱想的。他还劝大妹别再兴师动众跑回来了，说那根本不值当，等大伙给母亲烧纸的时候，替她念叨念叨就成了。

其实，程仁还是跟大妹隐瞒了一件事，就是那个小苏后来到父亲家里狠闹过两回。

头次儿女们都不在身边，事后小妹还是听父亲家对门的女邻居讲的，说那女人一直哭哭啼啼的，一阵寻死一阵觅活，好像是来求老程原谅她什么的，具体说些啥，听不太真切。另外一回，小苏是带了帮手一同来的。这次父亲大概感觉到情况不妙，就在打开房门之前，先给程仁程信他们拨了求援电话，等儿女们急急火火赶到时，屋子里已经吵得天翻地覆了。

一个五大三粗的中年男人，自称是小苏的远房表兄，口口声声要父亲赔偿一笔青春损失费，说他表妹不能白白让一个糟老头子占了便宜，若是不拿出十万元来私了，他们就要上人民法院起诉打官司。程仁自然要据理力争，说这本来就是两相情愿的事，她一个已婚女人，难道不明白吗，谁也没强迫她这样做。程信更是当仁不让，说小苏原本只是居委会介绍来伺候老人的，放着好好的月嫂不做，自己心甘情愿赖在别人家里，撵都撵不走，我们还想告她图谋不轨呢。就这样，双方又是一番火力相拼，无非是公说公有理，婆说婆有理，最后实在闹得难开交了，程礼也是急中生智，就拿出手机威胁说，干脆打110报警算了，不要再跟他们啰嗦下去！姓苏的女人或许自觉理亏，才悻悻灰溜溜地带那男人撤了。

再后来，这事也就不了了之了。但程信一直很怀疑父亲，她说老爹一准是私下里出了点儿血，肯定是拿钱封了那狐狸精的嘴，不然的话，那女的怎能善罢甘休呢。程仁倒也疑惑过，但他实在不想再提及此事，生怕事情真闹大了，于双方都没有好处，尤其是他自己，毕竟还要在机关单位混饭吃呢。

吃一堑总得长一智。兄弟姊妹几个里面数程信心眼最活泛。有一天，她又像往常一样去帮父亲收拾屋子，趁老人坐下吃饭不留神的工夫，她偷偷地钻进卧室，从柜子底里取走了那张房产证，她总担心老爷子哪天又犯糊涂病。不过，这件事小妹可再也没对大哥他们讲。

【作者简介】张学东，1972年生，中国作协会员、宁夏文坛“新三棵树”之一、国家一级作家。先后入选“国家百千万人才工程”“四个一批人才工程”，宁夏政府特殊津贴享受者。作品入选中国年度优秀小说选刊选本百余种，曾获《中国作家》《上海文学》等刊小说奖，三度荣登国内权威性小说排行榜。小说被译介到俄罗斯、美国、加拿大、日本及中国台湾地区。已出版中短篇小说集8部、长篇小说6部。现为《朔方》副主编。

哲学的瞌睡

孙 颙

1

不可能发生的事情，突然冒个泡，就有了石破天惊的感觉，成为最具杀伤力的新闻。

作为本报首席记者，我相当清楚，其中“突然”一词，乃分量特重的要素。不管何等古怪稀奇的消息，若半遮半露，反复折腾，一旦掀开盖头，多半失去了吸引眼球的新鲜感。

我，一脸淑女相，笔挺端坐，凝望着桌子对面的主编，聚精会神，倾听他下达任务。心中翻腾的，却是上述飘忽的念头。

“去母校跑一趟吧，才女施！”只要单独谈话，主编就收起了领导的腔调，言语中，不再夹带长长的拖音，变得直截了当，且眉宇闲散，情绪非常轻松。他是高我两年的大学校友，喜欢搬出我的绰号，是当年男生们不怀好意的恶作剧。我姓施，起初，他们发明的称呼是“才女西施”。我听着，怪怪的，那几个字眼，让人联想到“豆腐西施”，几次怒目相对，他们才简化为“才女施”。我奈何不得，不至于为个绰号老是发火，只能不予理睬，由他们叫去。

主编笑眯眯地观察着我，见我一脸疑惑，补充道：“采访你的师兄啊，刚刚晋升的大校长，看他喂你点什么料！”他乜着眼，话里藏话地调侃：“他是你永远不变的倾慕者，不会让你空手而归！”

我讨厌他暧昧的眼神。男人，哪怕身居高位，逮住机会，就喜欢意淫吗？我没有顶嘴，只是含糊地“嗯”了一声。在男性权势强大的地盘，装聋作哑，常常是最好的自我保护。

窗外，哗哗地下着暴雨，把玻璃砸得噼里啪啦。窗户被雨水洗得模糊不清，连对面的大楼，也只剩下高处残缺的影子。这样的鬼天气，跑二十多千米路，就算自己开车，也够呛。

主编继续神采飞扬地道：“莫校长脑子够快，给你们古教授祝寿，热闹热闹罢了，竟然奇兵突起，搞一个哲学与金融的跨界论坛。眼下，金融危机，热点，热点啊，哲学傍上金融，高，绝对高手！”

古教授，我的导师，也是新任校长莫明的导师，海内外知名的大学者。我心里想，主编耳朵够长，他又不是哲学系的，我们系筹备的事情，他为何一清二楚？

按照本来的计划，我明天才去母校参加活动。如果不是因为母校浸淫在奇特的新闻里，这样的大雨天，我肯定懒得出发。想不去，对付主编——这个经常把“校友”挂在嘴边的领导，有的是推脱赖皮的办法。我心里窃窃私语，主编还不晓得母校刚爆发的特大新闻哩，否则，他的兴奋点八成会大转移。此事件，突然性十足，不折不扣，属爆炸性新闻！

我站起身，走近窗台，装模作样，瞧瞧外面的天色，长长地吐出气来，双脚在橙黄色的地板上磨蹭，一脸老大的不情愿。心里寻思：

母校，特别是我们哲学系，眼下肯定乱成一锅粥。我不妨跑去近距离观察，很有意思的，这样，与主编派下的任务一拍两合。莫校长嘛，正处于旋涡中心，很想看看他如何表演。至于采访，即使他荣升校长，也引不起我多大兴趣。距离产生神秘感，对大人物，或不大不小的人物而言，绝对真理！莫明校长，太熟悉了：白白净净的圆脸，经常洋溢着温和的微笑；精致的金丝边眼镜，显示出脱俗的身份；说话不慌不忙，实乃标准的知识型干部。我坐在报社里，大体猜得出他会说点啥道道，谁让我们是师兄妹呢！莫明最大的优势，口才出众。我的先生，妒忌地形容过莫明的嘴唇。从多如牛毛的书呆子中，莫明脱颖而出，自有不二法门。口若悬河，滔滔不绝，那风采，那才气，在我还是研究生女娃时，颇有几分魅惑力。现在整天跑东跑西，见过的优秀男人多了去，耍嘴皮的功夫，未免看淡些。

我回转身，看看主编，很认真地抱怨：“下这么大雨，二十几千米的苦差事，你单挑我啊？总该给点奖励吧。”窗外的风，正把树叶刮得哗哗响，树枝黑乎乎地摇曳，产生呼啸山庄的感觉。我的视线定格在窗玻璃上，自言自语道，“路不好走，估计今天赶不回来了！”

主编双手一摊，背脊舒适地靠在高高的椅背上，哼哼笑道：“不回来？打算彻夜长谈啊！行啰，你不必赶回报社，我批准，有稿子，发回来就行。也算配合莫校长搞的讲坛。至于奖励，”他歪歪嘴，甜腻腻地道，“我给你评首席记者，对得起小师妹啦。这次，让你师兄好生招待，彻夜长谈，美死他！”

我瞪他一眼，懒得接口，讨厌他没完没了的无聊。我正处于情感的静默期，对任何男人没有感觉。延续了十来年的婚姻，面临无疾而终的境遇，心中是狼藉遍地的空虚。

2

雨点，急速地打向挡风玻璃。车内车外温差明显，密密的白雾升起来，弥漫到车窗玻璃的角角落落，像涂了层薄薄的乳漆；雨刷忙乱地刮动，发出辛苦的咕咕声响，还是不顶用，刮得落水花，仍去不掉雾罩。雾气粘在玻璃的内侧，越积越厚，视线模糊起来。我赶紧打开车辆的去雾键，一股股温暖的气流，徐徐喷出，由下而上扩展，渐渐把白雾驱散开去。道路前方，全部在暴雨笼罩之下，灰蒙蒙的，雨区无边无际。近处的道路，好歹看清了。

这条路，读研究生时，走过无数次，一直是挤在人肉罐头似的公交车里。炎热的夏季，车厢内充溢着汗水的酸臭，熏得想吐，却没法闪躲。现在，开着帕萨特，屁股坐在柔软的皮椅上，当然舒服。在风雨交加的时刻，外面的世界变得狰狞恐怖，躲进密封度甚高的车厢内，与狂暴的自然隔离开；放一点莫扎特的音乐，营造纯属个人的小圈圈，情绪顿时松弛，把着方向盘的双手，也不那么紧张了。

这辆车是先生——日益离我远去的先生——送我的礼物，同时，也是我们矛盾逐步尖锐起来的见证。他是我研究生时的同学，一起师从古教授。先生取得硕士后，多年在社会科学院工作。当然是清贫的差事，哪里有钱买车？他经常抱怨，穷得“亚历山大”，在父母亲戚面前没脸面。种种唠叨，让我的耳朵起茧，说硕士选读哲学，是人生最大的错误，说我们的学科被社会边缘到极点，一点花头没有。我不爱听他叹苦经。男人喜欢抱怨，是没出息、没定力的表现。我说，钱多钱少，够用就行。他不以为然地反驳，那你一门心思跟着古教授啃书本啊，何必跑到报社搞新闻，还不是因为做记者收入高？这话实属小心眼！当初，因为常写点思辨类的小文章，我被报社看中，诚意邀请我加盟。我犹豫不决，是否转行，正是古教授极力鼓动，才帮我拿定主意。他批评我人生阅历浅薄，从小学读书开始，中学大学一路上来，社会经验接近于零。哲学，是对世界高度抽象的学问。视野狭窄，生活单纯，是哲学研究者之大忌。他说，像费尔巴哈那样，躲在乡下，做不知人间精彩的哲学家，怕是难了。行千里路，读万卷书，缺一不可。他认为，搞搞报业不错，四处跑跑，多看看尘世，多接触各色人等，绝对有益。

二十二岁那年，我在中文系读完大四，考研究生，思虑再三，选到古教授门下。当时，成为校内一大新闻，中文系的男生们愤愤不平，说哲学系抢了他们的系花。攻读哲学硕士博士的，一般人看来，应该是脑量超人的须眉；其中，偶然有个把女生，被口舌毒辣的男生形容起来，十之八九，是缺少雌激素的圣女。在他们眼里，我算美丽的异类。很快，我发现，自己糊里糊涂掉进诡异的旋涡，被动地成为哲学系男子们角力的对象。我从来不觉得自己颜值多高，也很少刻意修饰，追求的是学业不输于他人。那一阵，我无意中与哪位师兄多聊几句，竟成为哲学系男生们的谈资。据说，某人与某人还设了赌局，看哪个抢先得手。好像我注定是哲学系锅里的肉，逃不脱他们的天罗地网。想想可悲，理应投入学术研究的智慧，竟烂在了猎色上面。其中，大师兄莫明的紧逼，还有古教授儿子的穷追，让我头疼，最难以应对。

为了避免处于越来越尴尬的境地，在多次难堪的煎熬之后，我被迫决定，在哲学系的先生中挑选一位，充任自己的保护人。我的婚姻，就这样很不浪漫地启航了。现在想来，我选中这位先生的原因，主要是年龄与我相仿，看上去单纯些，比其他老谋深算者，让我多份安全感。当时，绝对不会想到，两人志向、情趣的差异，最后会发展到完全不和谐的地步。

我把决定告诉了古教授，我信赖他。

那天的情景，我一直记得。上午，教授的书房里，书桌旁，阳光和煦，老师坐在宽大的藤椅中，他喜欢如此闭目养神。藤椅，被岁月打磨得光滑油亮，空落落地圈住了精瘦的老人。我们学生知道，此时的他，并非瞌睡，只是入定般漫步在自己的思维中。我安静地伫立在他身旁，站了好一会儿。老师没有睁眼，轻轻说一句："来啦，坐下谈。"我没有像往常那样傍着他坐下，依旧站立在藤椅旁，最后，颇为羞涩地说出了想法。教授听罢，几秒钟后，抬起眼帘，慈爱地望着我，沉吟片刻，才缓缓吐出四个字。老师说话，向来简约。当时听着，我觉得，老人送了我一句祝福："缘来是缘。"我听着，一阵温暖的风拂过身子，忐忑的心，顿时安稳下来。

很久以后，当我和先生的裂痕渐渐明显，我才对那天的感觉产生疑惑。我读了本佛学书，书中有一句禅，"缘来是缘，缘去非缘。"老师讲话的习惯，不求穷尽，常留余味。那天，莫非他仅说了前四字，而略去后四字？可惜，我不敢冒昧向老师求证，不愿用乱麻似的情感，搅动他的宁静。

3

手机的音乐铃声急促地响起来。看看屏幕，是留在母校任教的师妹来电。她自愿充当我的线人，常给我送一点学校的花边消息。一早，我睡眼惺松，正是她的来电，通报了新冒出来的特大新闻，我们的老师，哲学系的国宝，八十五岁的古教授，竟然离奇地失踪了。

这样的鬼天气，我不敢边开车边接听电话，只得把车子停在了路边。雨大，又不是交通高峰，通往母校的道路，显得冷寂，车辆稀少，临时停车，也没警察管。

师妹的嗓门特尖："事情越发荒唐啦。古教授没找到，古公子带头闹起来了！"

古公子，是古教授唯一的儿子，当年我的追求者之一。古教授的老伴去世后，儿子总是与他闹别扭，早就搬出去住了。我问："他闹点啥？"

师妹道："他能闹啥？担心老爸的财产丢啊！"

"财产？有甚财产！"我很惊讶。据我所知，古老头素来两袖清风，连一般文人喜欢的字画文物也从不收藏。至于存款，原先是他老伴管的。妻子去世后，儿子顺势接管。除了每月的工资，打在银行卡上，儿子拿不走，其他财物，早就不在古教授的控制下。古公子还有啥可闹？

师妹在电话那端冷笑："我们当然想不到！古公子贼精，他听说老爸失踪，回来就是翻箱倒柜地查，然后直接找莫校长报案，说古教授最贵重的手稿不知去向，那玩意儿，他说值几百万，还可能上千万，要求学校立刻报公安。"

我倒吸口冷气，浑身一个哆嗦。这样的儿子，真做得出！

报公安？儿子出老爸的丑？亏他敢说！

我听明白了，古公子牵挂的，是古教授最新一部哲学专著的手稿，书名《哲学的瞌睡》。古教授花十年时间撰写而成，评述世纪之交，世界文化、思想的流变。我曾经向老师求教，为何取这么别致的书名。古教授笑笑，淡淡地答道，人类思想潮流，若干年形而上多些，若干年形而下多些。导师说话，简约得直指核心，是否听懂，有赖对方悟性。我随老师久了，熟悉他的语境，听到此处，他著述的大立意，顿时有所领会。

书稿已经交出版社发排，近期即可见书。那手稿实在珍贵，十万余言，古教授用蝇头小楷书写而成。出版社不敢拿这样的手稿发排，是我们几位学生，用照相机一页页拍了，送到编辑手中。我曾经问教授，你从来没有用毛笔字著述的习惯啊。他含笑回答，当今哲学冷门，有的是闲暇，慢慢写，慢慢想，权当修身养性。古教授的小楷，娟秀端庄，在书法界颇有名气，十万字，厚厚一摞毛边纸，光书写工夫就难以估摸。消息外传后，有土豪托中间商上门，十万字的手稿，开价两百万。据说，收藏名家手稿，是眼下的热门。此类物件，比画作更为稀缺，又难以仿制造假，颇得藏家青睐。古教授精致的小楷手稿，实属罕见，出此价，算物有所值。古教授听罢商人来意，哈哈一笑："价格不错，不错。眼下，不急，不急。等我缺钱，再谈吧。"不伤和气，把中间商打发了。现在看来，古公子倒是上心了，惦记着那笔价值几百万的资产。

"他脑子有病！老爸人在，凭什么报公安？"我愤愤地说。

"他担心有人拐走老爸，顺便把几百万一起拐走！"师妹也愤愤道。

"担心谁？"我兀地一惊。

"他猜疑的人，是照顾教授的老阿姨呗！他早就放过风声，担忧古教授一时糊涂，给他找个后娘。唉，古教授生出这般儿子，早晚得被活活气死！"

我心中纳闷。教授的手稿，在拍完照片后，是我亲手藏好，安置在书房的漆木箱中，怎么会丢失？当时，我顺口问教授，箱子要上锁吗。教授笑笑，摆摆手道："几张写过的毛边纸，锁它干吗？"不过，若说是阿姨做了手脚，我无论如何不相信。那么多年，一个人的心地，早就看明白了。

我为无锡阿姨叫冤。老实巴交、从来没有歪心思的女人，竟被古公子如此糟蹋！我问师妹："莫校长如何答复？"

师妹说："这件事情，他脑子算是清楚，立刻把古公子顶了回去。说是眼下赶紧找教授，报案是万万不可的！"

听到这里，我不由松了口气。能做到校长，自有一番功夫，分析思维能力，当然在古公子之上。

4

重新发动汽车，继续去母校的行程。

风雨的势头比刚才弱了些，雨点打在挡风玻璃上，淅淅沥沥，声响小了许多，雨水丝丝地淌着，不再是雾茫茫一片。

暴雨洗涤下的公路，车辆稀少，路面空荡。我的心跟着空落落，无比苍凉的感觉。

人和人，关系非常密切的人，轻而易举，变得形同陌路。难怪，古教授在八十五岁高龄，临近生日前夕，会学老托尔斯泰的样子，断然离家出走。有一个不成器的儿子，还有一个曾经最受器重、现在贵为校长，却明显不对心思的学生，老人的晚景，难见风和日丽。老师天性洒脱，整日里神游天外，内心，着实是凄凉。

播下良种，收获的是杂草？古教授一生沉浸在形而上的学术里，他的得意门生和他的儿子，是否陷进了形而下的泥潭？那个正与我闹离婚的先生，何尝不是如此？

莫明和古公子，又齐刷刷登台了。

他们，像生命中摆脱不了的幽灵！当年，若不是他们所逼，我也未必会走向这段婚姻。到今天，品尝着无穷的后悔与伤感。

我考上古教授的研究生时，内心无比欢喜。转型中的中国社会，社会矛盾错综复杂，有太多的事情看不懂。中文系四年，读书不算少，充溢爱情乳汁的甜腻腻的文学书本，读起来滋味浓郁，放下书本，眼前的世界，依旧混沌、繁杂。难以回避现实的困惑：由崇拜精神到荒唐地步的国度，一步跨入金钱无处不在的社会，连短暂的过渡也省略了；文化的纽带，被生硬地切断，群体意识，由紊乱而至对立。众多无解之题，让各种等级的家庭和个体，经常性地处于茫然不安的状态。古教授是著名的学者，有大智慧的老先生，桃李满天下，能拜到他的门下，是我这个中文系学子明智的抉择。我期望，在老人智慧的润泽下，我能够寻找到安顿心灵的天地。

哪里知道，逃离文学书本情感的甜腻，又荒谬地陷入男女情欲的旋涡。读大四时，追求者也不少。量身定制的情诗，把我美化得出奇，似乎上天入地难寻，经常悄无声息地进入邮箱。那时我的抵挡之法简单，坚决装聋作哑，不搭腔，不理睬，过些日子，对方自然知难而退，偃旗息鼓，找别的赞美对象去了。哲学系的男生们，好像有理工男的犟劲，不屈不挠，盯上你之后，哪怕你全身铠甲，他们也顽固地不肯退后半步。

最让我害怕的，有两个人，一位是古教授的公子，另一位，是古教授过去的研究生，当时已经荣任哲学系主任的莫明。

莫明是有婚姻史的，那一阵刚刚离婚。他开始追我时，铁口铜牙地告诉我，在钟情我以后，就下决心离婚。我听了不寒而栗，拆散旁人家庭，这样的恶名我承担不起。他结婚离婚，关我啥事？很快，有女同学悄悄告知，我考入哲学系之前，莫明喜欢哲学系大四的一位女生，关系发展到相当暧昧的程度，被妻子察觉，闹开来，才被迫有离婚之举。那女生觉得丢脸，毕业后就与莫明断了关系。这时，我刚巧跨系过来，莫明随即盯上了我。听了如此这般的故事，莫明的形象立刻垮了，像烈日照耀下的雪人，灰色的脏水流淌一地。哲学系主任的光环，顿时消散。

生活处处有陷阱？他毕竟是系领导！我情绪紧张，连连失眠，第一次品尝需要药物帮助入睡的滋味。

很久以后，偶然听得古教授的高见，是对莫明痛感惋惜的评说。他说，莫明绝顶聪明，是他的学生中天资最高的几人之一。这种天分，用到学术上，可以出大学问。可惜，莫明用错了地方。古教授并不知道莫明在情感方面的浑浊，他所讨厌的，是莫明追求仕途的手段——那顶官帽，成为人生主要目标。对自己的门生，教授解剖得入木三分。有一回，他和我讨论《儒林外史》，对范进之类的儒生，一脸鄙夷。

古公子的追逐，直截了当，更是逃不得，避不开。那时，古师母在病中，严重的心脏病，医生要求绝对静养。我们去古教授家求教，总是轻手轻脚，唯恐吵了师母。古公子不在乎，有几回，在走廊上逮住机会，连起码礼节也不讲，上来就是熊抱，嘴里只念叨简单的句子，“爱你，爱死你了！”莫明刻薄过他，说他继承的全部是父母的糟糕基因。话虽然毒，但是，你不得不承认，在古公子身上，几乎看不到智者古教授的丁点儿影子。那种情景下，我何等难受，拼命挣扎，躲闪着喷到耳边的雄性气息，使劲撑开浑身蛮力的汉子，还要担心教授和师母听到声响。后来，我几乎不敢单独进古教授的家门，进去了也不愿走动，连想上厕所，都憋着不动。

有一回，我陪古师母去医院看病，她担忧地谈起儿子。她说，“文革”期间，古教授多年在农场劳动，她身体不好，孩子一直在外面野，早年缺少教育，后悔啊。我猜她多少知道儿子的粗鲁之举，有打招呼的意味。我无话可答，含糊地应付过去。

某日，莫明郑重邀请，提议去附近的宾馆坐坐，喝杯咖啡。碍着他师兄加领导的双重身份，不答应也不成。那天，他有备而来，闲聊几分钟，即直奔主题，逼我表态，是否和他确立恋爱关系。他说话的口气，直白坦率，毫不含蓄，像是谈判一桩生意，或者，文雅一点，是安排下属的某个学术项目，总而言之，没有任何情感交流的过程，只需要我表示“Yes or No”。比我大十几岁的男子，鹰一般锋利的目光，粗野地逼视着我，渴望看见我的慌乱和顺从。如果不知道他的精彩故事，在贴身紧逼的进攻面前，也许，我会手足无措。但是，那会儿我足够清醒，必须给他坚决的答复，以免更多的纠缠。我说，不可能！他不甘心，反复追问原因。他认为自己的学术地位、官场前途摆在那里，没有女生能轻易拒绝。我干脆回答，从来没有考虑过。他继续追问，今后也不考虑？我勇敢地抬起双眸，没有躲避他的目光，肯定地点了点头。他的脸色顿时阴郁起来，眼神变得冰冷。我想明确我们之间的界限，补充了一句：“莫主任，你不要再约我，让别人看见不好——”听到这里，他的目光不再含情脉脉，竟露出了让我害怕的敌意。他横我一眼，用手指猛蘸咖啡，在桌面上写了个大大的“古”字，然后咬牙切齿地说：“哲学系追你的人，你一个也看不上眼，你就是盯住他，想等师母的位置空出来？你，做梦吧！”说完，他起身走人，路过吧台，丢了张大钞在服务生面前。

目瞪口呆的我，可怜巴巴地僵在咖啡座上。那一刻，我内心的苦涩，与浓咖啡的味道搅和在一起，折腾着肠胃。思维混乱之中，突然想到英国文学经常抨击的假绅士。如果面对女子的拒绝，依旧彬彬有礼，没有恼羞成怒，那种风度，才弥足珍贵。

喝咖啡之后，莫明确实不再纠缠，他是极为理智的男子，行事为人，拿捏得精准。见我态度坚决，知道没戏，心有不甘，还是悻悻然放下。毕竟，在他的人生征途上，有分量更重的东西要追求，不值得在一个小女子身上消耗太多。偶然见面，倒也恢复领导状态，坦然自如，似乎从来没有发生过什么不愉快。据说，他曾经告诫失恋的师弟，不要因缠绵痛楚而失态。他认为：五步之内，必有芳草！君子何须为女人戚戚，忘记了吧。

我则被他无耻的话语震撼。咖啡店谈判之后，哭了一夜。早晨醒来，渐渐拿定主意，尽快在追求者中选择一位可以信赖的先生，公开了我的护花使者。既是为了摆脱古公子一类的麻烦，也是怯于被莫明点破的危险——并非我真有如此心魔，而是恐惧世俗的猜忌。我确实热爱古教授，喜欢他的智慧与豁达，喜欢静静地陪伴他，听他随便聊天。他言语简短，我大脑洞开。那种崇敬，除了面对自己的父亲，从未在其他男性身上产生过。不过，我绝对没有莫明指称的阴暗心思，我一直祈祷师母康复，继续陪伴古教授的人生。

我的婚姻，一半是莫明和古公子他们促成的。在十多年以后回望来路，脉络显得很清晰。往事，如车窗前的雨丝，飘飘洒洒，牵扯不尽。我的心，随着发动机微微颤动，无声地哀怨叹息。

5

我的帕萨特缓缓开进母校大门。暴雨终于收场。教学大楼的上方，悠然亮出一片蓝天，几朵绵羊状的白云，还有一团乌黑的雨云，在空中顶牛似的拥挤。天气的变化，真是快速，雨，说来就来，说走就走。比起人的情感，更加收放自如。

车轮从湿润的路面上轻轻滑过，发出令人愉悦的沙沙声。柳树的枝条弯弯地垂挂，晶亮的水滴潇洒地飘落，淋湿了没有打伞的女孩的头发。我想起读书时的雨中漫步。还是本科的几年轻松，没有读研时那等麻烦。

车速放慢了，可以看清路旁的招贴长廊，很醒目的一张，粉红色的底板，是哲学系的海报，正是明天开张的论坛预告："金融危机与哲学视角"，标题下面，还有几个粗黑的大字，像是副标题。我脚下带了刹车，把左侧的窗打开大半，才看清楚了，论坛果然有个副题，仅仅五个字眼，挺抓人。"丧钟敲响了"，我嘴里念叨着，心中纳罕，原来没有听说过这个副题啊。莫明的脑子灵，点子多，真让人来不及跟！

教授对莫明的不满意，我早就感觉到。前两年，老校长奉命去联合国某机构工作，莫明以副校长身份主持校务。他雄心勃勃，希望由此大展宏图，说是应当证明自己不虚此职。当时，最热门的话题是改革创新。莫明组织班子写文章，自称敢于吃螃蟹，敢于涉足深水区，在学校里大刀阔斧推进改革。大会小会，慷慨激昂；变法创新之类的词儿，口头禅般挂在薄嘴皮上。在市教委组织的交流会上，莫明的长篇发言，曾引起广泛关注，我们的报纸也跟踪采访报道。古教授知道后，却大为不满。那天，我去看望他，刚进门，教授便责问，你们报纸动不动脑筋，莫明的怪话，你们也敢大字标题推出？古教授指着摊在书桌上的报纸，正中央，有被做成标题的莫明原话：“像经营企业那样经营大学！”那次采访，是别的记者所为。我委婉地为同事做了辩护。我说，现在搞市场经济，学校学习企业一套，不得已而为之啊。古教授勃然变色：像经营企业一样经营大学？哪里拾来的牙慧？荒唐！大学是培养创造性人才，还是培养商贩？最让他气恼的，是破墙开店，校园里生意兴隆，运输车辆络绎不绝，到处弥漫着炸鸡烤肉串的味道。他愤愤地说，世界上哪家名校是这么搞的？他说，对于社会而言，厨师和跑街缺不得，不过，那不是我们名牌大学的职责。他一巴掌按住莫明的宣言，“不伦不类！”他给那个标题下了定论。我看他愤愤不已的神色，哪敢再辩，乖乖听训，代替莫明挨批。

很少见教授发脾气。我理解，心爱的学生，与他渐行渐远，让他有说不出的难受。待气息稍平，他坐到藤椅中，语气回归学术性的表述。他说，中国文化的源头，是大气的。“天行健”“地势坤”，乃“天人合一”，何等的气度。“无为而治”，王者之势；“中庸之道”，操行要义。可惜，明末朽腐，继以清的三百年蛮横，大气消耗殆尽；辛亥以后，战乱不止，一波三折，更令文化断层；多重压力与诱惑之下，知识精英，渐失胸怀、方正，反受市井熏陶，变得圆滑而猥琐，势利而极端。

一席教诲，掷地有声，让我回味无穷。

原先，教授还只是不满，有机会发发牢骚。现在则釜底抽薪，在莫明设计的论坛开张前夜，教授干脆玩起失踪，用意清晰，让莫明下不了台。这一招，厉害。就我熟悉的导师性格而言，算石破天惊，奇峰突起，完全出乎我的意料。

我并没置身事外，称得上古教授的半个同谋。老人信任我啊。他多次说，我是他的关门弟子。莫明若知道我参与古教授的阴谋，肯定会恨不得撕了我。

昨天中午，我在报社食堂用餐。正咬着喷香的鱼排，手机铃声不合时宜地响起来，一看，是古教授的号码。五指在纸上擦擦油腻，赶紧放下吃的接听。那边，是照料古教授的阿姨的声音。她说一口温婉的无锡话，听着挺舒服。师母过世后，先生全靠她悉心照料。阿姨脾气好，做事细致，与我也谈得来。她告诉我，古教授已到了报社大楼的门厅，要我过去，有急事找我商量。我听罢大吃一惊。教授属于闲散之士，懒于应酬和社交，几十年以校园为活动半径，把他拖出来走走，吃顿饭，都很难得。今天不请自来，有什么情况？

出了电梯，远远的，就看见教授的鸭舌帽漂浮在人头济济的前方。那是他标志性的符号。我急忙跑到他身旁，见他神定气闲，脸色红润，不像有多大麻烦事，悬着的心才算放下。门厅里，来来往往的人多，声音嘈杂。我说："老师，去我办公室坐坐。"他挡开我搀扶的手，稳稳坐定在门厅的长椅上，表示不愿动弹。他说："你帮忙找个干净的宾馆。我累了，想立刻休息。"我被他搞糊涂了。为什么要去宾馆休息？我说，我的家就在近处，是否过去歇息？古教授摇摇头，他执拗地要去宾馆。

阿姨把我拉到一边，语气紧张地告诉我，早上，起床不久，教授执意立刻离家，说是外出散心，要找家宾馆住几天。她实在劝不住，只得说她办不来酒店的事，劝他来找我，让我帮助找住处。阿姨知道，在诸多学生中间，教授最信任我，所以希望我能劝说老人，还是回家里去。"匆匆出来，生活用品也没有准备，怎么过？"阿姨担心地说。

教授生性开朗，师母患病多年，早早离他而去，即使心情非常糟糕时，也不见他折腾旁人。现在，算唱哪一出？我猜，其中必有蹊跷。我坐到教授身旁，慢慢询问，很快，把来龙去脉搞明白。

前一天夜里，莫明去古教授家，通报论坛和纪念活动的筹备情况。没说几句，师生俩就谈僵了。莫明告诉老师，这次活动，规格甚高，海外的学生，请回来三十几个，国内的更是几百了。答应参加论坛开幕活动的，有各领导部门的代表，至于媒体的记者，自然要来一大帮，贵宾云集啊。古教授对莫明的计划一直不起劲。他知道，学生们全是忙人，凑起来要耽误多少事情？莫明哄他，邀请书写明白的，各位随意，能来的就聚聚，绝对不勉强。古教授听了，才不置可否，随他去张罗。现在一听，这个架势，闹大了，惊动四面八方，还有众多领导，就很不乐意。端详着莫明递上来的策划书，教授开始生气。他问莫明："为什么扯上金融？你懂这个？"莫明打哈哈，"懂点皮毛，不过，现在的热点是金融，金融界有兴趣，还赞助了很多经费。"教授听罢，把海报往桌子上一丢，"噢，是拿哲学系换钱？还是拿我老头子换钱？"莫明不乐意了，再三解释，赞助完全是人家主动，是一家金融期货交易公司，没有附带条件，因为哲学界讨论金融，少有，新鲜。他这么讲，教授的反感丝毫没有减少，他对搞学术的追逐时尚和热闹，向来保持警惕。他说，这个论坛搞不搞，由不得他老头子说三道四，不过，最好把他的名字从海报上拿掉，他搞不懂现代金融花哨的架构，不愿意凑合。莫明当下表示为难。他说，宣传已经做出去，收不回来。再说，海内外的学生们，统统是冲着古教授教学科研六十年这名头过来的，如何能够拿掉？古教授听罢，很尖锐地问了一句："你计划周详，我难逃此劫？非得把我摆在上面，算你安排的钟馗？"莫明被老师训得尴尬，又不便多争，只顾反复耐心劝说，软硬兼施，无论如何请教授帮忙，出场坐坐，让事情圆满办成。

古教授越说越生气，问我："你这个师兄着啥魔？他当了校长，还想怎么地？还想做更大的？"教授用手指点点空中，继续说："他搞这套，是为我？我年纪大了，脑子没有完全糊涂。他不就是想博个眼球，挣点高分，捞些本钱？"

我不得不承认，教授年事虽高，对世道人心的观察，依然深入骨髓。校友中，了解莫明的，早就议论，莫明的野心，岂是一个校长就能满足的。在此任上，他总会折腾点名堂，为进一步的攀升垫好脚跟。我劝教授，人各有志，犯不着为他动肝火。老师说，不是我挑他刺，是他不让我安生：亏他想得出，要赞助钱的期货公司聘我做顾问。如果他们搞雷曼兄弟那一套，不是让我跟着背黑锅？！我一惊，莫校长还有这一招？！教授回答，他花花点子太多，说是大胆创新，学校与金融的战略合作，教授们帮助企业提升文化形象，企业用资金回报教学。说白了，拿钱买人的名字呗。我摇头、苦笑，莫明把算盘拨弄到自己老师身上，实在可恶！老师的脾气，一辈子超然世外，把他赶到金钱圈里，着实难为了。教授哼哼，眼不见为净，出来散几天心，任它花开花落，随它风来雨去。我说，我家安静，住两天吧。我没说出我的先生已经离家出走，何苦让老人操心此类杂事？教授坚决摇头："我跑出来，把校长先生得罪大了，再不能把你牵扯进去。给我找个宾馆吧，普通些的，不要豪华的。"教授的脾气我清楚，拿定主意的事情，谁也劝不转。最后，我不得不依了他，在离报社不远的地方，找家干净的小宾馆，将他与阿姨安顿下来。

眼下，在莫明的管辖区域开着帕萨特，想着这里是他说了算，忽然产生异样的感觉，校长人贵权重，无形的法网，在头顶飘荡，随时可以压将下来。他早已不是可以说笑的师兄，也不是当年被我拒绝的追求者。在学校的围墙圈里，谁敢不听他的？

我苦笑着，不由自主地摇头。连莫明的恩师，亦奈何不了他的作为，唯有一走了事。我同时感叹教授的细心。今天见到莫校长，肯定回避不了教授失踪的重大新闻。若是把教授安顿在我家，莫明问起老师可能去了何处，我装傻也心虚啊。我这个人，说假话缺乏修炼，肯定脸红。何况，今后事情难免露馅儿，再见莫明的面，就难堪不已了。老人想得周到，是在维护我。

6

校长室外面的女秘书，是熟悉的校友，见我到来，自然不拦，只是使个眼色，手指点了点内间。我听出里面声音很吵。我问，校长有客人？她轻声回答，古教授的儿子儿媳，闹得厉害！

哼，这种出息！把老婆拖来一起吵？我从心底瞧不起古公子。那时，听师母说到那个特殊时期的事，家庭遭遇苦难，觉得古公子可怜。早年，需要父爱的年龄，古教授偏偏不在身旁，对他也曾有恻隐之心。后来看他一再胡闹，对父亲毫无感情，那点恻隐之心，渐渐消失。当年，我逃避他的追求，是聪明之举。

“莫校长，你赶紧采取措施啊！”是女子尖厉的嗓音。我见过教授的儿媳妇，脸蛋有几分姿色，表情则矫揉造作。特别不能听她开口说话。一开口，骨子里的势利就露出来，全没了大家闺秀的模样。“那手稿太值钱了，有好几百万，比我们家的房子还贵。拜托校长了，报告公安，很简单的事，为什么不做呢？”

莫明的声音明显已不耐烦：“我解释几次了，教授留下纸条的，说明是外出散心。怎么可以报案，硬说他失踪？”

“如果有人逼我父亲留的条呢？”古公子蛮不讲理的声音，“或者，那是有人伪造的纸条？”

莫明分明在冷笑：“你们谍战片看多了吧？瞎说八道！教授的笔迹我还会认错？笑话！”

应付这对夫妻，莫明的智商绰绰有余。我淡淡一笑，问秘书：“教授留了条？”

秘书指指办公桌，玻璃板下，确实压了纸条，是古教授的毛笔楷书。他写字从不龙飞凤舞，一律是工整的正楷。“我外出散心，不必寻找！”古教授考虑得周到，他留一短柬，旁人就奈何不得。出门散心，多自在！我好不容易才憋住窃笑。

古公子的嗓门依然很高：“如果家里不丢东西，我自然不着急，偏偏少了贵重手稿。校长你想，他出门散心，会提着那沉甸甸的手稿？”

这个问题，倒是在路上。连我也诧异。教授和阿姨匆忙离家，没见他们带啥东西啊。

里间，莫明没被问瘪，他尖刻地反问：“你着急的，到底是老爸，还是手稿？”

听他们唇枪舌剑，估计一时半会儿结束不了，我又懒得见那对夫妻，就央求秘书向校长通报，我前来采访，希望莫明安排时间接待。说完，我退出了校长室，顾自去食堂解决肚子问题。

从行政楼的台阶往下走。长长的石梯，一节连着一节，由天然大理石铺成。有一回，闲得无聊，我仔细数过，足足有十六节台阶。大概是为了让人对大学领导产生足够的敬畏，建造者才把台阶设计得如此壮观。

走到最后一级台阶，雨后耀眼的天光，突破云彩，瀑布般倾泻下来。我没有戴墨镜，双眼被突然袭击般地刺到，停住脚步，呆呆地站立着，这时，一阵心酸，从体内深处泛起。我感到好难受，为我所热爱的古教授伤感。不公平啊，很不公平。令人高山仰止的大学者，门生满天下的教授，私人的生活，怎么搅成一团乱麻？不成器的儿子，加上添乱的儿媳妇，还有，曾被寄予很高期望的大弟子，几个难以割舍的身边人，均与他格格不入。难道说，这是命运的平衡？按民间说法，教授获得了太多的成就，享受了崇高的荣誉，把好运用完了。月盈则亏，磨砺自来；凡人皆苦，无可幸免？

我傻傻地站着，心里是悠长的叹息。就在那个瞬间，我的悟性洞开。人生本短，何必纠结于一时之烦恼——哪怕是天大的烦恼。先生决意离我而去，我还心有不舍，终是自寻无趣。“任它花开花落，随它风来雨去。”我记起教授豁达的快语。跟教授学习多年，能像他一般为人处世，不容易。我咬咬牙齿，终于做出决定，不再拖延，以免更多的痛苦。他已经给我发了离婚协议的邮件，我何苦心结难解？今夜就给他复信。愿走，痛快点走吧。亦无须讨论破裂的来龙去脉。事已至此，争是非曲直全然无益，好合好散，权当十年一梦。生活可以重新开始。

虽然如此想，泪水依旧不听话地溢出眼眶，弥漫在眼瞳上，视线模糊起来。

去年，为了多赚钱，先生决定从社会科学院辞职，跳槽去一家名声显赫的上市公司做董秘。我们结婚十年，有个默契，为了各自的事业，暂时不要孩子。现在，他到了副高，我也有了首席记者的称号，应该是考虑孩子的时候。最要命的是，我临近女子生育的年龄大限，他就不在乎？他选择的新职业，上市公司董秘，必然面对各种应酬，常有灯红酒绿的忙碌，家里怎么办？我反对他去，说不稀罕他赚大钱。他却铁了心肠，声称不想永远做穷书生。凭女人的直觉，凭他少有的决断，我感到事情有蹊跷，追问是什么诱惑了他。他骂我小心眼。我说，一点小心眼没有，准是缺心眼的女人。他不肯退却，高傲地保持沉默。恋爱以来，十多年平和、安宁的关系被打破。他执意要去，我坚决反对，冷战开始。就在冷战之中，他气昂昂地去了新公司，走马上任。

为了证明他的决策无比正确，赚钱多多，跳槽后的第三个月，他就买了辆帕萨特给我，说是方便我跑采访。我觉得奇怪，他哪能一下子赚那么多钱？他笑笑，说是正赶上公司做成大生意，大家分奖金，新近入伙的他，跟着沾光。

眼下，我要做出决定，当我们正式分手后，我是否要把车退还他？他没有提这个话题。但是，我有自己的尊严。尽管这车使用率高，已经是我工作的好帮手。

他，一个哲学硕士，到社科院又混了个社会学博士，书呆子做久了，凭啥能耐去上市公司当董秘，拿几十万年薪呢？天上掉馅饼？后来发现，情节并不复杂，他接受院部的一项课题，跑了几家上市公司，与其中一家的董事长关系密切起来。先生认为，对方看中他的才气，希望引进他这个人才，提高公司的文化形象。对此，我深深地表示怀疑。不久，我恍然大悟，有个关键的情节，他故意含糊不说。赏识先生的伯乐，公司的董事长，乃离婚不久的单身女人。他几次醉醺醺回家，到底是工作必需，还是另有故事，我的猜疑，自然有枝有蔓地伸展开来。难怪他对是否要孩子不上心，不着急，原来，他已经另有打算！“傍富婆！”我想到流行的词语，好恶心！构建一部庸俗故事，基本材料，搭配齐全。他辩解说，上班之后，董事长带他外出谈判，有个博士在身边，特别有面子。我讽刺他，是公司有面子，还是董事长本人开心？他听出话里有话，冷冷回答，随你想吧，一个样。我顺口接上，当然，一家子啊！先生被我吵烦，脱口而出："我本来没有这种念头，你逼我走？！"我立刻戗他："你装傻！你会猜不出对方的钓饵？"

由于双方均不让步，我们的关系降至冰点。最后拉断情感丝缕的吵架，是一个多月前的事情。古教授，是我们共同的导师，莫校长，又是我们的师兄。莫兄早就开始张罗，要在古教授八十五寿辰时，庆祝他从事教学和科研六十周年，搞一次国际性的论坛，把古教授门下的学生召回，热闹热闹。那天，先生回家，告诉我一个设想。他已经说动女老板，赞助几十万，庆祝活动场面上的费用，包括请师长、校友们去饭店聚餐的经费，不成问题。他说这些，多少带点讨好我的味道，因为他知道，我对古教授，敬若父亲。他现在能讨好我的，只剩下钱了吗？看他说得眉飞色舞，压抑已久的怒气热辣辣升腾，控制不住的情绪如洪水决堤般发泄出来。我吼道，你从哪里乞讨来的饭钱？你的老板娘，那富婆，为什么如此慷慨？他骂我歇斯底里，我恨他没皮没脸。当时，心中还泛起一句很刻毒的话：哲学系再穷，不吃软饭！此话终于没说出口，因为如此埋汰他，实际是糟践了我自己。双方长时间的怨愤，如火山爆发，终于吵得不可收拾。从本月开始，他已经不回家住。

决裂，终于不可避免。

7

午餐的时候，我给报社主编去了电话，报告母校出现的新情况。我说，对莫明的采访，眼看要泡汤。古教授不见踪影，校长正在火上烤着，不被烤焦就算幸运，哪里有心思闲聊。主编听得此事，在电话那头发呆，一时，只听得电流的嗞嗞声。估计他也是大惊失色。他沉吟许久，八成在判断突发事件。熬了半分钟，他才认真关照，让我别离开，在学校盯着，一旦了解到内幕消息，哪怕下班了，亦赶紧通报。即使报纸无法报道事件的诡异，作为校友，作为古教授的粉丝，他绝对关切此事的走向。

挂断手机，见到短信通知，是校长室的女秘书来过电话。猜想莫明那里有啥安排，赶紧把电话拨了回去。

女秘书甜甜的声音，通过天空传来，比当面听着更舒服入耳。她说，按照莫校长的要求，已经为我在专家招待所安排了房间，我过去报个名字，就能入住休息。我受宠若惊。母校的专家招待所，是精致的小宾馆，一般只招待请来的贵客。对外开放，收费不菲。校方邀请来讲学的外国专家，还有国内顶尖的学者、教授到访，才安排在那里住宿。我提高嗓音问，我一个小记者，莫校长为什么这般客气？女秘书笑着回答："你身份特别啊。今天晚上还有小范围的宴请，欢迎从欧洲归来的郭教授。也是你的师兄和好友。莫校长希望你作陪。宴请正是安排在专家招待所的小餐厅。"

我没有继续客套。我已经猜测到莫明的用意。我可能成为他处理当前危机的缓冲器。郭教授者，全名郭文，与莫明一样，当年是古教授麾下最被看好的弟子。莫明从政，郭兄则始终在学术方面发展，眼下是德国著名大学的教授，主讲东方哲学思想。郭文的论著，常发表于顶级的学术刊物，赫然已是大家。这次，莫明搞国际论坛，总要有几位重量级的海外学者压阵，自然想到身在远方的郭教授。有庆祝老师教学科研六十年这面大旗，郭兄也不得不回来啊。

眼下的局势不妙。古教授突然失踪，舆论哗然；明天的论坛，当是一坎，学生们肯定要向校方提出责问。主事的莫明，处境难堪。稳住名头大的郭教授，必然是他需要采取的策略。今天晚上的欢迎宴会，把我这个小师妹放上去，属莫明的挖空心思。当年追求我的哲学系诸君，郭兄亦算一个。他比旁人文雅含蓄，不露声色地追求，我是不失风度地暗拒，不伤脸面，始终保持着良好的师兄妹关系。往事早已云散，旧梦不再，毕竟有那么一段，见了面却是倍感温馨。有我在场，饭局的气氛自然缓和些。莫明的智慧，在这种细节里灵光毕现。

我被他利用，小事一桩。千不该，万不该，他不能把算盘打到老师身上，辜负了待他如子的恩师，激怒不轻易生气的老人。

我坐在专家楼的底层客厅，等待莫明的到来。

秘书又来个电话通知，说莫校长亲自去机场接郭教授，之前，先弯过来看看我，希望我在房间里等候。我暗自好笑。我有那么重要么！

我想了想，跑到专家楼的客厅候着。宁愿坐在底层等他，而不想让他进我的客房。并非故作矜持。招待所的服务员，已经话中有话，说我是莫校长特地关照的贵宾，有什么需要服务的，尽管招呼。我不想鼓励她们挤眉弄眼的好奇。女人的模样招眼些，此类遭遇就多，有时真不胜其烦。

闲坐无聊，未免发呆。发呆想心事，是我日常生活的内容之一。

莫兄和郭兄，走了两条不同的路。郭文全凭自己的实力，莫明如何？

在莫明荣任哲学系主任之前，他的人生之路，确实是靠自己打拼。他的家庭很普通，在江苏农村长大，通常所谓贫寒子弟。他幸运之处，是做研究生时，被古教授赏识。哲学系的年轻老师，本事大的，还有几位。莫明碰到了好机会。哲学系主任位缺出时，正巧，上面提倡干部年轻化。莫明是古教授常常夸奖的青年学者，推荐新主任，他占据了有利位置。在此之后，他腾飞的法道，我就不甚了了，只能凭推测。听校友们说，有领导下来调研教育改革，莫明鞍前马后，跑得辛苦，提供了许多符合领导胃口的素材，最后，还自告奋勇，奋战两夜，帮助草拟了调查报告，因此甚得领导赏识。嫉妒他的人说，难得的机遇，被擅长察言观色的莫明一把逮住。

他的能言善辩，他的改革胆量，肯定给领导留下了深刻印象。领导作报告时讲过，我们的改革大业，需要有政治敏感的有胆量的知识型人才。莫明恰恰是在正确的时刻做出了正确的表现。那位领导，可能是他升迁的贵人。佐证这种传说的，是他本人的言论。在某些场合，莫明偶尔不经意透露一点信息，说他向领导汇报工作，如何如何获得赞赏，受到鼓励。吞吞吐吐，欲说还羞，给人的印象，那种交谈，不是在办公室或会议室的公事公谈，是个别的私下交流。那就神秘了。谁能与领导有私交呢？至于究竟在什么场合发生的故事，莫明没有明说——比明说更加刺激人的感官，且留给你们自己去猜想。

很高明啊。按照报社主编的评论语言，高手，绝对高手。公事私交混杂一起。有问题吗？说不清。没蹊跷吗？也说不清。

反正有结果摆在那里。莫明，腾腾腾地上去了，先做副校长，接着主持校务，然后正式担任校长。他的仕途，可能远未到达尽头。传说，莫明在上面的走动很勤，不是只有一个靠山。当校长后，莫明更加起劲地做事，期望别出心裁地立功。“金融危机与哲学视角”的论坛，是他一手精心策划，甚至不惜得罪了他的恩师。

宣布莫明荣升校长的会议上，按例，莫明需要表态。熟悉的仪式性话语之后，莫明大胆地谈了自己的雄心壮志。最后，他铿锵有力地说："请大家给我十年的时间，我会和大家共同奋斗，把我们的大学，建设成世界顶尖的名校。"他的话，霎时间赢得雷鸣般的掌声。第二天，在学校的报纸上，赫然成为头条标题。

后来，我逮住机会，责问过他。我说："师兄，你真敢吹！世界顶尖的名校？十年后，你如何向众人交代？！"他睨我一眼，略带讽刺地说："你的问题，傻吗？你以为，十年以后，我还是在这里吗？"

他如此放肆地调侃，霎时，把我说蒙了。在他眼里，我是不谙政治的小女人，才敢大胆吐露心声。我内心惶然。他的地位越来越高，人却变得越来越陌生。

"才女，发什么呆？"莫明突然出现，让我一惊，胸口扑扑地跳。他将我当年的绰号省去一个"施"字，算他独特的招呼。

柜台后，模样端正的女服务员，迅速跟过来，毕恭毕敬地问："莫校长，您要茶还是咖啡？"我面前碧绿的清茶，就是她送上来的。她特意说，泡了上好的新茶，因为我是校长贵客啊。

莫明没瞧她，抬起胳膊，扬扬手，示意她快些离开，不要打搅。做领导的派头，修炼得很到家了。

我微微一笑："在此专门等候校长大人。"

"去，去，你也来这套！"莫明在我对面坐下，"你说来采访？我有啥值得首席记者关注？"

我不想多打哈哈，直接切入主题："报社确实有采访任务。不过，既然哲学系出了大事，我肯定不能再花费你的时间。”

“你听说了？”

“本校，但凡有耳朵的，均知道啊！”

“你说说看，古教授会去哪里？”莫明单刀直入地问。

我料到他会这么问。他在去机场接人之前，专程过来一趟，正是为此一问。他聪明而多疑。古教授相信我这个关门弟子，校友们统统知道。他肚子里必然有所猜测，担心我是古教授同谋。我脖子一挺，很有力度地挺直了，沉着地道：“我正想问你呢！你个大校长，神通广大，在自己地盘，连老师也照顾不好？”

他脸色一阴：“说话没意思吧？我还能成天在老师家守门！我忙着办祝寿的事，哪里想到，在这个当口，老师忽然要外出散心！”

他全然不提前日冲撞古教授的情形，我也只能装傻：“该找的地方，均问过？”

他冷冷扫我一眼：“所以也问问你啊。你是教授的关门女弟子，他最信任你啊！”

我沉住气，摊开双手：“一无所知，帮不了！”

“能找的地方都找了。除去报公安，别的法子全用上。他儿子媳妇还跟我闹，烦死人！”莫明一脸苦相。我猜得出他内心的极度紊乱。

说话间，他看看表：“噢，我得去机场了，你郭师兄马上到。晚上，我们吃饭再聊。”

莫明见从我嘴里问不出名堂，转身要走。走开两步，回过身子，重重地，很有威势地看我一眼，撂下一句有分量的话：“哎，拜托你，一定再找找老师，有消息，快告诉我。记住，不能糊弄师兄！你能把他找回来，给你记大功！”

8

很久以后，我还是没想清楚，如何定义那天的晚宴。

晚宴的规模，最后缩小到三个人，莫明，郭文，再加上我。三人晚宴，那是莫明的刻意安排。外地回来的师兄弟们很多，随便叫叫，两三桌挤不下。他的心思，我一猜便准。担心郭文追问古教授失踪的缘由。堂堂校长，不愿被人看见师弟指摘自己的尴尬。古教授桃李满天下，郭文是佼佼者，向来不甘心居于莫明之下。他现在是德国的名教授，腰板硬，不会畏惧校长的威严。

说是鸿门宴吧，不准确。莫明自视甚高，但缺少楚霸王的胆魄和气势；郭文么，书生气十足，亦没有刘邦的狡黠；我更难担当啥角色，范增、项伯之流，均与我风马牛不相及。

说是稀松平常的同门聚会吧，定义也不准确。一落座，就有点针锋相对的味道。当年，古教授评说两位得意门生，莫明才思敏捷，郭文功力深厚。今儿个，两位才俊单挑，面对面角力，我唯有做倾听者、旁观者；偶尔，也是气氛的调节者。

郭文，其形象与名字的落差明显，最为缺乏的，是儒雅的书生风度。他天生黑黢黢的脸庞，下巴胡子拉碴，大嘴宽鼻长耳，乍一看，长得着实粗相。这种造型的好处，是较少被时光磨砺。看上去，他和十年前一般年轻——只能说，那时的他，提前显得苍老。和莫明坐一桌，两相比较，此消彼长；当年的莫明风流倜傥，否则也不会把大四女生迷得晕头转向；现在，莫明额上的皱纹，线路似的，深且密，平日里心思用得太多的缘故。

当郭文在包房门口出现时，我立即笑盈盈起立，款款向前，欢迎师兄。他一见我，丢下陪同的莫明，大步流星走过来。我突然有点儿紧张，左脸的肌肉抽了一下。他在欧洲住久了，担心他习惯了欧洲的文明方式，猝不及防给我个贴面礼。倒不是我过分保守拘谨，因为莫明就在面前，不想让他捞到嘲笑的口舌。好在郭兄处事得体，冲到我面前，收住身子，仅仅规矩地握住了我的手，一句温馨的话语，轻轻送到我的耳边："一回来就见到你，真高兴。"人不可貌相。他外形粗糙，待人接物却相当细致。

饭前，郭文在母校里转过，对目前局势已然清楚。我们在精致的小包间刚刚坐定，郭文就心急地问："莫兄，怎么回事啊，你倒说清楚，老师去了哪里？"

莫明早等着对方开场，笃悠悠把陈年的黄酒斟满了酒杯："来来，旅途辛苦，先喝一杯。"

我不想他们见面就弄僵，也笑眯眯举起了小酒杯。郭文性子直，一如当年的脾气，德国的学术历练，没有令他学会含蓄，待我们三人酒杯轻轻一碰，算过了仪式，他又追问："你们倒是说清楚呀，不要把我堵在闷葫芦里！"

莫明不接话，将一旁的公文包取过来，松开拉链，取出一张毛边纸，摊在了郭文的面前："你自己看吧。"

我一瞧，是原先压在秘书桌玻璃下的纸条，熟悉的字体，正是古教授的留言。郭兄看罢，沉吟道："不合老师的性格啊。这么大的事情，学生们老远赶来，老师一人出去散心？"

莫明耸耸肩，一脸苦笑，转过头问我："师妹，你说老师演哪一出？"他狡猾，一皮球踢到我这里。我也不含糊："你是校长，这围墙里面的方圆天地，你法力无边。老师的情况，当然问你！"

郭兄皱紧眉结，看看我，又看看莫明，最后盯住莫明的双眼，不无疑惑地问他："八成，是你把老师气走了？"

我在心中为郭兄叫好。眼光厉害，分析透彻，一下子就捅到了要害。莫明脸色沉稳，纹丝未惊，悠悠地喝尽杯里的好酒，淡淡答："你开玩笑啊。我气谁也不敢气老师。我摆那么大的场面，不就是为我们老师争光吗？校内有人讲风凉话，说我利用校长职权，为自己老师祝寿！唉，这年头，做什么全被人看成歪的。小人之心多，君子之腹难！"最后一句话，愚笨如我，也听清楚，是反攻郭兄的。

郭文倒不计较，他只是为古教授的去向伤神。他说："你手下那么多部门，那么多官员，连老师的方向也摸不清？"

莫明说："我一整天就在忙这事。估计很快能查清。着急的，是明天早上论坛开幕。宣传铺天盖地，总不能偃旗息鼓，让大家看笑话吧？"他转过头看我："你们媒体偏偏喜欢炒这种新闻！"

随即，他双手一拱："郭兄，无论如何，你得帮一把，明天，我们先把场面撑住，对得起古教授和他门下这么多兄弟。"

我明白了，他低声下气招待郭文，不惜屈尊去机场迎接，目的只有一个，明天的论坛开幕，要郭文站他一边，补补台。明天开幕式，后面的重磅节目，是郭文的演讲，标题醒目："金融危机旋涡中的文化因素"。想听名教授演说的学子甚多，何况是名满欧洲的学者，据说，明天肯定爆场。这出戏文，莫明无论如何得保住。郭兄的水准，倒不是浪得虚名。他的演讲全文，后来在大学学报上发表，引起广泛好评。文章的主要观点：冷战的突然结束，鼓励了想要终结历史的急躁；人类不终结，历史何来终结？哲学认知上的虚妄，导致决策者头脑的不清醒；决策的自大与冒进，是诱导金融危机爆发的直接因素。在我看来，他与古教授思维的方向一致，只是游历海外，更多国际视野。不过，那均是后话了。

郭文的思路，并没有被莫明牵开，他再次端详着古教授的留言，一击掌道：“老师为啥关照不要寻找？”他瞧瞧莫明，又瞧瞧我：“有蹊跷！他的态度，应该是不想参加明天的论坛开幕，所以顾自散心去，还关照我们不要找他！”

郭文厉害，这一说，让莫明稳不住了：“郭兄，你福尔摩斯啊？想多了！古教授又不是不知道，这论坛一多半是为他举办，为什么不愿参加？”

郭文反问：“那你得给我一个理由，古教授早不散心，晚不散心，单挑眼前这当口，原因何在？”

“是啊，总得有说法！”我帮着郭兄将军，也不怕莫明恼怒。我想看他的薄嘴唇能翻出什么花样。

莫校长不愧是莫校长！他把酒杯轻轻一推，看它在桌面上慢吞吞滑开，长叹口气道：“老托尔斯泰晚年为何出走？故事你们均知道。老年人，最怕的是家庭烦恼。师母不在了，儿子媳妇是咋样，你们不清楚？近些日子，越发不像样。教授分明是被他们气走的！”

郭文和我同时兀地一惊。他惊在不知详情，我惊在太知详情。如果不是亲耳听古教授说的端详，莫明的话，也能唬我。莫明的高明，大大地出乎我的预想。他修炼得可以啊。太极功夫，轻轻一推，就像酒杯滑过光溜的桌面，不露痕迹地转变了方向。

老练如郭兄，一时也被莫明糊弄，他着急地问：“古教授儿子闹啥？”

莫明指着我淡淡地说：“上午，师妹到校长室，听见的，古教授刚刚外出，儿子媳妇别的不着急，盯住追他的手稿。就是盯着钱。天天不让教授安生，老人烦啊，不出意外才怪！”

郭文瞧瞧我。我一脸苦笑。莫明说的情况没错，我也无法否认。莫明的移花接木，手法高超，我又没法当面揭穿。眼下，我还得装作对教授去向浑然不知。

莫明见郭文无语，笑笑，补充道："其实，古教授儿子追问的手稿，我是知晓下落的。教授的意思，再三关照过，不让他儿子晓得，我没法违背他老人家意思啊。"

他抛出这个料，奇兵突起，我和郭文均很纳闷，疑惑地盯住他的双眼。莫明不慌不忙，把谈话完全纳入他预设的轨道，"古教授把手稿赠送学校图书馆啦，签下了赠送公证。条件是，在他有生之年，不得告诉他儿子。唉，老人天不怕地不怕，就怕唯一的儿子，闹得他没法安度晚年。我担心啊，老师早晚被儿子闹出病来！"

这件事情，教授没有对我提及。我想，他是不愿意我卷入古家的麻烦。他那个宝贝儿子，属脑子缺一角的愣头，发起脾气来，逮谁闹谁。我明白了，古公子向莫明报案时，校长对手稿失踪，相当淡定，原来，他早知道下落，只是不能告诉古公子。唉，古教授夫妇，因为特殊时期之中蒙难，当时照顾孩子少，心存歉疚，后来过于溺爱，纵容过头，害得自己吃苦。

莫明的策略完全成功。郭文对师兄的追问，因此被轻松消解。郭文伤感地道："老师可怜。"莫明说："郭兄，爱护老师之心，我们完全一致。眼下，一面找老人家，一面把论坛场面稳住了，绝不给古教授丢脸。"看见郭文默默点头，我想，莫明脸上含而不露，心中却是得意扬扬，这棋局，完全步入了他设想的套路。

9

事情再起波澜，打乱局势，让莫明猝不及防，是在晚餐快要结束的时候。

喝干净杯中的黄酒，郭文黑黝黝的脸膛，微微泛红。他向莫明提出，饭后，去学校的演讲厅跑一趟，看看明天论坛现场。莫明哈哈一笑："我知道郭兄的仔细，晓得你的习惯，演讲场地是要提前看过的。不过，这个厅，你我本来熟悉，闭着眼睛就想得出模样。新鲜的，无非是本次会场的背景布置。"莫明说着，从公文包里取出一款平板计算机，摊在了餐桌上。那只厚实的皮包，拎起来沉甸甸，像座随身仓库，藏着莫校长一应齐全的宝贝。大皮包，是在晚宴开始前，由莫明的秘书送到校长身旁。看来，莫明早有预案，晓得郭文会提出什么要求。面对两个老同学，校长的派头还是收敛的，并没有让秘书随时等在隔壁伺候。

莫明边开启计算机，边说："我把现场的布置，统统摄像啦，连讲坛的边边角角均没遗漏，郭兄看看吧，一览无余。现场么，今夜就不必去，管理会场的该下班了。"

郭文见莫明想得如此周到，也不再坚持己见，拿过平板计算机，细细看着。这一看，挑出了毛病。"莫校长，"郭文直呼莫明的官衔，"你的论坛，'金融危机与哲学视角'，为什么多出个副题？"

我伸长脖子看过去，果然，论坛的背景布置照片，在主标题下，画了条粗粗的红杠，后面跟着五个醒目的大字："丧钟敲响了。"是啊，下午进校门，在招贴栏读到过它，当时，心里咯噔了一下，觉得这副题有啥不对劲，那会心里正乱，没仔细想。郭兄厉害，火眼金睛，逮住了。

郭文看定莫明，重复喊他的官衔："莫校长，你这样做不对，你给我的邀请书上，只有论坛主标题，没有这副题。"

莫明感到意外，神色悻悻然，大约是后悔没想到郭文对此发难。

他挠挠头，作无辜状："几个字的副题，严重吗？邀请书早已发出，后来才想到要副题。加几个字，目的简单，无非是希望媒体关注。"他瞧瞧我，又把我拖进争辩，"哎，才女，你是搞报纸的，你们记者，不就是喜欢夺眼球的文字吗？"

我恨他老是拉我垫背，就顶他一句："我只知道跑腿，你大校长的丰富思想，跟不上！"

莫明摇摇头："毕业好多年，美女脾气还是没有磨掉！讲话这么冲！"

郭文没有理他的打岔，圆睁大眼，坚持说："不行，这个副题我难以理解。"

"我和论坛筹备组商量过，没有人提出异议，大家都说好！"莫明的话，分明想堵郭文的嘴。他的意思很明朗，论坛的名称，该由筹备组拿主张，不劳演说者七嘴八舌。

郭文听出他的暗示，愣了愣，却没有退缩，他认真说道："筹备组，当然可以决定用任何名称，但是，我有我的权利。你给我的邀请书，遗漏重要内容。我有充分理由，撤销接受邀请的决定。"他略作停顿，慎重地说："我从来不在缺乏严谨学理的论坛上演讲。"

郭文说话不紧不慢，声调亦不高，但话语的意思实在厉害，让莫明脸上的肌肉抽搐起来。我赞许地看着郭兄，内心使劲为他鼓掌。他黑黑的脸膛，因为激动，也因为刚才喝的酒，泛起红色的光泽，神情顿时变得生动许多。我不由心生微澜。当初，在哲学系众多追求者中，我也曾瞩目才华横溢的他。为什么没有考虑而错过？噢，那时，我太年轻，还不真正懂得识别男子！他毫不出众的外貌——坦率地说，是逊于多数男子的外貌，让我做出了排除他的选择……

我的思维，无法在过去长时间停留，旁边，心急火燎的莫明，已经高声喊起来："郭兄，你的想法太苛刻吧！一个副题，值得如此大做文章？"他的神情显得慌乱。绝对没有料到，在这样一个细节上栽跟斗。末了，他咬咬牙，不情愿地补充道："行，我理解你，学理的严谨，德国式的严谨！那么，我们在副题后面加一个问号，表示问题的不确定性。可以了吧？"

我知道，莫明一定要抓住郭文这根稻草，他愿意让步。

郭文还是不肯点头，他看着莫明说："莫兄，我晓得你才思敏捷，点子多。我认死理，不和你搞文字游戏。反正，我不同意耸人听闻的一套。是有金融危机，世界性的严重危机。不过，危机就是危机，与丧钟敲响，是截然不同的概念！做学术的，不能模糊基本界限。"

莫明说："你书呆子气！你尽管照自己的想法说。论坛副题，不就是为了引人注目？对你的严谨学术，没有丝毫妨碍！"

郭文说："我可以取消演讲。如果你觉得为难，来回的差旅费，我也可以自行解决。我的态度历来如此，不赞同的事情，我可以不公然争论，但是，我不附和，至少，会选择沉默！"

莫明的脸色由白泛青，牙齿咬得死死的。我知道他在努力克制自己的火气。我猜测，按他的思维，认为郭文存心与他过不去。在他目前的位置上，教授、学者，谁会轻易与之对抗？他听到的全部是顺耳舒心的服从。身边四周，一片恭维的赞歌。他想出"丧钟敲响了"这样的副题，手下的人，肯定用劲鼓掌，称之为绝妙的主意。很久以后，我才听说，莫明组织的写作班子，在论坛开始之前，早用"丧钟已经敲响"为题，拟写了论坛的综述，准备在报纸上发表，以引起轰动效应。郭文的反对，实在是捣他的心窝。在莫明看来，你郭文虽然不拿他的工资，不吃他的饭，但毕竟是同门师兄弟，不给面子，还要挟？！若在平时，莫明咽不下这气，他肯定吼了：“你不讲，罢了，肯讲的，抢着要讲的，多的是！”

不过，眼下，莫校长显示了过人的智慧与自控能力，终于强行压住火气，脸色由青转白，狂风暴雨收起，语气变得出奇和缓，表示他再次让步：“行，你的严谨，我服了！我们同门同师，有啥事不好商量？明天，你上讲坛前，我保证，拿掉副题！”

莫明向来孤傲固执，所以郭文不相信地问：“真话？一言为定？”

“当然，有施才女在此作证！”他又把我拖了进去。今天，他把我拉来陪饭，目的非常明确，尴尬时刻，我就是他转弯的工具。

莫明做人做到如此，够辛苦。古人说，无欲则刚。反过来，有欲则软。

我想起古教授对莫明所作所为的评论：他为啥？不就想博个眼球、挣点高分、捞些本钱吗？俗语说，知子莫如父。我看，知徒莫如师了！

10

我太熟悉这个报告厅了。

举行硕士学位的典礼时，它刚刚落成，我们见证了它的处女秀。后来，母校的重要文化活动，多半在其间举办。这是座中型报告厅，阶梯式，坐三五百人不显得拥挤。座位有软垫软靠，屁股和脊背均觉得舒适；过道宽敞，相向而行的人流不会碰撞；空中悬挂着德国造的扩音设备，一般的音乐会完全够对付；全木板的墙面，延伸到高高的穹顶，四处安置了精致的壁灯；木质呈浑然一体的棕红色，显示高贵的气派。这里经常举办本校高级别的讲座或讨论，凡国际背景的学术活动，更是努力挤进此报告厅的节目表。

既然是莫校长亲自抓的学术研讨，在这个有身份的报告厅举办，是早就确定的格局。昨天到校时，大雨刚过，驱车欣赏母校雨后的景致，已然发现，海报张贴，宣传广告，早就散落在校内校外。古教授的失踪，是昨天突然发生的事件，莫明来不及做应变的方案，由着那些海报四处招摇。各路来宾，其中有几十个海外学者——大多是古教授的学生——刚刚飞抵本地。你智商再高，也想不出消解这尴尬局面的妙策。

好在我的大师兄久经官场，最关键的补救措施还是采取了。早上，在早餐厅一见我，便苦笑着告知，清晨，他直接给顶头上司打电话，央求教委的领导无论如何取消原定计划，不要前来出席讲坛和为古教授祝寿的活动。他在电话里获知，有一位市级老领导原打算到场，亲自向古教授祝贺，当即惊出一身冷汗，只得再三拜托教委领导，千万挡驾，事后他自会当面向老领导解释赔罪。我听他絮絮叨叨，心中暗自好笑：放下电话时，莫校长的内衣估计汗湿了一大片。他本来肯定希望来的领导越多越好，级别越高越妙。现在呢，唉，被可爱的古教授害惨了！

领导挡住了，场面还得撑啊。进得会场，我坐在头排，静观师兄表演。记得古先生曾经感叹，莫明志不在学术，浪费天资，将来必然后悔。他说此话时，莫明刚提任副校长。莫明来报告好消息时，古先生摇头道，你执掌哲学系，若还想在学术上有造诣，已经不容易，何必再往高处去？莫明悻悻然，没有吱声。其实，我早就知道，莫师兄的心目中，哲学是当今社会的弃儿，做不出啥名堂，所以他一心要到官场上出人头地。有一回，校友的饭局上，喝了几杯，他吐露真言，说是在官员面前做学者，在学者面前是官员，进退自在。哲学已死，他无意殉葬。这些话，我不敢在古教授面前捅穿了，伤老头的心。老先生一辈子的情感，全维系在学术上啊。

我四处张望，没有郭文的身影。问了张罗会务的学妹，说是他不参加开幕式，在旁边贵宾室准备讲稿。郭兄做事实在是一丝不苟。凭他的功底，还需要反复推敲讲稿？人的心思用在何处，真有天壤之别。难怪天资出众的莫明，已经多年不发表学术论文。他的天赋，在别处消耗掉了。

主持人宣布会议开始，由校长莫明先生致辞，闹哄哄的报告厅霎时安静下来，会场里向来难免的嘤嘤嗡嗡，悄然隐去，现出可怕的沉寂。我心里很清楚，那不是对新任校长的恭敬，是一番阴冷的诡异。我相当熟悉本校各种会场的状态，有嘈杂是正常的，没杂音是不正常的。学子们很挑剔，只有他们真正崇拜的学者登场，才肃然起敬；更没有敬畏非学术权威的习惯，行政首长登台，照样肆无忌惮地窃窃私语。眼下的寂静，应该是且看校长如何圆场的全体默契。古教授失踪的消息，在本校已经成为天字第一号的新闻，现场哪一位人士，会愚笨到一无所知？

莫明从座位上站起，西装把身材勾勒得相当挺直，连发福的肚子也被收紧消失。他不慌不忙，稳重地朝台上走去。他心里不踏实，脚步依然是训练有素的稳健，让我由衷佩服他的心理素质。

台上的会标。现在，只有一溜大字高高地挂着，“金融危机与哲学视角”，给人的印象，是美术设计不到位，那些字显然贴得太高，下面空荡荡，会议主题悬空突兀，找不到立脚的支点，非常不自然。我晓得不协调的原因，并非美工设计时喝多了。下面本来还有两行字。一行是副会标“丧钟敲响了”——这副会标是莫明的神来之笔，他懂新闻采访的诀窍，要用醒目的言辞吸引记者眼球，以便在媒体上博取关注。如古教授指出，莫明搞这个论坛，不就是为自己的新职务争分吗？在媒体上炒一把，是捷径啦。谁知，他花大力气从欧洲请回来的郭师兄不买账，坚决反对此副题，强调丧钟敲响的形容纯属臆想。莫校长不得已兑现饭桌上的承诺，很不情愿地让手下拿掉了副题。

这是莫明学了韩信的隐忍，胯下之耻呗。古教授已经离奇失踪，如果郭师兄再罢讲，莫明天大本事，也难以收拾此论坛的局面。会标删去的另一行大字，当然是祝贺古教授学术生涯六十年的字样。据管会场的人说，直到今天清晨，莫校长才决定把祝寿的字样拿掉。他的心思，我一猜便知。人不在场，圆谎也难，何苦自己找难堪？

讲坛上，三支话筒正对着莫明的胸膛。我产生古怪的感觉，那玩意仿佛三杆直通通的枪啊。向来以语言为骄傲为强项的莫明师兄，今儿恐怕心虚，难以口若悬河地滔滔不绝。

为古教授祝寿的会标可以拿掉，为古教授祝寿的话语还是不得不说。全世界均知道莫校长为自己的恩师忙活了几个月，他被顶在杠头上啦。师兄的眼圈发黑发青，大约是整夜难眠，我想，莫明的迟疑，是在斟酌百般无奈的措辞。他总得给大家一个说法啊。

莫明在话筒前的呆滞，其实只有短短二三十秒，但是，无论对台下的听众，还是对他本人，均显得无比漫长。这种巨大的时差感觉，大概只能用爱因斯坦的相对论才能够解释。

莫明清清嗓门，“尊敬的各位来宾，老师们，同学们，”他终于慢吞吞开口时，台下，竟然骚动起来，先是轻微地有人惊呼，紧跟着，那声响汇成一阵呼啸，哗哗地从阶梯报告厅人群的头顶滚过，像是有人发出“向左看齐”的口令，所有的视线，统统投向左侧前方。

那里，原本有一道门，为了保持会场的安静，会议开始后已经关闭。现在，门被打开，室外的日光，敞亮地投射进来，照出了门口的景象：礼仪小姐，笔挺的身子，弯成好看的柳条形，恭敬地迎进来一位人物。

众人醉酒我独醒。几百到场者，只有我会心地微笑着，丝毫不感觉意外。起床前，我与古教授通过电话。他的手机关了，但是，宾馆是我为他租的，我当然能找到他。我恳求教授，今天需要他露面。教授倔倔地说，我不参与莫明的勾当。我劝他，你得顾及那么多的学生啊，大老远的，世界各地飞回来，见不到老师，大家着急啊。古教授说，我到场，不就是表示与莫明合作吗？听他口气和缓，我赶紧劝道，你失踪几十小时，已经表明态度。再说，你出现了，也一样可以有不合作的态度啊。我向他报告了郭兄的高明，逼着莫明拿下论坛的副题。教授听罢，气恼地说，莫明实在荒唐，小心眼太多。电话结束时，古教授答应考虑考虑我的请求。按他的脾气，那就是基本恩准了。我随即关照无锡阿姨，说我会在饭店的前台，为他们预定车辆，出门前问一声即可。我劝教授回来，不是为了替莫明补台。昨夜，回房间睡不着，手机上的信息铺天盖地，聚拢到学校的学长学弟们，忧心似焚，为老师的不知去向担忧。我是知情者，又不便明说，心里着实不安。

此时，莫明的视线也离开话筒，被台下的骚动吸引，不由自主转到了众人目光投射的方向。他的眼睛眯起来，似乎被门外耀眼的光线刺了一下，身子下意识地打了个寒战。不，光亮难以令强大的莫校长颤抖。他应当看见了出现在门口的人物。矮小瘦弱的老头，套一件我熟悉的蓝布衫，戴了顶让我觉得滑稽的鸭舌帽。在大街上，谁也不会对如此普通的老头多瞧一眼。不过，眼下，他是唯一让莫大校长又畏惧又紧张的老先生。

莫明的脚挪动开来，他分明想要下台迎接自己的恩师。确实是他的恩师啊，古教授再次拯救了处于灾难场景的莫明。我的反应比他快，距离也比他近，我迅速奔到门口，搀住了古教授的胳膊，把他往前排正中的空位引去。我朝莫明挥挥手，示意他不必下台，继续他的演讲。我看见他投来感激的目光。他误解了，我不是帮衬他的天使，仅仅是不愿意他假装亲近地靠拢古教授。教授率真，不喜欢做戏。我挡住莫明，是为了避免引起老先生的反感。

在我搀扶古教授的当口，全场沸腾起来，所有的男男女女，均起立热烈鼓掌呐喊，我听见有男生带头高喊“古教授生日快乐”，很快，发自大家内心的呼喊，此起彼伏，回荡在报告厅的穹顶之下。古教授不失幽默地摘下头上的鸭舌帽，轻轻地向他的学生们挥舞。

古教授的突然出现，对他的学生们而言，犹如珍贵的宝物失而复得，能不欢欣鼓舞吗？我附在教授耳边，轻声说，我劝你到场，没错吧？他淘气地撇撇嘴，露出天真的笑容。我看清楚，他眼圈里闪出隐约的泪珠，他被自己的学生们感动了。为了掩饰，他使劲挥动鸭舌帽，小小的帽子，在他脑门前高高地画了个圈。我这时终于明白，滑稽的鸭舌帽，在特殊的场合，也可变成高贵仪式的工具。

危机消解，台上的莫校长，迅速调整了情绪，脸庞上重新泛滥起自信的光泽，声调也回复到平日的洪亮铿锵。他说，今天，是哲学系和本校光荣的时刻，海内外知名的古教授，从事学术研究和教学工作六十年；他说，在这个重要的日子，我们举办重要的国际性论坛，意义无论如何估量均不会太高；他说，我们从哲学视角分析本次全球性的金融危机，是学界的一大创新——我吃惊于他的转换速度，从一脸窘迫，到神态自若，立刻恢复了惯常的口才，完全脱稿，话语如庐山瀑布，面对全场，倾泻而下。

莫明的连珠炮一炸，我耳朵就轰鸣得难受。我的眼光转向旁边的古教授，随手把一瓶矿泉水递过去。老先生倒安逸，均匀地呼吸着，面对学生的语言轰炸，他脸容平静，无动于衷，这种定力啊！我把水瓶捅到他胸口，他也不接。

噢？细细一瞧，我分明看错了！古教授的无动于衷，实际是老人淡然入睡的安详。教授的入睡本事，我在做他的研究生时就领教。午餐后，他的屁股一碰到个人专用的藤椅，想睡就睡，几秒钟工夫，就去了苏州。不过，在正式的会议上打瞌睡，从来没有发生过，至少，我没有看到过。讲究修养道德的古教授，注意公众场合的形象，肯定不愿做出如此不合适的行为。

不过，此刻，他真的睡着了。

在莫明抑扬顿挫的雄辩声中，古教授安坐在报告厅第一排正中位置，旁若无人地睡了。我起初还猜他是假寐，后来觉得不像，呼吸声轻微而匀称，眼睫毛纹丝不动；滑稽的鸭舌帽略微顺前额滑落，帽檐遮住了台上刺目的灯光。古教授确实在学生云集的会场中睡熟了，甚至发出了婴儿般的鼾声。

他这样的年龄，他如此的成就，谁有权指摘他？不应该强求他在公众场合演出，他可以拥有想睡就睡的特权。

我瞧瞧台上的莫明，用手指点点身旁的古教授，又做了个手势，示意他的嗓门别太高昂，吵了老师的休息。精明的莫校长，也终于发现了台下恩师的异样。他的滔滔不绝，被急刹车般打住，嘴巴张开了一条缝，满脸尴尬，双目现出少有的茫然无措的神色。

我心中泛起苦涩的滋味，为台上台下的师徒俩一声叹息。哲学的瞌睡？此刻，是哲学泰斗的瞌睡！

好在，瞌睡总是瞌睡，不会过分长久。

【作者简介】孙颙，1950年生人，1968年下乡，1978年初考入华东师大中文系，1979年在人民文学出版社出版第一本小说《冬》。已经出版《雪庐》《漂移者》《缥缈的峰》等多部长篇小说和若干中短篇小说集及散文随笔集。曾任上海文艺出版社社长，上海市新闻出版局局长。现任上海作家协会副主席，中国作协全委会委员。

奔跑的木头

潘 灵

1

春天喧嚣着往坡上爬的时候，毕摩一个人沉闷地下山了。去年，金沙江边的仲家人收获的都是干瘪的稻谷，让行将归天的彝家老土司也没能吃到他认为最上等的糍粑。老土司弥留之际留下如此严重的遗憾，这让整个土司府上层对毕摩心存了不满，认为这一切都是毕摩作法不力导致的。倍感冷落和白眼的毕摩，今年没带上吹法号的乐队，而是形单影只地赶到仲家人的寨子。一想到自己孤家寡人的落魄样，他就知道自己难免被仲家人的摩公冷嘲热讽。落草的凤凰不如鸡呀！想到这，他黑而粗粝的脸上泛起了一丝苦笑。

孤独地往山下走的毕摩，春风撩起了他披在身上的黑色察尔瓦，远远看去，像一只独来独往的鹞鹰。山上依旧白雪皑皑，风仍尖锐得像刀子，山下，攀枝花树梢上已泛出了热烈的红色，河风软暖而暧昧。这是金沙江畔最婀娜多姿的季节，但心情坏了的毕摩却彻底失去了感受这好景致的知觉能力。如果不是那双藏在额下鹰一样贼溜溜的眼睛，人们便会误以为山道上有一具行尸走肉。

但毕摩就是毕摩，作为神的儿子，他不仅有一双善于发现的尖锐之目，而且，他还有一种超乎常人的、随时捕捉机会的能力，超能力。

是的，机会，神赐的机会！他站在路边。看着近在咫尺的这一家仲家人劳作的场面时，他的惊呼差点就像一只受惊的鸟要扑棱翅膀飞出来。但老谋深算的他，硬生生地伸出了一只手，将那只已到喉咙的惊鸟又拽了回去。他收住脚步，左手托腮，眼睛死盯着这一家三口正忙着犁田播种的农人，脑子里却浮现出了新近接班的女土司。如花似玉的女主人，却有着一双让整个土司府上层忧心如焚的瘫痪的腿。

忙着活计的仲家农人，注意力都在黑油油的烂泥田里。他真搞不懂，这些丧家犬一样的仲家人，几十年光景，硬生生把金沙江沿岸这片贫瘠的河滩地，整治成了肥得冒油的烂泥田。但今天毕摩不关心田，他关心的是人。在他眼前，一个被太阳灼成铜人似的年轻人正在田里拉犁，掌犁的是他瘦猴一样的父亲，在犁耙好的田里撒稻谷的背微驼的妇女，是他的母亲。这个拉犁的年轻人，比牛沉默，却比一头牯牛有劲。他把犁拉得太快了，掌犁的父亲跟不上他的节奏。父亲气喘吁吁，一边掌着犁，一边谩骂着自己的儿子。

——你干吗，忙着去托生呀？

——你干吗，要拖死你爹呀？

——慢点，老子让你慢点！小心老子抽死你！

……

脏话被东奔西窜的河风吹进毕摩的耳朵里，他真想冲上去抽这个掌犁人两个耳刮子。这世上有责备不出力的，哪有怪人太卖力的？毕摩想，这种刁横的人，不该掌犁，该去拉犁才对。

“我命令你下辈子变牛做马！”

毕摩的愤怒让掌犁人吓得手一松，离开了犁把。他抬起头，眯眼打量清楚这不速之客，当即腿一软，差点跪在田里。他像做了错事的孩子般把抬起的脑袋垂到肩下面了。

“我用两头牯牛换他，咋样？”毕摩从察尔瓦里伸出手，指向木头般立在田里一脸茫然的年轻人，对掌犁人说。

“要得，要得。”掌犁人看一眼儿子，头像鸡啄米一样说。

“要得你个头！”一直没说话的农妇，将一把稻种掷向掌犁人说，“那可是我儿子！”

看着怒气冲冲的农妇，毕摩笑了一下说：“开个玩笑而已。”

毕摩转过身子，决定去找仲家人的摩公。在他身后，风又把农妇责备丈夫的话送进了他的耳朵——

“你的心被老鹞子叼了，两头牯牛换儿子？你想牯牛想疯了？儿子再木头，也是我身上掉下的肉！”

毕摩又笑了一下，他觉得这才像母亲该说的话。他往仲家人那个叫水寨的寨子走去，水寨里住着另一个神职人员——仲家人的摩公。

摩公不像毕摩，把自己看成神的儿子，摩公在对待自己的职业时，比毕摩现实多了，少了许多神圣感。摩公热爱自己这份神赐的职业，是看重这份职业的游手好闲。在农人们在自家水田地卖力劳作的上午，摩公在自家院子里沏了一壶茶，正怡然自得地享受着春日暖融融的阳光。毕摩的造访让他既意外又有些不快，但摩公还是将心头的不快压住了说——

“是风把你吹来的吗？”

“不，”毕摩摇了摇头说，“我无事不登三宝殿的。”

“找我？”摩公指指自己的鼻尖说，“还有你毕摩办不了的事？

是不是去年因为你的傲慢得罪了雨神，让老天几月不见滴雨，我去找雨神他老人家，帮你赔不是？”

摩公说：“仲家人的稻田，用彝人的法事能让稻子饱满吗？”

毕摩不是在说，他简直是在怒吼：“大胆摩公！仲家人的稻田？唵，你说什么？自己掌嘴吧，也免了我给土司汇报！”

摩公知道自己说走了嘴，他自己左右装模作样扇了两耳刮子后恭敬地对毕摩说：“我可掌嘴了。见了土司别说，见了我们头人也别说。毕摩，你老人家还不坐下来喝茶。”

毕摩在草墩上坐定说：“明人不做暗事，我想要你们寨子里的一个人，你去给你们的头人说去。”

摩公面有难色，摊摊手说：“毕摩，过去土司跟我们头人有言在先，不抢仲家人做娃子，仲家人只管种田。”

毕摩将茶碗往石凳上一放说：“不是做娃子，是做荣耀的事。”

“什么荣耀事？”

“背脚。”

“背脚？背脚还不是娃子。”

“谁说背脚是娃子？”

“反正不是什么荣耀事。”

“给土司当背脚不是荣耀事？”

毕摩的话终于让摩公哑了火。

沉默半晌，摩公问毕摩，说：“土司这是相中谁啦？”

毕摩说：“是我相中的。”

毕摩边说边站起身，做了个邀请的手势继续道：“摩公，劳你大驾，跟我到田边一看就知道了。”

摩公跟在毕摩后面，小跑着出了门。疾走的毕摩让一身肥肉的摩公跟得有些吃力。摩公说：“毕摩，什么事犯得着这么急？”

毕摩头也不回，照样疾走，他看着前方说：“土司的事，有不急的吗？摩公，你该减肥了，身上背着那么多肉，我看着都累。”

摩公跟着毕摩来到水田边，当他顺着毕摩手指的方向望过去时，脸上有了讶异之色。

“毕摩，你看错人了吧，那可是一个木头，不，比木头还木头。”

毕摩故作高深地说：“我要的就是木头。我还寻思他上山去后取个啥名呢？好，现在有了，就叫木头。”

摩公说：“你带走了他，他家田咋办？”

毕摩伸出两个手指说：“我给他家两头牛，两头牯牛！”

摩公笑了笑说：“不值的，不值的。这事有了两头牯牛，就好办。毕摩，这事包在我身上了，你还是赶紧去做你的法事，招不来丰收之神，土司府里的人会怪罪你的。”

毕摩说：“今年的法事你做，我绝不打扰！”

毕摩的话让摩公大感意外，他忸怩地说：“使不得，使不得。”

毕摩看着虚情假意推辞的摩公，脸皮上浮一丝笑说：“使不得？这不是你做梦都想的事吗？别像个女人似的！说好了，三天后，你把那木头带土司府来。”

毕摩话说完，扭头就上山了。

2

毕摩满头大汗爬上山来，就直奔了威严的土司府。当他向土司府的管家说明来意，却遭了白眼。认为毕摩多管闲事的管家，不无嘲讽地说：“毕摩，你好生伺候好各路神灵，管好小妖大鬼。这该土司府管的事，不劳你操心了。”

“不替土司着想，就是不忠！”毕摩说，“春天来了，按惯例，土司该巡视领地了。你就没想想她的腿？”

管家说：“笑话！土司巡视领地，要自己走？土司府有良马几十匹，多宽的领地也跑得过来。”

听管家这话，毕摩脸上有了轻蔑之色。

“说外行话了不是？”毕摩说，“我吉联土司的领地，山高谷深，沟壑密布，道路崎岖。老土司在世时，也是骑一程，让人背一程。这阿喜土司，腿疾严重，咋骑马？不要人背行吗？”

管家说：“找个背脚还不简单，土司府里身板子好脚板子也好的娃子有的是。”

毕摩说：“我知道土司府里有的是腿杆子硬身板子好的娃子，但背一个大活人爬坡下坎，也累。”

管家说：“难道你举荐的人不知道累吗？”

毕摩点点头说：“正是。”

管家冷笑一声说：“你就吹吧，我可不吃你装神弄鬼那一套。毕摩，我告诉你，这世上只要是人，没有不知道累的。”

毕摩说：“管家大人，正因为稀罕，我才从山下急着上山来给土司禀报嘛。”

管家还是不相信毕摩的话，他想，让土司教训他去。

管家让开道，示意毕摩进土司府去。看着毕摩匆匆的背影，管家又揶揄了一句——

“欺骗土司大人的下场，你毕摩不会不晓得吧？”

毕摩心里嘀咕了一句：不长见识的家伙！

他三步并作两步来到土司府的议事厅，看见端坐在土司椅上的新任女土司吉联阿喜。毕摩轻易地从吉联阿喜美丽的脸上，看到了深重的忧虑。

没等毕摩说出来意，阿喜土司先开了口。

“毕摩，我今天请过你吗？”

“没有，主人！”毕摩毕恭毕敬地说。

“烦心事真多！”阿喜抬手，示意毕摩坐下来，她说，“我早该找你说些话了。家父生前说，这彝山上，数你最忠心。”

这话听得人耳顺，毕摩抑制住怒放的心花说：“多谢主人！”

阿喜托腮，看着因受夸赞而面露红光的毕摩说：“毕摩，这世上真有神灵吗？”

“当然有！”毕摩诧异地问，“主人怎么会问这样的问题？”

阿喜嫣然一笑说：“但有人说没有。”

“谁？”毕摩说，“说这话的人该把他抓起来！妖言惑众！”

“你抓不了他，”阿喜说，“是一个教我的先生说的，他远在成都。”

毕摩说：“那就让成都的官家把他抓了！”

阿喜又笑，笑得舒展了愁眉。她说：“抓他没用，其实也不是他说的，他不过是转述了一派思想家的话而已。”

毕摩说：“主人可信不得这话。”

“我当然不信！”阿喜说，“我要真信了，你就失业了。你还没说明来意呢？是看到了什么奇异天象，还是聆听到了什么神灵的旨意？”

毕摩摇摇头说：“都不是。报告主人，我给您找到了个好背脚。还有，我想提醒主人，春天来了，该是巡视领地的时候了。”

阿喜说：“不要你提醒，巡视领地，早上来议事的头人们说过了。我确实也想出去走走，但不想被人背着出去。那样子的话，会丢了吉联家族的面子的，我可不想让别人看我这病恹恹的样子。”

听了阿喜土司的话，毕摩把头摇得像拨浪鼓，他说：“此言差矣，此言差矣！吉联家族的人，怎会因两条站不起来的腿，说如此泄气的话？主人，你有仙一样的外貌，有神一样的正义威严和慈祥，在白天，你是你领地上温暖的太阳，在夜里，你是你领地上皎洁的月亮。看到你，你的子民，会因你而自豪的。”

“毕摩，别花言巧语了！”阿喜用手捶了捶没有知觉的腿说，“谁会为自己的主人是个瘫子自豪？”

“这可不像骄傲的吉联家族的人说的话！”毕摩一脸严肃地说，“阿喜主人，你知道为什么老主人在弥留之际会选择你做他的继承人吗？难道真的是因为他没有子嗣吗？不！在土司势力江河日下的今天，他更看重您的……”

“阿爸会看重我什么呀，要不是哥哥打冤家战死，他怕早忘掉了他在成都还有一个瘫痪的女儿。自从他差人把我从乌蒙山送到成都，就像甩了包袱一样，别说来看我，连只言片语都没捎去过。”阿喜伤心地说。

“不是这样的！”毕摩摇摇头又摆摆手说，“你这是错怪了你阿爸，在你离开的这些年，你阿爸无时不想着你，他念叨你的话，听得我的耳朵都起了茧子。是的，他从未给你捎去过只言片语，这你可说到了他的痛处，他不识文断字呀。他总对我说，要治理好彝山，单靠逞武不行，还得靠这！”毕摩用手指了指脑子，又说，“老主人正是看中了你的脑子。你在成都学堂里待了这些年，见过世面，学了文化，知书达礼，温文尔雅，这都是我们这彝山上稀缺的。现在，黑彝贵族势力兴起，土司地位有架空的危险，你是受命于危难之际，懂吗？你不就缺两条好腿吗？我今天来，就是要送你两条不晓得累的好腿。”

“送我两条腿？”阿喜一脸惊讶，又拍着没有知觉的腿说，“毕摩，你以为我的腿像牛车的两个破轮子，说换就能换的？”

“当然，”毕摩停顿了一下说，“不是真送你两条腿，我是要送你一个人，一个腿脚不会累的人，让他做你的背脚。”

毕摩的话把阿喜逗笑了，她说：“毕摩，你今天是成心逗我开心吗？这世上哪有不会累的人？要真有，我阿喜倒真是想见识见识。”

毕摩一脸城府地说：“主人，那你就等着吧，不出三天，我就让他站在你面前！”

3

真的没出三天，被毕摩命名为“木头”的仲家小伙，就被仲家头人和摩公带上彝山来了。在土司衙门大门前，仲家头人真切地体会到权力的威严。在亮丽的阳光下，仲家头人紧张得额头上沁出了亮晶晶的汗珠。他扯了扯木头的衣角，小声提醒他在面见土司时放机灵一点。

“你这是对牛弹琴，头人——”摩公说，“他能机灵吗？”

木头真的就像木头一样立在土司衙门前，仿佛面对的不是庞大的土司府，而是一片空荡荡的旷野。

迎接他们的是土司府狐假虎威的管家。当他看见面前的三个不速之客时，抖了抖身上黑色的察尔瓦，哼了一声说：“哪里来的野人？一点规矩都没有！”

土司府管家说的规矩，摩公心里清楚，是说他们没准备见面礼。清晨从水寨出发时，摩公就提醒过头人的。但生性吝啬的头人却说，都送个大活人了，还要什么见面礼。

于是摩公就对管家说："回管家的话，我们不是野人，是水寨的仲家人，我们给你们送人来了。"

摩公边说边推了推桩子样立着的木头。

好在这时毕摩赶来了。他对管家说："管家，他们是土司大人请来的客人。"

管家上上下下打量了一番傻站着的木头问毕摩："这不会就是你为土司大人请的背脚吧？"

"正是。"毕摩点点头说。

"你开什么玩笑！"管家又哼了一声说，"他呆得像木头一样！"

毕摩一脸奸笑说："不错，他就叫木头。"

他边说边领了仲家头人一行往土司府里走，撇下管家一人站在门口。管家用手摸着下巴，不可思议地自言自语——

"玩笑，天大的玩笑！"

毕摩给土司找了个傻子来做背脚，而且还是个仲家人，这不仅让土司府的管家不可思议，还让整个土司府衙门都吃惊不小。这消息比彝山上撒野的风还要跑得快，迅速惊动了土司衙门上层。管家传给了小管家，小管家传给了巡捕，巡捕又告诉了管看，管看又说给了马司，马司又透露给了教头。

管着二十四名土司兵的教头不干了，他去找毕摩。他对毕摩说："你找来那仲家伙子不是能跑吗？那就让他跟我那二十四个兵去操场上比试比试。"

毕摩说："教头，我怕就怕你那二十四个兵输了失颜面。"

土司府的人都来看热闹，原本庄严肃穆的土司府，像节日般热闹了起来，有些消息灵通的邻近村社的里长也骑马跑来凑热闹。别说芝麻官里长对比赛好奇，就连阿喜土司，也在侍从二爷的服侍下，连人带椅被抬到操场上来了。

教头对毕摩说：“十圈定胜负。”

毕摩摆摆手说：“不，一百圈。”

教头说：“一百圈就一百圈。”

比赛由土司吉联阿喜主持。管家让小管家往火药枪里填满火药后交给了二爷，二爷将火枪毕恭毕敬呈到阿喜土司面前。阿喜接过枪，看到二十四名土司兵已在教头组织下站成了一排，毕摩正把木头往土司兵队伍的方向推。

阿喜把枪横在麻木的腿上，对侍从二爷说：“把仲家头人给我带来。”

仲家头人跟着二爷诚惶诚恐地来到土司阿喜身边。阿喜瞄一眼他，然后指了指操场上的木头说：“他赢了，两头牯牛你牵下山；如果他输了，你滚下山去，今年交双倍租子，罚你从此不准上彝山！”

仲家头人觉得自己委屈死了。看着二十四个彪悍的土司兵，他早已泄了气小声嘟哝道：“不是我要赌，是毕摩要赌。”

“你说什么？”阿喜土司大声问。

仲家头人牙齿一阵打战，他结结巴巴地说：“土司大人，我啥也没说。”

阿喜说：“那就愿赌服输！”

头人打战的牙缝间一字一字地挤出：“愿……愿赌……服……服输！”

教头示意阿喜土司已准备好，可以开始。阿喜土司将枪举起扬手就扣动了扳机——

“砰——”

二十四名土司兵像离弦飞箭射了出去。

木头依旧立在那里，毕摩又急又气，飞起一脚，踢在了木头的屁股上。

“跑！跑呀！”

木头这才开始跑，跑得气定神闲，从容不迫，仿佛不知道这是场比赛似的。

马司跟教头站在一起，他看着慢悠悠的木头对教头说：“跟这样的人比赛，你不害羞吗？”

教头说：“这还不是被毕摩逼的。”

一会儿，一群人也跑了八九圈。赶鸭子的仍是木头。

马司决定离去，他自认为看这样的比赛既有辱自己的尊严又践踏自己的智商。就在他身子一闪，察尔瓦摆得像一面旌旗般欲转身而去时，人群中有人惊呼起来：“看，看啊——”

木头加速了。

越来越快！

越来越快！快得二十四个土司兵，一下子全被甩在了身后。快得有些倦意的马司一下来了精神，他的嘴张成了一个大大的“O”状。

对于教头来说，场面实在太惨不忍睹了。

当二十四个土司兵累得跟狗一样趴在地上直喘粗气的时候，仲家人木头依旧轻快地奔跑着，就像一只欢乐的羚羊。

二十四个土司兵跑不了一百圈，而木头跑过了一百圈，依旧没停下奔跑的脚步。如果不是毕摩上前阻拦，他还会继续无休止地跑下去。

结尾没有掌声，没有喝彩，人们都惊呆了。吉联阿喜土司对原本还胆战心惊，现已是志得意满的仲家头人说——

“两头牯牛，你牵下山吧。”

4

仲家头人和摩公，各牵着一头牯牛准备下山。看着头人牵着的牯牛，比自己牵着的强壮许多，摩公心里有些不爽。摩公提议把两头牯牛赶下山后，卖给从四川凉山来的牛贩子。

“卖了这两头牯牛，钱我们平分。”摩公对头人说。

头人说：“摩公，做梦！这是老黄药师家用个大活人换的牯牛，你也敢打主意？别以为老黄药师死了，我们就可以忘记他对水寨仲家人的恩德！”

头人的话把摩公说了个大红脸。头人说的老黄药师，是木头的爷爷。仲家人当年与苗家人在黔地联合起事抗租，跟官府明火执仗打了七七四十九天，最终寡不敌众，向滇地的乌蒙山中寻求庇护，其中之一支，东突西奔，像无头苍蝇一样来到了金沙江边，他们就是今天水寨人的祖辈。面对横亘在自己面前的大江，仲家人的乌合之众在满是蒿草和芦苇的河滩地上留了下来。他们在这里搭草棚为家，开垦河滩地造田，热火朝天地开拓另一个家园。但这顺着江流蛇一样蜿蜒的河滩荒地，并非是无主地，它是乌蒙吉联土司家族的领地，因金沙江干热河谷气温甚高，酷暑难耐，加之河滩地肥力弱，多为沙地，当然还有一个重要原因，习惯了住在高山上的彝人不愿意搬到河边来，天长日久，这里就成了野草疯长，虫豸出没，没人待见的野地。

但对于绝地逢生的仲家人来说，这可是他们的至宝。他们冒着烈日，硬是凭一双勤劳之手在河滩上整治出了一块块像镜子一样的水田，并在上面种出了绿油油的秧苗。仲家人改天换地的决心和勇气，眼看就要变成金色收获的现实时，吉联土司兴师问罪来了。

一方要固守家园，一方要收回领地，互不相让的结果就是对峙。就在吉联土司安营扎寨，准备从各个头人部落调兵遣将，决心将这群立足未稳的仲家人第二次变为丧家之犬的时候，他却不幸中暑了。连续几天的上吐下泻和头痛欲裂，吉联土司被病魔折磨得奄奄一息。没有医治中暑经验的彝医，把自己慌成了热锅上的蚂蚁，也还是无计可施。看着忧心如焚的彝医，毕摩决定在阵前做一起法事，祈求天神护佑自己的主子，祛除他的病魔。仲家人的老头人知道土司病重的消息，觉得这是一个机会，决定在夜里转守为攻，主动出击。但聪慧过人目光久远的老摩公却不同意头人乘人之危的做法。他对头人说，乘人之危，会被世人耻笑，胜了也不光彩。胜了又怎么样？跟强大的土司结下冤家，还是得卷起铺盖走人，照样无立锥之地，照样要成丧家之犬。

既然打不是办法，老摩公就在和上动起了心思。他让头人找来了乳臭未干的青年黄药师，这个在头人眼里的孱弱少年，是仲家人族群里闻名遐迩的黄氏医药世家的传人。头人看着他，就想起了少年战死在黔地的父亲。他对少年说："要是你那药到病除的父亲还在，仲家人也许还有一线生机。"头人的话让少年听出了不信任和轻视。他说："头人，你别拐弯抹角，就直说吧，你要我做什么？"

头人向少年说出了要他去医治患病的吉联土司，向土司表达仲家人足够的善良，以求寄人篱下。让头人没想到的是，少年连眉头都没皱一下就应承了下来。在吹鼓手吹吹打打的护送下，少年来到了土司的行营中。

对于水寨人来说，这一切早已成为耳熟能详的历史。少年药到病除，不仅医好了土司，还成功说服土司，让仲家人在这河滩地上扎下根来。当然，土司也开出了条件，仲家人每年必须给土司府上贡五十担糯米谷。

这个传奇少年，就是木头的爷爷。

仲家头人牵着牯牛站在山冈上说：“摩公，自古英雄出少年，当年的黄老药师是这样，看来，他孙子也是这样。”

摩公不以为然说：“这木头不能跟他爷爷比，就是个傻瓜。”

仲家头人摇摇头说：“怪了，他怎么就不会累呢？难道就因为他傻？”

摩公说：“那倒不是。听说是被他爹打的。这娃儿过去不傻，小时候天天跟着他爷爷黄老药师识草断药，鬼机灵一个。后来黄老药师死了，这娃儿就成天去老药师坟头，默默地坐，有时连家也忘了回，倚着坟就睡了。他那爹，人简单粗暴，认为儿子是偷懒不想干活，有天在坟头找到他，就揪了他的头发往坟头的石头上撞，就撞成了现在的样子。”

头人听了摩公的话说：“他这爹该死。汉人有句话，虎门出犬子，我看，这黄老药师就是。”

摩公说：“头人，这两头牯牛，便宜那犬子了。”

头人说：“摩公，怎么又想到这两头牯牛上去了？你也该学学你父亲老摩公，他心比你宽敞，目光比你高远多了。”

头人的话是说摩公不要五十步笑百步。原本就脸上挂不住的摩公，现在的脸，比彝山上空升起的火烧云还要红。

头人和摩公下山去的时候，毕摩被管家派来的人叫去了土司府。毕摩不知道管家叫他何事，狐疑着跟着唤他的人来到土司府时，看到的依旧是管家那副不好看的嘴脸。

管家总是不待见毕摩，就像前世结下了仇怨。看见管家这样子，毕摩说：“哭丧着个马脸干啥？又不是我求你。”

管家不知道如何安排木头，他为此已经伤了半天脑筋。越想越觉得安排在哪里都不合适。思来想去，他决定把这个难题当作一个球，一脚踢给毕摩。毕竟木头是他招来土司府的。

管家白一眼毕摩说：“这木头又不真是截木头，他是个活人，得安置嘛。你弄来的，你一定比我清楚安置在哪里合适。”

毕摩说：“当然是土司府了。”

“我还不知道是土司府？”管家没好气地说，“土司府这么大，你得说个具体的地方。我总不能把他跟牛马羊的关在一起嘛。”

毕摩嘿嘿笑了一下，他摇摇头说：“没想到还有事能难住神通广大的管家大人。”

管家哼一声，回敬说：“那还不是因为有了个多管闲事的毕摩。”

“多管闲事？”毕摩瞅一眼管家说，“那我就再多管一回闲事，你把木头放教头那里，让他跟那二十四个土司兵同吃同住。”

这确实是个不错的主意。管家思忖了一下，假装为难地说：“只好这么办了。我可有言在先，那二十四个土司兵，可是二十四头豹子，把你的木头吃了，我可不负责。”

毕摩对管家说：“进了土司府，就是你土司府的人，今后，他不是我的木头，是你的木头。”

木头就这样被管家带到了教头那里。教头打心眼里不想接纳木头，但又不敢拒绝。管家大人的面子，他这样的小官乐意也得给，不乐意也得给的。

傍晚教头把木头带到了土司兵的住处，这让二十四个土司兵兴奋不已。这个在白天里让他们颜面扫地的仲家傻子，夜里够他喝一壶的了。他们相互挤眉弄眼不怀好意的样子，被教头看在了眼里，他咳嗽了一声警告说："不要太过分，谁伤了他的筋动了他的骨，我就让他伤筋动骨！"

教头嘴上这么说，但心里清楚，自己分明是把一只羊扔到了狼群里了。

毕摩回到家，心情甚好。于是在自家的院子里，借着月光喝下了满满一土罐荞麦烧酒。夜里，毕摩做了一个梦，梦见一群豹子，亡命地追逐自己。他从噩梦中惊醒，拍了一下酒意未消的脑袋，就想到了木头。他现在有些后悔给管家出如此馊主意。今夜木头同二十四个土司兵待在一起，怕是会被碾成一张薄纸。

这样一想，毕摩心就悬起来了。背土司巡游，这可是大事，好不容易才让阿喜土司接受木头做背脚，要是被这群土司兵揍坏了身子，那可就麻烦大了。于是，天还没放亮，他就独自起身出门，匆匆忙忙赶去土司府。

赶到住土司兵院子的毕摩，看到的是不堪的一幕。场面像极了一个才经历过厮杀的战场，狼藉而混乱。二十多个土司兵，东倒西歪躺在晨曦初露的院子里，一个个直哼哼。院里，木头，只有木头，像一截木头一样立在院子中央……

5

在管家眼里，十八岁的吉联阿喜土司怎么看都像一个孩子。她的一副病体让她看上去更苍白无力。娇美如花的容貌虽然可人，却又少了威严，多了些弱不禁风。在弱肉强食的乌蒙山中，各家土司遵循的都是强者生弱者亡的丛林法则。那些虎视眈眈的土司们，早已把自己的猎物锁定为吉联家族了。如果说这是吉联土司家族外患的话，那吉联土司领地迅猛崛起的黑彝贵族势力，就是内忧了。这些黑彝贵族，已经越来越不把吉联土司家族放在眼里，现在，连土司衙门召集的议事会也不来了。

老土司去世前，虽然没在土司府举行正式的托孤仪式，但私下里是三番五次嘱咐过管家要全力辅佐阿喜的。当然，忠诚的管家把这当成义不容辞的责任。但据小道消息，同样的嘱托老土司也告诉过毕摩，每每想起这些，管家心中就会有稍许的不快。

当毕摩又在他面前提醒该是阿喜土司巡视领地的时间的时候，管家瞪了一眼他说："你急，我比你还急！你找来那个背脚哪是木头，他分明就是一个饭桶。我们给土司兵的口粮是定量供应的，他倒好，一人要吃四五个人的饭。带兵的教头抱怨得我耳朵里都起了老茧。照这样下去，土司府会被他吃空的。"

毕摩说："你听了教头的抱怨该高兴才对，管家大人，你不会连马无夜草不肥的谚语都不懂吧？这木头能吃，说明他身体好。身体好，才有劲。要背土司大人巡视这一大片领地，没点腿脚劲能成吗？"

"问题是，"管家说，"我怕我们那些苦荞粑粑，让他的力气长错了地方，据教头讲，这木头吃饭后，成天用根木棍在地上画来画去。"

毕摩问："他画什么呀？"

"天知道是什么！"管家说，"鬼画桃符呗！"

他们说话的时候，头人阿兹乌去他管理的辖地找黑彝贵族阿卓收上年欠土司府的租子，租子没收到，阿兹乌头人还被黑彝贵族们差人暴打了一顿。那些打手下手极狠，打断了阿兹乌头人三根肋巴骨。

毕摩对管家说："太猖狂了！土司府得赶快派兵去教训一下这些不知天高地厚的贵族才是。"

管家跺了一下脚说："毕摩，你说得轻巧。派兵，又不是你做法事招阴兵，念几句咒语的事。土司府多少兵你又不是不知道，就教头带的二十四个土司兵。这些贵族养的家丁加起来上百人，你咋个教训他们？这样吧，毕摩，你代表我和阿喜土司，去安慰一下阿兹乌头人。告诉他小不忍则乱大谋。"

毕摩说："我跑一趟没关系，但这大谋是什么呀？"

管家摊摊手说："我也不知道。"

毕摩转身欲走的时候，管家又唤住了他。管家说："毕摩，你安慰完阿兹乌头人，还得劳你去警告一下那些黑彝贵族们，他们这样无视土司衙门，是存心欺负我们府中无人，你用神的意志去告诫他们，干不得伤天害理的事，会遭报应的！"

得寸就进尺的管家，让毕摩哭笑不得。他想，这些无法无天的贵族，会相信神的意志？说不定，他们会差人像收拾阿兹乌头人一样，也揍自己一顿。毕摩心里咕哝道，我可不想断三根肋巴骨。

管家见毕摩犹豫不决的样子，就拍了拍毕摩的肩膀说："危难之际，为了吉联土司家族，我们都得挺身而出。"

毕摩知道，骨头虽难啃，却是不得不啃的。他说："也好。但我有个请求，我想带木头一起去。"

管家听了毕摩的话，知道了毕摩的鬼心思。不就是万一挨揍，好让木头背他跑吗？这样一想，管家差点笑出声来。但管家就是管家，他强压内心的讥笑，不露声色吐出了两个字——

"可以。"

其实，管家小看了毕摩，轻视了他对土司的忠诚。毕摩虽然生性胆小，但他毕竟是知书达礼之人，懂得士为知己者死的道理。在这彝山上，土司是世袭的，土司府是铁打的营盘，其他人员都是流水的兵，但毕摩例外。虽然没有明文规定毕摩世袭，但自从吉联家族世袭了土司，毕摩家族，毕摩一职，就没有更过姓氏。毕摩只要一想起这份信任，就会油然而生感激之情。毕摩比这彝山上的任何人都更懂得一荣俱荣一损俱损这句话的含义。

前去的路凶多吉少，毕摩只凭靠三寸巧舌，但他的族人却从来都轻视语言的力量，他们更喜欢诉之武力，用它来解决问题。在彝山上，毕摩是孤独的。但看着沉默着走在自己前面木头的背影，毕摩发现，这个愣头愣脑的仲家年轻人，比他还孤独。

他知道自己孤独吗？毕摩想。

两个孤独的人，走着同一条路，这路途就更显寂寞。

“你咋像个闷葫芦？”毕摩说，“你能不能陪我说说话？”毕摩冲走在他前面的木头问。

木头没回答，依旧自顾自走。

“真不该带你出来！”毕摩生气道。

木头停住，随即蹲了下去。

毕摩说：“你这是抗议吗？”

木头将两只手往背后伸，示意毕摩，他的意思是背他走。

当毕摩明白了木头的意思，脸上顿时就有了拨云见日的笑容。

“这还差不多！”

他边说边一个身子都趴到了木头背上。

木头双手搂了毕摩的屁股，站起身来，就撒腿跑开来。

木头不断地加速，跑得越来越快。毕摩只觉得群山在不断飞速倒退，左右耳畔都是尖叫的风。他兴奋得想放声高唱，或者大喊大叫。

他想，阿兹乌头人家为啥不住得更远一些呀？

快马没招来替自己出恶气的土司兵，却招来这么个手无缚鸡之力的毕摩，而且还是被人背来的。这让阿兹乌头人很不开心。他躺在床上，发出的呻吟之声听起来更像是对土司府的抗议。

“阿兹乌头人，”毕摩说，“你小点声哼，我知道你疼，伤筋动骨嘛。”

阿兹乌头人试图挣扎着将上半个身子立起来，但他的努力因为疼痛而失败了。尽管疼痛剧烈得让他脸都扭曲了，他还是咬了牙说：“毕摩，疼点无所谓，就是咽不下心中这口恶气。”

毕摩上前，用自己的袖子拭去阿兹乌头人额头上亮晶晶的汗珠子说：“管家大人派我来，就是来帮你咽这口恶气的。”

阿兹乌头人并不接受毕摩献的殷勤，没好气地拨开毕摩帮他擦汗的手说：“毕摩，也就是说，我为土司府断了三根肋巴骨，这都不配被土司知道？消息只配传到管家那儿就完了？毕摩，我这三根肋骨，可是为土司断的！”

毕摩说：“阿兹乌头人，你多心了。土司还是孩子，管家知道，也就等于土司知道了。”

“管家？”阿兹乌头人瘪了瘪嘴，“管家是什么东西？不要拿什么土司还是个孩子这样的话搪塞我，自古英雄还出少年嘞！难道她真是一个不中用的瘫子吗？”

“难道，”毕摩盯着躺在床上的阿兹乌头人严肃地道，“难道阿兹乌头人也像那些黑彝贵族们一样，除了偏见，就是鼠目寸光吗？土司大人虽然患有腿疾，但她年轻的头脑里充满智慧，宽广的胸襟里拥有仁慈和胆略。假以时日，她会成为金沙江畔彝人地区最受人尊敬和爱戴的土司！今天我来，虽不能帮你报断三根肋巴骨的仇，但能让你免遭灭顶之灾！”

“毕摩，”阿兹乌头人翻了一下白眼仁说，“你吓唬谁呀？灭顶之灾？有那么严重吗？”

“当然！”毕摩手往上一扬说，“阿兹乌头人，凶兆已经像乌云笼罩在我们的上空，你只不过还没看到闪电罢了。目光短浅的黑彝势力觉得少主年少，软弱可欺，试图架空土司；而周遭的其他土司势力，个个又像饿狼虎视眈眈，随时会猛扑过来，把吉联家族的领地像猎物的肉一样残忍瓜分。他们在等机会，在等吉联土司辖地乱起来，好乘虚而入。他们巴望着像你这样的头人跟黑彝贵族们厮杀开来，那就是他们的机会。”

“你的意思是，我这三根肋巴骨白断了？”阿兹乌头人问说。

“谁说白断了？是君子报仇，十年不晚罢了。”毕摩说。

阿兹乌头人痛苦地想了想，伸出手拉了毕摩的手说：“毕摩，请你转告阿喜土司，为了吉联家族，就算忍十年，我阿兹乌也认了！”

毕摩离开阿兹乌头人，去找黑彝阿卓。阿卓是吉联阿喜土司领地上崛起的黑彝势力的推手人物。毕摩知道，只有震慑住了阿卓，才能打压住黑彝势力的嚣张气焰。毕摩还知道，说服阿兹乌头人容易，但要用语言的力量让阿卓做到心服口服，那可是困难重重的事情。如果弄得不好，自己能否平安走出阿卓家也未可知。

毕摩没再让木头背他，而是自己走。内心忐忑的他走得犹豫不决。他甚至猜测不出老奸巨猾的阿卓，会采用何种方法收拾他。

但愿阿卓不要让自己太狼狈。毕摩想。

无论是作为土司府派出的说客还是使者，在对待阿卓的问题上，毕摩显然都是不称职的。

“木头，”毕摩唤了一声木头说，“汉人有句谚语，叫作‘秀才遇到兵，有理说不清’。我去见阿卓，就这结果。”

毕摩这话，连他自己都知道，并不是说给木头听的，不过是自说自话，给惶恐的内心找点理由。木头仿佛也把他这话当了耳边风，没听到似的自个儿木讷地往前走。

毕摩想，聪明往往使人痛苦，而愚蠢却会使人幸福。他甚至觉得，自己像木头那样，该多好。

阿卓似乎早就知道毕摩要来。在院子里，阿卓领着几个弟兄杀了头肥山羊，正把杀死的黑山羊吊在院子的柿树上开膛破肚。见了毕摩，阿卓的热情大大出乎毕摩的意料。

“我一杀肥羊，你就摸上门来了，毕摩，你真是有口福的贵客，快到家里喝杯热茶。”阿卓胖胖的圆脸，盛开的笑容像朵肥硕的牡丹。那股亲切劲，像重逢了多年未见的发小。

但毕摩还是从阿卓那几个在院落里收拾肥羊的兄弟伙的谈话里，嗅到了凛冽的杀机。

手握尖刀，正准备为肥羊开膛的马脸男子往地上啐口唾沫说：“这羊儿子也是活该，怪它话多，成天‘咩咩’叫不停，现在好了，挨千刀的命！”

毕摩听出了马脸汉子的话含沙射影，心里禁不住打起鼓来。他跟在阿卓身后进屋吃茶的步子混乱不堪。被隔在屋外的木头，好像对收拾整理肥羊尸首产生了兴趣，凑近了又闻又看。

“那阿卓大哥为何还要对装神弄鬼的毕摩客气？还用得着给他赔那么多笑脸？”瘦猴一样的小个子男人不解地问。

马脸说：“阿卓大哥说了，他要学古代的汉人，给毕摩摆桌鸿门宴。”

6

阿卓家杀一只肥羊，连几十里外的贵族阿布都策马赶来吃羊肉喝酒，聪明的毕摩知道，阿布可不是为羊肉和酒来的。其实，阿卓不仅请了阿布，他把方圆几十里地有点权势的黑彝贵族都请来了。这轻易地让毕摩看出了这些黑彝贵族们的居心。

土司府的一举一动，全在这些黑彝贵族的监控之下。事实也如此，当毕摩赶往阿兹乌头人家去时，知道这个消息的阿卓就预判出了毕摩定会上门来兴师问罪。

阿卓身为贵族，也是几代人努力的结果，阿卓深信自己家族的血液里，藏着比别人智慧的基因。他不会愚蠢地像对付上门催租的头人那样，派人痛打其一顿，毕竟，毕摩是土司衙门钦派来的人，是彝山上认为知书达礼又连接天地的掌握了神权的使者。

对付文化人，必须采用文化的手段，阿卓是明白这个道理的。自己家族能在短短二十来年里崛起成为贵族，他的祖辈和父辈正是相信了比拳头还要厉害的东西是脑袋。很多事情，使蛮力于事无补，动脑筋却会迎刃而解，柳暗花明。

但阿卓还没有聪明到可以跟毕摩面对面用话语来“掰手腕”的程度，于是他开动脑筋要起了歪心思。

这些年，阿卓一直在跟金沙江对岸的汉人做非法生意，他们暗地里勾结贩烟土和私盐。和他打交道的那个汉人外号“小诸葛”，人比猴子还精，鬼主意就像孙猴子身上的汗毛，随便就能变出一串花样来。他总能用计骗过官府，混过多如牛毛的盘查。但他同样也要阴谋吃下过阿卓的不少钱财。过去阿卓每每想到这个“小诸葛”，都会恨得牙痒痒。而今天，当听说毕摩赶往阿兹乌头人家后，他却派人下山去，涉江请来了“小诸葛”。

“小诸葛”上山来，迅速乔装打扮换上了一套彝家下人的衣服，冒充一名厨子，准备导演一场“鸿门宴”。阿卓说了，如果他导演的好戏成功，就送他十只又肥又壮的山羊。一想到自己很快就能赶十只山羊下山，“小诸葛”兴奋地在厨房里唱起了汉人的歌。

歌声吸引了靠在厨房外墙角打瞌睡的木头，他踮起脚伸长脖子从厨房外的窗口往里望，看见兴奋过头的“小诸葛”正在摆弄两个土罐子。

“小诸葛”把其中一个土罐子的酒塞子打开，将土罐子的酒倒在了木盆里，大麦酒的酒香迅速在厨房里弥漫开来，部分已跑出窗外，木头吸了吸鼻子，眼睛死死盯住“小诸葛”。他看见“小诸葛”正往那倒空的酒罐子里注凉水，他欢天喜地往土罐里注水的快活样，活脱脱像个把阴谋变成了现实的阴谋家。

文火煨肥羊。当火烧云将彝山之上的天空染红的时候，黄昏来临了。这迟迟没有开始的宴席，让毕摩如坐针毡。而前来赴宴的十几个贵族围坐在一起气定神闲，他们像群团聚的兄弟一样，一边品着罐罐烤茶一边交头接耳。他们轻易地忽略了毕摩的存在。煨煮肥羊汤锅散发出的香味中夹杂着一种让毕摩躁动不安的羊膻味，在这种味道里，毕摩想到了木头，于是他站起身，欲出家门去院内找木头，但阿卓看到了起身的他，以为毕摩要溜，就干咳了两声。毕摩向阿卓说明为何起身，阿卓笑了笑说：“怎么招待好土司府派来的贵客的随从，我们贵族是不会让贵客操心的。”

就在这时，阿卓请来的知客师在院里也吆喝开来。一切准备就绪了，客人们可以入席了。阿卓满脸堆笑，将毕摩邀到主桌的主位坐定，便大声吆喝道：“上好酒——”

两个罐口用红布蒙定的土罐子被两个下人从厨房抱了出来。两个几乎一模一样的土罐子，被摆在了主桌上。之所以说是几乎，细心人还是能看出来，这两个罐子还是有细微的差别，在封罐口上，一个捆罐子的羊毛绳是红色的，另一个却是黑色的。这点差别实在太细微，连细心谨慎的毕摩也没看出来。

所谓的“鸿门宴”就要拉开序幕，作为主人的阿卓内心兴奋不已。当然，跟他一样内心兴奋不已的，还有那个冒充厨子的汉人“小诸葛”。他决定亲自动手，将刚从锅里盛到大木盆里的香喷喷的羊肉端到主桌上去。

其实，这“小诸葛”设计的“鸿门宴”，跟真正的鸿门宴相比，相去了十万八千里，不过是一个拍脑门的雕虫小技而已，用的不过是偷梁换柱的小把戏。他在用黑绳捆绑罐口的酒罐里灌了一罐子凉水，而红绳捆绑的酒罐里，依旧是原封不动的荞麦烈酒。他想，只要这罐子酒淌进毕摩的肚子里，能言善辩的毕摩一定会被酒烧成一个口齿不清意识迷糊的笨蛋。到那时，毕摩就会成为阿卓的玩物，任其戏弄，在这群黑彝贵族面前把颜面丢个一干二净。

对于阿卓来说，毕摩丢多少颜面并不重要。重要的是，他要让那些对土司衙门还抱有幻想、立场依旧模糊的贵族们清楚，今天的土司衙门里都是像毕摩这样的怂包，对这样的土司衙门抱有幻想是相当愚蠢的事情。

要让他们在精神上输个一干二净！阿卓上牙咬了下嘴唇想。

阿卓用手摸了一下自己脸上的鹰钩鼻尖，目光从两个酒罐子上扫过。他看清楚了那酒罐子上的黑绳和红绳，伸手出去，抓住了罐口系黑绳的土罐子，并把土罐子揽到自己面前说：“各位兄弟伙，我今天宰羊，请大家来吃汤锅喝酒。承蒙大家给我阿卓面子！但让阿卓没想到的是，毕摩也来了，早上起来，我家柿树上喜鹊叫个不停原来有贵客到。毕摩先前说他是土司派来的，还带来了神的旨意，这好生了得，我阿卓何德何能？让土司惦记也就罢了，神也要给我旨意？毕摩，你真是好消息和春天的使者，让我心上都开出花来啦！我实在是高兴了！我提议在在座的诸位黑彝兄弟的见证下，我和毕摩各喝下这一罐酒，以表我们对土司和神的敬意和忠诚！”

围坐在桌子前的黑彝贵族们纷纷鼓起掌来。

毕摩有点脑子发蒙，他搞不清楚阿卓的葫芦里到底卖的什么药。彝人爱喝酒，彝人也好酒，这是全天下都晓得的。彝人有酒量，彝人能喝酒，这是整个乌蒙山都公认的。但开口就要喝一罐酒，这样的欢迎仪式，毕摩觉得不仅有点过分，简直就是不怀好意！但阿卓会对自己怀好意那就是咄咄怪事了。这样一想，毕摩暗自对自己说，只好骑驴看书，走着瞧啦。

毕摩唯一清楚的是，无论是自己还是阿卓，这么一大罐子酒下去，都得醉成烂泥一摊。阿卓是不是吓唬人，料定了我毕摩不敢接招？那样，他就有话对黑彝贵族们说了，这毕摩口口声声土司呀神呀的，但都是口上功夫，心中并没有敬畏和忠诚。

毕摩开动他那抹了油的脑子，认定这就是阿卓的意图。他想，不就是喝酒吗？又不是喝毒药！嗯，我毕摩可不是你阿卓吓唬长大的！

毕摩站起身，伸手扯掉了封酒罐罐口的红绳。看到毕摩轻易中计，阿卓满心欢喜地也扯掉了黑绳，唤人将封罐口的塞子拔去。

阿卓轻松地抱起罐子。

毕摩一副豁出去的样子，也抱起了罐子。两人象征性地将罐子当杯子轻轻碰了一下。毕摩口一张，眼一闭，罐一仰，就见清清亮亮的酒扑进了口腔。

他手一抖，将罐子放在了桌子上。

“毕摩，一口干呀！”桌边有黑彝贵族提醒他。

而这时，阿卓也放下了罐子。

他“噗”的一声，把满满的酒喷在了桌子上。情急之下就露出了破绽——

“怎么搞得，全是酒啊？”

聪明绝顶的毕摩，这下知道了，本来是用来灌醉他的酒，这下被阿卓误喝了；而自己喝的那罐水，才是准备给阿卓的。

识破伎俩的毕摩，一下子变得镇定自若，成竹在胸。

他重重一巴掌拍在了桌面上，“砰”的一声响，吓得在座的黑彝贵族们都身子抖动了一下。

“有这样招呼客人的吗？”毕摩大喝一声，瞪着一脸惶惑的阿卓，摇了摇头说，“阿卓呀阿卓，你口口声声把我当成贵客，当作神和土司的使者，但却在宴席上自己喝酒，让贵客使者喝凉水。这样的事传出去，羞的怕不仅是你，怕是乌蒙山所有的彝人！”

毕摩边说边用手指敲击着罐子。

一位黑彝贵族一脸怀疑着站起来说：“阿卓哥可是个实诚之人，咋会在酒罐子里掺水？”

毕摩将酒罐子用力一推，直推到他面前说：“要不试试？”

那位黑彝贵族撸了一下袖子，将一个手指头伸进罐子，拿出来后放嘴里一吮吸，不再言语，乖乖地坐下了。

贵族们都用满是不解的眼神看着阿卓，看得阿卓心里一阵阵发毛了——

“不是这样的，”阿卓说，“不是毕摩说的这样的。”

毕摩抖了一下身上的察尔瓦，潇洒而又满是风度地反唇相讥道：“阿卓，你说的没错，确实不是我说的这样，你是不小心弄错了。”

慌乱的阿卓点点头说：“对对对，就是弄错了。”

毕摩环顾一下不知所措地坐在高脚凳子上的黑彝贵族们说：“阿卓承认了，他是弄错了。他弄错了什么呢？他想用酒灌醉我，让我在你们面前出洋相，羞辱我。所以他备用了一罐酒，一罐水。酒给我喝，水给他喝。这样，你们都会惊呼，阿卓酒量跟他智慧一样大！干倒了毕摩，自己一点事儿都没有。他是要让你们崇拜他，在彝山上听他的！”

“毕摩，你胡说！”阿卓气得叫起来。

“我胡说？”毕摩用手反过来指着自己说，“我胡说了吗？阿卓，你们仗着自己势力大了，就没把土司衙门放在眼里了，胆大妄为打伤了阿兹乌头人，挑战土司权威。你们干的是什么事？不都是亲者痛，仇者快的烂事吗？你们想过没有，没有吉联土司，我们就会被周边其他土司吞并，那时你们还能做贵族？这样不诚心的宴席，我毕摩不赴也罢！”

毕摩说完，急速转身，拂袖而去。

出了门，他拉了一把木桩一样站在院子柿树下的木头说：“赶紧走，再不走就来不及了。”

木头紧跟着他出了门。

毕摩站住。

木头也站住。

毕摩转过身，冲木头招招手说：“还不赶紧背了我跑，真是木头！”

7

木头背着毕摩从黄昏的血布中跳进了夜晚的黑幕里。他奔跑得太快了，比丧家之犬还快。逃跑是可耻的，但木头背上的毕摩，不认为自己的行为可耻。在他看来，这样的逃跑更像是一次凯旋。他起先是担心那些一时发蒙的黑彝贵族们，会在恼羞成怒后清醒过来，要这样他就很难金蝉脱壳。但当他意识到自己成功地利用了宝贵的时间差后，惶恐的内心就充盈了班师回朝般胜利的喜悦。

毕摩觉得自己不是趴在一个人的背上，而是骑在一匹扬蹄飞奔的骏马上。暗夜里的木头，他奔跑得太迅疾、太快速，像风一样。不，他本身就是风，比闪电还快的风。毕摩觉得身子之下的木头，像一把锋利的刀刃，正刺啦着把夜的黑幕划破……

这个普通的夜晚从此嵌刻在了毕摩的记忆里，成为一种奇妙和骄傲。但慢慢地咀嚼和品尝这种奇妙和骄傲，却是后来的事情。心知肚明的木头，任毕摩自我神化。那天夜里，毕摩回到土司府的首要之事，就是邀约了管家去面见女土司吉联阿喜。

面见女土司，让毕摩收获了心满意足的结果。他的足智多谋不仅获得了阿喜土司的称赞，也收到了让管家嫉妒的效果。认为毕摩言过其实的管家，虽然内心固执地认为毕摩为炫耀自己的智慧编造了用谎言做材料的故事，但还是审时度势同意了毕摩要土司巡视领地的提议。在彝山，土司巡视领地，从来都是一件劳民伤财的政治行为。巡视领地几乎让整个土司衙门都得倾巢出动，一个移动着的土司衙门，光吃喝拉撒都够管家操劳的，路途中的变数和意外，更让管家苦不堪言。但熟悉土司衙门规矩的管家，知道巡视从来都不是一种空洞的仪式，它是土司扬威仪、布慈恩、展示自己权势和实力的重要形式。

在管家的精心布置和操持下，通过土司府上上下下的努力，一支阵容浩大的巡视队伍被组织起来。毕摩出行前在土司府前举行了盛大的祭天仪式，在土司兵火铳的轰鸣和仪仗队唢呐的悠扬旋律中，盛装的土司被木头从土司府里背出来。久未见阳光的阿喜土司苍白的脸上竟然也泛起了朝霞一样的红晕。整个巡视的队伍都被一种激情和兴奋充盈着。只有当背脚的木头，依旧像一截没有知觉的木头一样，他按部就班朝前走的脚步，机械而又不失坚定。土司府附近的彝族群众闻讯赶了过来，他们分列在道路的两旁，唱起了古歌。在歌颂与赞美的歌声和鼓乐中，阿喜土司，在木头的背负下，带着她的队伍，踏上了巡视之路。

巡视之路，并非像开始那样热烈而轻松。吉联土司的领地，几乎都是由高山深谷组成，道路的崎岖和坎坷，让巡视的队伍走得缓慢而艰难。每地的头人家，成了巡视队伍的驿站。那些在土司衙门中养尊处优的大小官员，几天下来，个个灰头土脸，苦不堪言，迅速变成一支疲惫之师。怨声载道的他们，在起起伏伏的山道上，狼狈不堪的样子让阿喜土司既轻蔑又不满。年轻的她，心中生出了捉弄这疲惫之师的想法。她把嘴凑近木头的耳畔，用彝语要他快起来。

木头不动声色，加快了脚步。

走在前面的木头和背上的阿喜土司，渐渐地脱离了巡视的大部队。看着这样的情景，管家要求队伍振作精神跟上自己的主人。但他的话在山风的作用下，成了这群人真正的耳边风。管家只得放开喉咙，吆喝木头慢下来。

同样，他的大喊大叫仿佛又成了木头和阿喜土司的耳边风。无能为力的管家喘着粗气，要求毕摩祈求山神，保佑遥遥领先的阿喜土司平安。毕摩站在风中，喘吁短促的祈祷声，弱不禁风。

木头背着阿喜土司，像阵轻快的风，轻盈地越过一个背阴的山坡，来到向阳的坡地。在木头背上的阿喜土司，竟然振臂惊叫了起来。

她的眼前，是一坡盛开的马缨花。这些马缨花，开得喧嚣，自由而放肆。那些怒放的花朵，仿佛要点燃山坡。美得如此放任，美得如此潇洒，让阿喜土司惊叫连连。

木头把阿喜土司从身上放下来，把她抱了坐在山冈的青石上，就朝着那开满马缨花的地方跑去。阿喜土司看到，木头被汗水浸透的后背上，有丝丝缕缕像雾气一样的东西蒸腾了起来。

木头采来了一大抱马缨花，面无表情地朝阿喜土司走过来。他来到阿喜土司身边后，将大朵大朵的马缨花围着阿喜土司铺开来。他不断地重复着采了铺，铺了采的动作，直到最终把阿喜土司置于一片怒放的花海中。

阿喜土司开心极了，她笑得就像马缨花一样。

木头木讷的脸，像坚冰受了春风，轻融中泛起了一丝浅浅的笑容。这浅浅的一笑，还是被阿喜捕捉到了。

你哪是木头？阿喜大声说，你不是木头！

阿喜手指着木头，咯咯地笑了，她的话语和笑声，被风一吹，仿佛就撒满山冈了。

木头忍不住也嘿嘿笑了。他笑得连绷着的腰杆也弯成弓了。

山冈上，两个年轻人的笑声，被山风扬开去。世界，此时似乎也变得美好而年轻了。

“放肆！”

气喘如牛地赶上山冈来的管家，在木头屁股上踢了一脚，冲木头吼叫道。

木头的笑声，仿佛受了惊吓，戛然而止了。

阿喜也止住了笑声。她原本艳阳般的脸，一下子就结上了冰霜。

管家身后的毕摩，试图让阿喜土司重拾快乐，就奉承道："阿喜主人，你真像一尊活菩萨！"

但他的话并没有让阿喜土司重新开心起来。阿喜抓起两朵花，将花瓣用力撕碎，又将它们抛向空中。

当纷纷扬扬的马缨花碎片随风扬长而去，阿喜土司冷冷地说——

"走吧。"

巡视的队伍于是又蜿蜒成蛇一般往山下走去。

一路上，管家都在小声教训着木头——

"再走那么快，我就打断你的狗腿！"

巡视之路，又变得无趣而沉重。在木头背上的阿喜土司，无精打采，像无筋骨的烂泥，后来，竟然沉沉睡过去了。

下了山，路变得好走了许多。前面有了人间烟火的景象，一台一台的坡地被翻耕后，在太阳的晾晒下，散发出夹杂了泥腥味的芳香气息。三三两两的娃子，用锄头捶打着泥丸。被平整过的耕地上，有人在播种。他们将细碎如芝麻状的东西，一把又一把地扬出去，让它们均匀地落到新耕的土地上。

"这些人在播种啥？"

原本趴在木头身上熟睡的阿喜土司，这时竟然醒了。

她的提问让管家吃了一惊，管家愣了一下说："报告主人，娃子们正在播种芝麻。"

阿喜睁着一双大而圆的眼睛，看着坡地上略显壮观的播种场面问："管家，这是哪个头人的田地？"

管家皱了眉头想了想说："应该是安日火头人的。"

"他种那么多芝麻干啥？"阿喜的眉头也皱紧了，又问管家，"你确定？”

管家说：“主人，你要我确定什么呀？”

管家在阿喜土司的目光里，垂下了头。阿喜盯着管家说：“我要你确定，这地里播撒的是不是芝麻。”

“管家，你把阿喜当三岁小孩了？”阿喜土司叹了一口气说，“是该巡视领地了，要不，翻了天我都蒙在鼓里。”

“主人，我……”

管家欲分辩，但被阿喜土司挥手制止了。阿喜叫一声说：“毕摩——”

站在一边一副事不关己样子的毕摩，没想到土司阿喜会叫他，吓得脚下一滑，差点摔倒。他站定后战战兢兢地说：“主人，请吩咐。”

“毕摩，”阿喜土司双手按在木头肩上说，“我们吉联家族，对你家还可以吧？从我阿爹继承土司位起，土司府就没请汉人来做师爷，为啥？那是把你毕摩家，既当了毕摩又当了师爷。你实话告诉我，这地上播撒的是什么？”

毕摩偏头看了一下管家，也把头垂了下去。

“毕摩！”阿喜土司双手举起来指向天空说，“把你垂头丧气的懦弱的脑袋抬起来，看着天菩萨说，这地里种的是什么？！”

毕摩吓得跪在地上，他一边作揖一边说：“报告天菩萨，报告土司，是罂粟。”

“嗯，”阿喜鼻子哼了一声说，“毕摩就是毕摩，我要不请出天菩萨，你怕不会对我说真话吧？”

“不敢！”毕摩浑身颤抖着。

阿喜土司又扭了扭身子看着管家说：“管家，阿爹当年好像定过规矩，吉联家族的领地上，不准生长这东西吧。”

“这——是，是，”管家边点头边说，“老主人不是升天了吗？安日火头人一定以为，又可以种了。”

阿喜目光冷冷地看着管家说：“这安日火头人，眼睛中没阿喜哩。管家，请你转告安日火头人，吉联家族没了老土司，但有了新土司！”

管家浑身哆嗦了回答说：“是是，是是是。”

阿喜土司把手往木头肩上轻轻一拍说：“走吧。”

队伍继续往前走。

但木头只走了几步，阿喜土司在他背上又发号施令道：“停下！”

管家上前问：“主人，又有何事？”

阿喜看了看天，又低下头看了看管家说：“管家，好像有些不对呀。”

管家整理了一下身上的察尔瓦规规矩矩立定。阿喜问道：“这安日火头人只是一个中头人，哪管这片土地的大头人是谁呢？管家？”

这一问，问到了要害，管家扑通一声跪在地上说：“主人，是我。但种罂粟，真不是我的意思。我为了侍候土司府，忙不过来，把土地转租给了安日火，没想他竟然斗胆在地里播种罂粟。主人，我失察，失察呀！”

管家一边说，一边把自己的脸扇得啪啪响。

8

阿喜土司巡视领地的队伍下榻在头人安日火家。让阿喜土司没想到的是，仅仅是个中头人的安日火，却有着一个跟土司府比也绝不逊色的庄院。

安日火头人的庄院，由大门、二门、正堂、厢房、五个天井、两个花园和一座碉楼组成，整个庄院除碉楼外虽然都是木构架土坯墙小青瓦覆面建筑，但依然让见过世面的阿喜也觉得规模大得与他的中头人身份不合。土墙面绘有彩绘，道路用照得见人影的青石块拼砌而成，这偌大的庄院，细部如此考究，让阿喜土司洞察了这安日火头人，在生活上是个讲究之人。

可安日火却穿了件缀满补丁的察尔瓦来迎接阿喜土司，也没准备任何的欢迎仪式。见了阿喜的面，还没等木头把她放下来坐定，就控诉起了金沙江对岸的撒玛土司。控告他们占着人多势众，经常在夜里渡江来抢他安日火的娃子和耕牛。

“土司，你来得正好！”安日火说，“就在昨天夜里，撒玛又派人来抢耕牛，被我们的人用长刀捅死了一个，捅伤了两个，撒玛扬言要报复，据说已经考虑要发木板令了，我还想着明天一早就动身，赶土司府汇报，没想到土司大人会自己上门来，我这是什么福分呀！”

一听说木板令，大家都知道问题严重了。木板令一旦发出，土司与土司之间打冤家的事就不可避免。这正是春耕大忙季节，领地上的佃农们正忙着撒荞子，种洋芋。一旦打冤家，每家每户都得派出一个壮劳力来参加，这不仅影响春耕，还会让斗殴双方付出十数条人命数十人伤残的代价。说到打冤家，阿喜土司就会想到自己的哥哥，那个长得像一头豹子一样孔武有力的年轻帅气的小伙子，曾经是阿爹振兴吉联家族的希望。但在与目阿土司因山林纠纷打冤家的过程中，被活活劈掉了半边脑袋。当哥哥的尸首被抬回来，看见爱子惨状的阿爹一病不起，自知来日无多，才让人接回了瘫痪的自己，不情愿地让她成为一个女土司。阿爹至死都没合上双眼，就是明证。

“不能让撒玛土司发出木板令！”沉思的阿喜斩钉截铁地说。

“土司大人，”安日火问，“难道你害怕了吗？人家撒玛土司，正是看到你年少懦弱，才存心欺负我们的。”

“安日火头人，你说得对，我是害怕了。难道你不害怕吗？哪一次打冤家，能不死人伤人？哪一次打冤家，解决过问题？哪一次打冤家不是两败俱伤？”阿喜质问道。

“土司大人，不是我们想打冤家，你误会了我的意思，撒玛想打，我们就跟他打，不惜一切代价。你刚当土司，决不能示弱。再说了，木板令在撒玛土司手上，他想发，谁能拦住他？”安日火头人摊了摊手说。

“我想我能。”阿喜一脸平静说。

“主人，”管家一脸惊愕说，“这可不是小孩子过家家，真不是闹着玩的。”

毕摩也摆摆手说：“使不得使不得，主人，你不是跟我们开玩笑吧？”

阿喜看了看毕摩，又看了看管家说：“就请你们允许我开次玩笑吧，反正在你们心中，我不过是个小孩子。”

毕摩和管家都竟相张了口，但话未出口就被阿喜制止了：“我已经考虑好了，我亲自去，找撒玛土司。”

管家摆手说：“不可不可，要去，就让安日火头人跟毕摩去。”

毕摩听管家这话，心里恨得想把管家大卸八块；安日火头人听了这话后说：“我宁愿带人跟撒玛打冤家，也不去找撒玛讲和。”

阿喜没理会管家的建议，她问安日火说：“捅死的人呢？”

管家说：“报告土司大人，我让人放在村口的核桃树下的青石板上了，离开时我把我的察尔瓦脱下来，把尸体裹了。按规矩，江那边的人夜里会派人来，偷偷把尸体搬回去。”

“不！”阿喜土司摆摆手说，“我亲自把尸体送去给撒玛土司。安日火头人，快下江边去准备木船吧。但不得暴露我的身份！”

安日火头人抬头看了看天说：“要去，也等吃了晚饭去。”

阿喜说：“来不及了。”

她边说边示意木头把她重新背起来……

江涛高一声低一声，江风紧一阵慢一阵，艄公胆战心惊地把木头和阿喜土司摆渡到对岸去。看着那被察尔瓦包裹的彝人尸体，艄公一边摇橹，一边往嘴里灌着烈性苞谷酒压惊。

阿喜用汉话低声念了一句诗，那是她在成都的学堂里，汉人先生教的——

风萧萧兮易水寒！

木头坐在船舷上，守护着瘫坐在船舱里的阿喜土司。淡淡的月色里，越来越近的对岸变得更加深不可测。阿喜的心，就像这木船，虽然执着地要漂向对岸，却又起起伏伏，摇摇晃晃。现在，她内心里，越来越钦佩成都学堂里那个教她汉文的汉人先生。他说得真对，权力是孤独的！阿喜这么想着，身子就抖了一下。

木头解下身上的察尔瓦，将它披在阿喜身上。

“我不冷。”阿喜说。她细细的声音被波涛轻易地吞噬了。

岸越来越近！

气氛变得肃杀。

按照安日火头人的信息，撒玛土司已经赶来了江边，住在了江边瞰山坪的头人约涅木乃家。正在紧锣密鼓差遣兵马向瞰山坪聚集。阿喜土司知道，撒玛土司聚集完打冤家的队伍，就会迅速派人发出木板令。

就在阿喜土司暗自思忖之时，摇橹的艄公，口腔里惊呼了一声“啊”。

坐在船舷上的木头也一激灵站了起来。

船也跟着剧烈摇晃了几下，差点倾覆在江里。

阿喜看到，满山都是移动的火光。这些火光，正星星点点地朝瞰山坪聚集。

阿喜明白了，那些火光，都是赶来打冤家的人的火把！蔚为壮观的场面，仿佛就是撒玛土司的怨气和怒气。

艄公将船划到岸边一块巨大的礁石旁，他协助木头将阿喜背负好，就回到了船头。看着放在船尾用察尔瓦捆裹好的尸首，阿喜掏出了一块在月光下闪闪发光的银圆，要艄公帮忙把尸首送瞰山坪去。

艄公吓得扑通一下就跪在了船头，他说他不要银圆，他要的是命。

“我有一个老婆，两个没成年的孩子，跟你们去，就回不了家了。”艄公奋力划了两桨说，“那约涅木乃头人，比豺狼都狠。”

阿喜听艄公这么一说，心里直骂这艄公是个软骨头。木头背着阿喜土司来到船尾，弯腰将僵硬的尸首抱起来，就径直朝瞰山坪的方向走。阿喜将发光的银圆抛向艄公说：“回去的船费预付了，你好生在这里等我们回来。”

艄公伸手将银圆抓在手里，夜色掩盖了他发了意外之财的惊喜的表情。

看着阿喜给的银圆，艄公嘀咕道：“这是俩什么人呀？吃了豹子胆了！要是落在约涅木乃头人手上，怕连魂都回不来了！”

待艄公抬起头来，却不见了木头和阿喜，艄公眨了眨眼睛，不太敢相信就一眨眼工夫，那闷声不响，先前坐在船舷上连屁都没放一个的年轻人，背上背个活人怀里抱个死人，消失得比风都快！比风都干净！不会是遇见鬼了吧！

这样一想，艄公一下子就觉出了夜的冷，他牙齿一阵打战，慌忙调转船头，往来时的岸奋力摇去……

9

木头背着土司阿喜，怀里抱着尸体，闯进了约涅木乃头人的院子里。像风又像闪电一样的闯入者，让约涅木乃的院子就像烧烫的油锅里溅进了几滴凉水，顿时炸开了。

人群的喧嚣惊动了正在喝酒吃煮羊肉的撒玛土司，他的脸上露出了不悦的神色。这让约涅木乃头人觉得很丢面子，恼羞成怒的他腾地站起身来，抓了一把快刀握在手里就冲出客厅去了。

他推开门就看见了凛然立在天井里的木头，看着他怀里抱着一个黑咕隆咚的东西背上背着一个如花似玉的女子。一群土司兵和看热闹的人把院子围了个水泄不通。约涅木乃头人就用寒光凛冽的快刀指着木头问道——

"请问来者何人？"

木头僵立着，背上的阿喜土司说话了——

"请问你又是何人？"

约涅木乃头人仰天大笑，他的笑声就像嚯嚯的江风，混沌而沙哑。

"问我何人？太搞笑了吧？"他连眼泪都笑出来了，他用手掌抹了抹笑出的泪说，"私自闯入我府上，还问我是谁？"

"哦，"阿喜土司微笑了一下说，"原来是约涅木乃头人呀？"

"那……"约涅木乃头人用刀指着阿喜土司问说，"那你是谁？"

阿喜土司莞尔一笑说："我不告诉你。"

这一笑可惹火了约涅木乃头人，他挥刀逼近阿喜土司，用刀尖在阿喜土司额前划了划说：“哪里来的小娘们儿，竟敢调戏老子！”

但阿喜土司毫不畏惧，她大喝一声说：“约涅木乃，收起你的刀！一点规矩都没有！还不把撒玛土司叫出来？”

阿喜土司话音刚落，从正门里走出了一个魁梧的男人，他就是撒玛土司。他手中端着一碗苦荞酒问道：“谁这么心急火燎大吵大闹要见我呀？”

阿喜土司在木头背上冲撒玛土司抱拳说：“乌蒙抚夷司吉联阿喜土司求见撒玛土司。”

“哦，”撒玛土司端着酒碗，摆一个自认为优雅的姿态说，“没想到吉联家的黄毛丫头，都长成大姑娘了！你那背脚也够辛苦的，背你一个大活人，怀里还抱一大坨，给我送什么礼物来了？”

“尸首，”阿喜土司平静地说，“给你送尸首来了。物归原主，人更应该。”

一听这话，撒玛土司将酒碗重重一摔。在瓷碗破碎的声音响起时，撒玛土司也从腰间拔出了短刀。

“你这不知深浅的黄毛丫头，送上门来是想找死呀？”撒玛土司骂道。

“谁上门是为了找死？”阿喜嘴角撇出一丝似笑非笑说，“我说我是来讲和的，你信吗？”

“讲和？”撒玛土司将短刀往天上一举说，“你用什么跟我讲和？你有什么资格跟我讲和？”

阿喜在木头背上手一摊说：“撒玛土司，你是土司，我也是土司，我凭什么就不能跟你讲和？”

撒玛土司像个精明的算师那样说：“你呀阿喜，真不愧是吉联家族的人。你们杀死捅伤了我们的人，把尸首送回来，就万事大吉了？那我撒玛家族的面子，往哪儿放？我撒玛家族的仇往哪儿消？冤往哪儿诉？”

阿喜说：“撒玛土司，你的人不渡江去偷我们的耕牛，他就不会死，也不会伤！你是不是觉得我们乌蒙山没人了，还是觉得我一个女儿家好欺负？你的人随意过江，又抢又偷的事，岂止这一件？”

撒玛土司被阿喜这一数落，脸上有些挂不住，就蛮横了说：“我就是欺负你怎么样？一个黄毛丫头，一个瘫子，也敢冲我叫嚣？”

阿喜见撒玛土司耍横，忍不住露出了鄙夷的笑容，她手指撒玛土司大声说：“我黄毛丫头怎么了？我目光比你看得远，知道做个土司要立足长远，要顾全大局。我脑子比你清醒，知道杀人一千要自损八百，打冤家只会两败俱伤，没有真正的赢家。我是瘫子，站不起来，不能走也不能跑。但我雇个背脚，照样能走会跑，而且比你走得稳，跑得快。我哪点不如你？”

“唉！气死我了！”撒玛土司因为恼火，原本就喝红的脸，这下子变成了酱紫色，他用短刀指了指阿喜，又指了指木头说，“你竟然说一个背脚，背着你比我走得稳跑得快，你怎么可以羞辱一个高贵的土司！”

阿喜土司说：“我说的不过是事实而已。”

撒玛土司想了想，将短刀重新别回腰间，对围观者说：“把这个背脚怀中的丧门星拿走，我今天要跟他比一比，阿喜土司找来这两只脚，到底有多快。”

阿喜土司说：“比赛是有输赢的，输了怎么办？”

撒玛土司指了指阿喜土司说：“我输了，我跟你讲和！”

站在一旁的约涅木乃头人听撒玛土司的话，摆摆手说：“这不公平，要是他们输了呢？”

撒玛土司哼了一声，手指戳在约涅木乃头人油亮亮的额头上说：“这还用问？他们就只配变成肉酱，抛到金沙江里喂鱼！”

约涅木乃赶忙冲撒玛土司竖大拇指并恭维说：“土司大人英明！”

撒玛土司推了一下约涅木乃头人说：“你上交租子像拍马屁一样爽快该多好？对了，阿喜土司，你还没表态，这样奖罚可以吗？”

“可以！”阿喜土司大声说。

比赛的场地定在了约涅木乃头人家背后的驯马场。说是驯马场，其实就是一条宽仅十余尺、长约千米的沙石道。在沙石道的另一端，约涅木乃头人已命人架起了篝火堆。比赛规矩是：撒玛土司和阿喜土司各举一燃烧的火把，木头背着阿喜土司，与撒玛土司在约涅木乃的火铳声中同时起跑，谁先跑到另一端的尽头，将火把投向架起的篝火堆，谁先点燃篝火谁就胜出。

比赛消息比江风还快，迅速就传播开去，原本举了火把赶来聚集打冤家的人们，顾不得长路的疲惫，纷纷赶来看稀奇凑热闹。一时间，瞰山坪因要打冤家骤成的恐惧压抑的气氛，又迅速被喧嚣和莫名的兴奋替代了，瞰山坪，似乎在这黑夜里，被一种近似于节日的快乐笼罩了。谁也没有去想它背后的残酷：这是一个土司，在用命去跟另一土司赌输赢。

约涅木乃头人将火铳举向天空，扣动了扳机。在“砰”的一声枪响中，一团好看的火星子也喷出了枪管。

撒玛土司反应神速，身子像离弦之箭奔了出去。木头有点发蒙，犹豫了一下，才拔腿往前跑。撒玛土司举着火把跑出一段后回头看，见另一支火把被自己抛下了很远，不觉心中一阵狂喜。他甚至得意地冲黑夜吹了一声尖厉的口哨。

人群中有人冲撒玛土司鼓掌，有人用彝语喊着加油。撒玛土司边跑边向路边给他鼓劲的人群挥手，他步履轻快，高举的火把在风中噼里啪啦地炸响着，仿佛也在兴奋地为撒玛土司燃烧。

但撒玛土司的这种感觉，没能维持多长时间。就在他欲再次冲人群挥手时，一道火光掠过他的身边，迸裂出的火星飞溅到他脸上，像被啄了一下地生出了疼痛。疼痛中他恍然大悟，自己已被阿喜土司超越。这时他身子一阵紧张，奋力加速往前狂奔，但迈出去的步子却像捆绑了铅砣般。而掠过他身旁的那束火光，像一道燃烧的箭镞，正扑向终点的靶心，迅疾，坚定而执着。

在人们的惊呼声中，撒玛土司看见远处一堆巨大的篝火，已被熊熊点燃，蹿起的红色火焰，把夜撕出了一个大大的裂口……

撒玛土司止住了脚步，他一边喘着粗气，一边呆呆地注视着越燃越旺的篝火。最后，他愤然将手中火把扔在了沙地上。

约涅木乃头人这时也喘着粗气赶了过来，他弯腰小心捡起撒玛土司的火把，用安慰的语气对撒玛土司说："胜败乃兵家常事。"

撒玛土司瞪了一眼约涅木乃头人说："约涅木乃，我是输不起的人吗？我生气的是，天菩萨为啥要护着乌蒙山，让那山里出超人。"

"超人？"约涅木乃头人不解说，"撒玛土司大人，谁是超人？"

撒玛土司说："你眼睛长后脑勺啦？那背脚不就是！"

约涅木乃笑了，他说："土司大人讲笑话了，这下贱的背脚不过是跑得快了点，算啥子超人？土司要不放心，我今晚就把他做了。"

"你敢！"撒玛土司说："你做了他，我就做了你！约涅木乃，你那脑袋是铁铸的吗？会不会开窍？做了他，整个的彝族地区会怎么看我？嗯？"

撒玛土司连珠炮似的提问，让约涅木乃头人目瞪口呆。

10

撒玛土司同意讲和。

在约涅木乃头人家的堂屋里，撒玛土司和阿喜土司相向正襟危坐。在撒玛土司一边，站立着撒玛的随从和约涅木乃头人。而在阿喜这一边，只有木头一个人孤零零地呆立着。撒玛土司的目光，一直都死死盯着木头，他不明白这个年轻人的身上，储存的是何种可怕的能量。在煤油马灯的辉映下，僵硬地站立着的木头，在撒玛土司眼中，更像一尊深不可测的铜像。

撒玛土司还有一个疑问在心中，那就是他实在不明白孱弱的阿喜土司，为何如此不畏不惧，难道她也相信，这个像铜像一样呆立着的年轻人能保护她？她的镇定自若，不像一个闺中小女子，反倒像极了一个久经沙场的大将军。也许，她说得对，要真跟她这样的人结下冤仇，结果就是两败俱伤。

但就这样让他们轻松地离开，撒玛土司仍心有不甘。一死二伤，这个代价并不轻，让他们全身而退，撒玛自知难以服众。于是，他开出了讲和的条件——

他向约涅木乃头人挥挥手，示意他到自己身边来。约涅木乃头人恭敬地来到他身边，撒玛土司对着他耳语了两句。

约涅木乃头人匆匆走出堂屋，不一会儿就亲手端进来一个瓷盘。盘中，赫然躺着一把寒光四射的快刀。

“都说血债血偿，”撒玛土司看一眼快刀，又看着阿喜土司说，“你们杀死杀伤了我们三个人，我总得给他们的亲人们有个交代吧？就算他们偷了你们的牛，罪不至死嘛。我今天不要你阿喜土司以命抵命，但我得见血！哪怕你在你那没知没觉的腿上刺一刀，我也认。”

阿喜土司笑了一下，是那种意味深长的微笑，她拍了一下椅子的扶手说：“没问题。谢谢撒玛土司开恩，没要我的命。把刀端过来吧。”

约涅木乃头人幸灾乐祸端着装了刀的盘子，信步走到阿喜土司的面前，做出了个自以为很有风度的姿势说——

“请吧——”

阿喜土司连停顿都没打一个，就伸手到瓷盘中将刀抓过来，握在了自己的手中。

阿喜土司举起刀，正欲给自己腿上重重地刺一刀时，一直呆立着的木头，伸手抓住了阿喜土司握刀的手，并迅速将刀夺到了自己手中。

木头面无表情地紧握了刀兀自站立着。

撒玛土司看着这一切，“啪啪啪”地鼓了三下掌说：“想替自己的主人挨刀，我没意见！”

阿喜尖声叫道：“木头，不关你的事！”

撒玛土司又鼓了三下掌，他对约涅木乃头人说：“约涅木乃，还不搬坛好酒来，今晚有好戏看了！”

约涅木乃冲堂屋外大声吆喝：“快给土司搬坛好酒来——”

撒玛土司扭过头去，看了一眼自己的随从们，然后又扭回头来说：“看到了吧，什么叫惺惺相惜，什么叫主仆关系，都他妈的给老子好好学学！”

下人搬上来一缸酒放在了撒玛土司面前，约涅木乃头人慌忙用土碗倒了酒，毕恭毕敬双手捧给了撒玛土司。撒玛土司一仰脖往喉咙里倒下半碗酒说：“难道这出戏就这样收场啦？”

阿喜土司仰头说："木头，把刀还我，这不关你的事，这是土司与土司之间的事。听到了吗，把刀给我——"

阿喜土司话音未落，木头一扬手，将刀子深深插入自己腹中。

木头对自己下手之狠，完全出乎撒玛土司的意料，惊得他碗中残余的半碗酒，全泼洒在了地上。

木头迎着撒玛土司走去。撒玛土司吓得站起身来，高声道："你这是干什么？！"

木头将手中的快刀"咣当"扔在地上，他脱掉了上衣，扔在地上，然后赤裸了上身走向那缸酒，伸手抓着缸沿将酒缸提起来，将一缸酒全倒在了腹部的创口处。顿时，酒香混合着血腥味，弥漫了整个堂屋。

木头将酒缸扔在地上。酒缸粉碎的声音招进来两个土司兵，但马上被撒玛土司轰了出去，木头捡起衣服，用力将衣服撕扯成了条状。他旁若无人地用衣服撕成的布条将伤口紧紧捆住，然后走到阿喜土司面前，背过身去，背上阿喜土司，大步流星地走出堂屋，走出天井，走出约涅木乃头人家重兵把守的大门。

看着木头背了阿喜土司离去，约涅木乃头人就抽刀拔腿追出去，但撒玛土司唤住了他。

撒玛土司摆了摆手说："让他们走吧。"

木头背着阿喜土司，低了头往江边走。阿喜土司此时不再像个土司，她用拳头不断地击打着木头的肩说："谁让你这样的，谁让你这样的呀？这不关你的事，不关你的事呀！"

在呼啸的江风中，仿佛全是阿喜责备的声音。

充耳不闻的木头，沉默着背了阿喜低了头一个劲儿地往江边走。他身上冒出来的汗珠，打湿了阿喜的胸怀。

终于来到了江边。

那条失去了信誉的船，早已悄然抛弃了他们。木头背着阿喜，站在江边的巨石上，月光，映照着所有的绝望。

江水湍急地流着，涛声寂寞地响着。阿喜诅咒着背信弃义的艄公，但涛声轻易地吞噬了她的咒语。

突然，她觉得自己像长了翅膀的鸟一样飞升起来，随即，又像断了翅膀，极速下坠了。

是木头，背负着她跃入了江中。

阿喜觉得全世界的江水，都涌向了她，而自己，正在快速奔向地狱。原本搂着木头脖子的手，随即就松开了。水中，仿佛有一只大手，正在用手将她往下拉。

那是阎王的手吗？

水中的阿喜，此时已看到了地狱的模样。

但就在地狱的入口，她又邂逅了另一只手。那只手拦腰抱住了她，抱得紧紧的。她下坠的身子，摇晃了几下，又开始往上升去……

当她的头终于顶破了水面，借助月光看见的是木头坚毅的脸。

木头一只手搂着她，另一只手用力划水。下身瘫痪的阿喜仿佛是一个铅坠，木头游了一阵，只得仰了身子，让阿喜紧紧地贴在胸前，双手双脚用力划水。

天空的月亮，仿佛不忍再看他们，伤心着沉到山峦那一边去了。

木头一边划水，一边喘着粗气。阿喜想到了木头的伤，轻声问："痛吗？你痛吗？回答我呀？就说痛，痛死啦！"

木头没有回答，他上气不接下气地用手脚划着水。

"那你累了吗？你累了吗？"阿喜又轻声问。回答她的只有喘息声和水声。

"木头，你真木呀！你真的是木头吗？"阿喜将木头越抱越紧，轻声呢喃着。

他要真是截木头，我就抱着他随波逐流。阿喜这样一想，心中竟然害羞了起来。

岸，仿佛永远都不能抵达，就像个虚幻的梦……

翌日凌晨，毕摩来到了江边，他想他有必要在江边做一场盛大的法事，将江对面阿喜土司和木头的亡魂召过江来。他站在江边，表情严肃，仪态庄重，但就是悲伤得发不出声音。最后，他蹲在江边，看着自己的泪水，一滴一滴落入江水中，成了江水的一部分。就在这时，江边的捕鱼人的叫喊，把太阳都惊跳出来了。

毕摩站起身，朝着捕鱼人的叫喊方向奔去，晨风鼓动着他的察尔瓦，像鼓动着一面帆。

毕摩看见，木头赤裸着上身，背着阿喜，正吃力地向他走来，而他背上的阿喜，仿佛依旧还在沉沉的梦乡。木头伸出无力的手，让毕摩赶过来帮他一把。

当毕摩的手抓住木头伸出的手时，木头双脚一软，跪在河滩上了。

“我……”他跪在河滩上说，“累！”

这是毕摩听他说的第一句话，一句两个字的话。

他吐出这两个字后，就昏过去了。

【作者简介】 潘灵，云南巧家人，生于1966年7月，毕业于云南师范大学教育系。全国文化名家暨“四个一批”人才，享受国务院特殊津贴专家。云南省作协副主席，《边疆文学》总编辑。著有长篇小说八部，在全国报刊发表中短篇小说多篇。

金山寺

尤凤伟

当是一种职业性警觉，宋宝琦即使沉睡中也会被一声短促细微的短信振铃惊醒，且懵懂状态中反应准确无误，一把从枕边摸起手机且对准位置：您好您好是哪位？

短信短信！身边的老婆比他更神，黑下有风吹草动她总是先知先觉且头脑异常清醒。接下来男人把手机举在女人面前让她念。这也是常态，之所以如此，一是他不用找眼镜，省去一通麻烦，另外，也是最具实质意义的：他“现阶段”外面“清爽”，无暴露隐私之虑，乐于顺水推舟自证清白。

老婆念：“僧人”要出事！

迷蒙中一惊：什么？！什么？！

老婆又念一遍：“僧人”要出事！

他翻身坐起，一把抓过手机，又迅速从床头柜上摸出眼镜，他看到的信息与老婆念出来的无异，不由自主“啊”了声。

“僧人”是谁？老婆问。

“嗯，同事。”他含混地说。

他没再睡着。

上午，市府召开文教口领导干部碰头会，贯彻省府刚召开过的文化体制改革会议精神，作为市府大管家的副秘书长宋宝琦，可以说这是他的会，马虎不得，所以办会者多有压力，诸事亲力亲为，不敢在领导眼皮子底下出纰漏。直等到分管文教口的钱副市长开始对着麦克讲话，他才松了口气，思想在瞬间开了小差，回到那条让他心里一直不安的短信上。他晓得发短信的人此时也在这间会议室里开会，像其他与会者那般正襟危坐，在事先发下的讲话稿上装模作样地描描画画，心里实不知在想什么。他冷不丁想到，此时该人想的怕也是“‘僧人’要出事”这桩事吧。该人与“僧人”是党校同学，也是好友。以他所知，本名尚增人的“僧人”党校毕业后不久升为县级丹普市市委书记，而会场上的“同党”李为则升为大市文教局书记兼局长，两人来往密切。而今，尚增人在书记任上出事，难说不会挂拉着其同党李为。他不由为李为担起心来。

一上午的会。会毕作鸟兽散。这时他收到李为发来的短信：我在车上。他心里立刻明白。

由舞蹈演员转行为司机的小马将他俩拉到海边一家菜馆，李为让小马回去了。这里他们来过几回，店不大，清静，菜品亦不错，重要的是环境，窗下便是海，海天一色，浪拍沙滩。正应店名“涛声依旧”。

不等酒菜上来，宋宝琦便迫不及待地问李为：消息确实？

李为点点头：来自纪检委。

宋宝琦其实也想到消息出处是纪检委，这类事纪检部门是正头香主，这说明他那里面有熟人，他问：问题严重么？

李为说这个不晓得，不过要一般般人家也不会管。

宋宝琦问："僧人"他听没听到风声？

李为说：好像没有，前几天还兴高采烈地来电话，说他亲手抓的一个大项目已竣工，各方面都满意，很快要举行剪彩仪式，要我去参加，对了，他还让我告诉你，到时请你也去。

宋宝琦说：这样，那就是还蒙在鼓里。又问：什么时候对他采取行动？

李为说：这，属高度机密，人家哪会讲。按常规，确定了就不会久拖，怕夜长梦多。

宋宝琦心想也是的。

服务员送来酒菜时，两人打住话头儿，同时把眼光投向窗外的大海，海景美不胜收，然而他们什么也没看见，眼前唯一片茫茫的蓝。

服务员离去，李为端起满满一杯啤酒，仰脖灌进肚里，把嘴一抹，吐出一个脏字来……

宋宝琦看看李为，没吱声。

还不到一年啊。李为感叹说。

宋宝琦能体会李为的意思："僧人"尚增人就任书记不到一年时间就出事，太过急切。他仍未吱声，只在心里道：不是有句话叫"一万年太久，只争朝夕"么？不过客观上讲，上任一年出事尚属正常，某市一交通局局长上任还不到两个月便被"双规"，而"僧人"还没那么快。尽管这么想，他心里还是替"僧人"惋惜。依他的条件，仕途上还是大有作为的。不想前程就这样断送了。

两人喝了一会儿闷酒。李为突然问：这一两年你和"僧人"走得近吗？

他看了李为一眼，惊讶于他怎么会问出这么一句话来，哪怕再弱智，也会猜到其潜台词："僧人"出事会不会牵连到他，就是常说的"拔出萝卜带出泥"。当然他也晓得李为是出于好意，出于对他的关切，否则也不会深夜发短信，更不会冒昧地问出这么一句话来。他对着李为摇了摇头，说没有远近这一说。

是吗？李为思忖说，但，你对他是有恩的呀。

指向似乎更明确了。他没反驳，因为李为并没有说错，自己确实对"僧人"是有恩的，这恩就是帮他坐到书记的"龙墩"上。这个李为是始作俑者，他比任何人都清楚。那是一年多前，作为市府办公室主任的他在丹普市副书记任上挂职已经快三年，恰这时，市委鲍书记调任大市任副书记，按常规市长孙广德会填充这个空出来的位置，成为书记，但他的年龄到了"杠杠"上，没戏了。在这种情况下，市委市府居副职的，许多人都盯着这个位置，思谋着能上位。一时间各种传闻飞扬。不久集中在两个人身上，一个是副书记尚增人，另一个是来挂职的他。而他对此无动于衷，挂职官员属"飞鸽"干部，期满便打道回府，即使要提拔也是回去后的事，所以他不当回事，每当有人在他面前说到这件事，他也是一笑置之，不入心，倒有些隔岸观火的心态。事情常常这样，愈是没有念想，最终就愈落在你头上。一天李为打电话给他，说已得知市领导倾向于让他接手书记一职，干一届后再回大市。李为又说自己要到丹普出差，到时一聚。当时他不晓李为是为何而来，但能聚一聚也是高兴的。到达那天晚上，他与尚增人尽地主之谊，宴请过程并未涉及书记职务话题，饭后他与尚一起把李为送至宾馆，尚率先告辞，他留下与李为说话，很快就说到主题上。李为问他对留下任书记有何考虑，他说他没思想准备，也没认真考虑。李为点头说，根据你的情况，回大市也会升任正局，所以在丹普干不干书记无所谓，而这一职对"僧人"却大有所谓。下面竞争激烈，机会稍纵即逝，过了这个村就没有这个店，所以他让我与你商量一下，看能否把这个机会让给他。其实不等李为把话说完，他就明白李为此行是专程为尚当说客，让自己把到手的书记一职让给尚，让尚成为丹普一把手。他晓得，通常情况这是很扯淡的事，不过就自己的实际情况而言，李为分析得对，挂完职回大市升正局是手拿把抹的事，而尚就不同了，也许这是他升迁的最后一次机会。也正因为看明白了这一点，作为两人共同朋友的李为才能开这个口。于是“理解万岁”这句话在这里就体现出来。他理解尚增人，也理解李为。他当即表示同意，这事就谈完了。不久市委组织部来人征求他的意见，他首先对领导给自己的信任表示感谢，后又以孩子即将考大学需要回去照顾为理由，婉拒了这次提职。来人又征询他对尚的看法，他毫不吝啬地说了一通好话。尔后的事情也如他所料，尚上位。从这一点看，也确如李为所说对他有恩，甚至可以说恩重如山。只是世事难料，尚履新不到一年便出事了，仕途一败涂地。李为的责怪也在情理之中。不仅李为，他自己也难以接受这一现实。他叹口气，“僧人”走到这一步，也用不着大惊小怪，一把手，过去叫“父母官”，现在叫老板，想不走歪都难啊。

李为苦笑，说论究起来倒是咱俩害了他，让他上了位，为主一方，就急于搞出政绩，弄个什么丹普世纪园大工程，这你知道，人人都知道工程是个大泥沼，没有提着头发飞过去的本领，谁能逃得脱？

他说话是这么说，可一旦摊上事，这些就不能论究，只能按倒霉处理了。

李为把杯子往桌上一磕，脱口说他自己倒霉，别人也要跟着不清爽！

这话的意思再明白不过。都知道李为与尚增人过从甚密，在某个范围里他也讲过帮尚上位的事，尚出事，自然会有人把眼光盯向他。

回到刚才李为说他对尚有“恩”的话，这不就是把眼光盯上他了吗？当然不是幸灾乐祸，而是担心，以他与李为的交情，这他能肯定。

他说李为你放心，我和“僧人”之间没啥事，要说有只一桩，春节他请我去丹普寺院烧香，回来时他让人在车后备厢里放了几盒当地特产，有海参海米鲍鱼，他要是交代出来，我承认，上面要撤职就撤职，要入刑就入刑……

李为淡淡一笑，说这点儿事在咱这里，肯定不会追究。大家还不会相信，会讲帮这么大的忙，仨瓜俩枣打发了，太不靠谱。

实际上这也是李为对他讲的话，他不大相信尚能如此不讲游戏规则。他很想问一句：尚又是咋样向你报恩的呢？讲恩，你比谁都大呀。牙关一咬，终是没说出口。须知这是最隐秘的事体，特别在这关口。

李为突然发现了什么，盯着宋宝琦面前满满的酒杯，问句：你咋不喝了？

宋宝琦说下午陪李市长去保税区视察，哪敢多喝？

李为调侃句：为人不当差，当差不自在。还是早些当上一把手吧。

他回句：别忘了利益与风险共存啊。

李为哑然。或许想到了尚增人吧。

回机关的路上，宋宝琦感到身心轻松。庆幸尚增人没把他的帮忙当回事，这让他得以“清爽”。真是不做亏心事不怕夜半鬼叫门啊！

在保税区吃了晚饭，宋宝琦与谭秘书一起把市长送回家，回到自己家时，中央一套刚播完晚间新闻节目。许是与市领导夫人的身份有关，安安愈来愈关注国内外时讯，晚七点、晚十点的两栏新闻是必看不可的。宋宝埼应酬回来常常看不到，安安就补课似的把当天的重要新闻大事转述于他。其实这时醉意未消的宋领导唯见她嘴唇翕动却听不见声了。

今天他喝得不多，有心事。自然还是为“僧人”的事。他认为如果李为的消息确实，李市长一定会知道。“双规”一个中层干部铁定须经常委会拍板。视察过程中他一直寻找与市长过话的机会，却苦于区里一大帮子人的前呼后拥，根本寻不到空隙。直到饭前见市长一人在大堂吸烟区吸烟，便赶紧给自己点上一根凑了过去。他怕再有人步他的后尘，赶紧开口说李市长有件事需向你请示，下周丹普新落成的世纪园要开剪彩仪式，您去吧？李市长连想都没想说句不去。他赔小心说丹普那边……李市长打断他：丹普那边，不就是尚增人嘛！他开他的庆功会是了，我没空。他住口。也无须再说什么，市长明显的情绪化已说明了一切。

此刻，他将自己的情绪带进了家，打开了闸门：“僧人”完了，完了。

安安问：“僧人”是谁？

他说：丹普市委书记尚增人。

安安对上了号：他完了？怎么完了？

他说：怎么完了？要“双规”。

安安问：为啥？

他说：还用问？

安安问：事大吗？

他说不大也不会动他。一两个亿的大工程，他掌控，人家拿钱砸，还不往死里砸！

安安就不再问，给男人泡了一杯茶，放在茶几上。

宋宝琦问：年初一从丹普回来都带了些啥玩意儿？

安安脸上现出惊色：怎么？挂拉上咱了？！

宋宝琦不耐烦：到底带回了啥?

安安说哪记得过来，没那么好脑子。

宋宝琦说别的我不管，只丹普回来带的，还在不在?

安安说：应该在，年前把储藏室清理了一次，该送的送，该丢的丢，年初一才从丹普带回来的，不好处理，应该还在那儿。

宋宝琦挥挥手：快去看看。

又说全部拿出来。

盯着安安提溜在茶几上的“僧人”谢礼，宋宝琦如同望着一堆不明危险物，心中极为不安，甚至恐惧。假若如官场惯用伎俩，礼品挂羊头卖狗肉，变更了“内容”，那么其所具危险是显而易见的。以李为所说自己对“僧人”有大恩，那么可与“大恩”相对应的报答，自不会是个小数目，其效应足以让自己翻船。如此的事体怎能不让他心惊胆战?如同儿时在老家看杀猪，杀巴子（屠夫）在举刀将猪开膛之前，总会念叨句：有膘没有膘但看这一刀。而对于眼盯着礼盒的他，当是有祸没有祸但看里面的“货”了。他苦笑着摇摇头。

拆。他说。

拆?安安用眼光问。

拆开看看里面有没有别的。他说。

安安明白了他的用意，一惊，问句：这些礼品够贵了，海参一盒三四千，鲍鱼一盒两三千，还能……

宋宝琦打断：不知道有比海参、鲍鱼更贵的?

啥?

钱!

安安眨巴眨巴眼，领会了。就动手开启礼品包装，打开后仔细检查，直至拆完也未发现有异。哦，正常礼品。

面对一片狼藉，宋宝琦先愣了一阵子，而后轻嘘一口气，心里不由嘟噜句：你个尚增人，倒是放了在下一马啊！啥个叫劫后余生，这就是了。

卸掉压在心头上的石头，他轻松无比，站起身在厅里踱着步子，像在“复读”自己在仕途中走过的一步步。奋斗了二十多年，直到今天走到地级市副秘书长的位置，虽说算不上两袖清风，但总体上说自己是清廉的，归其原委，一是怕出事断了前程，另外所从事多为没有实权的差，没实权办不了实事，人家自没必要拿钱“砸”你。他不由想，要是当初不把丹普书记的位子让出去，接下来，结果又会怎样？会不会像今日的尚书记那般，走到末路？这个，他不敢断定，更不能嘴硬说自己不会。尚也好，其他贪腐被查或未被查的人也好，一开始未见得就无所顾忌，只是走着走着才身不由己，他记得在一本书上看到这么一段话，一个人向一位道行深厚的大法师请教：船在什么地方最安全？大法师回答：在远离大海的地方。回答可谓饱含禅意，然而反过来想，远离了大海，船还是船吗？正因为船对大海有种本能的渴望，所以才一往直前驶向海的深处。此几乎成为颠扑不破的真理。又奈何？他深深叹了口气。

这一晚倒睡得安稳，中间还钻进安安的被窝操练了一把。

第二天陪李市长去经济开发区视察。开发区刚开建时他在筹委会办公室干过一段，与现任开发区主任孟先知同为办公室副主任，关系不错，后来分开亦经常联系，互相让对方帮办一些事，办完在电话里道声谢，如此而已。说来官场上也不像有人认为的那样锱铢必较，义气还是有的。不过像今天这种情况，到了他孟先知的地盘，酒是要多喝几杯的。

常常是这样，走马观花般地视察，压轴戏还是在酒场里。经过多年官场洗礼，个顶个，喝酒不在话下。不过今天李市长情绪不高，不肯喝，宋宝琦就成了众矢之的。特别当着市长的面，须摆出一副舍己救主的姿态，另外从“僧人”的纠葛中得以解脱，心情轻松，喝酒正当时，就一杯接一杯地喝，很快就过量了。于是就故伎重演，从兜里摸出手机，做接电话状到走廊里。头脑发热，稀里糊涂播了李为的号码，听到对方的应声，急不可耐地报告佳音：李为李为，你放心，放心，我没事，没事。不等对方反应过来，接着把清查礼品无异常的事和盘托出。跟句：真得谢谢“僧人”啊。

电话那头儿生硬地一笑：哈，老兄你说倒背了，是“僧人”应该感谢你！

哦哦，他谢了，谢了。他分辩说。

哈，几盒劳什子土特，那也叫谢？

虽带着醉意，他仍明白李为的意思：依他之所做，“僧人”的答谢是远远不够的。不合规矩，荒诞不经。事实上他自己也清楚，李为的质疑是摆在“理”上的，符合当下价值观念。而问题在于，“僧人”对他的无理正是歪打正着，为他之所求，所望。这般他才没有麻烦啊。

事情不对啊，真的不对，李为的声音透着认真，“僧人”不会这么弱智，脑子再短路也不致如此。尽管有句话叫什么大恩不言谢，那是扯。你再仔细想想，查查，别出纰漏。当然，谁都不希望有事。可常常不以人的意志为转移……

他啊啊着，心里却有气：你小子是认准我受了“僧人”的巨贿了，可在哪里？你检举，检举出来我认！

不讲了。挂了。

回到房间接着再喝。心中有纠结，喝得更无节制，甚至有些癫狂。李市长有些于心不忍，朝众人说句不要再灌宋宝琦了，再喝得在这落宿了。李市长的号令下得有些迟，他已经醉态毕露，嚷着叫孟先知再拿两瓶茅台出来，一人一瓶“吹喇叭”。让李市长给挡住了。

回程，汽车驶上快速路便疾速前行，车灯的光柱刺破暗空。非现实般光怪陆离。一如既往，市长秘书小谭坐副驾位置，宋宝琦陪李市长坐后排。而与以往不同的是，今番打盹儿迷糊的是宋宝琦，清醒的是李市长。不久，把持不住的宋宝琦把头靠在李市长的肩膀上发出鼾声。李市长倒体恤，没做反应，小谭看不过眼，向后搿胳膊碰碰宋宝琦，呼声秘书长压着市长了！宋宝琦就惊醒过来，意识到自己的失态后连声说对不起。李市长说以后我不喝，也用不着你代，没这本事嘛。宋宝琦说是，以后注意。停停，李市长问，听人讲春节你去丹普拜佛烧香了？一听市长问这码事宋宝琦打个愣怔，一下子醒了酒，一时不知做何答。李市长说怎么不和我打个招呼，一块儿去跟佛亲近亲近？他说封建迷信的事，谁敢向市长说呀。李市长说都说那座寺院作法事很灵，拿你来说，上香不久就升官了嘛。他赶紧说就算有点滴进步，也是市委、李市长的培养啊！李市长笑了一声，说你个大宋行啊，喝醉了官话还一套一套的。他说这不是官话，是事实。李市长问你什么时候开始对佛有认识的呢？他说不瞒市长说，我是一俗人，不仅对佛家缺少认识，还一直抱有成见。李市长问为什么抱成见？他说怕是受民间故事《白蛇传》的影响吧，法海和尚不择手段拆散白素贞和许仙一对恩爱夫妻，还把白素贞压在雷峰塔下面受苦，心里不接受，所以……李市长说这是传说，历史上那个真实的法海可是个了不起的得道高僧。他说原来是这样啊，那市长给讲讲真实的法海，以拨乱反正。李市长说我也是一知半解，弄不好就以讹传讹。小谭说市长太谦虚了，讲讲也让我们长长见识。宋宝琦说市长讲讲吧。李市长就讲起来，说法海是唐代人，父亲裴休是当朝宰相，以现在的说法是官二代了。法海的母亲吃斋念佛，所以法海在娘胎里就开始斋戒与佛结缘了。出生以后，父母认为，官场险恶，富贵虚渺，所以决定送子出家，法号法海。他砍柴三年，担水三年，闭关修炼三年，又在师父的引领下，三次云游，46岁来到镇江金山，此时金山上有一个寺院叫泽心寺，败落已久，法海找到一个低矮的岩洞栖身，看到寺庙破败，杂草丛生，非常心痛，一天他在佛像前起誓，一定要将寺院重新修复。后来法海不畏艰难，挖土修庙，有一天意外挖出一大箱黄金，法海不为金钱所动，上缴镇江太守，太守上奏皇上，皇帝深为感动，下旨将黄金发回，修复庙宇，几年之后，残破的庙宇终于修葺一新，再次迎来旺盛的香火。法海圆寂后，人们将他原先修炼的那个山洞取名法海洞，为他塑了一尊石像，供奉在里面。你们说，这个法海与欺压白娘子那个残暴法海是不是有天壤之别呀？市长一席话只讲得车内的人感慨不已。宋宝琦说没想到市长的知识这么渊博，有空一定向市长好好请教。小谭说市长讲的这个真实法海坚守信仰，不存私欲，值得我等今人学习效仿啊。李市长说金山寺在唐朝时，叫江天禅寺，后改为金山寺，应与法海和尚和黄金的故事有关，说来也是颇有意味啊。大家连连点头称是。小谭说佛教博大精深，劝人积德行善，用现时的说法算正能量。李市长说是正能量。小谭说“文化大革命”当“四旧”破了，现在开始昌盛起来，许多人皈依佛门，不少官员家里都设了佛堂，整日香烟缭绕。李市长说这都是老婆们干的，也无非是求告个平安。平安是福嘛。小谭说是。宋宝琦问：市长，要是让你在东方佛家与西方的基督中举手，你怎样举？

李市长答非所问：我举“中特社”。都笑。

回到家，宋宝琦重新进入醉酒状态，直挺挺倒在床上，呼呼大睡。却没有睡久，醒来时见安安坐在床边望着他。四眼一对，他心里倒泛出些许温情，问句咋不睡了？安安不语，赶紧起身去倒了杯温茶端来。他喝下后也就添了些精神，对安安说把你的手机给我。安安问干啥？他说给孟先知发个短信。安安问你不是刚从他那儿回来的吗？他说刚想起一件事。安安问啥事？他说我突然明白过来，李为告诉我“僧人”要出事，除了是关心我，让我从中脱出来，还另有一个目的是让我把信透给“僧人”啊。安安说他和“僧人”那么铁……他打断说正因为铁所以要避，在这关头，当事人的铁哥们儿电话都有可能被监听，这个他清楚。安安有些紧张起来，问那你呢？他说应该不会，可也不敢贸然行事，所以迂回一下，把李为的短信转发给孟先知，让他透露给“僧人”。安安问孟先知敢出头？他说差不多，一是孟和“僧人”是老乡，也是挂拉亲戚，知道了这事会急，另外孟这人挺仗义，没城府，心直口快，一炮就打过去了。

说着他就把“炮弹”提供给孟先知：“僧人”要出事！

孟没立即回应。也在情理之中。

尽管心情有所放松，但心里还是替“僧人”忧患，即便与其没有利益瓜葛，也不希望他出事。

只是“事”说来就来了。下了班司机小邹送宋宝琦回家，宋宝琦有意无意地问句：小邹，上回从丹普回来，人家给的啥，还记不记得？小邹想了想，说是海产品吧，你、我、张梅一人一份。他哦了声。一般到下边去，礼品少不了司机的份儿。小邹说的张梅，是办公室的会计，不知从哪儿知道自己要去丹普进香，找到他，提出跟车一块儿去，说要去许个愿。他不好不答应，就让她同行。礼品有她一份儿，也在情理之中。小邹又想起什么，说对了，尚书记还送了你一个笔筒。笔筒？他打个愣怔。小邹说对，很壮观的，包装盒上印着毛主席诗词。下车后你给了张梅。他“啊”了一声，瞬时记起有这回事。送行时，尚一个人来到他的房间，把小邹说的那个笔筒递给他，笑着说句听说你老兄的书法练得不错，借借主席的仙气，更上一层楼。因都知道他练书法，送文房四宝大有人在，“僧人”送这个，他没当回事。一起下楼来到车前，小邹很有眼色地从他手里接过笔筒，放进提前装了礼品的车后备厢里。回市里车开到自家楼下，小邹和张梅一起下车帮他从后备厢里拿东西，又要帮他送到家，他谢绝了。也就在这一刹那，他不知怎么心血来潮，把笔筒往张梅手里一递，说这个你带回去吧，得空练书法也不错嘛。张梅没推辞，道声谢收下。这是个简单过程，没当回事的事，忘记了不足为奇，而一旦记起来又会很清晰。这如从天降的清晰记忆让他头脑里炸了一道雷电：莫非僧人真正的“意思”就藏在笔筒里吗？有可能，很有可能，如果是这样，尚对自己“真正”的“表示”就落到张梅手里了。这一刹那，张梅那张带着可人笑容的脸油然浮现在他眼前。他倒吸了一口气。

推开门，听安安在讲电话，见到他，朝他摆摆手继续讲，讲的什么他一概不入耳，他心里正陷入要不要把笔筒的事讲出来的纠结中。讲必然要带出张梅，而张梅跟他去丹普他没告诉安安，没别的，只觉得多一事不如少一事，女人，特别是官员女人在对自家男人的戒备上总是神经过敏，风声鹤唳，问题是现在不讲以后不得不讲可就转不过脖来了。权衡一番，觉得还是讲为好。

安安收了电话，说今天孟先知发来短信，问我是谁，我没回。

他说不回对。

过会儿又来一条。

说什么？

问是啥意思。

他哼了声：啥意思？让你通风报信，这还不明白？

安安又重复老问题：他会给“僧人”报信吗？

他说应该会吧。

安安问：就算“僧人”知道要被处理，还有挽回的余地吗？

他说这得看他的法道了。

法道？

就是能不能赶快找人灭“火”啊。

趁安安不再追问，宋宝琦就把“僧人”送笔筒的事讲出来，说主要是家里这类东西泛滥成灾，就顺手给了张梅。至于笔筒里放没放别的，还是个未知数。

开始安安听得很迷茫，等明白了是咋回事，眼一下子瞪得溜圆，喊：赶紧把笔筒要回来呀！

出于宋宝琦的预料，安安并未问诘被他隐瞒了的张梅丹普行，直奔主题到笔筒上，可见她对事情的轻重是有数的，只是思维尚过于简单：送了人的东西能说要就要吗？或说这件事早已复杂化了，“内涵”远不是一个笔筒。比方如果里面有“货”，张梅会承认并交出来吗？通常情况，自己吃个“哑巴亏”也没大要紧，问题是不弄清真相，以后的事就无法进行有效应对。他把自己的担忧如实告诉了安安。

这，这可咋办哩？安安扭动着手指，这是遇纠结的习惯动作。

他自是不指望她能对这桩“策略性”极强的事拿出个办法来，叹口气说：想想，好好想想。

这晚他失眠了。辗转反侧中他想到报上登的一则笑话，问：失眠的时候都在想什么呢？回答：想睡觉。而对于此刻的他却不是这样，他想的是那个诡异笔筒对于他的安危不可测啊。

早晨起来，宋宝琦脑子里已形成一个思路，不过没和安安讲。

上午，李市长听财税口汇报，讲起来后他退出小会议室，本想直接去财务处找张梅，想想觉得不宜太郑重，就回自己办公室用座机拨过去，张梅听出是他，立刻用欢快的语调说句领导有什么指示，请下达。他笑一声，说没指示。觉得心跳得有些急，便定了定，又说小张不好意思呀。张梅说领导有事只管讲，一定照办。他又笑笑说：小张，你记得年初一从丹普回来，我送你一个笔筒吗？张梅笑说记得记得，领导的“恩典”怎能忘怀呢？他说瞎说瞎说，那么个不值钱的东西算啥个“恩典”。他不等张梅接话，紧接问道小张那个笔筒你开始用了吗？张梅说还没有，领导让我练书法，我真想练，可这段时间老爸的身体欠佳，老跑医院……说到这儿张梅大概反应过味儿来，问句领导是不是要……他赶紧打断张梅的话，说小张是这么回事，我老弟那天来电话，说要练书法，让我给弄套文房四宝，别的都有，就少个笔筒，所以……张梅在那边嘻嘻笑，说这么大的领导还“翻小肠”啊，行啊，还给你就是了。他跟着张梅笑，说给了东西再要回来，是不像话，不过，我保证再送一套上佳的。张梅说行是行，不过要罚。他问怎么罚？张梅说再去丹普还要带上我啊。他大包大揽：一定一定，没问题。

稳妥起见，他借口事急让司机小邹拉着张梅回家取。

不多会儿，小邹把笔筒送到他的办公室，放到茶几上。他显出不经意的样子瞅一眼，像看个无足轻重的物品，而心却加速了跳动。啊！哪里是无足轻重，是举足轻重啊！

门在小邹身后刚刚关闭，他便弹簧样从沙发椅上弹起，三步两步奔到茶几旁，哆嗦着手从塑料袋里把笔筒掏出来，入眼的是考究庄重的厚纸壳外包装，上面印着一只圆柱形青花瓷笔筒，笔筒上印着毛主席诗词《沁园春》手书。他不深究，只一眼带过，便着手查验是否有被拆启过的迹象，反复端详了一阵，未发现有异常，便着手打开顶盖，把笔筒从里面拿出来，在这一过程中答案已经彰显：笔筒是空的，一无他物。开始，他怔了怔，待完全认定眼前的事实，他僵硬的身体一下子放松了，如同卸下一副千斤重担。

上苍保佑，终是逃过这一劫啊！他心里默说，眼前同时现出大年初一在丹普寺院烧香许愿的那一幕，他记得当时许了三个愿，头一个便是仕途通顺，厄难不及，现在看，当是灵验了。

他想想，给李为发了个短信：放心，我没事，绝对。

李为很快回答：没事就好。

但愿“僧人”也没事。

共同心愿。

然而许多事并不以人的意志为转移，丹普市委书记尚增人终是被“双规”，有内部消息来源的李为在电话里对宋宝琦讲了个大概，声音透着不安与沮丧。他一时无语，心情很沉重。到了这一步，“僧人”的命运落定，难以翻盘。如果在这之前有所知晓（他不能断定孟先知、李为及其他人是否已把消息透露给他），请某个大人物“救急”，或许会有转机，而现在事情由暗转明，实在是晚了，再有人施以援手，就不是“救火”，而是“劫法场”了。如此“舍己救人”哪个敢试乎？他问尚被控制在哪里？李为说目前还在丹普。他问事情严重不？李为说交代中，难确定。匆匆挂了电话。

他赶紧上网，见城市论坛头条便是尚被“双规”的消息。没有更多实际内容，仅消息而已。然而对当事人而言，短短几行字已为灭顶之灾。

啊！“僧人”完了！

在无尽的惋惜嗟叹中，他再次为自己没身陷其中而感到庆幸。他也清楚是尚的不按常理出牌，把他从网眼儿里放出来了。世事难料，这话对极。

尽管未被尚案牵扯，但他仍密切关注，得空便上网，察看动态。随着时间的推移，案件已渐渐“发酵”，各种说法铺天盖地。让网民大做文章的是尚书记跳高式身败——刚起跳便摔倒（李为亦对此事耿耿于怀），何以如此速朽，网民也有自己的见解：权力过于集中。对此，了解丹普情况的他是认可的。尚当上书记同时又兼任了人大主任一职，这不足怪，问题在于恰逢市长到“点”下野，一时没合适的人接，尚又临时接过这一摊。智慧的网民将其调侃为“三头六臂尚”，“三头”无须再说，“六臂”是指尚大权在握后进行了一次班子调整，调整是官样说法，实为重新洗牌，尚将重要部局的一把手都换成“自己”的人。将这么一副官人“形状”称其为“三头六臂”是恰切而传神的。只是春风得意的尚没记住有句叫“成也萧何败也萧何”的话。

渐渐地，尚案的“发酵”已不仅限于网上的空口把式，而进入实际阶段，办案人员频繁地找“相关人”谈话，落实问题。孟先知电告他“谈过了”。李为也电告“谈过了”，还加句：你也做好准备。他不以为然：谈有可能，但没什么可顾虑的，平常心应对即可。

那天刚上班，小谭秘书便告知李市长在办公室等他。他不敢怠慢。办公室除了李市长，还有一男一女两位客人。李市长笼统介绍说这是纪检委的两位同志，找你了解些情况，好好配合。他说好的，主动上前与“两位同志”握手。李市长说我有事出去，就在这儿谈吧，不受干扰。他晓得市长是去快落成的铁路北站检查工作，本来他也要陪同去的。

李市长出了门，宋宝琦以主人身份从饮水机接水泡了茶，端在客人面前。脑子趁这空当转：他们会了解些什么呢？无事不登三宝殿。难道真以为就犯在他们手里？滑天下之大稽。

年龄五十上下浓眉大眼的男客当为主谈。待他坐下，三十岁左右清秀的女客冲他友好一笑，介绍说这是孙处，我姓丁，小丁。他朝孙处点点头。虽在机关多年，并没见过这位孙处，包括小丁，他们的工作性质属那种昼伏夜出的类型，常人难得一见，包括他这个大管家。

孙处喝了几口茶，眼光随着放杯子的手落下，并不抬起，仍盯着杯子看，和蔼得近乎讨好说：宋秘书长，冒昧打搅，不好意思，请务必理解。

他说：理解理解，你们是公务，不必客气。

小丁拿出本子准备做记录。

孙处抬起头，看看宋宝琦，说：如果您认为是不当问题，可以不予回答。如果口误，提出来可以不作数。

很客气啊，他心想，可视为对领导的优惠政策吗？笑一笑，说哪能哪能，说了的就要负责嘛。

孙处也笑笑，说：宋秘书长是个敢作敢为的人哪。

这话让他有些不爽，孙似乎认准了他有问题，就看能不能敢作敢为了。他想干啥？

孙处说：事情是这样，丹普市委书记尚增人严重违纪，现已被“双规”，这秘书长自然知道，我们来是想就有关问题向您做些了解。

他说孙处长只管问，凡知道的我肯定说。

孙处点点头，问：秘书长从什么时候起认识的尚增人？

他想想说这个记不太清。

孙处问那熟悉呢？

他说熟悉应该是到丹普挂职之后吧，一个班子内，住同一座宿舍楼，同在市府餐厅吃饭，低头不见抬头见，常委会、书记碰头会，一起出席。

孙处问：秘书长认为尚增人是怎样一个人呢？

他说：从旁边看，很正常的啊。有魄力，也实干。不过被“双规”了，就不能从表面看了。

孙处略顿顿，说冒昧问一句，秘书长与尚增人的关系如何？

他说这怎么讲呢？

孙处说怎么讲都行。

他说正常，应该说正常。

孙处点点头，说应该是这样的，可有些人认为你们的关系比较密切……

他一笑：过从甚密？沆瀣一气？狼狈为奸？

孙处：言重言重。

他说外面有种说法，丹普书记这把椅子是我让给尚增人的，但稍微有些常识的人都知道，这不可能。行车讲礼让三先，官场不讲这个。

事实上……

事实上每个人的情况不同，同一个职位，有的人想得，有的人不想得，比方我，不要书记一职，是想回家督促孩子备考，怎么能认为我与尚是私相授受呢？

孙处说当然不是，你的情况是明摆着的，即使不留丹普，也不影响……

他知道孙处没说出口的话是不会影响后面的升迁。

他不吱声。孙处喝了口茶，又说：正如您所言，事情因人而异。对于尚增人同志，书记一职可遇而不可求，重大无比。所以，你的后撤，事实上是成全了他，他应该很感激你……

他一下子明白，绕了半天，却与李为所想如出一辙。不过他并不特别反感，投桃报李是人们的思维定式，是美德，否则便为不堪。

他沉默。

一直忙于记录的小丁趁这空当为每只茶杯里续了水，又对他一笑。

孙处喝口水又将眼光盯在杯子上，过会儿，说话的语气有所沉哑：宋秘书长，公务在身恕我不恭，能否回忆一下与尚增人同志之间可有不当往来？

他问什么叫不当往来？他盯着孙处看。

孙处说这个秘书长应该清楚。

金钱？财物？

孙处不语。

金钱没有，财物嘛，尚增人送了我几盒海产品，还在，如果这算尚增人对我的贿赂，过会儿我回家取来上交。

孙处摇摇头，说如果仅仅是几盒海产品……

别的没有，肯定没有！他打断说。又问句：尚增人讲给我别的好处了吗？

孙处说对不起，这个我们有纪律，不能讲。

孙处站起身，向宋宝琦伸出手，说务必请秘书长理解。

他不能理解，明明没有干系的事，别人就是认定你有干系，不是撞见鬼了吗？

谈了，他也如实做了回答，他觉得事情已到此为止，事实却不是这样。中间只隔了一天，孙处和小丁再次登门。

这回是在市府小会议室。

落座后孙处对再次打扰表示歉意，希望对他们的工作继续予以支持。

他轻松说：没问题。心里却想：他们不依不饶，一定是以为我有问题不讲。凭什么这样不相信我？

孙处说我们接着上回谈，你说尚增人同志请您去丹普寺院上香，前后是怎样一个过程？

怎么问起这档子事？不搭界嘛。便说年前，大约小年后一两天，尚增人打来电话，说这几年寺院极红火，香客蜂拥而至，拜佛许愿据说很灵，问我想不想去，去的话他提前安排，因我爱人和小孩儿要去兰州岳母家过年，只剩我一人在家，也无聊，就答应去。初一日出前赶到，尚增人带我们一行上山，又由寺院大法师引带敬香、敲钟，中午尚增人陪着吃了一餐饭，便回来了。简单说就这么个过程，还需要详细说吗？

孙处说已经很详细了，不过有一点想和秘书长排对一下，尚增人有没有讲相关费用一事么？

费用？什么费用？

孙处看着他：香火啊。

啊，这个尚增人没讲。

秘书长没想到会有一个费用问题？

当时没想到，只想是由一把手安排的，一切不成问题。

是这样，应该是这样。但佛事不同于其他，要虔诚，官再大，香火钱不敢不付。

他眨眨眼，一下子明白过来，硬把他往尚增人的事上扯，症结原来在这笔香火费上啊。其实他不是没听说过关于官员进香拜佛的一些事，只是脑子一根筋，觉得三头六臂的尚增人能把他地面上的所有事摆平，用不着自己多操心。原来问题出在这里。

他诚恳说：我还真没想到这个问题，要是提前想到，我肯定会自己付。

孙处说：这个我们完全相信，问题是即使秘书长想付也未见得事先能准备那么个数目啊。

他脱口问句：多少？

孙处不想卖关子，说十万。

他不吭声了。十匝红色百元大钞在眼前悬浮，像一把火在烤。他感觉额头沁汗了。

小丁友好地起座为他添了茶水，说句喝点儿水。

他渐渐缓过劲儿来。望着孙处问道：这十万是尚增人付的吗？

孙处摇了摇头。

那是谁？他问。

一私企老板。

尚增人说的？他问。

是。孙处如实回答。

他终于明白，在让官这件事情上，尚确是按“大恩”谢了自己，以这种“形而上”的方式。

他问尚还说什么了？

与秘书长相关的，就这些。

他意识到自己问了不该问的问题，其实孙处已经向他透露了本不该透露的话，其善意应该心领了。同时，他也知道事情不会止于此，不管什么人付了钱，都是与他有关联的。尚增人讲出来，自是想撇清自己，找出个“相关人”替自己担当这一块儿，减轻一些罪责，对此他也能理解，现时的人对许多乌七八糟的事都能理解，见怪不怪也是一种修行啊。

他发现孙处又在盯着茶杯看。他忽然明白，孙极力避免与自己对视，是因他自知眼光里有一种难掩的职业性严酷，便努力避免以此冒犯自己这个“市领导”。他同样领情。

他试探问：纪检部门欲怎样定性这十万元钱呢？

孙处稍稍抬下头，眨着眼说：这个领导让我们先听听秘书长的说法。

我？

对。

他说：实事求是讲，我不认为这笔钱应该算在我名下。

孙处不接话，只转头看了小丁，小丁低头在记。

他继续：一，我不知道要花这么多钱；二，钱的来龙去脉我一无所知。

孙处低着头说：按说秘书长应当知道做这种高端法事的行情，十万也是优惠了的。

他问不优惠能有多少？

孙处说三十万五十万都是在谱的事。

他说这行情我确实是不晓得的，而问题的根本之处是我并没见着钱。

孙处说是没见着，但钱是为你花出去了，你是受益人哪。

受益人？精神受益人？他似乎是自言自语。

也可以这么讲，物质是可以转换为精神的。那就是转换成本。

噢，上升到哲学层面了，很深奥啊。他不无讥讽地说。

孙处说：哲学也谈不上，可从法律层面上看，事情还是很明显的。

请讲。

孙处尽量从眼里透出和善，说：尚增人授意老板买单，属索贿性质；那老板肯于付钱，属于行贿性质；而落到秘书长身上，则属于贿赂对象了。

他觉出孙处绵里藏针的毒辣，一定要把他栽进去，便质问道：那么收款的寺院该怎样认定？

孙处说：寺院属正常佛事活动，功德箱里面的钱是善男信女自动放进去的，不是非法所得。

对这一点，他无话可说。

孙处歉意地笑笑，说秘书长别误会啊，我们只是想大面上把事情撸一撸，这样对秘书长也有益处啊。

阴阳怪气。他想。这些人你就不知道他哪句话是真哪句话是假。他既然要把事撸一撸，就不妨一撸到底，落得个心里清爽，便眼盯着孙处问：你们纪检是不是已有定论，这十万块钱是我的受贿款项？

孙处沉默，良久方说：对秘书长说句真心话，这个我不知道，最后由领导来定。

这次谈话到此结束，双方都悻悻的，勉强握了下手。

接下来的日子宋宝琦就很不好过了，可谓度日如年。他左思右想，也无法推断事情会朝哪个方向发展。他不大相信自己会彻底翻船，那来无影去无踪的十万块强栽到自己身上很“狗血”，可他又深知官场的事向来难测，事说大便大说小便小，只看握权把子的怀哪种心思。另一个让他隐忧的因素是今年是他的本命年，这道无形的阴影一直印在心里面。当初答应去丹普进香也与此有关，希望能保佑自己迈过这道坎儿。而结果适得其反，惹出这番事来。想想只怪自己借花献佛心不诚。有时他也事后诸葛瞎寻思：早知如此当初就不该把书记一职让给尚，自己留下干一届，再回大市说不定能干上副书记或副市长。呵呵，他晓得事到如今想这些已经晚三春……他不由得又想到那个关于船与海的典故，觉得人生是耶非耶真他妈妈的很悖论，难说难道。

他联系不上李为，李为也不联络他，不晓得是怕惹麻烦，还是本身已经有了麻烦。特殊时期，什么情况都可能发生。

他也思谋着从顶头上司李市长那里套点儿口风，又担心不慎出错，偷鸡不成蚀把米，便作罢。

一把刀始终悬在头顶，又不知啥时落下，心神不宁，烦躁不安，抑郁的各种症候亦渐次显现，感觉像到了世界末日。

这天是周六，安安的学校有活动，临出门安排他买鲜奶，说小铺里的不保险，要去大超市。近期的事情他没和安安讲，这人看似很有章程，其实心理承受力很差，知道了会比自己更焦虑。

超市离家不远，步行十分钟便到。他推着购物车在货架中间穿行，忽听有人呼了声“秘书长”，旋即一个同样推购物车的秀气女子笑盈盈站在面前，他稍稍一愣，认出是与孙处一道与自己谈了两次话的小丁。他高兴地与小丁打了招呼，除了寒暄，偶然相逢的两人似乎也没多少话可说，便客气地挥手再见。而没过多久，小丁又转回，伸手递给他一张字条，说句秘书长要有事就联系我。他笑着点点头，顺手把字条塞进口袋里，没多想。

回到家，放下东西，又习惯地把零钱掏出来放进门边的一个纸盒里，这时看见混在其中的小丁给他的那张写有电话号码的字条，他的心倏地一动，意识到小丁这一举动似有某种深意。再联想到谈话过程小丁投向他关切而友好的眼光，心想莫非她是暗示自己，想知道案子的内情她可以……对，是这样的，一定是这样的。自古有云“朝中有人好做官”，她就是“朝中”人，知道朝中内幕。

想好了，便不再迟疑，给小丁拨了手机。小丁平静地问句是秘书长吗？他说是我是我。小丁说有事请讲吧。他一时竟不知该从何讲起，而怎么讲又都显得唐突。小丁不吱声，等着。他轻咳一声，小心翼翼地问：小丁，那事，有什么进展吗？小丁说那事啊Pass了。没事了？Yeah,为什么……小丁笑笑，问句难道秘书长不希望是这个结果？他赶紧说：不是，不是，只是……小丁说秘书长不用说了，我知道你怎样想，这事有些超乎常规，程序走到上面，上面集体无语。他说怎么会……小丁说想想也在情理之中，这事佛是一方事主，哪个愿多事，惹佛不高兴啊？啊！啊！是这样，原来是这样。他真的没想到这一层，可仔细一想，也确在情理之中。

当他要向小丁真诚道谢时，小丁已挂机。即如此，他还是由衷道句：谢谢你啊小丁！

满天阴霾一扫而空。生活重新美好。忍不住又给李为拟了个短信：我请你，还在“涛声依旧”……想想似觉不妥，便作罢。

又过了几天，他接张梅一短信：宋哥，对你讲，上回在丹普寺院许的愿，已经灵验，非常非常感谢你呀。我想在国庆长假期间再南下去金山寺上香，你可愿同往？

他满身发起热来，不待细想，便打出三个字：没问题，发了出去……

【作者简介】尤凤伟，山东牟平人，“新时期”开始写作，已发表作品五百余万字，小说作品《为国瑞兄弟善后》《空白》《相望江湖》《岁月有痕》等颇受好评。出版长篇小说《中国一九五七》《泥鳅》《色》《衣钵》《百合的江湖》等，出版《尤凤伟文集》（四卷本）等及小说集数十种。

第五只轮子

曹文轩

这是十一年前的情景——

秋天。青羊村，无论是平地还是山坡，都色彩斑斓。深黄，淡黄，淡淡的黄；深棕，浅棕，浅浅的棕；深红，浅红，浅浅的红……一道道，一抹抹，一块块，一团团，一点点。没有规则，却似乎又有规则，随意，却又像是精心的布置。但不管怎样，都只有一个词：自然。

青羊村的秋天，静得让人不敢大声说话。

却在这天下午的三点钟光景，这满地满谷满村满人心的静被打破了——

四五个警察，加上四五个身强力壮的山民，正在追一个人贩子。

那人贩子偷了一个不足一岁的男孩，不久被发现了。当警察和山民追过来时，他居然舍不得丢下怀里的男孩，拼命逃窜。追与被追，已不知持续多久了，等追到青羊村时，双方都已经筋疲力尽。

青羊村的村民们听到了吼叫声：“站住！”

但那贼胆不小的人贩子居然还是没有被喝住，抱着孩子，穿过村后的一片高粱地，逃到了村后一座不高不矮的山上。

山上有山楂树、核桃树、海棠树、李子树、苹果树，满山都是树，人一跑进去，转眼就不见了。

人贩子的消失，丝毫没有影响警察和山民们追下孩子并抓获人贩子的决心。警察们一边追，一边号召青羊村的村民们加入他们的追拿行动。

秋天的天空下一片喧哗声，还有杂乱的脚步声。

数不清的人，一会儿在山坡上显现出来，一会儿又消失得无影无踪。只有此起彼伏的叫喊声一直在山坡上回荡。

终于有人再次看到了人贩子的身影：他往后山跑去了。

“那边！那边！”有人高声叫喊。

很多人看到了人贩子的身影。

人们继续追赶着，呐喊声渐渐远去。

大约过了两个多钟头，参与追赶的几个青羊村的村民，疲惫不堪地回到了青羊村。

“追到了吗？”

“没有。那人贩子脚底下可有功夫了，跑得比兔子还快。”

“就见远远地有他的身影，可怎么追也追不上。”

“那些人，那些警察，还在追。看样子，怕是一直要追到天边了。”

青羊村的平地和山坡又安静了下来，就像一块大石头扔进平静的河水，激起水花和波纹，过了一会儿，那水又恢复了平静，好像什么事情也没有发生过。

人们虽然还在心里惦记着那件事，但该干什么还得干什么去了。

在山坡上放羊的村民吴贵，在人们追赶人贩子时，正在一棵巨大的核桃树下睡觉。他放羊时，身边都要带一瓶酒，一边放羊，一边喝酒。喝多了，迷糊了，就倒下来睡。那时，羊们也不远走，就在他身边吃草，或者干脆也都卧在地上休息。他一觉都要睡很久，常常要睡到太阳落山，山风已凉飕飕的。

吴贵今天醒来还算早，那太阳才刚刚碰到远处的山头。

他呼吸了几口山上特有的空气，又把浓浓的酒气吐向空中，伸了伸懒腰，一甩手中的鞭子，对他的羊们说：“回家了！”

羊们很听话，将脑袋都冲着山下，开始不急不忙地下山。

吴贵的一天马上就要过去。晚上如果再喝一顿，这一天就美好地结束了。他心情很好，缓缓地跟着他的羊，一路上哼着小曲。

不知为什么，本来一直前进的羊群突然停住了，并且一只只显出吃惊的样子，“咩咩”叫起来，甚至有掉头往回跑的。

“看见鬼了不成！”

吴贵用鞭杆拨开羊群，身子后倾，晃晃荡荡却速度很快地向前走去——

孩子！

一个孩子在草丛中爬着。

吴贵就像看到了鬼，不由得倒退了几步。

孩子不爬了，抬起头来看着吴贵，还冲吴贵笑了笑，然后坐在了那里。

吴贵向四周寻找着，却不见一个人影。

吴贵从未见到过这个孩子，显然不是青羊村的。

“谁的孩子？”

吴贵大声地问着，向东问，向西问，向南问，向北问。

“谁把孩子扔在这山上了？”

他听见的，只是远远的山脚下，青羊村的狗叫。

他四处寻找着，只有满山的树和草。

那孩子也知道天晚了，坐在那里哭了起来，并且声音越哭越大。

吴贵心都乱了。他走过来抱起孩子。那孩子立即用双手抱住了他的脖子。

就这会儿工夫，太阳落尽了，天色很快暗下来。

吴贵必须要赶着羊群下山了。他抱着这个孩子，一边和他的羊群往山下走，一边还在不停地大声问着：“这是谁的孩子，谁把孩子扔在了山上？”

只有越来越大的山风呼呼响着。

“也不怕这孩子被狼吃掉，这山上是有狼的。”吴贵见过狼。

吴贵抱着孩子走进村巷时，村里人问他这孩子是哪里来的，他说是在山上捡到的。村民们一下子就明白了：那人贩子其实是扔下孩子之后跑掉的，山上树多草多，追赶的人竟然没有发现。

吴贵问村里人：“这可怎么办？”

“你捡到的，你就先养着吧。”

后来，一连几天过去了，也不见有人来寻找孩子。那些警察，那些山民是哪里的人，无人知道。他们的身影再也没出现，可能是从另外一条道上返回了。这孩子究竟是哪里的，没有一点儿线索。

“怎么办呢？”吴贵问村里人。

有人说：“吴贵呀，你就不觉得这是天意吗？你整天喝酒，喝得东倒西歪，分不清南北，不会有女人愿意做你老婆的。可你现在白得了一个孩子。是男娃对吗？吴贵，你这个喝不死的酒鬼，不费劲就有了一个儿子！”

吴贵觉得很幸福。他收下了这个孩子，取名磨子。

吴贵将羊奶挤到碗里，然后用勺舀，一勺勺地喂磨子。

磨子喝着这绝对新鲜的羊奶，一天一天地长大了。等他能跑能跳时，就不用吴贵用勺喂他羊奶了，而是自己端着碗喝。碗很大，有时两只小手捧不住，就会掉在地上。那羊奶突然就像一朵白色的花开放在地上。磨子摔了碗，撒了奶，却一点也不害怕，还朝吴贵笑。他知道，吴贵不会骂他，更不会打他。吴贵只是用鞭杆轻轻地敲敲他的脑袋：“小子，这么白的奶，糟蹋了！”

两三岁之前，磨子基本上整天跟着吴贵。吴贵走到哪儿，他就跟到哪儿。吴贵每天都会喝醉，倒下时，磨子照样玩他的，但并不走远，就在距离吴贵十几米的范围里玩。有时也会走远，但一旦自己觉察到走远了，就惊着了一般，会立即跑回来。

长到四五岁时，磨子再也不满足跟着吴贵，早上一醒来，就往村里跑。

吴贵的屋子在村子后面，离村子有一小段路，因为他养着一群羊，羊的气味很骚，难闻得很，村里人很讨厌这种气味，吴贵只好带着他的羊，在距离村子有一段路的地方住着。

村里有很多大大小小的孩子。

磨子很想与他们玩，可是那些孩子总不愿意与他一起玩。在他们眼里，磨子好像不是他们村里的孩子。他身上总有一股羊骚味，十几米远就能闻到。闻到了，就会皱起鼻子，或者干脆当着磨子的面，用手捏着自己的鼻子，把厌恶直接而明了地写在脸上。还有，他们都知道他爸爸是个酒鬼。吴贵走过来了，他们不说“吴贵来了”，而说“酒鬼来了”。对于青羊村的孩子们而言，看到吴贵喝醉了倒在地上的情景，简直就是家常便饭。看他倒在路边或倒在随便一个什么地方，他们甚至没有半点惊讶，看也不看地就走开了。

村里的大人都用冷淡的目光看吴贵，而看磨子时，目光里也有点儿冷淡。

大人们的目光，孩子们都看到了。

他们总是做各种各样稀奇古怪的游戏，磨子很想参与，可是孩子们都没有让他参与的意思。磨子只好在一旁呆看着。此后的许多年里，磨子总是这样：一旁呆着看。

孩子们玩得兴奋时，会又蹦又跳，还大呼小叫。

磨子有时也会跟在他们屁股后面，又蹦又跳，大呼小叫。

孩子们侧过脸来看他，觉得他很奇怪：你又没有参加我们的游戏！

像得到了统一命令似的，孩子们都不蹦不跳，不呼不叫了。可磨子却还在又蹦又跳，又呼又叫，仿佛就他一个人没有得到停止的命令。他终于觉察到孩子们已不蹦不跳，不喊不叫了，这才停下来——不是立即停下来，就像一团烧到最后的火，慢慢地熄灭。

孩子们“呼”地如旋风一般，又转到别处去玩了。

留下磨子独自一人站在那里。他用手不住地挠着腮帮子，看着孩子们蜂群一般远去。然后，他蹲在地上，看着搬家的蚂蚁们。小家伙们用嘴衔着什么白色的东西，匆匆忙忙地爬行着，很有趣。

远处，传来孩子们快乐的叫喊声。

没过一会儿，他又站起来，蹦跳着，喊叫着，追孩子们去了……

磨子在这个世界上，好像是多余的，处处。

即使孩子们不是存心不要他，也常常多出他一个。比如分拨打仗，一边十个人，两边二十个人。现在加上磨子，一共是二十一个人，磨子自然就是多余的那一个。

那次，村里用船送一群孩子去镇上看电影，孩子们争先恐后地往船上爬，驾船的大人一看船吃水的情况，说："不能再上人了，上一个都不行。"而那时站在岸上的，还剩一个孩子——磨子。磨子要往船上爬，那大人大声地阻止着："不行了不行了，只要再爬上来一个，船立马就要沉掉！"看那样子，这事是真的，不像是那个大人存心不让磨子上船。磨子只好站在码头上。船以一副很危险的样子，缓缓地走了。磨子一人在岸上跑着。那大人心里有点儿不过意，很想将船靠到岸上，让磨子上来，但看了看一船的孩子都紧张着脸，只好对磨子叫道："磨子，真的不能让你上来，水眼见着就要漫进船舱了。"

磨子上学了。

教室里放着二十张课桌。

两个人一张课桌。

谁和谁一张课桌呢？

老师采取了孩子们自己组合与老师分配相结合的方式。

最后发现全班有四十一个孩子。其中一个孩子没有课桌。

孩子们都坐定了，磨子却还站在那儿。

老师想让磨子与其中两个孩子挤一挤，但孩子们都不愿意。那课桌也确实太小了一点儿，三个人合用一张，不免有点儿紧张，没办法，老师领着磨子去找林校长。

学校是个穷学校，不能单为磨子专门去买一张或做一张课桌，但林校长是一个有办法的校长。他对磨子说："林校长给磨子单独做张桌子。"

林校长亲自动手，用砖头和水泥给磨子在教室的最后面砌了一张课桌。林校长为了让桌面光滑一些，抹上水泥之后，找来了几块碎碗片，像熨衣服一样，在没有干的水泥上非常细致地抹着。林校长一边抹，一边对磨子说："磨子呀，你的这张课桌，比他们的任何一张课桌都结实。"

教室的最后面，就一张课桌，是磨子的，并且由始至终都是磨子的。

夏天。

青羊村的孩子们终于又可以玩他们最喜欢玩的游戏了：鱼鹰抓鱼。

人分两拨，一拨为鱼鹰，一拨为鱼。鱼鹰若是抓不到鱼，角色就掉个个儿，鱼成了鱼鹰，而鱼鹰则成了被抓的鱼。

磨子很想参加，无论是让他当鱼鹰还是鱼，他都愿意。可是，孩子们依然没有这个意思。

公路边是一条河，水是从东边的山沟里流出来的，流到西边山沟里去了。流到青羊村时，水面变得开阔起来，水流也不再湍急。这是孩子们的河。尤其是在夏天，他们喜欢整天泡在河里，玩各种各样的与河水有关的游戏。即使不玩游戏，光在这清凉的水里泡着，也已经是一件很惬意的事情了。

玩鱼鹰抓鱼的游戏，很紧张，很刺激。鱼在那儿，鱼鹰就追过去，或一只，或几只。那鱼有弱有强，弱的，三下两下就被鱼鹰抓住了，强的，还会挑衅鱼鹰："来呀！抓我呀！"鱼鹰猛地游过去时，鱼却不慌不忙地潜到水中。鱼鹰判断着鱼露出水面的地方，可是，十有八九，判断是不准确的。以为是在东面露头，赶紧游过去等着，但结果发现，鱼从西边露出了湿淋淋的脑袋。有时，既没有在东面露头，也没有在西边露头，那鱼则是潜入深水，根本没有往别处潜去，估摸着鱼鹰游远了，又从原地冒出来。也有不上当的鱼鹰，就在原处浮着，那鱼刚一露出水面，就被死死地揪住了脑袋。

这游戏玩起来，总是风云变幻，涛声四起。

磨子对野树说："带我一个吧。"

野树说："人够了。"

磨子对山田说："带我一个吧。"

山田说："不缺人。"

磨子说："你们都带瓦菊玩了，她可是一个女孩，就不能带我玩吗？我是男孩！"

野树想了想，说："你先帮我们看会儿衣服吧。"

山田说："过一会儿，看谁不玩了，就让你玩。"

磨子坐在一堆堆衣服旁看着。

河上，形势变化无常。不时地水花四溅，其情形比真鱼鹰逮着真鱼还让人热血沸腾。惊叫声，欢呼声，此起彼伏。有时，水面上一片安静，只有一对对敌对的目光互相对望。也有鱼和鱼鹰同时潜入水中的情形，那时，在岸上看着的人就只能在心里想象水下的情形了。

河里的孩子玩得痴迷，没有一个人再记得磨子还在帮他们看衣服。

磨子在岸上心急火燎地等了很久很久，也没有得到下河游戏的机会。他终于生气，站起身来走了。离开时，他还在一堆衣服上重重地踩了一脚。

现在，他很讨厌河里的欢叫声，头也不回地往本村后面走去。后面是他的家，还有山。

吴贵和羊群都不在家。

磨子就往山那边走。刚走了几步，就看到了吴贵。

吴贵又喝醉了，死人一般倒在杂草丛中。不远处，是一只歪倒在地上的酒瓶。

磨子在吴贵的身旁坐下。

羊们正在吃草，见了磨子，有几只羊“咩咩”地叫了起来。

一只小羊羔甩着短短的尾巴走过来，一直走到磨子的身旁，并把身子埋在了磨子的怀里。

磨子先用手给小羊羔梳理它的毛，过了一会儿，双手抱住羊羔的脖子，眼泪扑簌簌地掉在了羊羔的毛丛里。

河里的喧闹声随着从河边那边吹来的风，传到了磨子的耳朵里。

磨子轻轻推开了羊羔，扭头看了一眼露着肚脐眼的吴贵，起身回到家中，双手提了一桶凉水，摇摇晃晃地走了过来。

走到吴贵身边时，磨子把水桶放在地上歇了一会儿，然后用双手高高举起水桶，将桶里的水“哗啦啦”冲浇着吴贵的脸上……

来了一阵大风，把野树和山田的背心吹到了河里。

游戏正处在高潮，没有孩子注意到两件背心随风漂向了远处。

游戏终于结束，野树和山田发现背心不见了，再找磨子，根本不见他人影，都很生气。后来，再见到磨子，理都不理他。

野树和山田还告诫其他大大小小的孩子：“不要和他说话！”

有个五六岁的孩子问：“为什么？”

野树说：“你没有鼻子吗？闻不到他身上的羊屎蛋子味吗？”

山田补充说：“他是个小酒鬼！”

那个五六岁的孩子不明白：“磨子不喝酒。”

山田说：“他爸是个老酒鬼！老酒鬼的儿子，就是小酒鬼！”

在野树和山田看来，让磨子给他们看衣服就已经很不错了，他居然还跑掉了！跑就跑呗，看谁以后还理你。

磨子很快就感觉到，青羊村的孩子们在一个早上都变成了瞎子和聋子。他明明就站在他们面前，可他们一个一个装着看不见。他叫他们，没有一个答应的。有几个孩子在玩玻璃球，一个玻璃球骨碌碌滚到了他的脚下，他连忙捡起来，讨好地送了过去，却被一个孩子一把将玻璃球夺了过去："狗拿耗子！"然后把玻璃球放在鼻子底下闻了闻，鼻子上立即皱出好多道皱褶。然后把球放在地上，用鞋底在泥地上来回搓擦，仿佛那玻璃球沾满了肮脏的东西。

反抗的代价是：磨子从此只能更远地看着孩子们玩耍，他彻底成了一个人。

许多天过去了，这天，野树他们在村前的一块平地上玩"盲人抓贼"的游戏，磨子就在远处看着。他虽然不能参加游戏，但却看得津津有味。

作为盲人，一个孩子被一块布蒙住双眼；作为贼，其他孩子在不同的地方站住。盲人摸索着过来时，贼不可移动脚步。如果哪一个贼被盲人碰到了——哪怕碰到了一点点，他就要去做盲人，而盲人就揭掉蒙在眼睛上的布而成为贼。磨子在一旁，一会儿为盲人着急：往左！往左！再往左一点儿就抓住贼啦！盲人终于没有再往左一点儿，却摸索着往右去了。一会儿又为贼着急：身子使劲向右偏！使劲向右偏呀！他把两只拳头捏得紧紧的，甚至还往空中蹦跶了几下。

瓦菊跑了过来："磨子，野树他们叫你！"

磨子十分疑惑地望着瓦菊：叫我？

"他们叫你过去玩盲人抓贼。"

磨子站着不动。

"不骗你！骗你，我就是小狗。"

磨子疑惑了一阵，立即向野树他们跑去。

见磨子一路跑来，野树向山田挤了挤眼睛，转过身去问磨子：“你愿意当盲人吗？”

磨子点点头。

野树从山田手上拿过一块已经脏兮兮的布，向磨子勾了勾手指，让他走过去。

磨子走到了野树面前，然后转过身去。

野树在用那块布给磨子蒙上眼睛之前，又诡异地向山田等几个孩子笑了笑。

磨子的双眼被布蒙住了，刚才还很明亮的世界，顿时变得一片黑暗。不知是因为突然地从光明跌入黑暗，还是因为野树把那块布扎得太紧，磨子有天晕地转的感觉。

游戏开始了。

磨子听到了一阵“吃通吃通”的脚步声，然后，很快就静了下来。

磨子猜测着：那些贼已经一个一个地站定了。

野树说：“我们都已经站好了！”

磨子伸开双臂向贼摸索过去。他摸呀摸呀，却怎么也摸不到一个贼。他只好不停地改变方向。

四周静悄悄的，没有一声人语。远处，不知是谁家的狗叫了两声。河里好像有鸭子游过，公鸭的叫声传进了磨子的耳朵。好像是来到了一棵大树下，因为，他听到了树叶在风中发出的“沙沙”声。他怕自己一头撞在树干上，便掉转头去。

他的双臂始终展开着，两只手始终张开着，像一只要飞未飞的鸟。

不一会儿，他就晕头转向了。他很想扒掉蒙在眼睛上的布看一看，但他不能。这是游戏。这是野树他们好心，才让他参加的游戏。他要做得很认真，并且要特别守规矩。

他走呀走呀，摸呀摸呀……

他在心里说着："你们可不准要赖皮挪动脚步！"

他不停地走呀走呀，摸呀摸呀，不知走了多久，摸了多久。四周只有空气，空气里没有贼，没有一个贼。

他心里疑惑着：这是怎么一回事？摸了这么久，总会摸着一个的呀！

他有点儿晕，并有点儿恶心。他的身体开始摇摆，并且越来越激烈。他的双脚不时地互相别着，几次要把自己别倒。他踉跄着，伸开的双臂开始发沉，已经不能再保持平衡，渐渐耷拉下来，像折断的翅膀。

他踉踉跄跄地走着。他甚至忘记了游戏，忘记了自己是在扮演一个抓贼的盲人。蒙着双眼，往前走，好像是他一生的事情。

他突然摔倒了，并且身子控制不住地骨碌骨碌地滚动起来。他感觉到自己的身子好像滚动在一个斜坡上。也未等他明白为什么会这样，就听"扑通"一声，随即连呛了好几口水。他从水中拼命挣扎出来，用手使劲扯掉蒙在眼睛上的布，发现自己已滚到了河里。

他有点儿发蒙。

他吃力地爬上了岸，向前看去，眼前的平地上空空的，没有一个人影。

他看了很久。这世界上好像一个人也没有了，只有他一个人。他转过身去，湿漉漉地坐在河边，"呜呜呜"地哭了起来……

从此，磨子除了默不作声地坐在那张水泥课桌前上课，再也不想和青羊村的孩子们待在一起。他远离他们，并且不想再看到他们。他们的嬉闹，他们的欢呼再也不能让他的心涌起浪花。他对他们一点儿也不感兴趣，就像石头对风不感兴趣一样。

现在，他最喜欢去的地方是路边的一个露天汽车修理厂。

这条经过青羊村的公路，还是一条比较繁忙的公路，白天黑夜，总有车辆驶过，没有人知道这些车从哪儿来，又驶向何方。几年前，一个外乡人在路边的一块荒地上开了一个露天汽车修理厂。这是一个中年人，会修理汽车，原先在另外的地方开过一家汽车修理厂，生意不好，就把修理厂开到了这儿。从这里往东五十里，往西五十里，都没有汽车修理厂。在这儿开了修理厂之后，黑天白夜的，总有生意。车总有坏的时候，而且常常是坏在半路上。

这个中年人不久便和青羊村的人混熟了，青羊村的人都叫他老高。

虽然叫修理厂，但除了老高，就是他的妻子，再也没有一个工人。活就这么多。

老高干活的时候，磨子就在一边看。这个外乡人和他的妻子并不讨厌磨子，他们甚至还有点儿喜欢磨子，因为他从不多嘴多事，他只是静静地看。

磨子一有空就往这儿跑，仿佛这儿是他的家。

他看着老高拆卸轮胎、修补轮胎、安装轮胎，一连串麻利的动作，很好看，很迷人。

发动机死了。

老高掀起盖子，拿一把改锥，这里捅捅，那里捅捅，不一会儿，发动机“突突突”地轰鸣了一阵，又能转动了，很神奇。

有时，老高会把机器大卸八块，稀里哗啦地摆了一地。磨子看了很担心：还能装回去吗？等老高把它们一件一件地又组装好，机器“突突突”地轰鸣起来时，他会长长地舒一口气，然后咧嘴笑着。那时老高也会朝磨子笑笑，那笑里有几分得意。

开始时，磨子看老高修车，总保持着一定的距离。一天一天过去，距离越来越短，到了后来，老高掀起盖子，趴在那里看发动机时，磨子也趴在那里看，好像要与老高一起共同解决问题。而老高呢，一边修车，一边给磨子讲解着，仿佛新收了一个徒弟。老高还会使唤磨子："把那把扳子递给我。""去，给我到工具箱里找一把'十'字改锥。"

每天，天很黑了，磨子才回家。

这一天，对于磨子来说，是十分重要的一天。因为，从这一天开始，磨子找到了一种让他特别喜欢的游戏。这个游戏，只需他一个人，就可以玩得痛快淋漓。从此，他对这个游戏非常着迷，它使他忘记了一切。

这个游戏从此也成了青羊村的一道风景。

这一天，一辆中型卡车的轮胎坏了。这只轮胎是在离修理厂大约五千米的地方开始漏气的。司机坚持着，将车歪歪扭扭、摇摇晃晃、勉勉强强地开到了修理厂。

老高把这只轮子卸下之后，推到了不远处的敞棚下。一个多小时之后，老高把它修好了。打足了气之后，就将它推向那辆卡车。

富有弹性的轮子在老高的一次一次的推动下，骨碌骨碌地滚动着。这一形象十分生动，磨子睁大了眼睛，禁不住走上前去。

老高从磨子的眼睛里看出了喜欢，示意磨子：你来吧！

磨子还疑惑着，老高却已不管那只轮子了。

轮子失去了推动力，滚动了一会儿，开始放慢速度，并开始摇摆。

磨子一见，立即冲上前去，用双手推了一把，那轮子得到了力量，又开始劲头十足地向前滚动。

磨子回头看了一眼老高。

老高向他示意：推吧推吧。

磨子紧跑几步，赶上了轮子。

他用双手不住地推着，越推越有感觉。

越推越快，轮子在那块平地转着圆圈。

不一会儿，磨子推得满头大汗。

老高叫道：“小子，好啦！我们该把它装上去啦！人家还要赶路呢！”

磨子又推了一圈，才把轮子推到那辆卡车旁。

修理厂有的是废弃的轮子，有带毂的，有不带毂的，大大小小，到处乱放着。现在，磨子小部分时间看老高修车，大部分时间用在了玩耍轮子上。老高夫妇并不阻止，任由他玩去。老高的妻子曾对老高说：“村里那帮孩子，好像都不愿跟他玩。”

磨子推动着轮子，轮子就转动着，那时，轮子就成了有生命的东西。磨子说不清楚是一种什么样的快乐，就是快乐，荡彻全身的快乐。轮子在前面滚动，他跟在后面，很像是一个孩子，在赶着一头牲口。可它不是牲口，是轮子，黑色的轮子。

推着推着，磨子忘了，那蹦蹦跳跳滚动着的只不过是一只轮子，他竟然把它当成了一辆车——他不是在滚动轮子，而是在开车呢！他不时会从嘴边里发出汽车的喇叭声：“嘀！嘀嘀！……”

越推越熟练，越推花样越多。可以是两只手推，也可以是一只手推，还可以抱着胳膊，用脚一下一下子蹬动那只轮子。

可以从轮子的后面推它，也可以站在它的侧面去推它。

玩累了，他就坐在躺倒的轮子上，或者躺在地上，将头舒舒服服地枕在轮子上。

一有了力气，他会马上起来继续他的玩耍。这是一种没完没了的玩耍，是一种兴趣永远不减——不仅不减，而且越来越上瘾的玩耍。他沉浸在、陶醉在与轮子的游戏之中，进入了他在青羊村生活的最快乐的时期。

玩着玩着，他不再满足在修理厂那块地上玩耍了。他要让轮子上路，去各种各样的地方。他应该带着它去各种各样的地方。如果能够周游世界，那就更好了。

老高夫妇由他去，反正都是一些没用的轮子。

他把轮子推到了公路上，推到了学校的操场上，推到了村巷里。

现在，轮到青羊村的孩子们看他玩耍了。

他知道他们在看他，但他装着他不知道他们在看他。

他一会儿跑动着，一会儿又摆出一副溜达的样子。他会做出不少奇怪的、惊险的、有趣的，或潇洒的动作。

有一个动作最牛气哄哄：他走在一个很大的轮子的侧面，两肩端着，胸脯挺着，两腿不住地交叉着往前走，不时地，很有节奏地用手推一下轮子。当轮子以均匀的速度向前滚动时，他可能暂时停住不走了，在那里站着：端着双肩，双臂互抱，两腿交叉，挺直的身子微微后倾。见轮子马上就要停下了，他会恰到好处地赶上去，及时地给轮子一个力量。

大孩子们，比如野树、山田、瓦菊，站在一旁，侧目看着。而小小孩就会跟着磨子和轮子往前跑。

有小孩情不自禁地要去推轮子，磨子就会立即将他们与轮子隔开。

到处转到了，他就开始推着轮子回修理厂。

后面跟了不少孩子。

到了修理厂，他会突然发力，给轮子最后一个力量，只见轮子飞快地向前滚动——最后倒下的地方，正是磨子希望它倒下的地方。

紧接着，磨子一个转身，面对着孩子们，用他的神情告诉孩子们：这是修理厂，可不是你们玩耍的地方，去吧，到别的地方玩去吧！

孩子们看了看那些轮子，然后一个一个地走开了……

老高还允许磨子随便将哪一只轮子推回家去。

这些轮子，有时躺在修理厂的地上，有时则躺在磨子家的院子里。

磨子只要想玩轮子，随时都可以。

他不仅白天玩轮子，晚上也玩，并且好像更喜欢在夜晚玩，在有月光的夜晚玩。那时，道路隐隐约约，轮子也隐隐约约，很神秘。有时，都已深夜，他还在玩轮子。这种时候，他十有八九都是在村子里玩。他从孩子们夜晚捉迷藏开始玩起，一直玩到孩子们被大人一个个唤回家中，还不回去。

那时，他的身体其实已经很疲倦了，但他的兴致依然很高。

轮子骨碌骨碌地滚动在村巷里，地在震动，屋里的人听来，简直隆隆作响。轮子从南滚到北，再从北滚到南。月光洒在村巷里，他和轮子投照在地上的黑影，在不住地移动——更像是飘动。

整个村庄终于彻底睡去，他还要在村巷里推一会儿。在离开村子之前，他一定会有一个短时间的疯狂：他把轮子推得飞转，并把自己跑动的脚步声搞得很大，仿佛有战鼓响彻于村巷。

然后，他顶着一轮明月，迷迷瞪瞪地推着轮子，推出村庄，往村子后面的家推去。

那时，羊群都在安睡中。吴贵在他的酒乡里做着糊糊涂涂的梦，这些梦在他醒来后，就再也记不得了……

深秋，各种各样的叶子都落了，鸡呀，鸭呀，也都掉毛了。一夜秋风吹过，芦花也已飘尽，剩下光秃秃的杆。世界疏朗了，透光了，看得远了，看得清了，总在枝叶间欢唱的鸟，现在只能羞答答地暴露在人们的眼前欢唱了。

变得清瘦的磨子，这一天，居然推着一只巨大的轮子上山了。

青羊村的人，一辈子也没看过这样一个情景，也许全世界的人都没有看到过这样一个情景。

几乎全体青羊村的人——当然包括野树、山田他们，都在向山上望着。

青羊村的狗们和羊们、牛们也都在看。

巨大的轮子就在他的前面。

他用双手推着，胳膊绷得笔直。他的身体向前倾着，仿佛要用肩去顶沉重的轮子。

轮子的转动非常缓慢，转一圈，仿佛要用几年的时间。

有时，人们觉得那轮子是停在那儿的。也许，那一刻它确实是停在那儿的。

但，人们还是看到，轮子在不断地滚向山顶。

当磨子那样吃力但绝不罢休地将轮子向山顶推去时，在山下看着的人心里着急，会情不自禁地也伸出双臂，将身子向前倾去，作出推动轮子的样子。

轮子终于滚到了山顶。

磨子用手扶着那只巨大的轮子，站在它的身旁。

那时，是下午五点钟的光景，太阳已经低垂到山的那边，万丈光芒从深处射到了山顶上时，磨子和轮子成了黑色的影子，并且影子被大大地拉长了。

无数的目光在向山顶仰望。

到此，游戏并没有结束。大约过了半个钟头，人们看到，磨子走到了轮子的那一边，将脸冲着青羊村，突然猛一推，只见轮子快速从山头滚向了山坡。随即，磨子也跟着冲了下来。

轮子的滚动越来越快，并不时地弹跳到空中。

磨子紧紧地追赶着，最后跌倒了，但，他并没有爬起，而是顺势与他的轮子一起往下滚动着……

这是三天以后的事情——

一辆破旧的中型面包车，歪斜着开到了汽车修理厂。

车上是一些孩子，还有几位老师。

车门打开后，第一个走下车的是林校长。他大声问道："老高在吗？"

老高的妻子走了出来："老高进城了。"

"他啥时回来？"

"他去城里买零件，要买不少零件，要到明天才能回来。"

"这可完蛋了！"林校长说着，跺了跺脚。

"校长，咋啦？"老高的妻子问。

"这是跟乡里借的一辆破车，你看呀，左前轮没有气了！刚刚开出去不久，就发现了，这不，又开回来了，想请老高整一整，可他人……这可如何是好呀！"

"有急事呀？"

林校长懒得回答。他朝车里喊道："还一个个坐在里面干什么？车又开不了！"

老师和孩子们都下了车。

这是学校文艺宣传队的孩子们。

不久前，由林校长导演的一出小戏去参加乡里的比赛，得了奖，选拔到县里去比赛，又得了奖。今晚上，得了奖的剧目要在城里剧场公开演出。

现在，一只轮子瘪了，去不了了。

有老师去路上拦车，那些车连停一下都不停，“嗖嗖”地开了过去。

林校长问老高的妻子：“你会修吗？”

老高的妻子说：“我哪里会修呀！”一副焦急的样子。

这时，公路上，磨子推着一只卡车的轮子，骨碌骨碌、呼啦啦一路玩过来了。

他马上看到了那辆面包车歪斜在那里，蹲下来看了看，不知为什么转身跑了。

他没有推走那只轮子。

几乎没有人注意到他。

看着磨子的背影，林校长想起了一张面孔——一张贴在活动室后玻璃窗上的面孔。

林校长领着孩子们在活动室排练节目时，磨子的面孔常常出现在后玻璃窗的背后，出神地朝里面看着。活动室的后面是阴森森的竹林，没有孩子会去那儿。

没有过多久，磨子却又回来了，还是推着轮子——另一只轮子。

依然没有人太注意他，因为，他总是推着轮子。

磨子一直将这只轮子推到修理厂，然后就在修理厂的那块空地，围绕着那辆无法动弹的面包车，一圈又一圈地转动着，有时慢，有时快，后来越推越快，看得老师和孩子们眼晕。

老高的妻子叫道：“磨子，你发什么疯呢？”

开车的是学校的丁老师。他看着看着，忽然激动地叫起来：“磨子！”

磨子没有应答，依然玩那只轮子。

丁老师指着磨子推着的轮子，兴奋得结结巴巴地对林校长说：“磨……磨子，推……推的那这只轮……子，与我们这辆车的轮……轮子，是……一……一个型号……”

磨子滚动的圈儿越来越大了。

林校长看着磨子推动的那只轮子，叫道：“磨子！”

磨子慢慢让轮子停下了。

“你推着那只轮子过来。”林校长说。

磨子没有过来。

丁老师见磨子不过来，就向磨子小跑过去。

磨子一见，却推起那只轮子，飞快地离开修理厂的空地，朝公路上滚过去。

“磨子！”林校长叫了一声，声音充满威严。

磨子双手一按那只轮子，在修理厂通往公路的道上停住了。

林校长把丁老师叫回头，看了看手表，对老师和孩子们说：“时间还很富余，你们且在这里耐心等着。”说完，走向磨子。

林校长没有立即让磨子推着那只轮子回到修理厂，而是和磨子一起，一边走，一边轻推着那只轮子，往河边去了。没过一会儿，他们和那只轮子，一起消失在了一片林子里。

不知过了多久，他们才又一起推着轮子出现在众人面前。

路上，磨子一直在抽泣，不时地用手背擦着漾出眼眶的眼泪。显然，这已经是被控制了的哭泣，在此之前，他在林校长面前一定有过大声的哭泣。

林校长不时地拍一拍磨子的头。

来到那辆面包车跟前时，磨子已经不哭了，但潮湿的泪痕依然还在鼻梁的两侧闪着亮光。

磨子把那只轮子推倒在坏了的车轮旁。

丁老师一脸欣喜："正是同一型号。"

半个月前，一辆中型面包车与一辆卡车相撞之后，踉踉跄跄地开到修理厂大修，临走时，把一只备用的轮子遗落在了修理厂。老高对磨子说："这只轮子，不大不小，你要是玩，它最合适。"从那一天起，这只轮子，就成了磨子玩耍的许多轮子中间的一只。

磨子轻车熟路地，很快拿来了千斤顶和一把弯形扳手，交给了丁老师。

丁老师懂得一点修车的知识。他在车盘下找到了放置千斤顶的位置，然后将千斤顶放到下面，不断地加压，车慢慢被顶了起来。

车轮离地后，丁老师开始用那把弯形扳手卸轮子，可是怎么使劲也拧不动螺母。

看的人都很焦急。

这时，磨子走上前来，推开了丁老师，高高地抬起右脚，突然猛劲地蹬向扳子的弯把，只一下，螺母拧动了。

那个动作非常熟练、老到，目睹了这一瞬的人，都十分惊讶。

轮子换好了。

林校长对孩子们说："大家一起说一声：谢谢磨子。"

"谢谢磨子！"

野树和山田都在文艺宣传队。

林校长说："野树、山田，难道你们不应当对磨子再说一声谢谢吗？"

野树和山田满脸通红地："谢谢磨子！"

车马上就要开动时，本已上了车的林校长又从车上走下，走到磨子面前，把手放在他的肩上说："我们刚才在河边说好了的，还要排一出小戏，也让你演一个角色。林校长知道磨子喜欢演戏。"

眼泪一下汪满了磨子的眼睛。

车越开越远。

磨子朦朦胧胧地望着远去的车子，泪水沿着刚刚被风吹干的泪痕，向嘴角流去……

【作者简介】　曹文轩，江苏盐城人，北京大学教授，博士生导师，中国作家协会全委会委员，北京市作家协会副主席，主要作品有《山羊不吃天堂草》《草房子》《红瓦》《根鸟》《细米》《青铜葵花》等，被翻译为英、法、德、日、韩等文字，获国内外各种奖项几十种。

云 柜

邱华栋

1

“什么是云柜？”孔东好奇地问施雁翎。

一天，他们坐在丽都假日酒店南边一个酒吧的后花园里。这家酒吧每天晚上九点之后就特别热闹，各种肤色的人都有。在酒吧中心的大房间里，有一圈深褐色的高脚酒吧椅，围绕着中心酒廊，还有一个小型的台球案子靠着一面墙，你可以在那里随便打，不收费。远远地看去，酒吧的圆形铁券拱门上，一到夜晚闪烁的，是耀眼的酒吧的中英文名字。在酒吧的前院和后院，绿植掩映的场地上有很多露天座位，摆放的都是铁艺的桌椅，坐下来不小心碰了腿脚，会很疼。酒吧的前院，靠近一条非常热闹的商业街，一些品牌商店一字排开。在酒吧的后院还有一个人工小湖，有假山有喷泉有各色植物，连南方的棕榈和椰子树都有，也不知真假，婆娑地掩映着那些桌椅。说是酒吧，其实是餐吧，里面有很多种西式和中式的便餐，有吃的有喝的，来的人觉得就很好。

施雁翎的个子在女人里算高的，大概有一米七五的样子，因此她不爱穿高跟鞋。孔东能够看出来这一点。这是他们的第三次见面。第一次，是在王珂教授的家里。王珂喜欢在家里招待各路朋友，虽然比不上望京黄珂那个著名的流水席家宴，但王珂作为一个著名的当代美术史教授和策展人，也是京城的各路艺术英豪都认识的人，他喜欢在周六或者周日这一天在家里招待朋友，而朋友还可以带来朋友，即使来个几十人，他那个位于东五环边上的大宅子里，也都能够坐得下。所以，当时孔东因为想买一位画家的画，又不想在画廊里买，就在王珂家里去找那个画家面谈，结果就认识了施雁翎。

孔东先是和画家谈好了画价，然后就在院子里闲逛，来的人大都是艺术界的，还有艺术家的各色朋友，人非常杂。他看到有一个高个子穿白衬衣、红裙子的姑娘站在那里，背影很窈窕，就端着酒杯，走过去搭讪。两个人一聊，发现对方竟然都是单身，虽然孔东是艺术系教授，施雁翎是做生意的，他们俩都喜欢绘画，谈得比较投机，就多少都有了再见的意思，留了对方的电话号码。

过了一个星期，他们约好了在燕莎饭店东边一公里处的那家枫华园露天汽车电影院见面。既然是汽车电影院，两个人就都是分头开车去的。碰面之后，孔东还是坐到了施雁翎的那辆宝马X5里面的副驾驶座位上，一起看了电影《地心引力》。因为，孔东开的是轿车，底盘低，在露天汽车电影院看电影，底盘高的宝马越野车视线就好多了。在汽车里看电影本来是美国人喜欢搞的事情，这样情侣可以顺便搞搞车震。但他们俩刚约第二次，都非常拘谨。看过了《地心引力》，两个人之间似乎也多少产生了一点引力，于是，就有了这第三次的丽都饭店南侧的酒吧里的约会。

“云柜？云柜嘛，怎么说呢，就是我们做的云计算工程的一个主机系统。我做了几个公司，其中一家，现在主要是做云计算系统服务提供商。云计算你听说过吧？就是用互联网技术来服务传统行业做业务提升。我们的这个云计算互联网电子计算机业务，主要针对的是能源行业。我们国家的能源行业很庞大，比如电力、石油、煤炭企业的自动化、计量、监控平台等，都需要我们的云计算系统来提升运作水平，我们可以提供自动化、信息化的全面系统的解决和应用开发。具体说起来，也就是通过大数据分析，将云计算分解为云计算服务和云计算平台。在云计算平台上，有办公软件、资源租用服务、网络计算服务、数据储存、应用开发等，通过大系统将大数据进行采集、分析、储存、仿真等，这涉及了节点管理、资源汇聚调度、分布式系统、流动和透明性以及机器管理机器，在客户端应用程序的服务中，有用户管理、权限、日志、智能搜索、统计分析等，采取云端整体解决方案，是一个一体机系列，这个云端整体解决方案，就是我们提供整柜交付一个云柜，此外，还有开箱就能够运用的云仓，以及一站式云慧智能分析平台……”

孔东打断了施雁翎的话：“你说的这些，都是云里雾里啊。这互联网时代的词汇也是奇葩朵朵，我一句也听不懂，除了云柜，又出来了云仓、云慧，这都是什么呀？这都是云计算的一部分吗？你就告诉我什么是云柜好了，别的，我都不想知道了。”

施雁翎笑了，她就觉得孔东作为一个美术学院的老师，虽然和自己从事的行当隔着几千里，但正因为如此，彼此还有些神秘感。“云柜，简单说，就是我们可以整体交付的一个计算机平台，外形像一个柜，大小像一个小冰箱那样，是一台立柜式的服务器。我们的云柜是黑色的，在这个云柜里面，硬件架构有业务交换、存储交换组成的网络资源池，有管理集群、负载集群构成的计算资源池，还有一级和二级存储构成的存储资源池……”

孔东傻眼了，“那我还是听不明白，这云柜能做什么？”

施雁翎笑了，她觉得孔东傻乎乎的，很可爱：“哎呀，说白了，不过就是一个大型的计算机系统的柜子嘛。”

孔东明白了，“啊，也就是一个柜子啊。”

施雁翎说：“不说我那个云计算了。我白天见客户，嘴皮子磨破了，谈的都是云计算云计算，我今天来见你，可不想谈那些我生意上的事情了。我是有事情要和你说。很重要的事情。”

孔东忽然有点紧张，因为，虽然只见了几次面，他感觉施雁翎是一个很强势的女人，她多年来自己做公司，做得还不错，钱也没有少挣。上次，她说她最近在东五环的银街又买了十几间铺面房，那可是盖在地铁站边上的黄金地段的铺面房啊。孔东就认真地看着她。她个子高大，基本不施粉黛，今晚卸妆之后，多少有点暗灰。但施雁翎似乎欲言又止，他们眼前的桌子上那一大盘金枪鱼沙拉，基本没有吃几口，他就拨弄这沙拉，寻找着里面那黑色的腌橄榄小球。

施雁翎喝了一口果汁，说：“孔东老师，咱们俩都是单身，对不对？”

孔东说：“是啊，我肯定是单身。”

施雁翎说：“咱们已经见了好几次面了，我对你印象很好，有感觉，有些期待，起码，我是这么看你的。”

孔东有点不好意思地说：“感觉是有点感觉，但还需要继续接触——”

施雁翎笑了笑：“我做了这么多年生意，觉得什么事情都不能态度暧昧，不能犹犹豫豫，要直截了当，当机立断。”

孔东感到更紧张了，他不明白施雁翎说的“当机立断、直截了当”是要做什么。难道，是当机立断地和他闪婚吗？他知道现在有些年轻人什么都能干出来，他们搞闪婚，裸婚，然后，他们再闪离，或者干脆就不婚。闪婚，就是闪电一样结婚，最短的认识才一天，长的，认识一个月就结婚了，这都算闪婚。闪婚其实是有些道理的，男女之间，假如想走入婚姻，有时候想多了反而没有大用，只有闭着眼睛往坑里一跳，其实也没所谓。闪婚之后再慢慢相处，也很好。结婚这个事情，的确需要坚决果断，不能犹豫和态度暧昧。至于裸婚，指的是双方都不送彩礼，不搞繁复的结婚典礼、宴请，就单单领个结婚证，然后，就住在一起了，就结婚了，过上小日子了。可是，这闪婚对于离异后单身的孔东来说，要让他再次进入婚姻之门，那是需要给他一些胆量的。他可不愿意立马就范，他知道，有些女人是喜欢在婚姻关系里狠狠地修理和拾掇男人，直到男人彻底就擒，婚姻是女人的保护罩，她们在婚姻关系里为所欲为，翻手为云覆手为雨，威风八面啊。

孔东想，当机立断就此不联系了，也很好。他说：“好吧，那就当机立断。你说，怎么个当机立断？”

施雁翎说：“很简单，孔东老师，你那么聪明，秀气，英俊，坦诚，我很喜欢，是我中意的男人。也就是说，我喜欢你的人。人好，基因就好，基因好，后代就好。但要是我们现在去走向婚姻，去结婚，生孩子，这需要一个过程，这个过程需要很多时间，我们要来相处，互相了解，要你和我都投入很大的精力。可是，你忙，我知道，我也很忙，你看，我每年有几个月都在外面飞。我们没有时间整天用来谈情说爱。于是，我想了一个办法。不仅是想了一个办法，而且，我已经连所有的细节都策划好了，今天才来和你谈的。这个事情，就是需要你当机立断了。一个是，我们俩需不需要结婚这道法律手续？

我觉得不需要，只要是我们互相喜欢对方就可以了。”

孔东没有听明白，“只要是喜欢对方就可以了——你的意思是——同居？”他想，是不是现在施雁翎想的，是两个人应该当机立断，立马同居在一起？

施雁翎挥了一下手，果断地说：“不是。好了，既然我们不需要结婚这道手续，可是我和你都想要一个孩子，那怎么办？”

孔东嗫嚅着，“怎怎怎么办呢？”

施雁翎很有把握地看着他，说：“我有一个办法。你看，你很忙，我也很忙，我没有时间怀孕生孩子。那我就找了一个代孕的姑娘小曹，曹秀云，她是一个农村孩子，在北京一所大学读书，刚刚毕业，找不到工作，又不想回老家，正发愁怎么办呢，如果我答应给她二十万，她就帮助我们代孕一个孩子，这事就成了。现在她已经答应了。有时间的话，我可以带你去看看她。一个很清秀的姑娘，代孕一定不错——代孕的姑娘也不能丑。现在，你听明白了吧？就是说，用你的精子、我的卵子，做成一个受精卵，植入到小曹的子宫里，由她代孕你和我的这个孩子，我们不用费力气，也不用结婚，就有孩子了。这样是不是很好？你看，这就是曹秀云的照片。”

孔东接过那个叫曹秀云的姑娘的照片看。照片上，一个很淳朴善良的20多岁的姑娘在微笑。宁愿做京漂女，也不回老家的姑娘，出卖子宫代孕可以尽快得到一笔大钱。这对她肯定是合适的选择。但他不知道为什么，忽然有些讨厌这个姑娘了。

施雁翎看着他表情的变化，“她是一个好姑娘，我考察过了，也给她做了详细的体检，她的身体非常好。女人嘛，最好的年龄就是20到30岁，现在，她22岁，正是最好的年龄，女人在这个年龄生出来的孩子，质量肯定是好的。不过，做代孕之前，需要签订一个代孕和保密合同，我要先支付给她10万元，她不过是代孕而已。而且，钱都是我出。你不用管这些。”

孔东听明白了，施雁翎是要这么做，这是需要当机立断。“我觉得，首先，这里面有没有法律问题？万一她把孩子带走了怎么办？其次，孩子出生之后怎么办？算谁的？你的，还是我的？谁来养？假如我们没有婚姻关系——这孩子最终算谁的？”

施雁翎的确是做云计算的，她成竹在胸地笑了。看来，她什么都计算好了：“这个我都想好了。孩子出生，我将另外一半的钱，也就是把剩下的10万元支付给曹秀云，她就与我们没有关系了。再一个，孩子是我的，不是你的。因为从法律关系上，我和你没有婚姻关系，等于只是借了你的精子。这孩子生下来是我的。而且，我找了两个保姆，一个是奶妈，另一个，是过去在北影厂当演员的一位女士，她人很好，是我的好朋友，她在纽约生活了很多年，自己的孩子都大了，喜欢小孩子，我会把这个孩子带到纽约，让她去带，我再回来继续做我的云计算生意。而那个孩子在美国长大。这就是我今天想告诉你的，我的想法。”

施雁翎说完了，此时孔东的大脑快速地运转着。他觉得，只有施雁翎这样的经济独立，挣钱的本领比大多数男人还强的女人，才能想出来这么一个有点匪夷所思的云计算的办法。此前，孔东也听说了很多别的，比如到中国香港和美国生孩子，就是为了要个身份，再比如，为了生双胞胎、三胞胎，要吃一种叫作“多仔丸”的药，催女人排出多个卵子，女人就容易受孕，而且，在受孕的过程中，哪个受精卵子质量不好，还可以监控和检测出来，这样在女人的子宫里就能杀灭，最后保留的，是最好的受精卵，生出来的就是多胞胎。也就是说，代孕、人工授精、多胞胎在技术上已经不是一个问题了，早就不是一个问题了。

“从技术上来说，你说的这些，都可行吗？”孔东不搭调地问她。他现在需要一点时间来继续做一个判断。

施雁翎笑了，她还是很爱笑的：“技术上没有任何问题。做人工授精的医院技术很成熟。我已经找好了一家，有香港资金和技术的背景。现在，只要是你的精子的质量没有问题——”施雁翎双目炯炯地看着孔东，“现在，你知道，雾霾、空气和水污染，让很多中国男人的精子质量下降，不少男人的精子都出现了畸形和变异，即使是年轻的男人，经过检测，缺乏活力的、变异的精子也有。”

孔东笑了，“你很懂这个啊。看来你是做了功课了。那我问你，你知道男人一次射精会出来多少个精子？”

施雁翎莞尔一笑：“男人一次射精，有一亿六千万个精子呢。有个作家写了一本书，书名叫《一亿六》，说的就是这个事情。一个正常的男人一生大约能射出来20千克的精子。”

孔东当真吓了一跳：“有这么多！”

施雁翎说：“是的。所以男人花心啊。喜欢到处撒种子。所以，现在，孔老师，需要你当机立断了，不能犹豫。我再来理一下我们刚才说的事情：我们去医院做一个受精卵，用你的精子、我的卵子，做一个受精卵，然后，植入到我找到的代孕人曹秀云的子宫里，她来帮助我们孕育。孕育期间，我雇了专人精心陪护她，让孩子顺利生产出来，之后，与曹秀云的合同关系解除。孩子归我，我带到美国，交给我那个女密友来监管，还雇了一个奶妈一起养育，我会定期去看。而你，可以说自打孩子出生之后，与你就没有什么关系了。”

孔东：“与我完全没有关系？我觉得，与我还是有关系啊。血缘上，我是孩子的爹啊。”

施雁翎说："是的，我明确地告诉你，孔老师，孩子是我的，你是孩子的爹，但我们没有婚姻关系，是我来策划和投资，我来计算和掌控的这件事，那就是我的孩子，我自己养，和你无关。你就放心吧。"

孔东还在沉默，他觉得这个事情的确是一桩云计算，一个只有云柜才能计算清楚的事情。看着既简单又复杂，似乎还藏着什么旋涡，他看不到。

施雁翎继续说："就是借用了你的精子嘛——实际上，我也可以去精子库里买精子，但我很想知道是谁的精子让我的卵子受孕了。这不，我认识了你，我觉得你好，基因好，人好，聪明，智慧，身材挺拔，形象俊美，那就是你了，我第一次见到你，就这么想。这也是没有办法的事情，我很忙，打理几家公司，花费了我很多时间，我根本就没有时间来孕育孩子。这是没有办法的办法，是新技术支持下的办法，是解放了你们男人，也解放了我们女人的新办法。男人独立，那么我们女人也是可以独立的。"

孔东点了点头，他认同这一点。现在的女人，是独立得越来越可怕了。

"只是有一点，你听好了，我现在的生意做得很不错，可是，万一我十年二十年之后，生意做得不好了，或者我破产了，那个时候，这孩子来找你的时候，你要认这个事情。"施雁翎看着他，"你要认这个事，就是说，你要认这个孩子也是你的孩子。所以，你看，最终，这个孩子也是你的孩子，也还和你有关系。"

孔东听明白了，多年之后，这孩子假如回来找他，他必须要认这个孩子是他的，他是孩子的爹。这才是最关键的部分，才是需要他下决心的地方。他看着施雁翎，觉得施雁翎这个女人真不简单，她都能够想到那么远，想到了几十年之后可能发生的事情，这的确是云计算啊。她的脑袋虽然是圆的，但是思考问题也很像是一个长方形的云柜。

“孔老师，要当机立断啊。”施雁翎抓住了他那有些畏缩的手，热情地、充满期待地看着他。

孔东被她感化了，但也被自己内心的反抗所拉扯着。到底要不要孩子，以及他能不能接受和眼前的这个女人有一个孩子，他的内心无法确定。因为，一旦你和一个女人之间有了一个孩子，那么，这就是永远的牵扯了。这一点，是他最没有把握的。他说：“这个事情很重大，你让我回去想想，我必须好好想一想。”

2

施雁翎只给孔东三天的时间，要他想好这个事情。因为，她已经联系好了医院，代孕人曹秀云也在等待消息，她需要代孕的预付款10万元，尽快汇给老家的父母亲，他们都得了病，需要花钱医治。医院那边也随时等待着孔东前去取精，孔东的脑袋里激烈地辩论着，纠结着。要在别人，很容易做出的决定，在他这里就十分困难。这与他有些优柔寡断的性格有关，别看他俊朗挺拔，眉眼英武，可是却有一点女人气。尤其是做事情，他总是不能立即决断。

从内心里来说，孔东是非常想要一个孩子的，只要是他的种就好。再说了，能够采取这个方案的女人，本来就不多，经济实力和思想观念都是这样，甚至几乎没有，因为孩子生下来，他都不需要养育，而是将孩子直接带到美国去养，省心省力。但似乎有一种他无法掌控的东西也在涌动，未来会产生什么问题，会导致什么结果，都是他无法预料的。孔东于是就非常踌躇。但有一个孩子这件事，同时也对他构成了强大的吸引力。繁殖显然是动物的本能，在本能的驱使下，他又有些跃跃欲试。

这个方案能成功的话，关键就是女强人施雁翎的经济能力好，她一个人就完全应付得了所有的事情，只不过需要他孔东配合一下，孩子不需要他生，也不需要他养，很长时间里，或者说根本就不需要他承担父亲的责任。只是有这么一个可能，那就是多年之后，施雁翎的生意破产了，完蛋了，她完全无法支撑生活了，这个时候，他的种子结出的果，这个孩子来了，找到了他，说："爸爸，父亲，爹地，我是你的孩子，现在，我妈没钱了，该你管我了。"

孔东想到了这里，眼睛忽然就有些湿润。他觉得施雁翎很刚强，也敢于承担。他决定了，立即给施雁翎打了一个电话："我同意了，就这么办。什么时候去医院？"

施雁翎很高兴："明天啊，就明天去吧，我最近刚好也在排卵期。"然后，她就告诉他医院的地址，他们在那里会合。

孔东打完了这个电话，心里又觉得有点惶恐，觉得自己可能冲动了，不知道今后会发生什么情况。这天晚上，他做了一个梦，梦见有一个妖娆的女子勾引他，她肉滚滚的，不知道怎么就压到了他的身上，使他梦遗了。醒来之后，他感到裆部濡湿一片，有些懊恼，因为天亮之后，他就要去医院献出自己的精子了，可在这个关键的时候，自己竟然做起了春梦呢。换了短裤，他又睡了一觉，醒来已经是天光大亮了。

他没有吃早饭，因为他无法确定取精是不是要空腹，也是因为没有时间吃了，匆匆洗漱完毕，就赶紧赶到了那家医院。那家医院属于专科医院，专门治疗不孕不育的，而且有港资的背景，在昌平山脚下一个僻静处，非常安静。

施雁翎早就到达那里了，开着她那辆白色的宝马越野车。他停好车，她就在医院的门口等待他。“我比你早来了一个小时。”她有点抱怨，但也松了口气，因为，他毕竟来了，也因为一切的云计算，云柜里面的系统，首要和先决，就在于取精——取他的精子这个开端。他抱歉地耸了耸肩膀。

施雁翎拿着早就挂好的号单，“只有先取好了你的精子，才能取我的卵子。”她告诉他这个程序。

然后，有一个身材窈窕的护士引导他前往诊室，一个戴着口罩的男大夫接待了他，对他进行了检查，告诉他如何取精。大夫递给他一个很精巧的口窄瓶身宽的小瓶子。孔东忽然感到了紧张，为自己昨晚的遗精而导致的取精质量和数量担心，也为未来的无法掌控而担着莫须有的心。然后，护士就带他去了取精室。取精室，这名字听着非常平实、简洁、干脆，明白告诉你这里是干什么的。

他躺下来，环视四下，发现这里没有提供给他任何辅助工具，比如，电视机上放毛片——有些洗浴中心就有这个。看了那片子，往往是还没有接触到女人，男人就一触即溃，溃不成军了。也没有色情画报——当然都是国外出版的，这些都没有。好吧，那就只好躺下来，依凭想象来进行吧。

就是在这个时候，他的眼前浮现出了施雁翎的脸。这张脸稍微有点浮肿，但并不难看，脸色灰暗，却带有一种凌厉和骨感，甚至有些冷漠和嘲弄的表情。这张脸与施雁翎平时对他的温和和笑意不一样，也许是他内心想象她的原因。他用手撸着自己，感觉自己的男根在增大，又在变小，就是一点都不兴奋，甚至有些抗拒地忽软忽硬，和他捉起了迷藏。撸了半个小时，外面有护士来催了：“先生，好了没有？”

他气喘呼呼地说："没，没有呢。"

那个护士诧异和失望地嗯了一声，就走了。

就是这护士那失望的感觉，让他彻底失败了，他仿佛看见了那个年轻的，下巴上有一颗漂亮的小黑痣的女孩子失望、暗笑的表情，他立刻就松劲了。手里攥着的，是一团疲软的小肉，完全是败军之士。完了，身体做出了反抗，他真的取精失败了。他穿好了衣服，走了出来，手里拿着空杯子，找到了施雁翎，一脸沮丧地告诉她："没有取出来。"

施雁翎不相信自己的耳朵："你可是一个很雄壮的男人啊。怎么回事？"她看到了那空瓶子里空无一物。

"也许——是昨天晚上梦遗了，导致我——"他不得不说了这个可能。

施雁翎忽然扑哧一笑，"梦遗？孔老师哎，你——又不是少男，还梦遗啊，"她忽然又高兴了，"那你，梦见的是我吗？那个梦中与你做爱的女人是不是我哈？"

孔东尴尬地笑了一下，他觉得不能和她开这个玩笑，也不能说实话。但现在怎么办？这才是关键，他取不出精子，这是现实。

施雁翎就拉着他一起去找那个戴着口罩，有一双漂亮的双眼皮大眼睛的男大夫，告诉他取精失败了。男大夫看着他，"嗯，估计是心理原因。有些人在这里就是不行。不光是你，有不少取精失败的。要不然，过两天再来吧。"

施雁翎着急了："可是，我的排卵期——"

"可以先取你的卵子，冷冻起来，然后他的随时取。技术上没有问题。护士，请带她先去取卵子吧。"

施雁翎靠前一步，小声说："陈大夫，能不能这样，我和他一起到那个取精室里，我帮助他把精子取到？”

陈大夫看了她一眼，在口罩后面哈哈笑了：“不行啊，美女。这样医院成了什么地方了？即使你们是夫妻，也不能在我们这里做爱啊。不行的。”

孔东的脸红了。他想到了他和施雁翎进入到那个取精室的情景，那么狭小的房间里，施雁翎只能是背靠着白墙坐在那张狭窄的单人床上，然后脱下裙子，带着挑战的神色看着他，张开自己的大腿。这个时候，他行不行呢？他无法确认自己行不行。看到她那表情，他肯定更不行，估计还是不行。不行就是不行。行也不行。行就是行，不行也能行。可就是不行。不行啊不行。他的脑子里乱作一大团。不过，好在那个大夫杜绝了这样的可能。也是啊，医院又不是快捷酒店，不能让男女在这里随便做爱的。他松了口气。

施雁翎失望了一下，“那，能不能我们回家取精，然后赶紧给你们拿过来呢？”

男大夫又笑了：“可以啊。不过，精子的成活时间是24个小时，取出来就要迅速冷冻。假如在一个小时之内能送到这里，就可以。”

施雁翎说：“那太好了，我们回去取精。还是拿着这个瓶子？”

男大夫给了孔东一个带着盖子的密封试管，“用这个吧。送来的速度一定要快。”

施雁翎拉着他的手，“看你的了，亲爱的。”这时，护士来了，要带她去取卵子。“你在外面等我一会儿。一会儿就完。女人有时候麻烦，有时候很简单。”施雁翎调皮地对他笑了笑，跟着女护士走了。

孔东来到外面，找了一个僻静的座位坐下来。这里有自动按摩椅，也有电视和计算机。电视里，一些年轻的女人正在一个教练的带领下做瑜伽，她们的身体都很柔软、妖娆，颇有吸引力。看着看着，忽然，他感觉自己勃起了，又行了，挡都挡不住。但是他克制住了，因为，他不想二次取精，也不想折腾自己了。停了一阵子，骚动下去了，然后他看见护士引导施雁翎从走廊那边走过来。

“取完了？”孔东问，“不舒服？”

“取完了。”施雁翎的脸色略微有点疲倦，“肯定比你们男的难弄些。不过，已经取出来冷冻好了。就等你的精子了。”

在停车场，两个人站住，施雁翎调皮地问他：“到我家去吧，让我帮助你取精。”

孔东感到害怕，“啊，还是我自己取吧，取出来我就尽快送到这家医院。”

施雁翎用怀疑的眼神看着他：“可要尽快啊，保证精子质量。”然后，两个人各自开车回去了。

回到了家里，孔东感觉哪个地方有些不对劲。到了晚上，孔东随手翻出来一本他曾经去北欧旅行时买的情色画报，看着看着，自己就起性了。这一次，他很顺利地取到了自己的精液，直接射到了那个小试管里。灯光下，他仔细地观察着试管里的液体，那半透明的胶质状似乎在上下翻腾，无数小东西在争吵和游泳，在奋力地跳跃，在激烈地变化着，稀释着。这时，时间已经很晚了，此时将这玩意儿送到那家医院，也是很滑稽的事情，他想了想，最后还是将自己这宝贵的液体倒到了马桶里，给冲走了。

3

很多年之后的一天，孔东已经60岁了，刚刚办理了退休手续，他感觉到自己忽然有一种更为放松的感觉了。他有一个比他小十多岁的老婆，还生了两个孩子，一个18岁，一个16岁，都在上中学。家庭幸福美满。夫妻关系和谐顺利。本来，他的人生就这么过下去了，但是很快出现了新情况。

有一天，家里忽然来了一个人，那人是一个美籍小伙子。他一副胜券在握的样子，告诉孔东："是我妈妈施雁翎让我来找你的，因为，我是你的儿子。你是我的爸爸。她说，如果你不承认我是你的儿子，拥有你的财产的继承权，那么，我们可以去做基因检测。假如你还不承认，就要付诸法律了。"

看着眼前这个美国流氓打扮的年轻华人，孔东感到了惊慌失措。他隐约想起来，是有这么回事。那是多年以前，他曾经为一个叫施雁翎的女人提供了自己的精子，去做了一个试管受孕卵，由一个女孩子代孕，生下来一个男孩，就带到了美国，从此，他就再也没有听说过这件事的结果了。施雁翎也从此从他的生活里消失了。但是，现在，他的那个儿子，来了，来到了他的面前，而且摆出了一副他的财产继承人的架势。

孔东问："你的母亲呢，施雁翎，她现在在哪里？"

那个美国小流氓递给他一张照片，照片上的女人他认识，就是施雁翎。"她已经死了，死于一次车祸。她给我留的钱，都让我花光了。在她早就拟好的遗嘱里，她让我在最后没有办法的时候，就来找你，说你是我的爸爸，你肯定会承认这件事。"

孔东汗如雨下，他说："这个，这个——需要——需要……"

那个美国流氓就揪住他的衣领，"需要什么？什么都不需要，需要的就是，你承认我，是，你，的，儿，子！"他一个字一个字地吐出来，不容分辩和解释，那个架势似乎是要杀了他，要他还债，这让孔东魂飞天外。

然后他就醒了。原来是一个噩梦，让他大汗淋漓。他没有想到，他会做这样一个梦。可能他担心的，还是未来的事情。他想起来这件事带给他的复杂性。现在，他不知道怎么办了。到了中午，施雁翎打电话给他："怎么样，你回家取精顺利吗？"

孔东回答："你让我再好好想想，毕竟，这个事情可能比我们预想的要复杂一些。"

施雁翎有点生气："复杂吗？我就是喜欢你，想用你的精子罢了，有什么复杂的？"

孔东说："你让我再好好想想。"

施雁翎说："那我要见你。就今天。"她说话的口气已经变得不容置疑了。

他想了想，"好吧。"

这天晚上，他们一起在一家餐厅吃了晚饭。那是一家叫作"浮士德"的法式餐厅，他们吃了带血的牛排，喝了很好的酒。都是她点的，一道道的正规的法式大餐，从沙拉一直上到了餐后甜点，红酒的颜色也很瑰丽，幽深的暗红类似月经的红色那么暧昧。他们东拉西扯，似乎知道最终他们的关系会导向何方，但都心照不宣。吃完了饭，打出租车，她带他到了她的家里。在她家里，他看到到处都养着盆栽植物，都是常见的品种，比如绿萝、龙血树、散尾葵等等。还有一面鱼缸镶嵌在墙上，里面有制氧机吐出的泡泡在变化，各种漂亮的鱼吐出的泡泡在漂浮。在一个小巧的鱼缸里，她还养了很多绿毛龟，小小的绿毛龟聚集起来的样子，让孔东感到了恶心。

他们微醺了，就先喝点茶。普洱茶的颜色闪烁着温和的褐色光泽。音乐是催情的，而她将自己的外衣脱去，要给他跳舞看，她过去学过舞蹈。他说好啊，她就跳。穿着那种紧身的衣服，她虽然已经35岁了，可身材却非常的妖娆，因为，她个子高，而且，并不胖。不过，胸很大，这一点其实是孔东不满意的。孔东喜欢平胸，真是一个男人有一个男人的关于女人的趣味。孔东就不喜欢大胸女。她在跳舞，他在观赏，然后，他们不知道怎么就靠近了，就抱在一起了。两个人香汗淋漓地拥抱着，这个局面导致的结果，当然会是十分清晰的。最后，他们躺在了那张柔软的大床上。可即使在这个时候，她也没有忘记在他插入她体内之前，给他戴上避孕套。然后，他手忙脚乱地忙活了一阵子，精子就这么取到了。

她说："慢点，慢点。"然后，帮助他撸下了那袋透明的胶质避孕套，里面是宝贵的一亿六，还打了一个结。之后，她立即打了一个电话，并穿好了睡衣。

十几分钟之后，门被敲响了，一个小伙子在门外接过了她递给他的一个密封的盒子，里面用冰块冰镇着的，就是她帮助他成功取到的东西，那个透明的、带增大摩擦和快感的疙瘩的、香蕉味儿的避孕套。她嘱咐那个小伙子："赶紧去送给陈大夫。"

门关上了。施雁翎转身，投向那张大床上的孔东的目光，是得意的诡秘，含蓄的轻蔑，和爱恋的怜惜。

以上这个场景，也是孔东想象出来的。事实上，他在这天晚上前去赴约的路上，改变了主意，因为，他想到了这个结果，然后以自己有急事的借口，最终没有赴约。

施雁翎当然很着急，不过，孔东内心里焦虑的，是他无法确定现在他和她到底是什么关系。是恋人？好像还不是。还没有到。是情人关系？也不是。因为他们还没有上床。是合作伙伴？也不是。那是什么关系？是一对彼此有些好感但却有一种互相排斥的力使他们无法以法律和情感关系继续固定前进和发展的男女关系。

孔东发现，这种说法可能是最靠谱的。孔东烦恼的，还在于施雁翎是一种新型的女人，就是不再依靠男人的女人，除了要一点男人的精子之外，男人对于她已经没有用了。这是他过去没有碰到过的。假如她不想要孩子的话，那么，她就更不需要男人了。因为，她经济独立，人格独立，还因为她的云计算。是的，是云计算增强了这个女人的算计功能，让她更会计算了。有了云计算，就有了那个云柜——一个方形的计算机大柜子里，什么都计算好了。就这样一步步地导向了大数据，爱情、婚恋、生育和人生走向的大数据，都被她计算好了。这就是云计算！人生的云计算，都被这个强势的女人算计好了。

他想明白了施雁翎是一个什么样的女人，而他作为一个传统的男人，如今，要面对的是这样的女对手。或者不是对手，是新型的朋友关系，伙伴关系，男女关系。女人变化了，男人还没有怎么变。男人必须要跟上这样的变化才可以适应人类这种高级动物的变化。就是想到了这一层，作为男人的孔东，忽然感到了体内原始的反抗力量。好啊，你不是强势吗？你不是不再需要男人了吗？那我就是不想让你的云计算实现，我就是不配合你。我就是想让你的云柜模式破产，我就是不答应，我就是不让你得逞。因为，人生，说到底是由意外和变化构成的，包括了情感，生育，也是这样的。一切都云计算好了，还有什么意思？男人的脸往哪里搁？想到了这里，孔东就觉得心里有底气了。他决定不配合她了。

这就是他的云计算。孔东多少有些释然了。

那么，到了这里，这个孔东和施雁翎的故事的结局，会向哪个方向发展呢？应该是一种开放的结尾。因为，这个故事本身存在着多种可能性。让我们来一步步地推导：

孔东很可能最终捐精成功，而施雁翎也成功地按照她的“云计算”大数据和云柜系统管理模式，实现了她的精密算计，将受精卵植入了那个迫切需要一笔钱的曹秀云姑娘的子宫里来代孕。孩子10个月之后生出来，健康，聪明，是一个儿子，被施雁翎带到了美国，然后，孩子在那里茁壮成长，因为有保姆，以及施雁翎找到的那个可以帮助孩子成长的闺密、过气女演员，来帮助抚养孩子成长。到后来，这个事情在孔东和施雁翎的内心里，一点痕迹都没有了，这个事情本身，不过是他们人生的一个小小的插曲罢了。他们的生活沿着两股道，在奋勇前行，再也没有交集了。

但是，在这一种假设中，还有很多细节上的变数。比如，代孕者曹秀云忽然不想代孕了，她取消了合约，退了款，让施雁翎另外再找人，而这个找代孕人的过程又很不顺利，最终，导致这个计划泡汤。

还有，曹秀云最后是代孕了，但她在后来忽然对代孕的孩子产生了母性，她决定要这个孩子，然后，她逃走了，远走高飞了，谁都找不到她了，这就让施雁翎的云计算失算了，彻底砸锅了。孩子变成曹秀云的了。

或者，曹秀云把孩子生下来了，因为孔东的精子质量问题，结果孩子生下来就是个兔唇，那么，施雁翎会要吗？她会把孩子送到福利院吗？还有，尽管这种可能性很小，曹秀云难产导致大出血，她和孩子都死了，这怎么算？有没有法律纠纷？谁来承担责任？曹秀云的家庭会怎么找麻烦？代孕的中介人和中介公司负什么责任？

我们继续来推导。孩子假如顺利地生出来了，被带到了美国，然后，在养育过程中不慎早夭了呢？或者上了小学，在一次车祸中严重受伤，成了残疾了呢？或者，最终孩子成长为一个正常的人，在美国社会混得一塌糊涂，那么，多年之后，施雁翎真的破产了，孩子会不会来找孔东，就像他梦见的场景那样呢？

不知道，云计算也许可以都加以计算，但事实只会有一种可能。这种可能有着无数的变数。

这个故事还有另外的结局，那就是，孔东觉得自己最终确认他对施雁翎的好感不足以让他来做这件事，他逐渐地冷却情绪，疏远了施雁翎，直到他们不再联系。几年之后，孔东娶了妻子，生了一对双胞胎，过着另外一种生活。施雁翎最终也不知所终。他们相互之间越走越远，直到完全看不见对方。

再有，孔东后来发现，他非常喜欢施雁翎，两个人在继续的交往中，迸发了爱的激情。两个人决定不采取任何人代孕的方式，而是由他们自己，他和她不采取任何避孕措施来生育一个孩子，因为，他们结婚了，施雁翎决定亲自怀孕，实现了两个人做父母的愿望。因为这是他们的爱情的结晶，孩子生下来也很好，他们最后过着幸福的生活。

你看啊，生活的云计算，会算计出这么多人生的可能性。也许，人生是不能云计算的，因为必然性中的偶然性在不断地改变着人生的曲率，使生活发生了意外的变化，这总是始料未及的，也是生活的真谛所在。

【作者简介】邱华栋，1969年生于新疆维吾尔自治区昌吉市，祖籍河南南阳。16岁开始发表作品，18岁出版第一部小说集，1992年毕业于武汉大学中文系。发表出版小说多部，部分作品翻译成法文、日文、韩文、英文、越南文。

滞留于屋檐的雨滴

叶兆言

1978年12月，首都北京正在召开很重要的三中全会，陆少林的父亲在南京一家医院过世了。对于父亲的离开，陆少林有心理准备，医生跟他谈过。父亲也坦然地说过这事，安慰他，让他不要太难过，让他抓紧时间复习功课，准备再一次参加高考，并祝愿他这次一定会考好。父子间的感情非常好，可以说特别好，陆少林心里难受，流了好几次眼泪，对即将要出现的状况不敢多想，又不能不想。该发生的事终于发生，父亲进入弥留状态，他紧紧捏着父亲的手，渐渐意识它像黑色的冰块一样，越来越凉越来越黑暗。为什么父亲的手会像黑色冰块，他一时想不明白，这念头在脑海里一闪而过。护士们正在忙乱，母亲和姐姐在帮死者换衣服，然后往太平间里送。

谁也没有号啕大哭，母亲没有，姐姐没有，陆少林也没有。母亲与父亲的关系不是很融洽，姐姐和父亲的关系也不是很融洽，陆少林心里悲伤，非常想哇啦啦哭上一场，母亲和姐姐的冷漠，让他感到为难，只能一边推车，一边静静地流眼泪。太平间管理员显然习惯这样的场面，从一大串钥匙中，找到那把打开太平间的钥匙，将铁门打开，让他们把放着父亲尸体的推车推进去，说搁在墙角就行，接下来填写单子，约好送火葬场时间，什么规格，花多少钱，怎么样怎么样，所有这一切都是陆少林母亲在操办。

父亲去世那天，是陆少林一生中最伤心的一天。这一天，不仅父亲永远离开了，晚上的家庭谈话中，母亲当着姐姐面，说出一个非常惊人消息。她十分平静，告诉陆少林姐弟，这个刚死去的男人，并不是陆少林的亲生父亲。再也没有什么消息，比这更能打击人，更能折磨人，二十岁的陆少林看着目瞪口呆的姐姐，仿佛让人用生硬的木棍在脑袋上狠狠砸了一下。

姐姐木木地看着母亲，有些想不明白，父亲生前明显偏爱陆少林，她觉得姐弟两人之中，如果有一个不是亲生的，也应该是她。

过去一年中，停止多年的高考恢复了，陆少林参加过两次高考，都失利了。第一次是77级考试，进入了复试，没取。第二次是78级考试，差三分，又没取。说起来很巧，两次考试我都参加了，我们一起报名，一起复习，又走进同一个考场。

陆少林住的地方离我家不远，我们都不是应届生，高考恢复，我已经当了四年工人。他跟我同一届，是一家小饭馆的服务员。我们关系变得密切，与准备参加高考有很大关系，在同一所夜校复习，找了相同的辅导老师，背一样的复习材料。当然也还有一个原因，他母亲与我母亲是同事，虽然不在家属大院住，经常会到这里来玩。

陆少林父亲逝世不久，我们有过一次难忘的谈话。记得是放寒假前夕，剩下最后一门马克思主义哲学还没考，他突然到学校来找我，告诉我父亲去世了，心里很不痛快，很忧伤，非常想找个人聊聊，说说话。

我告诉他明天还有一门考试，他看我有些为难，便不说话。我不忍心，也不好意思，说你既然来了，那就聊聊吧，反正考试都是临时抱佛脚，老师蒙我们，我们再蒙老师，大家都不知道自己在说什么。

陆少林说，其实也没多少话要说，只是想告诉你，我爸爸死了。

隔了很多年，都不能忘了他说这话时的表情，显得很冷淡，一点都不悲伤。不明白为什么要专门跑来跟我说这个，我们坐在学校的某个角落，他从口袋里摸出一包香烟，明知道我不抽烟，递了一根给我，自己再取一根，然后大家一起抽，什么话也不说。很快烟抽完了，他说你去复习功课吧，我们以后再聊。嘴上这么说，还是聊了一个多小时。这一个多小时，我略有些心不在焉，忘不了明天还要考马哲。对于他的谈话，能记住的无非一些要点，他告诉我，过去一直不知道，直到父亲死了，母亲才告诉他，这个男人与他根本没有血缘关系。

陆少林告诉我，父亲死了，两件事让他耿耿于怀。一是小时候尿床，母亲和姐姐讥笑他，威胁要告诉老师，要让所有同学都知道。陆少林说他非常担心，觉得太丢人，一想到就害怕，晚上不敢睡觉，怕睡着了又尿床。为他解开心病的是父亲，他告诉陆少林尿床根本不算什么事，说你姐姐也尿过床，你妈妈有没有不知道，反正爸爸小时候不仅尿床，还在床上拉过屎呢。陆少林说他听到这么说，立刻释怀了。

第二件事耿耿于怀，到了青春期，陆少林开始梦遗。他不知道该怎么办，跟当初尿床一样，很害怕，很难为情。母亲知道了，第一时间告诉姐姐，母女俩一阵讥笑，说不学好，说不要脸。说你以后还这样，自己去洗短裤，脏死了，没人会帮你洗。姐姐比他大五岁，印象中，除了欺负他，没什么可圈可点。陆少林再碰到这样的事，偷偷把短裤洗了，再把湿短裤穿身上焐干。他不知道所有男孩都会这样，终于有一天，父亲告诉他梦遗比尿床更常见，说过去的男孩子，比他再大一点，都可以娶媳妇了。

说老实话，不明白陆少林为什么要跑来诉说这些。他自顾自说着，重重地叹一口气，沉默了一会儿，说本来准备在我面前大哭一场，现在突然不想哭了，心里有些话，说出来，也就痛快了。看不出他有什么痛快，我看到的只是他的悲哀，是他所经历的双重打击。一个这么好的父亲不在了，这个人还不是他的亲生父亲。第二天考马哲，我情不自禁地会走神，总是想起陆少林，想起他说过的话。戴着老花镜的监考老师十分仁慈，从头到尾都在看报纸，说是闭卷考试，遇上答不出来的题目，大家也就不客气，悄悄把书拿出来，互相讨论和转告，应该抄哪一段。

陆少林又考了一次大学，还是没考上。他有些绝望，不明白为什么总是考不上。确实冤枉，当初一起复习，他成绩一向都比我好，尤其是数学。文章也写得漂亮，在夜校上补习班，他的命题作文不止一次被辅导老师拿出来当作范文。

又过一年，他成了电大学生。因为不脱产，还得上班，觉得这个电大生没意思，干脆不想毕业，没拿到文凭。那年头，年轻人除了考上大学，很少换工作。陆少林在一家集体所有制的小饭馆当厨师，突然开始对书法产生兴趣，天天临字帖，迷上了制作砚台，弄了一些石头，自己加工。有一段时间，常到我所在的学校来蹭课，旁听古代文学史和古汉语。说句老实话，他的古典文学和古汉语水平比我高出许多。

有机会便在一起聊天，他最喜欢说父亲的故事。陆少林告诉我，养父死了以后，他一直在想，为什么这个人会对自己那么好。印象中，姐姐总在抱怨父亲重男轻女，姐弟感情不好，很重要一个原因，是姐姐觉得父亲偏心。陆少林的养父是一所中专学校老师，教什么也不清楚，反正是与无线电发报机有点关系。“文化大革命”中被打成国民党特务，造反派在一张穿国民党军服的集体照上，看到了他。陆少林告诉我，他确实参加过国民党。

陆少林的养父也曾经是名解放军，参加过抗美援朝，加入了共产党，受过伤，他家墙上挂着一张他穿志愿军军服的照片。对于这个父亲，陆少林有很多不能明白的地方，为什么不太喜欢自己的亲生女儿，为什么会原谅妻子的出轨。最后只能得出一个比较荒唐的结论，就是他对陆少林好，只是为了讨好母亲。

“你不知道他对我母亲有多好，那种好，你真的没办法想象。”

一说起养父对母亲的好，对她的百依百顺，陆少林忍不住唉声叹气。小时候，母亲的一位朋友老梁，经常到他家来串门，有一次，无意中撞见母亲与老梁搂抱在一起。一时间也不知道是怎么回事，母亲大声呵斥，让他到外面去玩，让他赶快出去。陆少林不明白她为什么会那么生气，不明白为什么只要养父不在家，这个叫老梁的男人就会过来。有时候养父在家，那个男人也会来，大家有说有笑，一团和气。

陆少林小时候曾听人背后议论，说养父真是好性子，气量也太大，绿帽子一顶又一顶地戴，都能够凑成一个班。因为是小孩子，不知道什么叫绿帽子。养父死了以后，有一段时间，一直觉得老梁就是他的生身父亲。对着镜子琢磨，越看，也觉得自己像老梁。姐姐出嫁后，与母亲越来越不融洽，与弟弟关系反而有很大改善。过去并不知道与弟弟同母异父，对父亲始终有怨恨，父亲不在了，她觉得自己很同情父亲，觉得父亲挺无私的。

姐姐结婚不久，又有了一段新恋情，闹得风风雨雨，声名狼藉，最后不了了之。她跟弟弟检讨，说自己性格有问题，女儿像妈，坏毛病可以遗传，她真是对不住陆少林的姐夫。陆少林借此机会打听，问还记不记得那个叫老梁的男人，姐姐便笑，说我怎么会不记得，我太记得了。

“这个人会不会是我的亲爹呢？”

“当然不是。”

“你怎么知道当然不是？”

姐姐告诉他，父亲死后，有个男人来过，就是陆少林的生身父亲。提出来要见一见陆少林，结果母亲一顿臭骂，把他赶走了。陆少林听了很激动，连忙问那男人长什么模样，现在什么地方。姐姐说她也只是匆匆看了一眼，当时并不知道是谁，这个人离开，才听母亲嘀咕了几句，好像是在新疆什么地方，年纪也不小了，五官跟陆少林很像，个子看上去蛮高的，似乎要比他还高一些。

陆少林找了个机会，直截了当询问母亲，问自己生身父亲的情况。母亲大怒，说我这辈子最记恨两个男人，一个是你这爸，明知道你不是他亲生的，非还要做出不在乎的样子，你以为他是真对你好，狗屁，他为什么要对你好，无非是想让我难堪，让我觉得亏欠他，让我抬不起头来。母亲最恨的另一个男人，是陆少林的生身父亲，她说这个没良心的狗东西，只要我还剩一口气，他别想见到你，你也不许找他，绝对不允许，如果敢去找他，我立刻就死给你看，我立刻找一根绳子吊死，你信不信。

陆少林后来与一位女同事好上了，这个女人比他大好几岁。刚知道这消息，我也有些吃惊，因为在他干活的小饭馆见过。是个端盘子的女服务员，眼睛细细的，看起人来，总会让你觉得她是在琢磨什么事，好像你们过去就认识一样。皮肤很白，个子不高，已经结了婚，有一儿一女。

陆少林也不回避与她的关系，问他是来真的，还是闹着玩。他的回答是无所谓，真也行，假也可以，完全看对方态度。他的所作所为完全是被动的，全看女方心情，女方说要离婚跟他，他说行，那你就离吧。女方又改口，说我们的事还是就这样吧，我不想离了，大家混一天是一天。陆少林说，好吧，那就混一天是一天。女的很生气，跟他吵跟他闹，结果分了合，合了又分，分分合合，始终藕断丝连。

那段日子，陆少林住的地方离我很近，一处沿街的老房子。我经常去聊天，有时候，那女的也在。房间不大，一张小钢丝床，一张很大的工作台，拉了几根细绳子，上面荡着很多木头夹子，用来挂他写的篆字。他迷上了刻图章，喜欢在砚台上刻字，那些字都很难认。桌上一本《说文解字》还是跟我借的，借了也不还了。就是那段时间，那女人离婚了，他们同居过一段日子，十分平静地分手。陆少林告诉我，她爷爷中华人民共和国成立之前去了台湾，后来又去美国，是个有身份地位的人物，多少年没联系，改革开放，重新接上头。老人家说走就走了，留下一大笔遗产，大家分。

和陆少林一起聊天，还是喜欢谈他养父。他觉得他应该写篇小说，说这个人看上去没什么故事，其实全是故事。他说的那些细节，举的那些例子，别人眼里也许稀松平常，可是在他看来，都有着特殊意义。说着说着，眼泪流了下来，说自己挺对不住他，说他若在，看见现在这样，看见儿子这么不争气，肯定会很伤心。陆少林说养父生前的最大愿望，就是希望儿子能考上大学。如果养父还在，就算是为了他，陆少林也一定会考上大学。

“我知道上大学不是什么事，不过为了他，我肯定要上大学。”

陆少林工作的小饭馆因为沿街，要拆迁，说拆就拆了，他成为最早下岗的一批职工。形势发展谁都想象不到，下岗就是失业，陆少林觉得上不上大学不是什么事，没想到还真不一样。一纸大学文凭本来是块遮羞布，不知道却成了一道护身符。这以后，陆少林开过小馆子，干过保安，当过营业员，没一项活儿做得长久。再后来，隐身在郊区的一间空厂房里，专心制作砚台。

我案头的一块砚台，就是陆少林做的，石料和刻工非常讲究。好东西需要遇到懂行的专家，有一天，一位著名书法家到我家做客，看见那方砚台，爱不释手，说自己收藏了许多名贵的砚台，我的这一块十分了得，非常了不起。一定要拜访陆少林，于是就带着他去了，见面以后，用一个很难让人拒绝的价格，跟陆少林订了十块砚台。现在的书法家都太有钱，钱对他们根本不是什么事。

藏身在偏僻郊区的陆少林，成了一位隐士。他在保姆市场找了个安徽妇女，照顾自己生活。也是小眼睛，白皮肤，陆少林说他就喜欢眼睛小皮肤白的女人，看着顺眼，看着很含蓄。他住的地方有些简陋，养了一条草狗，一个小车间，堆了许多石料，到处都是粉尘。说起来手工制作砚台，还是得用机器，真要干活，噪声非常大。

当年的那位相好去找过陆少林，她又结婚了，与一个做生意的大老板走到一起。现在钱更多，是个标准富婆，在他那盘桓了半个月，旧梦重温。陆少林与她说笑话，问自己雇的这位安徽保姆，是不是跟她有几分相像。话让人很不高兴，怎么能拿她与一个来自乡下的保姆相比呢。陆少林后来说起这事很得意，两个女人为了他争风吃醋，都在背后说对方不是，非常有趣，很好玩。你看不上安徽保姆，人家安徽保姆也看不上你，说她卸了妆，难看死了，像个老妖婆。

陆少林后来又送了一方砚台给我，当初领着著名书法家去见他，人家看中这块砚台，出很高的价，他都没肯卖。我不好意思接受，陆少林说这砚台没你想得那么值钱，你就算是代我保管吧。他已经不再做砚台，根本没人愿意买，识货的人实在太少，靠做这玩意儿维持不了生活。郊区也在大拆迁，小车间已不复存在，一个台湾人用非常低廉的白菜价，将他这些年来制作的砚台全部打包收购。他如今是在停车场上班，做夜班，陆少林告诉我，自己更喜欢做夜班。夜深人静，停车场的小汽车一辆辆躺在那儿，仿佛一口口棺材，尤其是那些黑色的高档轿车更像。让人感到哭笑不得的是陆少林竟然提出要拜我为师，说自己正在考虑是否要学习写小说。

陆少林说："我想来想去，还是想把父亲的故事写出来。"

不知道他说的是哪个父亲，是养父，还是从未见过面的生父。陆少林经常提起他们，最初是养父多一些，后来说得更多的是生身父亲。往事如烟，父爱如山，虚虚实实的幻想，真真假假的梦境，当然都只是随口说说，从来也没真正地动过笔。母亲快死了，临终前，陆少林又一次追问，她说早跟你说过，死也不会告诉你的，现在都要咽气了，你以为我会改变主意，你就不要做梦了。

陆少林的母亲叫吕慕贞，她死了，寻找生父的希望更加渺茫。做砚台的那些年，陆少林去过很多次新疆，一方面，为了找可加工的石料，另一方面，也是希望能有生父的消息。当然是没有一点消息，不可能有消息。排空驭气奔如电，升天入地求之遍，为了能够获得生父的线索，陆少林做过许多努力，他曾设想在新疆的报纸上登一则广告，上面写着"吕慕贞的儿子寻找生身父亲"，除了能提供母亲的名字，他想不出还有什么有价值的信息。陆少林幻想自己在新疆出了车祸，确实也有过一次相当危险的翻车，他的生父见到报道，专程赶来跟他见面。或者是得了某种不治之症，生父获得消息立刻赶过来，自己早已离开人世。陆少林很认真地跟我讨论，能不能将他寻父的故事发表在《读者》上面，因为知道这是一份发行量非常大的刊物。

陆少林甚至跟我描述过这样一个虚拟场景，他离开了人世，怎么离开不重要，反正是死了，命丧黄泉。他的生父千里迢迢赶来南京，约我在一家茶馆见面，向我表达了此生未能见到儿子的遗憾。他让我说说那个从未见过面的儿子，说说儿子生前的故事，说说儿子的养父，说说儿子的母亲，说说儿子对生父的思念。茶馆外面下着雨，下下停停，一会儿大一会儿小，屋檐上滞留着雨滴。陆少林的生父白发苍苍，俯首侧耳倾听，突然老泪纵横，哽咽着，一句话也说不出来。

许多乐器，不在尘世演奏已久。不明白陆少林为什么要在这虚拟场景中，让我去扮演这样一个角色。为什么那些故人故事，临了还要让我来为他叙说。

陆少林不是小说家，他不写小说。

【作者简介】 叶兆言，1957年出生，南京人。1974年高中毕业，进工厂当过四年钳工。1978年考入南京大学，1986年获得硕士学位。20世纪80年代初期开始文学创作，主要作品有八卷本《叶兆言中篇小说系列》，三卷本《叶兆言短篇小说编年》，长篇小说《一九三七年的爱情》《花煞》《驰向黑夜的女人》等，散文集《流浪之夜》《旧影秦淮》《陈年旧事》等。

朋霍费尔从五楼纵身一跃

蔡 东

海德格尔行动筹划了已有半年，总是快成了，到底又没成。周素格透过玻璃窗往外看，大晴天，阳光从无云的天上浩浩荡荡地涌过来，阳台，花坛，泳池，到处积着白亮的光，看得她一阵眩晕，转回头来向着室内，眼睛里似蒙上了一层雾霾。

钟点阿姨负责清洁的最后一个地方是厨房，眼看阿姨晾抹布摘围裙了，周素格才下定决心，还是张嘴吧。

她把阿姨拉到卧室里，问，你再待两个钟头行吗？

阿姨警觉地扬起下巴，说，活儿干完了，瓷砖缝儿都用牙刷来回刷了。

再待两个钟头，不干活儿，看电视。

对方正犹豫着，她补上一句，这两个钟头也付给你酬劳。

阿姨朝门外努嘴，他呢？

他不跟我出去，你俩一起看电视吧。

你出门办重要的事情？

周素格点点头，是，有重要的事情紧着办。

她走到电梯口，盯着楼层显示器，电梯在十七楼停了一会儿，动了，每层一顿，她没再等，转身沿楼梯走下来。她步子急促地走出小区，穿过斑马线，进入路对面的公园，找到一张长椅，坐下来。

眼前是一块草地，网球场那么大。她望着草地，心里只有一种感觉，辽阔，太辽阔了。她塌陷进椅子里，身体本来像一把扎紧的线穗，这会儿，倏地全松开了。风是暖润的，阳光从树叶间漏下来，碎碎地落在身上。她向后仰着头，眯起眼睛，看到无云的天空像一张干净的没有皱纹的脸。

头顶的树叶，被阳光照耀成半透明的片片琉璃。她呼出一大口浊气，顿觉全身一轻，眼目也清明起来，目之所及，往常混沌沉闷的那一整块绿，活泛跳闪起来了，在初夏澄净的阳光里，各有各的意态。凤凰木、鸡蛋花、垂榕、香樟，她一一辨识了出来。

还有更多的树，绿得深浅不一，叶片形状各异。她有些惭愧，此前，她一直以为它们是同一种树。她沿着被树荫覆盖的小路往公园深处走，细细地看树干上的标识牌，绢柏、大叶紫薇、菩提、黄缅桂、木莲……远处的斜坡上，孤零零长着一棵树，正开着蓝色的花，一种恍恍惚惚的蓝色，花朵聚集在树梢，如一场场梦境般，浮在空气里。她走近了看，这棵树叫蓝花楹，它还有一个更美的名字，蓝雾树。

她倚着蓝雾树坐下，身下的草，在这背阴的地方，绿意更加鲜明。不远处，一个老太太领着一个三四岁模样的小女孩玩耍，小女孩看起来很不高兴，她一做状要哭，老太太就慌了，把她抱起来轻轻摇晃着。晃一会儿，老太太试探着把小女孩放下，小女孩不依，老太太就蹲下身子藏在灌木丛后，然后猛然露出头来，嘴里发出“叭、叭”的声音，小女孩嘻嘻笑了。周素格看到，孩子暂时得到安抚后，老太太转过身去疲倦地闭上眼睛，很快又睁开，眼皮奋力往上一抬。她挤眉弄目，不断露出夸张的表演性的神情。周素格望着老太太，只觉得累，觉得伤心。再远处的花墙下，聚集着成堆的老人和孩子，好像大家聚在一起，度过一个下午就不那么艰难了。照看孙辈的老人大多是胖子，不是源自单纯享乐的胖，是终日劳累精神紧张暴吃出来的那种胖，她们穿超市开架的廉价服装，兼之头发稀疏一脸横肉，看起来总有些不堪了。周素格知道，她们本来不是这个样子的，她感叹着，把目光从花墙处收回来。

老太太又神秘地消失在灌木丛后，露出头来时，小女孩没有笑。她只好抱起女孩，去了花墙那面。过了一会儿，一个年轻女人走过来，坐在蓝花楹树冠的阴影里，她看起来有些心神不定。很快，她的手机响了。她受了惊吓般从包里翻找出手机，她说，怎么了，我还在商场，衣服没挑好呢，回不去。她有些急，到底怎么了，你说呀。她说，你别把孩子送过来了，我回去吧。

周素格同情地看着年轻女人，电话那边儿应该是她丈夫，周素格猜测着，又是一个无比重要的女人，刚出来不到半个钟头，丈夫就通知她，孩子哭了闹了，也可能，没说孩子想妈妈掉眼泪了，就一句话，“你回来看看就知道了”，不祥的气息从电话里透出，女人心往下一沉，然而又觉得这情境甚是熟悉，未及辨认清楚嘴里已答应回去了。

年轻女人没有马上回家，女人把自己摊平躺倒在草地上，躺了一会儿才起身离开。

周素格看看表，她也是时候回家了。她走出浓荫，置身于夏日阳光的明亮中，明亮得像歌剧女演员的一长串高音。

路上，她想着美好的蓝雾树，想着发生在蓝雾树旁的两幕小小的悲剧，一步一步地往家里挪。

昨天晚上，她想出去散散步，没什么，就是出去散个步而已。她刚站起身来，他马上也跟着站起来。她看一眼他脸上的表情，即刻判断出，这会儿他不是成年人。她说，你先坐下，别动。她边往储藏间走，边回头看他，他动作迟缓地坐下了。

储藏间里放着一把椅子，楸木框架，布艺软包的靠背和坐垫，可折叠，最大角度一百二十度，真是一把宽大舒适的座椅。半年前，她找遍家具卖场才寻获到这样一把椅子，她掩饰不住自己的满意，以至于连九五折的折扣都没有要到。她以为自己早就准备好了，准备好做那件事了，工具齐备，具体实施时动作的步骤和要领也烂熟于心，或者说，她在意念中已完成过很多次。她甚至专门为那件事起了个代号，就叫“海德格尔行动”。

她坐在椅子上，椅子含着她，储藏间的杂物含着她。每次在储藏间待久了，看着木架上一层层放好的生活物品，就好像看到了一层层时间，云母片岩一般的时间。小小的储藏间盛放着过往那些有密度有兴致的生活，分类放置的用品，代表着过去某段时期在某个领域的阶段性狂热。她时常在清晨午后的某些时刻讲究仪式感和器具之美：生活中需要这样的时刻，哪怕有些做作，哪怕心知肚明这不是常态。储物格里是软布覆盖的茶具，抽屉里是闲置的烤盘，角落里是蒙尘的长方形塑料盆——她喝茶、烘焙和种菜的残留，那些曾经热烈的过日子的兴头。

实施海德格尔行动所必需的工具，被她藏在储藏间最隐秘的地方，一个暗格里，跟她的白玉吊坠、珍珠手串和金饰放在一起。工具说平常也平常，但毕竟不是常见的家庭日用品，托老家的亲戚专门找了寄过来，颇费了番周折。

她抠开木板，往里头看，先看见的不是黄金珠玉，不是发光的黄金珠玉，是那件颜色暗沉的工具，一下子就扑到眼睛里。

她已经很久不佩戴首饰了，但始终记得首饰接触身体时的感觉。夏天戴上珍珠时那一瞬间的微凉，冬天热热的白玉坠子从毛衣里拉出来时胸口的虚空。

她抬起手来，准备取出工具。手缓缓地接近柜门时，她看见自己手上的皮肤变柔润了。有光透过玻璃窗，照进幽暗的储藏间，月亮出来了。

她挽起窗帘，重新坐回到椅子上。月光顺着黑暗淌过去，跟那天晚上的月光一样，柔软，轻逸，静静地在房间里漾着。得有十年了吧，那个夜晚，依然清澈地浮在无数个模糊晦暗的日子上面。

那晚，她走进卧房，摁下吸顶灯的开关，灯管沙沙两声还是熄灭了，房里却有光。她走到窗前，发现了天空中的月亮，月光沿着她散开的头发披拂而下。看到手臂上的光，她蓦地愣住了，仿佛是多年来第一次意识到夜晚还有月亮。清光湛湛，融掉了一大片黑夜，月亮周围，是冰环一般的莹白的清朗，接着，才是灰蓝色的夜空。他也走进来，跟她并排站着。她说，我想起来了，以前读过的古诗都活了，有自己的气息和体态了，我好像一下子能回到古时候，亲眼看见写诗的那些人了。你看看，唐朝的月亮，不也是这一个吗？他说，我知道，不用多说了。他们两人，心领神会，他们两人和月亮，也心领神会。久远古老的月光，雪一样轻盈地落在他们的身体上，又化成了水般流向地面。月亮是痴的，多少年它都没变。他们在月光下并排坐着。她全身松弛，只觉得安详，她在他脸上也看到了踏实和平静。那一刻，她确信，他们抓住了一点儿不变的东西。那是个安全和确定的晚上，每次世界又让她惊惶难安时，只要一想起有过那样一个晚上，她就觉得心里踏实了。总有一些不变的东西。

此刻，她坐在椅子上，为明明没做成的事歉疚着：你想做什么？你想对他做什么？她合上暗格的门板，使劲儿摁了摁，像是要把那个邪恶险峻的念头关在里面，关严了，封死了，直至化成时间的灰。

她走出储藏间，把他从沙发上拉起来，说，走吧，我们一起散步去。

他们沿着人工湖的步道散步，月光在湖面的开阔处随水波潋潋地晃荡。他跟在她身后，不像影子，像是长在她身上了，硬石头一般，磨着她，坠着她。

夜里躺在床上，他抓着她的手才能入睡。自从朋霍费尔被发现摔死在小区天井后，他的情况就更糟糕了，清醒的时候越来越少。熟睡时，他依然花着一部分力气攥住她的手，甚至嘟嘟哝哝地，抓起她的手指头来用力吮吸。她夜梦很多。有时候会梦见朋霍费尔，被他揽在怀中，直直向上的尖长耳朵，全蓝的圆睁的眼睛，使得她保持住一副惊奇的表情，相较于雪白细滑的长毛和秀丽的尖脸，他更喜爱她这副惊奇的表情，好像时刻对世界有所发现。还有的时候，她梦见自己坐在飞机上，看到绵延的山向着一条河倾倒下去，流水被压扁，渐渐停驻在河道里，不动了。

第二天，周素格请钟点阿姨在家里多待了两个钟头，她独自一人来到公园，认识了一种叫蓝花楹的树。

我出门有紧急的事情要办。周素格眼巴巴地看着钟点阿姨。

钟点阿姨在家里做了三年，名字她总记不住，只记得是姓张。试用的那次，张阿姨做完清洁，和扫帚拖布一起并立在房间一角，喊准雇主出来检查。当着人家的面，周素格只随意扫了一眼，点头说好。等阿姨走了，她才蹲下去，伸长胳膊往电视柜里头摸，摸到最里面，看不到的地方，还是湿漉漉的，擦过了。谢天谢地，她在心里叫道。她俩年纪应该差不多，但周素格一直叫她阿姨。

阿姨说，你怎么又要出去办事？是上个月还是上上个月，不是办过了吗？

哪能是一桩事呀。你不用干活儿，就坐在沙发上看电视。咖啡，茶，想喝什么就喝什么。水果，鸡蛋卷，核桃酥，饿了就吃。

你出去多久？

三四个小时吧！

是三个还是四个？

四个。

那不行，待四个钟头就六点多了，我还要赶回家做晚饭，我男人——

这次酬劳加倍。是急事，阿姨，你当帮我个忙吧。

张阿姨用百洁布猛搓几下人造石台面，抬起头来说，去吧，你去吧。

为了节省时间，周素格选择乘坐地铁，转一条线再坐三站，就是博物馆了。

几天前的傍晚，潦草的饭菜又被端到油腻的茶几上，她招呼他过来吃饭。两人一边看电视，一边把食物塞进嘴里。就是填饱肚子而已，他们已很久没有坐在餐桌前，好好吃一顿晚饭了。

本地新闻依旧是高空坠物、涵洞抢劫、孩童出走，节目快结束时才播报了一条文化新闻，她听着听着，猛地抬起头来，盯住了电视画面。屏幕里像透出一道光，另一个世界的新异的光，一下子照亮了接下来暗淡的一日。她站起来在屋里走来走去，越想越兴奋。兰森，她脱口叫出了他的名字。

随即，她意识到了什么，脚步放慢了。暮色在这一刻步入房间，她沉默地坐下来，夕照的光犹疑无力地浮动，屋里明明暗暗，抖颤着，悬垂在白日的边缘，不知道什么时候，黄昏转了个身，不见了。天黑了下来。

夜里她睡不着，照例是精骛八极心游万仞，头脑变得机敏异常。石器时代文物特展，石器时代，石器时代，她在心里默念着这四个字。她已经五十多岁了，却突然想到该去博物馆看看了，突然对石器时代的人怎么生活产生了兴趣。她也想跟他说说，像以前那样，无论多么复杂幽微的感受，也无论这复杂幽微是用多么破碎的语言表述出来的，彼此总是会意，不住地点头，并用欣赏的眼神看着对方。现在，她的高兴或悲伤，都没法邀请他品鉴了。

到底该怎样摆脱他呢？无数个想法像透明的汽水泡成串地升腾。第二天一大早，她下定决心，实施海德格尔行动。当然，上午一定要对他和善些，要忍住脾气少训斥他。她打算吃过午饭就取出木椅子和粗麻绳，捆住她的丈夫，确保他待在家里不会乱动煤气，也不会跑出去走丢了。她将拥有完整的一下午时间，想着想着，她就笑出声来了。

午饭是精心烹制的，红烧排骨，小白菜炒豆皮，西葫芦鸡蛋饼，海带汤，一一端上餐桌。吃饭的时候，因为知道海德格尔行动已矢在弦上，她对他就格外耐心，一脸笑模样，往他碗里夹排骨，轻声细语地让他多吃。落地镜映出餐桌和餐桌旁的两个人，她瞥了一眼，见镜中的自己正在微笑，只觉得别扭，镜中笑容蓦地消失了。她夹起几根豆皮，掉了一根，又瞥一眼镜子，心里有点儿发毛，怎么越来越不认识自己了，越来越拿不准自己了。说不清楚，真说不清楚。

他好像知道她是谁，眼神里没有茫茫的不安。她收拾碗筷时，他突然拉住她的胳膊，让她坐下。

她只好坐下，他慢慢从裤兜里掏出来一个什么东西，放在她手心里，郑重地压了压。她低头一看，竟然是一张皱巴巴的五十元钞票。

丈夫脸上带着讨好的笑，像献宝一样，给了她五十块钱。她想起了自己的母亲，母亲去世前的几年已不能走路，隔一阵子，歪在床上的母亲就跟犯了错一样地往外掏钱，她又急又气不知道该说什么好，母亲就讪讪地，把钱重新放回到枕头下面。

她把钱塞回到他手里，说，你是不是害怕什么？害怕我不管你？钱你自己收着吧。

他说，给你的。

她小心翼翼地问他，给我的，你知道我是谁吧？他低下头，攥紧了钱。

她叹了口气，说，我是周素格，你爱人周素格。你叫乔兰森，科大的哲学老师。咱家还养过一只猫，白色的安哥拉猫，你起的名字，朋霍费尔。

他认真听着，过了一会儿，他说，知道，我都知道。

周素格心里已然后悔，怎么又提起朋霍费尔了，万一他像上次那样拉着她到处找猫怎么办？她记得他遍寻不获的失魂样子。再度提起朋霍费尔，她心里是咯噔一下的，她忽然觉得有点儿不对劲儿，朋霍费尔是一只年届中年的猫，身手还算敏捷，经常上上下下地攀爬，五楼也不算高，它怎会落得如此下场呢？

无论如何，她都知道，博物馆是去不成了。一天天等着盼着，终于到了保洁日，她抓住钟点工来家里做清洁的机会，独自一人来到市博物馆。

一步就跨进了三百万年前。这里是另一个世界了，离她的生活足够遥远。她从没像现在这样渴望遁世，一瞥见几个中老年妇女在屏幕里晃动，她就烦躁不安，她对所有的时装电视剧都过敏。

第一眼看到石核、石球、刮削器，她呆住了。跟精巧无缘，但也绝不粗陋，她观察着小小的石球，一侧是毛糙的岩石粒，一侧光滑。它起起落落，砸开过多少颗坚硬的果实，她想象着那个场景。刮削器更让她惊叹，那磨过的一溜薄石片边儿，那一点儿非天然的弧度，现在这样看着，既叫人心生谦卑，又不禁后怕，那惊心动魄的一磨，到底是怎么发生的，要是没有那道灵光闪过，此刻我又在哪里？

旁边的展柜陈列着蚌饰和牙饰。她仔细一看年代，石球和蚌饰，竟然相距了两百万年，现在，它们只隔了一面玻璃。

她来到展厅中间的独立展柜前，里头是一块赭色的化石，它曾经是一只披毛犀的头骨。化石后面的背板上贴着披毛犀的复原图，还有一小段文字介绍。披毛犀是独来独往的猛兽，体长四米，鼻上一根长角，长毛垂地，皮厚得像铠甲。

石镞，陶鼎，纺轮，玉琮，每一样她都看得入了迷。最让她心动是一只骨笛，用鹤的骨头制成的笛子，笛子的一头已有些残破。她久久地盯着这根被制成笛子的鹤骨，鹤骨娉婷，担在两块肥圆的石头上。笛声如一缕轻烟从笛孔里飘出来，淡青色的烟，淡青色的笛声，升到穹顶处，顿了下，散开了。她的身体猛然一抖，灵魂归窍。

展厅里渐渐暗下来。最后，她重新回到披毛犀的化石前，她把手放在玻璃上，轻轻摩挲着。她真想骑着这头长毛垂地的猛兽，穿过一片空阔的草原，进入密林深处。

走出博物馆时，傍晚的光线，像一声声叹息，拉得长长的落在红砖地面上。

在地铁上，她看到一个小女孩，嘴贴住芭比娃娃的耳朵说着什么，女孩不时地觑看父亲，警惕，防备。周素格暗自揣度着女孩的心思，觉得很有趣。父女俩下车后，她也快到站了，蓦地，想起家里的他来。

他会不会也需要一个人独自待一会儿呢？就像小女孩偷偷跟芭比娃娃说话，其实并不想被大人听到。她胸口一热，是悲哀涌上来了，微微的灼烧感。他出神想事的时候，她总是在他身边走来走去，就算他真需要一个人待着，她也绝不敢再给他独处的机会。

她在小区门口就见到了张阿姨，张阿姨手里攥着个布兜，焦急地站在门口张望。一看见雇主，她就快步迎上去，说，你可回来了，以后我可不给你看家了。你家老乔总问我是谁，告诉他了也没用，五分钟一问，他还，他还，你快上去看看吧。张阿姨一脸上当受骗的表情。

周素格问，你出来多久了？他跌倒了？张阿姨说，不是，你自己上去看吧。

她没再多问，一路小跑上去，慌慌张张地把钥匙捅进锁眼，推门一看，他坐在沙发上，坐的位置跟她出门时一样。没有摔伤，不是脑溢血，这场景远没有她想象得那么可怕，她暗自舒了一口气。再走近看，她啊了一声，知道张阿姨为什么忸忸怩怩了。原来他尿裤子了，尿液顺着沙发淌，淌到地板上，汪着一摊。

她皱皱眉头，埋怨道，你傻啊，怎么不去卫生间呢？

他气鼓鼓地看着她。沉了一会儿，他抬起手来指着她骂，第一句叫骂甚是响亮，接下来的几句却断续低弱，莫名地泄了气，很快没了声息。

她继续说，你会用马桶呀，你不会连这个都忘了吧？

她看到他半闭着眼睛，两只手掌放在大腿根处缓缓收拢成拳头。坏了，他开始运气了，他已经在运气了。她心里暗暗叫苦，根据以往经验，他这是在酝酿下一波疯闹。她说，不要，不要，求求你乔兰森，你千万别闹。

忽地急中生智，她大叫一声，先于他躺倒在地上，开始翻滚。她抢占了客厅中心的空地，一边翻滚，一边念念有词。她辨认不出自己到底在念诵什么，形势所迫不及深思，任由喉咙里滑出念咒般富有紧迫感的一串叠声词。

她翻滚之余，密切观察着他的表情，果然奏效，他痴傻地张着嘴，木偶一般，已不是蓄势大闹的模样。她这才感觉到地板硌得肋骨疼，又不敢马上停下来，她的气息逐渐变粗，滚动得也越来越慢，终致仰面瘫软在地板上。

完全虚脱了，身子一直往下掉，往下掉，掉了半天，掉进一大片棉花般暄和的黑暗里，睡意袭来，但没有就此睡去，地板，沙发，他，都处在紧急状态中等她前去解救，理性悄然滋长逐渐主宰了她的世界。她不是真傻了，真什么都不知道了，翻滚完明确了这一点，第一个感觉是想哭。此刻滑畅地通往了彼刻，她看到自己站在讲台上讲庄周梦蝶的故事，初中语文课本里唯一的哲学寓言，讲过很多遍，从来不动情，直到现在，她才体会到那种深切的悲哀和无力，庄周与蝴蝶必有界限，庄周醒来后的第一个感觉，会不会也是想哭呢。

她侧过身子，鼻尖几乎贴上了茶几旁的书报架。她略支起身体，从书报架上拿出一本书，翻开来找扉页上的一段话。不用找，其实这段话她早就背过了：林乃树林的古名。林中有路。这些路多半突然断绝在杳无人迹处。大概是一年前吧，阿姨清洁书报架，她见抹布拧得不干就先把书拿下来，摞在沙发上，她偶然翻开一本书读到了这句话，愣怔了半天，心里有股说不出的惆怅。架上的书都是他曾经频繁取阅的，尼采的《论道德的谱系》，福柯的《疯癫与文明》，这些让她畏惧的书如今他也看不成了，但她始终没有把书收走，就陈列在架子上，常不等阿姨动手她自己就会细细掸去书上的薄尘，她幻想着，说不定哪天早晨醒来，就又见到他拿着铅笔在书上写写画画呢。

总算调匀了呼吸，她站起身来，挨着他坐下，轻声说，屁股湿得难受吧，走，换条干净裤子去。

他神情呆滞，没理睬她。她看看窗外，自言自语道，那我先来拖地吧。

她先用报纸把尿吸了吸，吸得差不多了，就去阳台上接了半桶水，一手提着水桶一手拿着拖把走进屋。他抬起脚来，她赶紧来回拖，然后涮拖把，换一次水，再拖两遍。

她使劲儿闻闻，确实没什么味道了，便直起腰来，走上阳台归置拖把。放好拖把，她反手扶住身体站了一会儿，看到对面的楼上，灯一家一家地亮了，一群麻雀像树叶一样从半空中落下来。

以前，周末的时候，乔兰森喜欢坐在阳台的藤椅上跟学生聊哲学，他说话不紧不慢，很随意地引述原典，一派闲逸迷人的风度。恩柏多克利，休谟，老子，陆象山，维特根斯坦，人，独立，道德，自由，辩证法，绝对精神，全是高级话题。她在屋里准备茶水和糕点，听到这些宏大高深的词就摇头咧嘴。现在，她忽然能理解了，这些词一点儿都不大不深，对尘世生活来说，也一点儿都不隔。到底要不要把自己的丈夫绑起来？这也是一个哲学问题。

她记得很多美妙的瞬间。那会儿，他才四十出头，圆寸发型很精神，身材又瘦高，站起来在阳台上踱步时，一步一步，像风吹动起铜管风铃，连脚步声都是清脆的。即使当着学生的面，她看他的眼神里也掩藏不住爱意。他的爱徒是一个从西北来深圳读研的男孩，他们共同爱好着哲学和围棋，两样都是考验智商的东西。别的学生谈谈天就走了，西北男孩会留下来吃晚饭，再陪他下盘棋。她始终记得，丈夫食指在下、中指在上拈起一颗棋子的模样，还有棋子落在楠木棋盘上的声音，玎玲落子的一瞬，忽然生出寂静来。让她想起，半夜下起绵绵小雨时天地间的空明寂然，半夜醒来，听到雨声，只觉得寂静，听着听着又睡着了，睡得很沉很沉，再醒来时，心里全是满足。

他在屋里喊了一句，她听不清，含混答应着。转身进屋时，她又想起了博物馆里的披毛犀化石。她遐想着自己的结局：骑一头披毛犀，无声无息地，从五楼阳台走上天空，消失在淡金色的天边。

看着饭菜，周素格有些心虚，切成粗条的黄瓜码在盘中，木耳炒鸡蛋，六个脆皮肠，虽然脆皮肠仿照《深夜食堂》的做法，颇为花巧地煎成章鱼须的形状，但明眼人一看就知，这是一顿风格敷衍、只图省事的饭。她盼着能把这顿饭蒙混过去。他对菜肴的鉴赏力时高时低，有时什么都不挑，有时却是老辣的评鉴家，三言两语正中要害。

他嚼了一口脆皮肠，她感觉空气很紧张，像一面鼓，绷得紧紧的。

他说，没有肉，吃不饱啊。她说，脆皮肠不是肉呀。他说，要炒的荤菜，荤菜。

她翻翻眼睛，说，吃吧。她知道他想吃炒的猪肉片，青椒炒蘑菇炒土豆炒什么都可以，如果他还是他，她多想对他尽情宣泄，她对生猪肉的痛恨，她再也不想切生猪肉了，死去多时的肉，冰凉，滑腻，淡淡的腥气，会让人生出细小而具体的绝望感。

他又说，菜太少了。她说，三个菜呢。他说，炒鸡蛋不能算一个菜。

她很想闭着眼大叫，发脾气，话冲到嘴边却觉得没意思，吵架也要势均力敌才痛快，他理解力和反应力都跟不上了，哪里吵得起来。

她只能生闷气，挑衅地问自己，人为什么每顿饭都必吃？她总是被自己到点就来的动物般的饥饿感羞辱到。他肯定不知道，这两年，一日三餐带给她多大困扰，她把冰箱冷冻室里塞满各种半成品食物、速冻包子饺子，以便特别不想做饭时应个急，她也叫过一阵快餐，吃快餐竟吃得轻微厌食，又承受不了经常出去吃大餐的罪恶感，一看信用卡账单，钱基本都吃了，一顿饭连着一顿饭，难以置信，心如刀割，最可恨还吃胖了，接下来就开始处处俭省。为了省钱，也为口味计，她盘算好一周吃什么菜，带着他，拉着折叠车，跑农批市场。

说起来，她也算个热衷于家事的女人，兴头上跑几个超市买材料就为做一道程序烦琐的新菜。但现在大部分时候，她提不起兴致来，日子一天一天失去了柔韧性，心绪没来由就是恶劣无比。她听到了日子发出的声音，规律得让人听久了会发狂的声音。如果是她一个人，她更愿意将就，饿就饿，不严格按照饭时吃，而且，用馒头夹一块豆腐乳也可以是一顿饭。幸好还有桂格麦片，用水泡泡，早晨就不用开火了。她煞有介事地说，高纤维，降低胆固醇，健康食品，糊弄着他喝一碗。她暗暗感激着麦片罐子上的那个老头，他看起来真亲切，红润的好气色，微卷的银发在脸侧蓬蓬着。

虽然他指责这一桌“不算菜”，但这顿饭吃得还算顺利。她在心里默默感谢着各路神仙，并随即生出奇妙的预感，晚上的演唱会，她能成行。

一进门，张阿姨就强调，我是来打扫卫生的，半个月一次，合同上写得很清楚。

周素格心里一凉，本来还想诱之以利，看阿姨的样子，是早有防备的坚决。

她只好说，我那不是有事要办吗？不然不会麻烦你的。

阿姨眨着眼睛，说，办什么事？神神秘秘的。办事也可以带上他呀，他又不是小孩，也不会拖累你。

她也眨着眼睛，一字一顿地说，就是不方便。

阿姨没往下争辩，说，我在你家做了三年，也没见过你家的孩子，让孩子周末回来，你不就能出去，能出去办事了吗？

她说，孩子在加拿大，做飞机维修工程师。

阿姨拖着长音，“哦”了一声，说，孩子嘛，孩子嘛。

周素格想起，每次电话里，亲耳听着儿子说话，也还是觉得那么远漠，儿子的呼吸声很粗重，他生活在一个严寒的、空气稀薄的地方。她越想越觉得黯然，真想摸起电话来，对儿子说，你回来吧，不指望你什么，就回来住上几天。

她到底没有摸起电话，而是摸起遥控器打开了电视。

阿姨俯低身子擦踢脚线，嘴里还跟她闲扯着，问她护工请到第几个死心的，她说，请过两个就断了心思。阿姨又问，老乔认家吗？她说，搁板上的小物件该擦擦了。

阿姨不再说话，默默地干完客厅的活计，进了厨房。

周素格偷偷看了他一眼，他在家里呢，好好地坐着呢。她时常会吓出一身冷汗，他明明就在身边，她却担心他终有一日会失踪，在一个她不可能找到的地方流浪。

阿姨在厨房里喊，周老师，你过来检查检查，行了吗？

阿姨叫她进去看，多半是这次做得彻底想展示保洁的成果，烟机锃亮，锅具焕然一新，连盛放香料的玻璃瓶都挨个儿擦了一遍。她在客厅里说，肯定行，不看了。

送走了阿姨，周素格准备陪着丈夫，在回放里一集一集地找《天天饮食》看，看烦了就换成《西游记》。感谢电视，要是没有电视，这几年她真不知道该怎么熬下去。谁知他说不看，没什么好看的。

她说，要不，就睡会儿觉去？他茫然地摇摇头，说，我想做个木匠。

起病后，他说话就没头没脑地，但今天这句话还是让她愣住了。木匠？草青草黄做了三十年夫妻，她还是第一次听他说起，他想做个木匠。

她说，不对，你是学哲学的，你从小就喜欢哲学。

他说，我从小就喜欢做木工。

她看着丈夫，此刻的他，是裸露的，诚实的。借由脑部的萎缩退化，他再度成为十几岁的少年，那段幽密的记忆突然开始放光，纤毫毕现。

她点点头，我知道了，知道了，原来你是想做个木匠。

她看看表，已经五点多了。这些天，她的脑海里，总是时不时地浮现出公园花墙下的画面。老太太们把哭闹的孩子抱在怀里，“噢、噢”地哄着，声音里有一种不过脑子的机械感，表情是老猫般的漠然，还有一丝属于人的被理性管理着的情绪，管理后剩下的，至多算是无奈了。她们跟她一样，服着天地间古老而平凡的役，平淡无奇的劳累，理当如此的安排，没人觉得这其中有何难以忍受之处，更不会察觉到她们可能正身处绝境。她们活了这么久，铁做的一样，哪还有什么细致幽邃的感情呢？

她从来不敢细细地算，沦陷在这样的生活里，得有一千天了吧，还是更久？

她说，兰森，我等着给你买点儿做木工活的材料，眼下，我也——她犹豫着，到底要不要说出口。他一次次地回到过去并停驻在某个特定的场景中，他并不真正在这个房间里。

不管他是不是真正在房间里，能不能听明白，她还是说了。眼下，我也有自己想做的事，我想一个人出去待一待，放个假，放几个小时的假，你能听懂吧？

乔兰森点点头，他说，马颊河的木匠最好。

演唱会八点开始，她第一次看演唱会不熟悉情况，想着还是早去为好。她从暗格里取出麻绳，捋几圈挂在胳膊上，又搬出木椅子，跟沙发并排放好，确保椅子跟电视机之间的距离合适。

他看到崭新的木椅子，很欢快地坐上去。她赶紧抻着麻绳，把他拦在椅子上，先系上一道。接着捆胳膊，木椅子棱多，很容易穿梭打结，最后是绑住两只脚踝。打结的扣是死扣，但绳子绑得松，怕勒疼了他。

熟练，迅捷，闪电行动。她半张着嘴，脑子里一片空白。所有的动作似乎都带着肌肉的记忆，所有的动作无须大脑参与，自己完成了自己。

看着她忙活，他一直笑，说，你先绑我，一会儿我还要绑你。什么时候换？

乔兰森终于被她绑在了椅子上。海德格尔行动，筹谋多时，大功告成。

她低声说，我寸步不离地看护你，时刻提着心，在超市里买袋盐也担心，往购物车里放完东西，一回身你已经不见了。

我真的受不了，受不了了，让我坐下，再找个小房间告解吧。

她拿起皮包，检查了一下演唱会门票。挎上包，换鞋，开门，她听见他的声音从身后传过来，你要走？

她说，我出去一下。他继续问，去哪里？她背对着他，说，你看电视吧，《猫和老鼠》。

她迅速关上门，乘电梯来到楼下。经过天井时，她的步子慢了下来。她控制不住地想象家里的画面。也许，乔兰森正低着头，身子往前挣，想从木椅子上挣脱出来。就算他从麻绳里挣脱出来又如何，他被幽闭在一个奇怪的地方，脸上是智识诡异消失的蠢样子，不能思考，不能独立完成任何一件小事，经历过的往事也逐片剥离，弃他而去。

她猛然睁开眼睛，白猫侵入了她的行程，这次白猫出现的方式跟以往不同，它不是被抱在怀中的，也没有躺在地上的光斑里。白猫朋霍费尔从五楼纵身一跳，摔死在小区的天井内。这幅画面如此真切，就像她亲眼看到过一样，画面里，白猫没有回头，一跃而下。

上楼，打开防盗门，冲进客厅，站在椅子前面。她惶惑地站着，根本不知道自己怎么会出现在家里。他笑了，说，这么快就回来了？

她愣了一下，忽然想到什么似的。她回答道，好玩儿吧？今天就到这里，先不玩儿了，晚上我带你去看演唱会。

她俯下身子先解他脚踝的绳扣，解了一会儿，麻绳磨得手指热热的疼。她从茶几抽屉里扒拉出剪刀，冲着绳子剪下去，剪刀刚一接触到绳子，她突然停住，放下了剪刀。

她坐在地板上，把牙和指甲都用上了才把绳扣一个个解开来，解完呼哧呼哧喘了半天气。休整片刻，她捡起地上的绳子，团起来，放回到储藏间的暗格里。

在体育场前的广场上，周素格把手里的票贱卖给黄牛，又从同一个黄牛手里买到两张奇贵的连号票。她牵住乔兰森的手，两人一起安检、进场、找座位。

钻蓝色的光笼罩舞台，拱形金属灯光架在夜色中发酵出浓浓的科幻感。体育场上方敞着口，露出一块椭圆的天，月亮靠过来，倚在树枝般的钢架旁，越发温软了。舞台上表演的是一个外国乐队，她听不懂唱词，但她明白了一点，在演唱会上，亲吻是一件容易的事。大屏幕不断闪现着情侣亲吻的镜头，那么自然，那么动人。主唱忘情，观众也就忘情，蹦跳，拥抱，喊叫，欢呼声涌潮般赶着，赶着赶着就从开口处飞升上夜空。她伸手搂着身边的人，云遮住了眉月，夜色渐深，恍然间，她有点儿怀疑了，是他吗，你把他放出来了吗？

主唱的声音不是从低到高慢慢攀升的，而是突然炸响，带着暴烈的毁灭感直达顶点，并不破不裂地停留在那里，高亮而宽广。她感觉自己被声音托起，在空中悠悠荡荡。此后的几天里，这种感觉始终不曾消失。

她记得她亲吻了丈夫，她记得亲吻时，半是沉醉半是痛楚地闭上了眼睛，那一刻，万人体育场空旷无比，仿佛就剩下她一个人了。

【作者简介】蔡东，女，20世纪80年代生于山东，现居深圳，执教于深圳职业技术学院。在《人民文学》《收获》《十月》《当代》《花城》等刊物发表中短篇小说若干，曾获得华语文学传媒大奖年度最具潜力新人奖、《人民文学》柔石小说奖等。

香蜜湖漏了

邓一光

蓝八从香港来，我陪了她半天。那天是“玛娃”登陆的日子。

“玛娃”的情况是这样。6月12日，马来西亚的鸽子“苗柏”扑腾着从大鹏半岛正面登陆；7月30日，柬埔寨的捕鱼者“纳沙”擦着深圳东扬长而去；12天前，日本的“天鸽”声势浩大地造访了深圳和香港；4天后，从老挝游来一条名叫“帕卡”的鱼，动静也不小；时过一周，“玛娃”又到了。

据说“玛娃”是一朵玫瑰。用玫瑰比喻凶巴巴的台风，脑洞够大。

总之，整整一个月，空气中充满了湿漉漉的水汽，路上行人个个吸足了，不敢乱打喷嚏，怕喷嚏传染，大伙儿都打起来，淹了街道就不好了。

这就是蓝八过境来那天晚上的情况。

蓝八是我前女友。也未必。记不清哪一年，香港书展最后一天，我带了只空轮包过境去淘书。乌泱泱人头中，一位女子撞了我一下，我俩怀里的书散落一地。女子说，哎呀，对不起啊对不起。我说，没关系吧没关系。我俩碰开人群蹲下捡书，地上居然散落着两套一模一样的《1+0》。我不禁莞尔，隔着晃来晃去的腿柱子看那女子。女子也看我，咬着下唇，努力不笑出声，目光闪烁有趣。她穿黑白条纹抽烟装，衣襟在人群中挤得稍许凌乱，活脱脱《闩》中女子欲抽身却不能的纠缠模样。我猜她也是这么想，把我当作那位欲行山川相缪的男子，剩下的，就是抢门闩的游戏了。

8册漫画，乘以2，一共16册，一会儿就捡完了。我请女子选一套。她请我先选。我说不如我们去喝点什么。她说好。

说“好”的女子是蓝八。

以后，我俩每年见两面，她来深圳，或者我去香港。不是特意，顺便，人到了，留条信息，要是另一个在，就见一面，等于彼此是一种存在，证明世界不真孤独到环顾四野唯有自己。她原来用WhatsApp和Facebook，我俩在地上捡过漫画后，她加了企鹅。她中文不好，繁体字也不怎么样，好在我下载了翻译狗，我俩从不长篇大论，仅限于：“在吗？”“在。”“呀，对不起，在厄立特里亚。”能对付。

有一年，我被人追债，逃去黔东南山区躲债，在山里闲得无聊，忽悠老乡办了个生态农庄，种茶油、腌火腿、晒党参，一来二去迷上了田园生活，在农庄待了一年多。

第二年，蓝八参加IUCN组织全球红树林考察计划，去孟加拉国和伊朗工作了一年。

那两年，我俩没见。以后再联系上，已经没有弗拉贡纳尔笔下两个人物在强光里偷情时惊鸿一瞥的感觉了。

我没打听过蓝八的事，她到底是谁，除了类似“大都市水源地可持续保护”之类的计划外，还做什么，有没有配偶，这些事情，我一次也没问过。蓝八也没有打听过我的情况。我俩没谈论过这个话题。

我俩哪一年遇到的，记不住了，第一届香港书展到现在，28年了吧，折中算，14年，我们没谈过这个。

我请蓝八在香蜜湖“1979”吃饭。那是我的地盘。不全是。大部分不是。

我在产业园有一点股份，它让我在这座城市打拼了二十多年后，笃笃地做了纳税人。我已经过气了，再过15年献血的资格都没有了。如果靠谱点，好好守住这份产业，不再让人追杀，个人历史就完整了。

服务生拿来菜单。我为蓝八点了烟熏鲑鱼，配圣美伦甜酒。蓝八喜欢樱花木味道，我喜欢因纽特人，他们相信万物有灵，生肉不是生肉，是信仰。

鲑鱼切大片，配西柚、水萝卜、荠菜苗和鲑鱼子，吃的时候尽可能张大嘴，想象自己能吞下整座海洋那种，鱼肉整块入嘴，慢慢合上海洋盖子，野生鱼子在齿舌间一粒粒爆开，一种让人特别绝望的深海气息立刻弥漫整个感知系统。

蓝八嘴大，做得到。

饭后，我们去了会所旁的Maan Coffee，打算喝杯咖啡，说会儿话，然后离开。

这样，我们就不必请代驾了。

Maan Coffee一楼座无隙地。看来，没有人在意气象局发布的橙色预警。台风让人们上了瘾，就像连续玩了15次《龙神契约》，你会兴奋地和臭味相投的人待在一起，期待第16次狂热体验，大概是这种情况。

我对3D手游和台风同样充满警惕。空间计算技术是个大骗局，它的原理就是让人以为自己不光是自己，还可能是别的什么。能是什么呢？台风也是，它带来丰沛的雨水，可是，等它离开后，雨水很快就消失得无影无踪，这是怎么回事？

我不打算和热爱台风的瘾君子们凑在一起，带蓝八去了人少的第三层。

经过二层时，见一个女人坐在近楼梯口位置，一个人，背对这边，看不见脸，一袭宽大的远山蓝麻布裙，在纷乱的吧堂灯光下，有种水洁水清的单纯的安静。

我是这么想的，人总有耗尽的一天，就像台风，别指望风樯阵马的激情会永远相随，那个不可靠，彰显常青的最好方法是举重若轻的淡泊，这个，孤立的“远山蓝”做到了。

之所以这么说，是我去酒店接蓝八时，她使用了晚装最后通牒手段。大牌刺绣和蕾丝使她像一棵常青植物，“浅吻”牌子的耳环、项链和手链球果般下垂，让人眼累。她是反智阵线的人，言必绿色主义，好像地球真的有若干种隐藏起来的面目，是我等俗人看不清楚的。我不反感主义，只是觉得，周末是休闲时间，绝对不应当刺激人的感官，那样反倒刻意。

我和蓝八找座位坐下。我们在工业时代的铁器和农耕时代的木器混搭的装置中坐下。

我点了山多士现磨，希望咖啡在烫嘴的时候送来，这样，我会稍稍原谅Maan Coffee设计师的拙劣前卫。

蓝八瘦得像棵悬铃木，我猜她可能会点森林野梅。果然，她中了我的推测，点了花式。

我们坐的位置，正好能看到二楼的楼梯口。

我又看到那袭安静的“远山蓝”。

这一次，我看清楚了，是位相貌姣好的中年女子。我猜测，她之所以选择楼梯口，是不想深入，离开时方便。另外，我觉得工业时代也好，农耕时代也罢，都不如命运来得那么直接。

我做出一副沉思的样子，玩了会儿纸巾，等蓝八从洗手间补妆回来，礼貌地告诉她，我可能遇到一位熟人，要离开一会儿，她可以使用店里的免费网，泡会儿环保圈，等我回来。

我下到二楼，来到中年女子面前。

中年女子娇俏的短发荡漾了半圈，仰头看我，眉眼间干净，然后绽开成熟如花瓣的唇角。

“是你呀？”我说。

“是。”她说。

“怎么会？”我说。

“你还好吗？”她说，“你俩上楼时我就看到了，挺舒服的一对，没想到是你。”

“不兴这么虚伪。”我说，“本来想说气焰嚣张吧？”

中年女人叫秋千儿，如果她没有改掉姓名的话。

现在人们不大使用父母取的姓名，大家都躲躲闪闪的，想割裂又做不到，改不改的，意义不大。

我和秋千儿过去是老乡，兼过一段时间同事。可能比这个关系密切一点。但也很难说，要看秋千儿怎么定义。她样子似乎没变，一定要说的话，比过去多了点烟火气。过去她是仙女般的小姑娘，在狼群中很容易被吃掉那种，幸亏认识了阿茶，她才幸运地活了下来。

事情是这样的，香蜜湖一带过去有几家新兴企业，我们那时候二十出头，或者不到二十，刚离开学校，跑到这座城市来，想成为新兴企业的员工。那时候它们不像现在，人模人样的50强，那时候它们刚刚出生，或者出生了一阵子，举步维艰，或者快倒闭了，没有什么架子。时代这种东西，就像陆地向海洋过渡的潮间带，看起来河湖满地，可有人能繁衍生成红树林，有人却板结掉了，只能完蛋；我们也一样，有的能出息，有的不能。

我们13个来自不同省份的年轻人，3个中学或中学肄业，3个专科，6个本科，1个硕士。我和秋千儿年龄最小，19岁，年龄最大的是中科大少年班的吴硕士，22.6岁。我们在香梅村合租了一套三居两厅。

那个时候，没得说，我们都是燃情中二，一听黄家驹的《光辉岁月》就落泪。

……

可否不分肤色的界限

愿这土地里

不分你我高低

缤纷色彩闪出美丽

是因它没有

分开每种色彩

……

吴天才最先找到工作，在岗厦街道管流动人口登记，天天和人吵架，挨主管的骂。干了两个月，他觉得和襟江带湖的城中村气场不合，决定回学校考博，上个台阶再卷土重来，辞职收拾行李走了。

秋千儿第二个找到工作，在香蜜湖发展势头最好的G企业当整理工。剩下我们11个，大多3个月到第二年才揾（找）上工。不是吴天才一个人有气场不对的感觉，但都咬着牙没离开。9个男的坚持下来，部分原因和秋千儿有关。

3个月以后揾上工的是我。我也进了G企业，和秋千儿在一层楼上班。我上班那座大楼原址就在我们现在坐着的地方，它那时候提倡时间就是生命，现在提倡慢生活。

第一次看见秋千儿，她在三居室的厨房里做四川小面，我拖着脏兮兮的行李进门。印象中，她骨骼完美，一副山野菊的娉婷模样，这样的人待在红油辣椒、花椒碎、榨菜粒和姜汁蒜蓉水的刺鼻气味里很不合适。大概是这个原因，很长一段时间，我总是不好意思，不敢正眼看她。3年后我才知道，她下颏上有一颗朱砂痣，那个时候已经晚了，她已经做了别人的姑娘。

我没法装作不喜欢秋千儿，除非真的不喜欢。为了戒掉喜欢秋千儿的毒瘾，我想了很多办法，比如在工装裤兜里塞一只穿了半个月的袜子，想她时，掏出袜子来凑在鼻子下。可是，接下来的情况更糟糕，我开始对脚臭上瘾。

我只是暗地里喜欢秋千儿的人当中的一个，自己较劲，完全没有希望那种。在波光潋滟的秋千儿面前，我和天知道还有多少喜欢她的人，我们就像一块块未经挑选，角度钝圆的石头，在湖面勉强跳跃几下就沉入水底。我这么说，是我和秋千儿，我俩的确在香蜜湖边玩过打水漂游戏。现实情况更糟，我连石头都不是，只是一团匆忙捏成的雪球，秋千儿她在那里一碧万顷着，我这只雪球在她的湖面上没来由地奔走，下场好不了。

5年后，G企业进入本土50强，去别的地方买地盖大楼了，我也在公司新的用人机制中败给蜂拥而至的名牌大学生和硕博们，丢了饭碗。我就是利用那个时候，戒掉了秋千儿的毒，离开工业体制，闯进腥风血雨的市场天地。

下雨了。雨点密集地打在落地窗上，不断晃过的车灯让雨丝显现出来，使夜晚愈发支离破碎。晚上8点左右，正是生活舞台的角色换场时间，一些人来，一些人走，事情就是这样。

“怎么啦？”我发现秋千儿在看我，问她。

“她很漂亮。”秋千儿朝楼上仰了仰下颏。

“哦。”我说，“没办法，我只能和漂亮女人来往，不然越来越没有勇气。”

“她不是你妻子。”她抿着嘴笑了笑，冲我皱巴巴的衣领努了努嘴，“衣裳没熨烫。”

“怎么说呢，我只配有前妻。”我尴尬地笑。

我是说贠小荷，13使徒之一，多年前，她和秋千儿等4个女的，她们占去香梅村那套房子的三分之一套间。

但我在撒谎。贠小荷不算我前妻。法律上不算。

我和贠小荷，我们都想出人头地，为打拼一个说得过去的前程狼奔豕突，和一切挡道的东西较劲，也和自己较劲，不肯拿时间出来办手续。等我们都站在那个被叫作前程的地方，热情已樯倾楫摧，内心满是沧桑，连吹动空气的欲望都没剩下，俩人在一起11年后，索然无味地分了手。

我还是撒了谎。生活不是比力量的事。人越成熟，越不敢轻易走到一起。你觉得，清澈见底的人生，非得赖上另外一个人活下去，这种事情靠谱吗？

我问秋千儿成家了没有。当然，她说。她早做了人妻，先生是丹麦人，麦肯锡国际管理咨询公司驻华代表。他们有一儿一女，暂时没有回格陵兰的打算。她说这件事情时口气月朗风清，让人觉得她若笑出来，会有幸福的小花朵跳进面前的烛光中舞蹈。

事实上，她是对的，时光不会倒转，我们都无法回到过去，哪怕我的小腿肚子仍然弹性十足，胳膊也有力，但我已经老到风平浪静，没法让鼓起的勇气再回到六块腹肌时代，这是事实。

我在想，如果那会儿我追上她。这当然不可能，但假使这样，我算不算雁归湖滨？台风带来的雨水会不会无缘无故消失？

我开始想象那个来自地球上最大岛屿的冰地男人，他怎么做到让她为他生下一儿一女，眉眼间仍然不经意流露出干净的喜悦。

“艾伯特会为我办理丧事。”秋千儿似乎猜到我在想什么，突然扬了扬眉毛说。

这个答案我没料到，有点意外。

“我们谈论过这个问题。”

“你是说……”

“就是你想的那样。”

“什么？”

“我有点担心。”

“他比你先死？”

“他比我大9岁，身体很棒，会坚持下去。说不定我走之后，他还能回格陵兰岛猎几头海豹，守着祖上留下的木屋度过一段美丽的极夜。”她莞尔一笑，烛光晃动了一下，“我不想再看到谁在我眼前粉碎掉。”

哦，原来这样。

阿茶是暴毙。一辆泥头车从后面撵上来，从他驾驶的福特650皮卡上碾过，再出色的皮卡经典也没能保护住他。据说那是最后一批获准在市区行驶的泥头车中的一辆，新大威，自重加载重20吨，警察用了好大力气才撬开福特650完全变形的车壳。那个场面，光是看一眼就让人瘫了。

阿茶是客家土著，凭国家政策押地先富，注册了一家文化公司，到处收购老围屋，办耕读农庄、建宗氏民俗博物馆，公司一项重要业务，就是阻止G企业买下香蜜湖的地皮。

香蜜湖畔有几栋客家围屋，几百年历史了，阿茶要连同周边土地买回去。

阿茶的做法伤害了北佬。企业买不下地，就不能扩张，不能扩张，源源不断南下的新北佬就没有工作，没有工作，新北佬就不能源源不断到来，城市就不能发展，据说G企业就是这么离开香蜜湖，去了别的地方。

没有任何证据证明那场惨烈的车祸出自预谋。后八轮自卸车碾过皮卡，司机不认识阿茶，只是没喝“东鹏特饮”，太困，撞上路边花坛才从睡梦中醒来，完全不知道垫得高高的车轮下有什么。

我扭头看窗外。

视野可及的夜幕后，曾经顽固地生存着一家蛎蚝混养的养殖场。养殖场占据了一片水鸟横飞的湿地，湿地里间或生长着瘦骨嶙峋的桐花树，一群群海鸟从深圳湾方向飞来，落在开满白花的老鼠簕灌木丛中，灌木下是再也回不到海洋里的惊慌的海龟草。湿地中间是马鞍状湖泊，湖泊很大，能佐证每年十几个台风源源不断到来的理由的那种，它叫香蜜湖。

离开G企业以后，我在养殖场里做过一段小工，整场、投石和播苗。我常常躲开老板气吞湖海的伤感目光，躺进湖畔边干草丛中，惊起一片海鸟起飞；我要打个盹，海鸟才能飞到湖对面正在搬迁的G企业厂区，在那里落下。

也就是在香蜜湖畔的养殖场里，我知道仙女般的秋千儿正在海鸟飞去的那个地方，从制式女工的一员变成制式女干部的一员，越来越成熟，越来越优秀，越来越不像从家乡出来时，在火车上给晕车男童唱《星语心愿》的那个她。

我不太确定，我有没有在心里祝福过骨骼完美的秋千儿。但我在水软山温的香蜜湖畔徜徉过多少个傍晚和黎明啊！

阿茶和G企业，他们谁都没赢，养殖场后来卖给了比他和它更魁梧的国资委，湿地变成了水上乐园，湖畔快速生长出钢铁焊接的“红树林”，高大的结构架像还没出生就死去的巨人骨骼，远不如尸体新鲜时那么生动。

再后来，香蜜湖畔成了地产大拿的必战之地，不断冒出一座座高档度假村、漂亮住宅小区、神秘名人俱乐部，香蜜湖湖面越来越小，海鸟再也不来了。

离开养殖场以后，我做了一些和湖泊没有关系的事情。什么都做过。事业起起落落，生活也起起落落。有段时间我很郁闷，觉得什么地方出了问题。我认为是那座湖出了问题，它越来越小，越来越不像湖。

再后来，我回到这里，寻找失踪的湖泊。

我有个奇怪的念头，我认为香蜜湖在漏。它的某处地方与地心连接着，地心里藏着一个偷窃土地血液的大家伙，湖水被不断吸食到它肚子里，这就是香蜜湖越来越小的原因。

关于不断变小的湖泊，我能说什么？

我决定不走了。我决定螳臂当车。我把赚来的钱都投入“1979”。我和这片曾经有过无数海鸟和我初恋的地方较上了劲。我觉得自己很无聊。我猜是为了某种纪念。

“怎么会在这儿？”我问秋千儿。

“就是在这儿。”秋千儿说。

“约了人？”

“没有。随便坐坐。明天早上的航班。”

明白了，她是路过这里。这就对了。城市变化很大，但和她这个来过又走了的人无关。她熟悉香蜜湖这个地方，等航班的时候，来这儿怀怀旧，她的意思是这个。

但也不完全是。她和其他等航班的旅人不同，曾经是这座城市的一分子，人们把这类人叫作奋斗者。那个时候，这座城市朝气蓬勃，是人人羡慕的青铜乐园，你往大街上丢块石头，不是砸中运输建筑材料的泥头车，就是砸中奋斗者。现在，你再丢块石头，不是砸中成功人士，就是砸中穿制服的执法者。

我和秋千儿上一次见面是十多年前的事情。十二三年吧，就是阿茶出事那次，她从四川赶来参加阿茶的葬礼。再往前一年，她离开了他。

秋千儿突然从我们当中消失掉，以后听说她和阿茶吹了。这是惊天大事，让我们这些曾经年轻过的13-1使徒不知所措而感到愤怒。我们觉得这座城市没有什么意思，时间和金钱都没有什么意思。

秋千儿离开以后，我们没精打采地议论来了又走了的秋千儿，我们都不知道发生了什么事情。很长一段时间，关于来了又走了，是我们唯一愿意谈论的事情。

有人提议大家聚一聚，请秋千儿吃顿饭，几顿也行。贠小荷在QQ里开骂，什么意思啊？伤口上撒盐，男人太没劲了。大家觉得贠小荷话难听，往深里一想，的确有点没意思，吃饭的事情也就作罢。

13使徒中的9个男人，8个没有参加阿茶的葬礼，我去了。

我认识阿茶。

怎么能不认识，他是香蜜湖的名人，他把家里押地分得的几千万砸进去，把家族亲戚的几个亿砸进去，干出了多大的阵仗啊！何况，我在他的养殖场当过小工。

我也理解没有参加阿茶葬礼的那8个人。

大家没地可押，不会抵制什么，可大家没有被一台过了报废期的泥头车碾成肉饼，对这个结果，谁都心怀一种胜利者的伤感。

相反，是阿茶，他傻，明明知道没有什么可以阻拦住，他就是要阻拦；明明知道不想长大也得长大，一直做无忧无虑少年的可能性根本没有，难道他想做新时代的嘎达梅林？他当然不是城市进程的对手，他还不如识时务，学学潮汕商帮，做新时代的犹太人，在海外扩张疆土，再杀回来，把祖先的热土买回来。

世上的葬礼大同小异，没有什么好说的。

葬礼结束后，秋千儿返回四川，却没走成。她晕倒在候机厅，一位好心人把她搀扶到椅子上，为她买来一瓶水，顺便偷走了她的小包。别的还好，身份证和护照丢了。那时候不兴异地办，大家推荐我出面，解决这件事情。

我找人借了辆车，开车送秋千儿回四川老家。1800千米，两夜三昼，秋千儿在车上一直昏睡不醒。我说，你何必？我说，你是你，他是他，你俩吹了，死去活来的用不着，就算用得着，他被历史的车轮碾扁了，活不过来了。秋千儿听着，一句话也没说。她在昏睡，我说也是白说，我是说给自己听。

车在沪蓉高速公路检查站被拦下，防暴警察如临大敌，把困极了的我拖下车，我的脸冲地被踩在硬邦邦的军警靴下，微冲顶住脑袋，车里车外检查了个遍，底盘都没放过，撬杆弄坏了好几处地方。

后来才知道，高速公路管理方监看渝湘线检查站视频，怀疑有人用迷魂药劫持人质，通知警方采取行动，我倒了霉。

我说过，我没想回家乡，我是正大光明送人回乡，不是做贼；而且，车不是我的，我离财务自由还差10年。警察真是害人。

起风了，不是通常的风，比那个大许多，停车场前面的大王椰团结一致向一边斜，窗户上密密麻麻贴着一层雨点，汇聚的水珠把夜色中的一切放大到不真实。就是说，“玛娃”的马仔先到了。

几个穿衬衣挂名牌的售楼生从一楼上来，从我们身边过去，说着高尔夫公园改建的事。

香蜜湖再次涌入大笔来路神秘的热钱，它的再一次生育高峰到来了，这一次，不知道会发生什么新鲜故事。

我和秋千儿都没有说话。她安静地盯着桌上的烛光，耳郭在烛光摇曳下透着隐约的洁润，看得出，她没有什么可操心的，或者说，她已经应付裕如，是她自己的主人了。我不觉得这有什么好，这里的人可不喜欢卧云对雨的从容生活，那可不怎么妙。

我想，我该回楼上。咖啡肯定送来了，喝完咖啡，把蓝八带去罗湖公寓，她明天从那儿出境，比从观澜走快得多。我这么想，打算告辞，可是，秋千儿开了口。

“我来看他，想知道他在不在。”她说。

有一刻，我没明白她的话，但很快，我知道她指的是什么。

她指的是阿茶。她说来看他，想知道他在不在，就是那么回事。

他在不在？他在不在？我在心里问自己。

接下来，我从秋千儿那里知道，她每年一次从四川返回这座城市，什么地方也不去，就在香蜜湖，在附近找一处不被打扰的地方，坐上几小时，然后返回机场。去年是De Post，今年换成Maan Coffee。

“想等他一会儿。”她说，“我知道他不会出现。但我会等一会儿。”

“等什么？”话出口，我才醒悟，可是已经收不回来了。

“没什么。”她说。

“但那是什么？”我索性问下去，索性把失控赖到台风综合征身上。

“我说不清楚。”

“哦。”

我在想华灯繁炽的城市，此时有多少人停下来，收起抻得过长的思绪和欲望，回过头去，慢慢沿着来路返回。我不相信人与幸福的距离只隔着一杯咖啡，有时候，它隔着一堆碎掉的水晶。

一群十六七岁的少年男女叽叽喳喳拥上楼来，楼梯发出乱糟糟的声音。唉，他们应该悠着点，放慢脚步，好好体会身边的叽叽喳喳。

这是我的经验。在青春消逝之前，人们看不到人生尽头，不知道自己拥有它，多少情感如水赴壑，等看到尽头时，楼梯上只剩下自己了。

过些年，他们再下楼时，身边已经没有了叽叽喳喳，铸铁扶栏上只剩下缭绕的叹息。

我想到那个叫艾伯特的格陵兰男人，他和他那些海上马车夫的祖先一样，基因中有和冰雪打交道的苷酸信息，但他们和他走得够远。他最好严肃一点，听她的话，让她走在他前面，等她走了，他回到北部地区，把水分子凝结回不会流动的冰块，待在那儿，就算她不在了，和他离开家乡时两手空空一样，他什么也没有失去，不用台风帮忙，不用承担雨水。

问题是，人们到底想要流动的雨水，还是不流动的冰原？

一大团白雾急匆匆地穿过夜幕，撞在落地窗上。是暴雨。紧跟着又是一片，这回气势汹汹，不再间断了。“玛娃”来了。

停车场那边，一个穿着怀旧制服的导泊员护着脑袋朝这边跑来。一个四五岁的孩子兴高采烈把什么东西丢进水洼，她年轻的父亲站在一旁看她被大风刮得东倒西歪，哈哈大笑。

二楼西北角，一群穿白衬衫和制服裤的年轻人开始大声唱着什么歌。屋外风雨声大作，听不清他们唱什么。在此之前，比比金的阴魂一直在楼下徘徊不去。

我有建议权吗？他们应该唱黄家驹。

我问秋千儿，想不想知道她离开以后发生了什么。

秋千儿不置可否。没有关系。黑暗在Maan Coffee之外包裹着我们，那里是台风的世界，我确信那里有某种光亮应该被人们记住。

吴天才杀回来了，这回是吴博士。他还是觉得和这座城市是水过鸭背的关系，找不到感觉，他又不能反复离开再杀回来，于是彻底离开，以后听说他在海外某个寺庙剃度出家，做了和尚，我们没去看他。伍振林去了海防做房地产，他给自己买了高额保险，在圈里发文，悲壮地说，再见了。贺雷办特殊人才去了香港，中学肄业的他成了香港特区政府优秀人才入境计划第一批受惠者，这个结果谁也没有想到。

我们剩下的13-4使徒偶尔有来往。就我所知，大家不必为分期付款、公司上位机会、互联网社区关系、前女友或前男友骚扰、怀不上孩子或意外怀孕操心，混得还说得过去。但是，人到中年，离死还有一段路，大家还得和长大的子女、争夺学位房名额、配偶强迫症、岳父母或公婆矛盾、渐衰的性事、越来越多的谎言、越来越少的激情和日益迷信的保命秘籍斗争。

就是说，台风还在继续，它们绵绵不断，在某个大洋深处形成，一个个接着来。只是，台风不像人，不像自然生成的潮间带，不像潮间带中的湖泊，来也是白来，雨下得再大又有什么用？来那么多又有什么用？

还有一件事。我们坐着的地方，背对北方，秋千儿在这里的时候，北方叫“关外”，那是绝大多数人们家乡的方向。那里有个二线关，在地图上看，像一条长达83.5千米，在1个水上关口、16个陆路关口和23个耕作口打结的蚯蚓，现在，它的结全拆了，蚯蚓也没有了。

我是说，如今秋千儿已经回到家乡，但每年还是有那么一两天，会念念不忘地来这里坐坐，等着谁出现，或者知道没有人出现，但她还是会来，会等，那颗心，到底没有死绝吧。

我那么说，秋千儿一直安静地看我，微笑着，等我说完，她才开口。

“你呢，你怎么样？”她第一次问到我，完全没有接我刚才的那些话。

既然问到，我就说了。如今大家都离开了香蜜湖，13使徒走掉12个，留在这里的只有我。我嘛，打算通过走门路，正当的不正当的门路，用得上用不上的门路，竞选湖长。这当然不可能，但我怎么也舍弃不了这个念头，舍弃不掉当上香蜜湖湖长的念头。我主要是说香蜜湖的秘密。我和它碰上了，和自己碰上了。

“为什么？”

“它一直在漏。”

“漏什么？”

“没什么。”

我说的是实话。香蜜湖在漏。所有的湖泊都在漏。我们这些人，我们都在漏掉元气，成为一个个皮囊人，满世界招摇，只能看，不能碰。

秋千儿在烛光中看着我。我不清楚，只是感觉。我没有看她，就像我俩从来不认识。她不再是原来的她，我也一样，但我们仍有某种东西牵连着，比如光合作用，比如成长基因，因为这个，我觉得，我们都是台风携带的雨水，既然来了，就该做点什么，不能什么也不做。于是，我坐直身子，打起精神，像20多年之前一样，挥动手臂，自顾自地唱起来：

……

年月把拥有变作失去

疲倦的双眼带着期望

今天只有残留的躯壳

迎接光辉岁月

风雨中抱紧自由

一生经过彷徨的挣扎

自信可改变未来

问谁又能做到

除了秋千儿，没有人注意到我，我唱完了，没有人鼓掌。秋千儿坐在那儿，相当安静，目光在风雨交加的落地窗外，极有可能，连她也没有注意到我在唱歌，抑或是，我是在自己的想象中唱了这首老而又老的歌。

Maan Coffee外面风雨晦暝，雨水在台风的裹挟下正式登场了，它们会有一些动静，但不会停留太久，最多十来个小时以后，它们会搭乘台风的航班离去。想不出来还有什么可说，我起身离开二楼，踩着镂空的工业时代楼梯，慢慢向三楼走去。

我没有对秋千儿说再见，用不着。

对于香蜜湖，秋千儿是候鸟，我是小叶榕；她季节性地出现在这儿，我得气根盘桓，干云蔽日，我们不是为了同一目的活在这个世界上，用不着告别。

回到三楼，蓝八已经走了。查看留在桌上的手机，她留了私信：

“谢谢款待。突然想去一个地方，去那儿坐坐，一个人。”

这就对了。我想，这就对了。

我端起冷掉的咖啡，喝了一口，靠在座位上，让自己放松下来，一直噙在眼眶中的一颗泪水，这时才掉落下来。我看不见自己，但我猜我在微笑。我是说，我在想，萎缩掉的湖泊，此刻一定悠悠烟云，水趣盎然。台风就和人一样，在时光中来了，去了，再大的动静也会消停。不知道雨水走后，湖水会留下多少，湖水漏光后，湖泊是不是要改名；如果不改，以湖命名的地方，只是个传说，对以后的人们，有湖泊是祖先时候的事情了。

这么说，我也是祖先。

【作者简介】邓一光，当代作家，出版长篇小说10部，小说集20余部。曾获首届鲁迅文学奖、首届冯牧文学奖、首届林斤澜短篇小说杰出作家奖等奖项。现居深圳。

暖怀

吴克敬

妈起名字，把抱在怀里暖融融的女儿叫了暖怀。

妈暖怀暖怀地叫着女儿，把暖怀叫大了，暖怀要离开妈跟人走了。暖怀突然想知道妈给她起名暖怀，是否真如妈过去说的，把她抱在怀里，感觉暖融融的就叫了暖怀。暖怀心想，肯定没有这么简单，或者是，起初就是这么简单，但一直叫着，怕就没有这么简单了。妈把她这么叫着，叫的日子久了，生发出了一些别样的况味。暖怀相信她的猜想，果然是，到了她出嫁前的那天，凤栖镇上的冯裁缝到家里来了，来给暖怀送定制的嫁衣了。冯裁缝把暖怀的嫁衣包了一包袱，送到暖怀的家里，要暖怀试，暖怀不想试，就像一包袱红彤彤的嫁衣，穿在她身上会把她烧伤似的。妈看出了暖怀的心思，她打发走了冯裁缝，自己拉着暖怀，给她试穿她的嫁衣了。

暖怀在妈跟前，没少任性过。

这一次，也本想任性一把的，却没有任性出来。都要出门跟人了，还好意思再跟妈任性吗？暖怀忍住了，任由妈把她身上的旧衣服脱下来，给她试穿嫁衣了。

嫁衣的红，亮得袭人的眼睛。

妈给暖怀试穿上后，拨弄着暖怀转了两个圈。妈说了，冯裁缝的手艺，在凤栖镇一等一的好，我女儿暖怀穿着，是最惹人疼的新娘哩！妈这么说了一句后收不住话了，她攒了一肚子的话，这时候都要倒出来，倒给女儿暖怀来听了。

她说暖怀你要知道，咱们女人，都是怀抱里的东西。任凭什么时候，怀里都不能空了。你想想，妈把你怀在肚子里，怀了十个月，妈怀着你的时候，肚子一天天大，大得妈低头都看不见自己的脚了。你把妈改变了，没怀你前，妈看见怀娃的大肚子都觉得难看，怀了你后，妈不仅不觉得难看，还觉得自豪幸福呢！那是因为你，把妈的怀撑满了，撑得热腾腾的暖。现在你要从妈的怀里挣出去，出门嫁人了。这不能怪你，怪只怪妈抱不动你了。而你还要有人抱，那就是你嫁的人，以后就由人家抱了。不过，人家抱着你，是不会白抱的，两年三年，快了一年，人家抱着你，把你抱个大肚子。到那时你的怀里，就有了你抱的了，像我曾经怀着你抱着你一样，怀里就是满的，就是暖的。

妈一口气说了这么一堆话，把暖怀听得想笑，但她忍着没笑，听妈说到最后，她没来由的心虚，像她过去一样猛地偎进了妈的怀抱。

暖怀说：妈你把我抱着，我怕。

妈抱住了暖怀，说：暖怀不怕。

暖怀说：妈抱着我真好，我就不怕了。

妈却松开了她抱着暖怀的胳膊，说：我把你还能抱到啥时候？你有人抱了，就好好地让人家来抱吧。

这个要抱暖怀的男人叫范加饭，凤栖镇北街村人，兄弟三人加上他们的父亲，凭劳力在北街村是很强的。她男人范加饭是长兄，暖怀投身到他的怀抱里，像妈给她说的，她是感受到了他怀抱的实在，还有温暖。

洞房花烛夜，从凤栖镇南街村嫁到北街村的暖怀，必须经过一个闹洞房的过程，而且是闹得越凶，证明这家的人缘越好，反之则情薄缘浅。北街村南街村虽是两个村，却在一个镇子里，暖怀知道那个风俗，天黑后，北街村以暖怀为主角，呼啦啦一拨人闹着，还没闹尽兴，又有一拨人叫着嚷着赶来，要前一拨人让出来，该他们闹新娘子了。村里人一拨一拨往暖怀家里来，闹得暖怀有点招架不住，但她心里是快乐的，知道她嫁了一户好人家。

闹洞房的人，把暖怀的公公都架到暖怀炕上了！这是过分的，而更过分的是，还让公公给暖怀出谜语猜。那样的谜语都藏着双关的谜底，一种是纯洁干净的，一种是暧昧淫秽的，暖怀在做新娘之前，就听说过那样的谜语。闹房的村里人，把暖怀的公公架到暖怀炕上，有人扯公公的耳朵，有人揪公公的鼻子，还有人挠公公的痒痒，公公被折磨得真是不轻。他被肆无忌惮地折磨着，目的就是一个，就是要公公出谜语，而这些谜语，村里人在把公公往暖怀炕上架的时候，就有人教给他了。

折磨还在加剧，公公实在是受不了，开口说了村里人教给他的谜语。

公公说：光不溜溜没有毛，硬生生塞进去不饶，要得饶了，单等明了。

这是双关谜底的谜语呢。暖怀知道谜底，那就是关门的门关儿。但她不能说，说出来没人承认，而且还会说出那个使人难堪的另一个谜底的。暖怀不说，暖怀笑着，红着脸娇娇地笑着，她是用这种方式，回答闹房的人想要的谜底。闹房的人其实已经懂得了暖怀，知道暖怀不说，他们把暖怀不能怎么样，但他们又岂能善罢甘休，他们就把暖怀的公公折磨得更起劲了。

暖怀幸亏还有两个枪杆一样硬的弟弟，一个叫添饭，一个叫满饭。添饭和满饭看着闹房使嫂子难堪父亲受罪的时候，兄弟俩挺身而出，力挽狂澜，不仅在村里闹房来的人群里救出了父亲，而且解了嫂子暖怀的围，连轰带吆喝地把闹洞房的村里人，一人一根烟，一人一颗糖的，礼送出了门。

喧闹了整整一天的家，算是安静下来了。

除过拜天地那阵子，范加饭和暖怀肩并肩、头对头在一块儿外，接下来一天时间，范加饭忙得脚不沾地，到这时才腾出手脚，像股暖风一样，吹进他们新婚的洞房，吹到暖怀的身边。范加饭没说别的话，只说咱到老爸的房里去一下。范加饭这一说，把暖怀说得扑哧笑出了声，暖怀突然想起闹洞房时，公公被架到她炕上的那一场戏……暖怀的笑，惹得范加饭也笑了。夫妻双双一脸的喜气，前脚跟后脚地去了老人的房间。

老人收拾了几个菜盘子，有猪头肉，有凉拌胡萝卜丝，还有肉冻和凉拌粉丝菠菜，四角相对地摆放在炕头上的一个方盘子里。

暖怀看见公公就坐在方盘的最上首，他白天因为闹房，被涂染得黑一块、红一块的脸面，虽然洗过了，却还残留着淡淡的一层底色。暖怀看到这些，忍不住还想笑，但她把笑挂在嘴角上，没让笑大发出来。暖怀和丈夫范加饭的到来，让在炕沿上坐着的范添饭和范满饭，都从炕沿溜到炕脚前，站着让出位置，要暖怀和范加饭上炕坐。范加饭没有什么障碍，他是兄弟伙的老大，他该坐在老爸的身边，但暖怀没有，她刚进这个家，她还不好意思。可是公公说话了，公公要她上炕来，还有范添饭和范满饭两个弟弟，在她身边，一边一个，也扶着她上炕了，她没有办法，她上到炕上来了，与她的男人范加饭，相对而坐，两个弟弟呢，在暖怀坐上炕后，抬着屁股，又坐在她原先坐过的炕沿上。

公公说话了：暖怀进到咱家来，这顿饭是咱一家人坐在一起吃的头顿饭。

公公说完话了，把他面前斟满酒的酒杯端起来，也要暖怀和她男人范加饭，弟弟范添饭、范满饭，都端起来。

公公说：把酒喝下去，喝了咱吃菜。

公公的话，大家没人不听，范加饭、范添饭、范满饭，都听话地仰脖儿喝了，唯有暖怀在嘴边舔了舔，就把酒杯放下了。她失慌地给公公又添满酒，双手端着，举到公公面前，说儿媳我敬您哩。公公没有推绝，从暖怀手里接过酒，一脸幸福，一脸满足地举杯喝了。

公公喝了后，没把酒杯放下，他自满地“嗨”了一声，就放开胸怀，给他三个儿子说上了。公公说，暖怀进了咱家的门，是范加饭的媳妇。范加饭是你们的长兄对吧，那暖怀是你们的长嫂也对吧。人常说，长嫂比母，你们母亲离世早，你们没怎么享受过母亲的好，现在你们有了长嫂，你们是要把长嫂比母一样敬哩。你们把长嫂比母一样敬了，长嫂才会把你们比……比什么呢？公公说到这时没往下说，而范添饭和范满饭两个弟弟，则完全听懂了父亲的话，他俩从坐着的炕沿上，下到炕脚底，一人倒了一杯水酒，举到暖怀面前，暖怀以为是敬她的，用手推着酒杯，说她不会喝酒，两个兄弟没有坚持，只说长嫂的手推着酒杯，就是长嫂给他们回敬的酒，两兄弟说过，便把他们酒杯里的酒，像他们父亲刚才一样，满足幸福地喝了。

以相同的方法，公公还让暖怀的男人范加饭喝了一杯酒。

初进这个家门，一个自己的公公，一个自己的男人，两个自己的弟弟，简简单单的一场酒，让暖怀没来由的鼻子发酸，前面的她总是想笑，现在却有了哭的感觉。

暖怀知道，她之所以想哭并不是伤心难受，而是从心底生出来的一种责任。

从公公的炕头上下来，暖怀要收拾杯盘，范添饭和范满饭两个弟弟把她拦住了。他俩一个推着暖怀，一个推着范加饭，把新婚的哥嫂推回了他俩的新房。出门时，还把房门轻轻拉上。

门外两个弟弟说：三天后吃长嫂的饭。

进门一天，暖怀即受到家里四条汉子无微不至的呵护与关爱，让她在新房门里，呆立了好一阵。范加饭不能让暖怀呆立，他伸手来掰暖怀的肩膀，暖怀一拧身，软软地就把她暖暖的身子，偎依进了范加饭的怀里了。

被男人范加饭抱在怀里，和被老娘抱在怀里还真不一样。

老娘把暖怀抱在怀里时，她有种想要挣脱逃离的欲望，而自己的男人范加饭把她抱在怀里，她就不仅不想挣脱，而且还想要范加饭把她抱紧，再抱紧……暖怀听见她的心是这么要求范加饭的。她的心要求着范加饭，范加饭灵犀相通地就紧紧抱着她，把她抱上了炕，抱进了被窝……事后暖怀想，怎么想都想不清楚，她身上的衣服是怎么脱掉的，范加饭身上的衣服是怎么脱掉的，她都糊涂着，一点记忆都没有，她只记得男人范加饭把她抱在被窝里，抱得太紧了，抱得她都要窒息了，然后他一翻身，把她压在他的身下……暖怀强烈烈地感到，他进入她身体的那一瞬间，她是有那么点儿痛感的，不过不是太疼，她忍得了，忍了忍，那点痛没有了，随之而来的，就都是受活，没边没沿的受活呢。她以为她化作了一只鸟儿，受活地飞翔在宽广的天空中；她以为她变成了一只鱼儿，受活地悠游在宽阔的大海里。

这样享受着自己想要的受活，让暖怀迅速有了收获。她给这个不缺男人的家庭，又繁衍出新一代的男丁。暖怀从此不仅享受得到男人范加饭的怀抱，还满满地享受着抱着儿子的满足。

给儿子起名，饭字是犯忌的，可暖怀还是管她的儿子叫了饭饭。

虎头虎脑的饭饭，开口能叫妈，开口能叫爸，开口能叫爷爷，开口能叫叔叔时候，暖怀和范加饭，在他们的热炕头上商量，可以给饭饭再添一个妹妹或是弟弟了。他俩商量得很开心，商量着商量着，暖怀提出了一个问题。

暖怀奇怪那面墙有块不大的地方，总是往外渗东西，黏糊糊的，刚糊上一层纸，没几天就又会黏糊糊地浸透出来，让暖怀不得不再糊一层纸……做了洞房的一间偏厦房，请了裱糊匠，把房子从顶到底，都用一种蓝色的花纸裱糊了，别的地方都好，就是这一块老出问题，三天两头就得糊一层纸，暖怀都不记得她糊过多少遍了。

是夜天热，凤栖镇北街村口的池塘里，有一声两声的蛙鸣，不断往暖怀和男人范加饭的耳朵里钻。范加饭抱着暖怀，暖怀抱着饭饭，饭饭睁着圆溜溜的一双大眼睛，爬在暖怀的怀里吃奶。饭饭也许是吃饱了，所以吃得不认真，暖怀就用话来激饭饭。

暖怀说：好好吃。你不好好吃我就喂给你爹吃。

范加饭配合得很到位，随着暖怀的话，真把他的脑袋偎进暖怀的怀里，要吃奶状。

暖怀觉得可乐，她没阻挡范加饭，而是在范加饭叼住她的乳头吃奶时，她把她心里的一个疑惑说出来了。

暖怀说：你要给饭饭做弟弟吗？

范加饭听暖怀这么说他，再不好意思吃了。他把头抬起来，而嘴角上沾着些白色的乳汁。

范加饭说：我做弟弟？看你说的啥嘛，你给咱饭饭生个弟弟就好了。

暖怀说：生下来要是个妹妹呢？

范加饭说：妹妹就妹妹，咱们家就还缺少女娃。

夫妻俩这么快活地说着，暖怀又说起了那面墙。那面奇怪的墙，害她临睡前又糊了一层纸。过去的日子，暖怀就这个问题问询过范加饭多次了。每一次问，范加饭都要搪塞暖怀，说你着什么急，有一天会告诉你的。这一天是哪一天呢？暖怀不解，还问范加饭，范加饭依然想要瞒着暖怀，于是他就总是回答暖怀，说等咱有了孩子后我给你说。

暖怀这时候再问这个问题，就用上了范加饭给她的承诺，说：咱现在有孩子了，你给我说那块墙面是怎么了？

范加饭再没法回避了。而且，还因为他们夫妻恩爱，滚在炕上开心快乐，他就把一个他们家不能说的秘密，说给暖怀听了。

之所以讳莫如深，就在于这个故事是伤人的，甚至还要毁家。

男人范加饭一家是贫苦的，更是卑微的，活得太不如人了！新中国成立分得这一块宅基地，他娘请不起帮工，父子四人，就自己拉土，自己载桩安板，给他们家打院墙了。划了地主，并戴上地主帽子的姬财东，有个小儿子叫喜欢。范加饭的老爸，原来是姬财东家的长工，他不能说姬财东对他有什么不好，当然也不能说有什么好。人家是东家，自己是雇工，各出各的力，各尽各的份儿，范加饭的老爸，就那么不咸不淡地在姬财东家当着长工，养活拉扯着自己的三个孩子。姬财东的小儿子喜欢，不知什么原因，老是爱缠着范加饭老爸，而范加饭的老爸，也十分疼爱姬财东的那个小儿子。新中国成立了，穷人翻身做了主人，姬财东的小儿子，懵懂得还像过去一样，爱缠范加饭的老爸。他们父子四个人，在他们新分的宅基地打院墙，姬财东的小儿子跑来了。小孩子要来就来吧，我们都没把这当成个事，可就在大家都不当回事的时候，麻烦出来了。父子四个，给打着的高墙换板，换板就得从墙脚起，把湿碎的黄土，一锨一锨送进墙板里，然后爬上墙，把虚虚的黄土，脚并脚地踩实，再提起狗头大的石锤子，一锤子两锤子地砸，密密麻麻砸实一层了，就从墙顶跳下来，再换上板往板里送黄土……一堵墙，正好是暖怀发现问题的这面墙，一板一板地打着，打到一人高时，暖怀的男人范加饭从墙上往下跳，他跳下来时，张开的衣襟，牵动了一把石锤子，和他一块砸向地面。石锤子没有砸着范加饭，砸着了墙脚下玩耍的姬财东的小儿子喜欢。

不偏不斜，狗头大的石锤子，砸在了喜欢的后脑勺上，这就把个小人儿砸咽气了！

怎么办呢！

人命关天啊！

范加饭的老爸在墙顶上四周望了望，确信发生在他们父子跟前的这一人命大事，唯有他们父子知道，就果断地让呆愣在墙脚下的范加饭，把那小人的尸体，举到换上板的板槽里，往板槽装上新土，就把那个小人儿，不露痕迹地打进土墙里了。

墙面上之所以不断有黏糊糊的东西渗出，就是小人儿的尸体在作怪。

暖怀听得心惊肉跳，她看一眼那面黏糊糊的墙，再看一眼她怀里抱着的儿子饭饭，她不知道如何想了，却又挡不住还要想。她一会儿把她怀里抱着的饭饭，想象成打埋进土墙里的喜欢，一会儿又把压在墙里腐烂的喜欢，想成她怀里抱着的饭饭……暖怀把儿子饭饭抱得紧了些，儿子饭饭受不了，在暖怀的怀里挣扎了起来。

儿子饭饭的挣扎，进一步刺激着暖怀的神经，她情不自禁地高叫了起来。

暖怀先高叫一声：天爷爷！

暖怀又高叫一声：地神神！

男人范加饭压在心里的难受，一直没往外说过。暖怀对他的依赖，还有对他的爱恋，让他放松了警惕，全盘说出了这个惊人的秘密。范加饭说得释然，可他没有料到暖怀听后的反应，是那么慌乱、惊惧，而且还大叫了起来。

暖怀的两声大叫，在凤栖镇北街村寂静的夜色中，特别刺耳，特别尖厉！

男人范加饭去捂暖怀的嘴，还被暖怀狠狠地咬了一口。睡在炕上的老爸听到暖怀的大叫，睡在厢房和隔壁的范添饭、范满饭，也听到了暖怀的大叫。他们都从各自的土炕上弹身起来，连鞋都顾不上穿，就往暖怀和范加饭的房子里跑了。

暖怀咬了男人范加饭，腾出她的身子，抱着儿子饭饭，跳到炕脚底，连头都不敢回地直往房子门外冲。

暖怀没有冲出她的房子门，她被赶来的公公和两个兄弟，结结实实地堵在了房子里。公公不用问暖怀为什么大叫，范添饭和范满饭两个弟弟也不用问暖怀为什么大叫。他们把暖怀堵在房子门里边，抬头去看呆愣在炕上的范加饭，只见范加饭的双眼，直勾勾看着出问题的那块墙壁，他们就啥都知道了。

老爸和两个弟弟知道，范加饭把他们憋在心里的那个悲惨的秘密说给暖怀了。

被堵在房子门里的暖怀，架不住三个男人向她逼来的气势，她往后退着，这就退到炕沿前，被炕沿挡了一下，顺势坐在了炕沿上。暖怀觉得她必须坐下来，她惶恐过后，觉得自己已软得像一团稀泥，不坐在炕沿上就会软在地上。

公公在范添饭和范满饭的肩膀头上，各拍了一巴掌，两个枪杆似的弟弟，立即跪在了暖怀的面前。与此同时，公公还让呆愣在炕上的范加饭下炕来，也给暖怀跪下来了。

公公说：都是一家人，暖怀你说句话。

暖怀没有说话，只是更紧地抱着儿子饭饭，把刚才哼哼唧唧半睡半醒的儿子饭饭，彻底摇醒过来。醒过来的饭饭，睁着圆溜溜、黑溜溜的一双大眼睛，在暖怀的怀里，转着眼珠子，把房子里的人都看了一遍。饭饭还太小，他不知家里人都怎么了？但也会哭，他看不懂眼前的情景，他哇哇地号哭起来了。

公公等不来暖怀的一句话，他就也给暖怀跪下了。他这一跪，暖怀才开了口。

暖怀说：我想回娘家去。

不说话吓人，说话了要好一些。公公他们还能怎么办呢？只能答应暖怀，立即送她回娘家。公公先从跪着的炕脚底站起来，伸腿踢了范加饭一脚，范加饭就也站起来了，范添饭和范满饭两个弟弟，没有得到老爸的指示，就还弓背弯腰地给暖怀跪着……暖怀顾不了太多，她此时此刻想的就是逃离。从这间房子里逃跑出来，她才可能安静下来。

获得了公公的首肯，暖怀把儿子饭饭抱在怀里，就从他们结了婚、生了子的房子里出来了。傍在她身边的是男人范加饭，跟在她身后的公公，趺趺撞撞地走在蒙蒙夜色里。从家里走出来，走过长长的北街村，绕过街心已经老旧的钟楼，走向了南街村……在钟楼这儿，公公扳住范加饭的肩膀，给范加饭耳语了几句，他就不再往前走了。他目送着他们夫妻，在夜色里走着，走得他看不见了，这才转身回了自己家。

后面发生的事情，暖怀是不知道了。

暖怀抱着儿子饭饭，回到娘家门上，敲开娘家门，把自己闪身进到里面，没等男人范加饭跟进来，就让娘把门关上了。娘家妈以为小两口吵架了，隔着门劝范加饭，说你回去吧，我给你劝说暖怀。

范加饭没有离开，他靠着暖怀娘家的大门，坐了一夜，直到天明，暖怀的娘家妈来开大门，昏昏沉沉的范加饭，竟像一盘石磙子，轰然倒进了门里来。

这一夜，范加饭没能睡觉，而暖怀，也没有睡好觉，便是家里的老爸和范添饭、范满饭两个弟弟，也都没能睡好觉。

三个大男人，垂头丧气地窝在家里，半夜了老爸说了话。

老爸说：咱以后怕没好日子过咧！

老爸说了这句话后，找来一把铁锥，长约半人，锥尖处又扁又利，二话不说，就朝惹出是非的那面墙戳了去。父子三人，不敢弄出大响动，又无法不弄出响声来，三人费了小半夜的神，把姬财东儿子喜欢的小尸体，从墙里边掏出来，裹在一领破席里，趁着天还没亮，挪动到凤栖河边，埋进一棵柳树下的空洞里。

老爸和范添饭、范满饭用铁锥掏挖封在墙里的喜欢时，邻家是一定听到了的。他们听到了，也没什么反应，但在父子三人顶着一头的露珠，扛着铁锨镢头，从凤栖河边回到家门口的时候，四邻的人都起来看见了。他们就站在他们各自的门前，相互问候着什么，直到掩埋喜欢后回家来的父子三人，走到他们跟前，他们想问什么却没有问什么，只把眼睛，不约而同地盯在他们父子的身上。

左邻是位老人。

老人看出了他们父子的神色，这才问：你们……这是弄啥去咧？

老爸没敢作声，范添饭和范满饭亦没敢作声。父子三人的表情就只对左邻点头笑了笑，便低头进了他们的家。

右邻是位青年。

青年人不满他们父子的态度，话声跟着他们父子的背影，像一块石头疙瘩砸了来。

青年人说：拾粪要起早。你看你们，都没有拾粪?

疑问就这么种在左邻老人和右邻青年人的心里了。他们还不知道，暖怀的娘家妈昨夜就已起了疑心。小半夜的，暖怀回到娘屋来，娘家妈真以为小两口闹了小矛盾，她把女儿暖怀劝说了一阵，暖怀没说什么，只把儿子饭饭抱在怀里，衣服不脱地睡进娘的被窝，要娘不要说，她累了，她要睡觉，这便搂着儿子饭饭睡了过去。娘家妈因此一夜无话，她把话攒着，想要攒到天亮后，再来劝说暖怀的，她劝说两口子哪有不着气的？着气了，到娘家来，住个一晚两晚的，就把娃抱回去……攒了一肚子劝说暖怀的话，一句还没说出来，就在开大门时滚进来了范加饭，娘家妈当即觉出了异样。

暖怀和女婿范加饭，只是小夫妻的小矛盾吗?

所有疑惑，因为两只小小的虎头鞋，就全暴露出来了。

凤栖镇有太多家养的狗，还有许多没有人家的野狗。野狗在凤栖河边闻到了一种别样的气味，寻寻觅觅地围在那棵大柳树下，前爪刨，后爪踹，竟从大柳树洞里刨挖出一些白生生的小骨头，以及两只小小的虎头鞋。野狗是寻吃食的，没有寻到吃食，刨到了两只虎头鞋，也没有扔，就那么叼着，一路玩耍，向凤栖镇里来……野狗是无意的，但有一个人看见了，就吃惊得眼睛直流泪。这个人是姬财东，他是早起下地走在街口上，看见了野狗嘴里叼着的虎头鞋。姬财东认得小小的虎头鞋，可是他失踪小儿子脚上穿的呢！姬财东之所以还认得出他儿子喜欢脚上穿的虎头鞋，那是因为虎头鞋特别。那虎头鞋是喜欢的亲娘手做的，虎耳虎眼虎鼻子，在喜欢娘亲给小儿子做的时候，一针一线，扎进去，抽出来，都在他的眼皮子底下，他怎么能认不出来呢？

姬财东从狗嘴里夺下虎头鞋，往怀里一搂，像是一位颇有侦查经验的公安探员，顺着野狗的来路，寻到凤栖河边那棵大柳树下。在这里，他看到了小儿子喜欢失踪时身上穿的裤子、褂子，再就是他小儿子喜欢的一块块小骨头。姬财东忍着巨大的痛苦，把他看到的一切收拢起来，抱在怀里，这才忍无可忍地号哭起来了。

乡下的土财东，对土是熟悉的。

姬财东在大柳树下，只把野狗刨开的土看了一眼，就知道是新动的土。那么他心疼得一块肉肉似的小儿子喜欢，最先在哪儿失踪呢？是自己走失？还是被害？一切都是谜，如同汤汤流淌的凤栖河水一样，姬财东号哭了一阵后，站起身来，怀抱着小儿子喜欢的遗物和遗骨，到镇政府去了。在镇政府的办公室里，他当着领导们的面，把他小儿子的遗物和遗骨，往办公桌上一堆，沉痛地说了。

姬财东说：我把我小儿子喜欢找到了！

姬财东小儿子失踪的事，凤栖镇上的人都知道，镇政府自然也知道。因为知道还组织人员寻找了些日子。过去了几年，就在大家把姬财东失踪了的小儿子喜欢都要忘干净时，姬财东把喜欢的遗物和遗骨，实实在在地堆在了镇政府的办公桌上。

这里一条信息，那里一条信息，镇政府负责这一块的公安专干，把所有的信息梳理了一下，觉得有条信息是值得深挖的。那就是暖怀家左邻右舍说的，暖怀家那一夜太奇怪了，先有暖怀两声惊叫，再是小半夜的挖墙声，以及天明时暖怀公公和范添饭、范满饭失慌匆忙的神态，是太可疑了。公安专干去了暖怀家。暖怀其时还憋在娘家屋里，而她男人范加饭，随着她也待在她娘家屋里。公安专干走进他们虚掩的头门，只去院子里喊了一声“有人吗”。暖怀的公公就跌跤爬步地从上房屋出来，扑趴在公安专干的面前，核桃枣儿地就把事情全说了出来。

深埋在心里不能说的时候，暖怀的公公是痛苦的，在他开了口，全说出来后，倒一下轻松了起来。

暖怀公公轻松起来后，把全部的罪过都只往他身上揽。他说一切的罪恶，都是他造成的，他要人民政府砍他的脑袋打他头，他一命抵一命。

可是人民政府有法律在，一切都要以法律来判决。所以父子四人都被判了刑，主犯是暖怀的男人范加饭，判了个无期，他们的老爸和范添饭、范满饭为同案罪，量刑轻一些，分别判了十年和三年。

凤栖镇啥时候出过这么大的刑事案呢？

好像从来没有过，一条长长的麻绳，像是牵羊一样，把开了公审大会的范加饭和他老爸，还有范添饭、范满饭两个弟弟，从凤栖镇的大街上，一路牵着走了出去，去了他们劳改的地方。现在只剩下个暖怀和她贴心贴肺的儿子饭饭，暖怀该咋办呢？

娘家妈的意见很开明：咱再进一家门。

暖怀没理娘家妈的主意，她怀抱着儿子饭饭，在男人范加饭和公公，以及范添饭、范满饭被押解走后的当天，回了他们的家。

空空荡荡的一个家，暖怀守在其中，有种赎罪的坚持和不屈，娘家妈来了许多次，不说暖怀改嫁的话，娘儿俩还能在一起住几天，如果说起暖怀改嫁的事，暖怀就不顾娘家妈的脸面，一定会毫不客气地赶娘家妈走……暖怀默默地守在家里，她给坐监的男人范加饭做衣裳，也给坐监的公公和两个弟弟做衣裳，生活的清苦，生活的艰难，是可想而知的。凤栖镇东西南北四条大街，数千口人，没人关心暖怀，不仅不关心，看见她还有种遇见灾星似的眼光，没人正眼看她。但她有地要种，有许多活儿要干，谁能帮助她呢？

也许只有姬财东了。姬财东是凤栖镇唯一挺身而出帮她的人。

当然，姬财东帮助暖怀种地干活，都是在暖怀看不见的时候。常常是暖怀怀里抱着儿子饭饭，去数百里外的劳改窑，看她男人范加饭以及公公和弟弟范添饭、范满饭时，姬财东抓住机会，就去她地里给她打理活儿。到她回来，地里的活儿就已被姬财东打理得妥妥帖帖。别人不说，她也猜得出来是姬财东，她也不说穿，所以就都心照不宣地一个帮着，一个接受着，而接受者表现得似乎还很理直气壮。

艰难地度着时日，暖怀往坟场送去了娘家妈，还送走了病死在劳改窑上的公公和矿难死了的范添饭，而她的儿子饭饭，则一天天长大。有一天在家吃过饭，儿子饭饭问了暖怀。

儿子饭饭说：我叫你妈妈，爸爸是谁呢？

暖怀二话没说，把儿子抱着又去了男人范加饭劳改的煤矿上，让饭饭见了他的爸爸。再回凤栖镇时，小弟范满饭的刑期到了，饭饭一点都不见生地偎在小叔范满饭的怀里，一路回了凤栖镇。

范满饭刑满回家，使这个空荡荡的家，增添了许多生气，而暖怀依然觉得冷寂幽暗，虽然她眼见儿子饭饭，只要从她身边离开，都要缠在小叔范满饭的身边，并发出愉快的笑声，然而却并不能改变暖怀的情绪。这是因为刑满回家的小弟范满饭，虽与小侄子打得火热，对她却从不说一句话，而且也如凤栖镇上的人一样，就不正眼看她。

范满饭阑尾炎急性发作，暖怀陪着他去医院手术，喂吃喂喝，端屎倒尿，搀出扶进，也没能换来范满饭给她一丝笑脸一句话……更有甚者，儿子饭饭与暖怀亦日见生疏。饭饭上学了，每天都激烈与她对抗，不要她送，不要她接……儿子饭饭的心里有了他的心思了。

还好，男人范加饭几次减刑，也回到家里来了。

暖怀深切地记得，就在男人范加饭回家的那天晚上，儿子饭饭自觉跟小叔子睡觉去了。她和男人范加饭在他俩的房子里，暖怀想的是久别新婚的渴望，还想起她和男人范加饭洞房花烛夜时的情景。她暖怀想要范加饭对她再有那么一次激情相爱，可是范加饭没有，他真就像个劳改犯，低头坐在炕沿上，连头都不抬……暖怀就自己往范加饭的身边挪，为了这一夜，暖怀烧水洗了个透，在范加饭服刑期间，爱干净的暖怀经常不洗自己，就不洗，也不用香喷喷的香皂。男人范加饭服完刑回家来了，她买了香皂，她把自己香喷喷洗出来，是要男人范加饭抱她的。暖怀想没出事前，范加饭只要抱着她的时候，都会像只狗一样，在她身上闻，范加饭说暖怀的身子香，真香啊！她香他就冲动，就会如狼似虎。暖怀把她的身子洗得香喷喷的，往他的怀里靠，她都靠进范加饭的怀里了，可是范加饭依然没有抬头，只是抬起手，把靠进他怀里的暖怀，使劲推开来。范加饭推拒暖怀的力气太大了，一把把暖怀推得踉踉跄跄，直退到房子的另一面墙上，靠着墙才站住脚。

范加饭没有如暖怀想象期望的那样，暖暖地抱住他，而是坚决地把她推开了。

暖怀没有哭，尽管她是那么想哭，但她强咬着嘴唇没有哭……暖怀这个时候知道，她是永远失去范加饭的怀抱了。

失去范加饭怀抱的暖怀，把日子熬着，熬得她的头发白了，骨头松了，心也完全冷下来，硬挺挺躺在自家房子脚底临时搭起的木板床上，等待着生命的飘零……恍惚之间，她从眼缝里看见了男人范加饭，他也老了，老得干瘦如柴，在他的身边，还有小弟范满饭，自然还有她的儿子饭饭……饭饭长得可是太像他爸范加饭了，他娶了妻，他们夫妻靠在一起，饭饭的一只手，绕过他妻子的后背，紧紧地拥在妻子苗条柔软的腰际上……暖怀受了儿子饭饭这个动作的鼓励，她大着声音喊了。

暖怀喊：抱着我！

暖怀怕他们听不见，跟着头一声喊，又狂吼了一声：抱着我！

【作者简介】　吴克敬，陕西扶风人。毕业于西北大学中文系，硕士学位。曾任西安日报社党组成员、副主编，现任中国书画院副院长、陕西省作家协会副主席、西安市作家协会主席、陕西省政协委员。曾获冰心散文奖、柳青文学奖，中篇小说《手铐上的蓝花花》获第五届鲁迅文学奖。《羞涩》《大丑》《拉手手》《马背上的电影》等作品被改编成电影，长篇小说《初婚》被改编成电视连续剧。

放生记

朱 辉

1

马老师供职的大学位于玄武区。玄武区因玄武湖而得名。玄武什么样，一般人说不清，据说是龟或甲鱼的身形，却长着蛇一般的脖子，总之是所谓瑞兽。瑞兽寻常看不见，蛇龟和甲鱼却是凡物，所在多有。蛇和龟基本已成为宠物，而甲鱼从来就是给人吃的，滋阴培元，营养丰富，属滋补品。某日，马老师家里就来了一只甲鱼。

学生某甲，送来礼物数样，其中有甲鱼一只。甲鱼很大，如小锅盖，约莫四五斤，被网兜勒着，很老实。甲鱼常见，这么大的却少有；壳有青苔，证明是野生的，这就很珍贵。这样的礼物符合某甲的身份。某甲是本科生，本说不上身份特殊，特殊的是他的母亲。他母亲是西南某省农林厅分管渔业的副厅长，风姿绰约，却已经离婚，为儿子的学业没少操心。某甲衣着光鲜，用品高端，成绩却处于低端，虽不至低到尘埃里，却常常摸不到及格线，他母亲因此多次到学校找人说情。马老师这门课已经考过，分数还没出，某甲就带着甲鱼上了门。一年前为了另一门课程，他曾随母亲来过，此次是熟门熟路。马老师当时不在家，她的先生接待。某甲未曾多话，留下甲鱼等礼物就跑了，弄得马老师的先生一头雾水。马老师回家，看到甲鱼并不显得吃惊，她在回家的路上已接到某甲的电话，知道了原委。这学生不会读书，倒很会说话，说野生甲鱼营养好，他妈妈请老师补补身体。

甲鱼摆在厨房的地上，安静地待在网兜里，并不挣扎，随遇而安。马老师拿脚碰碰，它头往外伸一下，斜眼看看又缩回去，显得狡猾，也有点可怜。马老师感到心烦。她想不是自己要补身体，倒是某甲应该补考。她不批卷子就知道，如果手下不留情，某甲肯定要挂红。

总之这甲鱼最好不收。她怪丈夫，丈夫叫屈。他说这小孩送礼分了两步，先送东西再打电话，我没拦住他丢下东西，可你也没在电话里拒绝他。还说你可以叫他再拿回去，实事求是，该给他多少分就多少分。

先生一贯有点孩子气。他的话其实是瞎扯。这事看起来她说了能算，但生杀予夺的还另有其人。上次某甲的母亲为了另一门课来校之前，院长就跟马老师打过招呼。某甲的母亲后来再登门，她已无法回绝。按理说一个外省的副厅长，管不到这里，但院长发了话，又那么客气亲切，你怎么抹得下面子？

于是甲鱼就在厨房待着了。从地上挪到了一个大盆子里。网兜解掉，给它松绑，防止被勒死。盆子是早年的洗衣盆，足够容纳锅盖般的甲鱼。只不过洗衣盆太大了，摆在厨房里碍手碍脚。甲鱼舒服了，人却局促，但暂时也只能如此。马老师没有心思管它。最近她正忙着申报职称，光是填表就很费心，更不要说后面还要请评委们帮助，那么多教授还不知道谁会被抽签当评委，想想都头疼的，哪里顾得上个甲鱼？一晃十几天过去，马老师很疲劳，她面容憔悴，手脚无力，真的需要补补了。马老师是副教授，前年就可以申报教授，但首次申报失利。她又苦了两年，带研究生，搞科研，攒了两年新成果，今年再次冲击，其实也是个补考的意思。先生看在眼里，疼在心上。于是说："明天我把它杀了，炖了给你吃。"马老师抬起眼睛，一时还回不过神来。他说的当然是甲鱼。甲鱼趴在水里，头缩着，简直像个死的。马老师用脚碰碰盆子："你会杀吗？它头一定不肯伸出来。"先生笑道："这小事一桩！我用根筷子撩它，它咬住了就不肯丢。我脚踩住它的壳，拽着筷子扯它的头，手起刀落，咔嚓！完事！"他笑吟吟地比画着，"我一个人就干了，你就等着大补吧。"

当天夜里，他们被奇怪的声音闹醒了。咯吱咯吱，有动物抓挠的声音。停停歇歇，不屈不挠，抓的就是卧室门。开门一看，甲鱼黑黝黝地趴在门外，一见门开了，挪起身子就往里爬。先生睡眼惺忪，打起精神，绕到后面一把抓住，重又放回盆里。他找个脸盆罩住甲鱼，又把厨房的拉门关好，这算是设置了两道防线。可他刚睡着不久，却又被推醒了。眼一睁，马老师赫然站在床前，吓了他一跳。原来马老师再次被闹醒了，独自去厨房却束手无策。他拉开厨房门一看，大盆上的脸盆早被掀在一边，甲鱼扒开了厨房的地漏，头伸进去，四个爪子刷啦刷啦用力扒地，妄图从地漏钻出去。这下声称会杀甲鱼的人也手足无措了。幸亏装甲鱼的网兜还在，两个人齐心协力把甲鱼重又装回去，紧紧扎好放回盆里，这才又上床睡了一会儿。

第二天，两人都面露倦色，哈欠连天。马老师带着她那一堆申报材料去学校前，气鼓鼓的，对甲鱼视而不见，提都不提。傍晚回家，马老师突然说："放了吧。"先生一愣，立即点头："我同意！"马上又申明，他并不是怕杀、不会杀，他是觉得在报职称的关口，杀这个甲鱼不合适。马老师说：“我觉得它成精了。它似乎听得懂人话。杀了不好。”先生说：“是啊，养了这么多天，一直安安稳稳的，一说要杀了，它就造反，太奇怪了。”他这话此后几天又得到了某种验证。网兜那天夜里就被甲鱼蹬裂了，后来就这么放在盆里，可自从说过不杀，它从此消停，再不闹事，甚至还吃过几条从菜场要来的小鱼。这说明它放心了。先生提议和马老师一起去把它放掉，马老师略一沉吟，说她来安排，叫学生去放。

马老师的专业是水生态。这是一个极好的难得的教育学生的机会。

2

小亿高个，比较瘦；小炳胖乎乎的。

他们都是马老师的研究生。研二，课不多，大部分时间跟着马老师搞科研。马老师说：“这么大的甲鱼，两点四千克。野生，很难得啊。你们去放掉。”她看着学生惊诧的眼睛说，“甲鱼是俗称，学名鳖。如果你们是有心人，就应该知道，鳖属爬行纲、龟鳖目、鳖科，变温动物，水陆两栖，用肺呼吸；比较喜欢吃鱼、虾、贝、昆虫及动物内脏和尸体等，是杂食动物。鳖已经被列入国家林业局2000年版的《国家保护的有益的或者有重要经济、科学研究价值的陆生野生动物名录》。这是一只中华鳖，虽然还不是保护动物，但也是生态链条的重要一环啊。”她指指办公室地上网兜里的甲鱼，“尤其是野生的，真不该去吃。”

甲鱼身上的网兜是新买的，比以前的大些。小亿小炳凑过去观察。甲鱼头缩着，四肢伸出扒拉几下，告诉人它还是活的。突然小炳惊叫起来，原来网兜里多了个东西，圆的，白的，是个蛋！小亿大叫："这是王八蛋啊！"两个学生又惊又喜，乐不可支。马老师也笑了，她也是第一次见到鳖蛋，她说："看看，它在补充我刚才的话了，我忘了说它是卵生动物。呵呵，它很聪明。你们把它放到玄武湖。"她叮嘱道："找个僻静的，水深的地方，悄悄放掉。你们要知道，这是我们应该做的一件小事，不要虚张声势。去吧，它需要玄武湖，玄武湖更需要它。"

小亿问："那，蛋呢？"马老师说："蛋留下，放在我们研究室，算个标本吧。"马老师安排好，心情愉快，她笑道："这东西还真有点灵性。听说要放它，昨天夜里大闹天宫，在厨房里乱爬。它急不可耐啦。"

小亿小炳领命放生。他们找个会议纸袋套在网兜外面，往玄武湖而去。

玄武湖距此约莫两千米，步行最合适。初春时节，树木泛绿，百鸟啁啾。两个小伙子走在马路上，越走越开心。这事轻松，而且好玩。走到市民广场，小亿手上的甲鱼有点不老实，在纸袋里动起来。小亿停下脚步，伸手去捣捣甲鱼头。"嘻嘻，龟头！"甲鱼头一伸一伸的，小炳也笑。小亿索性找个椅子坐下来，把纸袋平躺在地上。小炳斜倚在一棵树上，腿一抖一抖地笑道："才走一半你就要坐了，嘻嘻，你女朋友真厉害。"小亿说："胡扯！"他指指脚下的甲鱼说："这么大个甲鱼，岁数不小了，是个老家伙。你说，它会不会真懂人话，就像马老师说的？"小炳说："它听得懂个鬼。我可不信。"广场上阳光灿烂，人不少。有几个年轻人在发广告，见他们坐着，也塞两张过来，是卖保健品的。他们随手就扔了。小亿俏皮地指指不远处的几个老人说："你们应该到那里发，他们需要。"这些发广告的年轻人肯定是刚毕业暂时还没找到工作的，老人们则是工作了一辈子，现在歇下来了。工作是人生的腰眼，决定了你能不能直起身子来。小炳的工作还没着落；小亿工作已经定了，但他另有烦恼，他谈了个女朋友，本市的，但女朋友家还不认可。两人各怀心思。小亿站起身，突然叫起来："啊！你还想跑啊！"原来那甲鱼钻出了纸袋，正悄悄往前爬。小亿要去捉，小炳说别动，指着说："你看它很会辨别方向。它没乱爬，它的前方就是玄武湖。"小亿骂他鬼扯，要不是网兜，它早就钻进下水道了。两个人手忙脚乱地把甲鱼捉住装好。小炳拎着袋子说："走？"小亿说："不走你还能咋的？你还敢吃了它？"小炳说："我不需要。你还真需要王八汤补补。"小亿踢他一脚。两人继续往前去了。

从学校到玄武湖依次要经过鼓楼，鸡鸣寺，然后才是玄武门。鼓楼是个大山包，一路向上，走起来还真有点费劲。他们有点后悔没有打车，反正老师会报销。但这会儿连个起步里程都不到，也只能这么一条道往前走了。小亿笑道："我怎么觉得我们这个样子有点怪怪的。不像是贩鱼的，倒像是送礼的。"小炳道："本来都不是嘛，我们是放生的。"这话一点不可笑，两个人却扑哧笑起来。小亿停住脚，上下打量拎着纸袋的小炳说："你就是个送礼的。可别说，这东西要是送给老人，一定很讨喜。"小炳不理他，继续走。小亿说："我是说这甲鱼很难得，要是送给我丈母娘，她一定欢喜。"小炳说："丈母娘，哼。"他的意思是八字还没一撇。小亿说："你走那么快干吗啊？"小炳夸张地加快步伐说："我带甲鱼逃命啊。如果今天你一个人来，我肯定，你一定直接到你丈母娘家去了。"

小亿不说话，没有否认。小炳笑眯眯的，其实蔫坏，他继续逗小亿道："甲鱼是不是大补我不知道，但有助于培养感情却是一定的。"小亿翘翘嘴。小炳说："刚才在办公室忘了一件事。我们要是把那个王八蛋带来就好了。"小亿忍不住问："咋了？"小炳说："带来了，就公平了。甲鱼一只，王八蛋一只，一人一个。"小亿说："甲鱼归我，王八蛋归你。"小炳出乎意料地笑道："好！"他斜着眼说，"我把王八蛋送给我找工作的那个领导。这王八蛋，凭什么挡我路？我这么优秀。"小亿愣一下，哈哈大笑："人家把蛋砸你脸上，叫你滚，小王八蛋！"两个人都笑起来。

说话间过了鼓楼，一段下坡路后又是一个向上的缓坡，再往前就是鸡鸣寺。远远可见碧瓦黄墙，环绕的柳树已经泛绿，渺如云烟。两人身上都有些微汗。甲鱼有点不安分，在纸袋里乱动。小炳停住脚步，把纸袋拎高了，端详着。纸袋忽大忽小，形状变化不定。小炳说："快了，快到了。"他看看小亿说，"叫你吃你又不敢，送丈母娘你也不敢，那就这么放了？"小亿说："谁说我不敢？但我送了，你的领导怎么办？"小炳道："你怕我心里摆不平，说出去。"小亿承认："是。"小炳道："我倒有个办法，就怕你不肯。"小亿问什么办法。小炳道："我们找个菜市场，再去买一个差不多的，一人一只，不就解决问题了吗？"小亿惊呼道："好思路啊！还是你厉害！"

3

这就算说定了。他们撇开去鸡鸣寺的路，往右一拐，沿着小路去找菜市场。钱他们身上都有些，马老师刚发了助研费，就是不知道够不够。不一会儿他们就知道了远远不够。他们跑了两家菜市场，看了好几个鱼摊，要买这么大的甲鱼他们的现金只够一半；如果要野生的，一是现在没有，二是他们的钱更差得远。他们面面相觑，知道这所谓的好思路其实难以落实。他们心里难免抱怨，助研费太少了，远配不上他们付出的劳动。平时就有感觉，但现在感觉更为强烈，因为钱到用时更恨少。他们垂头丧气地出了菜场，苦无良策，都有点无力感。甲鱼很贵，钱不够；心很大，天地却很小。两人一前一后走出菜市场，相对苦笑。

菜市场周围很嘈杂，店铺多，行人也不少。小炳道："你说这野生甲鱼和家养的，有什么区别？"小亿说："不知道。我又不是甲鱼专家。恐怕是一眼就能看出来吧。"小炳说："我看不见得。"对面是一家情趣用品店，小亿笑道："那你肯定认为那店里卖的充气美女，和这街上的美女也没有区别。"小炳说："你别瞎扯。我是说，我们可以从卡上取点钱，买个差不多大的家养的。"小亿道："再取点钱我同意，反正一人出一半。不过谁野生，谁家养？你既然认为分不出，不会是你肯拿家养的吧？"见小炳不搭腔，他笑道："这确实不公平。我丈母娘重要，你的领导也重要。怎么破？"小炳沉吟道："抓阄。谁抓到哪个就是哪个。"小亿一愣，立即道："好！"不知怎么的觉得可笑，嘻嘻笑个不停。

分甲鱼难题，就此有解。两人找到银行取了钱，重又回到菜市场。鱼摊的老板是个中年人，正坐着抽烟，他老婆蹲在地上用刀剖着河蚌，手脚麻利。见两个小伙子拎着袋子又来了，老板站起身来。他们去而复回，当然显得奇怪，不过小亿不怯场："哎，你刚才说会有人送货过来，货到了没有？"他一开口就带点质问口气，先声夺人，是为即将开始的讨价还价打底子。老板说："才这一会儿哪就来啦？诺，还是那些。"他指指身后的那个大网兜。他们也不多说，小炳把纸袋递给小亿，蹲下来开始挑甲鱼。甲鱼十几只，有大有小，可不曾想到，刚才看见的那只最大的已经不见了。只有那一只跟纸袋里的大小相仿，送礼才拿得出手。一问老板，说是刚才卖掉了。老板说："你们不是要野生的吗？还带了个样品来比着买，现在连家养的也没了。"正遗憾着，小亿手上感到了异样。他惊呼一声，手里的纸袋子突然脱了底，网兜掉到了地上！那甲鱼大概是感觉到同类的存在，顶着网兜拼命往鱼摊的大网兜那里爬。小炳小亿赶紧去捉，老板呵呵一笑，抬脚就把甲鱼踩住了。"我有数，不会踩伤的。"老板抓起甲鱼说，"野生的性子足，皮实着呢，摔都摔不死。"他把甲鱼连着网兜举起来，往小炳面前一送道，"看看，网兜被它撕破了，厉害吧。"

网兜破了一个大洞，而且被撕了几个小洞。现在的情况是：相当大小的甲鱼没找着，网兜却不能再用。这有点鸡飞蛋打的意思。小亿问老板能不能送个网兜。老板说这本来是小事一桩，可他的网兜是一只甲鱼身上套一个，再摆在大网兜里卖，而且他这种小网兜肯定也吃不消这只野甲鱼。老板娘插话说："不如你们再去前面肚带营菜场看看，那边摊子多。这甲鱼就先放我们这里。"老板道："这倒可以。我这大网兜结实，我负责保管。"老板娘道："你们去那边看看，买到没买到，回来顺便把它带走。"老板说："你们要买野生的，只能再去肚带营，我这里今天就是有人送货也是家养的，本来就不是一个渠道。"老板娘说："我倒奇怪了，你们为什么一定要买野生的啊？还要大的。"小亿待要说话，小炳接话道："是的。"就两个字，不置可否。他虽然被他们说得头晕，但还知道不应多说。老板道："摆不摆这儿随你。告诉你们诀窍：野生的和家养的看起来差不多，其实不一样，说破了简单得很。"他指点着甲鱼现场讲解，颜色、形状、性子，头头是道，最后却又说不需要扯这么多，这么大的甲鱼根本就没有家养的，“谁耐心把甲鱼养这么大啊，没有六七年不可能。”老板娘笑道：“你们拎个甲鱼去买甲鱼，人家看笑话。”老板把手里的甲鱼往小亿面前一送道：“随你们。”甲鱼在他手里张牙舞爪，还嘶嘶地呼气。小亿吓得后退一步。老板说：“那就先放我这儿啦。”小炳点了点头。老板把甲鱼放进大网兜，扎好，又用力拽一下，让他们放心。

出得菜场，小亿小炳沉默不语。半晌，小亿说：“没事的，跑得了和尚跑不了庙。”小炳嗯了一声，心想刚才应该拍个视频，留作证据。他们用手机百度一下，肚带营看似不远，却也要坐车。可是他们在肚带营也没有找到合格的甲鱼。野生的没有；人工养殖像这么大的，可能正如那老板所说，市场上压根儿就不存在。两人都没了主意，怏怏不乐。回到先前的菜场，他们心里还存了一点希望，因为那老板说过，会有人送货，没准柳暗花明呢？野生的是不指望了，但没准来个大小差不太多的呢？可是现实马上打破了他们的希望：老板的摊子送货的倒是来过了，可他们寄存的甲鱼却不见了。

4

他们怒火中烧，急赤白脸地质问。老板开始时说甲鱼肯定在哩，检查一下又大惊失色说怕是跑了，再后来急乎乎喊他老婆。老板娘远远地应道：“怎么啦怎么啦？”从拐角处跑了过来。面对丈夫的质问，她很不好意思地承认，刚才他不在，有人看上了，她挨不过缠，就卖了。她拿出一沓钱来：“喏，钱都在这儿。”老板大骂他老婆。把钱接过来，在手上抖一抖，满脸歉意赔着笑。

小亿小炳傻了眼。老板把钱递过来，两人不要。老板娘说："一张不少。"老板说："手续费我们也不收了。我们白卖。"小亿戗他道："你白卖！不是你的东西你卖！"老板娘说："我帮你们卖了个好价钱。你们拿了钱就不算白卖。"小炳道："问题是我们没想卖。"旁边的摊主上来打圆场，说算了算了，其实野生的家养的，差不多的，没那么玄乎。老板说："就是嘛。野生的贵，家养的便宜，就这个区别，其他一样。"他满面堆笑地又把钱递过来。小亿看看小炳，小炳看看小亿，一伸手把钱接了过来。这些人都是老江湖，滚刀肉，关键是，再怎么着，那甲鱼也不可能再爬回来。小亿转身就要走，小炳却不动，指着大网兜里刚添的货说："你拿个给我，差不多大的。大小不离谱就行。"老板问："就一只？"小炳冷着脸点头。小亿不解。老板动作麻利地拎一只最大的出来，过称，收钱。小亿懵里懵懂地跟着小炳出了菜场。

买了一只甲鱼，小炳手上还有钱。出了门，等小亿过来，小炳甩甩手里的钱道："哼，这就是野生的和家养的区别，货币化的区别。"小亿问："可你为什么不买两只？"小炳道："你还想送礼？家养的只这么个价钱，送得出手吗？我那个领导肯定吃得多了，没准就一眼看穿不是野生的。"小亿想起鬼精鬼精的丈母娘，那个难说话呀，说不定当场就把他打出门去，也苦笑。

至此，送礼的计划放弃，倒多出了一笔钱。这钱本不在他们的计划之中，是意外之财，理应两人平分，二一添作五。可如果一人一半还得找零，小炳就先把钱放进了自己口袋暂存。如果把这次放生视作生态科研的一环，这钱也可以称作助研费，通俗的说法，就是跑腿费。现在他们显然应该继续跑腿，完成任务。虽然走了不少弯路，但大方向他们一点没有迷失。向北，然后拐向西，他们就将路过鸡鸣寺，再穿过玄武门就到了。

太阳明晃晃地照着。春风熏得游人醉，热烘烘的，他们解开了外衣。鸡鸣寺建在小山上，石阶上游人穿梭，山下的大路边摆了许多摊子，卖的都是香烛经书之类。算命打卦的也不少，坐在“文王神课”“指点凶吉”之类的招牌后，个个衣冠楚楚，有的还戴着墨镜，以示他是个盲人。小亿小炳的任务已近完成，心情愉快，步履轻松。他们东看看，西望望，小亿笑道：“这里应该改名叫‘算命一条街’。”小炳道：“文王神课。‘文王’是什么意思？”小亿答不出。小炳指指前面的一个招牌道：“你以为戴墨镜的真的就是瞎子吗？”边上一个戴墨镜的插话说：“不瞎是瞎，瞎是不瞎。”他的大墨镜瞪着他们两个，黑乎乎的视线，“来来来，我告诉你们，我是半瞎不瞎，不过能帮你们看见前程。”两个小伙子顿时僵住，你看我，我看你，就是不敢看那人的墨镜。他的视线不光黑乎乎，还粗大，仿佛两根黑棍子，随时准备拨弄他们的未来。“你们这袋子里是甲鱼吧？你们去放生，好！放它一命，胜造七级浮屠。不过你们还是过来，听我说说比较好。”两人想走，却迈不动步子。周围行人香客来往，一个小男孩跑过来，调皮地用指头戳戳装甲鱼的塑料袋。鸡鸣寺那里传来了唱经声，婉转悠扬，伴随着铙钹阵阵，袅袅不绝。那戴墨镜的凑过来，手里拿了两本书。他指着书道：“文王神课，文王就是周文王。这个我可以送你们。你们现在都遇到了一些难题。”他停住不说了，这是且听下回分解的意思。小炳看看他手上的书，封面上有不少黑体字，很大。他摆摆手，用眼睛勾同伴一下，快步走了。

小亿跟上来说：“他那墨镜很瘆人，摘下来生意肯定好点。”小炳不吱声。他看清了那封面上写着一条人生指南，写的是：“人生四大戒：一不杀生，二不偷盗，三不邪淫，四不妄语。”他边走边道：“那个鱼贩子，他不是好东西。老甲鱼！”老甲鱼是他家乡的土话，就是老奸巨猾的意思。小亿一时不懂，眨巴着眼睛。小炳说：“人生四大戒，那卖甲鱼的至少犯了两条。偷盗，妄语。”小亿道：“你说他肯定蒙了我们的钱？”小炳说：“那不明摆着？他卖了不属于他的东西，钱肯定也少给我们了。”“那你当时怎么不说？应该揪住他！”话一出口，他自己也觉得白说。他们当时稀里糊涂的，真闹起来也斗不过老甲鱼。他好奇地问：“我刚才没看清，人生哪四大戒？”小炳复述一遍。小亿笑道：“他哪里只犯了两戒呀？杀生，杀生啊！他每天要杀多少生命啊？”小炳也笑了，说这个他还真没想起来，可他没想起这个也是有道理的，他说：“那个不能算。那是他的生计。我们不能要求太高对不对？就像你谈了女朋友，时不时还要亲热一下，这个就不能算邪淫对吧？”他嬉皮笑脸的，小亿朝他的胖腰捅了一拳：“你个八戒！”

小亿所说的“算命一条街”不一会儿就过去了。抬眼一看，高大巍峨的玄武门已遥遥在望。游人如织，城门下更是摩肩接踵。穿过城门，一条大道中分湖面。好大的湖！水面浩渺，烟波如画。野风一阵一阵吹来，竟有点凛冽，他们简直像是完成了一次季节穿越。他们都把衣服扣好，信马由缰地往东边走去。那里明显人少些，看起来水也更深。马老师曾说：甲鱼需要玄武湖，玄武湖更需要甲鱼。玄武湖是不是需要甲鱼那是理论，甲鱼需要玄武湖他们立即就证实了，那甲鱼一直很安生的，这会儿大概是闻到水汽，骚动起来，在塑料袋里东抓西拱。两人不由加快了步伐。他们沿着城墙又往东走了好一段，看中了水边的一块礁石，贴着岸线突兀地立着。就是这里了。

这里位于城墙的阴影里，更冷。他们快步走到水边。小亿边走边把塑料袋扯掉。解网兜的时候，他手有点抖，生怕这甲鱼临走还要咬他一口。他嘴里念叨：“我们这是在放生，放你走。我们行善积德，不是送你下汤锅。你可不要恩将仇报啊。”他絮絮叨叨，笨手笨脚，小炳说：“我来吧。”他走过去，双手端起甲鱼跳到礁石上，站稳了，蹲下来，按着，回头对小亿道：“你拍视频啊！”小亿一怔，连忙掏出手机。小炳喊道：“你走远点。这里太近了。”小亿不解，也不问为什么，他后退几步，调好了，对准。

这甲鱼虽不是野生的，却也十分生猛。它的头已经伸出网兜口，使劲往前伸，长得不能再长；四脚扒地，力气可真不小。小炳双手松开，又一把按住网兜尾巴，在甲鱼屁股上拍一下。那甲鱼使劲一拱，出去了；四脚连动，飞快地爬到水边，头一低，下去了。小炳站起身，挥挥手道：“拜拜了！少吃荤多吃素，消灭蓝藻！玄武湖水生态，拜托啰！”甲鱼甫一入水，大概暂时还不适应，趴在水草上，不动了。小亿大叫：“去！给人家看见你又没命啦！去啊！”他把嘴靠近手机，配音道：“某年某月某日，上午十点半，玄武湖，奉师命，放生甲鱼一只！”甲鱼头往这边勾勾，算是道个别，四脚一划拉，看不见了。

5

至此，任务完成。两人手上都黏滞拉乎的。他们到湖边洗了手，凑着脑袋检查一下视频。小亿说：“确实应该离远点。不能有特写。”小炳道：“这还用说！此甲鱼非彼甲鱼，马老师过目不忘哩。”小亿说：“那老甲鱼杀生，我们放生——这人跟人，区别咋就这么大呢？”他拿腔拿调，哈哈大笑。他已经学会了小炳的土话，老甲鱼指的当然是那个卖甲鱼的，小炳听到这话，自然就想起了自己口袋里赚来的钱。他甩甩手上的水，去掏口袋。

上衣左边没有；右边，也没有；上衣里面的夹袋没有，裤子口袋里也没有！两人脸色大变。小炳把各个口袋全部翻过来，还是不见那钱。小亿在自己身上找，也没有——事实摆在这儿，他们两个其他的都没丢，两只甲鱼的差价确实不见了。两人目瞪口呆，气咻咻地开始回忆。脑子全都乱了，甚至连当时钱是谁收起来的都有了疑问。还好，他们是师出同门的师兄弟，情同手足，并没有因此争执。他们坐在城墙下初春的草坪上，垂头丧气，呆若木鸡。这是怎么回事？到底是哪里出了问题？他们面对城墙，嘴里嘀嘀咕咕。这城墙已经屹立六百年，至今无语。

他们回学校是打的车。一来有点累，二来他们实在不愿意再路过那条“算命一条街”了。校园真好，连空气都是他们熟悉的。马老师很高兴，知道他们还记得拍个视频，夸奖他们有进步，不枉带了他们两年。她把门下十多个弟子招来，大家一起欣赏了视频。马老师说：“我现在才悟过来，玄武湖原本就是鸡鸣寺天然的放生池啊。”她叮嘱小亿把视频转到自己手机上。马老师最近正酝酿一篇论文，探讨中国历代环保制度的演进。趁此机会，她顺势召开了一个“seminar”（讨论会），主题就是她论文的立意。她纵横古今，旁征博引。她说《荀子·王制》里谈的是为王之道，治国之理，却特别强调了环保：“草木荣华滋硕之时，则斧斤不入山林，不夭其生，不绝其长也。”夏商时期，也有“夏三月，川泽不入网罟,以成鱼鳖之长”的规定。又拿出一张照片，是一块碑，上面布满阴刻的文字：“道旁之树，先人栽植，以为永远歇凉之古树，众生不许剪伐，故勒石刊碑。”小亿笑道：“字写得真好。”小炳道：“宋体。”马老师追问：“这个‘勒石’什么意思？”小亿语塞。小炳道：“是不是雕刻的意思？”马老师瞪小亿一眼道：“对。”其他学生哧哧笑起来，说自己也不知道，还是小炳有学问。

讨论会的气氛融洽热烈，学生们颇有进益。小亿被老师批评了，倒也不往心里去。老师让他们放生一只甲鱼，他们完成了任务，有视频为证；那笔不翼而飞的钱原本就不是他们的，他们自己的钱分文未少，可以说没丢掉任何东西。他时不时看一眼马老师桌上玻璃杯里的甲鱼蛋，心想，生出这个蛋的那只甲鱼，现在大概已经出了汤锅，进了口腹。小炳注意到他的目光。他想那只野生甲鱼性子野，闹得凶，却难逃一死，而那家养的本就是给人吃的，却能逃出生天，这真有点怪异。小亿小炳相视一笑，立即把目光弹开了。

马老师当然不知道这些。她兴致勃勃地把放生视频发到微信上，引来点赞一片。她在朋友圈的附言是："劝君不捕三月鱼，万千鱼子在腹中。劝君不打三春鸟，子在巢中待母归。"朋友留言道："好老师！身体力行！""善哉善哉。"

【作者简介】朱辉，江苏省作协专业作家，《雨花》主编，著有长篇小说《我的表情》《牛角梳》《白驹》《天知道》，中短篇小说集《红口白牙》《我离你一箭之遥》《要你好看》《和辛夷在一起的星期三》《视线有多长》《夜晚的盛装舞步》等多部。作品多次入选中国小说学会年度小说排行榜，曾获紫金山文学奖、《作家》金短篇奖、汪曾祺文学奖、鲁迅文学奖。

舅舅的鼓

谢志强

我刚进村子，就碰上了舅舅。难道他知道我要回来？我可是没对别人提起过回村的事儿呀。舅舅一副蔫不唧的样子，像一株正在枯萎的老树。我说，舅，你还好吗？

舅舅抚抚胸口，说，心不行了，不知道它什么时候停止跳动。

我说，舅舅，你不是好好的吗？

舅舅仿佛抓住个救生圈。把我又薄又嫩的左手握在他又厚又大的右手里。那一年，奇冷，他抱着我，还用棉大衣裹住我，我想舅妈缝制棉大衣时也把我考虑进去了。我的手在他的手里跳动。

我不能生硬地抽出我的手，任凭他紧紧地握着，握出了湿汗。看样子，他没打算往家走。我乖乖地随他走出了村庄。一定发生了什么事儿。

绕过一棵树时，我紧走几步，因为路只容一个人过，我趁机抽出我的手。我已不习惯被那么握着。不过，我立刻感到了一种节奏的消失，像鼓点突然停止——舅舅的鼓点。

舅舅走在我的前边。小路两边的草像无数双小手，在阻挡我前行的腿。

我拉住舅舅的手腕，我想重新体验鼓点的节奏。我说，舅，当心。舅舅的脉搏有力，像一个小伙子的心脏。舅舅说，这里憋得慌，有时候，晚上躺下，我担心，早晨我的心还能不能跳动。顿时，我想到，舅舅舅母婚后，一直没生小孩，每次回村，舅舅总是拿着鼓，像早已准备好欢迎我那样，他一敲，小孩就从房子里小巷里冒出来。那时，要找舅舅，只要听鼓声，鼓声在哪里，舅舅就在哪里。我说，那个鼓呢？

他说，你舅妈把鼓面割破了。我说，为什么？

他说，你舅妈说……鼓能当饭吃？越敲越穷……鼓槌丢进了灶……你舅妈心烦。

舅妈一直以为是鼓占据了本该是孩子的家——鼓克孩。我说，舅妈当年看中你，不就是冲着你击鼓击得漂亮吗？

他说，可能……你舅妈说得有道理。一个男人，不管地里山里的事儿，鼓声不能鼓舞庄稼生长……有时候，我悄悄敲盆子拍凳子，但不能叫你舅妈发现，我真的很没出息吧？

我说，舅，我是听你的鼓声长大的呢。

他说，可是，我老了，你们那些年轻人一走，我老得快起来，我想，敲敲鼓，那样就不会老得那么快，你舅妈听了好心烦。

我说，鼓呢？舅舅拉住我的手，似乎生怕我离开他。树呀草呀逐渐茂密起来。我的手在他的手里，合着他的脉搏，“咚咚”跳动。好像舅舅正敲着一面鼓。

他说，散伙了！我们几个老头，总不能奏给自己听吧？没了我的鼓，他们的锣呀，二胡呀，都不出现了，等着老到头吧，你都长得这么大了，我还能不老？

我说，舅，要不，你住到我那儿去，艾城广场也有自发的乐队。

他说，我在山坳坳里待惯了，没有鼓，我拿什么去凑热闹？

我说，舅，你的心里那面鼓还是很劲还是很响亮呢。

他说，你能听见？我反过来握住他的手，说，你的手透露了秘密。

舅舅停住脚。眼前一片坟墓。不是清明，外公外婆的双穴坟前有烧过的冥纸，还没被风吹乱。旁边，有一个新坟，很小的一个土包，没有墓碑。

我说，这是谁家的小孩死了？舅舅说，我的鼓。

鼓坟前有一株大拇指粗的幼树，几片叶子，绿亮绿亮，像小手在鼓掌。

舅舅说，当年，你外公就靠着一面鼓，讨个生活，落户在这个村庄，现在，这面鼓，死了。它比你外公的年岁还大，可它还是个长不大的小孩。

我想说不要怪舅妈，不过，我默默立在鼓坟前，什么也没说。

舅舅对着鼓坟，拍拍自己的心口，像敲鼓那样。他说：我没能护住你，让你死在我前头。他又对相邻的外公的坟头，说，爹，儿不孝，没能保住你留给我的鼓，那声音，人家都不爱听了，嫌它太吵，小孩能不吵吗？我小时候够吵的了，你没嫌过我。

我提醒舅舅，该回家了。太阳即将落山。四下里又凉又暗。

【作者简介】谢志强，中国作协会员，宁波市作协副主席，迄今发表文学作品500万字，已出版小说和评论集23部。90余次获国家、省、市文学奖。

你跑什么跑

安 谅

1

那时正是学生入学高潮，小学生多，学校只能上下午岔开上课。那天上午我们低年级没课，有同学就提议到学校的附近去玩。

学校的围墙外，是一片农田。

高年级学生正在操场做操。高音喇叭的声音可以传到数里之外，在空旷的田地回响。一位体育老师正在高喊口令，这也是常给我们领操的老师。

我们中的一个同学突然喊叫起来，隔着围墙，叫着体育老师的名字，叫得几乎撕破喉咙，一声接着一声，尖锐而高亢，在口令的间歇，非常清晰和响亮。

校园内的广播消停了。高年级学生做完操，陆续返回教室。

忽然，围墙的一扇小门被打开了，体育老师飞奔而来。我们如惊弓之鸟，迅速四处逃窜。那个喊叫的同学腿快，很快跑成了田地里的一个点儿。我也没命地往前跑，但终究落在后面。高大健壮的体育老师一把逮住了我。

我姐和我同校，她比我高几年级。体育老师把我交给我的班主任，班主任把她找来了。

我说我真的没喊呀。

那你跑什么跑！不知谁在说。我哑口无言。

2

在离我家二三里路的地方，有个工厂。工厂的后边，是农田。墙脚杂草丛生，沟渠蜿蜒。还有一个厕所，是厂子里用的，对外，开了几扇通风的窗子。

我们常去那儿捉蟋蟀，抓蝈蝈。玩得忘却时间。

那天下午，邻居一个顽皮的大男生又带我去那儿。瞎玩一阵后，那大男生说他要上厕所，就从窗口攀爬进去。我不敢爬，在墙外等他。但左等右等不见他出来，我叫唤几声，也不见回音。我很纳闷，不知什么原因，也有点焦急和担心。天色渐渐暗了，我还拿不定主意：是继续等他，还是自行返回。

有一个大人快步向我走来，仿佛是冲我来的。我转身就跑，但没跑几步就被他抓住衣袖，甩也甩不掉。

我被带到工厂的门卫室。那个大男生也在，一脸委屈地杵在那儿。

我遭到严厉的讯问。两个大人让我们自报家门，还让我们交代有什么企图。我矢口否认。大人说："你没什么事，为什么看到我就跑？"

是呀，你跑什么跑！我问自己。

3

念初中时，学校有位李姓的体育老师，据说曾是乒乓国手。

那天午饭后，我们几个同学没事干，就在校园里晃悠。一直晃到体育组办公室的窗前。我们踮起脚，屋内的情形就尽在眼底。李老师把两张办公桌当床，整个身子都沉实地压在桌上。他在打盹。

这时，一个小个子同学扔下一句话："真像一头猪。"我们都扑哧笑了，又赶紧缩回脑袋，开溜。

仅仅几分钟后，李老师追出来，我们作鸟兽散。

但李老师后来找着了我，说："你怎么可以这样骂人呢？"我嗫嚅着，半天后才吐出一句："不是，不是我说的。"

"不是你，你跑什么跑！"李老师斥责道。从他的语气和目光中，我知道，他断定是我说的。后来他向我的班主任告了我的状。

我百口难辩但也不无自责：是呀，你跑什么跑！

4

有一年冬天，江南下了场大雪。雪花还在飘扬，很多人就玩起了雪球。

我们几个邻居小伙，把一个墙脚下的废物箱作为靶子，一次次地扔去雪球。但这废物箱摇摇晃晃地，像个不倒翁。我们又一阵阵地将雪球砸过去，好久，都未能击倒它。

这时，一个身上裹满雪花的路人走来，从地上抓起一块石头，就砸过去。但他击中了废物箱上方的一户玻璃窗，玻璃顷刻尖叫碎裂。

那人见闯祸了，脚上像踩着雪橇，带出一阵雪雾，跑没影了。

一如树倒猢狲散，刚才还玩得忘我的伙伴们，也四下逃离。我一步也不挪动。看着他们逃逸，心里充满鄙夷。

那户人家有人出来，看见我，径直朝我走来。我没跑。我神情淡定。从未有过的从容。走近的人气势汹汹，兴师问罪："是你砸的吗？"我坚决地摇头："不是。是刚才一个路人砸的。他是要砸废物箱的，砸偏了。"对方将信将疑。我又以不容置疑的口吻说："我没说假话，那人已经溜了。"

说完，我也转身就走。我这次没跑。

我那时年轻的背影，一定很坚挺吧。

【作者简介】　安谅，本名闵师林，中国作家协会会员，已发表文学作品及出版文学专著约600万字，发表小小说近千篇。《小说选刊》曾选登其作品。

老 许

黄克庭

老许又一次晕倒在讲台上了。

等他醒过来时，村长已经坐在他的床前了。他的仅有的 6 个学生也端端正正地排列在他的床前。他自从17岁开始到这个山区村小教书起，至今已有31个年头了，然而每届学生数从没超过10人的。一个学校也就他这么一位老师。整个学校的一切事务全由他一人承包的。

“许老师，你终于醒过来了……”村长含着泪花，紧紧握住老许的手。村长也是老许教出来的学生。

老许示意孩子们离去，“……看来，我这次是真的不行了，可我不甘心哪……”

“你为教育事业呕心沥血，累成这样……”

“说句真心话，……这穷山恶水的，……我当初选择教书这条路，目的却是……为了能飞出这个山窝窝……”

老许平静地告诉村长，自己之所以一心扑在教育事业上，目的只有一个，那就是想凭借自己的“实力”冲出大山去。可是，人，一旦获得了许多“崇高”的荣誉后，申请调动到城里去的报告，却一直不敢交到上面去。老许又告诉村长，自己之所以至今没能结婚，并非“一心扑在教育上”，而是想飞出大山后再生儿育女，免得拖累下一代。老许还说，要不是这穷山恶水的，自己的病定能医治好的。老许最后一再强调说，他刚才说的这些话，千万别让别人，特别是孩子们知道。

“我要是死了，尸体请给我送去城里火化……”村长说：“你要是‘走了’，我一定将你的坟墓安置在这所学校的国旗杆下，好让人们永远记住你……”

“不，不！……我活着没有……死了要……坟边……”老许抖着拇指，断断续续地说。

村长终未听懂老许最后一句话，默默地点了点头。

老许真的死了。但村长最终却没能将老许运去城里火化。原因是去城里要翻过七座大山，很不方便，没有天大的理由怎能将一个尸体运去城里呢？当然，更重要的原因还是村长怕损害老许已经拥有的崇高形象而不愿将老许的遗言告诉村民。

“要是将许老师的遗言公之于众，他这一辈子不是白干了吗？人们听了许老师的真心话后，还会敬重许老师吗？还会看重许老师的遗嘱吗？”村长心想，“人来到世上还不是为了一个‘名’吗？”

老许的墓终于坐落在通往城里的路口边上。令村长惶惑的是：“许老师怎么从来不来托梦呢？”

一日，有几个城里来的年轻人进了村。不再是媒体，交谈之后，村长才想起，老许17岁时进村，就未回母亲身边，他就一直忙着做了这里的老师，他就没有尽到照顾母亲的孝心。年轻人是老许的亲侄子，他们告诉村长，老许曾在母亲坟上许诺：

“我活着没有孝敬母亲……死了也要葬在母亲坟边，陪着母亲。”

村长终于弄懂了老许临终的那些话的意思，他陷入痛苦的寻思中，该如何回应老许的侄儿？该如何实现他曾经的老师——老许的许诺呢？

【作者简介】黄克庭，中国作家协会会员、义乌市作家协会副主席，小说集《逃离地球》被美国哈佛大学、耶鲁大学图书馆收藏。

卜　白

袁良才

民国时期的上海，凭一张纸名满天下且赚得盆满钵满的，只有《申报》。

《申报》副刊《自由谈》更是牛气冲天，在上面发稿的多是鲁迅、郁达夫、茅盾、叶圣陶等这样的超级大腕，一篇千字文章稿酬能开到二三十块大洋，够一家人好吃好喝一个月的。

文豪扬眉吐气，编辑、记者也神气活现，洋气十足，穿洋装，讲洋话，吃洋餐，洋洋洒洒，倜傥风流。

凡事都有例外。卜白就是例外，不，简直是个另类。

他是《申报》的资深编辑，却土得掉渣，土得冒烟。瘦高个儿，白净无须，常年着一袭青布长衫，足登黑色方口布鞋，架着一副琇琅圆形近视眼镜，讲一口江南土语。

在报社，他是专司划版、校对的，有时副刊缺边少角，主笔大人就会笑眯眯地说一声，卜先生，您给补一点白吧。

卜白二话不说，展纸挥毫，须臾立就：或杂谈，或轶闻，或小幽默，或诗画配，虽短小得可怜，却鞭辟入里，妙趣横生，无不是锦绣文章。

据说不少读者就是冲着卜白的补白文章，才订、买《申报》的。其补白文字，政治、经济、文化，天文、地理、历史，无所不包，涉笔成趣。真是通才、捷才、怪才。

别小看补白，实则大有学问，弄不好会闯下大祸。九一八事变，东北沦陷，国人悲愤。有位大学马校长给《时事新报》发去一首小诗《哀沈阳》："告急军书夜半来，开场弦管又相催。沈阳已陷休回顾，更抱佳人舞几回。"主笔安排作补白之用，不想惹怒少帅，差点派兵砸了报馆。

怪才必有怪癖。卜白不抽烟，不喝酒，不喝咖啡，还说咖啡有一股焦锅巴的煳味儿，别说喝，闻着都别扭。

他嗜茶。西湖龙井，碧螺春，太平猴魁，他宁愿饿肚子也要设法买来饮的，他管喝茶叫饮茶。有好事者悄悄作了统计，卜白每天饮茶能饮掉五瓶热水，简直是牛饮了。可见嗜茶之深。但他却很少如厕，你说怪也不怪？

据说卜白是陈寅恪的高足，国学功底不可作等闲观，咋甘当划版、校对、补白的微贱活儿？没人去问，也没人说得清。但卜白似乎全不在意，甚至还有些乐此不疲。

他动笔前总是泡一壶好茶，边饮茶边挥毫，好漂亮的蝇头小楷，茶香袅袅中，妙构告成。依其姓名谐音，人送雅号"补白大王"。他听了，微微一笑，不置可否。

一天，主笔大人悲天悯人地对卜白说，卜先生，您也该给自己的人生补补白啦。卜白会意，三十好几的人，竟酡红了脸，期期艾艾道，不急，不急。事业未就，何以家为？主笔不由分说，扯着卜白的青布长衫袖口说，别把自己生生弄成套中人，以后同仁该改叫你别里科夫先生了。走!我陪您去见一位女士，我太太已候在那里。

卜白见到那位年轻貌美却神情忧伤的女士，得知她男人是谢晋元的部下，在淞沪战役中为国捐躯，撇下孤儿寡母甚是凄凉，卜白竟爽快地应承了这桩婚事，主笔夫妇大感意外，又惊又喜。

那女士道，卜先生，您是童男子，可我已是残花败柳，让您受委屈了。

卜白一句既浪漫又憨直的话让女士为之涕泪交流，我虽一介书生，亦当为抗战力效绵薄。让我为你这个抗日英烈之家补白吧！再说，你的娘家福建安溪有好茶“铁观音”呢!

后来，两口子举案齐眉，一生恩爱，同心将烈士遗孤抚养成人，培育成才。

卜白没啥业余爱好，除了饮茶，就是隔三岔五看看京戏，尤其迷梅兰芳的戏。一来二去，他结识了梅兰芳，成为票友。

一次，梅兰芳在天蟾舞台演《贵妃醉酒》，观者如堵，一票难求。卜白却接到了梅兰芳专门差人送来的戏票。急急地赶到剧场，戏正待开演，梅兰芳的嗓子突然发不出声音了，在后台急得团团转，火烧屁股似的!

卜白闻听，急急如风地挤进后台，对梅兰芳说，救场如救火!你在台前演，我在台边唱，合作一曲双簧。

梅兰芳将信将疑，台下的观众已作哄叫闹起来，梅兰芳只得上将台去。

海岛冰轮初转腾，见玉兔，见玉兔又早东升。那冰轮离海岛，乾坤分外明……剧场顿时响起暴风雨般的掌声。

整场戏下来，梅兰芳的表演与卜白的唱腔念白浑然一体，俱臻妙境，竟无一名观众识破此中玄机。

事后，梅兰芳特意在华懋饭店摆盛筵答谢，卜白又是一句，急人所难，君子不可不为。补白亦大快事也!

说话间，到了1949年初夏。解放军的隆隆炮声响彻大上海城郊，吴淞口外。

汤恩伯重兵扼守上海。

《申报》选派战地记者，大笔杆子们虽西装革履，却顿失绅士风度，不是低头狠劲抽烟，就是把咖啡喝得嘴里一半、地上一半。卜白饮了一气铁观音，一抹嘴，石破天惊地说，我去吧！

为使上海城市免遭破坏，解放军方面禁止使用重型武器，攻城一度受阻于苏州河畔，伤亡甚重。

上海市民突然从《申报》上看到一则快讯:国民党淞沪警备司令部副司令刘昌义中将率部投诚，为解放军打开进入上海中心城区的大门。

谁也没想到，这竟是卜白平生最“得意之作”。多年后，卜白在自己的回忆录中写道，我是中共隐蔽战线的一名战士，策反敌人弃暗投明，算是我对军事斗争的一种补白吧!

新中国成立后，卜白担任宣传文化部门的高级领导，直至积劳成疾，英年早逝。

卜白留下遗嘱:丧事一切从简，请把我安葬在普通百姓的墓地之侧，为逝者补白。

他还对悲悲切切的夫人说，记住！再找个好男人，补我的白。

【作者简介】袁良才，安徽省作协会员。已在《清明》《雨花》《小说月刊》《啄木鸟》等报刊发表短篇小说、微小说五百余篇。获各级文学奖多次。

看　座

相裕亭

小麦扬花的时候，盐河口捕鱼的汪福，正在大盐东沈万吉沈老爷家秫子地边的河心岛上扳罾捉鱼，河对岸，一辆马车“吁——”的一声，停下了。

当时，汪福认为是过路的商客，停下来观看他如何捉鱼呢。所以，他没去搭理对方，只顾忙于扳罾、收鱼。可等他看清楚河对岸那个身着长袍的老人，是沈家的老太爷沈万吉时，汪福立马慌了手脚，他赶忙扔下手中的罾网，抱起刚刚捕捉到的一对大白萝卜似的鲢花鱼，蹚水跑到河对岸来，硬将那一对尚在拧滚、打挺儿的鲢花鱼，塞到沈老爷的马车上。

汪福扳罾的那个小岛，坐落在沈万吉沈老爷家的地头，谁能说那个河中的小岛，不是沈家的呢？他汪福怎么就堂而皇之地在人沈家的小岛上搭起草棚，扯起网绳，坐收“鱼”利呢，显然是不合章法嘛。

汪福下意识地给沈老爷作揖、求饶说：“托沈老爷的福，小民汪福，在此混口饭吃。”

沈老爷支吾了一声，好像没当回事儿。

沈老爷或许就是一时兴起，想停车看看风景。刚才，若不是汪福那一番作揖求饶的话语，沈老爷没准都不记得河对面那片绿油油的秫子地是他家的。

汪福看沈老爷不言语，他心里越发紧张了。误认为沈老爷要拿他是问。

汪福当即表示收网走人。言外之意，求沈老爷宽容他这一次。以后，他不敢再来了。

哪知，沈老爷看汪福那副惊慌惊恐的样子，如同说笑一般，告诉他："那个小岛，送给你啦！"

说完，沈老爷登上马车，走了。

汪福却愣在那儿，瞬间不知所措。

马夫看汪福半天没醒过神来，便回头大声告诉他："沈老爷发话，那个小岛送给你啦！"

汪福这才"扑通"一声，跪在沈老爷马车后面的烟尘里，接连磕了几个响头，以谢沈老爷的大恩大德。

这以后，汪福的日子愈发充实了，他拆掉岛上那个临时搭建的小草棚，板板整整地盖起两间门窗敞亮的小茅屋。之后，他一边打鱼，一边铲除岛上的杂草、芦柴，开垦出一垄垄的地块儿，种上了辣椒、茄子、韭菜、洋芋，入秋以后，又种了几畦翠莹莹的芫荽、菠菜和过冬的小麦。期间，随着秋后河水变小，水面变瘦，大片的滩涂裸露出来，汪福又把小岛周边的泥土挖起来，堆积到小岛上，使小岛的面积不断肥大。

汪福守着小岛，打鱼、种菜、卖菜，后期，又喂养了一大群水上凫游的白鹅、花鸭，小日子日见红火起来。

此时，汪福没忘沈老爷的恩德。开春的头刀韭、挂花的脆黄瓜乃至市面上尚无出售的紫茄子、青辣椒，以及鸭舍里那些白生生的鸭蛋、鹅蛋，他自个儿都舍不得上口，总要抢个头水，给沈家送去。

印象中，汪福头一回到沈家去时，是个清晨。

汪福手提一篮子圆溜溜的鸭蛋、鹅蛋，肩挑两筐碧绿的青菜来到沈家。沈家没有人认识他，拦他在大门外，直至马夫出面，与大太太说了来龙去脉，汪福这才有幸见到沈家的大太太。

当时，大太太正在小餐厅里等候沈老爷一起用餐。

汪福去见大太太时，他看人家窗明几净，尤其是大太太那身宽软的绸缎，在他眼前一闪一闪，汪福忽而感觉自己身上的鱼腥味、鸭屎味太重了，他没敢踏入大太太就餐的门槛儿。

大太太身边的小丫鬟，礼节性地搬把亮锃锃的小椅子放在他跟前。汪福担心自己身上太脏了，没敢坐，他就那么蹲在门口，听大太太问话。

后来，汪福再到沈家去时，他先把所送的青菜、鱼虾啥的送到后厨去，再到大太太这边来道安，以讨沈老爷、大太太的欢喜。当然，汪福也想利用那个时机，讨得沈老爷、大太太的赏赐。大太太赏过他岭南的花生、羊儿洼的稻米。有一回，大太太高兴了，还赏了他一摞哗铃铃的钢洋。

汪福有了钱，便注重穿戴，要去沈家前，他着意要在河边多洗几遍手。天气不是太冷时，他还要在河中洗个澡，换身干净的衣服呢。

尽管如此，汪福每次见到沈老爷时，他还是卑卑嗦嗦地不敢靠得太近。大太太在屋里与他说话时，他始终蹲在门外，不好意思去碰沈家那油光锃亮的桌椅板凳。

后来，沈老爷在城里娶了四姨太，汪福已很少见到沈老爷。沈老爷喜欢在四姨太那边过夜。

但是，此时的汪福，仍然把他种植的蔬菜瓜果送到沈家。沈家大太太对他不薄。汪福挑去青菜、萝卜，大太太却回馈他大米、油盐。有一年冬天，大太太还把沈老爷穿过的一件灰棉袍赏给了他。

那时间，汪福与沈家人已经混熟了。他到沈家去时，无须下人通报，便可挑着箩筐，直奔后院去见大太太。

说不清是哪一天，汪福在门外听候大太太问话时，情不自禁地摸过门口那把原本是让他观看的椅子坐上了。

当时，大太太就觉得汪福气度不凡呢。

回头，汪福走后，大太太好像忽然间想起什么事似的，喊来管家，说："去把汪福开垦的那块荒岛收回来吧，省得他以后再往这边跑了。"

就此，汪福断了财路。

但，汪福到死也不知道，他是怎么招惹大太太不高兴的。

【作者简介】相裕亭，著有长篇盐河系列小说三部。获"五个一工程"奖、"花果山"文学奖、"冰心文学"奖。本刊曾选发过《寻仇》《下馆子》等。

王保长

章月珍

下午，王保长收到密令，上头命令他务必在深夜带人秘密逮捕一个叫陈隰的村民，然后就地正法！

王保长怀里揣着那张密令，心事重重地回到家。在堂屋里走来走去，双眉紧锁，一言不发。老婆看他这情形，知道摊上大事了，不敢多问。

王保长抽着闷烟，思虑了很久，最后终于开口，吩咐老婆赶紧杀鸡，煮熟。然后，敞开大门，啃着鸡腿，喝着闷酒。

王保长的家就在村路边，来来往往的人很多，路过的村民都闻到了酒肉香。从敞开的大门望进去，只见王保长喝得醉醺醺的，他老婆立在一旁给他斟酒。后来不知发生了什么，传来了王保长夫妻俩的吵闹声，夹杂着摔碗筷和扔桌凳的啪啪声。

不一会儿，看见王保长把一个包裹扔出屋外，扯着嗓子嚷：“你就是嫌弃我现在穷了！你过不惯，那你赶紧给我滚！滚得越远越好，最好永远甭回来！”

“滚就滚！这几年要不是我娘家接济，日子早就穷得过不下去！

自从你当上了这个破保长，我们是越过越穷，赚不到钱不说，还天天跟着你提心吊胆，这日子真是没法过了！”老婆哭哭啼啼抱怨道。邻居来劝架，可王保长却趁着酒劲，指着老婆鼻子，叫她滚。老婆终于忍受不了，哭着跑了。

王保长继续喝酒，村民见他不可理喻，也都摇摇头散去了。

夜深了，王保长估摸着到晚上九点了，焦急地不停向屋外张望。他在等阿毛。

阿毛是村子里最有文化的人，二十来岁，在县城读书，从小父亲就死了。这几天，因为母亲病重，他请假回家给母亲煎药，每晚九点他总是拿着一个药罐子，到王保长屋前的马路倒药渣。

九点，终于等来了阿毛，王保长赶紧拉他进屋，立即关上门，拿出那张密令给阿毛看。阿毛摸不着头脑，放下药罐子，拿起那张纸。

“阿毛，村里就数你识字最多，你叔我识字不多，只能向你请教！你看看这纸上的陈字后面念啥？他是何许人也？人命关天，你跟叔说说！”

阿毛拿着那张纸，手有点发抖，脸红一阵白一阵，说话也疙里疙瘩的。

“叔，这个……这个好像是生僻字，我也不认识。要不我回家去查查，然后回来再告诉你！你看行不？”

“好！好！你快去快回！我等你！这密令只有你知我知，千万不要走漏风声！不然你我小命都不保！”王保长嘱咐道。

阿毛答应着，急急地走了，连药罐子都忘了拿。

五分钟过去了，一个小时过去了，始终不见阿毛回来。王保长酒劲上来，犯困，昏昏欲睡。

第二天，王保长是被林专员几个巴掌打醒的。睁开眼，看到林专员气得扭曲的胖脸，两手正抓着自己的前胸。他吓得浑身发抖。

“林……林专员，您怎么大驾光临鄙人寒舍了？真是蓬荜生……”

“生什么生！我问你，你的密令呢？”

“密令？在呀！我保管得妥妥的！丢不了！”王保长边说边从怀里掏出那张皱巴巴的纸，双手恭恭敬敬地递给林专员。

“保管个屁啊！谁叫你保管了！是要你办事！你说你办完事了吗？”林专员怒视着王保长。

“啥事啊？我不记得了！昨晚我老婆跟我吵架，跑了，我心情不好，喝闷酒，乡亲们都可作证！”王保长委屈地说。

林专员气得又抽了王保长一个巴掌，把密令扔到他脸上。王保长赶紧摊开纸，一看，脸吓得发白。

“我……我这就带人去抓他！可是，林专员，这个陈字后面念啥？他是谁呀？”王保长颤抖着手，指着密令上陈隰的名字，战战兢兢地问。

林专员气得又给他一巴掌：“你作为一个保长，怎么连自己村的人都不了解！陈隰就是陈九根的儿子！小名叫阿毛！”

“啊！我们村里人只知道他叫阿毛，哪里知道他叫陈隰啊！不信的话你问问他们！”王保长指着站在堂屋里的十几个人。

“别啰唆了，赶紧去抓！不然让他跑了就完了！”林专员说完，想和王保长他们一起去抓陈隰。

王保长赶紧点头哈腰地给林专员斟酒，让他坐下，拿来昨晚的鸡肉，要他享用。

“林专员，你辛苦了，这事交给我去办好了！他一个文弱书生，抵抗不了的。我们会当场毙了他！你放心，你就在这里慢慢享用，等我好消息！”说完，王保长火速带领十几个人冲向陈隰家的草屋。

可惜早已经人去屋空，连他生病的老母亲也不在了。王保长一气之下，命人一把火烧了草屋，回去复命了。

林专员气得连抽了王保长十几个耳光。骂道：“你是猪啊！你有没有脑子，怎么就烧了他房子呢？他是共党分子，里面万一有什么重要情报呢？你他妈的竟然一把火烧了！真是成事不足败事有余！”

“我……我当时气糊涂了！”王保长摸着火辣辣疼的脸，委屈地说。

“陈隰逃了，你这条命也保不了！我只能如实向上面汇报！”林专员边说边要走。

“等等，林……林专员，借……借一步说话！”王保长把林专员引进内屋，关上房门，小心翼翼地从箱子底下双手捧出一个金光闪闪的小小的菩萨雕塑。他神秘兮兮地压低声音，凑近林专员耳朵说：“这是我家祖传的宝贝，价值连城！今天我就送给您，希望您在上面多多给我美言几句！我这条狗命就拜托您了！”

林专员两眼放光，拿着金菩萨爱不释手，一听这话，故作为难地说：“好吧，我就勉为其难吧。唉，谁叫我天生一副菩萨心肠啊！”

就这样，王保长终于躲过一劫。没过几天，老婆也被他接了回来。

阿毛母子投靠了他们的一个远方亲戚。安顿下来后，阿毛对母亲说：“幸亏保长他识字不多，不然我真是死定了！好险啊！”

母亲笑笑，说：“傻啊！孩子，王保长和你爹是结拜兄弟，你的名字还是你王叔起的呢！”

【作者简介】章月珍，在《散文选刊》《散文百家》等刊物发表作品若干，曾获谢晋文化奖一等奖。

巡　山

艾克拜尔·米吉提

他看到了那顶毡房穹顶般硕大的犄角，在那里纹丝不动。居然是在那并不险峻的山脊上。他极目望去，竟是一头岩羊卧在一块大圆石上。按说，那不该是岩羊歇脚之处。以它天生机敏，此时它应该有所动作才好。但是，不知怎的，貌似全然无知，一动不动。

这引起了他足够的好奇。

自从持枪证和猎枪一同被收缴，他再没有触及过岩羊的皮毛。岩羊已列入国家二级保护动物，猎获它是要犯罪的。当然，在这天山深处，所有的野兽和动物都有保护等级。这一点，他心里了如指掌。

这些年来，他只保留了一个习惯，每到初秋，都要到这山上走走，哪怕是看一眼那些野物。他自己将此称为巡山。现在山上的野物越来越多了。有时候成群的野猪会趁着夜色跑到牧人营盘附近，将草地翻拱一番兴冲冲地离去，压根不理会牧羊犬凶猛的吠声。肥嘟嘟的旱獭也会在光天化日之下昂然走过车路饮水上山。有一回走在山林里，不经意间一抬头在树杈上见到了狸猫，那家伙没有丝毫的怯意，两眼直视着自己，闪着幽幽的光。狼和狐狸他也常见。有一次，一只狼叼着一只黑花羊从公路旁高高的铁丝网上纵身腾跃而去，全然不顾飞驰的汽车，横切公路越过另一道铁丝网，在公路另一侧的草原上，朝着那条山梁奔去，估计它的窝就在那边，小狼崽们或许正在耐心等待它满载而归。

他终于从山坳登上了山脊。那只岩羊还在，几乎在那个大圆石上一动不动。

他有些迟疑。这是他此生见到的最不可思议的情景。一只岩羊，居然还会等着他登上山脊。按说以岩羊的机警，早就应该逃之夭夭。

他下了马，将坐骑用马绊子绊好，向着大圆石走去。

岩羊依然没动。他的心有点缩紧——太奇怪了！真是匪夷所思！那只岩羊丝毫没有逃跑的意思。

山脊的风很强劲，呼啦啦地吹着，秋黄的草被风撩起一阵阵草浪簌簌作响。雪山上的雪线已经开始低垂。要不了多久，雪线也会覆盖到这座山脊。

他环视了一下，对今天的奇景疑惑不解。

他决定攀上大圆石看个究竟。

他利利索索就攀上了大圆石。

那岩羊还是没动。

走近岩羊的刹那，他惊呆了。

这是一只已经痴呆的老岩羊，它根本意识不到人的走近，双眼蒙满了眵目糊，牙也掉尽，那一对毡房穹顶般的犄角尖，已经深深地长进后臀皮肉里了。

他望着眼前这只老岩羊，一阵惊怵像电流般袭过周身。天哪，他想，唯有你苍天不老，人和动物都会老去。

他将老岩羊双眼的眵目糊擦去，老岩羊却对他视而不见。

他心疼极了。

你怎么会老成这样？他在心里问这只老岩羊。

难道没有哪只狼来成全你吗？

但是他又否定了自己。

其实，他心里清楚，狼也只吃它该吃的那点活物。只不过是背负罪名而已。哈萨克人那句话说得好，狼的嘴吃了是血，没吃也是血。

现在，他的心情很沉重。他不忍心就这样抛下这只已经痴呆的老岩羊而去。生命总该有个尽头。他为这只老岩羊祈祷。于是，他割下这只老岩羊的首级，将长进后臀皮肉里的犄角尖拔出，面朝东方搁置好羊头，依然保持着它曾经的尊严。他把老岩羊的躯体肢解后放在大圆石上，用枯草揩净手和折扣刀，上马离去。

这时候，他看见天空中开始有秃鹫盘旋，还有几只乌鸦和喜鹊捷足先登，落在大圆石上开始争食老岩羊的肉。一个艰难的生命终于终结。

下山的时候，他的心情多少有些缓了过来。他自己似乎突然彻悟了什么。

【作者简介】艾克拜尔·米吉提，新疆维吾尔自治区霍城县人。著有中短篇小说集《哦，十五岁的哈丽黛哟……》、短篇小说集《存留在夫人箱底的名单》等。

玉须帘

聂鑫森

退休前，竺可帘在公家的“湘潭华帘厂”织帘子。这个厂生产各种形制的门帘、堂帘、窗帘、廊帘、檐帘，材质有绒、棉、布、绸、绢、竹诸种。竺可帘是织竹帘的高级技工。

退休后，回到自家的小庭院，闲得骨头发酸，便自办一个小作坊，经理、工人就他一个人，还是织竹帘。

儿子竺小可早成家另过，老妻洪玲虽可打打下手，但不怎么热心这个事。她常说：“老头子，你织了一辈子的竹帘，还没织够？”竺可帘答：“我的姓和名，标榜的就是以竹织帘，非终其一生不可。”

他姓名中的“帘”，原本不是这个字，是竹头下加一个“廉”。《说文解字》称：“从竹，廉声。”推行简化字后，就通用为“帘”了。“帘”的原义是什么，是挂在酒店外旗杆上的一块布，名叫“酒帘”“酒旗”“酒望子”，如武松饮酒的店子，“酒帘”上写着“三碗不过岗”五个大字。

在织竹帘的这个行当中，竺可帘是公认的名匠高手。他有一双识竹之眼，选出的南竹必是生长期两年以上的，节与节之间的间距长。然后是刨去青皮、磨平凸节，再经锯段破竹、划片成篾、分丝、匀丝、漂丝、晒丝十几道工序后，才在织帘机上绷好以蚕丝搓成的粗细均匀的线为经，以竹丝为纬，敛声屏气地开始织帘。竺可帘不织一般的竹帘，那种帘子每市尺用竹条不过一百根至一百二十根；他织的是“玉须帘”，每市尺须用竹丝一千根以上，织好的帘子还要装上好木头制作的天头地轴，如同装裱过的国画。织这样的帘子，不但要技艺精湛，还须心静有耐性。竺可帘的屁股上，常年久坐磨出了厚茧。

竺可帘喜欢读古典诗词，因为那里面有许多关于帘子的妙句，让他浮想联翩。“疏帘淡月，照人无寐”“金碧上青空，花晴帘影红”……只有竹帘才可以透光，隔而不隔，月影、花影、鸟影……当然也包括女人的倩影，可以实中有虚、静中有动地透现过来，别有一番美感。故古人说：“帘后美人，最堪让人心旌摇动。”

竺家的庭院里总是氤氲着竹子的清香，总是轮番响起斧锯声、刀凿声、织帘声。

竺可帘问：“儿子、儿媳、孙子，这个双休日怎么没有回来？”

老妻洪玲说：“他们忙吧。”

“给你打电话了？”

“没有哇。”洪玲换个话题，说，“老竺，这几条玉须帘，你可织了不少日子了，谁订的货？”

“一个年轻的局长，说是要送给省厅的大领导，只要好，不怕价高。”

洪玲“哼”了一声。

几天后的一个晚上，秋月皎皎。儿媳容巧巧，突然一个人回来了，一见二老，就呜呜地哭了起来。

这小两口曾是大学同学，后来又都考上了公务员，一眨眼四十五六岁了，他们的独生子正读大学一年级。

竺可帘问："我儿子欺负你了？"

"没有。"

"他赌钱、吸毒了？"

"没有，没有！"

婆婆问："你哭哭啼啼的，为了什么？"

容巧巧说："他不想看我，也不想理我。晚上，我们……各住各的房间，都关着门。"

婆婆又问："他每晚还有休息日，都在家里吗？"

"在。"

婆婆忍不住笑起来，说："老夫老妻了，看熟了的面孔，说厌了的话题，就这么回事。"

竺可帘说："我送你两条玉须帘，一条挂在你房门口，有门帘你就不要关门了。一条挂在客厅与阳台的通口处，有月亮的晚上，你可以坐在阳台上赏月、看花，心里就没有烦恼了。"

洪玲说："这不是那局长订好的货？"

"管他呢，他想要，就再等！先让自家人用。"

"老头子，我要给你点一个赞！"

容巧巧半天没回过神来，心想：你们做长辈的，得教训儿子不要轻慢了儿媳呀，这帘子解决问题吗？

竺可帘说："巧巧，你跟你婆婆说说体己话，我出去买几包香烟。"

"爹，你去吧。"容巧巧忙说。

……

一眨眼过去了十天。

星期六上午十点，竺小可、容巧巧双双回来了，还挽着手，脸上笑得很灿烂。

竺可帘发现，儿媳妇穿着一件新旗袍，短袖、立领，黑底起碎白花；脸上化了淡淡的妆，眉修长，嘴小巧；发型也变了，高髻上绕一条珍珠项链。儿子呢，白西装、红衬衫、黑领带。

竺小可说："谢谢爹给我们的玉须帘。"

"好吗？"

"好。巧巧坐或站在帘子后，怎么看，都入目。"

容巧巧脸色羞红，说："小可，我还是我啊。"

小可说："你还是你，又不全是你。"

容巧巧笑着转过身，一把抱住了婆婆，在她脸上响亮地吻了几下。

洪玲说："这小女子乐疯了。"

竺可帘对小两口说："你们多久没回了，我要提早下厨，弄出几个下酒菜来。"

洪玲问："要我去帮忙吗？"

"不劳大驾，你就陪着他们聊大天吧。"

"儿子、儿媳，你们多回家呀，我就可以多歇歇了。"

小可、巧巧说："一定，一定。"

【作者简介】聂鑫森，中国作协会员，湖南省作协名誉主席、株洲市文联副主席。曾获庄重文文学奖、湖南文学奖等数十次。

谢　谢

津子围

尽管对飞机延误已经有了心理准备，站在登机口前的王志强还是期盼本次航班能准时起飞。

两个穿制服的人向王志强走了过来，他一眼就看出他们是干什么的，摆了摆手。那两个人走近坐在椅子上的小庞和汪晓东，向他们推销旅行卡。王志强心想，那个制服很容易混淆人们的判断，如果不是内部人员还真分辨不出他们是不是航空公司或者机场的工作人员，就像很多人分辨不出警察和协警一样。

王志强经常坐飞机执行公务，他对机场的情况十分熟悉。十几年前，王志强办理信用卡时绑定了航空公司的会员卡，没想到竟然升级成了金卡——在空中飞来飞去，由于航班里程累计量大，不知不觉中他就成了金卡会员。金卡的好处挺多，最明显的，一是可以用里程免费兑换机票，五一小长假，老婆孩子就去了一趟九寨沟，算是对他长期在外奔波的小奖赏，而且，这个奖赏是额外的，不要白不要的意思；还有一个好处，可以享受贵宾待遇，头等舱休息室、走优先通道，今天王志强不能去休息室喝咖啡吃点心，小庞他们没有金卡，既然是一起出行，把自己搞得太特殊总显得不太好。

飞机到底还是延误了两个小时，王志强他们三人登上飞机时，小庞已经一脸愠色，汪晓东脖子往上都涨红。经过舱门口，面对空姐的职业甜笑、和风细雨的问候，小庞不理不睬，汪晓东则不友善地白了一眼。

他们三人的座位是紧挨着的，39ABC。小庞是A，临舷窗，汪晓东是C，临过道，王志强B，在他们两人中间。王志强对汪晓东说，你坐中间吧，我坐过道。

三个人中，王志强的块头儿最大，坐在过道他还稍微舒展一些。

飞机启动，开始爬升，他们三人安坐下来。王志强瞥了汪晓东一眼，意识到汪晓东坐了自己的位置，一会儿空姐会过来单独跟金卡会员打招呼，如果问到汪晓东，不知道他怎么反应。自己是否接过话题，说自己是王先生。一般情况下，空姐会拿一张做了记录的小纸条，对经济舱里的金卡会员表示礼遇，其实，经济舱里的金卡会员没有几位，而空姐的礼遇也是形式上的，只来告诉你飞机降落时间。尽管如此，每次受到这样的礼遇，王志强还是感觉良好，觉得自己跟其他人有所区别。

王志强想，今天自己不接话题，看看空姐是不是只认座位不认人，当然，他也想看看汪晓东的反应，也许在枯燥的旅程中增添一点佐料。

飞机平稳之后，空姐开始为乘客送饮品、送餐。由于航班延误，此时已经到了正餐时间，但空姐送的却是间食——一个热狗。小庞有些不满地嘟哝：“飞机上的伙食越来越差了，原来是吃好，后来是吃饱，现在顶多是不饿。”空姐听到他说的话，连忙解释，因为这个航班没有配正餐，飞机延误是意外事件，她还多给小庞一份热狗。接着，空姐热情地对汪晓东说：“王先生，你需要一份吗？”

汪晓东愣了一下，接着说：“好的，谢谢！”

王志强暗自一乐，斜眼瞅了瞅汪晓东，看得出汪晓东很受用的样子。

实际上，小庞只吃了一个热狗，他把另一份递给了汪晓东，汪晓东随手递给了王志强。王志强说：“我已经够了。”

“没关系，不够再要。”汪晓东很有信心地说。

王志强没说什么，他甚至盼望空姐来找39B的“王先生”，看看接下来会发生什么事儿。

空姐忙来忙去，先是送饮品，后来送餐，之后又收拾餐盒垃圾，迟迟不来找“王先生”。以前，王志强对此从不关注，没感觉到时间的嘀嗒声，现在心里盼望了，时间反而慢了下来。不会漏掉这个程序吧？王志强想，也许，偶尔漏掉也是可能的。

广播里提示乘客收起小桌板、扣好安全带、打开遮光板、调直座椅靠背。王志强知道飞机开始下降了，他微微闭上眼睛。

一股淡淡的香水味儿，空姐站在王志强身边，她俯下身子对汪晓东说：“王先生您好，飞机将在一点五十分左右降落。”

汪晓东连忙点了点头儿：“谢谢！”

王志强心里直乐。

王志强注意到，汪晓东一直很庄重的样子，下飞机时，他还对机舱口送别的空姐微笑一下，口齿清楚地说：“谢谢！”

走出候机大厅，小庞和汪晓东走在前面，他俩的警用手铐子连在一起。

王志强踢了汪晓东屁股一脚：“没想到你小子今天成了文明人，

还知道说谢谢啊！”

汪晓东回过头来，郑重地对王志强说：“谢谢！”

【作者简介】津子围，本名张连波，出版长篇小说《收获季》，中篇小说集《大戏》等。小说刊发《人民文学》《当代》等，被《小说选刊》等选载。